KB062364

거부할 수 없도록

서정윤 장편소설

UNREFUSABLE

거부할 수 없도록

2021년 5월 17일 초판 1쇄 인쇄
2021년 5월 21일 초판 1쇄 발행

지은이 서정윤
발행인 김정수 강준규

기획 편집 정시연 이은정 이해인
마케팅 지원 배진경 임혜솔 송지유 이영선

발행처 (주)로크미디어
출판등록 2003년 3월 24일
주소 서울시 마포구 성암로 330 DMC첨단산업센터 318호
편집 문의 (02)6365-5156 **구입 문의** (02)3273-5135
홈페이지 rokmedia.blog.me
E-mail romance@rokmedia.com

서정윤
장편소설

UNREFUSABLE

거부할 수
없도록

ROCODO

Contents

CONTENTS

프롤로그

부웅. 부우웅.

계속되는 굉음에 나무 위 새들이 퍼덕이며 날아올랐다. 인적도 드문 산길에 바퀴 헛돌아 가는 소리만 요란할 뿐, 차는 꿈쩍도 하지 않는다.

며칠 전 내린 비로 질퍽해진 흙이 사방에 튀어 차가 엉망이다.

"젠장."

신경질적으로 운전대를 내려친 강욱은 낮게 욕설을 중얼거리며 문을 열었다. 차가 기우뚱해 있는 탓에 문이 벌컥 열리며 자갈 사이로 처박혔다. 밖으로 나온 강욱은 웅덩이에 반쯤 빠져 있는 바퀴를 툭 걷어차며 중얼거렸다.

"미치겠네."

대체 뭘 하겠다고 여기까지 온 걸까.

강욱은 신경질적으로 머리를 헝클이며 진흙탕 길을 바라보았다.

느닷없이 이곳이 떠오른 건 어젯밤 재무팀장 구속으로 인해 긴급하게 소집한 오전 간부 회의가 30분을 넘어갈 무렵이었다.

갑작스러운 소식에 다들 열불을 내느라 정신없는 가운데 강욱은 유일하게 지루한 얼굴로 앉아 있었다. 죄를 지었으면 벌을 받는 게 당연한 일인데, 하도 구린 구석이 많은 인간들인지라 혹여라도 그 불똥이 튀진 않을까 다들 몸을 사리는 데 급급해 보였다.

한데 왜 즐겁지가 않은 걸까.

내부고발자가 누구인가를 놓고 웅성이는 사람들을 보면서도 강욱은 즐겁지가 않았다. 이 꼴을 보기 위해서 준비한 시간이 몇 년인데 즐겁지가 않으니 괜히 허무한 생각마저 들었다.

'별문제는 없겠죠?'

'있다고 해도 우린 모르는 겁니다.'

'그럼 작년 배당금 받은 건 어떻게 되는 겁니까.'

사람들이 목소리를 낮춰 은밀하게 대화하는 걸 들으며 강욱은 불현듯 몇 해 전 겨울에 머물렀던 이곳을 떠올렸다. 아니, 떠올린 게 아니라 그냥 생각이 난 거였다.

"여긴 여전히 고요하군."

들리는 거라고는 이름 모를 새소리와 바람에 나뭇가지가 부딪히는 소리뿐이다. 그마저도 잠시 멈춰지는 순간이면 너무 고요해 복잡한 마음속의 소리까지 전부 들리는 듯했다.

그의 기억이 맞다면 그때도 똑같이 차가 이 근처에서 멈췄었다. 그땐 눈 때문이라고만 생각했는데, 길이 이렇게 험한 줄 알았다면 힘 좋은 사륜구동을 끌고 왔을 것이다.

아무리 봐도 혼자서 이곳을 빠져나가기는 불가능해 보였다.

보험사에 연락하기 위해 주머니에서 핸드폰을 꺼낸 강욱의 표정이 확

구겨졌다. 화면 상태를 보니 전화가 안 터지는 모양이다.

"요즘 세상에 아직도 이런 곳이 있나."

강욱은 진흙탕에 반쯤 처박혀 있는 차바퀴를 다시 한번 툭 걷어찬 다음 산모퉁이로 시선을 돌렸다.

"……."

조금만 더 올라가면 길은 두 곳으로 나뉘어 있다.

오른쪽 길로 한참을 올라가면 작은 암자가 나오고, 왼쪽 길로 올라가면 산장이 하나 나올 것이다. 몇 년 전 길을 잘못 들어 찾아갔던 곳이자 오늘 그가 가려는 곳이었다.

잠시 생각에 잠겨 있던 강욱은 제 옷차림을 쓱 살펴보았다. 회사에서 나온 길이라 산길을 오르기엔 적합하지 않은 차림이다. 충동적으로 움직인 대가다.

"괜한 짓을 했어."

나직하게 투덜거리며 차 트렁크를 열자 다행히 며칠 전 산 운동화가 보였다.

어쨌든 그곳에 가야 했다. 그래야 도움을 요청하든 뭐든 할 테니까.

강욱은 신발을 갈아신은 뒤 산길을 오르기 시작했고 목적지에 다다른 건 그로부터 한참이 지나서였다.

『쉬어 가는 곳』

강욱은 마당이 시작되는 곳에 박혀 있는 나무 팻말 앞에서 걸음을 멈추었다.

"……."

긴 세월의 흔적이 역력한 거로 보아 꽤 오랫동안 박혀 있었던 게 분명하다. 그날은 눈이 많이 내려 팻말을 보지 못했던 것일까.

강욱은 산길을 올라오느라 거칠어진 숨을 고르며 천천히 주변을 돌아보았다.

아직 새싹이 채 돋지 않은 앙상한 나무들이 군락을 이루듯 우거져 있다. 그런 산자락에 터를 잡은 아담한 통나무집은 2층으로 지어져 있었다.

주변을 살피던 강욱의 눈에 마당 한쪽에 길게 이어진 닭장이 들어왔다. 그 옆으로 토끼 우리도 보였다. 그때와 다름없는 풍경에 강욱의 흐릿해져 가던 기억이 좀 더 선명해졌다.

"아⋯⋯."

온통 눈으로 뒤덮여 있어 새하얗게만 기억되던 곳이었다. 계절이 바뀌고 쌓인 눈이 사라진 곳은 낯설면서도 어딘지 익숙했다. 저 닭장을 끼고 돌면 그 뒤론 장작이 산더미처럼 쌓인 창고가 있을 것이다. 그리고 그 옆으로는⋯⋯.

강욱은 머릿속에 떠오르는 그림을 따라 천천히 걸음을 옮기기 시작했다. 생각했던 대로 집 뒤쪽에 창고가 보였다.

그해 겨울. 길을 잘못 들어 찾아온 이곳에서 며칠을 보낸 적이 있다.

폭설로 오도 가도 못하는 상황에 어쩔 수 없이 지내야 했던 며칠.

벌써 몇 년 전 일인데 신기하게도 한번씩 그때의 일이 떠오르곤 했다. 그럴 때마다 이곳에서 함께 지냈던 그 여자를 찾아볼까 싶기도 했지만 벌써 4년 전의 일이었다. 이제 와 찾는 것도 웃기지만, 찾는다고 한들 뭐라고 할까. 그때 고마웠다고?

"최윤희랬나."

나직한 목소리로 중얼거린 강욱은 건물 출입구로 향했다. 어쨌든 한번은 꼭 다시 와 보려 했던 곳이니 천천히 둘러보고 갈 생각이었다.

"실례합니다."

문을 열자 머리 위에서 풍경이 맑은 소리를 내며 울렸다.

그 소리에 두꺼운 뿔테 안경을 쓴 남자가 주방 안에서 몸을 쑥 내밀더니 인사를 건넸다.

"어서 오세요."

그를 만난 적은 없지만 누군지는 알고 있다.

"여보. 손님 오셨어."

위층을 향해 외치는 남자는 이 산장의 주인일 것이다. 그날 아이를 낳기 위해 아내를 데리고 산에서 내려갔다던 계단 아래에 걸린 사진 속의 남자.

"어서 오세요."

위층에서 내려오며 인사를 건넨 여자가 강욱을 아래위로 훑더니 당황한 목소리로 물었다.

"날이 아직 쌀쌀하네요. 근데…… 설마 그 차림으로 여기까지 올라오신 거예요?"

산과는 전혀 어울리지 않는 차림새였으니 충분히 이상해 보였을 것이다. 잠시 당황해하던 여자는 이내 웃으며 물었다.

"혹시 일행분이 더 있으세요?"

"아뇨. 혼잡니다."

강욱이 대답하며 등에 지고 있던 가방을 내렸다. 여자의 말대로 바깥은 아직 쌀쌀했지만 집 안은 난로 열기로 따듯했다.

"미안합니다만 전화를 좀 쓸 수 있을까요? 차가 올라오다 웅덩이에 빠져서요."

그의 말에 여자의 눈이 커졌다.

"저런. 어디 다친 곳은 없으세요?"

"그냥 견인해 줄 차가 필요한 겁니다."

"그런 거면 보험사 부를 필요 없이 우리 남편한테 도와 달라고 하는 게 빠르겠네요. 보시다시피 여기가 산간 오지라 연락해도 오는 데 꽤 오래 걸리거든요. 그치 여보?"

이런 일이 자주 있었던 듯 여자는 자연스럽게 주방의 남편을 향해 도움을 요청했다. 그러자 곧 대답이 들려왔다.

"그래요. 이따 차 오면 타고 같이 내려가세요. 이런 일 빈번해서 차 끌어 주는 건 여느 보험사 직원보다도 나을 겁니다."

누군가에게 이유 없는 호의를 받는 건 익숙하지 않다. 모든 호의에는 이유가 있기 마련이라는 걸 살면서 깨닫고 또 깨달았으니까. 괜찮다고 사양하려던 강욱은 이내 생각을 바꿔 중얼거렸다.

"그럼 신세 좀 지죠."

일이 끝나고 섭섭하지 않을 만큼 값을 지불하면 그만이다. 그럼 신세랄 것도 아닐 테니까.

"따듯한 커피 한 잔만 부탁해도 될까요?"

"잠깐 앉아 계세요. 금방 가져다 드릴게요."

강욱은 잠시 주변을 둘러보다 창가로 향했다. 햇빛이 잘 들어오는 창가엔 그때와 마찬가지로 긴 나무 의자가 놓여 있었다. 그리고 그 옆으론 작은 어린아이용 의자가 하나 늘어 있었다.

"……."

산장 안은 대부분 그대로다.

오래된 잡다한 물건들로 꾸며진 그곳에 달라진 게 있다면 어린아이의 물건들이 더 추가되어 있다는 것뿐이었다.

창밖으로 하염없이 쏟아지던 눈과 타닥타닥 소리를 내며 타들어 가던 장작불, 상자에서 뛰쳐나와 사방으로 뛰어다니던 작은 토끼들…….

집 안을 둘러보고 있으니 문득 어제의 일처럼 눈앞에 선명하게 그려지는 풍경에 강욱의 눈매가 찡그려졌다.

투박한 잔에 담긴 커피를 테이블 위에 놓아 주며 주인 여자가 물었다.

"근데 여기는 처음 오시나 봐요? 못 보던 분이신데."

"처음은 아닙니다."

"어머 그래요? 이상하다. 내가 사람 얼굴 하나는 잘 기억하는데 왜 못 알아봤을까.”

　고개를 갸웃거리는 주인 여자를 힐끗 올려다본 강욱은 커피 한 모금을 마시며 생각에 잠겼다.

　혹시 그 여자에 대해 알고 있을까. 근데 뭐라고 물어야 하지. 혹시 4년 전 겨울, 아이 낳으러 갔을 때 이곳을 지키던 여자가 누구냐고? 근데 찾아서 뭘 어찌할 건데.

　강욱은 제 머릿속에 떠오른 생각이 못마땅한 듯 작게 한숨을 내쉬고는 창밖으로 시선을 돌렸다. 한번 와 봤으니 그걸로 됐다. 추억이라고 부르기도 우스운 것들이지 않은가. 강욱은 창밖을 응시하며 커피를 마셨다.

　얼마쯤 지났을까. 바닥을 보이는 잔을 내려놓는데 차 한 대가 마당으로 들어서는 게 보였다.

　그 모습에 주인 여자가 활짝 웃으며 주방을 향해 외쳤다.

　“여보. 좀 나와 봐. 동희 왔어.”

　“그래? 우리 딸 아주 신났겠네.”

　서둘러 밖으로 나가는 부부의 모습에 강욱의 시선이 창밖으로 향했다. 산길 중간에 처박힌 그의 차와 달리 이곳까지 멀쩡하게 올라온 산악용 트럭에서 아이 하나가 폴짝 뛰어내렸다. 뒤따라 누렁이 한 마리가 내리더니 꼬리를 사정없이 흔들어 댄다.

　“동희야.”

　“엄마!”

　팔을 활짝 벌려 이름을 부르는 여자의 품으로 아이가 뛰어들었다. 지금 네 살쯤 되는 건가. 강욱은 아이의 나이를 가늠하며 다시 커피 한 모금을 마셨다. 그때 태어난 아이가 벌써 저렇게 자랐다니.

　미국으로 건너가 정신없이 지내는 동안 시간이 그렇게나 많이 흘렀음이 실감이 났다.

　“……”

잠시 생각에 잠겨 있는데 운전석에서 한 여자가 내렸다.

"힘들지 않았어?"

"아뇨. 동희 덕분에 실컷 웃은걸요."

부부와 이야기를 나누는 여자를 바라보던 강욱의 눈이 점점 커졌다. 구불구불한 긴 머리를 쓸어 넘기며 웃는 여자는 그때 그 여자가 분명했다.

그 겨울, 이곳에서의 닷새. 한 번쯤 다시 만나 보고 싶었던 그 여자.

"최윤희?"

이름을 뇌까린 강욱은 천천히 자리에서 일어나 창가에 섰다. 아이를 사이에 두고 부부와 이야기를 나누는 여자를 물끄러미 바라보았다. 세월이 흘러 그때보다 좀 더 성숙해진 분위기였지만 그 여자가 분명하다.

예상치 못했던 상황에 심장이 거칠게 뛰기 시작했다. 무작정 달려온 길이라 여기서 이렇게 만나게 될 거라고는 생각도 못 했는데 뜻밖이었다.

"날 알아볼까."

그가 혼잣말을 중얼거리는 사이 바깥의 사람들이 움직이기 시작했다. 강욱은 몸을 틀어 출입구를 바라보았다. 이상하게도 괜히 긴장되었다.

"영화는 어땠어?"

아이를 번쩍 안고 들어오는 주인 남자의 물음에 뒤따라오던 여자가 대답했다.

"극장이 처음이라 조금 무서워하더니 나중엔 신이 나서……."

차분한 목소리로 대답하며 안으로 들어서던 여자의 말끝이 흐려졌다. 그를 발견한 여자의 눈이 점점 커지더니 얼굴의 핏기가 점점 사라졌다. 알아보는 정도가 아니라 좀 과한 반응이다.

저를 본 게 그렇게 놀랄 일인가 싶어 강욱은 어색하게 입꼬리를 들어 올리며 인사를 건넸다.

"안녕."

산등성이 너머로 기울어 가는 해가 긴 그림자를 만들기 시작했다.

1.

그로부터 두 달 후.

끼익.

빌딩 주차장 입구를 빠져나오던 강욱의 차가 날카로운 소리를 내며
멈춰 섰다. 그러자 뒤따라오던 김 실장의 차도 겨우 한 뼘쯤 사이에 두고
아슬아슬하게 차 뒤로 멈췄다.

"……."

강욱은 믿기지 않는 듯 출입구 근처에 서 있는 여자를 바라보았다.

어깨 아래로 내려온 갈색 머리에 호리호리한 체형.

잘못 본 건가 싶었는데 분명 그 여자다.

그곳, 서울에서 3시간을 넘게 달려 간판도 없는 산장까지 찾아가야만
만날 수 있었던 최윤희.

여긴 어쩐 일이지.

예상치 못했던 상황에 심박수가 빨라졌다.

15

무슨 일인가 싶어 차에서 내려 다가오는 김 실장이 룸미러에 비쳤다. 하지만 강욱의 시선은 길가에 서 있는 최윤희에게 고정되어 있었다.

그 순간 그녀가 고개를 틀어 그가 있는 방향을 바라보았다.

눈이 마주쳤다. 서로를 충분히 알아볼 수 있는 거리. 그녀의 목적이 저였음을 깨닫는 데는 찰나의 순간이면 족했다.

분명 그녀는 그를 만나기 위해 거기에 서 있는 거였다.

똑똑.

차창을 두드리는 소리에 정신을 차린 강욱은 버튼을 눌러 창을 내렸다. 그러는 동안에도 시선은 줄곧 여자를 향해 있다.

"본부장님?"

김 실장이 의아한 목소리로 부르자 강욱은 조금 탁한 음성으로 대답했다.

"미안하지만 오늘 저녁 약속은 취소해야 할 것 같은데. 급한 일이 생겼거든요."

"네?"

갑작스러운 취소 선언에 김 실장이 난감한 얼굴로 그의 시선을 따라 고개를 돌렸다. 그가 뭘 보고 있는 건지 확인한 김 실장은 마지못해 고개를 끄덕이며 대답했다.

"그럼 약속을 다시 잡아 보겠습니다."

"그러세요."

"내일 뵙겠습니다."

정중하게 인사를 건넨 김 실장이 차를 타고 떠난 후 강욱은 도로 한쪽으로 차를 옮겨 세웠다. 비상등을 켠 다음 문을 열고 내리자 바람이 불어왔다. 벌써 봄이 다 지난 건가. 오늘따라 유난히 후텁지근한 바람은 저녁 무렵이 되었는데 식을 줄을 몰랐다.

"여긴 어쩐 일이야?"

"이강욱 씨 만나려고요."

"미리 전화하지 그랬어. 명함 줬잖아."

그의 말에 옅은 미소를 지은 그녀가 시선을 돌리며 머리를 쓸어 넘겼다.

"……그냥. 무작정 기다려 보고 싶었어요. 진짜 만날 수 있는 사람인 건가 싶어서."

산이 참 잘 어울린다 생각했던 여자는 도시와도 잘 어울렸다. 입고 있는 원피스가 바람에 춤을 추듯 팔랑거리며 허벅지를 드러내자 강욱의 목울대가 크게 출렁였다.

문득 저 여자를 안고 싶다는 강렬한 욕구가 치밀었다. 한데 엉켜 침대를 뒹구는 상상이 제멋대로 머릿속에 펼쳐졌다. 뒤엉켜 마룻바닥을 정신없이 뒹굴었던 몇 해 전 그때처럼 말이다.

"저녁 사 주실래요?"

그의 속을 아는지 모르는지 가까이 다가온 여자가 물었다. 머리를 쓸어 넘기는 손목이 눈에 들어왔다. 저 손목이 목을 감을 때 어떤 느낌인지 새삼 궁금했다.

"타."

입을 열자 흥분을 머금은 탁한 목소리가 흘러나왔다. 그런 제가 마음에 들지 않은 강욱은 눈을 가늘게 뜨며 주머니에 손을 찔러 넣었다.

마지막으로 산에서 만났을 때 명함을 건넸다. 몇 번 거기까지 찾아가는 성의를 보였으니 이젠 네 차례라는 듯 그 뒤론 일부러 산에 가지 않았다. 한데 보름이 넘도록 연락이 오지 않아 슬슬 신경이 쓰이던 참이었다. 이번 주에도 연락이 없으면 주말쯤 다시 산에 가 볼까 싶었다.

그런 그녀가 이곳에서 저를 기다리고 있다. 여기까지 찾아온 걸 보면 이 여자도 분명 제게 관심이 있는 걸 거다.

강욱은 툭 미끼를 던지듯 물었다.

"밥 말고 술이나 한잔할까?"

너무 속이 뻔히 보이는 제안이기에 거절할지도 모른다 생각했는데 여자는 순순히 고개를 끄덕이며 그가 열어 준 조수석에 앉았다.

"기왕이면 한강이 잘 보이는 곳이었으면 좋겠어요."

차 문을 닫아 주는 강욱의 손엔 과하다 싶을 정도로 힘이 실려 있었다.

"끝내주게 잘 보이는 곳으로 모시지."

다행히도 그런 곳을 몇 군데 알고 있었다.

달칵.

문이 채 닫히기도 전에 강욱은 손을 뻗어 여자를 잡아당겼다. 엘리베이터에 타는 순간부터 아니, 이미 한참 전부터 흥분해 있던 몸의 인내심은 극에 달해 있었다.

레스토랑에서 마신 술로 어지러워하는 여자에게 집에 가자고 제안을 했다. 싫다는 여자를 강제로 데려가거나 할 생각은 아니었는데 다행히 여자는 거절하지 않았다.

"집 안내는 나중에 해도 되지?"

여자의 손목을 움켜잡은 그가 바짝 다가서자 입구 센서 등이 다시 켜졌다. 그와 벽 사이에 갇혀 있던 여자가 올려다봄과 동시에 입을 맞추었다.

나는 급하다는 걸 알리는 말이었지 대답을 들으려고 물은 건 아니었다.

조금 전 마신 칵테일의 잔향이 남은 입술은 뜨겁고 달았다.

처음 길에 서 있는 그녀를 발견했을 때부터 이러고 싶어 미치는 줄 알았다. 여자에 환장한 것도 아닌데 발정 난 개새끼처럼 굴려는 제 모습이 한심하면서도 묘한 기분이었다. 이렇게 흥분한 게 얼마 만인지 기억도 나질 않았다. 아니, 이런 적이 있었나 싶었다.

"흐음……."

맞닿은 입술 사이로 흘러나오는 신음에 아까부터 단단해져 있던 아랫도리가 더 크게 부풀어 오르는 게 느껴졌다.

먼 이국땅에서 고단한 하루를 보내고 침대에 누우면 가끔 이 얼굴이 떠올랐었다. 왜 그랬는지는 아직도 의문이다. 그냥 단순히 몸을 섞었던 사이여서일까. 어쨌든 그러다 흥분해 버리면 잔뜩 달아오른 몸을 어쩌지 못해 혼자서 끙끙거리곤 했었다.

키스가 깊어졌고 목으로 팔이 감겨 왔다. 고개를 기울이며 몸을 밀착하자 신음이 짙어졌다.

강욱은 다급한 손길로 그녀의 등을 더듬었다. 손끝에 닿는 지퍼를 내리자 보드라운 맨살이 만져졌다.

"하아……."

공기는 순식간에 달아올랐고 강욱은 미칠 것만 같았다. 여자의 턱과 목덜미를 닥치는 대로 빨아 대던 그가 드러난 어깨를 깨물자 그녀가 숨을 헐떡이며 그의 머리를 껴안았다.

코를 박자 여자의 몸에서 좋은 냄새가 났다. 향수 냄새인 건지 바디워시 냄새인 건지 모르겠지만 깨끗한 향이 났다. 어려서부터 깨끗한 것만 보면 더럽히고 싶은 충동이 들곤 했는데 하필 그 순간에 그런 충동이 들었다.

머리카락을 움켜쥐는 손을 끌어와 잘근 깨물며 눈을 뜨자 시선이 부딪혔다.

먼저 기다리고 술 마시자는 제안에도, 집으로 가자는 말에도 주저하지 않기에 꽤 과감하게 굴 줄 알았는데 이상하게도 여자의 눈빛이 뜨겁지가 않다. 뜨겁기는커녕 어딘지 모르게 슬픈 눈빛이었다.

강욱은 우뚝 동작을 멈추었다.

타액으로 반질거리는 부풀어 오른 입술이 야하다 못해 외설스러웠다. 생각 같아선 당장이라도 눕혀 버리고 싶었지만 이런 얼굴을 한 여자를 안고 싶진 않았다.

"싫은 거면 지금 말해."

얼마간의 시간이 흐르도록 바라만 볼 뿐 대답하지 않는 여자의 모습에 강욱은 흐트러진 옷을 느릿하게 정리하기 시작했다. 그의 거친 숨이 닿을 때마다 여자의 앞머리가 흔들렸다.

"감당할 생각 없으면 집까지 따라가고 그러지 마. 강제로라도 어떻게 해 버리고 싶어지니까."

주체할 수 없는 욕망으로 인해 잔뜩 잠긴 목소리가 흘러나왔다. 속옷의 끈을 어깨에 올려 주고 지퍼를 잠가 주는데 미동도 없이 서 있던 그녀가 손을 뻗어 그의 뺨을 어루만졌다.

멈칫한 강욱이 표정을 찡그리며 한 걸음 뒤로 물러서자 그녀가 다가왔고 이내 거리가 좁혀졌다.

"뭐 하자는 거야?"

묻는 그의 입술에 여자의 입술이 닿았다. 까치발을 든 채 그의 뒷머리를 껴안은 여자가 격렬하게 입맞춤을 해 오자 억지로 잠재우려던 욕망에 불씨가 확 당겨졌다.

강욱은 젠장, 낮게 중얼거리며 허리를 꽉 껴안았다. 지금 유혹하고 있는 건 분명 그가 아니라 그녀였다. 그러니 최선을 다해 유혹에 넘어가 주는 수밖에.

"딴소리하지 마."

강욱은 정신없이 키스를 되돌리며 여자를 번쩍 안아 올렸다. 신발을 아무렇게나 벗어 던지고 침실로 향했다.

불도 켜지 않은 어둑한 방 침대에 윤희를 던지듯 내려놓은 강욱은 숨을 몰아쉬며 그녀의 위로 걸터앉았다.

"……."

누가 먼저랄 것도 없이 입술을 찾았고 다급하게 서로를 탐하기 시작했다. 이제 남은 건 끝까지 가 보는 것뿐이다. 그때처럼 또다시 둘 사이에 불꽃이 튈 수 있는 건지 확인해 보는 것뿐이었다.

강욱은 입을 맞춘 채 그녀가 벗기다 만 셔츠를 찢듯이 벗어 던졌다. 커튼이 걷힌 창으로 들어오는 흐릿한 빛에 숨을 몰아쉬는 여자의 몸이 희게 빛났다.

"……."

손을 내밀어 제 몸을 더듬는 손길에 강욱의 남아 있던 이성이 툭 하고 끊기는 것 같았다. 강욱은 허연 다리를 움켜쥐며 그 사이로 파고들었다.

"미치겠네."

바지 속에서 잔뜩 부풀어 있던 남성이 여자의 팬티 위에 닿았다. 그녀 역시 꽤나 흥분한 듯 훤히 비칠 듯 얇은 팬티가 젖어 있었다.

마음 같아선 당장에라도 실오라기 하나 남기지 않고 벗겨 내고 싶었지만 흥분한 여자의 표정이 보고 싶었다.

몇 번이나 이 여자와 뒹구는 상상을 했다. 상상 속에서 헐떡이던 여자는 지금 그의 아래에 누워 있다. 그런 상상을 하게 만든 것에 대한 책임을 물어도 되는 순간이었다.

천천히 손을 뻗어 팬티 위를 문지르자 여자가 나직하게 신음하며 다리를 오므리려 했지만 강욱은 그러도록 놔두지 않았다.

"설마 이제 와 부끄럽기라도 한 거야?"

강욱은 팬티 라인을 따라 손을 움직이며 진득한 목소리로 물었다.

"처음도 아닌데 부끄러워해야 하나요?"

"내가 착각한 건가."

"보시다시피 너무 흥분해 버려서 좀 당황했을 뿐이에요."

그녀의 대답에 강욱이 픽 웃으며 귓불을 깨물었다. 거짓말이라고 하기엔 손끝이 질척했다.

"날 보고 이렇게 흥분해 주다니 영광이네."

좀 더 자극해 볼까 싶어 둔덕을 쓰다듬는데 레이스 사이로 삐져나온 음모 한 올이 손끝에 만져졌다. 도도록한 정점을 건드리자 여자가 가느다란 신음을 내며 살짝 휘청거렸다.

"어지러워?"

"좀 취했나 봐요. 근데 술에 취한 건지 이강욱 씨에게 취한 것인지 모르겠어."

"이런. 그렇게 취한 것 같지도 않은데 그냥 나한테 취한 거로 하지."

"그런 거로 해 두죠."

웅얼거리는 여자의 입술을 깊이 빨아들였다. 다음 차례가 무엇인지를 암시하듯 키스는 욕정을 가득 담고 있었다. 그런 그의 목을 끌어안으며 여자가 키스를 되돌렸다. 얽혀 오는 보드랍고 뜨거운 혀에 가뜩이나 단단해진 아랫도리가 터질 듯 팽팽해졌다.

서로를 삼킬 듯 키스하던 두 사람이 잠시 숨을 고르기 위해 몸을 떼자 거친 숨소리가 방 안에 울렸다. 심장이 밖으로 튀어나올 듯 뛰어 대고 있었다.

"하아……."

강욱은 흐트러진 모습으로 아래에 누운 여자를 내려다보았다.

그때의 이 여자는 어땠더라. 삐걱대는 마루 위에서 수줍으면서 동시에 격정적인 모습으로 저를 받아들이던 순간과 지금이 겹쳐 보였다. 마치 그때로 되돌아간 기분이었다.

"미치겠네."

더는 참을 수 없어진 강욱이 다급한 손길로 팬티를 끌어 내리자 그녀 역시 몸이 단 듯 그의 바지 버클을 풀었다.

"혹시 콘돔 필요해?"

"아뇨. 약 먹고 있어요. 안전한 날이기도 하고."

"다행이네. 옷 벗기다 말고 뛰어나갈 자신 없었는데."

한계에 다다른 인내심에 팬티와 바지를 한꺼번에 벗어 침대 아래로 툭 던져 버린 강욱은 여자의 허벅지를 양손으로 벌리며 가운데로 들어섰다.

여자는 여전히 옷을 갖춰 입은 채 누워 있었지만 중심부를 훤히 드러 낸 채였다. 서두를 생각은 아니었는데 그 모습이 묘하게 퇴폐적으로 느 껴져 참을 수가 없었다. 강욱은 시선을 맞춘 채 단숨에 단단해진 남성을 찔러 넣었다. 우선은 이 여자를 탐해 보고 싶었다.

"하아……."

저도 모르게 거친 신음이 쏟아졌다. 그녀의 몸속은 생각했던 것보다 더 뜨겁고 꽉 조였다.

그 미칠 듯한 황홀함에 강욱의 입이 바짝 타들었다.

"그래. 이 느낌이었어."

어느 새벽, 가끔 여자와 뒹구는 꿈을 꾸고 난 날이면 사춘기 소년처럼 몽정을 했다. 그 순간만큼은 미치게 황홀했던 게 틀림없었다. 비몽사몽 간에 저도 모르게 잔뜩 발기된 성기를 붙잡고 헉헉거렸다. 깨고 나면 얼 굴도 잘 기억도 나지 않았는데 상대가 이 여자였을 거란 느낌이 들곤 했 다. 끈적거리는 정액으로 젖어 있는 속옷을 볼 때면 얼마나 비참한 기분 이었는지를 떠올리자 저도 모르게 허리의 움직임이 격렬해졌다.

"흐읏."

짓쑤시듯 단단한 남성을 여자의 가장 깊은 곳까지 찔러 넣은 강욱이 한 손으로는 옷을 걷어 올렸다. 평평한 복부와 적당히 큰 가슴을 지닌 예 쁜 몸이 그의 움직임을 따라 위아래로 오르내렸다. 벌어진 허벅지 사이 로 힘차게 그가 몸을 묻었다.

"하아, 천천히……. 제발……."

애원하는 여자의 브래지어를 들치고 가슴을 거머쥐었다. 동그란 젖꼭 지가 손가락 사이에서 뭉그러지자 쾌감 어린 신음이 그의 목울대를 건드 렸다.

"애원하지 말고 원하는 걸 말해야지."

상체를 조금 들게 한 다음 머리 위로 옷을 벗겨 저만치 던져 버렸다. 비딱하게 걸린 브래지어까지 벗겨 낸 뒤 목덜미에 얼굴을 묻자 여자의 달큰한 체향이 맡아졌다. 샴푸 냄새와 옅은 화장품 냄새가 뒤섞인 체향은 뭐라 설명할 수 없는 묘한 느낌을 안겨 주었다.

문득 어느 영화에서 보았던 여자의 체취를 향수로 만들고 싶어하던 정신 나간 조향사의 이야기가 떠올랐다. 빌어먹게도 딱 그런 기분이었다. 원하는 순간에 이 향기를 맡을 수 있다면 얼마나 좋을까. 망상이었다.

"하아. 좋아……."

여자의 자극적인 목소리가 들려오자 몸 안에 있던 남성이 좀 더 부풀어 오르는 게 선명하게 느껴졌다.

가슴을 욕심껏 베어 물자 여자의 허리가 낭창하게 휘었다. 허리와 목을 손으로 껴안은 뒤 강욱은 여자의 몸을 바짝 제게로 당겼다. 더할 나위 없이 가까운 결합이었다. 가슴과 가슴이 닿고 배와 배가 닿았다. 은밀한 부위가 그대로 비벼졌다.

"……."

꽉 안은 채 잠시 움직임을 멈추자 여자가 파르르 떨리는 눈동자로 그를 마주 보았다. 결합된 채로 그러고 있으니 두 사람의 신경이 하나로 이어진 것처럼 상대방의 흥분이 생생하게 느껴졌다. 상대의 몸속에 있는 몸 일부에서 시작된 쾌락의 불꽃이 점점 온몸으로 번져 가고 있었다.

먼저 움직인 건 여자였다.

늘씬한 다리를 들어 그의 허벅지를 감자 강욱이 쓰러트리듯 그녀를 침대에 뉘었다. 그러곤 격렬하게 입을 맞추며 리드미컬하게 허리를 흔들기 시작했다. 매끈하게 젖은 남성이 무서운 속도로 중심을 드나들자 신음이 거칠어졌다.

"아흑, 하웃……."

워낙 오랜만의 관계여서일까.

첫 번째 절정은 순식간에 찾아왔다.

"크윽, 후우. 후우……."

깊숙하게 몸을 묻은 채 파정하는 강욱의 이마에 핏대가 곤두섰다. 눈앞이 아득해질 만큼 희열은 지독했다. 이 순간을 다시 느껴 보고 싶어 이 여자를 그렇게 찾았는지도 모르겠다는 생각마저 들 정도였다.

몸을 떨며 그대로 무너져 내려 얼마쯤 지났을까.

거칠어진 숨소리가 잦아졌을 때 아래에 누워 있던 여자가 꼼지락거리며 중얼거렸다.

"좀 비켜 줄래요. 씻어야 할 거 같은데."

부드러운 숨결을 타고 들려오는 잠긴 목소리를 듣고 있으니 아직 그녀의 몸 안에 파묻혀 있던 남성이 서서히 반응을 보이며 부풀어 올랐다. 그걸 그녀도 느꼈는지 몸이 살짝 떨리는 게 전해졌다.

"씻는 건 나중에 해야 할 것 같은데."

강욱이 웅얼거리며 목덜미에 입술을 묻자 그녀의 손가락이 머리카락을 어루만져 왔다. 오르가슴의 여운이 남은 탓인지 손끝이 피부를 스칠 때마다 찌릿했다.

"많이 굶주렸나 봐요."

"꽤 오래."

"……."

"아니면 그쪽이 나한테 치명적이거나."

"그건 아니었을 거예요."

엎드려 있던 강욱이 미간을 찡그리며 물었다.

"왜 그렇게 생각하지?"

"……."

한참을 기다려도 대답이 들리지 않자 상체를 조금 뗀 다음 여자를 내려다보았다. 흐릿한 어둠 속에서 그녀의 눈동자가 마주 보였다.

"아무 여자나 안는 놈으로 생각하면 곤란한데."

"나도 아무 남자에게나 안기는 여자는 아니에요."

조금 전 끝난 관계로 잔뜩 부풀어 오른 입술을 양껏 머금었다가 놔주며 중얼거렸다.

"그럼 서로에게 끌리는 거로."

어깨에서 가슴으로 내려온 강욱의 손이 배꼽 근처를 지나 허리를 움켜쥐었다. 밀려나지 못하게 붙잡은 뒤 세게 골반을 튕기자 여자가 흐응, 하며 몸을 들썩였다. 몇 번을 그러자 여자는 숫제 우는 목소리로 그에게 애원했다.

"좀 천천히. 너무 몰아붙이면 힘들어요."

하지만 그런 부탁을 들어주기엔 그는 이미 너무 흥분 상태다.

몸을 살짝 떼자 조금 전 정사로 그녀의 몸 안에 고여 있던 정액이 흘러내렸다. 뒤처리할 시간조차 없이 이어진 관계라 그런지 이상하리만치 더 흥분되었다.

"다음번엔 천천히 할게."

"다음번이라고요? 맙소사."

놀라 눈을 동그랗게 뜨는 여자에겐 조금 미안하지만 하룻밤으로는 부족할 거란 예감이 들었다. 상상하며 혼자 풀어야 했던 걸 보상받으려면 며칠 밤낮을 안고 뒹굴어도 모자랄 것이다.

천천히 허리를 흔들자 여자가 신음이 흘러나오는 입을 틀어막으며 고개를 저었다.

강욱은 그런 여자의 손목을 붙잡아 침대에 내리누르며 좀 더 세게 허리를 앞뒤로 움직였다. 그녀가 헐떡이며 내는 신음을 듣고 싶었다.

"목소리가 굉장히 야해. 특히 신음 낼 때 소리가."

강욱은 리드미컬하게 몸을 움직이며 입술을 찾았다.

여자의 온몸 구석구석을 맛보고 싶었다. 하물며 발가락까지 빨아 보고 싶은 생각에 강욱은 으르렁거리는 소리를 내며 윤희의 손목을 끌어당겼다.

하나로 뒤엉킨 둘은 정신없이 서로를 탐닉했다. 물고 빨다를 반복하다 어느 순간엔 격정을 이기지 못해 흐느꼈다.

방 안은 야릇한 신음으로 가득 차올랐고 침대가 삐걱거렸다.

연달아 이어진 관계가 끝난 뒤 침대 헤드에 몸을 기댄 채 나른함에 젖어 있던 강욱이 천천히 눈을 떴다.

원래 섹스가 이런 느낌이었던가. 그런 의문이 들 만큼 여자와의 관계는 만족스러웠다.

강욱은 몸을 돌려 엎드려 있는 여자를 바라보았다. 잠든 것일까. 강욱은 손을 뻗어 어깨를 어루만졌다.

"최윤희."

그가 나직한 목소리로 이름을 부르자 여자가 움찔하며 감고 있던 눈을 떴다. 흐트러진 머리카락 아래 눈동자가 그를 향해 있었다. 보통의 사람들보다 옅은 색상의 눈동자. 그래서 더 따뜻해 보이고 특별해 보이는 걸까.

"……."

생각해 보니 그날도 그랬었다. 꺼져 가는 모닥불 앞에서 그를 올려다보던 눈동자. 뺨을 어루만지던 손길에 이성을 잃었었다.

"우리, 만나 볼까?"

분명 충동적이었지만 나쁘지 않다 생각했다. 딱히 누굴 만날 생각을 하던 것도 아니고 그럴 상황도 아니지만 어쩐지 이 여자라면 괜찮을 것도 같았다. 그냥 그런 예감이 들었다.

"꽤 잘 맞을 것 같은데."

"뭐가요?"

"……."

"함께 뒹구는 이런 거?"

아니라고는 못 하겠다.

강욱은 조금 뜨끔한 얼굴로 픽 웃고 말았다. 가뜩이나 신경 쓸 일이 많아 골치 아픈데 이 여자와 줄다리기할 생각은 없다. 이유가 뭐가 됐든 만나면 그만이니까.

"이유가 그것뿐이라고 해도 후회는 안 할 것 같은데. 아닌가?"

몸을 기울여 가볍게 입술을 맞댄 다음 몸을 일으켰다. 이미 볼 것 다 본 사이면서 벗은 몸을 보는 게 어색한지 여자가 시선을 돌렸다. 그 모습에 피식 웃음이 흘러나왔다.

"같이 씻을까?"

"사양할게요."

"거실에서 한강 잘 보여. 보고 싶다며."

이 집으로 데려온 이유가 그제야 떠올라 친절하게 알려 주었다.

"이강욱 씨."

욕실로 향하는데 등 뒤에서 부르는 소리가 들렸다.

"뭐 하나 물어도 돼요?"

"얼마든지."

"그때는 왜 연락 없었어요? 한 번쯤은 찾을 줄 알았는데."

여자의 목소리에 스며 있는 감정이 원망인 것처럼 느껴지는 건 착각일까. 강욱은 표정을 찡그리며 침대 위의 여자를 돌아보았다.

"……."

그 순간 마치 그가 엄마를 울리던 아버지가 된 것 같은 느낌이다. 썩 유쾌한 감정은 아니었다.

"……그냥. 좀 바빴으니까."

"기다렸는데."

"난 기다리라고 한 기억 없는데?"

여자들에게 함부로 약속 같은 걸 하지 않는다. 그건 그때도 그랬고 지금도 마찬가지였다. 지키지도 않을 약속을 남발해 집안에 끊임없는 분란을 일으켰던 아버지를 보며 다짐했었으니까.

"그렇군요."

"어차피 다시 만났는데 그게 중요한 일이야?"

지난 일은 어차피 과거일 뿐이다. 이미 지나가 버린 과거의 일을 따지고 드는 건 미련한 짓이다. 중요한 건 지금이고 그의 제안대로 만나기 시작한다면 만나는 동안은 최선을 다할 생각이 있었다. 그게 얼마가 되었든 말이다.

"후회는."

후회는 안 하게 만들어 주겠다는 말을 하려는데 전화벨이 울리기 시작했다. 화면에 뜬 김 실장 이름에 강욱이 미간을 찡그리며 일어섰다.

"금방 씻고 나올게."

김 실장의 전화를 받으며 강욱은 욕실로 향했다.

— 본부장님. 정 이사님은 오늘이라도 만나 보셔야 할 것 같은데요.

"무슨 문제 있습니까?"

— 저희 쪽에서 주주들과 접촉한다는 게 알려졌는지 부사장님 쪽에서도 움직이기 시작했습니다. 정 이사님을 포섭 중인 모양입니다.

전화기 너머에서 들려오는 김 실장의 말에 이내 강욱의 표정이 심각해졌다. 부사장이 먼저 손을 쓰도록 놔둘 수는 없다.

"위치 확인해 봐요. 되도록 빨리 움직일 테니까."

김 실장과 통화를 한 후 강욱은 물을 틀었다.

"아."

물이 닿은 어깨가 따끔거려 거울을 보니 긴 생채기가 나 있다. 어깨부터 등까지 할퀸 자국이다. 이렇게 상처가 나도록 몰랐던 걸 보면 이성을 제대로 잃었던 모양이다.

강욱은 피식 웃으며 샤워기 아래에 섰다. 골치 아픈 일을 앞두고 있었지만, 비누칠하는 내내 콧노래가 흥얼거려졌다. 물론 그 기분이 얼마 지나지 않아 엉망이 될 거라고는 생각도 못 한 채 말이다.

윤은 천천히 침대에서 내려왔다.

바닥을 밟고 서 보지만 도통 다리에 힘이 들어가지 않아 침대 끄트머리에 잠시 걸터앉았다.

"……"

시선을 내리자 허벅지 안쪽으로 그 남자, 이강욱의 흔적이 보였다.

윤은 물소리가 들리기 시작한 욕실을 바라보다 바닥에 떨어진 옷을 주워 입기 시작했다. 그가 욕실에서 나오기 전에 이곳을 빠져나갈 생각이었다.

그녀의 계획은 아니, 생각하는 건 딱 여기까지만이었으니까.

원피스를 입은 다음 침실을 나오자 현관 앞에 나뒹구는 가방이 보였다. 안에 들어 있던 물건들이 아무렇게나 쏟아져 있었다.

물건들을 챙겨 일어서는데 커다란 거실 창이 보였다.

'거실에서 한강 잘 보여. 보고 싶다며.'

문득 강욱의 말이 떠올라 걸음을 옮겼다. 창가에 서자 그의 말마따나 한강이 잘 보였다. 도심의 야경과 함께 어우러진 강을 따라 고개를 돌리자 저 멀리 익숙한 곳이 보였다. 오늘 낮에도 한참을 앉아 있다 온 곳이었다.

"……"

하필이면 여기서 이렇게 잘 보이는 곳이었을까.

윤은 참담해지는 마음에 질끈 눈을 감았다. 울고 싶지만 울어서는 안 된다. 적어도 지금은. 특히나 이곳에서는.

애써 마음을 추스른 윤이 집을 나서기 위해 돌아서는데 탁자 위에 놓인 남성용 화장품이 보였다. 아침에 급하게 나갔는지 뚜껑이 열려 있었는데 코 가까이 가져다 대자 강욱의 향기가 났다.

아쉬운 듯 화장품을 제자리에 내려놓던 윤은 핸드폰을 꺼내 사진을 찍었다.

어디선가 이 화장품을 볼 때면 강욱이 떠오르겠지. 추억은 이런 사소한 거면 족했다. 대단한 추억이 있어 봤자 미련만 덩달아 커질 뿐이다.

윤은 여전히 물소리가 들려오는 욕실 쪽을 힐끗 쳐다본 뒤 집을 나섰다.

이강욱이 자신과 얼마나 어울리지 않는 사람인지 눈으로 확인했으니 이제 '최윤희'로 저를 기억하는 그를 그만 만나야 했다.

언제까지 과거에 얽매여 살 수는 없는 노릇이니까.

그러기엔 앞으로 살아야 할 날이 너무 많으니까.

"잘했어. 이제 깨끗하게 잊어버려."

건물을 빠져나오며 혼잣말을 중얼거린 윤의 걸음이 얼마 지나지 않아 느려졌다. 확인해 보고 나면 후련할 줄만 알았는데 이상하게도 마음이 먹먹해졌다.

"윤아……. 힘내."

제게 해 줄 말은 고작 그것뿐이었다.

씻고 나왔을 때 방은 텅 비어 있었다.

"어딜 간 거지?"

강욱은 찌푸린 얼굴로 방 안을 둘러보았다. 여자는 온데간데없이 사라졌고 흐트러진 침대만이 함께한 시간의 흔적처럼 남아 있었다.

전화를 걸려던 강욱은 그제야 제가 최윤희의 전화번호조차 모른다는 사실을 깨닫고는 실소를 터트렸다.

"미쳤군."

연락처조차 모르는 여자를 집으로 데려오다니. 아무래도 머리가 어떻게 된 모양이었다.

그로부터 며칠이 지났다.

9시 30분.

어김없이 보고 전화가 울렸다.

서재에서 서류를 검토 중이던 강욱은 잔을 채워 자리에서 일어났다. 통화 버튼을 누르자 곧 묵직한 목소리가 들려왔다.

─ 임철민입니다.

"보고하세요."

─ 최윤희 씨는 아직 찾지 못했습니다.

며칠째 이어져 온 토씨 하나 다르지 않은 보고에 강욱이 눈살을 찌푸렸다.

블랙박스에서 건진 사진 한 장과 이름만 가지고 사람을 찾는 게 쉬운 일이 아니라는 걸 알지만 그러라고 비싼 값을 치르는 거다.

─ 죄송합니다.

죄송하다는 말에 짜증이 솟구쳤다. 목소리가 저절로 날카로워졌다.

"산장엔 가 보셨습니까."

─ 네. 말씀하신 산장에 사람을 붙여 뒀는데 며칠 지켜본 결과 여자는 오지 않았습니다. 주인 부부에게 물어봤지만 최윤희 씨를 모른다는 말뿐이었습니다.

최윤희를 모른다……. 말도 안 되는 부부의 거짓말에 강욱은 입가에 조소를 머금었다. 이게 내기 판이라면 아주 친한 사이일 거라는 데에 전부를 걸 수도 있다. 친하지 않고서야 아이를 맡기지는 않을 테니까. 게다가 이미 몇 번이나 주말에 그곳에서 최윤희를 만났는데 모른다고?

"거짓말일 겁니다. 그곳엔 반드시 나타날 겁니다."

– 네. 사람은 계속 심어 두겠습니다.

"연락 기다리죠."

책상에 기대어 서 있던 강욱은 통화를 마친 핸드폰을 툭 던지듯 내려 놓았다. 잔을 들어 반쯤 채워진 술을 단숨에 비워 냈다. 식도를 적시며 내려가는 느낌이 찌릿했다.

"……."

사실 예전에 최윤희를 한번 찾으려다 못 찾았던 적이 있었다.

쫓기듯 미국으로 건너갔을 때 처음엔 정신이 없었다. 그러다 한참이 지났을 때 최윤희를 찾아봐야겠다는 생각이 들었고 비슷한 나이 또래의 최윤희를 뒤져 봤지만 찾을 수가 없었다. 그땐 왜 계속 산장을 오갈 거라 고는 생각을 못 했을까. 아마도 자신처럼 최윤희도 그곳에 갇혔던 거라 고 여겼기 때문일 것이다.

하긴. 찾았다고 한들 뭘 어쨌을까. 미국으로 쫓겨났던 주제에…….

한참 생각에 잠겨 있던 강욱이 관자놀이를 문지르며 작게 욕설을 중 얼거렸다.

"빌어먹을. 또 시작이군."

툭하면 찾아오는 편두통은 그에겐 고질병이다. 한번 시작되면 약을 먹어도 그때뿐이었다.

요즘 회사 일로 너무 신경을 곤두세운 게 문제였을까.

잔을 내려놓은 강욱은 짧은 한숨을 내쉰 다음 진통제를 찾기 위해 거 실로 향했다. 약은 늘 있던 자리에 있었지만 차마 입에 털어 넣을 수가 없었다. 그러다 큰일 난다는 의사의 경고가 떠올라서였다.

손에 쥐었던 진통제를 내려놓고 욕실로 향했다. 뜨거운 물로 샤워라 도 하면 좀 나을까 싶었다.

옷을 벗던 강욱이 거울을 등지고 돌아섰다. 그러자 아직 채 아물지 않은 기다란 상처가 보였다.

며칠 전 최윤희를 안았던 날 얻은 상처다. 원래 상처가 잘 아무는 체질인데 이상하게도 이번 상처는 잘 낫지 않는다. 낫기는커녕 볼 때마다 그 순간이 떠올라 욕망이 깨어나는 부작용에 시달리고 있었다.

샤워기를 틀자 뜨듯한 물줄기가 몸을 타고 흘러내렸다. 물은 생채기가 난 상체를 지나 허벅지를 적시고 아래로 흘렀다.

"……."

아래를 내려다본 강욱이 나직한 신음을 내며 한 손으로 벽을 짚었다. 두통으로 인한 괴로움에도 불구하고 아랫도리가 단단해져 있었다.

이 모두가 그 여자 때문이다.

느닷없이 나타나 한바탕 뒹굴고 사라져 버린 그 여자.

"최윤희."

입술 사이로 이름을 내뱉은 강욱은 벽에 이마를 댄 채 눈을 감았다. 만나 보지 않겠냐는 물음에 아무런 대답도 없이 사라진 여자에게 미련을 두는 건 그답지 않았다.

그럼에도 불구하고 자꾸 그 여자가 생각나는 건 몇 년 전의 기억 때문일 것이다.

눈으로 뒤덮였던 산에 고립되었던 짧았던 며칠.

미국에서 지내는 동안 가끔 그때의 일을 생각하곤 했었다. 시간이 흐를수록 또렷하던 여자의 얼굴은 흐릿해졌고 기억 역시 조금씩 퇴색되어 갔다. 나중엔 그냥 꿈을 꾸었던 게 아니었을까, 하는 생각이 들기도 했다.

한데, 거짓말처럼 그녀를 다시 만났다.

기억을 더듬어 찾아간 간판 하나 없던 작은 산장.

저를 보고 놀라던 여자의 얼굴이 눈앞에 그리듯 떠올랐다. 귀신이라도 본 사람처럼 창백한 얼굴로 눈조차 깜박이지 못하던 여자.

전화번호를 달라는 말에 그녀는 말했었다.

'주말엔 대부분 여기에 와요.'
'다른 날엔? 한번 봤으면 좋겠는데.'
'……여기서 만나는 게 좋겠어요. 여기 아니면 힘들 것 같아요.'
'이 근처에 살아?'
'그렇다고 해 두죠.'

뭔가 저를 상대로 게임이라도 하는 듯한 뉘앙스에 한참을 고민하다
대답해 주었다.

'그러지 뭐.'

늘 그렇듯 게임은 쓸데없는 승부욕을 만들어 내곤 했다. 제게 잔뜩 거
리감을 둔 눈빛을 치워 버리고 싶었다.
그날 이후 몇 번 산장을 찾았다. 만난 적도 있었지만 한 번은 허탕을
쳤고, 한 번은 산을 내려오던 여자를 만나 근처 시내까지 태워다 준 적이
있었다.

'다음엔 내가 찾아갈게요.'

어느 작은 터미널 앞에서 내려 주었을 때 그녀가 말했었다.

'미리 연락 주면 고맙고.'

명함을 건네주면서도 반신반의했었다. 진짜 오겠다는 건지 그에게 더

이상 찾아오지 말라는 건지 그 의도가 불분명해 보였으니까.

그런 그녀가 보름 만에 찾아와 함께 뒹굴기까지 했다. 그래 놓곤 다시 연락 두절.

"새로운 게임을 해 보자는 건가."

강욱은 중얼거리며 손을 아래로 내렸다. 아무래도 최윤희를 만나 확실하게 대답을 들어야 이 빌어먹을 게임이 끝날 듯했다.

차는 덜컹대며 산길을 달렸다. 바퀴에 돌이 치일 때마다 한번씩 요란한 소리가 났지만 강욱은 신경 쓰지 않은 채 전방을 주시했다.

몇 번 왔다고 이젠 제법 익숙해진 길이다.

저만치에서 내려오는 등산객들을 발견한 강욱은 속도를 줄이며 힐끗 시간을 확인했다. 아직 점심시간도 되지 않은 이른 시간이다. 여느 주말처럼 최윤희가 이곳을 찾는다면 아직 내려가지 않았을 거다.

이번 주 역시 나타나지 않았다는 임철민의 보고를 받았지만 강욱은 이른 아침부터 산장으로 향했다. 뭔가가 영 찜찜한 기분이 들었기 때문이다.

텅. 웅덩이를 만난 차가 요란한 소리를 내며 휘청거리자 강욱은 생각을 멈추고 재빨리 운전대를 붙들었다.

산은 지난번에 왔을 때보다 더 짙은 녹색으로 변해 있었다. 차창을 내리자 풀 내음을 가득 품은 바람이 밀려들었다.

어느덧 산에도 짧은 봄이 지나가고 여름이 찾아온 모양이었다.

얼마쯤 그렇게 달렸을까. 지난번 왔을 때도 보이지 않던 나무 표지판이 갈림길에 세워져 있었다.

『동희산장』

강욱은 표지판이 가리키는 방향으로 차를 몰며 거리를 가늠해 보았다. 이제 조금만 더 가면 그곳이다.

그로부터 몇 분 후, 마침내 덜컹거리며 산길을 달리던 차가 멈추었다. 제법 넓은 마당 한쪽에 차를 세우자 누렁이가 달려오더니 반가움을 표시하듯 꼬리를 흔들어 댔다.

"잘 있었어?"

그때 강아지였던 녀석은 어느새 네 마리의 새끼를 거느린 어미 개가 되어 있었다. 지난번 만났을 때 최윤희가 알려 주지 않았다면 알아보지 못했을 것이다.

강욱이 몸을 숙여 녀석의 머리를 쓰다듬는데 벌컥 산장 문이 열리더니 아이 하나가 뛰어나왔다. 갈래머리를 한 아이는 까르르 웃음을 터트리며 계단을 내려오다 말고 그를 빤히 쳐다보았다.

그 아이다. 김동희.

눈이 펑펑 내려 이곳에 고립되었던 날 태어났다던 아이.

지난번 이곳에 왔을 때 최윤희의 옆에 꼭 붙어 있던 아이.

"안녕."

말똥말똥 쳐다보는 아이에게 손을 흔들자 이내 새침한 표정으로 뒤를 돌더니 집 안으로 뛰어 들어갔다. 강욱은 머쓱한 표정으로 손을 거둬들였다.

"내가 별로 마음에 안 드는 건가."

혼잣말을 중얼거리며 주변을 돌아보았다. 손님으로 보이는 등산객 몇이 나무 그늘에 놓인 테이블에 앉아 점심을 먹고 있었다.

"실례합니다."

나무 문을 열고 들어서며 외치자 주방에 있던 남자가 고개를 내밀었다. 산장 주인인 형도다.

"어서 오……. 어?"

강욱을 발견한 형도가 인사를 하다 말고 눈을 크게 떴다. 어딘지 모르게 난처해하는 태도에 강욱은 슬쩍 미간을 모았다. 매번 이곳에 올 때마다 느끼는 거지만 아무래도 이곳에선 강욱이 반갑지 않은 손님인 모양이다.

젖은 손을 앞치마에 닦으며 밖으로 나온 형도는 마지못한 듯 억지웃음을 지으며 인사를 건네었다.

"요즘 자주 오시네요."

"그러게요. 자주 뵙는 것 같네요."

"산이야 뭐 자주 오는 게 좋죠. 뭐 드릴까요?"

"아직 점심 전이라 간단하게 요기를 했으면 하는데요."

"지금 메밀전병을 만드는 중인데 드릴까요? 맛은 보장할 수 있는데."

"좋군요. 거기에 커피도 한 잔 부탁드립니다."

주문을 받은 형도가 주방으로 돌아간 후 강욱은 의자에 앉으며 산장 내부를 쓱 훑어보았다. 손님은 밖에 앉은 사람들이 전부인지 조용했다.

주위를 살피는데 계단 위쪽에 숨어 고개를 빼꼼 내민 아이가 보였다. 제가 무서워 도망친 줄만 알았던 아이는 마치 숨바꼭질이라도 하자는 듯 몸을 웅크리고 있다가 슬쩍 고개를 내밀곤 했다.

그런 아이의 모습에 강욱은 잠시 고민했다. 원래 아이를 좋아하는 성격이 아닌데 하는 짓을 보고 있으니 저절로 입꼬리가 올라갔다.

"놀고 싶다 이 말이지?"

얼굴을 손으로 가린 다음 손가락 사이로 아이를 바라보았다. 그가 장난을 받아 주는 걸 안 아이가 까르르 웃더니 푹 고개를 숨겼다. 아이는 꼭 얼굴만 파묻는 타조 같았다.

계단을 사이에 두고 아이와 장난을 하는 사이 형도가 쟁반을 가져와 앞에 놓아주었다. 막 만든 전병에선 고소한 냄새가 풍겼다.

"동희가 낯을 좀 가리는데 몇 번 봤다고 장난을 다 치네요."

사랑이 가득 담긴 눈으로 딸아이를 바라보며 남자가 말했다. 강욱을 볼 때와는 확연한 온도 차다.

"아내분은 어딜 가셨나 봐요."

커피 한 모금을 마시며 묻자 형도가 고개를 끄덕였다.

"볼일이 있어서 잠깐 동네에 내려갔어요. 저녁때나 되어야 올라올 거예요."

강욱은 다시 커피 한 모금을 마시며 지난번 이곳에서 최윤희를 만났을 때를 떠올렸다.

분명 그녀는 이곳 사람들과 가족 이상으로 친해 보였다. 그해 겨울 처음 만난 사이라고 해도 벌써 몇 년이다. 그동안 인연을 이어 온 거면 생각보다 더 가까운 사이일지도 모른다.

강욱은 최윤희를 이모라 부르며 잘 따르던 아이에게서 눈을 떼지 않은 채 물었다.

"윤희 씨 오늘은 여기 안 왔습니까?"

"윤……희요?"

눈에 띄게 당황하는 형도의 모습에 강욱은 얼굴을 찡그렸다.

"최윤희 씨요."

일부러 힘주어 이름을 부르자 형도가 어색하게 웃더니 아아, 짧은 탄식 같은 소리를 냈다.

"얼마 전에 한번 온 적이 있는데 일이 생겨서 당분간 못 온다고 그랬던 것 같아요."

얼마 전이라면 그를 찾아오기 전인 걸까.

"일이 생겨서?"

"자세한 건 저희도 몰라요. 그냥 회사 일이 바쁘다고 했던 것 같은데."

이 남자 참 거짓말에 서툴다. 이리저리 흔들리는 시선만 봐도 거짓말인지 알겠다.

"그럼 연락처라도 알 수 있을까요?"

"그건…… 하하하. 가끔 들르는 손님인데 어떻게 연락처까지 알겠어요."

"……."

강욱은 전병 하나를 집어 입에 넣은 뒤 우물거렸다. 저 말을 믿을 거라고 생각하는 걸까.

"유감이군요."

형도가 사실대로 얘기해 주지 않을 거라는 예감에 강욱은 더는 묻지 않고 자리에서 일어섰다. 아쉽기는 하지만 거짓말을 하는 사람에게 연락처를 구걸할 만큼의 간절함이 있는 것은 아니다. 이렇게까지 했는데 숨어서 나오지 않는다면 깨끗이 포기하는 수밖에.

강욱은 계단을 뛰듯 내려와 밖으로 나가는 아이를 응시하며 천천히 자리에서 일어섰다. 더 기다려 봤자 시간 낭비인 듯했다.

"그만 드시게요?"

만 원짜리 지폐 몇 장을 꺼내 테이블이 올려놓은 뒤 형도를 바라보았다. 드나드는 모든 손님에게 호의적인 남자가 왜 제겐 경계 태세인 걸까.

강욱은 문득 제가 무슨 잘못을 한 게 있나 하는 생각에 기억을 더듬어 보았다. 이 남자의 아내도 그렇고 다들 그에게 묘한 반감을 가진 것 같은데 착각인 걸까.

"혹시 최윤희 씨가 연락처 같은 거 가르쳐 주지 말라고 한 겁니까?"

"네? 아……."

혹시나 해 물은 건데 진짜인 모양이다.

"곤란한 모양인데 답은 됐습니다."

쓱 산장을 훑어본 다음 밖으로 나왔다.

담배 생각이 났지만 산 한복판에서 피울 수는 없는 노릇이다.

그해 겨울과는 확연하게 다른 초여름의 풍경을 잠시 바라보다 차로 향할 때였다.

마당 한쪽에서 강아지와 놀고 있던 아이의 목소리가 자그맣게 들렸다.

"이모는 채윤인데."

흙먼지가 날리는 마당을 가로지르던 강욱의 걸음이 천천히 멈추었다.

채윤?

강욱은 속으로 이름을 중얼거리며 아이를 돌아보았다. 아직 어려 발음이 잘 안 되는 건가. 가까이 다가가자 아이가 동그란 눈으로 그를 올려다보았다.

"윤희 이모 오늘 안 왔니?"

그가 묻자 아이의 콧등이 찡그려졌다.

"윤희 아닌데."

"……최윤희. 아냐?"

"아이 참. 아니라니까. 이모는 채윤이야. 채. 윤."

붙잡고 있던 강아지를 놓고 일어난 아이는 답답한 듯 바닥을 발로 톡톡 두드리며 이름을 강조하더니 샐쭉한 눈으로 그를 올려다보았다.

"채윤. 우리 이모는 특별해서 이름이 한 글자랬어. 아저씬 그것도 몰라?"

도망치는 강아지를 잡기 위해 마당을 뛰어가는 아이를 멍하니 지켜보던 강욱은 한 대 얻어맞은 듯한 얼굴로 중얼거렸다.

"윤. 이름이 외자라고?"

'최윤희예요.'

그날 분명 그렇게 들었었는데…….

"채윤. 채윤이에요. 채윤."

강욱은 아이가 가르쳐 준 이름을 몇 번이나 읊조리며 산장을 바라보았다. 짧은 탄식이 입술 사이로 흘러나왔다.

— 오늘 낮에 그 남자 여기 찾아왔었어.

저녁 무렵 걸려온 경임의 전화에 윤은 하던 일을 멈추고 창밖을 바라보았다. 인부들 임금이 밀려 작업이 중단된 지 사흘째인 현장은 조용하기만 했다. 인부들을 설득하기 위해 나간 성훈에게선 아직 아무런 연락도 없다.

— 형도 씨가 연락처 모른다고 둘러댄 거 같기는 한데…⋯. 너 진짜 괜찮겠어?

걱정하는 경임의 목소리에 윤은 씁쓸하게 웃었다.

"괜찮아. 이제 진짜 다 잊은걸."

— 잘도 그러겠다. 이맘때면 얼마나 아픈지 내가 뻔히 다 아는데.

"……."

— 근데 그 남자는 왜 이제 와서 찾는 거래? 진짜 밉다 밉다 하니까 끝까지 사람 괴롭게 하는 데 뭐 있다. 다음번에 또 찾아오면 아주 내가 따끔하게 혼을 내줄까 봐.

제 일이라도 되는 것처럼 화를 내는 경임의 모습에 윤은 빙그레 웃으며 널브러진 목재를 한쪽으로 치웠다. 먼지가 풀풀 날아올랐다.

"기왕이면 종아리라도 때려 줘."

— 얘 좀 봐. 때리라면 내가 못 때릴까 봐? 아주 낭창낭창한 회초리 만들어 놨다가 실컷 두들겨 패 줄게. 그나저나 동희가 이모 보고 싶다고 난리인데 어쩌니.

"조만간 동희가 좋아하는 마카롱 사서 한번 들를게."

— 잠깐만. 동희가 좀 바꿔 달래.

— 이모! 보고 싶은데 언제 와?

전화기 너머에서 들려오는 아이의 목소리에 윤의 표정이 환해졌다.

이런저런 일로 마음이 내내 무거웠는데 동희가 보약이다.

"엄마 말 잘 듣고 있으면 금방 갈게."

– 다섯 밤?

고사리 같은 손가락을 쫙 피고 있을 모습을 상상하니 가슴이 간질거렸다.

"그래. 다섯 밤 자고 갈게."

저를 끔찍하게 아껴 줄 동희 같은 아이가 하나 있었으면 싶었다.

같은 시간.

거실 창밖을 내려다보던 강욱은 임철민에게 전화를 걸었다.

– 네. 임철민입니다.

"최윤희가 아니라 채윤입니다."

– 채윤희요?

"아뇨. 채윤. 이름이 외잡니다."

아무래도 그녀를 다시 만나 봐야 할 것 같았다.

최윤희라고 부르는 걸 들었으면서도 왜 제대로 알려 주지 않았는지 이유라도 들어야 이 찜찜한 기분이 사라질 듯싶었다.

이른 아침.

사무실로 출근 중에 김 씨 아저씨로부터 전화를 받은 윤은 서둘러 병원으로 향했다. 응급실로 가자 김 씨 아저씨가 엉망인 몰골로 앉아 있었다.

"이게 어떻게 된 거예요?"

"염병. 자전거 타고 출근하다 넘어졌는데 팔이 똑 하고 부러져 버렸다네."

난감한 표정의 김 씨가 윤의 시선을 피하며 중얼거렸다.

"미안해서 어쩌. 하필 이럴 때…….'"

성훈이 예전에 다니던 사무소에서부터 함께 일을 해 왔다는 김 씨는 목수 일을 비롯해 전반적인 작업에서 꼭 필요한 사람이다. 며칠 전 인부들을 설득하는 일까지 도왔었는데 하필 이럴 때 사고라니.

하루라도 빨리 일을 마무리해야 하는 사무실 사정을 뻔히 아는 윤은 팔이 부러졌다는 말에 막막한 기분이 들었다. 하지만 어차피 벌어진 일에 불평 불만을 늘어놓을 수는 없다. 게다가 김 씨는 윤이 아버지처럼 따르는 사람이기도 했다.

윤은 넘어지면서 쓸린 김 씨 얼굴을 살피며 물었다.

"어휴, 얼굴 다 까졌네. 아드님한테는 연락하셨어요?"

"뭣 하러. 바쁜 애한테 연락해 봤자 일 방해하는 것밖에 더 되겠어."

"나중에 알면 또 혼나실 텐데요."

"혼나긴. 제 놈 편하라고 그런 건데 누굴 혼내."

김 씨 아저씨의 아들은 행정직 5급 공무원으로 정부청사에서 근무 중이다. 일찍 아내가 세상을 떠나 가정환경이 좋지 않았음에도 아들이 훌륭하게 커 주었다며 항상 자랑스러워했다.

"피, 큰소리도 못 치실 거면서."

윤은 곱게 눈을 흘긴 뒤 응급실 안을 둘러보았다. 평일 오전이라 그런지 침대 대부분은 비어 있었다.

그러다 침대 아래에 넘어져 있는 김 씨의 작업화를 발견하고는 몸을 숙였다. 먼지가 잔뜩 묻은 낡은 작업화 뒤축이 다 닳아 있는 걸 본 윤이 작게 한숨을 내쉬었다. 가지런하게 신발을 정리한 뒤 의자에 앉아 김 씨를 바라보았다.

"아들 좋은 옷 사 준다고 아끼지 말고 아저씨 신발부터 하나 사요. 장마 지면 빗물이 다 들어오겠다."

"신? 에이, 아직 쓸 만혀."

멋쩍게 웃는 김 씨의 모습에 윤은 졌다는 듯 어깨를 으쓱였다.

"그나저나 나 대신 일할 사람부터 구해야 할 텐데."

"오는 길에 소장님한테 말씀드렸어요. 지금쯤 대타 구해서 현장에 가셨을 거예요."

"그러믄 다행이고."

이런저런 이야기를 나누는데 간호사가 오더니 CT를 찍고 오라고 했다. 윤이 재빨리 일어나 김 씨를 부축하자 간호사가 물었다.

"따님이세요?"

"아녀."

김 씨가 재빨리 대답하더니 슬쩍 윤의 눈치를 살피고는 말을 이었다.

"우리 며느리."

"아아, 그러시구나. 예쁜 며느리 두셔서 좋겠어요."

고개를 끄덕인 간호사가 돌아간 후 윤이 샐쭉한 표정으로 중얼거렸다.

"누구 맘대로 유부녀를 만드실까. 전 시집 안 간다니까요."

"안 가긴 왜 안 간다고 그랴. 그 인물에 그 성격에 시집 안 가면 이건 국가적인 차원에서 손해인디."

"그건 나라 사정이고 안 가는 건 제 마음이죠."

윤의 부축을 받으며 방사선실로 자리를 옮긴 김 씨가 다친 곳이 아픈지 인상을 쓰며 말했다.

"잔말 말고 한번 만나 보기나 혀. 아들놈한테는 내가 미리 말해 뒀으니까."

"싫다니까 그러시네."

"만나 보고 맘에 안 들면 더는 안 권해."

이미 몇 번이나 같은 대화를 나눈 적이 있었는데 이번엔 김 씨가 작정한 듯 물러서지 않고 강요했다.

"사방에서 사윗감으로 달라는 거 마다하고 내가 특별히 채 대리 먼저 보여 주는 거여."

"……."

"알았제?"

"……생각해 볼게요."

"생각은 얼어 죽을. 조만간 한번 올라온다고 했으니까 그리 알고 있어."

투덜거린 김 씨가 방사선실로 불려 들어간 후 윤은 보호자 대기실 쪽을 바라보았다. 밤새 누군가를 간호하다 지쳐 잠든 한 남자가 보였다.

"……."

문득 저 자리에 앉아 있던 형도와 경임의 모습이 떠올랐다. 보호자를 부르라는 의사의 말에 기껏 연락할 사람이 그들뿐이었었다.

한참 생각에 잠겨 있던 윤은 검사를 받고 나온 김 씨를 입원실로 옮겨 주었다.

"그냥 집에 간다니까 그러네."

고집을 부리는 김 씨를 어르고 달래는 것도 그녀의 몫이었다.

"자꾸 이러시면 아드님 오시라고 부를 거예요."

윤의 말에 김 씨는 입술을 비죽이며 조용히 환자복으로 갈아입었다. 그 모습에 윤이 조용히 웃었다.

"일찍 들어왔네?"

벌컥 사무실 문을 열고 들어서다 윤을 발견한 성훈이 인사를 건네고는 물을 마셨다. 목이 어지간히 탔는지 연거푸 두 잔을 들이켠 다음 그가 크게 숨을 내쉬었다.

"하, 이제 좀 살 것 같네."

손등으로 입술을 훔친 그가 의자에 털썩 주저앉았다.

"김 씨 아저씨는 좀 어때?"

"한 며칠 병원에 계셔야 할 것 같대요. 부러진 팔도 팔이지만 당 조절이 너무 안 되는 모양이에요. 넘어진 것도 일시적인 쇼크 때문에 그런 것 같던데."

"쯧, 그러게 아무거나 막 드시지 말라니까."

윤은 뽑아 놓은 금융 자료들을 모아 성훈의 자리에 놓으며 물었다.

"경찰서에서는 뭐래요?"

"작정하고 튄 놈인데 경찰이라고 별수 있나. 고소 접수 했으니까 기다려 보라는 말뿐이지."

"……."

"승교 개자식. 내 돈 가지고 날라서 얼마나 잘 먹고 잘 사는지 두고 볼 거야. 벼락 맞아 죽지 않으면 그 머리통을 내가 깨부숴 주겠어."

울분에 찬 성훈의 목소리를 들으며 윤은 맞은편 책상을 바라보았다.

"……."

불과 얼마 전까지 저 자리엔 성훈의 친구이자 동업자인 승교가 앉아 있었다. 사무실 일을 도맡아 하던 승교가 유통 가능한 자금을 모두 끌어 잠적한 건 보름 전. 지금 그들이 몸담고 있는 원하우징은 부도 직전의 상황에 놓여 있다.

"자양동 건은 어떻게 되었어요? 입금일이 지난 것 같은데."

"아직이야. 아무래도 다른 사무소를 알아보고 있는 건지 눈치가 이상해. 저번에 사흘 공사 못 한 게 영 미심쩍었던 모양이야."

의자에 몸을 늘어뜨린 채 천장을 올려다보던 성훈이 피곤한지 눈을 감았다. 벌써 며칠째 제대로 잠도 자지 못하고 이리저리 뛰어다니는 걸 보니 안쓰러웠다.

"한숨 자요. 화곡동 현장엔 내가 나가 볼 테니까."

"그럴래?"

"늦어지면 곧바로 현장에서 퇴근할게요."

"응. 수고해. 난 이따가 은행에 대출 좀 알아보러 가야겠어."

잠에 취한 목소리로 웅얼거리는 성훈을 힐끗 돌아본 뒤 윤은 가방을 챙겨 출입구로 향했다. 협소주택을 짓고 있는 화곡동 현장은 지금 목공사가 한창일 것이다. 일당 지급이 계속 미뤄지고 있으니 가면 또 싫은 소리를 듣게 될 게 분명했다.

"또 욕으로 배 채우겠네."

가는 길에 간식이라도 좀 사야지 싶어 가방 속에서 지갑을 찾는데 사무실 문이 열렸다. 누군가 싶어 고개를 든 그녀의 눈이 점점 커졌다.

"!"

출입문 앞에 서 있는 건 분명 그였다. 잘빠진 슈트 차림에 숨이 멎을 만큼 잘생긴 이강욱.

"안녕?"

4년 만에 산에서 만났을 때와 마찬가지로 그가 짧은 인사를 건넸다.

"여긴 어떻게……."

안으로 들어온 강욱이 쓱 사무실을 훑어보더니 단조로운 목소리로 중얼거렸다.

"안 궁금해하고 싶었는데 그러기엔 너무 가까운 곳에 있어서 말이지. 여기까지 오는 데 30분도 채 안 걸렸어."

난데없는 강욱의 출현에 당황한 윤은 서둘러 그의 앞을 가로막았다.

"나가서 얘기해요."

"조용하고 좋은데 왜."

"이강욱 씨. 여기 사무실이에요."

막 잠든 성훈이 신경 쓰인 윤이 뒤돌아보며 목소리를 낮추자 강욱의 시선이 따라 움직였다. 성훈을 발견한 그가 픽 웃었다.

"왜. 내가 소란이라도 피울까 봐 겁나?"

"그 정도로 몰상식한 사람은 아니라고 믿을게요."

"우린 서로에 대해 너무 모르는 것 같은데 믿는다는 말은 좀 오버 아닌가."

뚫어지게 바라보는 시선을 피하며 윤은 한 걸음 뒤로 물러섰다. 갑자기 닥친 상황을 어떻게 해야 좋을지 모르겠다.

"어쨌든 지금은 나가 봐야 해요. 할 말 있으면 나중에 해요."

"나중이라……."

미간을 찡그리며 중얼거린 강욱이 윤을 지나 안쪽으로 들어갔다. 그러더니 일렬로 놓인 명함 중 그녀의 명함을 집어 들었다.

"원하우징 대리 채윤."

"……."

"최윤희가 아니라 채윤. 이름이 외자일 거라는 생각을 못 했었네. 사람 놀리는 게 재미있었겠어."

"놀린 적 없어요."

"그럼 가지고 논 건가?"

"그런 적 없어요."

"이상하다. 난 놀아난 기분인데."

비뚜름하게 웃은 강욱이 손가락 사이에 명함을 끼워 흔들며 물었다.

"나가는 길이랬지? 그럼 내가 여기서 기다릴까, 아니면 전화할래?"

"이봐요."

"나한테 아직 대답할 게 남아 있지 않나? 채윤 씨."

강욱의 한 글자씩 힘주어 이름을 부르자 윤의 눈꼬리가 가늘게 떨렸다.

이 남자는 그 오랜 세월 연락조차 되지 않다가 왜 갑자기 나타나 사람을 혼란스럽게 만드는지 모르겠다. 이런다고 달라질 건 하나 없는데.

"만나 보자고 한 걸 말한 거면 그 대답 지금 할게요."

"해 봐."

윤은 애써 표정을 지우고 그를 올려다보았다.

"난 이강욱 씨 만날 생각 없어요."

"왜?"

"만나기 싫은 데 꼭 이유가 필요해요?"

그녀의 대답에 강욱이 자존심이 상했는지 코웃음을 쳤다.

"그러면서 그날은 왜 찾아왔는데?"

"한번은 확인해 보고 싶었어요. 그때 그 사람이 진짜 당신이 맞는 건지."

윤의 대답에 강욱의 표정이 찡그려졌다.

"확인?"

"……."

"그때 산에서 뒹군 놈이 나였나 확인해 보고 싶었다?"

"그래요."

"근데 왜 싫다는 건데. 설마 해 보고 나니까 별로였어?"

"……네. 별로였어요."

윤의 대답에 실소를 터트리는 바람에 막 잠든 성훈이 뒤척였다. 그런 성훈이 깰까 싶어 윤이 서둘러 입구로 향하는데 강욱이 제 명함을 꺼내 윤의 가방에 끼워 주었다.

"얘기가 길어질 것 같은데 일 끝내고 전화하지?"

"싫다는 여자 따라다니는 취미 있으세요?"

"싫다는 여자 따라다니는 취미는 없는데 나 별로라고 거짓말하는 여자는 그 말 취소하게 해 주고 싶은 오기가 있는 놈이라서."

"……."

"아! 혹시 잊어버렸을까 싶어 하는 말인데 그 별로인 놈 등이 할퀸 상처 때문에 아직도 엉망이거든. 그러니까 연고라도 하나 사서 전화해."

"이봐요."

"그럼 이따 보자고."

강욱이 뒤돌아서더니 손을 흔들며 사무실을 빠져나갔다. 윤은 맥이 탁 풀린 듯 휘청거리며 벽을 짚었다.

"어쩌자는 거야."

다 끝난 줄만 알았는데 끝난 게 아닌 모양이다.

갑작스러운 상황에 머릿속이 혼란스러웠다.

윤은 버스에서 흘러나오는 안내 방송에 벨을 눌렀다. 다음 정거장에서 내리기 위해 일어서며 시간을 확인했다. 벌써 9시가 훌쩍 지나 있다.

"또 늦었네."

오늘도 예정보다 훨씬 늦은 퇴근이다. 사무실 직원이 그만두는 바람에 처리해야 할 일이 많아진 탓이다.

윤은 명치 부근을 문지르며 중얼거렸다.

"약국 문 열었으려나."

속이 영 더부룩한 게 집에 들어가기 전에 아무래도 약을 사야 할 듯싶었다.

미뤄지는 임금 지급에 불만을 터트리는 인부들을 달래느라 저녁을 사 주고 오는 길이다. 그곳에서 분위기를 맞춰 주느라 맥주 몇 잔을 받아 마셨는데 아무래도 안주 몇 점 먹은 게 체한 모양이다.

버스에서 내린 윤이 근처 약국으로 향하는데 마침 간판 불이 꺼졌다. 어찌할까 잠시 망설이다 길 건너에 있는 편의점으로 향했다.

아쉬운 대로 소화제 한 병을 산 뒤 밖으로 나오는데 하늘이 번쩍하며 환해졌다. 밤에 천둥을 동반한 비 소식이 있더니 이제 막 시작되려는 모양이다.

"꼬미가 또 무서워하겠네."

작년부터 키우기 시작한 고양이는 천둥 치는 걸 무서워했다. 지금쯤 이불 속에 들어가 바들바들 떨고 있을지도 모른다.

그 생각에 걸음이 빨라진 윤이 집 앞에 거의 다다랐을 무렵이었다.

"……."

건물 앞에 멈춰 선 차에서 한 남자가 내리는 게 보였다. 그가 누구인지 알아본 윤의 눈이 커졌다.

"퇴근이 늦네?"

이강욱, 그 남자다. 대체 여긴 어떻게 알고 온 걸까.

"여긴 어떻게 알았어요?"

윤의 물음에 그가 대수롭지 않은 듯 어깨를 으쓱였다.

"뭘 그렇게 놀라. 집 하나 찾아내는 게 뭐 대수라고."

차 문을 닫은 그가 비스듬히 기대어 서더니 윤을 바라보았다.

"대단한 능력이시네요."

"비꼬는 취미가 있는 것 같은데 그건 좀 별로네."

윤은 그를 올려다보았다. 깔끔한 슈트 차림에 단정한 헤어스타일. 주머니 속 담배를 꺼내 입술에 무는 모습을 지켜보던 윤은 낮게 한숨을 내쉬었다.

"괜한 짓을 했다는 뜻이에요."

"원래 목마른 놈이 우물을 파기 마련이지. 그러니 괜한 짓이든 뭐든 내 쪽에서 해야 하는 거겠지?"

"……."

"아닌가?"

그가 내뿜은 연기가 바람을 타고 흩어졌다. 비구름을 몰고 온 습도가 높은 바람이었다.

"분명히 기다린다고 했던 것 같은데 이 시간까지 안 한 거 보면 나한테 전화할 생각은 전혀 없었던 것 같고."

"이미 할 말은 다 한 것 같아서요."

"내가 별로였다는 거짓말?"

그가 사무실에 찾아왔던 몇 시간 전부터 계속 생각했었다. 다시는 이 남자와 얽히고 싶지 않다고. 현재진행형이 아니라 그냥 이대로 과거가 되어 줬으면 좋겠다고.

윤이 대답하지 않자 강욱이 표정을 찡그리더니 좀 더 가까이 다가왔다. 코앞까지 다가와서야 걸음을 멈춘 그에게선 위험한 향기가 났다. 보통의 남자에게선 느껴지지 않던 위험한 향이 물씬 풍겨 오자 윤은 저도 모르게 한 걸음 뒤로 물러섰다. 왜 이러는지 모르지만 좋지 않은 징조였다.

"나한테 왜 이래요?"

피곤한 목소리로 묻자 강욱의 미간이 좁아졌다. 뭔가를 찾아내기라도 하려는 듯 집요한 시선으로 바라보던 그가 한참 만에야 물었다.

"그날. 찾아왔던 진짜 이유가 뭐야?"

"……."

"확인해 보고 싶다고 했었지? 대체 뭘 확인해 보고 싶었던 건데. 감정? 아니면 욕망? 그것도 아니면 진짜 그냥 한번 해 보고 싶어서?"

"그냥 복합적인 거라고 대답해 두죠."

"복합적이라……."

곱씹듯 중얼거린 강욱이 좀처럼 이해가 되지 않는 듯 눈을 가늘게 떴다.

"근데 왜 싫다는 거야. 막상 해 보니까 별로였다?"

"……."

윤의 침묵에 강욱이 피식 웃었다.

"보기보다 대범하네. 먹고 튈 줄도 알고."

강욱의 말에 윤이 눈살을 찌푸렸다.

"그런 식으로 말하지 말아요."

"그런 식이라니? 사실 아냐? 내가 꼭 농락당한 기분이거든."

"일부러 그런 건 아니지만 그렇게 느꼈다면 미안해요."

윤은 주머니 속에 들어 있던 소화제를 꼭 움켜쥐었다. 가뜩이나 체해서 불편한 위장이 뒤틀리는 느낌이다.

"얘기 끝났으면 먼저 들어가 볼게요. 몸이 좀 안 좋아서요."

"도망치게?"

강욱이 말하며 몸을 가까이 했다. 키스라도 할 듯 가까워진 거리에 윤이 저도 모르게 뒷걸음치자 그가 피식 웃으며 말했다.

"몸이 안 좋다는 사람이 술 마셨나 보네. 아니면 좀 그럴싸한 거짓말을 하든가."

"……."

비아냥거리는 듯한 강욱의 말투에 윤의 표정이 굳어졌다.

"이강욱 씨."

그가 왜 이렇게까지 하는 건지 모르겠다. 이제 와서 뭘 어쩌겠다고.

"혹시 나한테 관심이라도 생겼어요?"

윤의 물음에 강욱의 눈썹이 꿈틀거렸다. 지나가는 차량 불빛이 그의 눈빛에 반사되었다. 그건 마치 사냥을 앞둔 짐승의 것처럼 빛나고 있었다.

"아니라고는 못 하겠는데."

"……이제 와서?"

한때 이 남자가 찾아오는 상상을 했었다. 매일 아침 눈을 뜰 때마다 오늘 그가 찾아오면 어떤 얼굴로 봐야 하는 건지 고민했었고 아무런 소식도 없이 하루를 마감할 때면 허탈해 저절로 눈물이 흐르기도 했었다. 그렇게 기다려도 오지 않더니 이제 와 어쩌라고.

윤은 울컥 치미는 감정을 억누르며 그를 올려다보았다.

“나한테 원하는 게 뭐예요?”

“……”

“하룻밤? 아니면 연애?”

“글쎄. 그것까지는 생각 못 해 봤는데 연애도 나쁘지는 않겠네.”

별것 아닌 듯한 말투에 윤의 표정이 살짝 굳었다. 애타게 찾아다닐 땐 나타나지도 않더니 이제 와 연애라니.

“참 쉬워서 좋겠어요.”

“뭐가?”

“이강욱 씨는 뭐가 됐든 자기가 원하면 다 될 줄 알잖아요.”

허탈한 목소리로 작게 소리 내어 웃은 윤이 흐트러진 머리카락을 귀 뒤로 넘기며 강욱을 올려다보았다.

“근데 어쩌죠? 난 연애 같은 거 취미 없는데.”

“그럼 가끔 만나 뒹굴거나 하든가. 굳이 관계를 만드는 것보다 나도 그쪽이 더 편하긴 한데.”

원래 이렇게 제멋대로인 사람이었을까.

“손가락만 까닥여도 달려올 여자 많을 것 같은데 다른 데 가서 찾아봐요. 난 생각 없으니까. 먼저 좀 들어가 볼게요. 조심해서 가요.”

강욱을 지나쳐 가는데 빗방울이 떨어지기 시작했다. 한 방울씩 떨어지던 비는 순식간에 요란한 소리를 내며 쏟아졌다.

건물 입구로 들어선 윤이 잠시 망설이다 뒤돌아섰다. 비상 깜빡이를 켠 차가 보였다.

그 순간 전화벨이 울렸다.

모르는 번호지만 누군지 알 것 같았다. 잠시 망설이다 통화 버튼을 눌렀다.

“여보세요.”

한참 침묵이 흐른 뒤 그의 목소리가 들려왔다.

– 이런 말이 좀 우습게 들릴 것 같은데…… 가끔 쉴 곳이 필요해.

"……."

– 내가 지금 좀 짜증 나는 삶을 사는 중이거든. 한번씩 다 내려놓고 쉬고 싶을 때가 있는데 이상하게도 그럴 때 그쪽이 생각났어.

"왜요?"

– 정확한 이유를 꼬집어 말할 수는 없지만 아마도 우리가 함께 있던 그때가 내가 유일하게 아무것도 할 수 없어 손을 놓았던 때여서일 거야. 지금 딱 그때가 그립거든.

윤은 쏟아지는 빗속에 서 있는 강욱의 차를 바라보았다. 이상하게도 그의 말을 듣고 있으니 울컥하는 감정이 치밀었다. 문득 오래전 마룻바닥에 멍하니 누워 창밖을 바라보던 강욱의 모습이 눈앞에 아른거렸다. 그때의 강욱을 얼마나 안아 주고 싶었는지, 함께한 시간 전부를 아직도 기억하고 있었다. 그러니 더더욱 안 될 일이었다.

"뇌는 늘 제가 기억하고 싶은 것만 저장해 두죠. 과거로 돌아갈 수 없듯이 그립다 해도 그때가 될 수는 없어요."

– 모르는 거 아냐.

"알고 있다니 다행이네요. 그러니까 서로 시간 낭비 하지 말죠."

– 근데 어쩌지…….

전화기 너머에서 들려오는 목소리에 온 신경이 집중되었다. 태연하게 굴어야 하는데 그러질 못하겠다.

– 가끔 쉴 곳이 필요해. 그러려면 난 지금 그쪽이 필요한데.

"……."

– 원한다면 괜찮은 연애 상대가 되도록 노력해 보지.

이 남자, 참 잔인하다. 윤은 꽉 메이는 목을 가다듬으며 전화기를 틀어쥐었다.

"참 편리한 사고방식이네요. 미안하지만 이강욱 씨가 원한다고 해서 버려질 게 뻔한 장난감이 되고 싶진 않아요. 끊을게요."

그대로 전화를 끊은 윤은 빗속의 차를 한 번 더 바라본 다음 건물 안으로 들어갔다. 평소 인사를 나누던 경비원이 이제 오냐며 알은체를 했지만 윤은 미처 보지 못했다. 아니라고 부정하고 싶지만 이강욱으로 인해 혼란스러운 상태였다.

현관문을 열자 소파 위에 누워 있던 꼬미가 가볍게 바닥으로 뛰어내리더니 다가왔다.

야옹.

다리에 몸을 비비적거리는 꼬미의 머리를 쓸어 주며 윤이 작게 속삭였다.

"나더러 어쩌라는 걸까."

야옹.

위로하듯 손을 핥는 꼬미를 안은 채 소파에 털썩 주저앉았다.

이미 끝난 사이. 아니, 제대로 시작조차 못 해 본 사이였는데 이제 와 얽히는 건 말도 안 된다. 그를 만나 봤자 상처를 받을 게 뻔한 일이다.

그럼에도 불구하고 이렇게 고민하게 되는 걸 보니 아직 일말의 감정이라도 남은 걸까.

"상처받게 될 거야. 그러니까 꿈도 꾸지 마."

아팠던 경험은 한 번이면 충분하다. 두 번은 절대 겪고 싶지 않으니 흔들리지 말아야 했다.

윤은 지그시 눈을 감으며 꼬미를 껴안았다.

품 안의 고양이가 위로하듯 야옹, 하고 울었다.

그 시간.

비가 쏟아지는 차 안에 앉아 있던 강욱은 지친 표정으로 눈을 감았다.

지난 며칠간 잠을 거의 자지 못한 탓이다. 하긴 며칠뿐인가. 미국에서 돌아온 후 벌써 몇 달을 하루 서너 시간밖에 자지 못했다.

다음 달 이사회를 앞두고 있다. 지난번 사고로 건강이 좋지 않은 아버지가 회장 자리에서 물러날 것이다. 그리고 나면 보이지 않던 권력싸움이 수면 위로 드러날 것이다. 그 싸움에서 강욱은 물러설 생각이 없었다. 그러려면 상대를 물어뜯을 철저한 준비를 철저히 해야 해서 항상 신경이 곤두서 있었다.

너무 피곤해 쉬고 싶다는 생각이 날 때마다 산장에서 윤과 함께 지내던 날들이 생각났다.

고작 달걀 하나에 함박웃음을 짓던 윤이, 맞지도 않는 옷을 찾아다 입혀 놓고 애써 웃음을 참던 윤이 떠올랐다. 물론 지금에 와서 그런 소꿉장난 같은 걸 다시 하고 싶은 건 아니었다.

그냥, 가끔 그때가 떠오를 뿐이다.

K그룹의 본부장 이강욱이 아닌, 이찬국 회장의 혼외자 이강욱이 아닌 채로 살았던 건 지금까지의 인생에서 그때가 유일했다.

이름조차 필요하지 않았던 산장에서의 닷새. 그때의 기분을 한 번 더 느껴 보고 싶었다.

한데 그곳이어서일까. 거기에 채윤이란 여자가 있어서일까. 우선은 그것부터 알아야 했다.

생각에 잠겨 있던 강욱은 전화를 걸었고 상대의 목소리가 들리자 명령했다.

"원하우징에 대해 좀 더 알아봐요."

강욱은 그 후로도 한참을 그 자리에서 머문 뒤에 차를 출발시켰다. 밤이 훌쩍 깊어 있었다.

2.

　그로부터 며칠이 지났을 때였다. 점심 무렵 누굴 좀 만난다며 나갔던 성훈이 잔뜩 들뜬 얼굴로 돌아온 건 오후 4시가 다 되었을 무렵이었다.

　"윤아. 야, 채 대리!"

　문을 부술 듯 열며 들어온 성훈이 상기된 음성으로 윤을 찾았다. 탕비실에서 찻잔을 씻던 윤은 무슨 일인가 싶어 손의 물기도 채 닦지 못한 채 밖으로 나왔다.

　"왜 그래요? 무슨 일 있어요?"

　성훈이 평소에 좀 가벼운 구석이 있긴 했지만 저렇게 흥분하는 법은 없는데 무슨 일인 걸까.

　"사람이 죽으라는 법은 없다. 우리 살았어. 이제 살았다고."

　성큼성큼 다가온 성훈이 흥분을 이기지 못해 윤을 와락 껴안았다. 당황한 윤이 그를 떼어 내자 성훈이 멋쩍게 머리를 긁적이며 입을 열었다.

　"오늘 새 클라이언트를 소개받았어. 우리 사정 얘기 듣고 남은 공사비를 선금으로 지급해 준대. 그걸로 급한 불은 끌 수 있게 됐어."

"오늘 만난 거면 아직 설계도도 안 받아 봤을 텐데 선금이라뇨?"

의아한 듯 되묻는 윤에게 안심하라는 듯 성훈이 힘차게 고개를 끄덕였다.

"새 클라이언트가 자양동 건물 인수하기로 했어. 그것뿐 아니라 아파트 리모델링도 한 건 더 하게 될 것 같아."

"자양동 건물을?"

"응. 다행히 설계도도 마음에 들어 해서 마감재만 좀 수정하면 그대로 인수인계할 수 있을 것 같아."

자양동이라면 한창 공사 중인 곳인데 자금에 문제가 생겨 며칠 전부터 공사가 중단된 곳이었다. 엎친 데 덮친다고 또 다른 문제가 생기지는 않을까 걱정이었는데 그걸 인수할 사람이 나타났다니 다행이기는 했다.

"참, 내일 저녁에 시간 좀 비워 둬."

"내일이요?"

"클라이언트한테 저녁 초대를 받았어. 너도 같이 보재."

"내일은 선약이 있어요. 전 나중에 따로 인사할게요."

"선약? 다음으로 미루면 안 돼? 너 꼭 데리고 나오라고 했단 말이야."

"나를?"

"응. 지난번에 사무실에 들렀다가 인사 나눴다고 하던데."

인사를 나눴다는데 아무리 기억을 더듬어 봐도 짐작 가는 사람이 없다. 대체 누굴까.

"확실히 금수저라 씀씀이가 차원이 다르긴 하더라. 사정이 어렵다니까 선뜻 선금으로 준다는데 좀 놀랐어."

성훈이 부러운 듯 말하며 윤에게 명함 한 장을 내밀었다.

"이 사람이야."

「K그룹 본부장 이강욱」

명함을 확인한 윤은 그만 말문이 막히고 말았다. 한참 만에야 당황한 목소리로 물었다.

"이 사람이…… 새 클라이언트라고?"

말도 안 돼.

"왜, 아는 사람이야?"

성훈의 물음에 윤은 차마 대답할 수가 없었다. 지금 중요한 건 강욱이 그들의 새 클라이언트가 되었다는 것뿐이었다.

딩동.

벨을 누르자 인터폰 너머에서 귀에 익은 목소리가 들려왔다.

– 누구세요?

"사모님. 원하우징의 채윤입니다."

– 채 대리? 잠시만요.

얼마 지나지 않아 부스스한 몰골로 김 사장의 아내가 문을 열었다.

"채 대리가 여긴 어쩐 일이에요?"

김 사장 아내가 의아한 얼굴을 했다. 윤은 준비해 온 음료 박스를 내밀며 미소를 지었다.

"잘 지내셨어요?"

"우리야 뭐 잘 지내고 있지. 그러잖아도 집을 팔아 버리는 바람에 못 보게 된 것 같아 서운했는데 얼굴 보니까 좋네. 채 대리가 애 많이 썼잖아요."

처음 김 사장 부부가 집을 짓겠다고 사무실을 찾은 건 작년 가을이었다. 평생을 아파트에서만 살았으니 이젠 흙 밟으며 살고 싶다던 그들에게 어울릴 만한 집을 짓기 위해 윤은 성훈이 설계도를 그릴 때 이런저런 아이디어를 냈었다. 그때 김 사장의 아내가 누구보다 마음에 들어했던 게 떠올라 마음이 쓰였는데 역시나 얼굴을 보니 서운한 기색이 역력하다.

"실은 그것 때문에 여쭤볼 게 있어서 왔어요."

"내 정신 좀 봐. 손님을 문 앞에 세워 두고. 들어와요."

"괜찮습니다."

"살림이 좀 엉망이긴 한데 기왕 왔으니 차나 한잔하고 가요."

"그럼 실례 좀 하겠습니다."

계속 마다할 수가 없어 윤은 조심스럽게 집 안으로 따라 들어갔다.

그날 오후.

자양동에 도착한 윤은 복잡한 얼굴로 공사 현장을 바라보았다. 골조 공사를 끝낸 현장은 며칠째 조용했다. 성훈의 말로는 공사 대금이 들어오면 그때부터 다시 공사가 진행될 거라고 했다.

윤은 출입 금지 팻말이 붙은 곳을 지나 안쪽으로 들어갔다.

여러 마리의 강아지를 키우고 싶다던 너른 마당은 아직 조경을 하지 않아 흙바닥 그대로다. 먼지가 풀풀 날리는 마당을 지나 형체만 만들어진 건물 안으로 들어가자 아직 해가 떠 있음에도 불구하고 어두컴컴했다. 윤은 매끈하게 미장 작업이 끝난 벽면을 만져 보았다. 아직 퇴원하지 못한 김 씨 아저씨가 소개해 준 문 씨가 일은 제법 깔끔하게 잘하는 듯했다.

"……."

제법 집의 형태를 갖춘 현장을 둘러보던 윤이 쌓아 둔 목재 더미에 앉아 짧은 한숨을 내쉬었다. 텅빈 공간이 울렸다.

'채 대리도 우리 집 사정 얘기 들어서 알고 있잖아. 아들 녀석이 사고 치는 바람에 돈 될 만한 건 다 팔았어. 집이라고 별수 있나. 아쉽지만 웃돈

얹어 준다는데 팔아야지.'

쓸쓸해하던 여자의 얼굴을 떠올리며 윤은 주머니 속 핸드폰을 꺼냈다.

'급한 마음에 매물로 내놓기는 했는데 우리도 솔직히 이렇게 일찍 팔릴
줄은 몰랐어.'

왜 하필 이강욱일까.
아무리 우연의 일치라고 생각해 보려 해도 자꾸만 의구심이 들었다.
게다가 허탈하기도 했다. 몇 억씩 되는 집을 이렇게 쉽게 사들이는, 그
들이 사는 세계 자체가 다르다는 걸 강욱이 보여 주고 있었다.
그가 다녀가고 며칠을 고민했었다.

'가끔 쉴 곳이 필요해. 그러려면 난 지금 그쪽이 필요한데.'

신경 쓰지 말자고 생각했는데 클라이언트라는 걸 알고 나니 그의 말
이 계속 신경 쓰였다.
윤은 잠시 망설이다 통화 목록을 뒤적였다.
아무래도 더 늦기 전에 이 모호한 관계를 정리해야지 싶었다.

몇 시간 동안 꼼짝하지 않은 채 서류를 들여다보고 있던 강욱은 똑똑
노크 소리에 고개를 들었다.
오 비서가 문 앞에 서 있었다.
"회장님께서 찾으십니다."
느닷없는 호출이 반갑지 않은 강욱은 힐끗 시간을 확인한 뒤 피곤하
다는 듯 물었다.

"이번엔 또 무슨 일이랍니까."

"부사장님과 전무님도 함께 호출하신 모양입니다."

"툭하면 불러 모으시는 거에 재미 붙이신 모양이군요."

셋을 한꺼번에 불러 모았다면 조용하게 지나가긴 틀린 날인 모양이다. 세간의 입방아에 오르내리는 '형제의 난'이 못마땅한 이 회장은 요즘 며칠이 멀다고 불러들였다. 강욱은 저녁 약속 시각을 좀 미뤄야 하나 싶어 핸드폰을 만지작거렸다. 불러들인다고 해서 냉큼 달려가고 싶지는 않지만 부사장인 태욱이 아득바득 이를 갈고 있는 꼴은 놓치기 아쉬웠다.

전화벨이 울린 건 그때였다.

[채윤]

화면에 뜬 이름에 강욱은 저도 모르게 픽 웃었다.

"진즉 이 방법을 쓰는 건데 그랬나."

그렇게 기다릴 땐 연락 한 통 없더니 참 빠른 반응이다.

"이강욱입니다."

사무적인 말투로 전화를 받자 곧 윤의 차분한 목소리가 들려왔다.

– 좀 만났으면 하는데요.

"약속 장소랑 시간은 강 소장에게 알려 줬는데 못 전해 들었습니까?"

– 이강욱 씨.

참 이상도 하지. 이 여자가 말을 내뱉기 전 억누르듯 숨을 참는 소리가 왜 듣기 좋은 걸까. 강욱은 아무래도 제게 변태 기질이 있나 싶은 생각이 들어 인상을 찡그렸다.

"마침 연락 잘 했어요. 갑자기 일이 좀 생겨서 오늘 약속은 다음으로 미뤄야 할 것 같으니까 강 소장에게 대신 좀 전해 줘요."

– 이강욱 씨. 원래 그렇게 제멋대로예요?

"……."

싫다는 사람을 붙잡는 악취미 같은 건 없다. 한 번도 그래 본 적 없었다. 하지만 만나기 싫다는 윤을 옆에 두고 싶어졌을 때 궁금해졌다. 제가 무슨 짓까지 할 수 있는지.

ㅡ 이건 반칙이에요.

"반칙?"

ㅡ 회사까지 이용하는 건 비겁하다는 생각 안 해요?

윤의 말에 강욱은 자리에서 일어나 창밖을 바라보았다. 해가 저물어 가는 도시의 붉은 하늘이 눈앞에 펼쳐져 있었다.

"우리가 정정당당하게 겨루는 스포츠 게임 중이었나? 난 그냥 살 집이 필요했던 것뿐인데 반칙이라니 좀 억울한데."

ㅡ 그럼 이번 계약 건은 취소해 주세요. 그 집 아니어도 괜찮은 집 당장이라도 구할 수 있잖아요.

"거절하면?"

ㅡ 이강욱 씨 자존심이 상해서 말 그대로 돈지랄을 한 게 되겠죠.

"돈지랄?"

ㅡ 우리 할머니가 그랬어요. 쓸데없는 일에 돈 뿌려 대면 그게 돈지랄이라고.

역시나 예상을 깨지 않네. 강욱은 낮게 소리 내어 웃었다. 잔뜩 화가 났을 윤의 얼굴을 떠올리며 창가에 기대었다.

"내가 정말 취소해도 괜찮겠어?"

원하우징이 지금 얼마나 위태위태한 상황인지 잘 안다. 선금 이야기를 꺼내자마자 환해지던 남자의 표정 하나만으로도 모든 게 설명되고도 남았다. 그러니 과연 이 여자는 이 계약이 깨지게 놔둘까.

"다시 말하지만 난 단지 집이 필요했을 뿐이야. 아파트는 잠시 머물던 곳이라 조만간 비워 줘야 하거든."

어쭙잖은 핑계까지 만들 정도로 이 여자가 과연 대단한 가치가 있을까.

"당신네 회사에도 손해는 아닐 텐데……."

그가 아는 대부분의 여자는 그가 누군지 아는 순간부터 눈에 들기 위해 안달이었다. 그가 어떤 사람인지는 중요하지 않은 것처럼 굴 때마다 짜증이 났었다. 뒤에서는 혼외자다 뭐다 수군거리면서 어떻게든 눈에 들어 보려는 건 결국은 그가 K그룹 핏줄이기 때문이었다.

　지금은 윤이 이렇게 뻣뻣하게 굴지만 얼마나 갈까. 결국은 다른 사람들처럼 제 앞에서 억지웃음이라도 짓지 않을까.

　"그래도 엎어 줘?"

　어차피 함께 갈 사람은 마음과는 상관없이 정해질 것이다. 잠시 흔들리더라도 그뿐이다. 배알이 욕심으로 그득 찬 제게 어울릴 만한 여자를 만나 그 빌어먹을 왕좌를 쥐어 보겠노라고 아등바등하며 살 것이다.

　바라는 건 딱 하나.

　이 탐욕만 가득한 지긋지긋한 곳을 탈출시켜 줄, 잠시 숨 쉴 곳이 있었으면 싶었다.

　"좋아. 없던 일로 되돌려 주지."

　애초에 시작할 때부터 계산은 끝나 있었다. 돈이라는 건 한번 주머니에 들어오면 다시 내놓기가 힘든 법이다. 특히나 줄줄 새는 주머니라면 말이다.

　"대신."

　강욱은 느릿하게 말을 이었다.

　"뒷감당 잘 해야 할 거야. 여러 사람 힘들게 하기 싫으면."

　ㅡ …….

　"며칠 내로 사람 보내서 마무리하지."

　전화를 끊은 강욱은 손을 들어 눈두덩을 어루만졌다.

　"하여튼 신경 쓰이게 한단 말이야. 적당히 좀 넘어오지."

　중얼거리는 목소리에 피곤이 덕지덕지 묻어나고 있었다.

그냥 모든 게 제자리로 돌아가는 거라고만 생각했다. 급한 일이 해결되었다며 들떴던 기분이 다시 가라앉는 정도에서 끝날 줄 알았다.

— 채 대리. 큰일 났어.

성훈이 다급하게 전화한 건 윤이 현장에 나와 있을 때였다.

2층 발코니 바닥 타설 작업이 한창이라 주변이 시끄러웠다. 윤은 서둘러 조용한 곳으로 걸음을 옮기며 한쪽 귀를 틀어막았다.

"무슨 일 있어요?"

— 자양동 건 말이야. 매수인 측에서 없던 일로 하재.

윤은 차마 알고 있다는 말을 하지 못한 채 바쁘게 움직이는 인부들을 바라보았다.

— 계약 파기 곤란하다고 했더니 회사 법무팀을 보내겠대. 작은 꼬투리라도 잡겠다는 심산인 거지.

"선배."

— 윤아. 이 사람 이거 왜 갑자기 마음이 바뀌어서 저러는 거지? 갑자기 이러면 어쩌라고.

"진정하고 우선 흥분 좀 가라앉혀요."

— 내가 지금 진정하게 됐어? 윤아, 이거 못 되돌려. 이미 써 버린 돈은 다 어떡하라고.

"돈이라뇨?"

— 미처 너한테 말 못 했는데 어제 오전에 입금됐더라. 그래서 은행 급한 불도 끄고 대금 밀린 것도 대부분 지급했어. 수중에 남은 돈이 없단 말야.

성훈은 울기 직전이었다. 이미 일이 그렇게까지 된 줄 모르고 있었던 윤은 현기증이 일어 벽을 짚었다.

"아니 왜……."

말도 하지 않고 그 돈을 다 써 버렸냐고 물으려던 윤은 체념하듯 입을 다물었다. 책임자인 성훈으로서는 충분히 할 만한 일들이었다. 따지고 보면 사태를 이렇게 만든 건 자신이다. 성훈이 무슨 죄인가 싶었다.

– 진짜 종잡을 수가 없네. 이렇게 된 거 우리도 계약금 돌려줄 수 없다고 버텨 볼까? 어떻게든 시간을 벌어 봐야 할 거 아냐.

"그럼 해결할 방법은 있구요?"

– ……아니. 너도 알잖아. 지금 우리 사정에 써 버린 돈을 무슨 수로 마련해. 하, 진짜 죽고 싶다. 친구 놈한테 배신당한 것도 모자라 전부 다 잃게 생겼어.

전화기 너머에서 들려오는 성훈의 절망적인 목소리에 윤은 강욱의 말을 떠올렸다.

'뒷감당 잘 해야 할 거야. 여러 사람 힘들게 하기 싫으면.'

하, 그게 경고였던가.

그 남자는 이런 일이 일어날 거라 예상했던 모양이다. 참 비겁하다.

"선배. 우선 진정하고 은행 대출 좀 알아봐요. 나도 좀 알아볼 테니까."

금방 들어가겠다는 말로 통화를 마치고 윤은 다시 현장으로 돌아갔다. 얼추 작업이 끝나 가는 것을 본 다음 작업반장을 찾아 마무리까지 꼼꼼하게 해 달라고 신신당부를 한 뒤 회사에서 몰고 온 트럭에 몸을 실었다.

이런저런 생각을 하며 운전하던 윤은 차가 신호에 멈춰 섰을 때 집주인 아주머니에게 전화를 걸었다.

– 302호 아가씨가 어쩐 일이야?

"아주머니. 죄송한데 집 월세로 돌릴 수 있을까요?"

– 월세? 어쩌지. 우리도 당장은 목돈 나올 곳이 없는데……. 많이 급해?

"아니에요. 혹시나 싶어 여쭤본 거니 너무 신경 쓰지 마세요."

곤란해하는 집주인의 모습에 괜한 얘기를 꺼낸 것 같아 대충 얼버무려 통화를 마치는데 뒤에서 차가 빵빵거렸다.

"필요하면 제가 다시 연락드릴게요."

윤은 재빨리 차를 출발시키며 나직한 한숨처럼 이름을 뱉었다.

"이강욱 씨."

뭔가 소용돌이에 빨려 들어가는 듯한 기분이다. 자의와는 상관없는, 아무리 발버둥을 쳐 봐도 빠져나올 길이 없는 소용돌이. 그 안엔 대체 뭐가 기다리고 있을까.

마음속은 먹구름이 가득한데 차창 밖은 오늘따라 화창하기만 했다.

성훈은 널브러지듯 의자에 앉아 있었다. 문 열리는 소리에 번쩍 고개를 들더니 들어온 사람이 윤임을 확인하고는 원래대로 널브러졌다.

"올해 삼재가 꼈나. 사방에서 진짜 죽어라 죽어라 난리다."

성훈이 천장을 올려다보며 힘없이 중얼거렸다.

"또 무슨 일 있었어요?"

"건물주가 찾아왔더라."

"건물주는 또 왜요?"

"승교 그 개자식이 몇 달 전부터 월세도 안 낸 모양이야. 하긴, 튀려고 작정한 놈이니 뺄 수 있는 돈은 다 뺐겠지."

월세를 내지 않았을 거란 생각까지는 미처 못 했기에 당황스러운 소식이었다.

"이달 내로 정리해 달래. 안 그러면 다른 세입자 구한다고."

엎친 데 덮친다는 게 이런 걸까. 윤도 난감하기는 마찬가지다. 하지만 넋 놓고 기다릴 수만은 없다. 뭔가 방법을 찾아야 했다.

"월세 정도는 내가 어떻게 해 볼게요. 그리고…… 미안해요."

"미안하긴 네가 왜 미안해."

윤의 말에 힘없이 웃은 성훈이 몸을 일으키더니 벽에 걸린 사훈을 바라보았다.

『집다운 집을 짓자.』

"개소식하고 저걸 달 때만 해도 나름 큰 꿈이 있었는데 말이야."

쓸쓸하게 중얼거린 성훈이 손바닥으로 얼굴을 문질렀다.

"너도 알지? 내가 약지 못했던 거. 남들처럼 조금만 더 영악하게 굴었더라면 좋았을 텐데."

"왜요. 난 선배가 돈 욕심보다 집에 대한 욕심이 많은 사람이라 좋았는데."

"그래서 결과가 이거잖아. 친구한테 뒤통수 맞고 쫄딱 망하게 생겼잖아."

"……."

"진경이, 둘째 가졌어. 그렇게 둘째 갖고 싶어 했으면서 며칠 전에 얘기하면서 울더라. 이 상황에서 아이 가진 게 미안하다고."

자리에 앉아 컴퓨터 전원을 켜던 윤이 멈칫했다. 얼마 전 만났던 진경의 얼굴이 수척했던 게 떠오르자 죄책감이 일었다.

"내가 어떻게 하는 게 좋을까."

축 처진 성훈의 뒷모습에 윤은 아무 말도 할 수가 없었다.

우당탕.

잔뜩 취한 성훈이 일어서려다 넘어진 건 그날 저녁 무렵이었다. 넘어지며 손을 짚는 바람에 테이블이 기울면서 그릇들이 바닥으로 떨어져 깨졌다. 그 소리에 달려온 주인아주머니가 윤을 도와 성훈을 일으키며 혀를 끌끌거렸다.

"강 소장이 뭔 일이랴. 생전 취하는 법이 없더니만."

"죄송해요."

"먹고 넘어진 건 강 소장인디 대리 아가씨가 왜 죄송해. 사과할라믄 나중에 정신 차리고 와서 하라 그래."

"네. 사과하라고 꼭 전해 드릴게요."

"아이고. 진짜 별일이구만."

"선배. 정신 좀 차려 봐요."

빈속에 술을 들이붓더니 제대로 취한 모양이다. 몸을 가누지 못하는 성훈을 부축해 겨우 차로 옮기고 보니 온몸에 땀이 흐르는 듯했다.

식당으로 돌아간 윤은 마다하는 주인 여자에게 얼마간의 그릇값을 쥐여 주고 밖으로 나왔다. 차 안에서 고꾸라져 있는 성훈의 모습에 윤은 무거운 한숨을 내쉬었다.

윤은 대리기사를 부른 뒤 보도블록 끝에 털썩 주저앉았다. 빠르게 달리는 차들이 어지럽게 눈에 들어왔다. 성훈의 술 상대를 해 주느라 꽤 많은 양을 마셨더니 취기가 올라오는 모양이었다.

"진경아……."

정신이 없는 와중에도 와이프 이름을 부르는 걸 보니 어지간히 미안한 모양이다.

"그만해라 선배. 자꾸 그러면 내가 죄지은 것 같잖아."

동업자에게 뒤통수를 맞은 것도, 수금이 제대로 되지 않은 것도 전부 그녀와는 상관없는 일이다. 딱 하나 윤의 잘못이라면 이강욱이 샀던 집을 무르게 한 것뿐이었다. 아니, 애초에 일어나지 않았을 일이었기에 그걸 바로잡은 거니 잘못이랄 것도 없는 일이었다.

근데 왜 이렇게 미안한 마음이 드는 걸까.

헝클어진 머리를 손바닥으로 쓸어 넘기며 고민하던 윤은 손에 들린 핸드폰을 취한 눈으로 노려보았다.

"나쁜 놈."

이강욱은 그때도 그렇고 지금도 나쁜 놈이다.

"그렇게 눈앞에 나타나라고 기도할 땐 안 나타나더니……."

깊은 곳에 묻어 두었던 원망과 미움의 감정이 술기운을 빌려 불쑥 올라왔다. 정작 원할 땐 곁에 없더니 다 정리하고 나니까 이제야 나타나 사람을 괴롭게 한다. 몇 년이면 됐지 대체 나더러 얼마나 괴로우라고.

통화목록을 뒤적여 강욱의 번호를 찾아낸 윤은 잠시 주저하다 버튼을 눌렀다. 신호가 한참이나 이어졌지만 강욱은 전화를 받지 않았고 기계음이 들려왔다.

"하!"

윤은 어쩐지 억울한 생각이 들었다. 이강욱은 늘 이런 식이다. 제멋대로 툭 나타나 감정을 만들고 일을 만든 뒤 정작 그녀가 원하는 때엔 손에 닿지 않았다.

문득 몇 해 전 바뀐 번호로 통화 한 번만 하게 해 달라고 그룹 비서실을 통해 몇 번이나 사정했던 일이 떠올랐다. 그럴 때마다 들려오는 건 전해 드리겠다는 지극히 사무적인 대답뿐이었다.

그리고 끝내 강욱에게선 아무 연락도 없었다.

애써 억누르고 있던 감정이 치밀어 오른 윤은 저도 모르게 촉촉해진 눈가를 재빨리 손끝으로 훔친 다음 다시 통화 버튼을 눌렀다.

– 이강욱입니다.

제 마음은 흡사 전쟁터 같아져 버렸는데 강욱은 너무도 평온한 목소리였다.

"……."

문득 이 남자도 저로 인해 아파 봤으면 싶었다. 제가 울었던 만큼 울리는 없겠지만 적어도 저 때문에 한 번쯤은 눈물이란 걸 흘려 봤으면 좋겠다. 제가 그랬던 것처럼 그도 하루쯤은 저를 기다리다 지쳐 잠들었으면 싶었다.

– 말해. 듣고 있어.

"좋아요. 내가 졌어요."

– 너무 빨리 손드는 거 아냐? 좀 더 버틸 줄 알았는데.

너머에서 들려오는 강욱의 나직한 웃음소리에 윤은 지그시 눈을 감았다.

"대신 나도 조건이 있어요."

그 겨울. 추위로 꽁꽁 얼어붙었던 산속에서도 그로 인해 뜨거웠었다. 난생처음 누군가에게 속절없이 이끌렸고 사랑에 빠져 버렸다. 물론 외사랑이었지만 그 사랑을 후회하지는 않았다. 아팠을 뿐이지.

그런 이강욱이란 남자에 대해 아는 거라곤 천만 분의 일쯤이나 될까.

"나, 이강욱 씨가 가지고 놀다 버릴 그런 장난감 역할은 하고 싶지 않아요."

그때처럼 그가 어느 날 갑자기 사라져 버린다면 또 낙담할지도 모른다. 또 아파하고 잠 못 이루는 불면의 밤을 겪게 될지도 모른다. 그럼에도 불구하고 이 남자와 한 번쯤 연애란 걸 해 보고 싶다면 욕심일까.

"내가 필요하댔죠? 그럼 당신이 나한테 와요."

– …….

"당신 세상으로 날 끌어들이지 말고 내 세상으로 당신이 들어오라고요. 그럼 만나 줄 테니까."

대체 어느 포인트에서 웃긴 건지 모르겠지만 그가 웃었다. 전화기를 타고 들려오는 웃음소리가 귀를 지나 가슴까지 간질거리게 했다.

– 혹시 술 마셨어?

"조금요."

– 주정 부리는 여자 취미 없어.

밤바람마저 따듯한 걸 보니 이른 여름이 시작되는 모양이다. 여름이 채 지나기도 전에 집은 완성될 테고 이 한시적인 연애도 끝이 날 것이다. 그때엔 원망인지 남은 감정의 잔재인지 알 수 없는 이 감정도 흔적없이 소멸되기를.

73

"나한테 와요."

이번엔 부디 당신이 조금이라도 아파하기를. 그래서 내 안의 상처가 조금은 아물어지기를.

"나한테 오면…… 집 멋지게 완성시켜 줄게요."

그녀의 제안에 강욱은 한동안 말이 없었다.

아침부터 트럭이 분주히 건축 자재를 실어 날랐다.

현장 모습을 체크 중이던 윤은 전기설비팀에서 찾는다는 말에 2층으로 향했다.

"아, 채 대리. 이거 도면 다시 확인 좀 해 줘야 할 것 같은데? 이쪽이 조인트 부위라 배관을 넣기가 좀 애매한데 어쩌지?"

전기 공사만 20년 넘게 해 온 베테랑 최 씨의 지적에 윤은 도면을 살펴보았다. 어느덧 현장 경력 3년 차. 처음엔 무슨 일이 생길 때마다 성훈을 찾곤 했지만 이젠 어지간한 일은 알아서 해결할 수 있는 요령이 생겼다.

"콘센트 자리를 이쪽으로 옮기는 건 어떨까요? 그럼 여기쯤 만들어도 괜찮을 것 같은데."

윤의 가늘고 긴 손가락이 도면 위로 움직이자 최 씨가 고개를 끄덕였다.

"그럼 강 소장한테는 채 대리가 보고해. 난 이대로 진행하려니까."

"그러세요."

"참, 김 씨는 좀 어때? 병원에 간다 간다 하면서도 못 가네."

"어제 퇴원하셨어요. 골절이라 당분간은 집에서 쉬셔야 할 것 같아요."

"그래? 언제 얼굴 보면 안부나 좀 전해 주고."

"그럴게요."

현장은 늘 정신없이 바쁘다. 인부들을 다독여 공사하다 보면 하루는 대부분 빠르게 지나갔다. 건물을 짓고 나면 적어도 한 계절은 후다닥 지나 있곤 했다.

근처 식당에서 인부들과 함께 점심을 먹은 다음 다른 현장에 가기 위해 나섰다. 일 욕심이 많은 성훈을 상사로 둔 덕분에 덩달아 윤도 바쁘다.

승교만 아니었으면 몇 년쯤 후엔 꽤 큰 업체가 되었을지도 모르는데…….

문득 그런 생각이 들었다.

한낮인데도 도로엔 차가 밀렸다. 우두커니 운전석에 앉아 있으려니 생각이 많아져 라디오를 켰다. 통통 튀는 DJ 목소리가 들려옴과 동시에 전화가 울리기 시작했다.

발신자가 성훈임을 확인한 윤은 이어폰을 귀에 꽂고 통화 버튼을 눌렀다.

"여보세요."

– 채 대리. 지금 어디야?

"화곡동 현장에 가는 중이에요. 반포대교 근처인데 차가 좀 밀리네요."

– 반포대교? 잘됐네. 내가 주소 하나 보낼 테니까 가서 이강욱 씨 좀 만나고 와.

"……이강욱 씨를요?"

– 어. 변경된 계약서 받으러 오라는데 채 대리더러 오래. 공사 끝날 때까지 채 대리가 전반적인 담당을 해 줬으면 좋겠다던데 혹시…… 둘이 개인적으로 아는 사이야?

막 움직이기 시작한 차량의 행렬을 따라 속도를 올리며 윤이 난감한 얼굴로 짧은 한숨을 내쉬었다.

– 대답하기 곤란한 모양인데 이야기는 나중에 하고 어쨌든 지금 좀 가 봐. 알았지?

"그럴게요."

차를 돌리기 위해 갓길로 차선을 바꾸는데 라디오에서 오래전 좋아했던 노래가 흘러나왔다. 강욱을 떠올리자 저도 모르게 긴장했던 그녀는 일부러 노래를 따라 흥얼거렸다.

어차피 해 보기로 마음먹은 건데 편하게 대할 수 있으면 좋겠다. 가벼운 마음으로 즐길 수 있다면 더 좋을 테고.

차가 한 빌딩 주차장에 멈춰 선 건 그로부터 얼마 지나지 않아서였다.

"이강욱 본부장님을 좀 만나러 왔는데요."

데스크 여직원의 시선이 재빨리 윤을 아래위로 훑더니 물었다.

"약속은 하셨나요?"

"네. 원하우징에서 왔다고 전해 주세요."

"잠시만요."

여직원이 통화하는 동안 윤은 제 옷차림을 내려다보며 작게 중얼거렸다.

"옷이라도 좀 갈아입고 올 걸 그랬나."

현장엔 늘 편한 작업복 차림으로 다녔지만, 하필 오늘따라 유난히 먼지를 뒤집어쓴 몰골이다. 그러니 지나가는 사람들이 흘끔거리는 게 이상할 일도 아니었다. 온통 깔끔하게 차려입은 사람들뿐이라 혼자만 더 튀어 보였다.

"올라오시랍니다. 본부장실은 16층 왼쪽 끝입니다."

여자는 잘 훈련된 적당한 미소를 지으며 윤에게 알려 주었다.

보안요원이 서 있는 입구를 지나 엘리베이터를 탄 윤은 곧 16층에 도착했다. 알려 준 대로 왼쪽으로 쭉 걸어가자 본부장실이 보였다.

"……."

심호흡한 후 똑똑 노크를 한 다음 문을 열고 안으로 들어섰다. 비서로 보이는 젊은 여자가 호기심 어린 눈으로 윤을 바라보더니 이내 표정을 지우고는 안내했다.

"원하우징에서 나오셨다고요? 본부장님 회의 끝나는 대로 돌아오실 겁니다. 안에서 기다리라고 하셨어요."

"얼마나 걸릴까요?"

"글쎄요. 정확한 시간까지는 잘 모르겠습니다."

문을 열고 안쪽으로 윤을 안내한 비서가 물었다.

"차 한잔 드릴까요?"

"괜찮습니다."

탁, 문이 닫히고 윤은 어색하게 선 채 사무실 안을 둘러보았다. 꽤 넓은 사무실은 깔끔하고 멋스럽게 꾸며져 있었는데 가장 시선을 끄는 건 통유리 창 너머에 펼쳐진 도심의 풍경이었다.

윤은 저도 모르게 창가로 발을 움직였다.

저 아래로 보이는 도로와 각양각색의 빌딩들. 도시가 발아래에 펼쳐져 있다.

한참을 그렇게 서 있다 돌아선 윤은 강욱의 책상을 조심스럽게 손으로 쓸어 보았다. 매끄럽고 단단한, 검은빛이 도는 책상은 어딘지 주인을 닮은 듯했다.

그나저나 얼마나 기다려야 하는 걸까.

잠시 고민하던 윤은 소파에 앉아 어젯밤 보다 중단했던 인터넷 강의 동영상을 틀었다. 몇 달 후 있을 시험 준비를 하려면 여유를 부릴 틈이 없다.

이어폰을 귀에 꽂고 강의를 경청하기를 얼마쯤. 눈꺼풀이 감기는가 싶더니 윤의 고개가 슬며시 소파에 기대어졌다.

"……오늘은 여기까지만 하죠."

회의를 소집했던 부사장 이태욱의 말에 곳곳에서 안도의 한숨 소리가 들렸다. 예상보다 30분쯤 더 걸린 회의는 회의라기보다는 질책하는 자리 같았기 때문이다.

분위기를 그렇게 만든 건 올라오는 안건마다 자꾸 태클을 거는 부사장이었다. 분명 며칠 전 저녁 자리에 아버지에게 불려가 된통 깨진 것에 대한 보복이었다.

"……."

도망치듯 서둘러 일어서는 사람들을 지켜보던 강욱이 지루한 듯 기지개를 켜자 태욱이 인상을 구겼다.

"태도 좀 똑바로 하지?"

요즘 태욱은 시시때때로 남의 먹을 걸 노리는 하이에나 같았다. 조금만 틈을 주면 재빨리 덤벼들 준비를 하고 주변을 맴도는 게 눈에 보였다.

"대놓고 졸지 않은 걸 고마워해야 할 것 같은데."

"미친 새끼."

둘의 대화에 근처에 있던 직원이 슬쩍 눈치를 보더니 후다닥 밖으로 나갔다. 순식간에 회의장엔 둘만 남았다. 태욱이 노골적으로 적의를 드러내며 비아냥거렸다.

"하여튼 꼭 공부 못하는 새끼들이 중요한 순간에 졸아 대지."

"가르치는 놈이 어지간히 시원찮았으면 그랬을까."

강욱이 피식 웃으며 대꾸하자 태욱이 표정이 일그러뜨리며 중얼거렸다.

"입 다물어. 그 잘난 얼굴 한 대 쳐 버리기 전에."

"마침 CCTV도 저기 있는데 잘됐네. 치고 싶으면 쳐 보든가."

"……."

"왜? 겁나?"

"조용히 해. 회사만 아니었으면 너 내 손에 죽었어."

"하여튼 입만 살았지."

되받아친 강욱이 자리에서 일어서는데 태욱이 슬쩍 눈치를 보더니 빠르게 물었다.

"위임장 꽤 많이 모았다며?"

"뭐, 필요한 만큼 적당히?"

"괜히 힘 빼 가며 헛수고하지 말고 있는 밥그릇이나 잘 지켜. 남의 밥그릇까지 탐내다 있는 것까지 뺏기지 말고."

"뺏을 수 있으면 뺏어 보든가. 그럴 능력이 되는지나 모르겠지만."

"저 새끼가……."

느긋하게 손까지 한 번 흔들어 준 뒤 회의장을 나온 강욱은 손목시계를 확인했다.

"지금쯤 왔으려나."

계약서를 굳이 새로 작성할 필요는 없었지만 그걸 핑계 삼아 윤을 보내 달라고 했다. 며칠 전 걸려온 윤의 전화에 응답을 해야 할 때였다.

'내가 필요하댔죠? 그럼 당신이 나한테 와요.'

필요하면 그에게 오라고 윤이 그랬다. 하지만 그 말을 고분고분 들어줄 생각은 없다. 필요에 따라 적절히. 원래 상대를 잘 이용할 줄 알아야 유리한 고지에 서는 법이다. 그게 어떤 관계든.

강욱이 문을 열고 들어서자 오 비서가 벌떡 일어서며 그를 맞이했다.

"왔습니까?"

"네. 안에 계세요."

"부를 때까지 사람 들여보내지 말아요."

호기심 어린 눈으로 네, 대답하는 비서를 뒤로하고 강욱은 사무실 안으로 향했다.

"기다……."

오래 기다리게 한 것에 조금 화가 나지 않았을까 걱정했는데 기우였다. 소파 위로 기울어진 정수리를 보니 사과는 조금 미뤄야 할 듯했다. 소리가 나지 않도록 조용히 문을 닫은 강욱은 조용히 맞은편 자리로 가 앉았다.

"……."

한쪽 귀에 이어폰을 꽂은 채 잠들어 있는 윤의 모습을 살피던 강욱이 픽 웃었다.

주로 현장에 나가 있다고 하더니 윤의 몰골이 엉망이다. 엉망이긴 한데 낡은 청바지에 체크무늬 남방, 먼지투성이인 운동화를 신은 모습이 너무도 자연스럽다. 만날 때마다 각양각색의 모습을 보게 된다.

"완전 팔색조네."

잠든 윤의 모습을 한동안 물끄러미 바라보던 강욱은 윤이 보고 있던 핸드폰 동영상을 확인했다. 건축에 관한 강의를 듣고 있던 모양이다.

강욱은 테이블 위로 몸을 기울여 나머지 이어폰을 귀에 꽂았다. 그러자 화면 속 강사의 목소리가 들려왔다.

강욱은 양 무릎 위로 팔을 괸 채 잠든 윤을 응시했다.

"지난번 봤을 때보다 조금 말랐나."

현장에서 살다시피 한다는 사람치고 피부가 하얗다. 제법 긴 속눈썹을 가졌고 살짝 벌어진 입술은 연한 붉은빛이 감돌고 있었다.

얼마쯤 그러고 있었을까.

감긴 눈꺼풀이 떨리는가 싶더니 윤의 연갈색 눈동자가 드러났다. 잠이 스민 눈을 몇 번쯤 깜박이더니 윤이 잠긴 음성으로 물었다.

"언제부터 거기 있었어요?"

"아까부터."

"깨우지."

"그러고 싶었는데 너무 곤하게 자서."

"혹시 코 골았어요?"

"……조금."

당황해하는 모습이 보고 싶어 일부러 거짓말까지 했는데 윤이 웃었다.

"피곤했나 봐요. 평소엔 잘 안 고는데."

"안 창피해?"

"뭐가요?"

"여자들 그런 모습 들키면 얼굴 빨개져서 고개 푹 숙이고 그러지 않나?"

"혹시 그런 스타일 좋아해요?"

윤의 물음에 이번엔 강욱이 피식 웃었다. 딱히 생각해 본 적은 없지만 제가 그런 취향은 아닐 듯했다.

"……."

대화가 끊기고 시선이 얽혔다. 갑작스러운 침묵에 묘한 기류가 흐르자 윤이 저도 모르게 시선을 내리며 헛기침을 했다.

"소장님이 계약서를 찾아오라고 하시던데."

"아직 도장 안 찍었어."

"얼른 찍어 주세요. 늦게 않게 들어가 봐야 해요."

동영상을 멈춘 윤이 강욱의 귀에서 이어폰을 빼내기 위해 손을 뻗었다. 하지만 강욱에게 곧 손목이 잡히고 말았다.

흔들리는 윤의 눈을 똑바로 바라보던 강욱이 몸을 앞으로 기울이며 중얼거렸다.

"도장은 이걸로 대신하지."

도장을 찍듯 강욱의 입술이 세게 눌러 왔다. 그게 자양동 공사와 관련된 계약이 아닌 그들 사이의 거래임을 확인하는 입맞춤임을 눈치챈 윤의 심장이 미친 듯이 춤을 추기 시작했다.

"채 대리님!"

인부들이 빠져나가고 조용해진 현장을 살펴보던 윤은 부르는 소리에 돌아보았다. 다 나가고 없는 줄 알았는데 2층에서 내려오는 은섭이 보였다. 은섭은 얼마 전 제대를 한 후 복학 전까지 아르바이트를 하겠다며 현장에 나오기 시작한 청년이다.

쓰고 있던 안전모를 벗고 땀에 젖은 머리카락을 털며 은섭이 물었다.

"점심 안 드세요?"

"사무실 들어가서 먹으려고요."

"그러지 말고 저랑 같이 먹으면 안 될까요? 종일 아버지뻘 되는 분들이랑만 지내려니까 좀 우울해서요. 제 대화 상대 좀 해 주시면 안 돼요?"

은섭의 말에 윤은 이해한다는 듯 고개를 끄덕이며 시간을 확인했다. 오후에 약속이 있기는 하지만 점심을 먹고 출발한다 해도 괜찮을 듯했다.

"뭐 먹고 싶은 거 있어요?"

윤의 물음에 은섭의 표정이 환해졌다.

"백반 말고 아무거나요."

"가요. 근처에 스파게티 맛있게 하는 집 있으니까."

"앗싸."

윤이 앞장서자 은섭이 가볍게 휘파람을 불더니 재빨리 뒤따랐다. 도로로 나오자 차 한 대가 그들을 스쳐 갔다. 그러자 은섭이 팔을 뻗어 윤을 보호하듯 잡아당겼다.

"조심해요."

갑작스러운 터치에 윤이 어색하게 웃으며 은섭을 올려다보았다. 시선이 마주치자 은섭이 눈웃음을 지으며 물었다.

"채 대리님, 누나라고 불러도 돼요?"

"누나?"

"몇 살이에요? 스물여섯? 일곱?"

"어리게 봐 줘서 고마운데 이래 봬도 30대예요."

"에에? 진짜요?"

은섭이 눈을 휘둥그레 뜨더니 너스레를 떨었다.

"난 기껏해야 내 또래나 됐겠다 생각했는데……. 그리고 편하게 말 놔요."

서글서글한 생김새만큼이나 붙임성도 좋다. 건축 일을 하다 보면 대부분 상대하는 사람들이 남자들이었고 별의별 사람을 다 만나게 되는데 가끔 은섭 같은 사람을 만나게 되면 기분이 좋았다. 열심히 살려고 하는 것도 기특하고.

"그럴까?"

윤의 대답에 은섭이 환하게 웃었다.

그사이 몇 번 온 적이 있던 식당에 도착해서 보니 점심시간이라 빈자리가 없다. 다행히 막 일어서는 사람들이 있어 겨우 자리를 잡을 수가 있었다.

"뭐 먹을래? 참고로 여긴 로제파스타가 맛있어."

"음……. 전 알리오올리오로 먹을래요. 제일 좋아하는 메뉴거든요."

각자 먹고 싶은 파스타를 주문한 다음 윤은 추가로 스테이크가 들어간 샐러드도 주문했다. 돌도 씹어 먹을 나이인 은섭에게 파스타 하나는 부족하겠다 싶어서다.

"내년에 복학해?"

"네. 학비랑 생활비 좀 마련해 놓고 시작하려고요."

"일은 힘들지 않아?"

"힘들긴 한데 일당이 세니까 그거 보고 참을 만해요."

대화를 나누며 음식이 나오길 기다리는데 윤의 핸드폰이 울렸다.

[오늘 저녁에 만났으면 하는데.]

일주일 만의 강욱의 메시지가 도착해 있었다.

지난주 그의 사무실에 다녀온 후 강욱은 연락이 없었다. 당분간 바쁘다는 말을 했지만 그게 연락조차 하지 않겠다는 뜻인 줄은 몰랐던 윤은 멍하니 화면을 바라보았다.

대체 이 남자는 저를 뭐라고 생각하는 걸까.

윤은 고민에 잠긴 채 손가락을 움직였다.

[회식이 있어서 퇴근이 늦어요.]

[몇 시쯤 끝나는데?]

[잘 모르겠어요.]

[그럼 나중에 다시 연락하지.]

이 나중이라는 건 또 언제라는 걸까. 윤은 저도 모르게 한숨을 내쉬었다.

"하아……."

"누군데요?"

맞은편의 은섭이 호기심 어린 눈으로 보고 있었다.

"애인?"

"……아니."

"다행이네."

"뭐가?"

"그냥요."

강욱을 클라이언트라고 해야 옳은 걸까. 가끔 만나기로 한 사람이라고 해야 하는 걸까. 윤은 힘없이 웃으며 물 잔을 만지작거렸다. 어쨌든 분명한 건 애인은 아니라는 것뿐이었다.

거의 열흘 만에 저녁 일정이 없는 날이었다.

요즘 계속되는 무리한 스케줄로 피곤함을 느꼈던 강욱은 샤워 후 창가에 앉아 날이 저물어 가는 풍경을 보고 있었다.

하지만 집으로 왔다고 해서 일이 없는 건 아니었다. 다음 달 이사회를 대비해 그가 꾸린 프로젝트팀에서 받아 온 서류들이 검토를 기다리며 거실 테이블 위에 잔뜩 쌓여 있었다.

"……."

자리에서 일어서는데 전화벨이 울렸다. 아버지인 이 회장으로부터 걸려온 전화였다. 보통 수족처럼 부리는 조 비서를 통해 연락했는데 직접 어쩐 일일까.

— 나다.

"네, 말씀하세요."

— 저녁은.

"…… 먹었습니다."

평소 서로 안부 전화 같은 건 잘 하지 않는 사이다. 아주 어렸을 때엔 그래도 한번씩 찾아오는 아버지가 반가웠는데 크면서 사이는 점점 멀어졌다. 아마도 제게 진짜가 아닌 호적상의 쌍둥이 형제가 있다는 걸 안 후부터였을 것이다.

— 오늘 병원에 갔었다.

"……."

— 얼굴에 난 상처는 이제 거의 다 아물었더구나. 자는 게 편안해 보였어.

편안해 보였다는 말에 저절로 인상이 찡그려졌다.

"회장님 눈엔 진짜로 편해 보였습니까?"

— 녀석. 아비한테 회장님이 뭐냐.

"용건이나 말씀하세요."

— 언제 집에 한번 들러. 선볼 아가씨들 몇 골라 뒀다.

"괜찮습니다."

— 잔말 말고 봐. 든든한 뒷배를 마련해 주겠다고 네 엄마한테 약속했으니까 지

켜야지.

"……이제 와서요?"

강욱의 가시 돋친 물음에 한참의 어색한 침묵이 답으로 돌아왔다.

― 아직도 내가 밉냐.

"……."

― 허, 그놈의 고집은……. 알았다. 얘기하기 싫은 모양인데 그만 끊자.

통화를 마친 강욱은 소파에 누워 얼굴에 팔을 얹었다. 꾹 다물린 입술 사이로 짙은 한숨이 흘러나왔다.

평생 약속이란 걸 안 지켰던 분이 이제 와 약속 타령이라니.

"진즉에 좀 해 줬으면 좋았잖습니까."

기분이 구정물을 뒤집어쓴 것처럼 더러웠다. 생전 지켜 본 적 없는 약속을 이제 와 지킨들 어머니가 깨어날까. 그럴 리가 없잖은가.

축 늘어져 있던 손을 들어 핸드폰 화면을 켠 강욱은 갤러리에 저장되어 있던 사진을 바라보았다. 고등학교 졸업식 때 아버지 대신 꽃다발을 들고 찾아왔던 조 비서와 함께 찍은 사진이었다.

'이번 강욱이 졸업식엔 꼭 와 주셔야 해요. 강욱이한테 미안하지도 않아요?'

졸업식 며칠 전부터 어머니는 늘 전화를 걸어 애원하다시피 했었다. 그럴 때마다 아버지는 꼭 가겠다는 약속을 했지만 한 번도 지킨 적은 없었다. 아버지는 항상 호적상 쌍둥이인 태욱의 졸업식에 가야 했었으니까.

그때뿐인가. 매번 무슨 날이 될 때마다 그랬다. 아버지는 어머니의 눈물 어린 호소에 못 이겨 지키지도 않을 약속을 했고 매번 어겼다. 그의 자리는 항상 어머니와 강욱의 곁이 아니라 평창동 가족들의 곁이어야 했다.

그래 놓고 이제 와 약속이라니.

쓴웃음을 지으며 핸드폰을 내려놓던 강욱이 충동적으로 통화 목록을 뒤적였다. 낮에 메시지를 주고받았던 윤의 전화번호를 응시하다 버튼을 눌렀다. 윤의 담담한 목소리가 듣고 싶었다.

곧 신호가 갔지만 윤은 전화를 받지 않았다.

"전화 받아."

그의 바람과 달리 끝내 윤의 목소리는 들리지 않았다.

"……."

강욱은 무슨 생각에서인지 다른 번호를 찾아 전화를 걸기 시작했다.

곧 반가워하는 남자의 목소리가 들려왔다.

"이강욱입니다."

'내가 필요하댔죠? 그럼 당신이 나한테 와요.'

그녀의 말을 실천해 볼까 생각 중이다. 윤이 필요하니 오지 않는다면 가는 수밖에.

그 시간.

윤은 사람들과 함께 자주 가던 사무실 근처 고깃집에 앉아 있었다.

사람들로 북적이는 식당 안은 고기 굽는 연기로 가득 차 있었다. 요즘 보기 드문 연탄불로 고기를 굽는 가게는 SNS를 통해 입소문을 타더니 저녁마다 만석이다.

며칠 전 새로 뽑은 신입 직원 근태의 접시에 익은 고기를 놓아 주며 성훈이 말했다.

"자, 얼마든지 더 시켜 줄 테니까 많이 먹어."

성격도 싹싹하고 인물도 훤칠하다며 들어온 날부터 칭찬하더니 어지간히 마음에 든 모양이었다. 잘 좀 해 주랬다고 저렇게 들이대는 걸 보니 말이다. 윤은 얼마 전에 일도 일이지만 성훈의 성격이 괴팍하다며 보름도 못 버티고 나간 직원을 떠올리며 피식 웃었다.

"적당히 좀 해요. 근태 씨 부담스럽겠다."

윤의 핀잔에 성훈이 정말이냐는 듯 눈을 동그랗게 뜨고 근태를 바라보았다. 그러자 근태가 재빨리 고개를 저었다.

"저는 괜찮습니다."

"괜찮다잖아. 채 대리 너는 왜 잘해 줘도 난리냐."

취기가 알딸딸하게 오른 성훈이 헤벌쭉 웃으며 건배를 제안했다.

"원하우징 승승장구하라고 우리 찐하게 건배나 한번 할까?"

금방이라도 파산할 것 같았던 불안한 날들이 지나니 이제 좀 숨통이 트이는 모양이다. 윤은 그런 성훈의 모습이 다행이다 싶어 조용히 웃었다.

"건배!"

잔을 부딪치는 소리와 사람들의 말소리가 뒤엉켜 시끄러웠다. 그러는 동안 가방에 넣어 둔 핸드폰이 몇 번이나 울렸지만 윤은 미처 듣지 못했다.

얼마쯤 지났을 때였다.

고기를 더 주문해야겠다며 메뉴판을 살피던 성훈이 울리는 핸드폰을 확인하더니 벌떡 일어나 전화를 받았다.

"아이고, 이 시간에 어쩐 일이세요?"

반가운 목소리로 전화를 받은 성훈이 시끄러운지 한쪽 귀를 틀어막으며 밖으로 나갔다. 문밖에서 한참 통화를 한 그가 자리로 돌아오더니 술잔을 채워 주는 윤을 뚫어지게 바라보았다. 뭔가 할 말이 있는 듯한 모습에 눈치 빠른 근태가 화장실을 다녀오겠다며 일어섰다.

"내 얼굴에 뭐 묻었어요?"

"……사실대로 말해 봐."

"갑자기 왜 취조를 하려고 그래요. 누군데."

"이강욱."

난데없는 훅 치고 들어오는 강욱의 이름에 따르던 잔에 술이 넘쳤다.

"둘이 아는 사이 맞지?"

윤은 재빨리 냅킨을 뽑아 넘친 술을 닦았다. 당황스럽기는 했지만 티를 낼 수는 없다.

"갑자기 그건 왜 물어요?"

"솔직히 지난번부터 이상했거든. 채 대리를 담당자로 지정하지를 않나. 만날 자리에 데려오라고를 하지 않나. 그리고 결정적으로……."

핸드폰을 흔들어 보인 성훈이 은밀하게 목소리를 낮춰 말했다.

"지금 온다는데?"

"……."

"우리 회식 중이라고 분명히 말했는데 알았대. 그러더니 온다면서 위치를 알려 달라는데?"

중요한 단서를 캐내야 하는 형사의 눈빛으로 성훈이 집요하게 대답을 요구했다.

"도대체 뭐야. 둘이 어떻게 아는 사이인 거야?"

"그냥……. 예전에 좀 알던 사이요."

"그냥 알던 사이? 진짜 그것뿐이야?"

시선을 어디에 둬야 하나 싶어 술잔을 바라보는데 차마 사실대로 말할 수 없는 그해 겨울이 떠올랐다.

눈이 어마어마하게 쏟아지던 그날이 어제의 일처럼 선명했다.

3.

할머니가 돌아가신 지 딱 백 일이 되는 날이었다.

윤은 산 중턱에 있는 작은 암자에 할머니를 모셨다. 그곳이 할머니가
가장 좋아하던 곳이었기 때문이었다.

살아생전 할머니는 절대 공동묘지에 묻히고 싶지 않다고 했다.

'말 많은 여편네들이랑 함께 누우면 시끄러워 못 잘 거여. 죽어서도 속
시끄러우면 더 도망갈 데도 없잖어.'

할머니는 시장에서 30년 넘게 생선 가게를 하셨다. 윤의 기억으로는
할머니가 가게를 쉬는 날은 1년에 고작 며칠뿐이었다. 쉬는 날이면 가끔
이곳을 찾았는데 말은 안 해도 객사한 아버지의 명복을 비는 걸 거였다.

그렇게 평생을 악착같이 사셨던 할머니는 돌아가신 후에야 겨우 마음
놓고 쉬실 수 있게 되었다.

"할머니. 아빠는 만났어? 이제 어디 가지 말고 꼭 붙어 있으라고 호통이라도 치시지는……."

할머니의 위패를 마주 보고 앉아 두런두런 얘기를 나누던 윤은 법당 밖에서 들려오는 숨죽인 울음소리에 슬며시 밖을 내다봤다.

"……."

한 아주머니가 등지고 앉은 채 누군가와 통화를 하고 있었는데 상대방의 화난 목소리가 여기까지 들려오고 있었다.

"네가 여기가 어딘 줄 알고 와. 때 되면 알아서 갈 테니까 걱정하지 마. 엄마 괜찮아."

엄마라면 화가 난 사람은 아들인 걸까.

손수건을 쥔 희고 고운 손이 눈에 들어왔다. 문득 오랜 칼질로 손가락이 휘고 주름 가득한 할머니의 손이 떠올라 울컥, 슬픈 감정이 밀려들었다.

"그럴 필요 없다니까."

말을 할 때마다 목이 메는지 아주머니는 가슴을 톡톡 두드렸다. 찾아오는 이도 몇 되지 않는 이 먼 암자까지 와서 왜 울고 있는 걸까. 윤의 시선을 느꼈는지 그녀가 슬쩍 돌아보았다. 우는 걸 들킨 게 민망한지 벌게진 눈을 재빨리 훔치며 일어서더니 법당을 빙 돌아 사라졌다.

괜히 미안해진 윤은 할머니 위패를 돌아보며 멋쩍게 웃었다.

"괜찮겠지?"

십여 분을 더 앉아 있다가 일어섰다. 내려가는 길에 잠시 산장에 들르려면 늦기 전에 내려가야 했다. 오후에 눈 소식이 있었는데 이곳의 날씨가 어떻게 변할지는 아무도 모른다. 서두르지 않으면 지난번처럼 눈길에 고생하게 될지도 몰랐다.

"가시게요?"

마당으로 나가자 스님이 배웅을 나오며 물었다. 딱히 종교로 믿는 건 아니었지만 윤은 할머니가 하던 대로 합장하며 예를 표했다.

"네. 할머니 실컷 봤으니 내려가야죠."

"기다리는 손녀라 아주 좋아하셨을 거예요."

"자주 안 온다고 욕하셨을지도 몰라요. 저희 할머니 소문난 욕쟁이시 잖아요."

"그것 또한 사랑의 표현이죠."

스님의 말에 고개를 끄덕인 윤이 먹구름 낀 하늘을 올려다보며 중얼 거렸다.

"그만 가 봐야겠어요."

"눈이 제법 오려나 봅니다. 살펴 가세요."

돌아서려는데 조금 전 봤던 아주머니가 스님 거처에서 나오는 게 보였다. 눈이 마주쳤다. 윤이 묵례를 하자 여자가 옅게 웃으며 합장을 해 왔다.

"여기서 묵으시나 봐요."

"속세에 있을 때 친구였어요. 그것도 인연이라고 가끔 찾아오곤 한답 니다."

"아······."

화장기 하나 없는 얼굴이 참 곱다는 생각이 들었다.

이제 진짜 내려가야 했다.

바람이 들이치는데 산장 문은 반쯤 열려 있었다.

"실례합니다. 계세요?"

산장 안으로 들어서며 묻던 윤의 귀에 들려온 건 다급한 신음이었다.

"아아. 여보. 여보 나 좀 살려 줘."

"큰일 났네. 이거 어쩌지."

"이러다 죽을 것 같아. 아악!"

찢어지는 비명에 놀란 윤이 후다닥 소리가 나는 2층으로 향했다. 계단을 올라가자 바닥에 주저앉아 있는 부부가 보였다.

"괜찮으세요?"

"아! 윤아. 잘 왔어. 나 좀 도와줘."

산장지기인 형도가 아내의 손에 머리가 잡힌 채 손을 내밀었다. 만삭인 경임이 고통스러운 얼굴로 신음하고 있었다.

"어떻게 된 거예요?"

"아이가 나오려나 봐."

윤은 놀란 얼굴로 경임을 부축하며 부푼 배를 내려다보았다.

"예정일은 아직 한 달이나 남지 않았어요?"

"어. 근데 갑자기 진통이 시작됐어."

"근데 병원으로 안 가고 뭐 하고 있어요."

"애가 이렇게 일찍 나올 줄 몰라서 아직 내려갈 준비를 하나도 못 했거든."

"아악. 여보!"

"경임 씨. 제발 머리는 으윽⋯⋯."

잡힌 머리채를 겨우 빼낸 형도가 얼빠진 얼굴로 중얼거렸다.

"하, 애 둘 낳다가는 대머리 되게 생겼어."

어쨌든 이러고 있을 시간이 없다. 노산인 데다 임신성 당뇨까지 앓고 있는 경임이 여기서 아이를 낳게 둘 수는 없었다. 윤은 서둘러 아이의 옷과 젖병 등을 가방에 챙기기 시작했다.

"병원엔 연락했어요?"

"응. 근데 아직 여기를 정리 못 해서 큰일이야. 내려가면 한동안 못 올라올 텐데 짐승들도 그대로고."

형도가 난감한 얼굴로 산장 안을 둘러보았다. 아랫마을에서 농장을 하는 지인이 그가 키우는 짐승들을 당분간 맡아 준다고 했는데 맡기기도 전에 일이 틀어지고 말았다.

"한두 마리도 아닌데 굶어 죽게 놔둘 수는 없잖아."

짐을 꾸리던 윤이 형도의 말에 그를 돌아보았다.

"여긴 내가 있을 테니까 걱정하지 말고 얼른 내려가요. 이러다 눈이라도 내리면 꼼짝없이 갇혀요."

"여기 있겠다고?"

"어차피 방학이에요. 며칠쯤 여기 있어도 되니까 걱정 말고 가요. 짐승들 먹이는 내가 챙길 테니까. 짐승 키워 봐서 그 정도는 저도 할 줄 알아요."

"그래도 그렇지……."

윤의 제안에 형도가 머뭇거렸지만 진통으로 괴로워하는 아내의 모습에 이내 고개를 끄덕였다.

"그럼 미안한데 부탁 좀 해도 될까? 내가 최대한 빨리 돌아올게."

"서두르지 말고 언니 옆에 있어 줘요. 기다리던 아이 만나야 하잖아요."

"정말 고마워. 이 은혜는 나중에 두고두고 갚을게."

"저야말로 은혜 갚을 기회인걸요."

산 아래 버스 정류장에 쓰러져 있던 할머니를 발견해 병원으로 옮긴 게 바로 형도였다. 하마터면 길에서 돌아가실 뻔했던 할머니를 구해 준 덕에 병원에서 열흘을 버텼다. 그때 형도가 구해 주지 않았더라면 할머니에게 마지막 인사도 못 했을 거다. 윤은 그때의 일만 생각하면 아직도 가슴이 아렸다. 그래서 오늘도 일부러 얼굴이나 보고 내려가려고 찾아온 거였다.

그로부터 10분 후.

형도는 산악용 트럭에 아내를 싣고 산 아래로 내려갔다.

배웅을 나온 윤은 한참을 서 있었다. 그러자 태어난 지 두 달밖에 되지 않은 강아지가 바짓단을 물어 당겼다. 낑낑거리는 그 모습이 귀여워 저도 모르게 미소 지은 윤은 찬 바람에 옷깃을 여민 뒤 하늘을 올려다보았다.

"혼자여도 괜찮겠지?"

아무도 없는 산엔 매서운 바람 소리만 가득했다.

눈이 내리기 시작한 건 오후 3시가 넘어서부터였다.

라디오에서 흘러나오는 일기예보에 귀를 기울이고 있던 윤은 걱정스러운 듯 창밖을 내다보았다.

―강원도 동해안 지방으로는 많은 눈이 예상됩니다. 특히 산간 지방은 폭설에 대비하셔야 할 것 같은데요. 이번 눈은 내일 저녁까지 계속된 뒤 서쪽 지역부터…….

"엄청 퍼부을 모양이네. 산이 꽁꽁 얼어붙겠어."

생각만으로도 벌써 한기가 드는 것 같아 윤은 팔을 문지르며 난로로 향했다. 보일러가 되지 않는 산장에서 난로는 가장 좋은 난방 수단이다. 전기장판이 있기는 하지만 실내 온도를 따뜻하게 만드는 건 난로만 가능했다. 벌건 숯이 남은 난로에 장작 몇 개를 넣자 이내 불꽃이 피어올랐다.

한참을 뛰어다니다 지쳤는지 강아지가 난로 앞에서 잠들어 있었다.

윤은 주변을 빙 둘러본 다음 잠든 강아지 옆에 쭈그려 앉았다. 딱히 해야 할 일이 있는 것도 아니다. 그녀가 할 일은 형도가 돌아올 때까지 산장을 지키는 것뿐이다.

타닥타닥 소리를 내며 장작이 타오르는 모습을 물끄러미 바라보는 동안에도 시간은 흐르고 있었다.

날이 더 어두워지기 전에 간단한 저녁이라도 준비해야 할 것 같아 일어서는데 그새 눈이 제법 많이 쌓였다. 혼자뿐인 산장에 어둠이 찾아오고 있었다.

형도에게서 전화가 걸려온 건 그때였다. 산엔 음영 지역이 많은데 그나마 이곳은 핸드폰이라도 터져 다행이었다.

– 아이가 거꾸로 들어앉아서 자연분만은 힘들 것 같다네. 아무래도 수술을 해야 할 것 같아.

"저런. 많이 힘들 텐데 옆에 꼭 있어 줘요."

– 그래야지. 여긴 막 눈 오기 시작했는데 거긴 어때?

"제법 쌓일 것 같아요. 그러잖아도 지금 비상식량이 어디 있는지 찾아보려던 중이었어요."

– 주방 뒤쪽에 들어가 보면 먹을 만한 재료들이 좀 있을 거야. 혹시 발전기가 나갈지도 모르니까 랜턴도 잘 보이는 데 가져다 놓고.

"그럴게요. 근데 참, 핸드폰 충전기 없어요? 배터리가 얼마 안 남았는데."

– 충전기? 하나는 내가 챙겨 온 것 같고 찾아보면 하나가 더 있을 텐데.

"찾아볼게요."

– 그리고 혹시나 폭설이라도 내려 내가 못 가게 되면…….

"안 굶어 죽고 잘 있을 테니 여긴 잊어버려요. 오빠 동생 하자면서요. 예쁜 조카가 생기는 건데 그 정도도 못 할까요."

– 그래. 나중에 크면 꼭 윤이 이모 덕분에 무사히 태어났다고 말해 줄게. 그만 가 봐야겠다. 간호사가 찾아.

윤은 형도가 가르쳐 준 대로 주방 뒤쪽으로 향했다. 그곳엔 말린 산나물과 고구마 양파 등 채소들이 저장되어 있었다. 게다가 뜨거운 물만 부으면 먹을 수 있는 간편식과 과자 같은 간식거리도 보였다.

잠시 둘러보던 윤은 고구마 몇 개를 포일에 싸서 장작불 가장자리에 넣어 두었다. 저녁은 고구마로 때울 생각이었다.

더 늦기 전에 마당을 가로질러 짐승들 먹이를 준 다음 건물로 돌아가려는데 어디선가 자동차 클랙슨 소리가 들려오는 듯했다.

멈칫한 윤이 뒤를 돌아보았다.

"……잘못 들은 건가."

이 산중에, 특히나 이런 날씨에 누군가가 올라올 리가 없다. 아무래도 바람 소리를 잘못 들은 듯싶었다. 윤은 옷깃을 여미며 재빨리 산장 건물로 향했다. 환하게 불을 밝힌 입구의 등이 바람에 흔들리고 있었다.

"춥다. 들어가자."

어느새 발자국이 생겨날 만큼 쌓인 눈 위를 정신없이 뛰어다니는 강아지를 챙겨 안으로 들어간 윤은 문을 단단히 걸어 잠갔다.

그로부터 1시간쯤 지났을 때였다.

똑똑.

난로 앞에 앉아 라디오를 듣고 있던 윤은 갑자기 들려오는 노크 소리에 흠칫 놀라 돌아보았다.

어둠이 짙게 깔린 산장에 누군가가 찾아왔다.

"계십니까."

문밖에서 남자 목소리가 들려오고 있었다.

중국 출장에서 돌아온 강욱은 잔뜩 화가 난 상태였다.

낌새가 이상하다 싶었는데 집에 돌아와 보니 어머니가 보이질 않았다. 그것뿐인가. 집은 매물로 나와 있었다. 그것도 손님을 모셔 온 부동산 사람과 마주치지 않았더라면 새까맣게 모를 일이었다.

"남의 집에서 뭐 하는 겁니까."

심상치 않은 강욱의 분위기에 생글생글 웃던 부동산 여자의 표정이 굳어졌다.

"사모님께서 급하게 내놓으셨는데……."

"필요 없으니까 당장 나가요."

"네? 하지만……."

"내 집에서 나가라는 말 안 들립니까?"

도망치듯 서둘러 집을 나서는 사람들을 지켜보던 강욱은 소파에 털썩 주저앉아 머리를 헝클었다.

'넌 경찰 조사를 받게 될 거야. 이제 끝났어. 아웃이라고. 아웃.'

공항에 내릴 시간에 맞춰 전화를 걸어온 태욱은 아웃을 연발하며 낄 낄거렸다. 난데없이 예정에도 없던 중국 출장을 보내 놓더니 기껏 한다 는 게 이런 모략질이었던 걸까.

경찰 조사야 받으면 그뿐이었다. 어차피 제가 사주했다는 증거가 없 으니 무혐의로 풀려날 게 뻔했다. 무혐의뿐인가. 내가 아니라 이태욱이 사주했다는 증거도 가지고 있었다.

그걸 들고 가서 이태욱 그 개자식을 반쯤 죽여 놓으면 될 일이었다.

하지만 문제는 그것뿐이 아니다.

지난 며칠 동안 어머니가 통 연락이 되질 않았다. 또 무슨 일인가 싶 어 집안일을 도와주는 해남댁에게 연락했더니 아니나 다를까 예상했던 대답이 들려왔다.

'며칠 전 평창동 큰 사모님이랑 일이 좀 있었어요.'
'또 집에 찾아와 행패를 부렸습니까?'
'그게…… 작은 사모님 뺨을…….'

말끝을 흐리는 해남댁의 대답에 무슨 일이 있었는지 충분히 상상이 되고도 남았다.

'지금 어디 계십니까.'

'며칠째 안 들어오고 계세요.'

'어디 짐작 가는 곳 없습니까.'

'한 군데 있긴 한데 확실하지가 않아서요.'

30년이 다 되어 가면 정말 지긋지긋해서라도 포기할 때가 되지 않았을까. 한 남자와 두 명의 아내. 그 빌어먹을 관계는 어떻게 정리되기는커녕 상처만 더 남기는 걸까.

생각에 잠겨 있던 강욱은 지친 얼굴로 어머니에게 전화를 걸었다. 한참 신호가 가도록 전화를 받지 않아 끊으려는데 여보세요, 젖은 목소리가 들려왔다.

– 강욱이니? 밥 잘 챙겨 먹고 있지? 거긴 날씨가 어때?

"어머니는요? 저 없이 생일 잘 보내셨어요?"

– 그럼. 회장님이 예쁜 꽃 사 들고 오셨더구나. 함께 저녁도 먹고 며칠 지내다 가셨어.

예정보다 이틀이나 이른 귀국이었다. 그가 집에 있을 거라고는 생각도 못 할 어머니는 능숙하지 못한 거짓말을 하고 있다.

"……어머니."

잔뜩 억누른 목소리에 어머니인 정 여사가 입을 다물었다. 늘 아슬아슬하던 인내심이 한계에 다다라 있었다.

"왜 이러고 사세요?"

– …….

"대체 왜 이러고 사시냐고요!"

– 강욱아.

"집은 왜 내놓으셨는데요. 와서 행패 부리는 걸 고스란히 당하고 계셨어요? 같이 머리채라도 휘어잡지 왜요!"

참 바보 같은 분이다. 사랑하는 남자가 집안 문제를 핑계로 다른 여자와 결혼하는 걸 지켜보면서도 헤어지지 못했던, 제 배 아파 낳은 아이를 다른 여자가 낳은 아이와 쌍둥이로 호적에 올릴 때에도 아무 말 하지 못했던, 평생 한 남자밖에 모르고 살았음에도 아내라고 나설 수 없던 바보 같은 분.

강욱은 전화기 너머에서 들려오는 희미한 울음소리에 이를 악물었다.

아버지 때문에 평생을 울며 사신 분이었기에 저 때문에 우는 일은 없게 하고 싶었다. 차마 펑펑 울지도 못하는 걸 보니 속이 썩어 문드러지는 것만 같았다.

"울지 말고 어딘지나 말해요. 모시러 갈 테니까."

─ 아냐. 나 당분간 혼자 지내 보고 싶어.

"어머니."

─ 강욱아. 이제 나 때문에 너까지 할 말 못 하고 살 필요 없어. 엄마 신경 쓰지 말고 너 하고 싶은 대로 해.

"강원도에 있다던 그 절에 가신 거 맞죠?"

─ 그걸 네가 어떻게……

"알았어요. 내가 갈 테니까 얼굴 보고 얘기해요."

─ 네가 여기가 어딘 줄 알고 와. 때 되면 알아서 갈 테니까 걱정하지 마. 엄마 괜찮아.

"걱정을 안 시켜야 안 하죠. 도망쳐 버려 놓고 누구보고 걱정하지 말라는데요."

속마음은 그게 아닌데 자꾸만 화를 내 버린다. 강욱은 손바닥으로 얼굴을 문지르며 중얼거렸다.

"차라리 평창동 가서 대신 난동이라도 피워 드릴까요?"

─ 제발 그러지 마. 엄마가 잘못했어.

조금 전엔 하고 싶은 대로 살라더니 금세 애원조다. 더 이상 우는 소리를 들으면 평창동을 쫓아가 뒤엎어 버릴 것만 같았다. 거기서 이태욱이라도 만난다면 진짜 죽여 버릴지도 모르겠다.

머리를 움켜잡은 채 괴로워하던 강욱은 며칠 출장을 다녀온 짐을 풀지도 못한 채 다시 밖으로 나갔다.

뭐라도 한바탕 내리려는지 하늘이 잔뜩 흐려 있었다.

그로부터 4시간 후.

"젠장."

눈이 쌓이기 시작한 깊은 산속 한복판에서 짜증 섞인 욕설이 들렸다.

웅덩이에 처박혀 꼼짝도 하지 않는 차를 죽일 듯이 노려보던 강욱이 바퀴를 걷어찼다.

"빌어먹을. 되는 일이 없네."

미친 듯이 달리다 정신을 차려 보니 고속도로 위였다. 기왕 이렇게 된 거 어머니를 모셔 갈 생각에 이곳을 찾았다.

어머니가 전화를 받지 않아 한번 와 본 적이 있다던 해남댁에게서 대강의 위치만 전해 들었다. 길이 헷갈렸는데 다행인지 불행인지 근처 동네에서 만난 노인이 그가 찾는 암자를 잘 알고 있었다. 말투가 조금 어눌하긴 했지만 충분히 알아들었다.

노인은 차가 올라갈 수 있는 곳이라고 했었다. 뭔가 몇 마디의 설명을 덧붙이긴 했지만 분명 차가 갈 수 있는 곳이라 했다.

한데 이 꼴이 뭐란 말인가.

설상가상으로 핸드폰도 제대로 터지지 않는다.

여기서 이러면 대체 어떡하라고.

"이태욱 이 개새끼."

이 모든 원인이 이태욱인 것만 같았다. 강욱은 악문 잇새로 욕설을 뱉으며 꼼짝도 하지 않는 차를 다시 한번 걷어찼다.

아까부터 내리기 시작한 눈은 어느새 제법 쌓여 가고 있다. 가는 날이

장날이라고 하필 이럴 때 눈이라니.

강욱은 넋이 나간 얼굴로 하늘을 올려다보았다. 앙상한 나무 사이로 쏟아지는 눈송이들이 보였다. 그 모습이 비현실적이어서 헛웃음이 터져 나왔다.

"흐, 흐흐흐. 딱 얼어 죽기 좋은 날씨네."

누가 보면 딱 미친놈인 줄 알겠다. 이 날씨에 슈트 차림으로, 얼어 죽기 좋은 꼴을 하고 여기서 뭘 하고 있는 건가.

몸을 파고드는 한기에 정신이 든 강욱은 어떻게든 차를 움직여야겠다는 생각에 운전석으로 돌아가 액셀러레이터를 밟아 댔다.

그러기를 한참, 차는 여전히 꼼짝도 하지 않았고 강욱은 힘껏 운전대를 내리쳤다.

빠앙―

요란한 경적에 숨어 있던 새들이 푸드덕거리며 날아올랐다.

체념하듯 한참을 앉아 있다 보니 그제야 현실이 보이기 시작했다.

이미 날이 어두워지기 시작했다. 이대로 있다가 기름이 떨어지면 차 안에서 얼어 죽거나 산짐승의 먹이가 될 것이다.

문득 입구에서 봤던 '혜안암 2.6km' 표지판이 떠올랐다. 그래도 제법 올라왔으니 이제 조금만 가면 목적지가 나타날 것이다.

강욱은 전파가 잡히지 않아 무용지물인 핸드폰을 주머니에 넣은 다음 코트를 입고 머플러를 둘렀다.

선택할 수 있는 거라고는 올라가는 길과 내려가는 길뿐.

강욱은 심호흡을 한번 한 다음 성큼성큼 길을 오르기 시작했다. 눈은 퍼붓듯 쏟아지기 시작했고 신고 있는 구두는 자꾸만 미끄러져 내렸다.

1시간쯤 지났을 무렵.

강욱은 숨을 몰아쉬며 눈앞에 나타난 건물을 바라보았다.

"이게 뭐야."

나타나라던 절은 안 보이고 통나무집이 나타났다. 중간에 갈림길이 있었는데 거기서 선택을 잘못한 모양이다.

"설마 이게 절인가."

세상에 이렇게 생긴 절이 있을 리가 없지만 강욱은 제대로 찾아온 거라고 믿고 싶었다. 수없이 미끄러지며 걸어 올라왔는데 잘못 찾아온 거라고는 믿고 싶지 않아서다.

차갑게 얼어붙은 얼굴을 찡그리며 강욱은 저벅저벅 건물 앞으로 다가갔다. 입구에 불이 켜져 있는 거로 보아 다행히 사람이 살고 있는 모양이다.

잘못 찾아왔든 아니든 방법은 없다. 캄캄해진 산에서 살아남으려면 도움을 요청해야만 했다.

똑똑.

노크한 후 기다려 보지만 대답이 없다.

"계십니까."

강욱은 안을 향해 부르며 좀 더 세게 문을 두드렸다. 그러자 강아지 짖는 소리가 들리더니 이내 조용해졌다.

"뭐지. 설마 아무도 없는 건가."

추위로 떨려 오는 손을 들어 문을 두드렸다. 몸이 다 얼어붙는 것만 같았다.

"아무도 없습니까."

얼마나 그렇게 서 있었을까. 안쪽에서 잠금 푸는 소리가 들리더니 문이 조금 열렸다.

"……누구세요?"

자물쇠를 완전히 풀지 않은 열린 문틈 사이로 여자가 얼굴을 반만 내민 채 물었다. 강욱은 지갑에 들어 있던 명함 한 장을 꺼내 문틈 사이로 건넸다.

"미안합니다만 도움이 좀 필요합니다."

명함을 확인한 여자가 그를 머리부터 발끝까지 천천히 훑어내렸다. 산에는 전혀 어울리지 않는 차림새에 눈이 점점 휘둥그레지더니 눈을 잔뜩 묻힌 구두를 보고는 경악했다.

"세상에, 지금 그러고 여길 올라온 거예요?"

"문부터 좀 열죠. 추운데……."

"하, 동상 걸리겠네."

놀란 여자가 서둘러 문을 열어젖히더니 손을 뻗어 왔다. 훅 들어오는 동작에 저도 모르게 한 발 뒤로 물러서는데 여자의 손이 어깨에 닿았다.

"이 날씨에 얼어 죽으려고 작정했어요?"

처음 만난 여자가 그를 뒤덮고 있는 눈을 털어 내며 잔소리를 쏟아붓기 시작했다.

"어떻게 이런 차림으로 산에 올라와요? 구두 신고 산을 오르다니. 여기가 무슨 런웨이인 줄 알아요? 미쳤어 미쳤어."

추위에 떤 탓일까. 강욱은 여자가 입을 열 때마다 쏟아지는 허연 입김이 따뜻할 것 같다는 생각이 들었다. 떨리는 몸을 애써 진정해 보려 하지만 소용없었다.

"괜찮아요?"

이상함을 느낀 여자가 물었다.

"……안 괜찮아요."

말을 할 때마다 이가 딱딱 부딪혔다. 어쨌든 얼어 죽을 일은 없겠다 싶은 생각에 긴장이 풀렸는지 몸이 사시나무 떨듯 떨려 왔다.

"이봐요."

"안 괜찮아. 안 괜찮다고."

아까부터 감각이 없던 무릎이 푹 꺾였다. 이대로 볼썽사납게 뒹굴겠구나 싶었는데 그의 몸이 붙들렸다.

만난 지 채 1분도 되지 않은 여자의 팔이 그의 허리를 감고 있었고 강욱의 얼굴은 그녀의 어깨에 처박히듯 닿아 있었다.

"걸을 수 있겠어요?"

걱정 가득한 여자의 목소리가 아주 가까이에서 울렸다.

추워 죽겠는데 여자에게선 봄 냄새가 났다.

어렸을 때 봄마다 화단에 피었던 이름 모를 꽃.

분명, 그 냄새였다.

주방에서 따끈한 차를 끓여 나오던 윤은 난로 앞에 앉아 있는 남자를 바라보았다. 불과 얼마 전만 해도 혼자였던 산장엔 낯선 남자가 그녀가 가져다준 담요를 뒤집어쓴 채 꼼짝 않고 앉아 있다.

"……."

젖은 머리카락을 닦아 낸 수건을 손에 쥔 채 멍하니 타오르는 장작불을 바라보는 모습이 묘하게도 우수에 차 있는 듯 보였다.

"좀 마셔요."

가져온 찻잔을 내밀자 헝클어진 머리 아래로 드러난 쌍꺼풀 없는 눈이 윤을 올려다보았다.

"몸이 따듯해질 거예요."

참 잘생긴 얼굴이다. 훤칠한 키도 그렇고 군살 없는 몸도 그렇고. 회사 직함이 찍힌 명함을 받지 않았더라면 모델이나 연예인쯤으로 생각했을지도 몰랐다.

"고마워요."

잔을 받아 든 그가 가라앉은 목소리로 인사를 건넸다. 윤은 조금 떨어진 곳에 앉으며 힐끔 바라보았다.

"아침이나 되어야 움직일 수 있을 거예요."

그는 헤안암을 찾아가던 길이라고 했다. 중간 갈림길에서 길을 잘못 들었던 모양이다.

따뜻한 유자차 한 모금을 마신 다음 윤이 창밖을 응시하며 중얼거렸다.

"근데 눈이 많이 쌓이지 않으려나 모르겠어요. 아직도 한참 더 내릴 것 같은데."

"하룻밤 새 많이 오기도 합니까?"

"거짓말 조금 보태면 키만큼 내릴 때도 있어요."

"……."

"진짜예요."

사실을 말했을 뿐인데 믿지 않는 듯했다. 왠지 억울해진 윤이 진짜라며 강조하자 그가 힘없이 웃으며 찻잔을 입에 댔다.

강욱의 웃는 모습에 윤은 저도 모르게 시선을 돌렸다.

아직도 놀란 게 진정되지 않았나. 가슴이 콩닥콩닥 뛰고 있었다.

형도에게서 전화가 걸려온 건 9시가 다 되었을 때였다. 진동으로 해 뒀던 벨이 울리자마자 윤은 도둑고양이처럼 걸어 주방 뒤쪽으로 들어갔다.

– 딸이야. 경임이를 꼭 닮았어.

감격에 젖은 목소리로 형도가 출산 소식을 알려 주었다.

"아빠 된 거 축하해요. 언니는요?"

– 회복실에 있어서 아직 얼굴 못 봤어. 산모도 건강하대.

"다행이다."

– 윤이 네 덕분이야. 아니었으면 우리 진짜 큰일 날 뻔했어.

전해져 오는 진심에 마음이 다 뿌듯해졌다. 할머니가 살던 집을 좀 정리하려고 내려온 건데 이게 다 할머니가 고마움을 표하려고 저를 보낸 거 아닐까.

– 거긴 별일 없지?

형도의 물음에 윤은 가리개를 살짝 젖혀 홀을 바라보았다.

"아무 일도 없어요."

사실대로 말해야 했지만 낯선 남자와 함께 있다고 하면 형도는 밤새 걱정할 게 분명했다. 어차피 아침이면 저 남자는 혜안암으로 넘어갈 텐데 괜히 일을 만들 필요는 없었다.

– 문단속 잘하고 일찍 자. 위층 방에 올라가면 전기장판 있으니까 따듯하게 틀고 자.

"그럴게요. 근데 오빠. 저 핸드폰 배터리가 없어서 전화 못 받을지도 몰라요."

– 배터리? 충전기 못 찾았어?

"네. 아무리 찾아도 없는 것 같아요."

– 큰일이네. 거기 없으면 내가 정말 두 개 다 챙긴 건지도 모르겠다. 못 찾으면 어쩌냐.

"돌아올 때까지 여기서 꼼짝 안 하고 있을 테니까 혹시나 연락 안 되더라도 너무 걱정 마요."

– 그래. 되도록 빨리 돌아갈게.

통화를 마친 윤은 올 때 그랬던 것처럼 발소리를 죽여 홀로 돌아갔다. 그 모습에 엎드려 있던 누렁이가 고개를 갸웃거렸다.

"……."

남자는 나무 기둥에 기댄 채 조금 전부터 잠들어 있었다.

눈길을 걸어오느라 피곤했던 모양이다.

그런데 여기서 재워도 괜찮은 걸까. 새벽에 추울 텐데.

잠든 강욱을 깨우려던 윤은 난로에 장작 몇 개를 더 넣은 다음 위층에서 베개와 이불을 찾아왔다. 차라리 이렇게 아침까지 자는 게 나을지도 모르겠다.

윤은 조심스럽게 강욱의 몸에 이불을 덮어 주었다. 마룻바닥엔 카펫

이 깔려 있으니 못 견딜 정도로 한기가 올라오진 않을 것이다.

화장실 입구 쪽 작은 벽등만 놔둔 채 집 안의 불을 껐다. 장작불이 타오르며 내뿜는 열감과 빛이 온 집 안에 부드럽게 일렁였다.

윤은 잠든 강욱을 한참 내려다보다 낑낑거리는 누렁이를 데리고 위층으로 향했다. 조심스럽게 문을 잠근 뒤 전기장판을 켜고 누웠다.

낯선 곳이라 쉽게 잠들지 못하고 뒤척이는 동안에도 창밖엔 계속 눈이 내리고 있었다.

이른 새벽 눈이 떠진 건 불편한 잠자리 때문만은 아니었다.

아까부터 계속해서 들려오는 반복적인 긁는 소리가 신경을 자극하고 있었다.

여기가 어디인 거지.

몸이 천근만근 무거운 가운데 강욱은 정신 차리려 애를 썼다.

눈을 뜨자 가장 먼저 보인 건 층고가 높은 나무 천장. 타닥타닥 소리를 내며 타고 있는 장작불. 아직 해도 뜨지 않은 어두컴컴한 창밖으로 쏟아지는 함박눈.

"……."

그제야 길을 잘못 들었고 얼어 죽기 일보 직전에 이곳에 와 기절하듯 잠들었던 어제의 일이 떠올랐다.

몸을 일으키자 덮여 있던 이불이 흘러내렸다. 문틈 사이로 바람이 들어와 조금 춥기는 했지만, 다행히 견딜 만은 했다.

그러는 동안에도 밖에선 끊임없이 어떤 소리가 들려오고 있다.

이건 대체 무슨 소리인 걸까.

확인하기 위해 자리에서 일어난 강욱이 창가로 가 반쯤 열려 있던 커튼을 젖혔다.

"……뭐 하는 거지?"

입을 열자 잔뜩 갈라진 목소리가 흘러나왔다. 강욱은 지금 제가 보고 있는 게 믿기지 않는 듯 인상을 썼다.

날도 밝지 않은 어두운 새벽. 여자는 제 키만큼이나 커다란 눈삽을 들고 끙끙거리며 마당에 길을 만들고 있었다.

대체 이 시간에 왜 저러고 있는 것일까.

강욱은 제 머리로는 도저히 이해가 되지 않는 장면에 눈을 찡그렸다. 그가 보고 있는 줄도 모른 채 여자는 눈을 치우다 말고 팔운동을 하기도 했고 제자리에서 콩콩 뛰기도 했다. 그러다 졸래졸래 따라다니는 강아지가 짖자 손가락을 입술에 대고 속삭였다.

"쉿, 조용히 해."

그 모습에 강욱이 피식 웃으며 돌아섰다.

목이 말라 물을 마시기 위해 정수기를 찾던 강욱은 바닥에 놓여 있던 핸드폰을 집어 들었다. 이곳은 그나마 전파가 터져 다행이었다. 적어도 아침이 되면 도움은 요청할 수 있게 되었다.

화면을 켜자 부재중 전화가 떠 있다.

어머니로부터 3통.

이태욱 그 개새끼로부터 7통.

이곳으로 오는 동안 태욱에게 선물로 보낸 메일을 확인한 모양이다. 이렇게 똥줄이 탄 걸 보니 말이다.

강욱은 태욱이 보내온 메시지는 읽지 않은 채 어머니의 메시지를 확인했다.

[집에 도착했어. 어디 갔는데 전화도 안 받는 거니? 아직도 화난 거 아니지? 보는 대로 연락해 줘.]

"집?"

당황한 강욱이 전화를 하려다 멈칫했다. 새벽 5시. 전화하기엔 아직 너무 이른 시간이다.

"하아……."

다행이다 싶으면서도 어쩐지 억울한, 복잡 미묘한 감정이 밀려들었다. 기껏 여기까지 왔는데 쓸데없는 짓을 한 꼴이 되어 버렸다.

의자에 털썩 주저앉은 강욱은 모든 게 비현실적인 듯 느껴졌다.

하염없이 쏟아지는 눈, 그 안에서 꼼짝할 수 없는 제 모습. 그리고…….

"어? 벌써 깼어요?"

살금살금 들어오다 그를 발견하고 놀라는 저 여자.

아무래도 아직 꿈속에서 헤매고 있는 모양이다.

탁탁탁탁.

들려오는 경쾌한 칼질 소리에 강욱이 힐끗 주방을 쳐다봤다.

집 안에서 분주히 움직이던 여자가 주방으로 들어간 건 30분 전쯤. 맛있는 냄새가 풍겨 오고 있다.

"배고프죠? 잠깐만 기다려요. 거의 다 됐어요."

보지도 않고 어떻게 알았는지 때마침 말을 건다.

"음식을 자주 해 보지 않아서 입에 맞을지 모르겠어요."

보아하니 영업을 했던 곳 같은데 손님이 없었던 걸까.

강욱은 주변을 둘러보았다. 어젯밤엔 하도 정신이 없어 제대로 살피지도 못했던 곳이었다. 그저 얼어 죽지 않은 것에 감사해야 할 판이었으니까.

"그나저나 눈이 너무 와서 내려갈 수 있을까 모르겠어요."

윤의 말에 강욱은 창밖으로 시선을 돌렸다. 다행히 눈은 날이 밝을 무렵부터 그쳤다. 하룻밤 사이 내렸다고 하기엔 믿기지 않을 만큼 많은 눈이 쌓여 있었다.

그러는 사이 밥이 차려졌는지 강욱을 부르는 소리가 들렸다.

된장찌개와 김치, 이름 모를 나물 몇 가지. 식탁은 소박하고 조촐했다.

윤이 자리에 앉아 먼저 밥을 뜨며 말했다.

"마음에 안 드나 본데 있는 재료가 이런 것뿐이네요."

"……여긴 손님 취향 같은 건 고려 대상이 아닙니까? 엄연한 영업집 같은데."

"영업집이기는 한데 제가 주인은 아니라서요."

"주인이 아니면?"

"어쩌다 보니 잠시 머물게 된 것뿐이에요."

그래서 그랬나. 뭐가 있느냐고 물으면 허둥지둥 찾느라 바쁘던 여자의 모습이 그제야 이해가 갔다.

"주인은 어딨습니까."

"아기 낳으러 내려갔어요. 어제 갑자기 진통이 시작됐거든요."

난데없이 아이라니…….

나직한 한숨을 내쉰 강욱은 자리에 앉아 밥을 먹기 시작했다. 시장이 반찬이라고 했던가. 밥이 묘하게 달았다.

주인도 없는 산장엔 얼떨결에 머물게 된 손님 둘의 어색한 아침 식사 풍경이 펼쳐지고 있었다.

핸드폰 배터리가 5%밖에 남아 있지 않았다.

어머니에게 전화하려던 강욱은 근처에 충전기가 있나 두리번거렸다. 아무리 봐도 보이지가 않아 물어보려는데 여자가 없다. 조금 전 중무장을 하고 나간 걸 떠올린 강욱이 현관으로 향했다.

"……."

대체 저 여자는 뭘 하려고 저러는 걸까.

또다시 쏟아지기 시작하는 함박눈을 맞으며 그녀는 무릎 위까지 쌓인 눈을 치우는 중이다. 눈 무게에 낑낑거리며 눈삽을 미는 모습을 보니 피식 웃음이 난다.

"이봐요."

그가 부르자 볼과 코가 빨개진 윤이 돌아보았다.

"충전을 좀 했으면 좋겠는데."

핸드폰을 흔들어 보이며 말하자 윤이 난감한 얼굴로 대답했다.

"어쩌죠? 충전기를 찾지 못해서 제 핸드폰도 먹통인데."

마음에 들지 않는 대답에 강욱의 미간이 좁아졌다. 연락할 곳도 많은데 남은 배터리는 겨우 5%. 그나마도 막 4%로 줄어들었다.

강욱은 하늘을 올려다보았다. 온 산이 빼곡하게 눈으로 차 있는데 계속해서 퍼붓듯 눈이 내린다.

"서둘러서 내려가야겠어."

이러다가 꼼짝없이 갇힐지도 모른다는 생각에 마음이 급해졌다.

"돈은 테이블에 올려 두죠. 모자라면 나중에 청구해요."

밤새 말려 두었던 외투를 걸치고 밖으로 나오는데 윤이 앞을 막아섰다.

"지금 죽고 싶어서 그래요?"

그녀는 기가 막힌 얼굴을 하고 그를 막아섰다.

"못 가요."

강욱은 제 앞을 막아선 윤을 내려다보며 조금 신경질적으로 물었다.

"지금 뭐 하는 겁니까?"

"못 들었어요? 이런 날씨에 밖에 나가는 건 죽으러 나가는 거나 다름없다고요. 혜안암은커녕 저 앞을 벗어나기도 힘들어요. 내려가려는 거면 더더욱 안 될 말이고요."

"그럼 여기서 고립되어 구조되기를 기다리라는 겁니까?"

"그쪽한테 미안한 말이지만 보시다시피 벌써 고립된 거라고요."

윤의 말에 강욱은 코웃음을 친 뒤 눈이 쌓인 곳으로 갔다. 눈은 그의 무릎까지 쌓여 있었다. 걸음을 떼는 게 무겁긴 했지만 아주 못 걸을 정도는 아니다. 눈이 수북하게 쌓였으니 신발 때문에 미끄러질 일도 없을 듯했다. 보란 듯이 몇 걸음을 뗀 강욱이 오만한 표정으로 말했다.

"됐습니까?"

이런 폭설을 경험해 본 적은 없지만 산골에서 고립된 사람들을 뉴스를 통해 본 적이 있다. 눈 위에 SOS를 쓰고 구조를 기다리던데 제가 그럴 수는 없다. 출근해서 처리해야 할 일도 태산이고 이태욱도 반쯤 죽여놔야 했다.

그런 강욱을 어쩐지 한심한 눈으로 바라본 윤이 강경한 어조로 말했다.

"딱 10분만 그러고 있어요."

"……."

"그러고도 내려갈 생각이 들면 그땐 가도 좋아요."

할 말을 마친 윤이 다시 눈을 치우기 시작했다. 새벽부터 치운 터라 마당을 가로질러 제법 길게 길이 나 있었다.

윤이 돌아보지 않은 채 말했다.

"어제 올라올 때 힘들었던 건 오늘에 비하면 아무것도 아닐 거예요. 무슨 급한 사정인지 모르겠지만 살고 싶으면 눈 그칠 때까지 얌전히 있는 게 좋을 거예요."

"여기에서 지내라고? 당신이랑 단둘이?"

"방법이 없잖아요?"

"……겁이 없는 거야, 미련한 거야."

그의 말에 윤이 천천히 돌아섰다. 펑펑 쏟아지는 눈이 강욱의 머리와 어깨에 하얗게 내려앉아 있었다.

"적어도 무모하진 않아요. 목숨이 소중하다는 건 아니까요."

묵묵히 눈 치우는 일에 열중하는 윤의 모습에 강욱은 혀를 찼지만 불과 얼마 지나지 않아 난감해지고 말았다. 고작 몇 분쯤 서 있었을 뿐인데 다리가 얼어붙는 것만 같았다. 어제 발목까지 내린 눈을 헤치며 이곳까지 오는 동안 얼마나 힘들었는지가 떠올랐다.

과연 무사히 내려갈 수 있을까.

강욱은 끝도 없이 펼쳐진 눈 덮인 산을 응시하며 깊은 한숨을 내쉬었다. 회사에 연락해서 구조대를 보내 달라고 할까. 그러려면 기회는 배터리가 남아 있는 지금뿐이다.

"동상 걸리기 싫으면 얼른 들어가서 양말이나 벗어요."

인정하고 싶지 않지만 그래야 할 것 같았다. 강욱은 푹푹 빠지는 눈밭을 지나 집 안으로 들어갔다. 그새 젖어 버린 양말을 벗고 난롯가에 앉았다.

회사 보안팀에 연락을 해야 하나? 아니면 그냥 119?

산에서 내려갈 방법을 강구하는 사이 전화가 걸려왔다.

[이태욱]

화면에 뜬 이름에 강욱이 쯧, 혀를 차며 거절 버튼을 눌렀다. 그러자 메시지가 연달아 몇 통이나 도착했다.

[빨리 안 와? 내 눈앞에 나타나라고!]

[좋게 말할 때 와서 해결해. 치사하게 사람을 심어 놓냐!]

[개잡놈.]

"……."

강욱은 천천히 주변을 돌아보았다. 오도 가도 못 하고 갇힌 신세가 되어 버린 제 모습을 이태욱이 알면 참 좋아할 것이다. 입이 찢어져라 통쾌하게 웃겠지.

어차피 당장 내려갈 방법이 없다. 갑자기 날개라도 솟아 날아갈 수 있는 게 아니라면 말이다. 그렇다면 뭐가 최선일까.

이제 남은 배터리는 겨우 3%.

잠시 생각을 정리한 강욱은 빠르게 손가락을 움직였다.

[네가 싼 똥은 네가 알아서 치워.]

그대로 보내려다 다시 손가락을 움직였다.

[그리고 며칠 휴가 처리해 놔. 이번 일 어떻게 처리할지 변호사랑 머리 좀 맞대 볼 테니까 근신하면서 기다리고 있어.]

열 받아 뒤집힐 태욱이 모습이 보이는 듯했다.

곧장 전원을 끄려다 어머니에게 메시지를 보냈다.

[일이 좀 있어서 며칠 집에 못 들어갈 것 같으니 기다리지 마세요.]

태욱이 득달같이 전화를 걸어왔지만 강욱은 그대로 전화기를 꺼 버렸다. 배터리를 아껴야 했다.

그가 집 안에서 그러고 있는 사이 밖에선 여전히 삽질하는 소리가 들린다.

"내려갈 것도 아니면서 길은 왜 만드는 거야."

강욱은 이해하기 힘든 듯 고개를 절레절레 저었다.

"하, 힘들어 죽겠네."

계속해서 쌓이는 눈은 치워도 치워도 끝이 나질 않았다.

도와 달라고 하고 싶은 마음이 굴뚝같지만, 힐끗 보기만 할 뿐 예의상으로도 묻지 않는 강욱에게 손을 내밀고 싶지는 않았다.

오전 내내 퍼붓듯 쏟아진 눈이 허벅지까지 쌓였다. 라디오에선 오후부터 그친다고 했지만 이 기세로 봐서는 진짜 어른 키만큼 쌓이지 않으면 다행일 것이다. 폭설이었다.

점심 무렵이 되어서야 겨우 토끼 우리까지 길이 만들어졌다.

끼니를 거른 토끼들이 나타난 윤을 보고 몰려들었다. 물이 꽁꽁 얼어붙은 걸 보니 하마터면 다 굶겨 죽일 뻔했다.

"아침을 너무 늦게 줘서 미안해. 이렇게 많이 올 줄은 몰랐어."

토끼들에게 사과하며 서둘러 사료와 물을 챙기던 윤은 아직도 눈이 쏟아지는 하늘을 올려다봤다. 저녁은 또 어떡한다…….

오랜 삽질로 몸 곳곳이 쑤시고 아팠다. 두 번은 못 할 짓이다.

윤은 허겁지겁 먹이를 먹는 토끼들을 바라보다 결심한 듯 중얼거렸다.

"그래. 아무래도 너희들을 집 안으로 옮겨야겠어."

그녀의 말에 토끼들이 귀를 쫑긋 세웠다.

점심도 건너뛴 채 산장 한쪽에 놓인 기다란 나무 의자에 누워 있던 강욱은 멍하니 천장을 올려다보았다.

컴퓨터를 쓸 수 있는 것도, 핸드폰이 되는 것도 아니니 딱히 할 일이 없었다. 눈이 그쳤나 가끔 창밖을 확인하는 게 그가 하는 일의 전부였다.

지금쯤 회사는 어떻게 되었을까. 어머니는 또 어쩌고 계실까. 생각이 꼬리를 물고 이어졌다.

강욱은 몇 번이나 핸드폰 전원을 켤까, 만지작거리다 내려놓았다.

들려오는 거라고는 덜컹거리는 문틈 사이로 들려오는 바람 소리와 장작불이 타오르며 내는 타닥거리는 소리뿐.

바깥세상 소식을 들을 수 있는 건 오래된 라디오가 전부인, 조금은 시대에 뒤처진 것 같은 이곳에 누워 있으니 기분이 이상하다. 아무것도 할 수 없는 것에서 오는 불안함과 이대로 흔적도 없이 소멸해 버릴 것 같은 적막감.

경험해 본 적 없는 강제적인 휴식에 생각에 많아질 무렵이었다.

쿵, 소리와 함께 벌컥 문이 열렸다.

"저기요."

곤란한 목소리로 부르는 소리가 들렸다.

"미안한데 좀 도와주면 안 될까요?"

눈밭을 그렇게 헤집고 돌아다닐 때도 도와 달란 말 한 마디 안 하더니 대체 무슨 일일까.

마지못해 몸을 일으키던 강욱은 윤의 손에 들린 것을 확인하고는 눈을 크게 떴다.

"상자에 옮기려다 몇 마리가 도망가 버렸는데 붙들어 주면 안 될까요?"

윤의 양손에 토끼가 귀와 발이 잡힌 채 대롱대롱 매달려 있었다.

"지금 나더러……."

토끼는 동물원에서나 봤지 가까이에서 본 적도 없었다. 그러니 그걸 만져 봤을 리도 없다.

"시간 없어요. 멀리 가기 전에 잡아야 해요."

들고 있던 토끼들을 한쪽에 있는 상자에 담아 꼭 눌러 둔 뒤 윤이 재촉했다.

"어서요."

강욱은 기가 막혔지만 이곳에 있는 건 저뿐이라는 걸 깨닫고는 밖으로 나갔다. 싫든 좋든 돕는 게 최선일 거다. 어쨌든 당장 이 집을 벗어날 수는 없으니까.

사람 하나가 겨우 지나갈 수 있게 만들어 놓은 눈 속의 길을 따라 여자와 토끼들이 쫓고 쫓기고 있었다.

"제발 서. 부탁이니까 좀 서라고. 너희들 안 그러면 다들 굶을 줄 알아!"

깡충깡충 뛰어 도망치는 토끼를 향해 엄포를 놓는 모습에 강욱은 헛웃음을 터트렸다.

서란다고 서면 그게 짐승일까. 그나저나 대체 몇 마리가 도망친 거야.

"어어? 간다. 가. 멀뚱거리며 서 있지 말고 거기서 좀 잡아요!"

윤의 외침에 돌아보니 토끼 두 마리가 그를 향해 돌진하듯 달려오고

118

있었다. 잔뜩 겁에 질린 채 멈추지도 못하고 달려오는 토끼들을 향해 강욱은 정신없이 손을 뻗었다. 하지만 토끼는 그를 농락하듯 다리 사이를 지나 집 처마 밑으로 향했다.

"하, 잘 좀 잡아 봐요."

마치 일을 저지른 게 그인 것처럼 원망의 눈빛으로 바라보는 윤이 기가 막혔지만 지금은 그걸 탓할 겨를도 없었다.

"어? 이쪽으로 온다!"

망할 놈의 토끼 새끼들이 이리 뛰고 저리 뛰는 바람에 넋이 나갈 지경이었으니까.

그로부터 1시간 뒤.

추운 영하의 날씨에도 불구하고 두 사람은 땀범벅이 되어 숨을 몰아쉬었다.

"이게 마지막이야."

강욱이 윤에게 손에 들린 닭을 넘겨주며 투덜거렸다.

"몽땅 치킨으로 변신시켜 버렸으면 좋겠네."

그 말을 알아듣기라도 한 것처럼 닭이 목을 길게 빼더니 푸드덕거렸다. 윤은 마지막 닭을 처마 밑에 임시로 만들어 놓은 우리 안으로 밀어넣으며 안도의 숨을 내쉬었다.

"이럴 줄 알았으면 어제 미리 해 두는 건데."

마당 건너에 있는 짐승들을 전부 건물로 옮겼다. 닭을 비롯해 염소 세 마리와 토끼들. 눈이 쌓이지 않은 처마 밑으로 난데없이 옮겨진 닭과 염소가 시끄럽게 울어 댔다.

윤은 손을 털며 강욱을 바라보았다.

"덕분에 무사히 다 옮겼어요. 나 혼자였으면 어림도 없었을 것 같은데."

그녀의 인사에 강욱이 어깨를 으쓱하더니 하늘을 바라보았다.

"언제쯤 그칠까?"

"얼추 다 오지 않았을까요?"

"참 징그럽게도 내리네."

벽에 몸을 기댄 윤은 슬쩍 그를 돌아보았다. 깎아 놓은 듯한 옆모습에 자꾸만 눈길이 갔다. 처음 봤을 때부터 느낀 거지만 이 남자에겐 뭔가 설명할 수 없는 묘한 분위기가 있다. 그래서 자꾸 시선이 가는 걸까.

"반하지 마. 골치 아픈 일 딱 질색이니까."

시선을 느꼈는지 그가 돌아보지도 않은 채 중얼거렸다. 창피함에 윤의 얼굴이 붉어졌다.

"좀 봤다고 반했다 착각하는 건 너무 자신만만한 거 아니에요?"

"종종 있던 일이니까."

"근데 왜 아까부터 반말이에요?"

윤이 따지듯 묻자 그가 돌아보았다. 시선이 잠시 얽혔다가 떨어졌다.

"오지랖 양께서도 같이 놓으시든가."

오지랖 양이라니? 이거 화를 내야 할 타이밍인 거지?

윤이 머뭇거리는 사이 그는 집 안으로 사라지고 없었다. 속도 모르는 누렁이가 닭을 쫓느라 정신없는 모습에 윤이 한숨을 푹 내쉬며 안아 들었다.

"오지랖 양이라. 그럼 자기는 뭐 까칠대마왕인가."

투덜거리며 입술을 비죽였다.

깊은 산속엔 어둠이 빨리 내렸다.

저녁상을 치우고 나니 딱히 할 일이 없다.

물을 끓이던 윤은 힐끗 강욱을 쳐다봤다. 그는 아까부터 창가에 앉아 생각에 잠겨 있었다.

"저기, 커피 한잔 할래요?"

그녀의 물음에 강욱이 돌아보더니 고개를 끄덕였다. 잔을 채워 주방을 나온 윤은 강욱에게 잔 하나를 건넨 다음 난롯가에 앉았다. 산장 1층은 전체가 트여 있었는데 난롯가를 제외하고는 아기자기한 가구들이 곳곳에 배치되어 있었다.

잔을 감싼 채 커피를 마시는 윤의 곁으로 누렁이가 다가오더니 꼬리를 살랑살랑 흔든다.

"너도 달라고?"

그러자 꼬리의 움직임이 격렬해졌다.

그 모습이 귀여워 머리를 쓰다듬던 윤은 힐끗 강욱을 살폈다. 어젯밤부터 꼬박 24시간을 함께 있으면서 지켜본 결과, 남자는 말수가 없다. 무슨 심각한 고민이라도 있는지 가끔 한숨을 내쉴 뿐이다.

"좀 씻고 싶은데."

갑자기 들려온 말에 윤이 고개를 들자 그가 쳐다보고 있었다.

욕실 위치를 모르는 것도 아닐 텐데 뭘 새삼스럽게 묻는 걸까. 윤은 그의 뒤편을 손가락으로 가리켰다.

"욕실은 계단 뒤로 가면 있어요. 전기온수기 달려 있으니까 물 틀어놓고 조금 기다리면 뜨거운 물이 나올 거예요."

"……."

"왜요?"

알려 줬음에도 그가 움직이지 않자 윤이 물었다.

"미안한데 갈아입을 만한 옷이 있을까."

아……. 그러고 보니 짐을 안 가져왔지.

"잠깐만요. 올라가서 찾아볼게요."

서둘러 2층으로 올라간 윤은 난감한 목소리로 중얼거렸다.

"허락도 못 받았는데 어쩌지."

하지만 지금으로서는 선택지가 없다. 형도에게 전화를 할 수도 없고 저 남자에게 젖은 옷을 다시 입으라고 할 수도 없다. 나중에 사정 얘기를 하고 양해를 구하는 수밖에.

널려 있는 형도의 옷을 걷던 윤이 딱 봐도 작은 사이즈에 고개를 갸웃거렸다.

"맞으려나?"

아니나 다를까. 윤이 가져온 옷을 내밀자 강욱의 눈이 가늘어졌다.

"이걸 나더러 입으라고?"

"나도 권하고 싶지 않지만 선택의 여지가 없어요. 집주인이 그쪽보다 체구가 작거든요."

내키지 않는 듯 한참을 쳐다보던 강욱이 옷을 가지고 욕실로 들어갔다. 물소리가 나기 시작하자 욕실 쪽을 보고 있던 윤의 얼굴이 슬쩍 붉어졌다.

"대체 뭘 상상하는 거야."

고개를 저은 윤은 밖으로 나가 처마 밑 임시 우리에서 짐승들이 잘 지내고 있나 확인했다. 바람이 들지 않게 쳐 둔 포장을 걷자 조용하던 녀석들이 놀란 눈으로 쳐다본다.

집 안 한쪽에서 잠든 토끼들까지 확인한 후 바람에 문이 열리지 않도록 문단속을 했다.

커피 잔까지 씻어 엎어 두고 난로에 장작 몇 개를 더 넣는데 인기척이 들렸다.

"잘 맞……."

윤이 입을 다물며 눈을 동그랗게 떴다. 상체엔 아무것도 걸치지 않은 강욱이 서 있었다. 그나마 입은 바지도 버클을 채우지 못한 채였다.

"옷이 좀 더 커야 할 것 같은데."

당황한 윤이 벌게진 얼굴로 돌아섰다.

"차, 찾아볼게요."

도망치듯 위층으로 올라간 윤은 의자에 털썩 주저앉았다. 방금 보았던 강욱의 몸이 눈앞에 그려지듯 생생하게 떠올랐다. 균형 잡힌 몸을 감싼 자잘한 근육이 아찔할 만큼 섹시했다.

"미쳤나 봐……."

화끈 달아오른 얼굴을 손바닥으로 문지르며 윤은 정신을 차리려 애썼다. 상대는 제게 관심조차 두지 말아 달라고 했다.

아무래도 지퍼가 있는 바지는 안 될 것 같아 고무밴드 바지와 그나마 큰 티셔츠를 찾아 강욱에게 가져다주었다.

"이게 최선이에요. 이것도 못 입겠으면 마를 때까지 담요라도 뒤집어쓰고 지내요."

옷을 건넨 윤이 도망치듯 돌아서자 강욱은 옷을 갈아입었다. 옷을 입은 다음 내려다보니 기가 막혀 헛웃음이 흘러나왔다. 티셔츠는 딱 달라붙었고 바지는 붙는 것도 모자라 짧기까지 했다. 유일한 장점이라면 안 잠길 일은 없다는 것.

그래도 담요를 뒤집어쓰고 지내는 것보다는 낫겠지.

강욱은 힐끗 윤이 사라진 방향을 보더니 흠, 헛기침을 했다. 그래도 반응이 없자 물었다.

"오늘도 마룻바닥에서 자야 하는 겁니까?"

"불편하면 올라가서 자도 돼요. 내가 아래에서……."

돌아온 윤이 말을 채 끝내지도 못하고 그를 위에서 아래로, 다시 위로 훑어보았다.

"아, 어……. 그러니까."

웃지 않으려 애를 쓰는 모습에 그가 인상을 구기자 윤이 손을 내저었다.

"이, 이상하진 않아요."

"이상하진 않을지 몰라도 웃긴 건 확실하네."

하지만 어쩌겠는가. 갈아입을 옷 한 벌이 없는데.

체념한 강욱이 난롯가로 가더니 깔린 이불 위로 털썩 드러누웠다. 자려는 듯 눈을 감았다.

표정이 너무 이상했나.

"화났어요?"

"……아니."

퉁명한 대답에 괜히 미안해진 윤은 집 안의 불을 끈 다음 누렁이를 데리고 위층으로 향했다.

"잘 자요."

잠시 내다본 창밖엔 다행히 눈이 그쳤다. 바람도 잦아드는 이틀째 밤이었다.

그로부터 몇 시간쯤 지났을 때였다.

불편한 잠자리에 이리저리 뒤척이다 깜박 잠이 들었던 강욱은 어디선가 들려오는 희미한 신음에 몸을 일으켰다.

잘못 들었나 싶었는데 이내 또다시 들려온다.

"이게 무슨 소리지?"

자리를 털고 일어난 그가 소리의 출처를 찾기 위해 주위를 두리번거렸다. 혹시 토끼가 소리를 내나 싶어 담아 둔 상자에 다가가 보니 조용하다.

"바람 소리인가."

그때 또다시 소리가 들렸다. 강욱은 윤이 잠들어 있는 위층을 바라보았다.

"……."

악몽이라도 꾸는 건가. 처음엔 그냥 넘길 생각이었는데 계속해서 신음이 들려오자 신경이 쓰이기 시작했다. 혹시 어디가 아픈 걸까. 자리로 돌아가 누우려던 강욱은 손바닥으로 얼굴을 문지르며 투덜거렸다.

"거참 신경 쓰이게 하네."

결국 위로 올라가자 소리가 좀 더 크게 들려왔다. 끙끙 앓는 소리다.

똑똑.

"이봐요."

노크하며 부르자 곧 부스럭거리는 소리가 들렸다.

"괜찮습니까?"

"……괜찮아요."

다 죽어 가는 목소리에 강욱이 쯧 혀를 찼다.

"문 좀 열어 봐요."

"…… ."

"나쁜 짓 안 할 테니까 문 열어 봐요. 아픈 사람 내버려 뒀다가 곤란한 일 겪고 싶진 않으니까."

달칵 소리와 함께 문이 열렸지만 방 안이 어두워 잘 보이지 않는다. 스위치가 있을 만한 옆을 더듬어 불을 켜자 윤이 창백한 얼굴을 찡그렸다.

강욱은 작게 한숨을 내쉬며 윤의 이마를 손으로 짚었다. 저도 모르게 윤이 뒷걸음을 쳤지만 그의 손이 더 빨랐다.

"열은 없는데."

닿아 있던 손을 떼어 내며 윤이 중얼거렸다.

"삽질을 너무 많이 했더니 몸살이 났나 봐요."

"몸살? 쯧, 미련하기는……."

"자고 나면 괜찮을 거예요. 근데 나 때문에 깬 거예요?"

"일어나라고 그렇게 앓는 소리를 낸 거 아니었어?"

고마움과 무안함을 동시에 느끼게 한 강욱이 휙 돌아서더니 아래로 내려갔다. 한참이 지나도 감감무소식이다. 대체 이럴 거면 왜 깨웠나 싶어 윤이 이불을 뒤집어쓰고 누우려는데 퉁명스러운 목소리가 들려왔다.

"이거."

그가 어디서 찾은 건지 약을 들고 있었다. 함께 가져온 물컵을 내려놓으며 중얼거렸다.

"병간호 같은 거 해 줄 생각 없으니까 먹고 자는 게 좋을 거야."

제 할 일은 거기까지라는 듯 강욱은 약 먹는 것도 확인하지 않은 채 돌아섰다. 계단을 내려가는 발소리가 더 이상 들리지 않자 윤은 약을 집어 들었다.

"누가 챙겨 달랬나……."

말은 그러면서도 고마운 마음이 들었다.

몸을 무리해서 쓰다 몸살이 난 게 처음도 아니었고 아침이 되면 괜찮을 것도 안다. 그런데도 이상하게 마음이 말랑해졌다.

입속에 약을 털어 넣고 물을 마셨다.

그나저나 저 남자, 병간호 같은 걸 해 본 적은 있을까.

"쓸데없는 게 궁금한 걸 보니 덜 아픈 거네."

윤은 혼잣말을 중얼거리며 자리에 누웠다. 몸이 천근만근 무거웠다.

눈을 뜨자마자 바깥 날씨부터 확인하기 위해 커튼을 열어젖혔다. 다행히 눈은 그만 내릴 모양이었다.

이제 녹기만 기다리면……. 그러다 봄이 되려나?

강욱은 버릇처럼 핸드폰을 들었다가 전원이 꺼져 있음을 확인하고는 끙, 신음했다. 있던 게 없으니 불편함이 이만저만이 아니다.

꺼져 가는 난롯불을 살리기 위해 장작 몇 개를 더 넣은 뒤 바깥세상의 유일한 소식통인 라디오나 들을까 싶어 코드를 꽂던 강욱은 슬쩍 위층을 올려다보았다.

"괜찮으려나……."

타인 때문에 신경 써야 할 일이 생기는 건 딱 질색이다. 게다가 그 신경 써야 하는 사람이 아픈 사람인 건 더 질색이다.

좀 더 자게 놔둘까 싶어 라디오를 켜지 않은 채 강욱은 창가 의자에 앉았다. 지그시 눈을 감으니 주변의 소리가 들려온다.

나무 사이로 스치는 바람 소리, 짐승들이 깨어나 움직이는 소리, 장작에 불이 붙는 소리.

쫓기듯 살아오는 동안엔 주변엔 관심조차 두지 않았는데 아무것도 할 수 없는 지금은 그 소리에 귀가 기울여진다.

하물며 휴식을 취한다는 핑계로 휴가를 가거나 쉬는 날에도 그랬다. 온전하게 아무것도 안 한 적은 없었다. 쉬는 순간에조차 손엔 늘 컴퓨터나 핸드폰이 쥐어 있었으니까.

발아래에서 기척이 느껴진 건 그때였다.

눈을 뜨고 내려다보니 강아지가 꼬리를 흔들고 있다.

"네 룸메이트는 일어났냐."

대답할 리 없는 강아지 머리를 쓰다듬은 뒤 강욱은 자리에서 일어나 주방으로 향했다. 환자에게 아침을 얻어먹을 수는 없으니 뭐라도 해야 했다.

낡았지만 잘 정리된 주방 한쪽에서 가루로 된 수프를 찾아낸 강욱은 조리법을 몇 번이나 꼼꼼하게 읽은 뒤 가스레인지에 물을 올렸다.

"별짓을 다 해 보네."

어머니가 편찮으셨을 때도 이런 걸 해 본 적이 없는데.

그로부터 10여 분 후, 물의 양을 잘못 맞췄는지 묽디묽은 수프가 끓여졌다. 맛을 본 강욱의 표정이 구겨졌다.

먹을 수 있으려나.

"어쨌든 난 할 만큼 했어."

냄비의 뚜껑을 닫아 놓고 나무 상자에 담긴 사과 한 개를 씻어 가져왔다. 창가에 앉아 사과를 껍질째 깨물자 달콤한 과즙이 흘러나왔다.

한참을 그러고 앉아 있는데 인기척이 들렸다. 밤새 앓았는지 조금 수척해진 얼굴의 윤이 계단을 내려오고 있었다. 그래도 일어난 걸 보니 보기보다 튼튼한 모양이다.

"일찍 일어났네요."

주방으로 간 그녀가 고개를 쏙 내밀더니 물었다.

"설마 이거 나 먹으라고 끓여 놓은 거예요?"

"못 먹겠으면 버리든가."

"아까운 걸 왜 버려요. 맛있기만 한데."

냄비째 들고 와 하나도 남김없이 먹는 윤을 지켜보던 강욱은 피식 웃고 말았다.

여자가 하는 짓이 어쩐지 귀여운 것도 같았다.

일이 생긴 건 그날 오후였다.

쌓인 눈 때문에 돌아다닐 수가 없으니 두 사람은 꼼짝없이 집 안에 있어야 했다. 딱히 할 것도 없어 라디오를 들으며 대부분 시간을 보내던 중이었다.

"어?"

갑자기 전기가 나가 버렸다.

저녁에 먹을 밥을 짓기 위해 미리 쌀을 씻어 두려던 윤은 불이 꺼진 천장을 올려다보았다. 조금 전까지 들리던 라디오 소리도 들리지 않고 있었다.

"차단기가 내려간 것 같은데."

손을 닦고 나가 보니 강욱이 뭔가를 찾고 있었다. 아무래도 두꺼비집을 찾는 모양이다.

"여긴 발전기를 돌리고 있어요."

"발전기?"

"전기가 이곳까지 들어오지 않아서 발전기를 사용한다고 했어요."

둘은 동시에 난감한 얼굴로 서로를 바라보았다. 태어나 실제로 한 번도 본 적조차 없는 물건인데 발전기라니.

발전기에 문제가 생긴 거라면 그걸 고칠 수는 있을까.

"일단 가서 봐야겠어. 발전기가 어디 있는 줄은 알아요?"

"뒤뜰 창고에요."

다행히 주방 뒷문으로 나가면 거리는 멀지 않다. 강욱이 밖으로 나갈 채비를 하는 동안 윤은 빠르게 주변을 살폈다.

곧 해가 질 거다. 전기가 들어오지 않으면 문제 될 만한 게 뭐가 있을까. 냉장고에 든 음식이야 바깥에 내놓으면 될 테고 밥은 냄비에 안쳐야 할 듯했다. 그리고 또 뭐가 있을까.

"아, 랜턴!"

곧 어둠이 찾아올 집을 대비해야 했기에 두 사람의 마음이 급해지고 있었다.

타닥타닥.

장작이 소리를 내며 발갛게 타올랐다.

무릎에 담요를 덮은 채 꾸벅꾸벅 졸던 윤은 시간을 확인했다. 벌써 11시가 다 되어 가고 있었다.

"……."

강욱은 기둥에 기댄 채 눈을 감고 있다.

잠이 든 건가? 윤은 쏟아지려는 하품을 참으며 조용히 기지개를 켰다.

자야 할 시간이지만 위로 올라갈 엄두가 나질 않는다. 발전기에 문제가 생기는 바람에 전기장판은커녕 기본적인 난방조차 되지 않고 있었다.

이 집 안에서 가장 따뜻한 곳은 아니, 유일하게 따뜻한 곳이 이곳 난로 근처뿐이다.

그렇다고 여기서 같이 잘 수도 없고 어떡하지…….

그런 그녀의 생각을 읽기라도 한 걸까.

"내가 올라갈 테니까 자요."

자는 줄 알았던 강욱이 베개를 챙겨 일어났다.

"엄청 추울 거예요."

미안해진 윤이 다급하게 말하자 강욱이 돌아선 채로 물었다.

"같이 자게?"

"……."

"그럼 여기서 잘 거냐고."

그저 단순한 물음이었을 것이다. 순수하게 잘 곳의 위치만 물었을 게 분명했다. 한데 그가 '같이 자게?'라고 묻는 순간 뇌 안으로 음란한 마귀가 파고든 모양이다. 어젯밤 보았던 강욱의 몸이 떠올랐다. 그것도 모자라……. 하, 왜 저 남자와 뒤엉킨 상상을 해 버린 거지?

윤이 대답하지 못하고 눈을 껌벅이는 사이 강욱이 가까이 다가왔다.

"못 들었습니까?"

"그냥 내가 위에서 잘게요."

주변이 어두워 붉어진 뺨이 보일 리도 없는데 윤은 서둘러 도망치듯 계단을 올라갔다. 집 안 공기는 쌀쌀한데 몸이 뜨겁다.

"미쳤어."

이틀을 꼬박 붙어 있었더니 머리가 어떻게 되기라도 한 걸까.

"난 다정한 남자 좋아해. 배려심 넘치고 다정한 남자를 좋아한다고."

아무리 잘생겼다고 한들 저 남자는 절대 제 취향이 아닌데 그런 상상이라니. 윤은 세차게 머리를 흔든 다음 두꺼운 이불 속으로 파고들었다.

달도 뜨지 않았는지 주변은 온통 새까맸다. 어서 아침이나 왔으면 싶었다.

하지만…….

"으으으."

추위에 이가 딱딱 부딪혔다.

나무벽 틈으로 들어오는 바람이 매섭다.

점퍼까지 입고 이불 속에 누웠던 윤은 도저히 참을 수가 없어 벌떡 일어나 앉았다. 아무리 난방이 안 된다지만 뼛속까지 시린 걸 보니 바깥 날씨가 어지간히 추운 모양이다.

저절로 따뜻한 난롯가가 그리워졌다.

"그래. 얼어 죽을 수는 없어."

이불과 베개를 챙긴 윤은 까치발을 든 채 아래층으로 향했다. 계단을 내려갈수록 난로의 따뜻한 기운이 느껴졌다. 이제 조용히 한쪽 구석에서 잠들면 될 일이었다.

이마에 팔을 얹고 있던 강욱이 슬쩍 돌아본 건 그때였다.

"아직 안 잤어요?"

그가 대답 대신 자리에서 일어나더니 윤의 이불을 가져갔다. 그러고는 저만치 떨어진 곳에 자리를 깔고 털썩 드러누웠다.

"거기서 자. 데워져서 따뜻할 테니까."

잠시 강욱을 쳐다보다 점퍼를 벗고 그가 누웠던 자리에 누웠다. 난로의 열기와 사람의 체온이 만들어 낸 온기는 그의 말대로 따뜻하면서 아늑했다. 그야말로 천국이 따로 없다.

누렁이도 추웠는지 재빨리 품 안으로 파고들었다.

윤은 누운 채 강욱을 바라보았다. 잠자리까지 양보해 주는 걸 보면 어쩌면 생각보다 더 좋은 사람일지도 모른다.

문득 그를 좀 더 알고 싶다는 생각이 들었다. 첫날 그가 건넸던 명함이 어딘가에 있을 텐데. 이름이 뭐였더라.

"이름이 뭐예요?"

"……철수."

칫, 가르쳐 주기 싫다 이거지.

"그쪽이 철수면 난 뭐 영희인가."

"영희보다 순이가 더 어울려."

순이? 내가 지금 촌스럽다는 거야?

입술을 비죽 내밀었던 윤은 전해져 오는 따뜻함에 슬며시 눈을 감았다. 추위에 떨던 몸이 녹으면서 노곤함이 밀려왔다.

"철수 씨, 자리 양보해 줘서 고마워요."

몸을 동그랗게 말고 누렁이를 껴안았다. 그러자 거짓말처럼 금세 잠이 들고 말았다.

팔을 베고 누워 천장을 올려다보던 강욱은 좀처럼 잠이 오지 않아 일어나 앉았다.

불을 꺼트리지 않으려면 어쨌든 누군가는 한 번씩 일어나야 하기도 했다. 아직 불씨가 시뻘건 난로 안에 장작 몇 개를 더 넣고 돌아서는데 잠든 윤이 보였다.

피곤했는지 곤하게 잠들어 있었다.

"……."

참 이상한 여자다.

지난 며칠 동안 지켜본 결과 여자는 이상하다는 말로밖에 설명이 되지 않았다.

어쩌다 주인 대신 이곳을 떠맡게 된 건지 자세히 묻지는 않았지만 굳이 듣지 않아도 알 것 같았다. 보나 마나 아이를 낳으러 가는 주인을 대신해 스스로 떠맡았을 거다. 짐승들 굶겨 죽일 수 없다며 종일 눈 속에서 땅굴을 파던 것처럼 오지랖을 떨었을 테니까.

강욱은 조금 떨어진 곳에 앉아 윤을 가만히 바라보았다.

원래 남의 일에 참견하는 사람 딱 질색이다. 한데 이 여자가 밉지 않은 건 왜일까. 말도 못 하는 짐승들을 집 안팎으로 다 옮겨 놓고 뿌듯해하던 모습을 봤을 때 어쩐지 귀엽기까지 했다.

귀엽다…….

생각이 거기에 미친 강욱은 허탈하게 웃으며 중얼거렸다.

"갇혀 있으니 머리가 어떻게 된 모양이네."

그러지 않고서야 뚝딱뚝딱 망치질도 잘하고 겁도 없는 여자가 귀엽게 보일 수가 있을까. 제 취향의 여자가 어떤 여자인지 저도 잘 모르겠지만 적어도 이런 여자는 아닐 텐데…….

뭔가가 움직이는 게 포착된 건 그때였다.

어둠을 틈타 벽 쪽으로 뭔가가 움직였다. 그게 뭔지를 아는 강욱이 작게 한숨을 내쉬며 몸을 일으켰다.

"또 나왔네."

어젯밤에도 그러더니 토끼가 탈출한 모양이다. 가만두면 밤새 이곳저곳을 돌아다니며 신경 쓰게 할 게 뻔했다. 어젯밤에도 결국 참지 못하고 한밤중에 토끼를 붙잡았으니까.

강욱이 최대한 조용히 다가가 보지만 눈치 빠른 탈주범 토끼는 잽싸게 다른 곳으로 도망쳤다. 탁자 아래에서 장작더미 뒤로 숨어 대던 토끼가 쫓아오는 강욱을 피해 난로 앞으로 뛰기 시작했다.

"거긴 안 돼."

강욱이 저도 모르게 중얼거리며 쫓았다.

탈주범 토끼는 앞다리를 든 채 주변을 돌아보더니 윤이 덮고 있는 이불 속으로 쏙 들어가 버렸다. 이불 아래에서 토끼가 꿈틀거렸다.

강욱은 발소리를 죽여 가까이 다가간 다음 손을 집어넣었다. 이리저리 움직이는 토끼 다리를 낚아채 꺼내려는데 녀석이 몸부림을 쳤다. 놓치지 않기 위해 꽉 붙들던 강욱의 손이 그대로 멈췄다.

"……."

"……."

윤이 잔뜩 졸린 눈으로 그를 올려다보고 있었다. 강욱은 그제야 제가 오해하기 딱 좋은 자세로 있다는 걸 깨닫고는 설명하기 위해 입을 열었다.

"토끼가……."

말을 끝낼 수가 없었다.

윤의 팔이 그의 목에 감기더니 입술이 부딪쳐 왔다. 뜨겁고 보드라운 감촉이 순식간에 말초신경을 자극하며 그의 입술을 삼켰다.

손에 잡힌 토끼가 몸부림을 치다 빠져나갔다. 그사이 키스는 더 깊어져 버렸다.

윤의 가느다란 손가락이 그의 머리카락을 헤집으며 파고들자 강욱은 신음하며 그녀의 팔목을 쥐었다.

머릿속은 위험하다며 분명 그에게 경고를 보내고 있었다. 하지만 그 경고를 받아들이기엔 키스가 시작된 순간부터 이미 위험 수위는 넘어서 버렸다.

뭐랄까. 순식간에 마법에 빠져 버린 느낌이었다.

사방은 고요했고 어두컴컴한 산장 한쪽엔 불꽃이 타오르고 있었다. 그 붉은빛이 두 사람 위로 너울거렸다. 불빛은 마치 연인의 손길처럼 부드러웠다. 다 내려놓고 그 손길에 몸을 맡기고 싶을 만큼 유혹적이었다.

"하아……."

누구의 것인지 모를 신음이 귀를 적셨다.

여자를 마지막으로 안은 게 언제인지 제대로 기억조차 나지 않는다.

책임질 일 같은 건 만들고 싶지 않아 여자를 멀리했다.

사랑, 그까짓 게 뭐라고 평생 누군가에게 집착하고 애원하며 살고 싶진 않았다. 그저 때가 되면 서로에게 책임과 의무를 다할 적당한 상대를 만나 감정적인 소모는 겪지 않으며 살고 싶었다.

하지만 지금은…….

일탈. 아니, 꿈일지도 모른다.

어느 순간 눈을 떠 보면 언제나 그랬듯 책상 앞에 앉아 재미라고는 하나 없는 서류들과 종일 씨름을 하고 있을지도 모른다. 경쟁하듯 살아온 이태욱을 밟고 위로 올라가 보겠다는 일념에 사로잡혀 살 것이다.

강욱은 손을 들어 윤의 목을 감쌌다. 한 줌밖에 되지 않는 가녀린 목을 따라 천천히 올라간 손이 그녀의 뺨을 감싸자 맞닿은 입술 사이로 가느다란 신음이 흘러나왔다.

"……."

강욱은 잠시 몸을 떼고 윤을 내려다보았다. 타액으로 번들거리는 입술이 숨을 몰아쉴 때마다 가슴이 들썩였다. 잠이 스몄던 눈동자는 다른 의미로 흐려져 있었다.

얽힌 시선을 타고 수많은 감정이 넘나들었다. 도덕과 윤리, 쾌락, 민망.

그중에 그들을 굴복시킨 건 끌림과 욕망.

인간의 가장 원초적인 본능이었다.

윤의 손이 제 얼굴을 감싼 강욱의 손 위로 겹쳐졌다. 지그시 잡아 오는 손길은 분명 허락이자 유혹이었다.

둘은 누가 먼저랄 것도 없이 서로의 입술을 찾기 시작했다.

입술이 격렬하게 닿았다가 떨어졌고 또다시 부딪쳤다. 노련하지 않은, 그야말로 서툴기 그지없는 키스였다. 하지만 키스의 위력은 대단했다.

아무도 없는 눈 내리는 산장. 적당한 분위기와 젊은 두 남녀. 이성을 잃는 건 찰나의 순간이면 충분했다.

혀와 혀가 서로의 입술을 넘나들었을 뿐인데도 키스는 미치게 황홀했다. 온몸의 근육이 팽팽하게 부풀어 오른 강욱은 숨을 몰아쉬며 상체를 일으켰다. 흐트러진 채 누워 있는 윤의 잔뜩 부풀어 오른 입술이 보였다. 숨을 쉴 때마다 오르락내리락하는 가슴을 보며 머리 위로 셔츠를 벗어 저만치로 던져 버렸다.

"……."

"……."

말없이 서로를 응시하던 두 사람은 어느 순간 서로를 향해 손을 뻗었다. 강욱의 벗은 몸을 윤의 손이 더듬었고 입술이 뒤엉켰다. 이성이 끊어진 건 찰나의 순간이었다.

키스를 해 대는 중간중간에 서로가 입고 있는 옷을 하나씩 벗겨 내다가 서툰 손놀림에 제 스스로 벗기도 했고, 정신을 차렸을 땐 모닥불 앞에서 뒤엉켜 뒹굴고 있었다.

몸 위를 짓누르는 묵직한 무게를 껴안자 윤의 몸 안으로 무언가가 가득 차올랐다. 그건 그녀가 택한 기분 좋은 고통이었다.

모든 게 그저 비현실적인 순간이었다.

눈 내리는 아무도 없는 산장에서 며칠째 함께 있던 젊은 남녀가 사랑을 나누고 있었다.

문제를 일으킨 토끼는 어디로 사라졌는지 보이질 않았다.

웅크린 채 잠들어 있던 윤은 불편한 자세에 돌아누웠다. 마룻바닥에서 잔 탓인지 몸 여기저기가 쑤셨다.

"으음……."

신음하며 돌아눕던 윤은 잠깐 눈을 떴다 감는 사이 보이는 얼굴에 화들짝 놀라 손으로 입을 틀어막았다. 내지를 뻔한 비명이 그대로 입 안으로 삼켜졌다.

이게 어떻게 된 거지.

윤은 잠들어 있는 강욱을 바라보다 조용히 몸을 일으켰다. 어쩐지 자세가 불편하다고 생각했는데 그게 팔베개 때문이었던 모양이다.

조용히 몸을 일으키던 윤이 당황해 이불을 끌어당겼다.

옷은 대체 어디 있는 걸까.

주변을 살펴 저만치 떨어져 있던 옷을 가져와 허겁지겁 주워 든 그녀는 도망치듯 욕실로 향했다. 문을 잠그고 거울 속에 비친 헝클어진 제 모습을 마주 보며 중얼거렸다.

"미쳤어. 미쳤어."

몇 시간 전 무슨 일이 벌어졌는지 기억이 났다. 차라리 술이라도 잔뜩 취해 사고를 쳤다면 변명의 여지라도 있지. 게다가 기억을 더듬어 보면 그 시작은 자신으로부터였다.

깜박 잠들었다가 눈을 떴을 때 강욱이 바로 앞에 있었다.

처음엔 꿈이구나 했었다. 지난 며칠 동안 몇 번이나 그를 상대로 이상한 생각을 한 적이 있었던 터라 아예 대놓고 꿈을 꾸는 거라고만 여겼다.

키스를 한 건 그래서였다. 어차피 꿈일 테니까. 마음에 있다고 한들 먼저 유혹할 성격도 못 되었다. 게다가 상대는 제게 관심조차 없지 않은가.

"근데 같이 자 버렸어."

윤이 얼이 빠진 채 중얼거렸다.

"저 남자랑 자 버렸다고."

처음은 아니었다. 죽기 살기로 쫓아다니던 과 선배와 1년 넘게 연애라는 걸 했었다. 말이 연애지 그의 수많은 여자 중 하나였다는 걸 나중에서야 알았다.

왜냐고 물었을 때 그 개자식이 그랬다.

'그냥 좀 쿨하게 헤어져 주면 안 돼?'

'그래도 이유가 있었을 거잖아요.'

'자꾸 튕기니까 오기가 생겨서 꼭 한번 데리고 자 보고 싶었거든. 뭐 특별한 게 있나 싶어서.'

사색이 되어 돌아서는데 그 개자식이 그랬다.

'마음 정리가 쉽게 안 되겠지만 괜히 책임지라고 징징거리지 마. 꼴사나우니까.'

그날 카페에서 얼음이 가득 담긴 커피를 그 개자식의 머리에 부어 버렸다. 차라리 싫어졌다고 했으면 이해라도 해 줬을지 몰랐다.

그날 이후, 연애에 대한 마음을 접었다. 연애가 아니더라도 해야 할 일은 많았으니까. 학비며 생활비도 벌어야 했고 혼자 계신 할머니도 챙겨야 했다. 졸업하고 괜찮은 직장을 잡으면 할머니를 모시고 올라와 같이 살 생각이었다.

그런데…… 누군지도 잘 알지 못하는 남자와 자 버렸다.

생각에 잠겨 있던 윤은 얼음장처럼 차가운 물로 세수를 했다. 머릿속까지 찡해지며 정신이 번쩍 들었다.

그래. 실수를 한 게 아니라 내가 원했던 거야. 끌렸던 거라고.

"그럴 수 있어. 본능이잖아."

애써 마음을 가다듬은 윤은 그러고도 한참이 지나서야 욕실을 나왔다. 제 행동에 합리화는 시켰다지만 얼굴을 어떻게 봐야 할지 몰라서 걸음은 조용하기만 했다.

묵묵히 밥을 먹던 강욱이 힐끗 맞은편의 윤을 쳐다봤다.

숟가락질하는 속도가 느린 것으로 보아 딴생각 중인 걸까.

"흠."

헛기침을 하자 윤이 화들짝 놀라 그를 본다. 시선이 마주치자 윤의 볼이 빨개졌다.

"얼굴 빨개."

"가, 감기에 걸린 모양이에요."

아침에 눈을 떴을 때부터 윤은 정신없이 바쁘게 움직이고 있었다. 난데없이 아침부터 청소를 한다며 사방을 쓸고 닦더니 그것도 모자라 마당의 눈을 치웠다. 혼자 힘들 것 같아 도와주겠다고 갔더니 식사 준비를 하겠다며 내뺐다. 딱 봐도 요리조리 그를 피해 다니는 모양새였다.

"어젯밤엔."

그가 입을 여는 순간 윤이 선수를 쳤다.

"덮고 넘어가죠."

"⋯⋯."

"변명 같은 거 안 할게요. 실수 아니었어요. 내가 원했던 거지. 그러니까 책임이다 뭐다 그런 말은 안 했으면 좋겠는데. 나도 그렇고 철수 씨도 그렇고."

윤이 시선을 내린 채 빠르게 말하자 강욱의 표정이 구겨졌다. 짐을 덜어 줘 좋아할 줄 알았는데 어쩐지 별로 마음에 들지 않는 표정이다.

"내 이름은 철수가 아니라."

"그냥 철수랑 순이로 해요."

"⋯⋯."

"우리 사이에 약간의 사고가 있었다고 해서 억지로 알려 줄 필요 없어요. 그쪽에서 원치 않는데 내가 질척거릴지도 모르잖아요."

"그걸 원해?"

윤은 얼핏 보았던 그의 명함에 적힌 직함을 떠올렸다. 상무라고 했던

가. 많아 봐야 그녀보다 서너 살이나 많을까. 젊은 나이에 대기업에서 그런 직함을 가지려면 둘 중 하나일 것이다.

능력이 어마어마하게 뛰어나거나, 로열패밀리이거나. 확률상 두 번째일 가능성이 농후했다.

어쨌든 그런 자리에 있는 남자와 뭔가를 기대해 봤자 미래는 뻔했다. 신데렐라를 꿈꿔 봤자 아픈 건 결국 그녀일 테니까. 그럴 바엔 차라리 깨끗하게 굿바이를 외치는 게 나았다.

윤은 애써 담담하게 웃으며 젓가락으로 나물을 집었다.

"내려가면 다 잊을 거잖아요."

"……."

"나도 그럴 거예요. 눈 덮인 산장. 그곳에 우연히 갇히게 된 젊은 남녀. 분위기에 휩쓸린 게 죄는 아니잖아요."

"……."

"그나저나 눈이 제법 녹았어요. 하루 이틀 더 있으면 내려갈 수 있을 것도 같은데……. 내려가면 뭐 할 거예요? 회사?"

"그래야겠지. 미리 말도 안 한 데다 연락도 안 돼서 발칵 뒤집혔을지도 모르니까."

"혹시 길 가다 우연히 만나면 알은척은 해도 되죠? 아, 그것도 곤란하려나?"

윤이 가볍게 웃으며 넘길 요량으로 장난 삼아 물은 건데 강욱이 진지하게 대답했다.

"길 가다 만날 정도면 아니라고 우기고 싶어도 인연일 것 같은데."

"그건 그때 가서나 생각해 보죠. 뭐."

"혹시나 책임질…… 일 생기면 연락해. 명함 남겨 둘 테니까."

책임질 일이라는 말에 피임을 제대로 하지 못했던 어젯밤이 떠올라 심장이 쿵쾅거렸지만 강욱의 표정이 미묘하게 일그러진 걸 발견한 윤은 지그시 입술을 깨물었다. 그래. 사랑도 없는 상대와의 사이에서 어떤 문제가 일어날 걸 걱정하는 건 당연하다.

"그럴 일은 없을 거예요."

윤이 안심시키듯 일부러 밝은 표정을 지었다.

어차피 그럴 일은 일어나지 않을 거다. 여러 가지 일을 겪고 치르는 동안 스트레스를 받았는지 심한 생리 불순을 겪는 중이니까. 검진받으러 갔을 때 의사조차 난임이 될 확률이 높다고 할 정도였다.

"그래도 만에 하나 문제가 생긴다면 반드시 알려 줄게요."

하룻밤을 보낸 뒤의 어색함을 느끼고 싶지 않았을 뿐이었는데 이런 대화라니.

윤은 서둘러 빈 그릇을 들고 일어나 주방으로 피신했다.

오늘은 또 종일 어떻게 지낸담.

매 순간순간이 어색한 시간일 게 눈에 보이는 듯했다.

오전 내내 발전기를 들여다보던 강욱은 별다른 소득을 얻지 못한 채 의자에 털썩 앉았다. 어디가 망가진 건지 결국 원인을 찾지 못했다. 그 말은 오늘도 전기 없이 지내야 한다는 뜻이었다.

실망한 얼굴로 앉아 있는 그의 앞으로 윤이 따뜻한 차 한 잔을 가져다주었다.

"마셔요. 추웠을 텐데."

소매 아래로 드러난 손목이 참 가늘다. 저런 손으로 종일 눈을 치운 게 용하다는 생각이 들었다.

윤이 가져온 차를 마시며 강욱은 주변을 빙 둘러보았다.

첩첩산중이라는 말이 딱 어울리는 곳이다. 아무리 둘러봐도 산밖에 보이지 않는, 그래서 너무 적막한 곳. 하지만 인정하지 않을 수 없을 만큼 설경이 멋진 곳이기도 했다.

한참 생각에 잠겨 있던 강욱이 들려오는 말소리에 몸을 돌려 소리가 나는 방향을 바라보았다.

"……."

윤이 알을 낳은 닭과 대치 중이었다.

"미안한데 그거 나 줘. 너희가 요즘 게으름을 피우는 바람에 달걀이 바닥났단 말이야."

말을 알아들을 리 없는 닭이 달걀을 지키려 날개를 펼치고 퍼덕이자 숫제 비는 꼴이다.

"제발 한 번만 눈 딱 감아 주면 안 될까? 응?"

닭한테 사정이라니. 강욱은 저도 모르게 피식 웃으며 물었다.

"도와줘?"

"괜찮아요. 이제 거의 다 넘어왔어요."

문득 윤이 뭐 하는 사람일까 궁금해진다. 아직 학생일까. 아니면 직장인?

"꺅!"

난데없는 비명에 벌떡 일어나 달려가자 윤이 주저앉아 있다.

"어디 다쳤어?"

금방이라도 울 것 같은 윤을 일으켜 세우는데 손등에 붉은 상처가 보였다. 손을 붙잡아 살펴보니 그나마 상처가 심하진 않다.

"설마 닭이 쪼았어?"

"그래도 달걀은 건졌어요."

윤이 멋쩍게 웃으며 나머지 한 손을 내밀자 뽀얀 달걀이 쥐여 있다.

"하!"

기가 막힌 강욱이 헛웃음을 터트리자 윤이 초승달 같은 눈웃음을 지었다.

"저녁에 하나씩 먹으면 되겠다."

"……지금 웃음이 나?"

"그럼 울어요? 일용할 식량을 구했으니 감사해야지."

강욱에게 잡힌 손을 빼내려는데 이상하게 빼지지가 않는다. 윤의 손을 그가 꽉 붙든 채 내려다보고 있었다. 윤의 시선이 그의 얼굴 여기저기를 떠돌더니 입술에서 멈췄다.

분위기가 순식간에 어색해졌다.

"손 좀……."

그녀의 말에 강욱이 손의 힘을 풀자 윤은 도망치듯 집 안으로 들어갔다.

그런 윤의 뒷모습을 눈으로 좇던 강욱이 나직하게 한숨을 내쉬었다.

아슬아슬하던 분위기가 결국 정점을 찍은 건 저녁 무렵이었다.

해가 지고 어두워지자 두 사람은 난롯가에 나란히 앉아 있었다. 구석에 묻어 두었던 고구마를 꺼내자 특유의 달큼한 냄새가 풍겼다.

"조만간 내려가 볼까 생각 중인데."

호호 불어 식힌 고구마를 누렁이에게 나눠 주던 윤은 강욱의 말에 옆을 돌아보았다. 눈이 녹으면 내려갈 거라는 걸 알고 있었다. 한데 막상그가 진짜 떠날 거라고 생각하니 만감이 교차한다.

"……같이 갈래?"

뜻밖의 물음이었다.

순간 가슴이 걷잡을 수 없이 뛰기 시작했다. 강욱을 물끄러미 응시하며 잠시 그와의 미래를 떠올렸다. 지금은 단둘뿐이어서 마음이 쏠리는 걸지도 모른다. 하지만 일상으로 돌아갔을 때에도 그 마음이 변하지 않을까. 그의 주변엔 멋진 커리어우먼들이 가득할 테고 그녀는 아직 졸업도 하지 못한, 겨우 아르바이트로 먹고사는 처지였다.

"나, 감당하기 힘들걸요."

일부러 담담하게 웃으며 대답해 주었다.

욕심을 부려 봤자 상처만 받을 게 뻔한데 차라리 가끔 떠올릴 수 있는 추억 한 편이 되는 게 나을지도 몰랐다.

"철수와 순이로 남아요, 우리."

바라보는 강욱의 입술에 고구마가 묻어 있는 걸 발견한 윤이 손을 뻗어 닦아 주었다. 손가락을 쪽 빨자 단맛이 느껴졌다. 이 남자는 그저 잠깐의 휴식에 맛본 달콤함으로 남아야 했다.

윤이 그의 입술에서 눈을 떼지 못한 채 물었다.

"키스…… 해도 돼요?"

어디서 그런 용기가 났는지 모르겠다.

윤은 과감하게 손을 뻗어 강욱의 뺨을 어루만졌다. 어차피 남은 건 고작해야 며칠뿐이다. 그가 떠난다는 생각을 하자 가슴이 저릿하게 아파 왔다.

"한 번 더 해요 우리."

윤의 말이 채 끝나기도 전에 강욱의 입술이 와 닿았다. 벌어진 입술 사이로 파고든 그의 입술에서 고구마의 달콤한 맛이 느껴졌다.

아……. 어쩐지 앞으로 고구마를 먹을 때마다 이 순간이 떠오를 것 같은 예감에 윤은 탄식하며 그의 목에 팔을 감았다.

서로를 더듬는 입술은 집요하고 깊었다. 점점 고조되는 쾌감에 윤은 숨조차 쉴 수가 없었다.

그대로 몸이 뉘어졌다.

"하아 하아."

얼굴로 흩뿌려지는 거친 숨소리에 윤이 눈을 뜨고 강욱을 올려다보았다.

"……."

난로의 불빛만 희미하게 감도는 산장 안.

그녀를 내려다보는 깎아 놓은 듯 잘생긴 얼굴을 손으로 더듬었다. 반듯한 이마와 눈썹, 눈매를 지나 콧잔등을 어루만지고 뺨을 가로질러 귓불을 감쌌다.

"참, 잘생겼어요."

할머니가 남자 인물 뜯어먹고 사는 거 아니랬는데…….

윤은 내려오는 입술에 입술을 맡긴 채 그의 목을 껴안았다. 둘 사이가 틈도 없이 밀착되었다. 강욱의 단단한 몸이 고스란히 느껴졌다.

뺨과 턱, 목덜미를 오가는 입술에 격정 어린 신음이 흘러나왔다.

타닥타닥. 나무 타는 소리에 둘의 신음이 어우러졌다.

"하아, 생각해 보니까 키스로는 안 되겠다."

"……."

마음이 다급해져 누가 먼저랄 것도 없이 서로의 옷을 벗기기 시작했다. 윤이 입은 스웨터가 저만치로 날아가 떨어졌다. 윤은 열심히 떨리는 손으로 단추를 풀어 보지만 마음대로 되지 않는다. 그러자 강욱이 그녀를 안은 채 빙그르르 몸을 돌렸다.

윤은 강욱의 몸 위에 걸터앉은 채 그를 내려다보았다. 강욱이 속옷만 걸쳐진 윤의 어깨를 부드럽게 쥐며 속삭였다.

"이제 네 차례야."

반쯤 벌어진 셔츠 사이로 보이는 가슴이 숨을 몰아쉴 때마다 들썩였다. 그 매끈하고 탄탄한 가슴을 어루만지며 윤이 단추를 풀었다.

풀어 헤친 셔츠 사이로 드러난 몸을 찬찬히 만져 보았다. 잔근육으로 둘러싸인 갈비뼈를 하나씩 어루만져 보았다. 그 부드러운 터치에 강욱이 탁한 신음을 뱉으며 윤을 끌어당겼다.

"키스해 줘."

윤은 그의 이마에 입술을 댔다. 얼굴 구석구석에 키스했다.

차갑다고 생각했던 눈과 입술을 지나 수염이 돋아난 턱과 목젖. 입술은 느릿하면서도 거침없이 움직였다.

그냥 전부 느껴 보고 싶었다. 머리부터 발끝까지. 흐르는 시간이 아까워 그냥 이대로 멈춰 버렸으면 하는 생각이 들었다.

"하아……."

억누를 수 없는 신음이 들려오자 윤은 좀 더 아래로 내려갔다. 부끄러움은 내려놓고 이 순간만큼은 온전히 남자와 여자이고 싶었다.

가슴을 더듬으며 내려간 윤의 입술이 젖꼭지를 깨물자 그가 낮게 신음하며 몸을 들썩였다. 입술이 옆구리를 따라 움직일수록 그의 호흡이 빨라졌다.

"피부가 꽤 예민하네요."

윤이 흥미로운 눈빛으로 슬쩍 그를 올려다본 뒤 손끝으로 복부를 쓸며 천천히 아래로 내려갔다. 그러는 동안에도 입술은 끊임없이 강욱의 몸 여기저기를 더듬고 있었다.

"으음……."

강욱이 그 터치를 즐기듯 지그시 눈을 감자 윤의 손놀림이 좀 더 대담해졌다.

"별로 잘하지는 못해요."

배꼽 아래를 지나 속옷 라인을 따라 움직이던 손이 초보 도둑처럼 티를 내며 그 안으로 숨어들자 강욱이 픽 웃으며 눈을 떴다. 하지만 그것도 잠시, 그녀의 손이 단단해진 남성을 부드럽게 어루만지자 강욱의 눈빛이 순식간에 욕망으로 짙게 물었다.

손에 쥐어진 남성은 크고 단단했으며 뜨거웠다. 허벅지 위에 걸터앉은 윤이 호기심 어린 눈으로 그의 남성을 팬티 밖으로 꺼내자 강욱이 신음하며 그녀의 브래지어에 둘러싸인 가슴을 움켜쥐었다.

"이리 가까이 와."

그의 속삭임에 몸을 숙이자 그가 손을 뒤로하더니 훅을 풀어 브래지어를 벗겨 내었다. 그러더니 가슴을 쥐곤 유두를 입술로 잘근거렸다.

"아!"

그 아찔한 쾌감에 다리 사이가 짜릿해졌다. 그녀의 허리를 붙잡은 그가 앉는 위치를 바꾸자 중심부 아래를 뭔가가 쿡 찌르는 게 느껴졌다. 팬티를 사이에 두고 잔뜩 커진 그의 남성이 닿아 있었다.

윤이 저도 모르게 골반을 움직이자 성기가 마찰을 일으키며 움직였다.

"으."

가슴을 애무하던 강욱 역시 자극을 받은 듯 거친 신음을 내며 윤의 허리를 꽉 붙들었다. 윤은 그의 허리 위에 쪼그려 앉은 채로 어쩔 줄 몰라 하며 그를 내려다보았다. 가슴을 짚은 손바닥 아래로 미친 듯이 뛰고 있는 그의 심장 박동이 고스란히 느껴지고 있었다.

"……."

저로 인해 흥분한 그의 모습을 보고 있으니 피가 뜨거워지는 기분이었다. 부끄러움이 사라진 자리에 대담함이 채워졌는지 윤의 몸놀림이 야릇해졌다.

맞닿은 아래가 축축해졌고 남성이 더욱 단단해졌다. 몸을 떼면 금방이라도 찔러 올 듯 곤두선 남성을 건드릴 때마다 강욱은 괴로운 듯 신음하며 윤을 붙들었다.

"그만. 그만해."

하지만 윤은 멈추고 싶지가 않았다. 그가 진심으로 괴로운 게 아니라는 걸 알아 버려서다.

표정을 일그러뜨린 강욱을 내려다보며 윤이 움직임을 멈추지 않자 도저히 안 되겠던지 그가 윤을 안은 채로 뒹굴었다. 그녀의 몸 위로 기어오른 그가 단숨에 속옷을 벗겨 낸 뒤 다리 사이로 파고들어 왔다.

침입은 깊었고 빨랐다. 이미 한껏 젖어 있던 길을 따라 들어온 남성이 완벽하게 맞물렸을 때 윤은 그의 목을 끌어안으며 키스했다.

그가 몸을 그녀에게 밀어 넣을 때마다 마룻바닥에서 삐걱거리는 소리
가 났다.

삐걱. 삐걱. 삐걱.

몇 번인지 셀 수도 없을 만큼 많은 삐걱대는 소리가 들렸다. 동시에
거칠어진 호흡 소리가 귓가를 울렸다. 신음과 마룻바닥이 울리는 절묘한
조합이었다.

카펫 위를 이리저리 구르며 둘은 치열하게 서로에게 파고들었다.

한번 시작된 관계는 한참 타오르던 모닥불이 다 꺼져 갈 때까지 계속
되었다.

마치, 세상에 둘뿐인 것처럼. 할 일이라고는 그저 섹스밖에 없는 것처
럼 그렇게 둘은 서로에게 몰두할 뿐이었다.

새벽 무렵.

뭔가 보드랍고 따듯한 것이 계속해서 얼굴을 핥고 있다.

단잠에 빠져 있던 강욱은 계속되는 감촉에 천천히 눈을 떴다.

헥헥.

"……."

얼굴 바로 앞에서 누렁이가 사정없이 꼬리를 흔들고 서 있었다.

바깥이 어두운 거로 보아 아직 이른 시간일 텐데 녀석이 벌써 배가 고
픈 모양이다.

"너 뭐냐……."

처음엔 슬금슬금 눈치 보며 오지 않던 녀석이 며칠 사이 친해졌다고
이젠 새벽잠까지 깨운다.

"저리 가."

귀찮은 듯 손으로 쓱 밀던 강욱이 발아래에서 느껴지는 움직임에 고

개를 들었다.

"하. 또 뛰쳐나왔네."

토끼 두 마리가 탈주한 것도 모자라 겁도 없이 이불 속으로 들어와 잠을 자고 있었다.

몸을 일으키려 했지만 강욱은 일어날 수가 없었다. 윤이 품 안에서 잠들어 있었다.

"……."

난롯불이 꺼져 추웠는지 윤이 몸을 잔뜩 웅크린 채 그의 가슴에 안겨 자고 있다. 차가워진 공기가 닿자 추운지 윤이 꼼지락거렸다.

강욱은 조심스럽게 이불을 덮어 주곤 곤한 숨소리가 들려올 때까지 꼼짝도 하지 않았다.

다시 잠들지 못한 강욱은 어두컴컴한 천장을 올려다보았다.

문득 며칠 전 이곳에 오던 날이 떠올랐다.

잔뜩 악에 받쳐 있었던 것 같은데 이상하게도 아주 오래전 일인 것 같다. 첫날은 이태욱과 회사 일, 이런저런 생각으로 머리가 복잡했는데 지금은 신기하게도 남의 이야기처럼 느껴졌다.

강욱은 흐릿한 어둠 속에서 주변을 둘러보았다.

이곳은 불편한 것투성이다. 난방도 제대로 되지 않고 뜨거운 물조차 마음대로 쓰지 못한다. 하물며 있는 것도 별로 없다. 가장 큰 문제는 문명의 세계와 동떨어져 있다는 것. 그저 생존을 위해 사는 곳이라고 해도 과언이 아닐 거다.

그런데도 이곳에서 도망치고 싶지 않은 것은 왜일까.

"으음……."

턱 끝까지 이불을 덮어 준 게 답답했는지 고개를 내미는 윤의 모습에 강욱이 팔을 뻗어 허리를 껴안았다. 아무것도 걸치지 않은 맨몸이 맞닿았다. 공기는 싸늘한데 몸은 뜨겁다. 게다가 점점 힘이 들어가더니 몸이 단단해졌다.

이상함을 느꼈는지 윤이 눈을 떴다.

"더 자. 아직 캄캄해."

생각해 주는 척하는 입술과 달리 몸은 정직했다. 팔은 그녀를 가까이 당겨 왔고 다리는 포개어졌다.

"더 자라면서요."

"응."

윤에게선 제 냄새가 났다. 밤새 몇 번이나 탐했는지는 기억하고 싶지 않다. 새벽부터 또 더듬는 게 미안해질 테니까.

"다리가 간지러워."

윤이 졸린 목소리로 속삭였다.

"토끼 녀석들이랑 동침 중이거든."

그의 말에 윤이 듣기 좋은 허스키한 웃음을 터트렸다. 하지만 이내 달 뜬 신음이 그 웃음을 대신했다.

"하, 힘들어."

힘들다면서도 덤벼드는 그를 기꺼이 받아들인 윤이 헐떡였다.

몸놀림이 격해질수록 숨소리도 거칠어졌다.

새벽이 오고 있었다.

윤은 난로에 데운 물로 샤워 중이었다.

차 한 잔을 마시며 창가 테이블에 앉아 있던 강욱은 날짜를 세었다.

"벌써 닷새나 지난 건가."

시간 참 빠르다. 강욱은 심란한 표정으로 바깥을 내다보았다.

며칠 사이 제법 녹은 눈을 바라보며 강욱은 내려갈 수 있을지를 가늠해 보았다. 언제까지 여기에 있을 수는 없는 노릇이다. 하지만 여기서 저 눈이 전부 녹기를 마냥 기다렸다간 진짜 봄이 될지도 모른다.

잠시 생각에 잠겨 있던 강욱은 며칠 전 꺼 두었던 핸드폰을 찾아와 물끄러미 내려다보았다. 아직 배터리가 남아 있을 것이다. 며칠 동안 별일이 없었는지 확인해야 했다.

전원 버튼을 누르려던 강욱은 물소리가 나는 욕실 쪽을 바라보았다.

내려가면 서로 잊자던 윤의 말이 떠올랐다. 그러자 바람에 춤추는 나뭇가지처럼 마음이 흔들렸다.

그냥 며칠쯤 여기에 더 있을까.

하지만 언제까지 현실을 모른 체할 수도 없다. 어차피 제가 있어야 할 곳이 어디인지는 누구보다 잘 알고 있으니까.

"별일은 없겠지."

버튼을 눌러 전원을 켜니 배터리가 2%밖에 남지 않았다. 곧 밀린 메시지들이 뜨기 시작했다.

예상대로 수십 통의 부재중 전화가 걸려와 있다. 대부분 회사와 이태욱, 어머니로부터였다.

빠르게 메시지를 확인하던 강욱의 표정이 서서히 굳어졌다. 첫날은 이태욱으로부터 온 협박성 메시지가 대부분이었는데 어제 도착한 메시지는 달랐다.

게다가 어머니가 보내온 메시지도 똑같은 내용이었다.

[아버지 심근경색으로 쓰러지셨어.]

"아버지가……."

며칠 사이 생각지도 못했던 일이 벌어져 있었다. 당혹스러운 얼굴로 몇 번이나 메시지를 확인하던 강욱이 서둘러 전화를 걸자 곧 어머니 정 여사의 다급한 목소리가 들려왔다.

- 강욱이니?

"아버지가 쓰러지셨다뇨? 어떻게 된 거예요?"

- 어딘데 연락이 안 되는 거니. 욱아…….

큰일이 생겼음을 짐작게 하는 북받친 정 여사의 목소리가 뚝 끊겼다. 배터리가 방전되었다.

"젠장!"

강욱이 초조한 듯 벌떡 일어나 머리를 부여잡았다. 아버지 상태를 알아야 하는데 알 길이 없다. 혹시 손쓸 수 없는 일이 생겨 버리기라도 한 걸까. 불안함이 점점 커지고 있었다.

"당장 내려가야 해."

마침내 결심한 강욱은 올 때 입고 왔던 옷으로 갈아입었다. 코트를 걸치며 계단을 내려오는데 윤이 수건으로 머리를 닦으며 욕실을 나왔다. 강욱의 모습이 심상치 않았는지 윤이 다가오지도 못한 채 물었다.

"지금…… 가려고요?"

"응."

"아직 눈 많이 쌓였는데. 좀 더 녹고 나면……."

"아버지가 쓰러지셨대. 어떤 상황인지를 모르겠어."

강욱의 굳은 목소리에 윤의 눈동자가 흔들렸다. 놀란 얼굴로 그를 바라보더니 무슨 생각에서인지 잠깐만요, 하며 계단을 올라갔다. 내려오는 그녀의 손엔 윤이 입던 점퍼가 들려 있었다.

"헐렁한 스타일이라 들어가긴 할 거예요. 좀 끼겠지만 안 입는 것보다는 나을 거니까 위에 걸치고라도 가요."

지퍼도 채워지지 않는 점퍼를 제멋대로 입히더니 등을 떠밀었다.

"해 있을 때 얼른 내려가요."

"……."

"차가 다닐 수 있을 정도로 폭이 넓은 길만 따라가야 해요."

어린아이를 내보내는 것처럼 걱정스러운 얼굴을 한 윤을 안심시키고 싶지만 무슨 말을 해야 할지 모르겠다. 이게 마지막일지도 모른다고 생각하니 발이 떨어지질 않았다.

152

그 모습을 물끄러미 올려다보던 윤이 메모지에 급하게 전화번호를 쓰더니 외투 주머니에 넣었다.

"무사히 도착했다고 메시지라도 남겨 줘요. 그래야 나도 안심할 테니까."

"혼자 괜찮겠어? 차라리 같이 내려가자."

"사람 통행이 가능해지면 여기 주인이 올라올 거예요. 그런다고 했으니까."

"……."

"내 걱정 말고 어서 가요."

밖으로 나와 눈을 밟고 걸을 때마다 서걱서걱 소리가 났다. 한낮의 태양이 눈 위에 반사되어 수많은 보석을 뿌려 놓은 듯 반짝거리고 있다.

"갈게."

윤을 뒤로한 채 강욱은 차마 떨어지지 않는 발걸음을 옮기기 시작했다.

눈은 여전히 무릎 근처까지 쌓인 채였다.

얼마쯤 내려갔을까. 강욱이 걸음을 멈추고 뒤를 돌아보았다. 혼자 남은 윤이 자꾸 마음에 걸렸다.

그런데 거짓말처럼 윤이 한참 떨어진 곳에 서 있었다. 그를 뒤따랐던 모양이다.

"얼른 가요!"

돌아선 그를 발견한 윤이 외치며 손을 흔들어 보였다.

강욱은 꼭 알고 싶은 게 생겼다. 그가 입에 손을 모아 소리쳤다.

"이름이 뭐야?"

"뭐라고요?"

떨어진 둘 사이로 바람이 불어왔다. 앙상한 나뭇가지들이 그 바람에 몸서리를 쳐 댔다.

"이름이 뭐냐고!"

메아리가 울렸고 그녀가 대답했다.

"채윤이요."

그녀의 대답을 바람이 실어다 주었다.

"최윤희."

강욱은 바람이 장난을 치며 전해 준 이름을 곱씹듯 중얼거린 다음 산을 내려가기 시작했다. 얼어 죽지 않으려면 빠르게 움직여야만 했다.

4.

약국엔 먼저 온 사람들이 있었다.

"어서 와요, 채 대리."

웃으며 인사를 건네는 약사에게 손을 흔들어 보이는데 뒤를 따라 손님 여럿이 들어왔다. 윤은 한쪽에 놓인 의자에 앉으며 작게 외쳤다.

"전 급한 거 아니니까 천천히 주셔도 돼요."

"강 소장이 요즘 기분이 좋아 보이던데, 뭐 좋은 일이라도 있어요?"

3년을 이웃으로 지내다 보니 이젠 척하면 어지간한 건 알 만큼 친한 사이가 되었다. 막혔던 일이 좀 풀렸다고 대답해 주고 싶지만 약 사는 손님들을 상대하느라 정신이 없다.

아이 하나가 엄마 품에 안긴 채 들어온 건 그때였다.

"우리 저쪽에서 조금만 기다릴까?"

붐비는 사람들을 피해 윤의 옆으로 아이가 나란히 앉았다. 유난히 까만 머리카락을 지닌 아이는 윤을 보더니 빙그레 웃었다. 동그란 눈과 오

155

뚝한 코, 이목구비가 또렷한 게 참 잘생긴 얼굴이다.

"안녕."

윤이 인사하며 손을 흔들자 아이가 따라 흔들었다.

"서후도 안녕하세요, 해야지."

아이를 가르치는 엄마의 목소리엔 애정이 듬뿍 담겨 있었다.

"아이 이름이 서후예요?"

"네."

"엄청 똘똘하게 생겼네요."

"아직 말이 좀 느려요."

들고 온 공룡 장난감을 가지고 장난을 치는 아이를 지켜보던 윤의 눈빛이 뭔가가 떠오른 듯 차츰 그늘이 졌다.

"서후 몇 살?"

아이 앞에 쪼그리고 앉아 나이를 묻자 곰곰이 생각하더니 손가락 세 개를 펴 보였다.

"세 살?"

고개를 끄덕이는 아이를 향해 제멋대로 손이 뻗어질 뻔했다. 그러지 않기 위해 안간힘을 쓰며 웃어 보였다.

"서후 참 잘생겼다. 아줌마가 사탕 하나 사 줘도 될까?"

허락을 구하듯 엄마를 바라보는 눈이 초롱초롱하다. 윤은 약국에 오는 아이들이 가장 좋아한다는 비타민을 가져와 서후에게 내밀었다.

"자, 선물."

"고맙습니다, 해야지."

엄마가 시키자 냉큼 배꼽 손을 하고 인사를 건네는 아이의 모습에 울컥, 감정이 북받쳐 왔다.

"아줌마가 한번 안아 봐도 될까?"

그녀가 건넨 비타민을 꼭 쥔 채로 양팔을 벌려 안겨 오는 아이를 조심스럽게 끌어안았다. 너무 작고 여린 몸은 꽉 안으면 부서져 버릴 것만 같 았다.

쪽.

비타민이 어지간히 마음에 들었는지 아이가 뽀뽀를 했다.

숨이 그대로 멎어 버릴 것만 같았다.

그 시간, 가게로 들어선 강욱이 주변을 두리번거렸다.

바깥에서 볼 땐 간판도 시원찮고 허름하기 그지없더니 빈자리를 찾기 힘들 만큼 사람들로 북적거렸다.

"잘못 찾은 건가."

아무리 봐도 윤이 보이지 않아 돌아서려는데 누군가 벌떡 일어나 손 을 흔드는 게 보였다.

"본부장님. 여깁니다!"

원하우징 대표 강성훈이다.

"잘 찾아오셨네요. 이쪽으로 앉으세요."

취기로 얼굴이 붉게 달아오른 성훈이 맞은편 자리를 권했다.

"채 대리는 잠깐 나갔는데 금방 올 거예요."

"그렇습니까."

"아, 인사드려 근태 씨. 자양동 건물 인수하신 이강욱 본부장님. 이쪽 은 저희 회사 신입 사원 김근태 씨입니다. 한잔 받으시죠."

"됐습니다."

누굴 소개받으려거나 술을 마시러 온 게 아니었다.

불편한 자리가 딱 질색인 강욱이 대번에 마다하자 술병을 내밀던 성 훈이 멋쩍게 웃으며 자리에 앉았다.

"술은 안 드시나 봐요."

강욱의 거절에 순간 분위기가 어색해지자 중간에서 눈치를 살피던 근태가 막 들어서는 윤을 보고 반갑게 손을 흔들었다.

"채 대리님."

매캐한 연기로 가득 찬 홀을 못마땅한 듯 훑어보며 앉아 있던 강욱은 채 대리라는 말에 입구를 바라보았다. 손에 약국 로고가 선명한 봉투를 든 채 들어오던 윤이 그를 발견하고는 멈칫했다. 얘기를 들었을 텐데 진짜 올 줄은 몰랐던 걸까. 어째 반가운 표정이 아니다.

"왔어요?"

가볍게 인사를 건넨 윤이 그의 옆자리에 앉더니 들고 온 봉투를 성훈에게 건넸다.

"됐다니까 기어이 사 오고 그래."

손사래를 치며 거절하는 성훈 앞에 툭 놓아 주며 윤이 단호하게 말했다.

"숙취로 사람 고생시킬 생각 아니면 먹고 자요. 종일 징징거리는 소리 듣기 싫으니까."

"하, 역시 내 생각 해 주는 건 채 대리밖에 없다니까."

두 사람의 대화를 들으며 강욱이 윤을 빤히 바라보았다. 3년씩이나 함께 일했다고 하더니 숙취까지 챙겨 줄 정도로 가까운 사이인 걸까.

기분 전환이 필요해 여기까지 온 건데 윤이 다른 남자를 챙기는 모습을 보니 괜히 온 게 아닌가 싶기도 했다.

윤을 살피던 강욱의 눈이 가늘어졌다. 며칠 전 봤을 때만 해도 머리카락이 제법 길었는데 지금 보니 겨우 어깨에 닿을 정도다.

"머리 잘랐나 보네."

그의 말에 성훈은 몹시 놀란 얼굴로, 근태는 호기심 어린 얼굴로 윤은…… 뭔지 모를 복잡한 얼굴로 강욱을 쳐다보았다.

"날이 더워져서요."

당황할 줄 알았는데 태연한 목소리다.

"그, 그래. 날이 덥긴 하지."

성훈이 장단을 맞추며 윤의 잔을 채워 주려 하자 강욱이 빼앗듯 술병을 가져왔다. 쪼르륵. 잔을 채우며 힐끗 윤을 바라보았다.

당분간 만나 보기로 한 데다 며칠 전 사무실에서 키스까지 한 사이였다. 한데 지금 표정을 보니 사람들에게 드러내고 싶지 않은 모양이다.

"본부장님은 안 마셔요?"

윤의 물음에 강욱이 피식 웃었다. 본부장이라……

"응. 안 마셔."

"술 마실 것도 아니면서 여길 왜 왔어요?"

"다 먹으면 태워다 주려고."

"……"

"뭐 해? 마시지 않고."

선을 그으면 넘어가고 싶어지는 게 사람 마음이다. 어차피 이미 계약은 성사되었고 무를 수도 없을 것이다. 무엇보다 중요한 건, 물건이든 사람이든 다른 사람 누구와도 공유할 생각이 없다. 적어도 제 것일 때는 말이다. 그러니 이 관계를 처음부터 확실하게 짚고 넘어갈 필요가 있었다.

입을 쩍 벌린 채 그와 윤을 번갈아 쳐다보던 성훈이 툭툭 근태의 옆구리를 찔렀다. 먼저 일어서자는 신호를 보내자 눈치 빠른 근태가 벌떡 자리에서 일어서며 외쳤다.

"맞다. 오늘 제사라 일찍 들어오랬는데."

난데없는 제사 이야기에 잠시 당황한 성훈이 이내 맞장구를 쳤다.

"잘됐네. 나도 일어서려던 참인데. 그럼 가는 길에 내려 줄게."

"그러실래요? 채 대리님. 저희 먼저 들어가도 되죠?"

누가 봐도 일부러 자리를 피해 주는 행동이었다.

"그럼 내일 뵙겠습니다."

"채 대리. 내일 보자. 본부장님도 나중에 뵙겠습니다."

말릴 사이도 없이 두 사람이 사라져 버리자 윤이 작게 한숨을 내쉬며 술잔을 비웠다. 강욱은 다시 잔을 채워 주었다.

"여기는 왜 온 거예요?"

"필요할 때 오라며. 끌려올 생각 없으니 오라고 해서 온 것뿐인데, 잘 못한 건가?"

"……."

"근데 여긴 언제까지 있을 거야? 연탄 냄새가 건강에 해로울 텐데."

팔짱을 낀 채 주변을 둘러보는 강욱은 확실히 이런 곳에 어울리는 사람은 아니다. 사람 사는 게 다 거기서 거기라고 여겼는데 강욱을 보니 그 생각이 틀린 것일 수도 있겠다.

못마땅한 눈으로 가게 안을 훑는 강욱을 주인아주머니가 힐끗 쳐다보는 게 느껴졌다. 아무래도 이쯤에서 일어서야 할 것 같았다.

"그만 가요."

회사 카드로 결제를 하려는데 강욱이 쓱 카드를 내밀었다.

"이걸로 하죠."

"누구?"

주인아주머니가 호기심 어린 눈으로 물었다. 윤은 그를 어떤 사람으로 소개해야 할지 잠시 고민하다 대답했다.

"건물주예요."

먼저 밖으로 나와 기다리자 강욱이 다가왔다. 가까이 서자 가뜩이나 큰 키가 더 크게 느껴졌다.

"건물주?"

"틀린 말은 아니잖아요."

기가 막히지만 딱히 아니라고도 할 수가 없던 강욱은 근처에 세워 둔 차로 윤을 안내했다.

"타."

조수석 문을 열어 주자 윤이 말없이 차에 올랐다.

달리는 차 안엔 어색한 침묵이 감돌았다. 말없이 앞만 보고 앉아 있는 윤의 모습에 강욱은 제가 뭔 실수를 했나 싶었다.

"화났어?"

"아뇨."

"그럼?"

"뭐가요?"

말소리는 담담했지만 이상하게 그 안에 가시가 돋친 것처럼 들렸다.

"몇 번 전화했었는데."

"시끄러워서 못 들었어요."

"내가 거기까지 찾아간 게 못마땅한 거야?"

윤의 가라앉은 시선이 느껴졌다.

"필요하니까 왔을 거잖아요."

그래 맞다. 피곤한 하루를 보내고 나니 윤이 생각났던 거. 그렇지만 화난 윤을 원한 게 아니다. 사람들 앞에서 티 좀 냈다고 그게 그렇게 화를 낼 일일까.

더 대화를 해 봤자 서로 감정만 상하게 될 것 같아 입을 꾹 다물었다.

"그만하지."

창을 내리자 바람이 밀려들었다. 둘은 말없이 다른 곳을 바라보았다.

한참을 달려 윤이 사는 건물 앞에 도착했다.

"들어가."

윤을 내려주고 가려는데 뜻밖의 말이 들려왔다.

"잠깐 들어왔다 가요."

갑작스러운 초대였지만 거절할 일도 아니다.

강욱은 꽤 오래되어 보이는 건물을 대충 눈으로 훑었다. 그러잖아도 지난번 봤을 때부터 신경이 쓰였다.

"보안은 괜찮은 거야?"

강욱의 물음에 답하지 않은 채 윤은 집으로 그를 안내했다.

문을 열고 들어서자 꼬미가 야옹, 작게 울며 마중을 나왔다.

"미안. 조금만 네 집에 들어가 있어 줄래?"

윤은 머리를 쓰다듬은 다음 저만치로 밀어냈다. 등 뒤에서 문 닫히는 소리와 함께 강욱의 인기척이 느껴졌다. 윤은 천천히 돌아섰다. 좁은 현관을 비추던 센서 등이 꺼졌다가 다시 켜졌다. 둘의 시선이 얽힌 채 한동안 말이 없었다.

"……."

윤은 그대로 손을 뻗어 강욱의 목을 껴안았다. 뒤로 밀린 강욱이 벽에 부딪혀 쿵 소리가 났다.

"!"

윤이 다짜고짜 키스를 시작하자 놀랐는지 강욱의 눈이 커졌다. 단순한 입맞춤이 아니라 관계를 암시하는 노골적인 키스였다.

닥치는 대로 키스하며 그의 셔츠를 벗겨 내리는 윤의 행동이 이어졌다. 하지만 곧 그녀의 손은 강욱에게 붙들렸다.

정신없이 휘몰아친 상황에 두 사람은 숨을 몰아쉬며 상대를 응시했다.

"지금……."

"이걸 원한 거 아니었어요?"

윤의 목소리가 차갑다.

"채윤."

"여자가 필요해서 이러려고 온 거잖아요. 그러니까 빨리 끝내고 가요. 나도 쉬어야 하니까."

"……빨리 끝내?"

강욱이 기가 막힌 듯 되물었다.

"진짜 그게 네가 원하는 거야? 내가 여자에 환장한 놈으로 보여?"

윤의 침묵에 강욱이 젠장, 중얼거리더니 팽개치듯 손을 놓은 뒤 밖으로 나가 버렸다. 쿵 소리를 내며 문이 닫히자 윤은 무너지듯 그 자리에 주저앉았다.

"흐윽."

얼굴을 감싼 손가락 사이로 눈물이 흘러나왔다. 한번 터져 버린 울음이 좀처럼 잦아들지 않는다. 아무리 마음을 다잡아 보려 해도 자꾸만 무너져 내렸다.

대체 언제쯤 무뎌질까. 언제쯤 되어야 네가 잊혀질까.

이렇게 별것도 아닌 일에도 네가 떠오르면 난 어떻게 살아야 하는 거니.

윤은 오래전의 기억에 가끔 아파 오는 배를 감싸며 북받친 음성으로 중얼거렸다.

"철수야."

약국에서 그 또래의 아이를 만났을 때부터 조절되지 않던 감정은 엉망이 되어 버렸다. 강욱의 잘못이 아니라는 걸 알지만 그가 원망스러운 밤이었다.

건축 현장은 늘 그렇듯 시끄러웠다.

주방 창호를 설치 후 우레탄 폼으로 공간을 메꾸던 박 씨가 힐끔 시간을 확인하더니 투덜거렸다.

"새참 안 줘?"

말이 끝나기 무섭게 입구에 윤이 들어서는 게 보였다.

"성질도 급하시긴."

윤은 양손 가득 들고 온 먹을거리를 내려놓으며 곱게 눈을 흘겼다.

"아저씨 좋아하는 비빔국수로 가져오느라 좀 늦었어요. 반장님은 콩국수 맞죠?"

"비빔국수? 하, 채 대리 센스 있는 건 알아 줘야 한다니까."

조금 전만 해도 불만이 가득했던 얼굴에 웃음꽃이 피었다. 윤은 서둘러 자리를 마련하고 인부들을 불러모았다. 모름지기 공사판에서는 먹을 것을 아끼면 안 된다. 배가 적당히 차야 사람이 느긋해지는 법이고 그래야 세심하게 살필 여유도 생기는 법이다.

"많이 드세요."

각자의 그릇을 들고 앉아 먹는데 집중하는 사람들을 둘러본 윤은 설치 중인 창호를 꼼꼼하게 살펴보았다.

수평도 잘 맞고 열고 닫을 때 빡빡한 느낌도 없다. 벽체 마감도 10mm 정도를 돌출해서 깔끔하게 되어 있었다.

"백날 찾아봐. 흠잡을 곳 없을 테니까."

자신만만한 박 씨의 말에 윤이 고개를 끄덕였다.

"흠잡는 거 아니에요. 감탄하는 거지."

"말이나 못 하면. 매의 눈으로 살피는 거 다 보이는구만."

"그렇게 티 났어요?"

"오죽하면 여기랑 일하려면 일당 두 배는 받아야 한다고 그러겠어. 너무 빡빡하게 굴지 마."

박 씨의 투덜거림에 윤이 조용히 웃었다. 인부들 사이에 도는 이야기를 모르지는 않는다. 하지만 집을 지을 때면 하나부터 열까지 꼼꼼해야만 했다. 그래야 하자도 생기지 않고 의뢰인들도 믿고 맡길 수가 있을 테니까.

"어쨌든 좋네요."

계단을 올라 2층으로 가자 아직 뻥 뚫려 있는 창틀 사이로 바깥 풍경이 보였다. 지금은 그저 흙바닥이지만 곧 근사한 정원으로 변할 것이다. 원래에서 더 업그레이드된 조경수들이 멋진 풍경을 만들 상상을 하니 저절로 미소가 지어졌다.

"……."

사흘이 지나도록 강욱에게선 연락 한 통이 없다.

강욱 역시 무슨 일이 있어 찾아왔을지도 모르는데 그렇게 보낸 게 계속 마음이 쓰여 좀처럼 일이 손에 잡히지 않는다.

윤은 주머니 속 핸드폰을 만지작거리며 파란 하늘을 올려다보았다.

이 집을 완성하기까지는 여유를 부린다 해도 고작 두 달 남짓.

제게 오라고 해 놓고, 연애를 해 보겠다고 마음먹어 놓고 의미 없는 시간을 흘려보내고 있다.

둘 사이에 철수가 있었다는 걸 모르는 그에게 원망을 드러낸들 무슨 소용이 있을까. 어쨌든 제 선택이었는데…….

잠시 생각에 잠겼던 윤은 그에게 현장 사진 한 장을 찍어 짧은 메시지와 함께 전송했다.

[튼튼하게 잘 짓고 있어요.]

보내 놓고 나니 어딘지 아쉬워 한 줄을 덧붙였다.

[여긴 석양이 질 때가 가장 예뻐요.]

어쨌든 손은 내밀었으니 그 손을 다시 잡을지 말지는 강욱의 몫이다. 윤은 바람이 불어오는 허공을 향해 쭉 몸을 내밀었다. 눈을 감자 바람이 뺨에 와 닿았다.

본격적인 여름이 시작되고 있었다.

"상반기 매출이 작년 대비 5% 정도 상승했습니다. 1인 가구를 겨냥한 반조리 식품 사업 쪽에서는 30% 넘는 성장률을 보이면서 흑자를 낸 반면 지난해 이름을 바꿔 새롭게 출시한 스포츠 음료 라인은 10% 정도 마이너스 성장률을 기록했습니다. 그 원인으로 꼽힌 건 타깃층 판단 미스와 선호도 파악을 제대로 하지 못한…….."

그룹 부서장들의 전체 회의가 있는 날이었다. 회사를 창립한 이 회장이 분기별로 한번씩 진행해 왔는데 오늘이 2분기 회의가 있는 날이다.

휠체어에 앉은 채 지켜보던 이 회장이 몸이 불편한지 인상을 찌푸리더니 손을 들었다. 그러자 발표 중이던 홍보부장이 입을 다물었다.

이 회장의 뒤쪽에 서 있던 조 비서가 살피기 위해 가까이 다가갔지만 곧 뒤로 물러섰다.

사람들의 시선이 일제히 이 회장에게로 쏠렸다.

"그러니까."

입을 열자 잔뜩 쉰 목소리가 흘러나왔다.

"5%면 남들 뛸 때 못 쫓아 뛰었다는 소리네."

"마이너스 난 곳도 많은데 그 정도라도 상승한 게 어디예요. 선방한 거죠."

왼쪽 자리에 앉아 있던 태욱이 재빨리 변명을 늘어놓았지만 그게 통할 리가 없다는 걸 잘 안다. 이 회장이 눈을 치켜뜨더니 주변을 빙 둘러보았다.

"물가 상승이다 뭐다 따져 가며 월급은 잘도 올려 받아 가더니 할 말이 그것뿐이야? 특히 태욱이 너."

짚고 있던 지팡이를 번쩍 들어 올려 겨냥하자 태욱이 움찔했다.

"제대로 살려 보겠다고 달라더니 마이너스 10?"

"그건 제 잘못이라기보다는 원래 인지도가 없던 브랜드여서."

"이름 바꿔서 제대로 살려 보겠다더니 그나마 거기서도 까먹어?"

"새로운 시도를 하다 보니……."

"새로운 시도? 사업하랬지 누가 창작하랬냐."

"……."

"살릴 자신 없으면 손 떼든가."

"회장님."

놀란 태욱이 목소리를 높이자 이 회장의 지팡이가 그의 가슴팍을 꾹 눌렀다. 아플 법도 한데 사람들 눈을 의식해서인지 태욱은 아무렇지 않은 척을 했다.

"쯧쯧."

혀를 찬 이 회장이 주변을 빙 둘러보았다. 건강이 나빠졌다고는 하지만 여전히 눈매는 매섭게 빛을 발하고 있었다. 그가 낮지만 강한 어조로 경고했다.

"다들 밥값은 해야 할 거 아닙니까. 가만히 앉아 차려 놓은 밥상에 숟가락이나 얹으려는 안일한 생각을 가지고 있는 사람들은 자진해서 사표 써요. 언제든 수리해 줄 테니까."

이 회장이 건강 악화로 자리에서 곧 물러날 거라는 건 다들 알고 있다. 그 뒤를 잇고 싶은 사람들이 한창 보이지 않는 싸움 중이라는 것도 마찬가지다. 한데 이 회장이 공개석상에서 태욱을 걸고 넘어가자 회의장 안 사람들의 시선이 강욱에게로 쏠렸다.

"더 들어 볼 것도 없을 것 같으니 비싼 시간 낭비 말고 그만들 일어섭시다. 태욱이 넌 나 좀 보자. 강욱이도."

조 비서가 휠체어를 밀고 회의장을 빠져나가자 사람들이 웅성거리며 하나둘 일어섰다. 강욱이 서류를 챙겨 일어서는데 태욱이 빈정거렸다.

"넌 좋겠다?"

서류 한 장을 접어 비행기를 만든 태욱이 강욱을 향해 날리며 물었다.

"너 요즘 아버지가 자주 부르는 거 같던데 너한테 물려주실 거라고 하디?"

"쓸데없는 시비 걸 거면 입 다물어."

"시비? 이거 왜 이래. 형이 친절하게 묻고 있잖아."

형이라는 말에 강욱이 멈칫하더니 돌아섰다.

"형?"

"그래 형. 우리가 5분 간격으로 태어난 쌍둥이 형제라는 걸 잊기라도 한 거야?"

재미있는 비밀이라도 털어놓은 것처럼 은밀하게 중얼거리며 낄낄거리
는 태욱의 모습에 강욱이 이를 악물었다.

"……까불지 마라. 진짜 혼난다."

"왜? 또 한 대 치게? 치고 싶으면 얼마든지 쳐도 좋아. 이번엔 미국이
아니라 더 먼 곳으로 보내 줄 테니까. 아니다. 차라리 감방을 보내 줘?"

"……."

태욱이 제 코를 조심스럽게 만지작거리며 다가오더니 어깨를 툭툭 두
드렸다.

"너 때문에 주저앉은 이 코만 생각하면 속에서 천불이 끓어오른단 말
이야."

몇 년 전 일을 끄집어 낸 태욱의 목소리가 비릿해졌다.

"그 은혜를 어떻게 갚아야 하나 아직도 고민 중이야. 기대하라고."

아무 일도 없었던 듯 휘파람을 불며 멀어져 가는 태욱의 뒷모습을 한
심하다는 듯 바라보았다.

"아악! 아버지 그건 좀 내려놓고 말해요."

"넌 어째 하는 일마다……."

회장실로 들어갔을 때 태욱은 이 회장으로부터 지팡이 세례를 받는
중이었다. 팔로 머리를 가린 채 도망치던 태욱이 강욱의 뒤로 숨으며 그
만 좀 하세요, 항의하듯 외치자 이 회장이 혀를 끌끌거리며 지팡이를 내
려놓았다.

"한심한 놈."

못마땅한 눈으로 둘을 번갈아 보던 이 회장이 책상에 있던 봉투를 집
어 들더니 강욱에게 내밀었다.

태욱이 건넨 봉투에서 눈을 떼지 못한 채 물었다.

"저게 뭔데 강욱이만 챙겨 주시는 거예요?"

"선볼 아가씨 몇 골랐다. 제일 괜찮은 아가씨부터 주말에 약속 잡을 테니까 그리 알아."

선이라는 말에 태욱이 슬쩍 눈치를 살피더니 봉투를 열어 보았다. 상대의 프로필을 훑는 태욱의 눈이 휘둥그레졌다.

"대성 둘째 딸?"

대성그룹이라면 요즘 바이오산업 쪽에서 한창 주가를 올리는 곳이다. 향후 투자 전망이 밝아 돈 냄새라면 귀신같이 맡는 주주들이 눈여겨보는 곳인데, 하필 그 집 딸이라니?

"이 여자가 강욱이한테 관심 있대요?"

태욱의 불만이 서린 말투에 이 회장의 눈이 가늘어졌다.

"그건 왜 물어."

"아니 그렇잖아요. 대성 정도면 강욱이보다 더 좋은 조건 많을 텐데……."

"지금 우리 집안을 깎아내리는 거냐?"

"그게 아니라……."

태욱이 무엇을 걱정하는지 아는 이 회장이 한심하다는 듯 혀를 찼다.

"그럴 시간에 네 안사람이나 좀 챙겨. 요즘 얼굴이 말이 아니던데."

"임신하면 원래 다 그래요. 호르몬이 오락가락해서 그렇다잖아요."

"쯧쯧, 곧 아빠 될 놈이 말본새하고는."

"이것 때문에 부르신 겁니까?"

강욱이 묻자 이 회장이 고개를 끄덕였다.

"그러게 왜 집으로 안 오는 거냐. 불러도 안 오니 내가 찾아온 거 아냐."

"하실 말씀 다 하셨으면 먼저 일어나겠습니다."

"그래. 돌아와서 처음 맡은 건데 애썼다. 태욱이 넌 좀 남고."

슬금슬금 일어서려다 딱 걸린 태욱을 두고 회장실을 나오는데 곧 이 회장의 노한 음성이 들려왔다. 아무래도 태욱이 또 무슨 사고를 친 모양이었다.

사무실로 돌아온 강욱은 봉투를 열어 여자의 프로필을 슬쩍 훑어보았다.

딸만 둘인 대성의 막내. 첼로 전공의 유학파. 유명 오케스트라에 있었을 정도로 유능한 재원이다. 대성의 둘째 사위면 태욱의 말처럼 그에겐 과분하다 싶은 자리다.

"결혼이라……."

어느덧 서른을 훌쩍 넘어 결혼 얘기가 오갈 때가 되었다. 무엇보다 이 씨 가문을 박살 내 버릴 그의 계획을 실현하려면 든든한 배경을 가진 아내는 반드시 필요했다.

프로필 속 사진을 바라보며 생각에 잠겨 있는데 메시지가 도착했다.

[튼튼하게 잘 짓고 있어요.]

짧은 글과 함께 첨부된 사진을 보고 있는데 또다시 울린다.

[여긴 석양이 질 때가 가장 예뻐요.]

담담한 윤의 목소리가 들리는 듯했다.

✳

"채 대리님, 저희 먼저 들어가 볼게요."

"늦게까지 수고하셨어요. 내일 봐요."

다들 퇴근하고 사무실엔 윤 혼자 남았다. 아이가 아파 성훈이 이른 오후에 퇴근하는 바람에 내일 클라이언트 상담 때 쓸 자료 준비는 자연스럽게 윤의 몫이 되었다.

이미 몇 번 혼자 준비해 본 경험이 있어 어렵지는 않았지만 시간이 꽤 걸렸다. 게다가 원래는 현장에 나갈 예정이 없던 날이었기에 갈아입을 옷도 가져오지 않았는데 현장까지 다녀왔다. 그러니 옷이 먼지로 엉망이었다.

커피 한 잔을 타서 책상에 앉는데 성훈으로부터 영상통화가 걸려왔다.

― 이모!

이마에 열 내리는 패치를 붙인 해정이 화면 속으로 들어올 듯 얼굴을 가까이 하며 반갑게 윤을 불렀다. 열이 심하다더니 뺨이 빨갛다. 해정이에겐 미안하지만 빨간 볼이 너무 귀여워 보였다.

"해정이 아야 해?"

― 응. 이거이거.

패치를 손으로 가리키며 시무룩한 표정을 짓는 아이가 너무 사랑스러워 저절로 미소가 지어졌다.

"이모가 호 해 줄게."

― 응. 호.

화면이 어두워진 걸 보니 얼굴을 핸드폰에 가져다 댄 모양이다. 윤이 전화기에 대고 호 하자 까르르 웃는 소리가 들린다.

― 해정아. 아빠 통화해야 해. 잠깐만 줘 봐.

성훈의 목소리가 들리더니 곧 얼굴이 보였다.

― 사무실? 아직 퇴근 못 한 거야?

"이제 가려고요."

― 일 떠맡겨서 미안하다. 진경이 컨디션이 별로라 해정이까지 돌보기 힘들거든.

"알았으니까 해정이나 잘 간호해 줘요. 근태 씨랑 춘기 씨가 도와주다가 지금 퇴근했어요. 자료는 거의 다 뽑았으니까 내일 아침에 정리만 하면 될 것 같아요."

― 다행이네. 그럼 얼른 퇴근해. 잠깐만, 해정이가 인사한대.

― 이모 빠이빠이.

화면 속에 나란히 등장한 부녀의 모습에 손을 흔들던 윤은 부러운 듯 꺼진 화면을 한참 응시했다.

시계를 보니 7시가 훌쩍 지났다. 윤은 내일 있을 브리핑에서 쓸 인테리어 자료들을 모아 파일에 끼워 놓은 다음 사무실을 나왔다.

버스 정류장으로 가면서 귀에 이어폰을 꽂는데 눈에 익은 차 한 대가 보였다.

"……."

운전석에서 내린 강욱이 천천히 다가왔다.

"지금 퇴근해?"

"네. 강욱 씨는 여기서 뭐 해요?"

"자양동으로 가긴 너무 늦은 것 같고 혹시나 싶어서 왔어."

자양동이라는 말에 심장이 두근거렸다. 그녀가 보낸 메시지 때문에 오려고 했던 게 분명하다.

"……밥 먹을래요?"

"그러자."

"꼴이 이래서 좋은 데는 못 가요."

제 옷을 가리키며 머쓱하게 웃자 강욱이 고개를 끄덕였다.

"괜찮아. 배가 고파서 뭘 줘도 잘 먹을 것 같으니까."

그가 찾아오지 않았던 며칠 동안 본의 아니게 이강욱이란 남자에 대해 알게 된 게 많다. 원래 있는 집 사람들은 사생활 같은 건 보호해 주지 않아도 되는 건지 가정사까지 전부 사람들의 입에 오르내리고 있다.

특히, 증권가 소식통이라는 친구에게 들었다며 성훈이 들려준 이야기들은 많은 생각이 들게 했다.

배다른 형제가 둘이나 있는데 그중 한 명은 강욱과 쌍둥이로 커 왔다는 것. 곧 물러날 회장의 뒤를 잇기 위해 서로 잡아먹지 못해 안달이라고, 누군가 하나는 처참한 꼴로 물러나야 끝날 경쟁이라고 했다.

그 이야기를 듣는데 강욱이 안쓰럽다는 생각이 들었다. 그가 왜 쉴 곳이 필요하다고 했는지 조금은 이해가 될 것도 같았다.

어디로 갈까 잠시 고민하던 윤은 근처에 자주 다니던 식당으로 그를 안내했다. 백반도 팔고 제육볶음이나 생선구이를 파는 그냥 흔한 밥집이었다.

혹시 마음이 안 들까 싶어 입구에서 물었다.

"생선구이 괜찮겠어요?"

메뉴를 쓱 훑은 다음 고개를 끄덕이는 강욱을 데리고 식당에 들어간 윤은 구석에 자리를 잡고 앉아 모듬생선구이를 주문했다.

얼마 지나지 않아 기본 찬이 나오고 보글보글 끓는 찌개와 갓 구운 생선이 종류별로 상에 올라왔다.

능숙하게 생선 가시를 발라내며 윤이 말했다.

"할머니가 오랫동안 생선 장사를 했어요."

강욱은 윤이 제 밥 위에 통통한 생선 살을 올려 주는 모습을 지켜보았다.

"그땐 하루 한 번씩은 꼭 상에 올라왔던 것 같아요. 어떤 날은 팔다 남은 생선이라며 세끼를 연달아 먹은 적이 있는데 그땐 진짜 그게 팔다 남은 건 줄 알고 좋아했어요."

"남은 게 아니면?"

윤은 그때를 회상하며 힘없이 웃었다.

"한번은 학교가 일찍 끝나서 시장엘 갔는데 할머니가 웬 아주머니랑 실랑이를 하고 계시더라고요. 고등어가 몇 마리 남았었는데 그중에 좋은 놈으로 안 준다고. 그때 할머니가 그랬어요. 이건 우리 손녀 줄 거라 못 판다고."

"……."

"나, 할머니한테 참 많은 사랑을 받으면서 컸어요."

윤이 발라 준 살코기는 담백하면서도 고소했다.

"그런 것 같았어."

강욱은 예전에 윤을 만났을 때를 떠올리며 고개를 끄덕였다. 짐승들이 굶어 죽을까 싶어 종일 눈을 치우던 모습이 아직도 눈에 선하다.

"나도 나중에 가족이 생기면 그렇게 아낌없이 사랑해 주려고요."

윤이 아무렇지 않게 훅 들어왔다.

"그래서 이강욱 씨를 위로해 주고 보듬어 줄 수는 있지만 사랑해 주지는 못할 것 같아요."

"……."

"그래도 만나는 동안은 최선을 다해 줄게요."

"왜 나는 안 된다는 건데?"

강욱이 인상을 찡그리며 물었다. 애초에 결혼을 생각하고 만난 사이는 아니지만 시작부터 대놓고 거절당할 줄은 몰랐으니까.

"그러기엔 너무 버거운 사람 같아서요."

"버겁다……."

몇 번이나 버겁다는 말을 중얼거린 강욱이 체념하듯 고개를 끄덕이더니 밥을 먹기 시작했다.

"충분히 이해했어."

"이해했다니 고마워요."

"그럼 앞으로 나랑은 뭐 할 건데?"

"연애요."

"연애?"

"강욱 씨랑 제대로 된 연애 한번 해 보고 싶어요. 끝낼 때 끝내더라도 후회 없이."

제가 발라 준 살코기로 밥을 먹는 강욱을 지켜보던 윤이 싱긋 웃었다.

"그래서 말인데, 오늘 집에서 자고 가도 돼요."

"풉."

사레가 들린 강욱이 물을 벌컥벌컥 들이켰다.

"지난번부터 자꾸 여자에 환장한 놈 취급하는데……."

"내가 환장해서 그런 거로 해요."

"……."

"말했다시피 만나는 동안은 이강욱 씨를 아주 많이 아껴 줄 예정이니까."

사랑은 주지 못할 거라고 했지만 나중에 철수를 만나게 되면 말해 주고 싶다. 아빠는 아주 멋진 사람이었다고. 엄마는 그런 아빠를 아주 많이 사랑했노라고.

"어서 먹어요."

철수에게 많은 얘기해 주려면 산장에서의 닷새 말고도 몇 달의 추억쯤은 더 있어야 했다.

야옹.

까만 고양이 한 마리가 발밑에서 경계의 눈빛으로 그를 올려다보았다.

"고양이 키워?"

눈을 떼지 못한 채 강욱이 물었다.

"혹시 고양이 무서워해요?"

"……아니."

한 박자 느린 대답에서 거짓말을 감지한 윤이 꼬미를 번쩍 안아 들었다. 강욱은 달가워하지 않던 녀석이 윤의 품에선 편하기 그지없다.

"이름은 꼬미예요. 그리고 무서운 애 아니에요."

"무서운 건 아냐. 어려서 한번 공격당한 적이 있는데 그 뒤로 고양이는 좀 싫어해."

"아……. 그럼 천천히 시간을 두고 가까워져야겠네요. 방으로 들여보낼게요."

고양이를 방에 들여놓자 그제야 강욱은 집 안을 둘러보았다. 지난번 왔을 땐 현관에서 돌아가느라 미처 둘러볼 새가 없었다. 방과 주방 겸 거실로 분리된 오피스텔은 10평쯤이나 될까. 생각보다 좁았지만 깔끔하게 정리되어 있었다.

거실엔 좌식 소파가 놓여 있고 기본적인 살림들이 갖춰져 있다.

윤이 씻어야겠다며 욕실로 들어간 사이 강욱은 창가에 놓인 캣타워를 구경하다가 낚싯대처럼 생긴 걸 발견하고는 요리조리 살펴보았다. 깃털과 함께 방울이 흔들리며 소리가 나자 고양이가 문 앞에서 야옹, 하고 울었다.

장식장 위에 놓인 액자엔 몇 장의 사진이 들어 있었는데 대부분 할머니와 찍은 사진이다. 할머니를 껴안은 채 환하게 웃고 있는 윤의 모습에 한참 눈이 갔다.

"……."

마지막 액자를 집어 든 강욱의 눈빛이 짙어졌다.

눈 덮인 산장의 사진이다. 눈이 조금 더 녹았지만 그해 겨울이 분명했다.

그러고 보니 주인은 일찍 돌아왔던 것일까.

"뭘 그렇게 봐요?"

언제 나왔는지 윤이 옆에 서 있다.

"여긴 얼마나 더 있었어?"

"사흘."

"사흘? 전기도 안 들어왔잖아."

"야영 왔다고 생각하면서 지냈어요. 사람은 없었지만 그래도 보살펴야 할 애들이 많았잖아요."

종일 정신없이 울어 대던 염소와 닭, 탈주범 토끼들을 떠올리자 피식 웃음이 새어 나왔다. 그나마 혼자가 아니었던 걸 다행이라고 해야 하나.

"참, 아버지는 어땠어요?"

"다행히 처치가 빨라서 지금껏 정정하셔."

눈밭을 헤치며 내려오다 혜안암과 갈라지는 길에서 산악 구조대를 만났다. 절에 머물던 누군가가 쓰러져 올라오는 길이라 했다. 그들이 길을 내 준 덕분에 무사히 산을 내려갈 수 있었다.

"앉아 있어요. 주스 한 잔 줄게요."

넥타이를 풀고 단추도 두어 개 푼 다음 벽에 기대어 앉았다. 좌식 소파는 생각보다 푹신하면서 편했다.

텔레비전 채널을 이리저리 돌리는데 윤이 옆에 와 앉았다.

"취향이 뭐야?"

"취향?"

"다큐, 드라마, 예능, 애니, 스포츠. 혹은 성인?"

"다큐멘터리 좋아해요."

웃음 섞인 윤의 대답에 다큐멘터리 채널에서 화면이 멈췄다. 어느 섬에 관한 이야기였는데 그곳에 정착한 초보 어부가 주인공이었다.

가져온 주스를 마시며 나란히 텔레비전을 보고 있던 두 사람은 어느 순간 서로를 돌아보았다.

"……."

강욱은 손을 뻗어 윤의 손에 들린 잔을 바닥에 내려놨다. 윤은 긴장으로 마른침을 꿀꺽 삼켰다. 몸이 기울어지자 슬며시 눈을 감았다.

강욱의 입술이 윤의 입술에 닿을락 말락 한 순간 멈춰졌다.

"미안한데."

그가 욕망이 그득한 목소리로 속삭였다.

"나 좀 덮쳐 줄래? 나한테 환장해 준다며."

윤이 작게 소리 내어 웃더니 그의 어깨를 살며시 밀었다. 그러곤 그의 허벅지 위로 걸터앉아 마주 보았다.

"덮칠 거면 제대로 해야죠."

양어깨를 지그시 쥔 채 얼굴을 가까이 하며 그녀가 속삭였다.

"어설프게 할 거면 차라리 안 해요."

나직하게 웃는 강욱의 이마에 떨리는 입술을 꾹 눌렀다. 이마를 지나 눈두덩에 입을 맞추자 웃음이 잦아들었고, 광대에 키스하자 숨소리가 조금 뜨거워졌다. 콧잔등을 지나 입술 끄트머리에 키스하자 강욱이 신음하며 고개를 비틀었다.

서로의 입술을 정신없이 탐하느라 숨이 가빠졌다. 윤의 허리를 붙들었던 강욱의 손이 옷 속으로 파고들었다. 맨살을 더듬는 손끝이 뜨거웠다.

척추를 따라 올라오는 손길이 느껴지자 강욱의 뺨을 손으로 감싸고 있던 윤의 손에 힘이 실렸다.

"흐음……."

흘러나온 신음은 그대로 강욱의 입술 안으로 사라졌다. 윤의 것이라면 신음조차도 사라지는 게 아까웠다. 키스로 분위기가 후끈 달아올랐을 때 윤이 입술을 떼자 강욱의 고개가 이끌리듯 따라왔다. 그런 강욱의 가슴팍을 손으로 막은 뒤 윤이 몽롱한 시선으로 그를 바라보았다.

강욱의 허벅지 위에 앉은 탓에 잔뜩 흥분한 그가 그대로 느껴져 기분이 이상했다.

"뭐 하는 거야?"

"어떻게 덮쳐야 제일 효과적일까 연구 중이에요."

그녀의 말에 강욱이 탄식 어린 한숨을 내쉬며 애원했다.

"아무 짓이라도 좋으니 좀 해 줘."

그런 강욱의 반응에 윤은 고개를 저으며 키득거렸다. 그가 몸 달아 하는 걸 보니 좀 더 애를 태우고 싶어졌다.

"눈 좀 감아 봐요."

"……."

"얼른요."

그녀의 채근에 마지못해 눈을 감는 강욱을 지켜보던 윤은 자리에서 일어나 치마 아래로 팬티를 벗었다. 그러고는 강욱의 위로 걸터앉으며 혁대와 버클을 풀었다.

"벗기고 싶으면 말을 하지 그랬어. 자진해서 벗었을 텐데."

웃음기 섞인 강욱의 목소리가 들렸다.

"눈 뜨지 말아요."

바지를 전부 벗겨 내는 줄 알고 엉덩이를 들어 윤을 돕던 강욱이 고개를 갸웃거렸다. 그 사이 윤은 끌어내린 속옷 사이로 모습을 드러낸 남성 위로 천천히 앉았다. 키스할 때부터 이미 한껏 몸집을 부풀리고 있던 상태라 그를 삼키는 건 어렵지 않았다.

"!"

뜻밖의 진행에 당황했는지 강욱의 눈이 번쩍 떠졌다. 그런 강욱의 목에 팔을 두른 윤이 아래를 조이며 귓가에 속삭였다.

"감쪽같이 덮쳤죠?"

강욱은 믿기지 않는 얼굴로 아래를 내려다보았다. 누가 보아도 섹스를 하는 중이라고는 믿지 않을 것이다. 기껏해야 단순히 연인들이 포옹하는 것쯤으로 여길 만한 포즈였지만 한껏 발기된 남성은 지금 그녀의 몸 안에 박힌 채였다. 삽입까지 하고 있으니 허리는 본능적으로 흔들어 대고 싶어 안달이었다.

그를 이런 상태로 만들어 놓고 너무도 태연하게 제 위에 앉아 있는 윤을 보고 있으니 강욱은 기가 막혔다.

"이봐요, 채윤 씨."

"왜요, 이강욱 씨?"

"덮친다는 말이 뭔지 몰라?"

"난 한 곳만 덮치겠다는 뜻이었는데."

아래에서 자꾸만 느껴지는 꿈틀거림에 윤이 흘러나오는 웃음을 참자 강욱이 도저히 견딜 수 없다는 듯 다급하게 옷을 벗기 시작했다. 제 셔츠에 이어 윤이 입고 있던 옷을 벗겨 내며 그가 투덜거렸다.

"이 아가씨 안 되겠네. 제대로 된 교육을 좀 받아야겠어."

순식간에 윤을 알몸으로 만든 강욱이 바지를 벗기 위해 잠시 그녀를 놓아주었을 때였다. 잔뜩 흥분한 강욱을 놀려 볼까 싶어 저만치로 슬금슬금 도망가려는데 그가 더 빨랐다.

"꺅! 항복. 내가 잘못했어."

뒤에서 발목을 낚아챈 강욱이 잡아당기는 바람에 바닥으로 쓰러진 윤이 항복을 외치며 드러누웠지만 그는 봐주지 않았다. 엎드린 윤에게 다가온 그가 뒤에서 껴안더니 그대로 다리 사이로 남성을 밀어 넣었다.

"흐읏."

상체를 바닥에 댄 채 받아들이자 그가 유난히 깊숙이 들어왔다.

"덮치는 건…… 이런 거야."

그가 고개를 돌리게 하더니 윤의 입술을 탐했다. 그가 빠르게 그녀의 몸 안을 드나들 때마다 질척한 소음이 울렸다.

"윤아……."

그가 이름을 부르며 바닥을 짚은 그녀의 손을 감쌌다. 손가락과 손가락이 얽혔고 엎드린 두 사람의 등위로 불빛이 반사되었다.

그가 파고들 때마다 출렁이는 윤의 가슴을 거머쥐며 강욱은 그녀의 등에 입을 맞추었다. 어깻죽지에 입을 맞추고 척추를 따라 촘촘히 입을 맞추더니 엉덩이에도 키스했다. 그의 입술은 거침이 없었다.

"하지 마……."

몸을 비틀어 빼는 윤의 손을 잡은 강욱이 위험스러운 눈빛으로 웃으며 속삭였다.

"어쩌지. 오늘은 먹고 싶은 거 다 먹어 볼 건데."

"내가 잘못했다니까요."

"뭘?"

"몰라. 그냥 잘못한 거 같아."

시무룩해하는 윤의 표정에 손을 뻗은 강욱이 아이를 달래듯 뺨을 토닥이며 중얼거렸다.

"그러니까 오빠만 믿어. 기분 좋게 덮쳐 줄게."

"오빠?"

"다른 여자들은 부르지 말라고 해도 잘만 부르던데 한번 불러 보지 그래."

강욱은 윤을 끌어안은 채 몸을 굴렸다. 바닥에 뉘자 윤의 머리카락이 펼쳐졌다.

"나 여동생 삼고 싶어요?"

"아니."

강욱은 머리카락 사이에 손가락을 찔러 넣으며 농밀한 키스를 시작했다.

얼굴을 시작으로 목과 가슴, 배를 지나 점점 아래로 내려온 그의 손과 입술이 다리 사이의 검은 수풀에 닿았을 때 윤은 제 입술을 손으로 틀어막았다. 그의 혀가 주는 자극에 눈앞이 아득해지고 숨이 막혀 왔다. 허리를 뒤틀며 그를 피해 보지만 강욱은 집요하게 예민한 곳들을 자극해 댔다. 그의 손가락이 길을 열었고 혀끝이 꽃술을 핥았다. 꿀물이 가득 숨어 있는 곳을 찾아낸 벌처럼 집요하게 공략하더니 기어이 흐르게 만들어 버렸다.

"아아…… 강욱 씨…… 안 돼……."

참을 수 없는 희열에 몸이 부르르 떨리더니 뭔가가 왈칵 쏟아졌다. 아직 제대로 관계조차 하지 않았는데 절정에 올라 버렸다는 게 믿기지 않은 윤은 창피함에 어쩔 줄 몰라 손으로 얼굴을 감쌌다. 그런 윤을 지켜보며 강욱이 손등으로 입술을 훔치더니 몸을 일으켰다.

"여동생은 곤란해."

그가 허공을 향해 곤두선 남성을 쥔 채 다리 사이로 들어오며 씩 웃었다.

"볼 때마다 하고 싶어지는데 여동생한테 발정 난 패륜아가 될 수는 없잖아? 그냥 채윤 씨 해요. 나한테 환장한 채윤 씨."

"음, 그러기엔 지금은 내가 갑이고 이강욱 씨가 을인 것 같은데."

약을 올리듯 다리를 오므리는 윤의 모습에 무릎을 붙잡은 강욱이 그녀의 손을 끌어가 잔뜩 성이 난 남성을 쥐여 주며 속삭였다.

"내가 을 맞아. 을이 아니라 병, 정이라도 다 되어 줄 테니까 한 번만 하게 해 줘."

손바닥 안에 쥐인 남성은 금방이라도 터질 듯했다. 저로 인해 그렇게 된 강욱의 모습에 등골을 타고 짜릿한 쾌감이 올라왔다. 윤이 그에게서 눈을 떼지 않은 채 천천히 모으고 있던 무릎을 벌리자 강욱이 홀린 듯 중얼거리며 몸을 묻어 왔다.

"넌 진짜 요물이야."

"내가 홀렸어요?"

"단단히 홀렸지. 그러지 않고서야 내가 이럴 리가 없을 테니까."

돌진하듯 그가 들어올 때마다 윤의 몸이 바닥에서 떠밀려 올라갔다. 손과 손이, 다리와 다리가 뒤엉키고 온몸이 땀으로 번들거렸다.

"하아, 강욱 씨……."

강욱이 내리누르자 윤의 젖가슴이 뭉그러졌다. 어깨와 가슴 사이에 난 자그마한 점을 핥으며 강욱이 탁한 목소리로 청했다.

"더 불러 줘."

"강욱 씨."

텔레비전 화면에선 푸른 바닷속에서 물고기 떼들이 유유히 헤엄치는 장면이 흘러나오고 있었는데 두 사람의 몸짓은 점점 더 격렬해져만 가고 있었다. 다리 한쪽이 번쩍 들리더니 강욱이 발목에 입을 맞췄다. 어깨에 얹어진 다리를 쓰다듬으며 내려온 손이 엉덩이를 꽉 쥐며 힘차게 허리를 흔들어 댔다.

그가 밀고 들어올 때마다 눈앞에 아득했다.

"강욱 씨. 미치겠어."

몸 안에서 뜨거운 뭔가가 터질 것만 같았다. 힘줄이 도드라진 그의 팔을 꽉 움켜잡은 채 도리질을 치는 그녀의 모습에 이름을 부르는 강욱의 눈빛이 흐려졌다.

"아아, 윤아. 윤아……."

그들의 앓는 듯한 목소리에 방 안의 고양이가 야옹, 울어 대며 문을 긁었지만 문은 열리지 않았다.

대신 살 부딪히는 소리와 함께 신음이 점점 더 고조될 뿐이었다.

"본부장님. 오늘 무슨 좋은 일 있으신가 봐요."

오전 회의를 마치고 사무실로 돌아온 강욱을 향해 오 비서가 물었다.

"좋은 일?"

"출근하실 때부터 기분이 좋아 보이시길래요. 그리고 부탁하신 옷은 사무실에 가져다 두었습니다."

"고마워요."

안으로 들어가 오 비서가 가져다 놓은 옷으로 갈아입고 양말을 신던 강욱은 픽 웃었다. 일이 웬만큼 바빠도 집엔 들어갔기에 갑작스러운 출장이나 상갓집에 갈 일 아니면 사무실에서 옷을 갈아입은 적은 거의 없었다.

집에 들를 생각이었는데 눈을 떠 보니 새벽이었다. 다녀오기엔 시간이 좀 애매하기도 했지만, 그것보다 좁은 침대에서 꼭 붙은 채 잠들어 있는 윤을 깨울 수가 없어 기다리다 결국 아침이 되어 버렸다.

"외박이라니……."

참 희한한 일이다. 잠자리가 바뀌는 걸 싫어했다. 잠자리가 바뀌면 통잠이 오지 않아 출장으로 호텔을 이용할 때에도 일부러 같은 브랜드의 침대를 부탁했고 침구에도 신경을 써야만 했었다. 그럼에도 잠을 제대로 못 자는 날이 많아 예민해지곤 했었는데 오늘은 이상하게도 그러질 않는다. 분명 좋은 침대도 아니었는데 말이다.

거울 속 제 모습을 점검한 뒤 강욱은 자리에 앉아 김 실장을 호출했다.

김 실장은 그가 미국에서 지낼 때 알게 되어 일부러 제 밑으로 데려온 사람이다. 태욱이나 재욱을 상대하려면 믿을 만한 사람이 필요했다.

잠시 후 들어온 김 실장의 손엔 파일이 들려 있었다.

"지난번 고객센터로 들어왔던 클레임을 개인적으로 무마시키고 삭제한 건입니다."

"부사장 지시입니까?"

"네."

"관련된 사람들은요?"

"관련된 인원은 몇 안 됩니다. 전화를 받았던 고객센터 직원과 보고를 올린 뒤 삭제한 부서장, 일을 해결했던 부사장 측근 몇몇입니다."

태욱이 작년에 건강음료 사업을 맡으면서 이윤을 남기기 위해 재료 원산지를 바꿨다. 같은 국내산이기는 했지만 문제는 품질이었다.

워낙 싼값으로 재료를 들여오다 보니 점점 품질이 떨어졌다. 그걸로 인해 예민한 고객들로부터 알레르기 관련으로 원산지 정보를 요구하는 클레임을 꾸준히 받고 있었다. 그걸 태욱이 개인적으로 무마시키며 일을 키우고 있었다. 그나마 태욱이 흑자를 내는 몇 안 되는 사업 중 하나였으니 뒷일은 생각지 못한 채 그렇게 해서라도 인정을 받으려는 듯했다.

"올해에만 벌써 다섯 건이죠?"

"네."

"실제 판매량도 철저하게 파악해 주세요. 주총을 대비해 부사장 쪽에서 판매량 조작 목적으로 사재기할 가능성도 있으니까."

"알겠습니다."

보고를 마친 김 실장이 나가자 강욱은 창가에 서서 윤에게 전화를 걸었다. 신호가 가자 곧 목소리가 들렸다.

"여보……."

— 클라이언트랑 미팅 중이에요. 나중에 전화할게요.

재빠르게 속삭인 윤이 전화를 끊어 버렸다. 한 마디도 제대로 해 보지 못하고 끊긴 통화에 헛웃음이 터졌다.

"나보다 더 바쁜 사람이 여기 또 있네."

출근은 잘 했나 궁금했는데 어쨌든 열심히 일하는 중인가 보다. 윤의 이름이 깜박이다 사라진 화면을 내려다보던 강욱이 나직하게 중얼거렸다.

"집 짓는 애인이라……."

주변에 있는 여자들과는 확실히 다르다. 손엔 도면이나 연장을 든, 한껏 차려입은 옷이 아니라 활동하기 편한 스타일을 더 좋아하는 윤이지만 그 모습이 싫지 않다.

삐—

인터폰이 울렸다.

— 홍보팀장님 오셨는데요.

"들여보내요."

좀 더 윤을 생각하고 싶지만 나중으로 미뤄야겠다. 홍보팀장이 잔뜩 긴장한 얼굴로 막 문을 들어서고 있었다.

세컨하우스로 이용할 30평 대의 전원주택을 짓고 싶다던 40대 부부는 며칠 동안 심혈을 기울여 준비한 설계도와 3D도면에 만족해하며 돌아갔다. 두 번의 미팅을 통해 그들이 원하던 것 대부분을 설계에 반영한 덕분이었다.

아마도 착공 전까지 몇 번이나 바뀔 테지만 대체로 윤이 추천한 자재며 인테리어 스타일을 마음에 들어 했다.

"다들 수고했어."

성훈이 뿌듯한 얼굴로 직원들을 돌아보며 말했다.

불과 얼마 전만 해도 존폐의 기로에서 힘들었는데 죽으라는 법은 없는 건지 연달아 두 건의 공사 계약을 성사시켰다. 아직 상황이 여유가 생길 만큼 좋아진 건 아니지만 어쨌든 실직자가 되지는 않을 듯해 다들 안도의 숨을 내쉬었다.

테이블을 치우는 윤의 곁으로 온 성훈이 어깨를 툭툭 두드리며 다시 한번 인사를 건넸다.

"채 대리. 애썼다."

"내 할 일을 했을 뿐인걸요."

"누가 그걸 몰라서 그러나. 고마워서 그러지."

"고마우면 맛있는 거나 사요. 다들 애 많이 썼는데."

"맛있는 건 기본 중의 기본이지. 그나저나 채 대리. 나중에 시험 붙어도 절대 다른 데 가기 없기다? 딴 데서 오라고 스카우트해도 여기 꼭 붙어 있어야 해. 알았지?"

"생각해 볼게요."

"생각? 뭐야. 설마 지금 나 버리고 간다는 말 아니지?"

"그러니까 잘하라고요."

윤의 놀리는 듯한 말에 성훈은 울상이 되어 졸졸 따라다녔다.

"채 대리. 섭섭하게 우리 이러지 말자 진짜."

그 모습이 우스운 직원들이 다들 키득거렸다. 성훈 혼자만 심각한 얼굴이었다.

"누나!"

입구로 들어서는 윤을 발견한 은섭이 반갑게 부르며 번쩍 손을 들었다. 잠시 휴식을 취하고 있던 인부들이 그런 윤섭과 은을 번갈아 보며 눈을 크게 떴다.

"누나? 젊은 사람이라 그런지 넉살도 좋네. 그새 채 대리랑 누나 동생 하는 사이가 된 거야?"

엉덩이를 털며 일어선 은섭이 캔 음료 하나를 따서 윤에게 내밀었다.

"많이 덥죠? 시원하게 마셔요."

"고마워. 잘 먹을게."

"이거 말고 오렌지 주스로 줄 걸 그랬나. 누나 뭐 좋아해요?"

얼마 전 함께 점심을 먹은 이후로 은섭이 부쩍 살갑게 굴고 있다. 그것뿐인가. 오늘 아침엔 전화번호를 어떻게 알았는지 현장엔 언제 오냐며 전화를 걸어오기도 했다. 몇 번이나 봤다고 어쩐지 정도가 지나치다는 생각이 들었다.

"점심 먹고 가요."

"사무실에 일찍 들어가 봐야 해."

"에이, 어차피 들어가서 먹을 거잖아요."

그냥 먹었다고 할 걸 그랬나. 윤은 강아지처럼 졸졸 따르는 은섭을 뒤로하고 현장을 살피기 시작했다. 현장 소장인 최 씨가 어련히 알아서 잘하고 있을 테지만 그래도 꼼꼼하게 점검해야 마음이 편했다. 더불어 건축 과정도 상세히 배울 수 있고.

"오늘은 제가 살게요."

"나중에. 오늘은 중요한 미팅이 있어서 진짜 일찍 들어가야 해."

시무룩해지는 은섭의 모습을 윤은 애써 모른 체했다. 아저씨들만 상대하다 저보다 한참 어린 남자를 상대하려니 생각지도 못했던 이런 문제가 생기고 만다. 은섭이 제게 관심을 가지기 시작했다는 걸 모르지 않는다. 누가 봐도 알아채게 굴었으니까.

"나 신경 쓰지 말고 가서 일해."

"……네."

키는 커다란 게 풀 죽은 아이처럼 어깨를 축 늘어뜨리며 멀어지는 걸 보니 저절로 한숨이 흘러나왔다. 어차피 계속 얼굴을 봐야 할 사이라면 적당히 거리를 둬야 한다. 문제를 만들고 싶지는 않으니까.

"채 대리. 여기 좀 봐 봐."

반장이 부르는 소리에 걸음을 옮기는데 은섭이 힐끗 쳐다보는 게 느껴졌다. 윤은 일부러 모른 체 눈길도 주지 않았다.

마음이 불편했다.

그날 오후.

자양동 현장으로 간 윤은 뒷정리하는 인부들을 뒤로하고 2층 난간에 앉아 도면을 들여다보고 있었다.

꽤 오랫동안 도면을 들여다보던 그녀는 천천히 집 안 곳곳을 돌아보기 시작했다.

이곳은 애초에 부부의 노후를 위해 설계된 집이다. 일부러 1층에 침실을 배치해 동선을 최소화하고 정원 한쪽에 텃밭을 만들었는데 이젠 강욱이 살 곳이라 생각하니 잘 매치가 되지 않는다.

사는 데 지장이 있는 건 아니지만 집과 그곳에 살 사람과 잘 어울렸으면 싶었다. 특히나 이 집은 그녀가 강욱에게 좋은 집을 지어 주겠다고 약속한 곳이다.

한참 머릿속에 떠도는 그림을 정리한 윤은 강욱에게 전화를 걸었다.

― 여보세요.

"아깐 전화 못 받아서 미안해요."

― 미팅은 잘 했어?

"네. 서로 만족했으니 별 다섯 개짜리 미팅이었죠."

강욱의 나직한 웃음소리가 귓가로 스몄다. 문득 어젯밤 귓가에 울리던 신음이 떠올라 뺨이 슬쩍 붉어졌다.

"오늘 시간 어때요? 자양동 집에서 좀 봤으면 하는데."

– 저녁 약속이 있어서 너무 늦게는 안 되고……. 지금 볼까?

"괜찮아요. 기다릴 수 있어요."

– 30분이면 될 거야.

"서두르지 말고 천천히 와요."

강욱을 기다리는 동안 윤은 머릿속으로 그림을 그렸다. 이왕이면 그가 이 집에서 오래오래 살았으면 싶었다. 그러려면 강욱에게 어울릴 만한 집이어야 했다.

종일 힘들게 일하고 돌아올 그를 위해 휴식 공간을 만들고 가끔 햇빛을 온몸으로 만끽할 수 있도록 썬룸을 만들어 볼까.

윤은 그곳에 머물 강욱의 모습을 떠올리며 생각나는 것들을 하나둘 기록해 두었다.

그녀의 생각을 실천으로 옮기려면 구조 변경 등 번거로운 절차를 걸쳐야 한다. 괜한 일거리를 만들었다며 성훈이 투덜거릴 게 빤히 보였지만 윤은 생각을 멈추지 않았다.

그러는 사이 강욱이 올 때가 다 되어 가고 있었다.

탁. 차 문을 닫은 강욱은 한창 공사가 진행 중인 현장을 바라보았다.

설치된 비계파이프 위엔 인부들이 올라가 있었는데 외벽에 하얀 뭔가를 붙이고 있었다. 건설 쪽은 문외한이나 다름없어 무슨 작업을 하는 건지 잘 모르겠다.

안으로 들어가자 일하던 몇몇 사람이 그를 돌아보았다.

"무슨 일로 오셨습니까?"

그를 본 적이 없기에 모르는 게 당연했다.

"이곳 건축주분이세요."

2층에서 차가 오는 걸 보고 내려온 윤이 대답을 대신했다.

"아, 그러시구나. 안녕하세요. 이곳 현장 책임자인 김정수입니다."

반갑게 웃으며 김 소장이 손을 내밀었다. 하지만 강욱은 그 손을 잡는 대신 슬쩍 인상을 찡그렸다. 옷에 쓱 손을 닦았다지만 지저분해 보였기 때문이다.

"인사는 나눈 거로 하죠."

강욱의 말에 김 소장이 멋쩍게 웃으며 손을 거둬들였다. 그 모습에 윤이 다가오며 강욱을 빤히 응시했다.

"소장님이 이해하세요. 몇 번 겪어 보니까 건축주분께서 배려심이 넘치는 분은 아니시더라고요."

"아이고 됐어. 신경 쓰지 마."

강욱을 데리고 위층으로 올라가는데 사람들의 따가운 시선이 느껴졌다. 다들 강욱이 별로 마음에 안 드는 모양이다.

윤이 우뚝 멈추자 바로 뒤에서 강욱의 목소리가 들렸다.

"배려심?"

못마땅해하는 목소리에 윤이 휙 돌아서서 그를 마주 보았다.

"꼭 그렇게 싫은 티를 내야 해요?"

윤의 목소리가 딱딱했다.

강욱은 도통 알 수가 없다는 얼굴로 윤을 내려다보았다. 악수 좀 거절한 게 그렇게 큰 잘못인 건가. 표정엔 약간의 억울함이 추가되었다.

"강욱 씨 어떨 때 보면 굉장히 인간미 없어요. 그거 알아요?"

"지금 악수 거절했다고 인간미 운운하는 거야?"

"꼭 오늘 일만 가지고 그런 거 아니에요. 사람들하고 함께 있을 때 보면 가끔 그런 생각이 들거든요. 이강욱 씨는 사람 관계를 무조건 상하 관계로만 판단하는 건 아닐까."

"무슨…….."

말도 안 되는 트집이냐고 화를 내려던 강욱은 곧 입을 다물었다. 문득 얼마 전 작은 사무실 하나 개업했다며 찾아왔던 동창 녀석이 하던 말이 떠올라서였다.

'넌 참 사람 기분 나쁘게 하는 재주 있어. 다 네 아래로 보이지?'

그땐 대수롭지 않게 여겼던 말이었다. 하긴, 어려서부터 얕보이지 않기 위해 애쓰며 살았다. 그 긴 세월을 그렇게 살았으니 몸에 배지 않는 게 이상할 거다.

강욱은 똑바로 그를 올려다보는 윤을 말없이 바라보았다. 제게 이런 말을 하는 게 회사 사람이었다면 당장 아웃이었을 텐데. 쓴웃음이 지어졌다.

"그런 인간미 없는 놈은 안 좋아해?"

윤이 조금 당황한 듯하더니 고개를 작게 끄덕였다.

"그런 사람을 좋아할 리가 없잖아요."

"알았어. 앞으로는 조심하도록 해 볼게."

뜻밖에 강욱이 순순히 수긍하자 전투태세를 취했던 윤이 허탈한 듯 웃었다. 인정하는데 무슨 말을 더할 수 있을까.

"이리 와 봐요. 상의할 게 있으니까."

윤은 강욱을 데리고 건물 한쪽으로 향하며 설명해 주었다.

"이쪽은 원래 가족실로 만들어질 예정이었는데 작은 영화관처럼 만들면 어떨까 해요. 빔을 달아서 쏘려면 충분한 공간이 나와야 하는데 여기가 딱 맞을 것 같아요. 아! 그리고 이쪽에 턴테이블 얹을 공간도 마련해 줄게요."

"턴테이블?"

"지난번 강욱 씨 집에 갔던 날 봤어요."

"아……."

강욱을 찾아갔던 날 그의 집에 있던 턴테이블과 레코드판을 본 게 기억났다. 꽤 많은 양이라 그냥 장식용으로 뒀을 거란 생각은 들지 않았다.

"눈썰미가 좋네."

눈썰미가 좋은 게 아니라 그에 관한 거라면 전부 기억해 두고 싶었었다. 하물며 그가 쓰는 화장품 그 사소한 것까지.

"어쨌든 여긴 그렇게 만들었으면 하고 이쪽 발코니에 썬룸을 만드는 건 어떤지 물어보고 싶었어요."

"썬룸?"

"원래 전 건축주께서는 가끔 사용할 어닝을 설치해 달라고 하셨는데 개인적인 생각을 보태자면……."

"마음대로 해."

"마음대로?"

"채 대리님 만들고 싶은 대로 만들어 보시라고요. 절대 태클 같은 거 걸지 않을 테니까."

강욱의 대답에 윤의 눈이 반짝 빛이 났다. 표정을 보니 생각해 둔 게 어지간히 많은 모양이다.

"진짜죠? 나중에 딴말하기 없기예요?"

"계약서라도 써 줘?"

어떻게 지어질지 상상도 가지 않는 현장을 훑어보며 강욱이 말하자 윤이 재빨리 고개를 끄덕였다.

"나중에 딴말할지도 모르는데 당연하죠. 계약서 변경해서 내가 사무실로 가지고 갈게요. 그리고."

윤이 주변을 재빠르게 훑더니 강욱의 얼굴을 양손으로 붙잡았다.

"우선 이걸로 계약 성립."

까치발을 한 윤이 쪽 하고 강욱의 입술을 훔쳤다. 그가 지난번 사무실에서 했던 걸 그대로 베낀 윤의 행동에 강욱이 픽 웃더니 그녀의 허리를 끌어당겼다.

"도장을 찍으려면 제대로 찍어야지. 이렇게."

"흡."

거침없이 내려앉는 강욱의 입술이 아찔했다. 누가 올라올지도 모르는데 키스라니. 윤의 손은 밀어내기 위해 강욱의 가슴에 닿았지만 점점 힘이 빠졌다.

윤의 손은 그를 밀어내는 대신 끌어안고 말았다.

벽 뒤로 숨듯 기댄 채 키스는 한동안 이어졌다. 들킬 것만 같은 아슬아슬한 키스는 긴장감을 극도로 끌어 올렸고 짜릿했다.

아래층의 시끄러운 공사 소음도 아득하게만 들려오고 있었다.

"강욱이 짝으로 대성 둘째라니. 지금 그게 말이나 된다고 생각해요?"

이 회장은 벌써 십여 분 넘게 계속되는 아내의 히스테릭한 외침에 질끈 눈을 감았다. 태욱의 엄마인 홍나희는 사람을 한계까지 몰아붙이는 재주가 있다.

"솔직히 말해 봐요. 당신을 그 모양으로 만들었는데도 아직도 그년한테 미련이 남은 거죠? 그래서 강욱이를 우리 태욱이나 재욱이보다 더 챙기는 거 맞죠?"

"그만해."

휠체어를 굴려 거실로 나가려 하자 의자를 박차고 일어난 홍나희가 후다닥 달려와 그의 앞을 가로막았다.

"말해 봐요. 내 말이 틀렸어요?"

"그만해. 제발 좀 그만하라고!"

"그만하긴 뭘 그만해. 그냥 대답 한번 속 시원하게 해 주면 끝날 일이잖아요. 이제 오만정 다 떨어져서 미련 같은 거 없다고 한마디만 해 주면 될 일잖아요. 당신이 빈말이라도 그렇게 못 하니까 내가 더 이러는 거 아냐."

홍나희가 억울한 듯 주저앉으며 고함을 쳤다. 표정이 볼썽사납게 일그러졌다.

"왜 한 번을 내 편을 못 들어주는 건데. 꼭 그렇게 내 앞에서 우리 새 끼보다 그년 새끼를 더 챙겨야 속이 후련해요?"

이 회장은 그런 홍나희의 모습에 오만 정이 떨어진 듯 차가운 눈으로 내려다보았다.

"그런 당신이야말로 죽은 듯이 누운 사람한테 꼭 그렇게 욕을 퍼부어 야겠어?"

"흥! 다 자업자득이야. 평생 그렇게 남의 남편한테 빌붙어서 살더니 벌받은 거라고."

실성한 사람처럼 히죽거리는 홍나희의 모습에 이 회장은 치밀어오르 는 감정을 억누르지 못하고 옆에 있던 화병을 던져 버렸다.

와장창 소리를 내며 깨진 화병이 거실 바닥을 흥건히 적셨다.

"그만해. 한마디만 더 하면 변호사 부를 테니까 그렇게 알아."

변호사라는 말에 홍나희가 악에 받친 눈으로 이 회장을 바라보았다. 생각 같아선 온갖 악담을 다 퍼붓고 싶었지만 한계에 다다른 남편을 자 극해 봐야 좋을 게 없다는 걸 안다. 그러다 지난번처럼 유언장을 바꾼 뒤 집이라도 나가 버리면 큰일이었다.

"강욱이 혼처 자리는 다시 생각해 줘요."

홍나희는 이것만큼은 물러설 수 없다는 듯 강하게 요구했다.

"태욱이 애 곧 태어나요. 최소한 할아버지로서 아이 힘들게 하는 일은 하지 말았으면 하네요. 장남 체면도 살려 줘야 할 거 아니에요."

체면이라는 말에 이 회장이 답답한 듯 창문 너머 먼 곳을 바라보았다. 태욱이 결혼해야겠다며 데려온 여자를 봤을 때부터 이 사달을 예견 못

194

한 건 아니었다. 집안도 그저 그런 데다 평도 좋지 않은 며느리. 조 비서는 넌지시 태어날 아이에 관해 친자 확인을 해 봐야 하지 않느냐고 충언까지 했었다. 한데 그보다 못한 혼처를 구해 오라니.

"기어이 큰애네 집안보다 낮은 집안이랑 엮어 줘야 속 시원하겠어?"

"어쨋든 대성은 안 돼요."

고집을 부리는 홍나희를 뒤로하고 이 회장은 서재로 향했다. 머리가 지끈거렸다. 평생을 이러고 살아온 제가 한심해 차라리 이대로 쓰러져 눈을 감아 버렸으면 싶은 생각이 들었다.

사랑을 버리고 부와 권력을 택한 대가라고 하기엔 끔찍하게도 길고 무거운 형벌이지 않은가.

"차라리 자네가 부럽네."

병원에 누운 채 5개월이 넘도록 의식을 차리지 못하는 강욱 엄마가 보고 싶었다.

하지만 그때 사고로 다친 다리가 불편해 누구의 도움 없이는 찾아갈 수도 없는 신세가 되어 버렸다. 주름진 이 회장의 눈가가 슬며시 젖어 들었다.

늦은 시간이라 병원은 조용했다.

문 열리는 소리에 꾸벅꾸벅 졸고 있던 간병인이 벌떡 일어나 강욱을 맞았다.

"오셨어요."

"차도는 좀 있습니까."

"아뇨. 여전히 아무 반응이 없으세요. 의사 선생님께서 얼굴 상처는 이제 다 아물었다고 치료 그만하신다고 하셨어요."

간병인은 늘 해 오던 대로 짧은 보고를 한 뒤 자리를 비켜 주었다. 강욱은 침대 옆 의자에 앉아 미동도 없는 어머니를 내려다보았다.

이틀 전과 다름없는 모습이었다. 달라진 게 있다면 얼굴의 상처가 좀 더 옅어졌다는 것뿐이다.

"여전히 주무시네요."

강욱은 힘없이 늘어진 손을 끌어와 뺨에 대 보았다. 간병인이 깨끗이 씻긴 손에선 신기하게도 아무 냄새가 나지 않는다. 건강할 땐 뭐라 설명할 수 없는 어머니만의 향이 분명 있었던 것 같은데 아무리 코를 묻어 봐도 맡아지지 않는다.

"좋아하시던 향수라도 가져다 드릴까요?"

이렇게 누워 계신 지도 어느덧 5개월. 사나흘에 한 번 정도 병원에 들러 한참씩 앉아 있다가 가곤 했다.

"며칠 전에 회장님 오셨다면서요."

의사로부터 청각은 남아 있을 거란 얘기를 들은 후론 되도록 많은 이야기를 해 드리려고 노력 중이다. 여태 살갑게 굴지 못한 것을 후회한다. 대답을 한 번만이라도 들을 수 있으면 좋을 텐데.

"선보라는 말에 태욱이가 난리예요. 상대가 대성 둘째 딸이거든요."

'잘됐구나. 어떤 아가씨인지 우리 강욱이랑 잘 어울렸으면 좋겠네.'

좋아하실 어머니의 목소리가 들리는 듯했다.

"진짜 좋으세요?"

강욱은 씁쓸하게 웃으며 어머니의 손을 만지작거렸다. 평생 이 회장의 그늘 속에 숨어 사셨던 어머니는 그걸 사랑이라고 했다. 사랑보다 부와 권력을 택해 어머니를 버렸던 아버지. 그런 아버지와 헤어지지 못하고 결국 내연녀라는 꼬리표를 달고 살았던 어머니의 마음을 사실 아직 잘 이해 못 하겠다. 먼저 사랑했던 사이라지만 아무리 그들 사이에 제가 있었다지만 어떻게 평생을 그러고 사셨을까.

"태욱이를 어떻게 무너뜨릴까, 고민 중이에요."

한 아버지를 두고 태어나 평생 못 잡아먹어 안달인 그런 사이를 악연

196

이라고 하는 걸지도 모른다. 걸음마를 시작할 무렵부터 의도치 않게 경쟁의 대상이었다.

'강욱이보다 잘해야 해.'
'강욱이보다 빨라야 해.'
'강욱이보다 무조건 위여야 해.'

태욱이 그대로 빼닮은 홍나희 여사는 늘 그런 말들로 태욱을 채찍질했다. 그럴수록 둘의 관계는 악화되어 갔다. 호적만 쌍둥이지 평생의 라이벌이자 숙적.

"누군가 하나는 무너져야 끝나는 일이라는 걸 아시잖아요."

그 긴 세월을 힘들었으니 이제 끝낼 때가 되었다. 물려받을 수 있는 모든 것들을 물려받아 박살을 낼 생각이다. 회사를 잘 키워 볼 생각 같은 건 애초에 하지도 않았다. 자리에 목매는 순간부터 그 자리를 지키기 위해 아등바등 살아야 할 텐데 그러긴 싫었다.

"어머니."

강욱이 맹세하듯 말했다.

"어머니 일생을 힘들게 했던 그것들을 다 무너뜨려 버릴게요."

좋아하실지는 확신할 수 없다. 아마도 분명 건강하셨다면 말리셨을 테지. 워낙에 정이 많고 약했던 분이시니까.

하지만 멈출 길이 없다.

"그때까지 꼭 기다려 주세요. 잘했다고 한 마디는 해 주셔야죠."

브레이크였던 어머니를 잃었으니 멈출 방법이 없다.

"그냥, 잘했다고 해 줘요."

강욱의 목소리가 축축해져 있었다.

"와······."

말문이 막히는지 아까부터 성훈은 계속 와 소리만 반복하며 설계도와 윤을 번갈아 쳐다봤다. 윤은 그런 성훈을 이해한다는 듯 담담한 표정으로 처분을 기다리는 중이다.

"채 대리, 네가 미친 거지?"

"죄송합니다."

"그러니까 지금. 건축주께서 원하지도 않았던 도면 변경을 마음대로 하셨다 이거잖아. 인테리어야 그렇다 쳐. 중간에 얼마든지 마음 변할 수 있는 거니까. 근데 왜 복잡하게 도면에 손을 대냐고."

"더 늦으면 변경도 어려워지잖아요."

"누가 지금 그걸 몰라서 물어?"

잔뜩 귀를 기울이고 있던 직원들이 성훈의 고함에 깜짝 놀라 재빨리 모니터 뒤로 몸을 숨겼다.

"선배."

"소장님이라고 불러. 네가 선배라고 부르면 괜히 살 떨린단 말이야."

성훈이 잔뜩 볼멘소리를 했지만 윤의 표정을 보아하니 질 게 뻔한 게임이다.

"집다운 집을 짓자."

윤이 사훈을 읊자 성훈이 체념 섞인 한숨을 내쉬었다.

"소장님이 그러셨잖아요. 그 집에 살 사람을 생각하며 어울리는 집을 지어 주자고."

"지금도 충분히 어울리지 않아?"

"······."

윤의 완고함에 결국 손을 든 성훈이 책상 위의 도면을 끌어당겼다.

"좋아. 대신 조건이 있어. 채 대리가 원하는 대로 변경하는 거니까 나중에 문제 생겨도 난 몰라."

"네. 제가 다 책임져요."

건축 과정에서 설계도를 변경하는 게 아예 없는 일은 아니지만 여러 가지 복잡한 문제가 뒤따른다. 그걸 책임까지 져 가며 변경하겠다는 윤의 고집에 궁금증이 증폭되었다.

"이강욱 씨 말이야."

성훈이 힐끗 윤을 쳐다보며 물었다.

"그냥 아는 사이였던 거 맞아? 이강욱 씨가 채 대리 대하는 것도 그렇고 채 대리가 이렇게 발 벗고 나서는 것도 그렇고."

"……좋아했어요."

연필로 체크 중이던 성훈이 움직임을 멈추며 눈을 동그랗게 떴다.

"누가? 이강욱 씨가?"

"아뇨. 제가요. 제가 좋아했어요."

윤의 대답에 사무실에 있던 사람들의 눈이 전부 동그랗게 변했다.

"채 대리. 아니, 윤아."

당황한 성훈이 더듬거리며 윤을 불렀다.

"그럼 이강욱 씨랑 잘해 보려고 이러는 거야?"

윤은 뭐라고 대답해야 하나 잠시 망설였다. 그와 지금 만나고 있는 건 맞지만 잘해 볼 생각이 있는 건 아니었다. 그러기엔 걸림돌이 너무 많다.

"그러지는 않을 거예요. 그냥…… 그 사람이 그 집에서 오래오래 잘 살았으면 좋겠어요. 이별 선물쯤으로 해 두는 게 좋겠네요."

"이별 선물이면 현재진행형은 아니란 거지?"

"네."

"이상하다. 내 눈엔 윤이 너보다 이강욱 씨가 더 관심 있는 거로 보였었는데."

"……."

"어쨌든 알았어. 털어놓기 좀 그랬을 텐데 말해 줘서 고맙다."

"그럼 전 화곡동 좀 다녀올게요."

가방을 챙겨 사무실을 나온 윤은 괜한 짓을 했나 싶어 뒤를 돌아보았다. 마땅한 이유를 댈 수가 없어 사실을 털어놓긴 했지만 졸지에 사생활을 다 오픈 해 버리고 말았다.

"비련의 주인공이 되어 버린 건가."

윤은 쓰게 웃으며 건물을 빠져나왔다.

감성에 젖어 있기엔 오늘도 할 일이 태산이었다.

사무실에 들어오자마자 메일을 확인한 강욱이 흐음, 콧소리를 내며 화면 앞으로 바짝 다가갔다. 처음 봤던 집과 같은 집인가 싶을 정도로 분위기가 달라 보였다. 화면을 이리저리 클릭해 보며 전화를 걸자 곧 윤의 목소리가 들려왔다.

– 어때요?

"뭐라고 대답할 것 같아?"

– 으음, 나쁘지 않아?

윤의 조심스러운 대답에 강욱이 나직하게 소리 내어 웃었다.

"그래. 나쁘지 않아. 실제로 보면 마음이 더 달라질지 모르겠는데 지금 상황으로서는 그래."

– 틀렸네.

"뭐가 틀려?"

– 솔직히 아주 훌륭해, 라는 대답을 기대했거든요. 자만했었나 봐요.

윤의 솔직함에 강욱의 눈매가 부드럽게 휘었다. 얘기를 나누고 있으니 종일 곤두섰던 신경이 좀 이완되는 듯했다.

"같이 저녁 먹을까?"

– 오늘은 안 바쁜 모양이네요?

"바빠. 그냥 특별히 시간 좀 빼 보려는 거지. 애쓴 것에 대한 보상 좀 해 주려고."

– 미안해서 어쩌죠. 오늘은 선약이 있는데.

"선약?"

– 좋은 사람들을 만나는 날이거든요.

마우스를 움직이던 강욱의 손이 멈칫했다.

"미룰 수 있으면 미뤄."

– 그건 곤란해요. 미룰 수 없는 약속이니까 우리 저녁은 나중에 먹어요. 나 일해야 하니까 끊어요.

"윤아. 채윤."

묻고 싶은 게 있어 다급하게 불러 보지만 이미 끊긴 후였다. 방금까지 부드러웠던 표정이 찡그려졌다.

"좋은 사람들?"

비딱하게 웃은 강욱이 윤에게 메시지를 보냈다. 좋은 사람 되고 싶은 마음은 눈곱만큼도 없는데 이상한 오기가 샘솟는다.

[좋은 사람 여기도 있어.]

윤에게서 무슨 대답이 올까 궁금해 일하는 동안에도 계속 핸드폰을 확인하게 된다. 혹시나 감동하지 않을까 기대했는데 30분 만에 온 메시지를 보는 순간 허탈한 웃음이 흘러나왔다.

[^^]

"이게 뭐야."

몇 번을 봐도 기가 막힌 대답이었다.

마당에 들어선 택시에서 윤이 내리자 담벼락 밑에서 쭈그리고 있던 아이들 몇이 달려왔다.

"잘 지냈어?"

윤은 아이들 하나하나의 머리를 쓰다듬어 주며 인사를 건넸다. 그중

한 여자아이가 윤을 꽉 껴안은 채 놓지를 않는다. 지난번 헤어질 때도 유난히 아쉬워하더니만 눈물이 날 정도로 반가운 모양이다.

"세화도 잘 지냈어?"

윤의 물음에 아이는 품에 안긴 채 고개를 끄덕였다.

"우리 우선 짐 좀 내릴까? 이모가 너희 맛있는 거 해 주려고 장 봐 왔는데."

뒷좌석에 실은 짐을 꺼내 한 허름한 빌라로 들어가자 안에 있던 사람들이 반갑게 윤을 맞이했다.

"어서 와요."

"잘 지내셨어요?"

"윤이 씨는 요즘 연애해요? 얼굴이 아주 활짝 피었는데?"

"연애는요. 요즘 계속 현장에 있어서 얼굴이 까맣게 그을린걸요."

이곳은 뜻이 맞는 선생님 두 분이 힘을 합쳐 아이들 일곱을 키우고 있는 무허가 복지시설이다. 우연히 한 아이와 연이 닿아 이곳을 후원하기 시작했는데 그게 벌써 몇 년이 되었다.

장 봐 온 것들을 능숙하게 냉장고와 베란다에 정리해 넣으며 윤은 최 선생을 향해 물었다.

"요즘 허리는 어떠세요?"

얼마 전 최 선생은 의자에서 떨어지는 아이를 몸으로 받아 내며 허리를 다쳤다.

"나이가 먹어서 그런지 영 낫는 게 더디네요. 그래도 뭐 큰 문제 없다니까 괜찮겠죠."

"다행이네요. 걱정 많이 했는데."

이런저런 밀린 이야기를 나누며 아이들과 음식 만들 준비를 시작했다. 아이들이 좋아하는 돈가스가 저녁 메뉴다.

첫 번째 아이가 손질한 고기에 밑간하면 다른 아이가 그것을 받아 밀가루, 달걀 물을 순서대로 입혔고 그 옆에 있던 아이가 빵가루를 묻혀 윤에게 건네주었다.

집 안은 맛있는 냄새로 가득 찼다.

아이들이 신나서 떠드는 소리에 귀가 아플 정도였지만 좋아하는 걸 보니 뿌듯하다.

"얘들아. 손 깨끗이 씻고 제자리에 앉자."

아홉 명이 살기엔 턱없이 좁은 집. 윤은 빼곡하게 앉은 아이들의 앞으로 접시를 놓아 주며 일부러 더 밝게 말했다.

"많이 먹어."

✳

설거지를 마치고 나자 최 선생이 큰 아이들을 모아 문구점으로 심부름을 보냈다. 일부러 내보내는 걸 보니 뭔가 따로 할 얘기가 있는 모양이다.

시원한 물 한 잔을 가지고 거실 바닥에 앉자 최 선생이 사람 좋은 웃음을 보이며 옆에 앉았다.

"매번 고마워요. 지난번 애들 방 보수공사도 그렇고."

올해는 장마가 길다는 말에 얼마 전 집 안을 살폈더니 아이들 방 벽면에 누수의 흔적이 보였다. 성훈에게 부탁해 수리를 해 주었더니 그걸 두고 하는 말이다.

최 선생이 뭔가 할 말을 못 하고 머뭇거리는 모습에 윤이 싱긋 웃었다.

"무슨 일이신데 그러세요. 편하게 말씀하세요."

"저기……."

한참 동안 털어놓은 최 선생의 이야기에 윤의 표정이 점점 심각해졌다.

"그러니까 지금 소진이 상태가 수술이 필요할 정도로 안 좋다는 말씀이세요?"

윤이 굳은 표정으로 묻자 최 선생이 고개를 끄덕였다. 소진이는 원래 소아마비를 앓아 한쪽 다리가 불편했다. 한데 얼마 전부터 자꾸 엉치뼈에 고름이 찬다고 했다. 진찰 결과 고관절 수술을 하고 재활 치료가 필요하다고 했다. 정부 지원이 하나도 되지 않는 이런 무허가 시설에서 하루아침에 그런 큰돈을 마련하기가 쉽지 않은데 큰일이다.

"병원에서도 도움받을 만한 곳을 알아보고는 있어요. 그런데 병원비도 그렇고 애들한테 들어가는 돈도 그렇고……. 다들 빠듯한 거 뻔히 아는데 얘기할 곳이 있어야지."

잘못한 것도 아닌데 미안함에 자꾸만 고개를 숙이는 최 선생의 모습에 윤은 마음이 아팠다. 마음 같아선 뭐든 해 주고 싶지만 현실이 그렇지 못한 게 속이 상했다.

"애들 저녁 만들어 준다고 장까지 봐 온 사람한테 이런 얘기나 해서 미안해요."

"너무 걱정하지 마세요. 뭔가 수가 생기겠죠."

말은 그리하면서도 걱정이 앞선다.

"이럴 때 진짜 돈벼락이라도 맞았으면 좋겠어요."

최 선생이 깊은 한숨을 내쉬며 하는 말에 저절로 동의하듯 고개가 끄덕여졌다.

그로부터 30분쯤 후.

집으로 돌아가는 윤은 통화 중이었다.

— 하, 어쩌냐. 너도 알다시피 지금 우리 사무실 코도 석 자잖아.

혹시나 싶어 전화해 본 건데 예상을 빗나가지 않는다.

— 지금은 많이는 못 보태. 미안하다.

성훈의 말에 윤이 고개를 끄덕였다. 버스 한 대가 멈췄다가 떠나자 정류장은 조용해졌다.

"미안해요. 이런 부탁 해서."

– 나야말로 미안하다. 명색이 소장이라는 게 이거밖에 안 돼서. 대신 승교 그 개자식 잡아서 내 돈 찾으면 통 크게 도와줄게.

"말이라도 고마워요. 끊을게요."

성훈과 통화를 끝낸 뒤 전화 목록을 뒤적이던 윤은 강욱의 이름을 오랫동안 응시했다.

문득 지난번 그에게 했던 말들이 떠올랐다. 쓸데없는 자존심을 지키기 위해 돈지랄을 했다고 했던가.

[좋은 사람 여기도 있어.]

그가 몇 시간 전 보내온 메시지를 한참 바라보다 강욱에게 전화를 걸었다. 신호가 가고 한참이 지나도록 받지 않아 끊으려는데 목소리가 들려왔다.

– 저녁은 잘 드셨나?

"강욱 씨는요?"

– 같이 먹어 줄 사람이 없어서 사무실에서 대충 때웠어.

"……."

– 차 소리가 들리는데. 아직 밖이야?

"부탁이 있어요."

– 부탁?

윤은 잠시 숨을 고른 후 핸드폰을 꽉 틀어쥐었다. 긴장으로 손바닥에 땀이 고였다.

"도와주고 싶은 사람이 있는데 그걸 강욱 씨가 해 줬으면 좋겠어요."

잠깐의 침묵이 길게만 느껴졌다.

"좋은 사람 한 번만 돼 줘요."

– 그럼 나한테 뭘 해 줄 건데.

"……."

– 나한테 뭘 해 줄 거냐고.

강욱이 묻고 있었다.

*

마시던 잔을 가지고 창가로 간 강욱은 저 멀리 야경을 바라보며 대답을 기다렸다.

좋은 사람이 되어 달라는 윤의 말이 왜 이렇게 짜릿하게 들린 걸까.

그건 마치 유혹이었다.

– 뭘 해 줬으면 좋겠어요?

"글쎄……. 우선 그 구체적으로 도와줘야 하는 일이 뭔지 들어 봐야 뭘 요구할지 알 것 같은데."

– 어디로 가면 돼요?

"집. 설명 안 해 줘도 어딘지 와 봤으니 알 테고."

느릿하게 말한 강욱이 쐐기를 박았다.

"선택의 권한은 그쪽에 있는 것 같은데. 지금 올래?"

– 시간이 좀 걸릴 거예요.

전화를 끊은 강욱은 단숨에 잔을 비웠다. 쌉싸름하면서 끝맛이 조금 달콤한 게 꼭 윤을 닮은 맛이다.

'좋은 사람 한 번만 돼 줘요.'

"좋은 사람이라……."

대체 윤은 뭘 부탁하려는 것일까. 좀처럼 짐작이 되지 않았지만 어지간히 어려운 게 아니고서야 들어줄 생각이다. 어렵게 부탁하는 윤을 무안하게 만들 생각은 없으니까 말이다.

5.

윤이 현관 벨을 누른 건 통화를 한 지 1시간쯤 지났을 무렵이었다.

회사에서 가져온 서류들을 검토하느라 서재에 앉아 있던 강욱은 쓰고 있던 안경을 벗어 책상에 얹어 둔 뒤 현관으로 향했다.

문을 열자 윤이 손에 커다란 봉투를 들고 서 있었다. 봉투 안에선 맛 있는 냄새가 폴폴 풍겼다.

"치맥 한잔할래요?"

"치맥?"

"치킨에 맥주요. 설마 치킨 안 먹는 건 아니죠?"

"그럴 리가."

한쪽으로 비켜서자 윤이 안으로 들어왔다. 잘못 맡은 게 아니라면 윤 에게선 또 다른 고소한 냄새가 풍겼다.

"이게 무슨 냄새지?"

신발을 벗던 윤이 당황한 듯 그를 쳐다봤다. 제 머리카락에 코를 묻고 킁킁거리는 모습이 귀여워 피식 웃음이 나왔다.

"무슨 냄새 나요?"

"고소한 기름 냄새. 설마 혼자서 한 마리 해치우고 온 건 아니지?"

"아아……. 저녁에 돈가스를 좀 튀겼더니."

"돈가스?"

좋은 사람들 만나러 가야 한다며 저녁 먹자는 제안도 거절하더니 무슨 돈가스란 말인가. 가늘어진 눈으로 윤을 훑어보는데 그녀는 집 안으로 들어가 식탁에 가져온 것들을 펼쳤다.

도시락으로 대충 저녁을 때운 터라 치킨 냄새를 맡으니 군침이 돌았다.

"자, 우선 마셔요."

치익, 소리와 함께 거품이 솟아오르는 맥주를 건넨 윤이 제 몫의 맥주를 벌컥벌컥 들이켰다. 손등으로 입술을 닦는 모습이 한두 번 마셔 본 솜씨가 아니다.

"안 마셔요?"

"마시긴 할 건데 혹시 나한테 뭐 주정 부릴 거 있어?"

"지난번부터 자꾸 주정 부린다고 하는데, 저 그런 적 없거든요."

"그럼 그때도 맨정신이었다 이거지?"

"그때라뇨?"

"나한테 집 지어 줄 테니까 오라고 하던 날."

"아아……."

사실 조금 취하긴 했었다. 그날 맨정신이었다면 이 남자가 지금 제 앞에 앉아 있지 않았을지도 모른다.

"어쨌든 오늘은 아니에요."

윤은 어떻게 말을 꺼내야 하나 고민하며 강욱이 먹는 모습을 지켜보았다. 고작 치킨에 맥주를 사다 주고 큰돈을 내놓으라고 하려니 양심에 좀 찔리긴 한다. 하지만 마땅히 부탁할 만한 사람이 강욱밖에 떠오르지 않았다.

강욱이 의자에 한쪽 팔을 기대더니 윤을 바라보았다.

"자, 이제 부탁해 봐."

잠시 주저하던 윤이 어렵게 입을 뗐다.

"도와줘야 할 아이가 있어요."

"도와줘야 할 아이?"

"소진이라고 시설에서 사는 아이예요. 허가를 받지 않은 시설이라 정부에서 지원을 받기도 힘든데 아이가 좀 아파요."

다른 아이들과 달리 힘없이 웃던 소진을 떠올리자 윤의 목소리에 힘이 실렸다.

"수술하고 재활 치료까지 하려면 꽤 많은 돈이 필요한데 강욱 씨가 좀 도와줬으면 해요."

그런 일이라면 어렵지 않다. 어차피 회사에서도 그런 어려운 이웃을 돕는 취지의 활동도 하고 있으니 전화 한 통이면 해결될 일이었다.

하지만 순순히 그러기는 싫다. 저를 설득하기 위해 안달인 윤은 어떤 모습일까.

"글쎄……."

곤란한 얼굴로 말끝을 흐리자 윤이 입술을 깨물었다. 도톰하게 부푼 입술이 오늘따라 유난히 반짝이는 건 착각일까.

"수술에 재활 치료라. 그러려면 꽤 큰 금액이 필요하지 않아?"

치사하게 굴 마음은 없는데.

"얼굴도 모르는 애를 도와주면서 내가 얻는 건 뭔데?"

자꾸 치사해지고 만다.

"차용증이라도 쓸까요?"

차용증이라는 말에 그가 소리 내어 웃었다.

"본인 입으로 말한 걸 잊었나 본데 내가 돈으로 지랄하는 걸 꽤 좋아하거든. 차용증을 대신할 만한 뭔가 다른 참신한 방법을 연구해 보지?"

잠깐의 침묵이 흘렀다. 대체 저 머리로 무슨 생각을 하는 걸까. 궁금해질 무렵 윤이 입을 열었다.

"참신한 방법은 모르겠고 하나 해 볼 만한 고전적인 방법은 있을 것도 같네요."

"고전적인 방법이라······. 그게 뭘까."

강욱은 천천히 일어나 제게로 다가오는 윤을 응시하며 꿀꺽 마른침을 삼켰다. 식탁을 빙 돌아 다가온 윤이 그의 허벅지 위로 걸터앉더니 양어깨에 손을 얹었다.

"미인계요."

"······."

"먹힐지 안 먹힐지는 모르겠지만 지금 할 만한 건 그것뿐이겠네요."

행동을 취하면서도 부끄러운지 윤의 얼굴이 붉어졌다. 그녀의 떨리는 시선이 강욱의 뺨 어딘가를 맴돌았다.

"해 봐."

강욱은 윤의 허벅지를 손끝으로 쓸며 주문했다.

"먹힐 확률이 63% 정도는 되는 것 같은데."

말도 안 되는 확률 계산에 웃음을 터트린 윤이 강욱을 마주 보았다.

"웃으면 곤란해요."

"안 웃어. 옷 벗고 괴상한 춤이라도 추면 모를까."

"그럴 자신은 없어요."

"아쉽네. 단번에 OK 사인을 받아 낼 기회 같은데."

탐색하는 눈빛이 오가는 동안 입가에 머물던 미소가 점점 사라졌다. 윤의 얼굴이 점점 가까이 다가왔다.

"하, 일부러 꼬드기려고 하려니 진짜 민망하네요."

"미인계를 쓰려고 마음먹었을 때 예상했었어야지."

"언제 한 번이라도 써 봤어야 알죠."

"그럼 이참에 써 봐. 마침 얼굴이 내 취향이야."

"고객님 취향이라니 영광이네요."

"……."

"눈, 감아요."

속삭임과 함께 윤의 입술이 와 닿았을 때 강욱은 낮게 신음하며 눈을 감았다. 작고 미세한 움직임까지 느끼기 위해 온 신경이 곤두섰다.

참, 이상한 여자다. 제가 필요한 것도 아니면서 남을 위해 꼭 이렇게까지 할 필요가 있을까.

혹시, 날 위해 이렇게 나서 줄 때도 있을까.

일부러 입술만 벌린 채 가만히 있자 윤이 보드랍고 작은 혀를 놀리며 최선을 다해 키스를 해 댔다. 생각 같아선 혀가 뽑히도록 세게 빨아 대고 싶지만 윤이 어디까지 하나 두고 볼 셈으로 가만히 있자 잠시 후 키스를 끝낸 윤이 그의 어깨에 얼굴을 기댄 채 중얼거렸다.

"이 정도로는 부족하겠죠?"

강욱은 그런 윤을 번쩍 들어 다리 위로 마주 앉게 했다.

강욱의 흐려진 눈동자가 윤의 얼굴을 더듬었다. 숨소리가 거칠어져 있었다.

"어림도 없지. 잘 쳐줘 봐야 71%."

"그만할래."

"누구 맘대로? 시작은 채 대리님이었을지 몰라도 끝은 내가 결정합니다. 그러니 계속하죠?"

그의 말에 윤이 곱게 눈을 흘겼다.

"이건 위력에 의한 성추행 아닌가요?"

"처음부터 미인계를 쓴다며 내 위에 앉은 게 누구였더라."

그녀의 턱을 코끝으로 문지른 강욱이 윤의 엉덩이를 꽉 움켜쥐며 말하자 윤이 키득거리며 그의 목에 팔을 둘렀다.

"그러네요. 나머지도 마저 진행해야겠어."

처음부터 도와줄 생각이었다는 말은 하지 않을 거다. 윤이 어디까지 보여 줄지 궁금해 강욱은 안달이 났다.

"단추 하나에 1%씩 올려 주지."

그가 윤이 입은 셔츠를 눈짓으로 가리키며 중얼거렸다.

"음, 그 조건 나쁘지 않네."

윗단추를 풀며 윤이 숫자를 셌다.

"하나."

"둘."

"셋."

세 번째 단추가 풀렸을 때 속옷에 둘러싸인 봉긋한 가슴 선이 보였다.

"넷."

벌어진 셔츠 사이로 복부가 보이기 시작하자 강욱이 신음하며 손을 뻗었다. 하지만 윤에게 붙들렸다.

"터치 금지."

그를 어떻게 다뤄야 하는지 요령을 깨달은 모양이다. 윤은 잔뜩 달아오른 강욱의 시선을 음미하듯 천천히 손을 놀렸다.

"일곱."

마지막 단추를 푸는 모습에 강욱이 손바닥으로 얼굴을 쓸며 짙은 한숨을 내쉬었다.

"고문이 따로 없네."

하지만 거기서 끝이 아니라는 듯 윤이 은밀하게 속삭였다.

"이거."

손을 등 뒤로 집어넣은 윤이 브래지어 훅을 쥔 뒤 베팅했다.

"10%짜리인데."

"하, 너 진짜……."

"풀까요, 말까요?"

"……풀어."

강욱은 눈을 떼지 않은 채 대답했다. 지금은 그녀가 뭘 요구한다고 해도 다 들어줄 수밖에 없는 상황이었다.

툭 소리와 함께 헐거워진 속옷 사이로 드러나는 뽀얀 속살에 얼굴을 묻고 싶은 충동이 일었다. 그러지 않기 위해 인내심이란 인내심은 다 끌어모아야 했다.

"88%. 저런, 아직 12%나 남았네요."

윤의 모습을 한 마녀인 건가. 강욱은 혼란스러운 눈으로 윤을 마주 보았다. 조금 전 쑥스러워하던 윤은 어디로 가고 과감하면서 섹시한 윤이 허벅지에 앉아 있었다.

복부를 타고 움직이는 손을 응시하며 강욱이 꿀꺽, 마른침을 삼켰다.

"이거."

복부를 내려온 손이 청바지 단추에 닿았다.

"남은 건 하나뿐인데."

윤의 감질나는 목소리에 강욱이 제동을 걸었다.

"풀지 마."

그러곤 그대로 윤을 번쩍 안아 들었다.

"꺅."

떨어지지 않기 위해 강욱에게 매달리며 윤이 작게 비명을 질렀지만 강욱은 그대로 거실을 가로질렀다. 침실로 향하며 윤의 귓가에 대고 속삭였다.

"이건 내가 알아서 풀 테니까 내일 비서실로 연락해."

침대에 윤을 던지듯 내려놓은 강욱은 다급하게 옷을 벗어 던지며 위로 올라왔다. 사람을 있는 대로 자극했으니 이제 책임을 져야 할 시간이다.

"승인 떨어졌다고."

더 이상 참는 건 불가능했다. 전 재산을 다 주고서라도 이 망할 청바지를 제 손으로 벗기고 싶어졌으니 이 여자에게 홀려도 단단히 홀린 거다.

착 달라붙어 잘 벗겨지지도 않는 청바지를 겨우 벗겨 바닥으로 내동댕이치듯 던진 강욱은 그녀의 다리를 어깨에 걸치더니 종아리를 혀로 핥았다.

"대신 오늘 채윤은 내가 산 거야. 그러니까 딴말하기 없기."

강욱의 말에 윤이 새치름한 눈으로 그를 올려다보았다.

"산 거라고 하면 내가 꼭 물건이라도 된 것 같잖아요."

"미안. 기분 나빴다면 사과할게. 로비스트에게 홀랑 넘어간 정신 나간 정치인쯤으로 하지. 한번 안아 보고 싶어서 국가기밀이라도 팔아먹은 거야."

그는 실오라기 하나 걸치지 않은 몸으로 앉아 그녀의 다리를 훑고 있었는데 내려다보는 표정이 전에 없이 야했다. 그걸 보고 있으니 괜히 가슴이 두근거렸다.

"정치인이라니 재미있는 설정이네요."

"무슨 뜻인지 알겠어? 한번 안아 보고 싶어서 목숨줄 제대로 걸었다는 뜻이지."

"꺅!"

그가 무릎을 꿇고 몸을 세우자 공중을 향해 서 있는 남성이 불빛에 훤하게 보였다. 검붉은 그것은 무시무시한 크기로 몸집을 부풀린 채 고개를 끄덕이며 군침을 흘리는 중이었다.

"난 아직 준비되지 않았어요."

휘둥그레진 눈으로 버둥거리며 벗어난 윤이 침대에서 뒷걸음치자 강욱이 재빨리 발목을 붙들었다.

"이렇게 만들어 놓고 도망치면 곤란하지. 게다가 아직 계약 이행 전인

걸 잊으면 곤란해. 내가 진짜 원하는 건 지금부터라고."

양쪽 발목을 가볍게 쥔 그가 다리 사이로 얼굴을 묻자 놀란 윤이 낮게 비명을 지르며 그의 어깨를 떠밀었다. 그가 무슨 짓을 하려는지 알기에 말려야 했다. 일을 마치고 씻기는 했지만 아이들한테 들렀다가 오는 바람에 땀 냄새가 날지도 몰랐다.

"강욱 씨, 분위기 깨서 미안한데 나 좀 씻고 싶어. 그만. 제발 그만. 응?"

하지만 강욱은 그만둘 생각이 없는 듯 좀 더 가까이 윤을 끌어당기더니 슬쩍 고개를 들고는 씩 웃었다.

"아무래도 나 변탠가 봐."

공중으로 들어 올려진 다리 사이가 그의 입김으로 뜨거워졌다. 허벅지 안쪽 깊은 곳에 입술이 눌러졌다.

"왜 이렇게 당신 냄새가 좋지? 이러다 정신 나가서 당신 속옷이라도 훔쳐 가고 싶어지는 거 아닌지 몰라."

저렇게 잘생긴 얼굴로 진지한 표정을 한 채 말을 하고 있으니 이게 진심인지 농담인지 구별도 되지 않았다. 당혹스러움에 어쩔 줄 모르는 것도 잠시 윤은 다리 사이에서 느껴지는 극렬한 쾌감에 신음을 내며 그의 검은 머리카락을 부여잡았다. 그가 혀를 놀릴 때마다 전기가 관통하는 것처럼 찌릿했다.

"아아! 강욱 씨……."

"오늘은 이름 말고 대표님이나 의원님이라고 불러 봐."

"의원님?"

"오늘 하룻밤에 얼마가 걸렸는지는 나보다 본인이 더 잘 알 테고."

"나 오늘 밤 무사하긴 한 건가?"

"걸어 나갈 수 있게는 해 줄게."

강욱의 말에 눈이 커진 윤이 몸을 일으키려 애쓰며 그를 바라보았다.

"그냥 해 본 말이죠?"

"설마 이 정도 각오도 없이 덤벼든 건 거야? 난 손해 보는 장사는 안 하는 사람인데."

그의 말이 틀린 이야기도 아니다. 물론 좋은 일에 쓰는 거긴 하지만 대뜸 나타나 그 큰돈을 도와 달라고 하면서 그가 원하는 것 하나 들어주지 못할 이유가 있을까. 더구나 평소에도 서로의 몸을 탐하는 사이였다. 이유가 뭐든 결국 저 역시 즐기게 될 거였으니 이득을 보는 건 그녀뿐이라는 소리였다.

물끄러미 강욱을 바라보던 윤이 일어나 앉으며 가슴팍을 떠밀자 그가 침대로 드러누웠다.

"……."

그의 몸 위로 천천히 기어오르자 강욱이 꿀꺽 마른침을 삼켰다.

기대에 찬 그의 표정을 보고 있으니 이렇게 원한다는데 못 해 줄 건 또 뭔가 싶었다.

"어떤 서비스를 원하시나요, 의원님?"

윤이 나긋한 목소리로 물으며 잔뜩 성이 난 남성을 부드럽게 쓰다듬었다.

"……뭐든 가능해?"

"다른 여자를 몇 명 더 불러 달라 뭐 그런 거 아니라면 가능할 것 같아요."

윤의 말에 강욱이 낮게 소리 내어 웃으며 손을 뻗더니 그녀의 목덜미를 끌어당겼다. 혀끝으로 농밀하게 연거푸 입술을 핥은 그가 윤의 손에 쥐인 잔뜩 발기된 남성을 문지르며 끈적이는 목소리로 속삭였다.

"아직 모르나 본데 이 녀석 의외로 순정파야."

오목한 등허리를 훑으며 내려간 강욱의 손이 엉덩이를 터트릴 듯 꽉 거머쥐었다.

"맹세코 딴 여자한테 흥분해 본 적도 없고 생각해 본 적도 없으니까

이 녀석한테 확실하게 보상해 줘."

욕망으로 탁해진 목소리가 뜨거운 숨결과 함께 귀로 스며들자 윤의 몸이 가늘게 떨렸다. 설령 그의 말이 거짓말이라고 해도 믿고 싶었다. 다른 여자를 상대로 흥분한 강욱을 상상하고 싶지도 않았다.

"혹시 성적 판타지 있어요?"

"판타지? 남자라면 당연히 하나쯤은 있는 거 아닌가."

"말해 봐요. 귀한 손님을 모시게 됐는데 기왕이면 원하는 걸 들어주는 게 좋잖아요."

야릇한 눈빛을 한 강욱이 윤의 귓가에 대고 뭔가를 속삭이자 그녀의 얼굴이 대번에 붉어졌다.

"왜? 곤란해?"

"……."

"기다리다 숨넘어가겠다."

"하, 진짜 못 말려."

졌다는 듯 고개를 흔든 윤이 시선을 아래로 한 채 천천히 돌아앉았다. 제 위에서 등을 보이고 앉은 윤의 허리를 가만히 어루만지며 강욱이 낮게 신음했다.

그녀의 손이 부드럽게 성기를 감싸더니 끝에 따뜻한 입술이 닿았다. 예민한 성감대를 입술과 혀가 건드리자 강욱은 앓는 듯한 소리를 내며 몸 위에 엎드린 윤의 허리를 꽉 붙잡았다.

윤의 입안으로 성기가 빨려 들어가자 극도의 사정감이 느껴졌다. 입안은 미치게 따뜻했고 조여 왔다. 그저 흘러내리는 아이스크림을 핥듯 몇 번 빨아 댔을 뿐인데 참을 수 없는 쾌감이 휘몰아쳤다.

"그만……."

조금만 더 하면 제대로 시작도 하기 전에 혼자 가 버릴 것 같아 강욱은 이를 악물고 겨우 버텨 냈다.

"후우, 큰일 날 뻔했네."

진땀을 흘리며 겨우 위기를 모면한 그는 눈앞에 보이는 윤의 엉덩이를 제 얼굴 쪽으로 끌어왔다. 그러자 윤이 뒤돌아보았다. 제 성기를 물고 있던 입술은 타액으로 번들거렸고 눈동자는 흐려져 있었다. 잔뜩 흐트러진 채 제 위에서 다리를 벌리고 있는 윤을 보고 있으니 몸 안의 아드레날린이 미쳐 날뛰는 기분이다. 엉덩이를 쥐고 있던 손을 움직여 검은 수풀 사이 붉은 계곡을 어루만지자 윤이 몸을 움찔거렸다.

"미치려면 같이 미쳐야지."

계곡엔 물이 흐르고 있었다. 물에 적신 손가락을 수풀에 비비자 윤이 흐응, 하며 그의 남성을 입에 물었다. 또다시 느껴지는 자극에 참을 수 없어진 강욱은 양손으로 계곡을 가르고 그 안에 혀를 담갔다. 며칠을 굶은 짐승처럼 혀를 놀리자 윤이 허리를 뒤틀며 도망치려 했지만 그럴수록 강욱은 깊게 얼굴을 처박았다. 코와 입이 윤의 속살로 가득 찼다. 이대로 숨이 막혀 죽어도 좋겠다 싶을 만큼 짜릿했다.

"아아……. 강욱 씨……."

처음엔 도망치느라 급급하던 윤이 흥분한 나머지 그의 몸 여기저기를 물고 빨았다. 서로의 다리 사이에 얼굴을 묻은 채 얼마나 그러고 있었을까.

"올라와."

강욱의 말이 떨어지기 무섭게 윤이 그의 위로 올라오더니 열심히 몸을 움직이기 시작했다. 몸을 들었다가 내릴 때마다 그녀의 몸과 이어져 있는 남성이 드러났다가 사라졌다. 오늘따라 유난히 부딪히는 소리가 젖어 있었다.

"아, 어떡해……."

흥분을 이기지 못한 윤이 제 가슴을 움켜쥔 채 몸을 들썩이자 아래에 누운 강욱이 그녀의 골반을 움켜잡더니 빠르게 허리를 움직여 댔다.

"흐읏. 흐윽⋯⋯."

절정이 가까워지자 윤은 숫제 우는 소리를 내고야 말았다. 해일처럼 밀려드는 아득함에 몸을 떠는 윤을 끌어안은 강욱은 몸을 완벽하게 밀착한 채 파정했다.

"후우⋯⋯."

만족이 가득한 한숨을 내쉰 그가 제 위에 엎드린 윤의 이마에 입술을 누르며 속삭였다.

"종종 부탁해."

기진한 얼굴로 웃은 윤이 대답했다.

"네, 의원님."

"한 번 더 할 건데 벌써 지치면 곤란하다고."

"피곤한데 좀 봐주지."

엄살을 부리는 윤에게 강욱이 어림도 없다는 표정을 지었지만 졸린 듯한 표정에 손을 들고 말았다.

"한숨 자."

"이러고?"

"응."

"그럼 딱 10분만 있다가 깨워 줘요."

졸음이 가득 묻어나는 목소리로 중얼거린 윤이 하품하며 눈을 감았다. 그런 윤을 안은 채 꼼짝도 할 수 없는 강욱이 할 수 있는 거라곤 잠든 애인의 얼굴을 가만히 쳐다보는 것뿐이었다.

"참 손이 많이 가는 여자라니까."

얼마나 그러고 있었을까. 윤이 깨기를 기다리던 강욱 역시 깜박 잠이 들고 말았다.

그로부터 한참 후. 먼저 눈을 뜬 건 윤이었다.

여전히 저를 안고 있는 강욱을 발견한 윤은 선뜻 몸을 일으키지도 못

한 채 가만히 그를 바라보았다.

"……."

계속 이러고 있을 수만은 없어 일어나려는데 강욱이 눈을 떴다.

"언제 깼어?"

"조금 전에요."

"깨우지."

"피곤한 것 같아서 조용히 일어나려고 했지."

그가 일어나지 못하게 윤의 손을 잡아당겼다.

"이리 와."

"……."

"아직 오늘 밤 안 끝났어."

그의 몸 위로 몸이 포개어졌다. 시선이 얽혔다. 그가 손을 뻗어 윤의 얼굴을 만지작거렸다.

"이제 내 애인 만날 시간이라고."

목덜미로 옮겨 간 손이 그녀를 끌어당겼을 때 윤은 스르륵 눈을 감았다. 곧 입술이 닿았고 몸이 침대에 뉘어졌다. 다정한 애인을 만날 차례였다.

강욱이 씻고 나왔을 때 윤은 거실 창가에 서 있었다.

사람이 나온 줄도 모르고 어딘가를 멍하니 바라보고 있다. 젖은 머리를 털며 다가간 강욱이 허리를 끌어안자 윤이 움찔했다.

"뭘 그렇게 보고 있어?"

"한강공원이요."

"공원?"

"여기서 잘 보일 줄은 몰랐는데 지난번에 왔을 때 보니 생각보다 가까운 곳이더라고요."

"갑자기 공원은 왜?"

윤을 뒤에서 안은 강욱이 목덜미에 코를 묻었다. 윤에게선 제가 쓰는 바디워시 향이 났다.

"……가끔 저곳에 갔었어요."

착각일까. 대답하는 윤의 목소리가 젖은 듯했다.

"누구랑?"

그냥 대화를 잇고 싶었을 뿐 별 의미가 있는 질문은 아니었다. 하지만 대답은 들려오지 않았다. 대신 품에 안긴 윤의 몸이 가늘게 떨려 왔다.

이상함을 느낀 강욱이 몸을 돌려세우자 윤이 고개를 푹 수그렸다.

"윤아."

이름을 부르자 윤이 코맹맹이 소리를 내며 어색하게 웃었다.

"이제 가 봐야겠다. 너무 늦었어요."

"자고 가."

"아침 일찍 나가 봐야 해요. 옷도 안 갈아입고 출근할 수는 없잖아요."

서둘러 가방을 챙기는 윤을 바라보는 강욱의 미간이 좁혀졌다.

"데려다줄까?"

"술 마셨잖아요. 그냥 앞에서 택시 타면 돼요."

짐을 챙긴 윤이 조금 벌게진 눈으로 그를 보며 웃었다.

"내일 연락할게요."

"윤아."

"도와주겠다고 해서 고마워요. 갈게요."

곧 문 닫히는 소리가 들렸다. 갑자기 텅 빈 것 같은 집 안을 둘러보다 현관으로 가 문을 열어 보았다. 아무도 없는 복도에 센서 등만 켜져 있었다.

강욱은 윤이 서 있던 창가로 가 저 멀리 한강공원을 바라보았다.

대체 뭘 보고 있던 것일까. 궁금했지만 알 길은 없었다.

책상에 다리를 얹은 채 느긋하게 앉아 게임 중이던 태욱은 때마침 걸려온 전화에 투덜거리며 통화 버튼을 눌렀다.

강욱의 비서인 오승혜로부터 걸려온 전화였다.

게임에 열중하느라 건성으로 오승혜의 보고를 듣던 태욱이 눈살을 찌푸리며 되물었다.

"병원비? 그게 얼마라고?"

강욱이 난데없이 어떤 아이를 돕는답시고 어떤 여자를 복지팀에 연계해 줬다는 내용이었다.

"그 여자 이름이 뭔데."

어쩐지 솔솔 풍겨 오는 냄새에 태욱이 자세를 고쳐 앉으며 물었다.

"최윤희? 아아, 채윤."

오승혜의 말이 잠시 더 이어졌다.

"그럼 그 여자가 건축 사무실 직원이다 이거지?"

흐음…… . 지난번 강욱이 난데없이 집을 짓고 있다는 보고는 들어 알고 있었다. 한데 그곳 직원을 통해 병원비까지 돕는다니 무시하기엔 뭔가가 찜찜하다.

"알았으니까 혹시 또 무슨 일 생기면 곧바로 연락하고."

통화가 끝나자 태욱은 화면에 뜬 오승혜의 이름을 보며 중얼거렸다.

"제법 쓸 만하단 말이야."

강욱의 비서로 있는 오승혜를 구워삶는 건 생각보다 쉬웠다. 집주인이 갑자기 전세금을 올려 달라고 했다며 친구에게 하소연하는 걸 우연히 듣고 그걸 해결해 주었다. 사실 제 사람으로 만들기 위해 좀 더 쥐어 줄 생각이었는데 생각보다 저렴하게 제 편으로 만든 셈이다.

"채윤이라…… ."

이름을 곱씹어 보는데 어딘지 모르게 들어 본 이름 같다. 채씨 성도 그렇게 외자 이름도 흔한 게 아닌데 대체 어디서 들어 봤을까.

날 듯 말 듯 한 기억에 태욱이 핸드폰을 책상 위에 툭 던진 뒤 천장을 올려다보았다. 아버지가 물러나고 나면 다음번에 있을 정기 주총에서 대표 선출이 있을 것이다.

전무를 맡고 있는 막내 재욱이는 딱히 대표가 되겠다는 욕심을 부리지 않는 녀석이다. 그저 지금 누리고 있는 것들에 충분히 만족하고 있었다. 그걸 보장해 주는 조건으로 저를 밀어 달라고 하면 분명 제 편에 설 것이다. 어쨌든 재욱이도 강욱이에게 반감을 품고 있었으니까.

"그나저나 제대로 된 한 건을 잡아야 하는데."

강욱의 능력에 문제가 있음을 증명하기 위해 애쓰는 중이다. 하지만 타격을 입히기 힘든 사소한 문제들만 있을 뿐 커다란 한 방이 없다.

"철두철미한 새끼."

아버지가 가장 문제다. 그런 새끼가 뭐가 이쁘다고 싸고도는지.

"뭐? 대성 둘째 딸?"

생각하니 열이 받는다. 강욱의 모친이 낸 사고에 아버지 다리가 그 지경이 되었는데 그 책임을 묻기는커녕 대표 자리라도 물려준다면…….

으, 상상조차 하기 싫다.

태욱은 몸을 부르르 떨더니 벌떡 일어섰다.

이러고 있을 게 아니라 제 뒤를 받쳐 줄 이사들이라도 만나 봐야겠다. 약이라는 건 원래 한 번 치는 것보다 두 번 세 번 쳐야 효과가 좋은 법이니까 말이다.

- 윤이 씨. 정말 고마워요.

최 선생이 울먹이는 목소리로 연락해 온 건 오후 3시가 막 지났을 때였다. 현장에 나와 있던 윤은 시끄러운 전동 드라이버 소리를 피해 주방 뒤편 다용도실 만들 곳으로 들어갔다.

문을 닫자 그나마 소음이 좀 잦아들었다.

"벌써 연락이 간 거예요?"

― 응. 아까 K그룹이라면서 소진이 돕겠다고 연락이 왔어요.

강욱의 비서라는 사람과 통화한 게 어제인데 하루 만에 일이 진행되었다. 참 빠른 일 처리다.

"다행이네요."

― 소진이 날짜 잡히는 대로 입원하기로 했어요. 여기 식구들이 윤이 씨한테 꼭 고맙다고 전해 달래요.

"전 뭐 가운데에서 전달한 일밖에 없는데요."

― 아냐. 중간에서 애 많이 썼어요. 안 그랬으면 정말 힘들었을 거야.

애썼다는 말에 저도 모르게 그날 일이 떠올라 얼굴이 붉어졌다. 결과적으로는 차마 밝힐 수 없는 로비를 한 셈이 되어 버렸다.

― 이런 내 정신 좀 봐. 일하는 사람 붙잡고 말이 길어지네. 끊을 테니까 일해요.

"소진이한테 맛있는 거 사 들고 문병 간다고 전해 주세요. 수술 날짜 잡히면 꼭 알려 주시고요."

어쨌든 치료를 받을 수 있게 되어 너무 다행이다.

윤은 뭔지 모를 벅차오르는 마음에 잠시 망설이다 강욱에게 메시지를 보냈다.

[덕분에 한 아이의 인생이 달라질 거예요. 좋은 사람이 되어 줘서 고마워요.]

그러자 곧 답장이 왔다.

[미인계에 넘어간 것뿐이야. 가끔 써 줘.]

"한 번은 멋모르고 했지 두 번은 못 하겠네요."

혼잣말을 중얼거리며 웃은 윤이 밖으로 나가려는데 벌컥 문이 열리더니 은섭이 들어왔다.

"여기 있었네요?"

"……어."

224

윤이 어색하게 대답하며 나가려 하자 은섭이 앞을 가로막았다.

"누나."

은섭이 인상을 찡그리며 윤을 불렀다.

"혹시 나 불편해요?"

은섭의 물음에 윤은 그를 올려다보며 고개를 끄덕였다.

"조금."

"왜요?"

"……."

"내가 누나한테 자꾸 연락해서요?"

"응."

솔직히 요즘 은섭을 보면 신경 쓰이고 불편하다. 그저 호의로 밥 한번 먹었던 게 이런 결과를 낳을 줄 몰랐기 때문이다. 젊은 애가 이런 곳에서 학비를 벌겠다고 노력하는 게 가상했을 뿐인데, 그냥 아는 괜찮은 동생쯤이면 적당할 사이인데 은섭이 뭔가 착각하는 모양이었다.

어제도 그렇고 오늘 아침에도 은섭으로부터 메시지를 받은 게 영 신경 쓰였다. 본인은 별거 아니라지만 전화번호를 가르쳐 준 적도 없는데 이러는 게 상당히 불편했다.

"뭐가 그렇게 마음에 안 드는 건데요?"

"은섭아. 아니, 은섭 씨."

윤이 호칭을 바꿔 부르자 은섭의 표정이 일그러졌다.

"나 누구랑 일하면서 불편한 사이로 지내는 거 별로 안 좋아해요. 난 앞으로도 계속 다녀야 하는 직장이라 그만둘 수도 없는데 그렇다고 은섭 씨더러 그만두라고 할 수도 없잖아요. 그냥 오가며 인사 정도나 나누는 그런 사이였으면 좋겠는데."

할 말을 마친 윤이 그를 비켜 나오려는데 은섭이 우뚝 선 채로 불렀다.

"누나. 아니, 채 대리님."

"……."

"혹시 남자 친구 생겼어요?"

사생활까지 털어놓고 싶지 않아 윤은 대답 없이 밖으로 나왔다.

"채 대리 거기 있었어? 한참 찾았잖아."

반장의 부름에 자리를 옮기며 윤은 힐끗 닫힌 문을 돌아보았다. 은섭은 그 뒤로 한참 동안 모습을 보이지 않았다.

사무실로 들어가는 길이던 윤은 저 멀리 보이는 강욱의 회사에 잠시 망설이다 전화를 걸었다.

─ 이강욱입니다.

"바빠요?"

─ 회의 들어가는 중. 어쩐 일이실까. 먼저 전화를 다 하고.

"일찍 퇴근하면 지난번 못 먹은 저녁이나 같이 먹어 줄까 했는데 틀렸네요?"

─ 저녁? 마음은 나도 그러고 싶은데 일이 좀 많아. 회의 끝나면 대충 사무실에서 때우고 말아야지.

"하아, 난 돈 잘 버는 사람들은 다들 잘 먹고 사는 줄 알았는데 그렇지도 않나 봐요."

강욱이 웃음을 터트렸다. 전해 오는 웃음소리에 마음이 간질거렸다.

─ 주말에 시간 비워 볼게. 그때 맛있는 거 먹으러 가자.

"좋아요."

─ 그만 끊어야겠다.

전화를 끊은 뒤 윤은 잠시 망설이다 트럭 운전대를 틀었다. 근처에 괜찮은 밥집이 있는데 그곳에서 도시락 포장을 해 강욱에게 갖다줄 생각이다.

어련히 알아서 잘 챙겨 먹을까 싶지만 소진이 일도 있고 해서 작은 성의라도 표하고 싶었다.

얼마 지나지 않아 한 식당에 도착한 윤은 강욱이 좋아할 만한 메뉴를 골라 포장을 부탁했다.

부디 그가 좋아했으면 싶었다.

"그럼 부탁 좀 드릴게요."

"네. 안녕히 가세요."

지난번 본 적 있는 강욱의 비서에게 도시락을 건넨 윤이 밖으로 나오려는데 벌컥 문이 열렸다. 태욱이 잔뜩 짜증 난 얼굴로 들어서다 하마터면 부딪힐 뻔했다.

"죄송합니다."

태욱이 사과하는 윤을 아래위로 훑어보았다. 남색 체크 남방에 청바지, 운동화를 신은 모습이 회사 안에서 근무하는 사람은 아닌 듯했다.

윤이 밖으로 나가고 나자 태욱이 고갯짓으로 가리키며 오 비서에게 물었다.

"누구야?"

"그 여자요. 원하우징 채윤 대리."

"저 여자가?"

태욱이 닫힌 문을 돌아보았다. 이럴 줄 알았으면 잠깐 붙잡아 보는 건데 그랬나. 살짝 아쉬움이 들었다.

"근데 왜 낯이 익지?"

태욱이 고개를 갸웃거렸다.

분명 처음 보는 걸 텐데 이상하게 낯이 익은 듯했다.

"채윤……."

뭔가가 머릿속을 계속 빙글빙글 맴돌고 있었다.

드르륵. 병실 문이 열렸다.

다른 날보다 한참이나 늦은 방문이었지만 간병인은 익숙한 듯 자리에서 일어났다. 왠지 강욱이 올 것 같은 예감에 눕지 않고 기다렸는데 잘했다 싶었다.

"오셨어요."

시간이 늦어 하품이 자꾸 흘러나오는 걸 참느라 눈물이 날 지경이다.

강욱은 힐끗 시계를 보더니 지갑을 꺼내 수표 몇 장을 간병인에게 건넸다. 늦게까지 딴청 안 부리고 보살핀 것에 대한 보상인 듯했다.

"감사합니다."

공손하게 수표를 받아 든 간병인이 밖으로 나가자 병실은 조용하다 못해 고요해졌다. 정 여사의 몸에 연결된 의료기기에서 일정한 기계음만 들려올 뿐이었다.

강욱은 의자를 당겨 앉으며 정 여사를 불렀다.

"어머니."

오늘도 도통 깨어날 기미가 없다. 어머니는 종일 무슨 꿈을 꾸고 계실까.

무슨 얘기를 할까, 잠시 고민하는데 윤이 놓고 간 도시락이 떠올랐다. 생김새는 가끔 오 비서를 시켜 가져오는 도시락과 별반 다를 게 없는 도시락이었는데 유난히 밥이 맛있었다. 아마도 일부러 찾아간 윤의 성의가 담겨 있어서 그런 건지도 몰랐다.

"요즘 만나는 여자가 생겼어요."

여자가 생겼다는 말에 혹시 놀라 벌떡 일어나시지 않을까 기대했는데 그래프조차 변동이 없다. 쓴웃음을 지은 강욱이 말을 이었다.

"그때 말이에요. 내가 어머니 찾는답시고 혜안암에 갔던 날. 그날 그 여자를 처음 만났거든요. 눈이 퍼붓는 바람에 닷새나 산장에 갇혀 있었어요. 단둘이."

그때를 회상하자 저절로 미소가 지어졌다.

"살면서 그때처럼 쉬어 본 적은 처음이었을 거예요. 아무것도 할 수가 없었거든요. 그 여자를 지켜보는 것 말고는 진짜 아무것도 할 게 없었어요."

내려올 땐 다시 연락할 생각이었다. 태욱이 놈 코뼈만 부러뜨리지 않았어도, 아니 윤이 써 준 전화번호가 눈에 젖어 알아볼 수 없을 정도로 얼룩지지만 않았어도 연락을 해 봤을 거다.

일은 엉망으로 꼬여버렸고 생각이 났을 땐 시간이 너무도 많이 흘러 있었다.

"참 웃기죠. 만나고 싶었을 땐 못 만나겠더니 이렇게 다시 만나 버렸잖아요. 사람들이 말하는 인연이라는 게 이런 걸까요."

정 여사가 깨어 있었더라면 무슨 말을 했을까. 한번 보고 싶다고 했을까. 아니면 안 된다고 반대를 했을까.

"아, 걱정하실까 봐 말씀드리는 건데 그 여자랑 뭘 어떻게 할 생각은 없어요."

지난번에 대성 둘째 딸과 선을 보기로 말했던 일을 떠올린 강욱이 멋쩍게 웃으며 말을 이었다.

"나한테 지금 필요한 사람이 누군지 잘 알거든요."

감정은 때론 인생을 망친다. 그걸 아버지를 통해 똑똑히 지켜보았다. 그러니 휘둘리지 않을 것이다. 수도 없이 다짐했었다.

"근데…… 왜 그 여자만 생각하면 자꾸 웃음이 날까요?"

한참 만에 들려오는 강욱의 물음에 정 여사는 그저 침묵할 뿐이었다.

아침부터 현장이 시끄러웠다.

"아니 글쎄. 내가 차를 똑바로 세워 놨는데 그쪽에서 와 박은 거 아니에요. 근데 무슨 보험 처리냐고."

"아니. 여기다 차를 세워 두는 바람에 내가 부딪혀서 다친 거 아냐. 근데 왜 치료를 안 해 준다는 거야. 지금 늙었다고 만만하게 보는 거야?"

"근데 왜 자꾸 시비냐고요. 영감님이 잘못하셨잖아요."

"뭐 시비? 너야말로 왜 자꾸 시비야? 대체 몇 살이야. 위아래도 없어?"

현장 앞 도로에서 접촉 사고가 났는데 그게 싸움으로 번졌다. 자재 실은 트럭을 길에 세워 뒀는데 동네 할아버지가 손수레를 끌고 지나가다 친 것이었다. 그래 놓고 되레 치료비를 요구하는 상황이었다.

"너 오늘 내 손에 죽는다."

급기야 멱살잡이로 번진 싸움을 막기 위해 인부들이 달려나왔고 작업이 중단되었다.

그 소식을 듣고 성훈과 윤이 지구대로 달려온 건 1시간쯤 지나서였다.

"동구. 넌 성질 좀 죽여. 이게 뭐냐?"

성훈의 말에 동구가 푹 고개를 숙였다. 한창 바쁜 시간에 문제를 일으킨 게 미안하긴 한 모양이다.

사고를 내놓고도 드러누운 노인은 상대하기가 만만치 않을 듯했다. 얼핏 들어 보니 동네에서도 이미 소문이 자자한 듯했다.

"아이고 허리야. 젊은 놈이 어디 할 짓이 없어서 부모뻘 되는 사람을 쳐?"

성훈이 병원에 데려가겠다는데도 굳이 병원은 안 간다며 지구대 한쪽에 드러누운 노인은 목청 높여 앓는 소리를 냈다.

"그냥 빨리 합의하세요."

경찰이 슬쩍 눈치를 보더니 성훈에게 손가락 한 개를 펼쳐 보이며 말했다. 백만 원쯤이면 될 거라는 사인이었다.

졸지에 생돈이 나가게 생긴 성훈이 동구를 째려보며 중얼거렸다.

"하, 내 피 같은 돈."

결국, 경찰 말대로 백만 원에 합의를 보고 나오자 어느새 점심때가 훌쩍 지나 있다.

"밥이나 먹으러 가자."

영혼까지 탈탈 털린 표정으로 성훈이 앞장서자 윤이 동구를 데리고 뒤따랐다.

"죄송해요. 하도 화가 나서 그만."

"됐어. 할아버지가 작정하고 덤빈 것 같은데 무슨 수로 피해. 이만하길 다행이지. 액땜했다 치자."

풀이 죽은 동구를 데리고 식당으로 간 성훈이 두부찌개를 먹자고 했다.

"두부찌개요?"

딱 들어도 그다지 좋아하지 않는 뉘앙스였지만 동구는 군말 없이 고개를 끄덕였다. 경찰서까지 갈 뻔했으니 생두부는 아니더라도 두부찌개 정도는 먹어 줘야지 싶었다.

"참, 요즘 김 씨 아저씨는 잘 지내고 계시나? 통 연락도 못 해 봤네."

"그러잖아도 식당 아주머니께 김치 좀 담가 달라고 부탁하셨다더라고요. 이따 퇴근할 때 제가 가져다 드리기로 했어요."

"그래? 김 씨 아저씨가 나한테는 영 툴툴대는데 윤이 너한테는 다정하시단 말야. 집까지 오라고 부탁할 정도면 진짜 며느릿감으로 탐내고 있는 게 틀림없어."

"며느리? 채 대리님 시집가요?"

배가 고픈지 먼저 나온 반찬을 집어 먹던 동구가 눈을 동그랗게 뜨며 물었다.

"윤이 탐내는 사람들이 뭐 한둘인 줄 알아? 누가 채 가도 채 가겠지."

"선배까지 왜 그래요. 지금은 결혼 생각 없어요."

"김 씨 아저씨 아들 직장도 괜찮고 인물도 반반하다던데. 한번 만나나 보지 그래?"

"생각 없다니까요."

"결혼은 원래 다 그렇게 하는 거야. 아무 생각 없다가 어느 날 갑자기 인연이 눈앞에 뚝 떨어지는 거지."

윤기 나게 졸여 놓은 검은콩을 젓가락으로 집어 날름 삼키며 성훈이 말을 이었다.

"그러다 정신 차려 보면 예식장에 서 있는 거고. 나처럼."

"소장님, 그런 식으로 결혼하셨어요?"

동구의 물음에 성훈이 먹던 숟가락으로 딱 소리가 나게 이마를 때렸다.

"아야."

이마를 감싼 동구가 억울한 듯 성훈을 봤다.

"넌 그 성질이나 죽이고 장가가. 왔다가 다 도망갈라."

그사이 찌개와 밥이 나왔다. 성훈이 동구의 접시에 두부를 잔뜩 퍼담아 주며 말했다.

"이거 먹고 앞으로 경찰서는 가지 말자."

"……네."

아웅다웅하는 둘의 모습을 지켜보며 윤이 슬쩍 웃었다. 덩치는 산만한 동구가 지은 죄로 인해 꼼짝 못 하는 게 어쩐지 좀 안쓰럽기도 했다.

자양동 현장, 그러니까 완성될 집은 아무도 모른다는 말이 나올 정도로 변경이 일상인 '체인지 하우스'는 전기 배선 공사가 사흘째 진행 중이었다. 오늘 안으로 작업을 마감하기 위해 박차를 가하던 황 팀장이 힐끗 윤의 눈치를 살폈다.

그도 그럴 것이 지난 사흘 동안 이곳으로 계속 출근한 윤이 툭하면 재작업을 요구했기 때문이다. 원래도 꼼꼼한 건 알았지만 이번 일은 왜 이렇게 깐깐하게 구는 건지 피곤할 지경이었다.

거실 한복판에서 마지막 점검을 하던 윤이 말했다.

"괜찮네요."

괜찮다는 말에 그제야 마음이 놓인 황 팀장의 안색이 확 밝아졌다.

"좀 어지간히 합시다. 너무 깐깐해. 누가 보면 자기 집 짓는 줄 알겠네."

농담이 분명했지만 윤은 웃지 않았다. 아니, 같은 말을 이미 여러 번 들은 터라 차마 웃을 수가 없었다.

"마무리까지 잘 부탁드려요."

"암요. 잘해 드리다마다요."

빠르게 움직이는 사람들을 뒤로하고 윤은 밖으로 나왔다. 비계 파이프 위에선 어제부터 외부 마감재인 스타코 단열재 붙이는 작업이 한창이다. 배관이 단열재 안으로 잘 숨겨졌는지 붙인 곳의 마감은 잘 되었는지 살필 곳이 한두 곳이 아니다.

"시원하게 이거나 먹어요."

날이 덥다며 아이스크림을 사러 갔던 인부가 윤에게도 하나를 내밀었다.

"잘 먹을게요."

윤은 마당 건너편 벽에 털썩 기대어 앉아 막대 아이스크림을 입에 물었다. 곧 인부들 일 끝마칠 시간인데 한낮처럼 날이 밝다. 해가 길어지긴 엄청 길어진 모양이다.

아이스크림을 먹으며 건물을 바라보고 있으려니 문득 미래의 어느 날이 그려졌다. 그녀의 바람대로 강욱이 이곳에서 오래오래 살아간다면 언젠가 그런 날이 오지 않을까.

잘 다듬은 잔디밭 한쪽엔 개집 하나가 있으면 좋겠다. 그 집에 사는 건 커다란 누렁이였으면 좋겠다. 강욱이 퇴근해서 집에 올 때마다 꼬리를 살랑살랑 흔들어 줄 그런 누렁이.

여름이면 긴 호스로 물을 뿌려 가며 장난을 치고 아이가 까르르 웃음을 터트리겠지. 그러면 강욱이 젖은 몰골로 뛰어다니며 아이를 잡으러 다니겠지.

눈앞에 그려지듯 상상이 되자 흐뭇한 동시에 가슴이 아려 왔다. 어쩌

233

면 그걸 제가 꿈꾸고 있던 건 아닐까.

생각이 거기에 미치자 뛰는 아이의 얼굴이 점점 변했다. 환하게 웃던 아이의 얼굴이 차갑고 파리한 쭈글쭈글한 모습으로 변하는 순간 윤은 질끈 눈을 감아 버렸다.

"안 돼……."

다 잊은 줄 알았는데 또다시 떠오른 얼굴.

윤은 괴로운 듯 무릎을 세워 끌어안았다.

"안 돼, 철수야."

아무래도 윤의 시간은 그날에 멈춰 있는 듯했다. 아무리 아니라고 발버둥을 쳐 봐도 분명 그날이었다.

똑똑.

벨을 찾지 못해 대문을 두드리자 곧 '누구세요?' 하는 김 목수의 목소리가 들렸다.

"채 대리예요."

"채 대리? 잠깐만."

잠시 기다리자 팔에 깁스를 한 김 목수가 대문을 열어 주었다. 거의 열흘 만에 보는 얼굴이다.

"들어와. 우리 집은 처음이지?"

앞장 서서 들어가는 김 목수를 따라 들어가며 윤은 주위를 두리번거렸다. 곁에서 보기엔 오래된 건물이더니 안은 깔끔하게 다 고쳐져 있다.

"누가 목수 아니랄까 봐 엄청 뜯어고치셨네요."

"맘에 들어?"

김 목수의 물음에 담긴 의중을 알아챈 윤이 피식 웃으며 대답을 회피했다.

"아주머니가 곧바로 냉장고에 넣으시래요."

가져다 달라고 부탁한 김치를 식탁에 올려 두고 주방을 살펴보았다.

혼자 사는 남자 아니랄까 봐 어질러진 주방을 보고 있으려니 짠한 생각이 들었다. 게다가 지금은 한쪽 손마저 불편해 살림이 제대로 될 리가 없을 것이다.

"찌개만 끓이면 저녁 먹을 거야. 기왕 온 김에 나랑 저녁이나 먹고 가."

"저녁은……."

"앉지 않고 뭐 해? 야, 사람 얼굴 본 지가 며칠 만인지 모르겠네. 일 안 나가니까 아주 심심해 죽겠어."

김치만 전해 주고 금방 가려고 했는데 저렇게 반가워하는 걸 보니 바로는 못 갈 듯했다.

윤은 찌개를 끓이겠다며 김 목수가 냉장고에서 재료를 꺼내는 걸 받아 들었다.

"제가 끓일게 앉아 계세요."

"아냐. 손님더러 시킬 수 있나."

"환자 부려 먹는다고 저 욕 먹어요. 앉아 계세요."

억지로 등을 떠밀어 김 목수를 식탁에 앉힌 윤은 능숙하게 채소를 다듬어 된장찌개를 끓였다. 내친김에 주방 청소도 좀 해 주고 갈 생각이다.

"요새는 뭐 하고 지내세요?"

"그냥 집에 있다가 잠깐 동네나 한 바퀴 돌고 그러지 뭐."

"팔은요? 깁스는 언제쯤 푼대요?"

"한 달은 더 있어야 할 것 같대. 나이 먹으니 이제 뼈도 잘 안 붙네. 젊었을 땐 사골국 한 사발만 마셔도 턱 붙더니만."

이런저런 이야기를 나누며 준비한 저녁이 거의 완성되어 갈 무렵이었다.

문이 열리는 듯한 인기척에 윤이 깜짝 놀라는데 김 목수는 자연스럽게 일어나 현관으로 향했다.

"왔냐?"

"누구 손님 오셨어요?"

어떤 남자 목소리가 들려왔다.

"들어와 봐. 너도 알 만한 사람이여."

웃음기가 가득한 얼굴로 돌아오는 김 목수의 뒤에 한 남자가 서 있었다. 훤칠한 키에 깔끔한 외모. 한눈에 그가 누구인지 감이 왔다.

"인사해. 이쪽은 내 아들. 민재야, 이쪽은 내가 그렇게 입이 닳도록 말하던 채 대리."

"아……."

"아……."

동시에 터져 나온 똑같은 반응에 둘은 웃고 말았다. 어색한 분위기는 순식간에 누그러졌다.

"김민잽니다."

한 번도 험한 일은 해 보지 않았을 법한 매끈한 손을 내밀어 그가 악수를 청했다.

"채윤이에요."

"말씀 많이 들었습니다."

"저도 딱 보는 순간 알아볼 정도였어요."

두 사람의 대화에 김 목수가 의기양양한 얼굴로 끼어들었다.

"내가 이러고 잘 어울릴지 알았다니까. 자자, 이럴 게 아니라 앉더라고. 넌 뭐 하냐. 채 대리 좀 돕지 않고."

김 목수의 채근에 김민재가 팔을 걷어붙이고 나섰다.

"주세요. 숟가락은 제가 놓을게요."

"손부터……."

"아, 잠깐만요."

손을 씻기 위해 서둘러 욕실로 향하는 김민재의 모습이 어딘지 허둥대는 것 같아 피식 웃음이 새어 나왔다.

이제 와 간다고 하기도 뭐해 반찬 담긴 접시를 나르는데 김 목수가 은밀한 목소리로 물었다.

"우리 아들 어때. 나 안 닮아서 괜찮지?"

"그러네요."

딱 모범생 같은 스타일이다. 뭐든지 모범적으로 살 것 같은.

그녀의 취향은 아니지만 어쨌든 나쁘지는 않은 스타일.

"잘해 보드라고."

은근히 아들을 떠넘기는 김 목수의 모습에 윤은 어찌해야 할지 난감하기만 했다.

오늘따라 밤바람이 제법 시원했다.

부른 배를 소화 시킬 겸 조금 떨어진 버스 정류장까지 걸어 내려오던 윤의 옆엔 김민재가 나란히 걷고 있었다.

"아버지가 좀 귀찮게 하시죠?"

괜찮다는데도 굳이 데려다주고 오라며 김 목수가 등을 떠민 것이다.

민재의 말에 윤이 싱긋 웃으며 고개를 끄덕였다.

"조금요."

아니라고 거짓말을 해 주고 싶지만 보아하니 저만 귀찮은 게 아닌 듯해 굳이 감출 필요는 없어 보였다.

"지난번에 고마웠어요. 아버지가 채 대리님 도움 많이 받았다고 하시더라고요."

지난번? 아아. 병원.

"별말씀을요. 크게 도와드린 것도 없는데."

"보호자 노릇 해 주셨잖아요. 아버지가 두고두고 이야기하셨어요."

잠시 대화가 끊겼지만 그렇게 어색하지는 않다. 민재는 힐끗 윤을 쳐다봤다. 아버지가 아들 장가보내려고 저번처럼 아무 여자나 막 들이댄다고 생각했는데 의외였다.

현장에 자주 나와 있는다던데 그러기엔 몸도 연약해 보였고 너무 여성스럽다. 게다가…… 웃는 얼굴이 참 예쁘다.

딴생각하며 걷느라 자꾸 손이 부딪혔다.

"미안합니다."

말은 그러면서도 민재는 그 손을 슬쩍 잡아 보고 싶은 충동이 들었다.

저녁 먹는 내내 이야기를 나누었는데 윤에 대해 궁금한 것들이 많아졌다. 그러면서 생각했다. 이 여자를 좀 더 알고 싶다고.

"아드님 자랑이 대단하세요."

"자랑할 게 뭐 있나요."

"왜 없어요. 훌륭하게 자라 준 것만으로도 자랑거리죠."

윤의 말에 민재가 쑥스러운 듯 웃었다.

이런저런 얘기를 나누다 보니 어느새 버스 정류장에 도착했다. 전광판을 확인하려는데 윤이 탄다던 버스가 막 들어오는 게 보였다.

"가 볼게요. 데려다줘서 고마워요."

"저기……."

윤은 붙잡을 새도 없이 버스에 올랐고 민재는 아쉬운 마음을 뒤로하고 손을 흔들어 보였다.

떠나는 버스를 지켜보며 민재가 중얼거렸다.

"집 앞까지 데려다주려고 했는데."

그의 마음을 알 리 없는 버스는 점점 멀어져 가고 있었다.

S호텔 1308호.

오늘은 그곳에서 회의가 열렸다.

김 실장을 비롯해 강욱의 일을 돕고 있는 여러 명의 사람들이 심각한 얼굴로 현 상황을 분석 중이다. 그들은 전부 강욱이 새 대표 자리에 오르기 위해 직접 구성한 인물들이다. 그들 중엔 회사 내부 사람도 있었고 심지어 해커도 끼어 있었다. 상대 측에서 무슨 일을 꾸미는지 알아야 대응할 수 있기 때문이었다.

룸서비스로 늦은 저녁을 해결한 후 다시 회의가 이어졌다. 주식의 흐름을 분석해 주주별로 보유현황을 작성한 그래프가 스크린에 떴다.

"지난 분기와 크게 달라진 건 없는데 특이 사항으로는 이번에 대성 주식 보유량이 꽤 많아졌습니다. 아마도 소액 투자자들이 내놓는 걸 전부 사들이는 누군가가 있는 듯합니다."

"대성?"

보고를 듣던 강욱이 심각한 표정으로 턱을 괬다.

대성이라면 아버지가 선 자리로 추천한 집안이다. 그런 곳이 주식을 매입하다니. 이건 분명 아버지와 모종의 거래가 있는 듯했다.

"그 주식이 우리 손에 들어오면 안전한 수준이 되는 겁니까."

"안전한 수준까지는 아니더라도 어쨌든 많은 도움이 되겠죠."

"나머지 주주들은 다 찾고 있는 겁니까."

"일단 연락이 되는 대로 만나 보는 중입니다. 만난다고 해도 위임장 작성해 주는 건 절반도 되지 않습니다. 소액 주주들을 찾아다니는 것보다 좋은 방법을 찾는 중입니다."

"싱가포르 투자자 건은 어떻게 됐습니까."

"그쪽에서 아직 확답을 주지는 않았는데 상황은 긍정적입니다. 본부장님께서 물밑작업 중인 새 프로젝트에 많은 관심을 가지고 있고……."

할 얘기가 태산처럼 쌓여 있으니 오늘도 회의는 제법 길어질 모양이었다.

밤이 늦어서야 호텔을 나온 강욱은 복잡한 머리를 식힐 겸 차를 몰았다.

그러다 정신을 차려 보니 윤의 동네에 와 있다.

이곳에 올 생각도 아니었는데 대체 여기까지 왜 온 걸까.

강욱은 운전석에 앉은 채 윤이 사는 건물을 올려다보았다.

"……."

어느덧 윤을 만나기 시작한 지 20여 일이 흘렀다. 그러는 동안 알게 모르게 많은 것들이 변해 버렸다.

정신없이 바쁜 시간을 쪼개 윤을 생각하고 그녀를 만나곤 한다. 불과 얼마 전만 해도 상상조차 할 수 없던 일이었다.

이태욱과 그 주변인들이 무시하지 못할 적당한 짝을 만나 적당한 거리를 유지하며 살 생각이던 그에게 윤은 갑자기 충돌한 운석과도 같다.

운석이라……. 그래. 운석이라는 말이 윤과의 관계를 빗대기에 적당했다.

미처 예상치 못했던, 알았다고 해도 피할 수도 없었던 그런 충돌. 그리고 충돌이 일어난 자리엔 지워지지 않을 흔적이 남을 것이다. 얼마나 큰 흔적일지는 아무도 모른다. 이 관계가 끝나야 비로소 보일 테니까.

주말에 아버지가 주선한 약속 자리가 잡혔다. 하필 윤에게 시간을 내 보겠다고 한 날이다.

결혼이라는 명목으로 대성과 손을 잡을 경우 제가 얻게 되는 것들을 계산하느라 머릿속은 또다시 복잡해진다. 온갖 경우의 수를 따지고 있는 제 모습이 너무 계산적이면서 한심하지만 그렇다고 멈출 수도 없다.

문득 윤이 한 말이 떠올랐다.

'이강욱 씨를 위로해 주고 보듬어 줄 수는 있지만 사랑해 주지는 못할 것 같아요.'

그가 버겁다고 했다.

"버겁다……."

그래. 버거운 게 맞다. 지긋지긋하고 버거운 삶. 그런 삶을 윤에게 함께 가자고 할 생각이 없다. 그냥 적당한 때가 되면 아니, 같이 갈 수 있는 곳까지만 함께 가면 그뿐이다.

서로가 원하는 사람이 될 수 없다는 걸 아니까.

윤은 그냥 힘들 때 잠깐 쉬어 갈 휴식처니까.

마침내 생각을 정리한 강욱은 윤에게 메시지를 보냈다.

[토요일엔 시간 내기 곤란할 것 같아.]

미안하다는 말을 쓰려다가 지웠다. 미안해하고 싶지 않았다. 감정은 되도록 느끼지 않는 게 좋을 테니까.

윤이 말하던 집을 완성하는 날이 되었든 그가 다른 여자와 결혼하는 날이 되었든 끝은 분명 정해져 있었다.

그날 새벽 윤으로부터 답장이 와 있었다.

[괜찮아요. 근데 무슨 일이 있는 건 아니죠?]

강욱은 읽었지만 답을 하지는 않았다.

창밖으로 날이 훤하게 밝고 있었다.

금요일이 되었다.

내부 단열재 인슐레이션 작업이 한창 진행 중인 현장을 살피던 윤은 맞은편 담벼락 아래에 멈춰 서는 차를 발견하고 밖으로 나왔다.

차에서 내린 강욱이 선글라스를 벗으며 주변을 둘러보았다.

"왔어요?"

"응. 그새 좀 변했네."

"매일매일 변해 가고 있죠. 참, 온 김에 정원에 심을 나무 좀 골라 줄래요?"

"나무?"

"생각해 둔 게 좀 있는데 강욱 씨 마음에도 들었으면 좋겠어요."

그냥 마음대로 하라고 할 생각이었는데 윤이 앞장서서 안으로 들어갔다. 하는 수 없이 따라 들어간 강욱은 엉망인 흙바닥을 가로질렀다.

정원이 한눈에 보이는 곳에서 멈춘 윤이 핸드폰을 꺼내 사진첩을 뒤적이더니 그에게 보여 주었다.

"이건 배롱나무인데요. 7월경부터 피는 꽃이 참 예뻐요. 정원수로 대부분 금목서를 많이 심는데 개화 시기가 서로 다른 나무를 심어 놓으면 더 좋을 거예요. 그리고 저쪽엔 공작단풍을 두어 그루쯤 심으면 어때요? 낙엽이 질 때 관리가 좀 귀찮기는 하지만⋯⋯."

그에게 설명을 늘어놓는 윤의 얼굴에 생기가 돈다. 그녀가 이 집에 얼마나 많은 공을 들이고 있는지 표정만 봐도 알 것 같다.

"하고 싶은 대로 다 해 봐."

사실 무슨 나무를 심든 상관없다.

"진짜 마음대로 심어요?"

저렇게 좋을까. 윤의 반짝반짝 빛나는 눈에 저도 모르게 픽 웃고 말았다.

"나중에 딴말하기 없어요."

"응."

"와. 드디어 내 맘대로 꾸며 볼 순간이 온 건가."

"이런 적은 처음이야?"

"당연하죠. 정원은 보통 건축주가 직접 꾸미기도 하고 또 우리가 한다고 해도 건축주가 원하는 걸 대부분 반영하지, 완벽하게 내 뜻대로 하는 경우는 없죠."

"그럼 그 꿈을 이번에 마음껏 펼쳐 보면 되겠네."

잠시 서로 다른 생각을 하며 텅 빈 정원을 바라보았다. 머릿속에 그려지던 정원을 방해한 건 강욱의 무덤덤한 목소리였다.

"나, 내일 선봐."

적어도 거짓말을 하고 싶지는 않았다.

돌아보는 윤의 시선이 느껴졌다. 반짝반짝 빛나는 눈동자가 당황했는지 이리저리 방향을 잃고 흔들렸다.

넌 뭐라고 대답할까.

강욱은 괜한 긴장감에 바지 주머니에 손을 찔러 넣었다.

"어떤 여자예요?"

"……."

"하긴. 말해 줘도 난 잘 모르겠다."

바보 같은 윤이 머쓱한 웃음을 지으며 딴 곳을 바라보았다.

"화 안 내?"

"이게 뭐 화낼 일인가. 어차피 우리 정식 연인도 아니잖아요."

"……."

"그래도 이왕이면 좋은 여자였으면 좋겠네요."

울어도 모자랄 판에 세상 착한 여자 노릇을 하는 윤을 보니 불쑥 화가 치밀었다. 지금 화를 내야 한다면 그건 윤의 몫일 텐데 우습게도 강욱이 화가 났다.

"좋은 여자?"

차라리 욕이라도 퍼붓지 덕담이라니.

"관계를 끝낼 확실한 명분이 생겨 신난 모양이네."

강욱이 비딱하게 웃으며 비아냥거렸다. 배알이 확 뒤틀렸다.

"……그럼 그 선 보지 말라고 할까요? 부탁하면 들어주기는 할 거구요?"

윤의 웃음기 사라진 말투에 강욱이 멈칫했다.

"나한테 말할 땐 어차피 볼 생각이니까 말했을 거 아니에요. 근데 거기다 대고 뭐라고 해요. 아직 나랑 만나고 있는 사이니까 그러지 말라고 해요? 끝난 다음에 선보라고 해요?"

감정을 억누른 윤의 말투가 가시처럼 콕콕 박혀 왔다.

"아니."

"……."

"지금 나한테 필요한 여자니까 네가 보지 말라고 해도 보겠지."

강욱의 대답에 윤이 뺨 위로 참았던 눈물이 툭 터져 흘렀다. 재빨리 손등으로 눈물을 훔친 윤이 아무 일도 아니라는 듯 말을 이었다.

"그럴 거면 사람 비참하게 일일이 알리지 말고 가서 선을 보든 붙잡든 알아서 해요. 어차피 나도 이강욱 씨 계속 만날 생각 없으니까 차라리 잘 됐네요. 건투라도 빌어 줄까요?"

"……."

"이제 일하러 가야겠어요. 하루라도 빨리 끝내는 게 좋겠네요."

윤은 강욱에게서 등을 돌린 채 멀어져 갔다. 그런 윤을 강욱은 붙잡지 않았다.

"젠장."

여름이어서일까. 몸도 마음도 정신을 차릴 수 없을 만큼 뜨거워져 버린 듯했다.

그날 밤.

강욱은 어머니 정 여사의 병실에 앉아 있었다.

한참을 말없이 앉아 있던 그가 힘없이 중얼거렸다.

"원하는 걸 얻으려면 계획대로 밀고 나가야 하는데 왜 자꾸 그 여자가 신경이 쓰이죠?"

머리가 터질 것처럼 복잡했다.

"진짜 연애를 할 것도 아닌데 왜 자꾸 미안해지냐고요."

차갑게 돌아서던 윤의 뒷모습이 눈을 감으면 보이는 듯했다.

오랜만에 온 산은 온통 짙은 녹색으로 물들어 있었다.

"동희야. 김동희!"

산장 입구에 다다랐을 때 저 멀리 동희가 보였다.

"이모!"

부르는 소리에 윤을 알아본 동희가 벌떡 일어나 달려왔다. 윤이 팔을 활짝 벌리자 아이는 몸을 던지듯 안겨 왔다.

"잘 있었어?"

"왜 이렇게 늦게 왔어."

투정을 부리는 동희는 그새 까맣게 그을렸다. 늦게 온 게 미안하면서도 그 모습이 귀여워 저절로 미소가 지어졌다.

"미안. 이모가 좀 바빴어."

꼭 안자 동희 냄새가 난다. 한동안 못 맡았던 걸 맡으려는 듯 윤은 숨을 크게 들이쉬었다.

"칫. 내가 얼마나 기다렸는데."

"대신 동희 주려고 선물 사 왔어."

"선물?"

눈을 반짝반짝 빛내는 동희에게 가방에서 인형을 꺼내 내밀자 환호성을 지른다.

"마음에 들어?"

"응."

"이모 늦게 온 거 용서해 줄 거야?"

"그래. 한 번 봐줄게."

인형을 꼭 안고 좋아하는 아이를 데리고 산장으로 들어가자 주방에서 일하던 부부가 놀란 얼굴로 맞이했다.

"어떻게 말도 없이 왔어?"

"그냥요. 아침에 눈 떴는데 우리 동희가 보고 싶어서."

"그럼 이모 나랑 자고 갈 거야?"

"당연하지. 신나게 놀고 동희 옆에서 꼭 붙어 잘 거야."

함박웃음을 지으며 동희가 폴짝폴짝 뛰었다. 그런 아이가 못내 사랑스러운 듯 윤은 눈을 뗄 수가 없었다.

늦은 점심상을 물린 다음 시원한 아이스커피를 가지고 밖으로 나와 앉았다. 주말인데도 나무 그늘에 놓인 평상이 텅 빈 걸 보니 요즘은 더워서 산행을 오는 사람도 별로 없는 모양이다.

"이래서 먹고살겠어요?"

윤이 장난스럽게 묻자 경임이 죽는시늉을 했다.

"그러잖아도 이렇게 장사해서는 입에 풀칠하기도 힘들게 생겼어. 형도 씨한테 산삼이나 좀 캐 오라고 할까 봐."

"산삼이요?"

놀란 윤의 눈이 커지자 경임이 웃었다.

"농담이야. 지금은 좀 덜하지만 가을 되면 낫겠지. 괜히 욕심부리다가 과부 되긴 싫어."

"난 또."

"슬슬 시내로 내려갈 준비 하고 있어. 곧 동희 유치원도 보내야 하고."

"여기는요?"

"주말에만 올라오든가 그러려고. 그러는 윤이 넌 어떻게 된 거야?"

경임이 걱정스러운 눈으로 바라보았다.

"연락도 없이 여기까지 올라왔을 땐 뭔가 이유가 있을 거 아냐."

그냥 온 거라고 말하고 싶지만 벌써 여러 해를 봐 온 사이다. 특히나 힘들고 어려웠던 시간을 함께 견뎌 준 사람들이었기에 속이고 싶지는 않았다.

"마음이 좀 심란해서요."

이른 새벽에 눈을 떴을 때부터 기분이 그랬다. 그냥 정신없이 뭐라도 했으면 좋겠는데 하필 쉬는 날이었다. 좁은 오피스텔을 쓸고 닦고 해 보지만 시간은 더디게만 흘렀다.

"그 사람이랑 뭐가 잘 안 되는 거야?"

강욱이 이곳에 찾아왔던 날 이후 경임이 계속 걱정하기에 반쯤 사실대로 털어놓고 말았다. 당분간 만나 보고 싶다고. 그러기로 했다고.

"그 사람 오늘 선봐요."

"뭐어? 선? 와. 그 미친놈. 정신이 있는 거라니?"

휘둥그레진 눈으로 경임이 욕을 퍼부었다.

"언니. 동희 들어."

"듣긴 뭘 들어. 아니 자기가 뭘 잘했다고 널 놔두고 선을 봐? 넌 그래서 가만있었어?"

"……."

"어이구 답답해. 만나기로 했다면서 그걸 왜 가만둬? 그 남자 진짜 밉다 밉다 하니까 아주 미운 짓만 골라서 하는구나. 아주 제정신이 아니야."

강욱이 저와 같은 보통 사람이었으면 얼마나 좋을까. 그랬더라면 처음 결심 같은 건 잊고 한번쯤 붙잡아 보지 않았을까. 괜한 미련이 남았다.

"언니. 그 사람 K그룹 차남이야."

K그룹이라면 식품 쪽으로 꽤 유명한 회사였기에 경임도 대번에 알아들었다.

"애초에 만나지 말았어야 하는 사이였어 우리."

강욱과 있었던 일을 대부분 알고는 있지만 정확히 그가 누구인지는 잘 몰랐던 경임이었기에 놀랐는지 말을 버벅거렸다.

"K그룹? 설마 그……. 내가 아는……."

잠시 말문이 막혔던 흥분한 목소리로 외쳤다.

"만나면 안 되는 사이가 어딨어? 신데렐라도 왕자님을 만났으니 잘된 거지 무도회 안 나가고 평생 걸레질만 하고 있어 봐. 어디 가서 하인 노릇 하는 남자밖에 더 만나겠어. 안 그래?"

나름의 논리로 만남에 대한 타당성을 부여하던 경임이 입을 내밀고 투덜거렸다.

"근데 아무리 대단한 집 아들이라고 해도 그렇지 만나는 여자 놔두고 막 선보고 그래도 된대? 정략결혼 그런 거?"

"잘 모르겠어."

"어휴, 맹추. 표정을 보니 자기 놔두고 선본다는 남자한테 안녕히 다녀오시라고 인사라도 한 모양이네."

두 사람은 한동안 말없이 드넓은 산을 바라보았다.

화가 나 퍼부었지만 당사자인 윤의 마음은 오죽할까 싶어 경임이 슬쩍 눈치를 살폈다.

"그래서 넌 어쩌려고? 만나는 중이라면서."

"헤어질 거예요."

"헤어져? 그럼 지금 왜 만나는 건데."

"그냥. 연애 한 번 못 해 보고 끝나는 게 억울해서요. 지금 그 사람 집 짓고 있는데 다 짓고 나면 내가 먼저 멋지게 차 주려고요."

윤이 장난스럽게 웃었지만 경임은 웃지 않았다. 외려 그런 윤을 안타깝게 바라보았다.

"그러지 말고 이왕 만나는 거 차라리 잘해 보는 건 어때? 윤이 너 그 사람 생각 많이 했잖아."

"……현실은 생각과는 많이 다르더라고요."

"그건 그렇지."

동의하고 싶지 않지만 어쩔 수 없이 고개를 끄덕이고 만다. 현실의 벽은 항상 높고 높은 법이니까.

"혹시 그 사람 말이야."

경임이 조심스럽게 입을 뗐다.

"철수 일은…… 알아?"

윤의 손끝이 움찔했다. 대답은 한참을 기다린 끝에야 들려왔다.

"아뇨. 아마 상상도 못 할 거예요."

"끝까지 말 안 하게?"

"어차피 안다고 해도 변하는 건 없잖아요."

"그래도 애 아빤데……."

아빠라는 말에 윤의 눈가가 순식간에 촉촉해졌다.

"혹시라도 그 사람이 철수 안 반가워하면……. 나 그거 못 견딜 것 같아."

윤의 떨리는 목소리에 경임은 더 이상 아무 말도 하지 않은 채 어깨를 다독여 주었다. 다른 사람이 뭐라고 한들 윤의 마음을 헤아릴 수 있을까 싶었다. 커 가는 동희를 볼 때마다 윤이 어떤 눈빛인지를 알기에 아무 말도 할 수가 없다.

무거워진 분위기를 깨트린 건 건물 뒤편에서 들려오는 형도와 동희의 고함이었다.

"여보!"

"엄마! 토끼 토끼."

다급한 목소리로 보아 또 토끼가 탈출한 모양이다.

"저것들 또 나온 모양이네."

이 상황이 익숙한 듯 경임이 엉덩이를 털며 일어섰다.

"참 토끼 또 새끼 낳았어."

"또? 지난번에도 낳았다고 하지 않았어요?"

"그래. 아주 번식력이 어마어마하다. 1년 새에 벌써 몇 마리를 낳았는지 모르겠어. 수컷들이랑 다 분리를 해 놨는데도 어떻게 새끼를 가지는 건지 모르겠어. 자꾸 임신시키는 놈을 색출해 내야 이 테러가 끝날 것 같은데."

투덜거리며 토끼 우리로 향하는 경임을 뒤따르며 윤은 젖은 눈으로 산장을 빙 둘러보았다.

도시의 뜨거운 바람과 달리 시원한 산바람이 불어오는 곳.

번잡한 마음을 내려놓기에 더없이 좋은 곳이다.

이곳을 내려갈 때는 부디 이 마음속의 혼란도 사라지기를.

자꾸만 떠오르는 강욱의 얼굴을 지우며 윤은 걸음을 옮겼다.

6시 4분.

손목시계를 힐끗 본 강욱은 약속 시각이 지났음을 확인하고는 미간을 찡그렸다.

첫 약속부터 지각이라니. 딱 1분만 더 기다리고 일어설 생각인데 출입구로 한 여자가 들어오는 게 보였다.

사진 속 그 여자다. 대성그룹 차녀. 이름이 오수진이라고 했던가.

여자 역시 그를 알아봤는지 곧장 그가 앉은 테이블로 다가왔다.

"이강욱 씨?"

자리에서 일어나 손을 내밀었다.

"이강욱입니다."

"오수진이에요."

첼로를 전공했다는 가늘고 긴 손이 그의 손을 잡았다가 놓았다. 꾸준히 관리받아 온 고운 손이다.

"늦어서 죄송해요."

오수진은 전혀 죄송하지 않은 표정으로 사과했다.

"차가 밀렸습니까."

"네?"

"변명하지 않기에 대신해 주는 겁니다."

괜찮다는 대답을 바랐는지 오수진의 눈이 동그래졌다. 그러더니 싱긋 웃으며 자리에 앉았다.

"재미있으신 분이네요."

"……."

"실은 나올까 말까 한참을 망설였어요. 썩 내키는 자리는 아니었거든요."

"그런데 왜 나온 겁니까?"

"궁금했어요. 소문 속의 그 남자가 어떤 사람인지."

솔직한 여자의 말에 강욱이 피식 웃었다.

그 '소문'이라면 그도 들어서 알고 있다. 불륜녀와의 사이에서 태어난 안하무인의 개차반. 결국 사고 치고 미국으로 쫓겨났다가 돌아온 탕아. 뭐 대충 그런 내용이었다.

"그래서 직접 본 소감이 어떻습니까."

"나쁘지 않네요."

"나쁘지 않다니 다행이군요."

의자에 기대어 앉아 물을 마시며 오수진을 바라보았다.

조사한 바에 의하면 오수진 역시 만만치 않다. 겉으론 요조숙녀지만 유학 시절 그녀가 무슨 짓을 벌이고 다녔는지 알아내는 건 어렵지 않았다.

그래서 차라리 마음이 편했다. 결혼을 돈으로 환산해도 덜 미안할 것 같으니까. 오매불망 자신만 바라보는 여자는 곤란할 테니 말이다.

"얘기는 천천히 하고 식사부터 하죠."

느긋하게 메뉴판을 펼치는 강욱을 오수진의 눈이 탐색하듯 훑었다. 큰 키에 잘생긴 외모. 거기에 K그룹 차남이면 썩 나쁘지 않은 자리다. 앞으로 앉게 될 자리가 중요한 거지 사실 누구 배에서 태어났는지는 크게 중요한 건 아니었다.

"좋아요."

오수진의 몸에 밴 자연스러운 보여 주기식 미소에 가식 없는 윤의 웃는 얼굴이 잠깐 떠올랐다가 사라졌다.

이런 순간에도 윤의 생각이라니.

강욱의 눈빛에 잠시 그늘이 드리워졌다.

눈이 떠진 건 한밤중이었다.

옅은 숨소리에 돌아보니 동희가 베개 위에서 엎드린 자세로 자고 있다. 기어이 함께 자겠다며 윤을 방으로 데려온 동희는 동화책을 다섯 권 읽어 준 후에야 겨우 잠이 들었다. 꿈을 꾸는지 무슨 말인가를 웅얼거리며 돌아눕는 동희를 토닥여 주었다.

"……."

이 방에 누울 때마다 어김없이 그날이 떠오른다. 갑작스러운 정전으로 난로 앞에 웅크려 자던 그날. 강욱에게 안겼던 그날.

몇 년이 지났음에도 어제 일처럼 생생한 기억. 몸이 그날을 기억하는 건지, 컨디션이 안 좋은 건지 알 수 없는 미열이 온몸을 떠돈다.

손을 뻗어 머리맡에 놔둔 핸드폰을 끌어왔다. 버튼을 누르자 화면이 환해졌다.

"……."

11시 17분. 강욱에게선 아무런 연락도 없었다.

선은 잘 봤을까. 어떤 여자였을까.

윤은 짙은 한숨과 함께 이불을 머리끝까지 뒤집어썼다.

창밖에선 이름 모를 산새가 구슬프게 울고 있었다.

저녁 무렵 터미널에서 내려 지하상가를 꽤 오랫동안 돌아다녔다.

집으로 가는 버스에 탄 건 9시가 다 되었을 무렵. 창밖으로 보이는 도시는 저물어 가는 주말 저녁을 아쉬워하듯 힘내어 반짝이고 있다.

정류장 근처 편의점에 들러 간단한 요깃거리와 맥주를 샀다. 아직 저녁을 먹지 않아 그걸로 대충 때우고 잘 생각이다.

마침 걸려온 경임의 전화를 받으며 집으로 향했다. 괜한 얘기를 했나.

계속 윤이 신경 쓰이는 모양이다.

"괜찮아. 힘든 일도 다 이겨 냈잖아요."

– 어쨌든 무슨 일 있으면 연락해. 우리 가족인 거 맞지?

할머니가 돌아가시고 새로 얻은 가족. 윤은 경임의 말이 고마워 뭉클해졌다.

– 무슨 일 없어도 연락할게요. 우리 동희한테도 안부 전해 주고.

벌써 잠들었다는 동희를 떠올리며 걷던 윤의 걸음이 점점 느려졌다.

"……."

집 앞에 서 있는 건 분명 강욱의 차다.

"나중에 또 전화할게요."

전화를 끊고 차로 다가가자 운전석에 앉아 있는 강욱이 보였다. 그는 잠들어 있었다.

낮에 전화가 한 번 걸려 왔던 걸 일부러 받지 않았다. 설마 그때부터 기다린 걸까.

차창을 노크하기 위해 손을 들었던 윤은 망설였다.

서울로 오는 버스 안에서 계속 강욱을 생각했었다. 다른 여자와 선을 보고 결혼하겠다는 남자를 어떻게 대해야 할지 판단이 서지 않았다.

보라고 했지만 사실 그러길 원했던 건 아니었으니까. 마음속에는 항상 준공 떨어지는 날 멋지게 이별 통보를 해야지 하는 마음과 함께 계속 만나면 어떨까, 한편으로는 미련이 남았었다. 강욱의 선 소식은 그 갈등에 불을 지핀 꼴이 되어 버렸다.

차창을 두드리지도 못하고 서 있는데 그가 눈을 떴다.

스르륵.

차창을 내리더니 그가 졸음이 가득한 목소리로 물었다.

"늦었네."

다른 여자와 선까지 봐 놓고 아무렇지 않은 얼굴과 눈빛, 목소리로 버

것이 말을 거는 강욱이 순간 너무 미워 보였다.

어떻게 하면 당신도 아플까.

문득 못된 생각이 송곳처럼 날카롭게 치밀어 올랐다.

당신도 아팠으면 좋겠어. 내가 아픈 것 절반만큼만 아니 절반도 죽을 만큼 아플 테니 십분의 일만큼만이라도 아팠으면 좋겠어. 그래서 내가 당신을 머릿속에서 지워 내지 못했던 것처럼 두고두고 내 생각을 했으면 좋겠어.

"윤아."

이름을 부르는 그의 목소리를 듣는 순간 그 마음이 굳혀졌다.

"오래 기다렸어요?"

태연한 목소리가 흘러나왔다.

"저녁은요?"

"아직."

"먹고 갈래요?"

손에 들린 봉투를 들어 보이며 묻자 그가 차에서 내렸다.

"들어가요."

아무것도 묻지 않는 윤을 이상한 듯 바라보다 뒤따르는 강욱의 손을 잡았다.

"저녁인데도 덥네요."

그녀가 싱긋 웃자 그의 손가락들이 촘촘하게 얽혀 왔다.

그는 쉴 곳이 필요하다고 했다. 그런 순간에 제가 생각난다고 했다.

그래서…… 잠시나마 완벽한 휴식처가 되어 줄까 생각 중이다. 몸이 필요하면 몸을 내주고, 위로가 필요하면 위로를 해 주고, 눈을 감고 싶을 땐 무릎을 내줄 것이다.

그러면 나중에 헤어졌을 때 숨 쉴 곳이 필요할 때마다 제가 생각나겠지. 마녀의 저주에 걸린 것처럼 평생 내 생각이 났으면 좋겠어.

윤은 머릿속에 드는 생각들과 달리 웃는 얼굴로 강욱의 어깨에 기대었다.

"배고프다."

그녀의 생각을 알 리 없는 강욱이 그녀의 이마에 입을 맞추었다. 입술이 닿은 이마가 뜨거웠다.

소파에 앉아 윤이 내민 건축 잡지를 들여다보는 중이던 강욱은 간지러움에 발을 꿈틀거렸다.

"어어? 움직이지 말라니까요."

그러자 윤의 손이 장난스럽게 그의 발등을 탁 때렸다.

"자꾸 그러면 이상한 거 그려 놓을 거야."

윤은 아까부터 바닥에 쪼그리고 앉아 있다. 씻고 나와 젖은 머리를 말리다 말고 갑자기 발 좀 내밀어 보라고 하더니 그의 발톱에 뭔가를 그리고 있다.

"대체 내 발에 무슨 짓을 하는 거야?"

"예쁘게 만드는 중이잖아요."

"남들이 보면 비웃어."

"나 말고 누구 보여 줄 사람 있어요?"

"그러네. 맨발을 보여 줄 사람이 없네."

인테리어, 디자인. 신건축공법. 윤이 즐겨 본다는 잡지는 보통의 여자들이 좋아하는 잡지와는 차원이 다르다. 강욱은 잡지를 넘기며 물었다.

"근데 왜 하고많은 직업 중 건축 일을 택했어?"

윤이 골똘한 표정으로 그를 올려다보았다.

"으음……. 정말 멋진 건축학과 교수님이 계셨거든요."

대답이 마음에 들지 않는지 강욱의 눈매가 가늘어졌다.

"설마 그 교수한테 반해서 이 길로 들어섰다는 거야?"

강욱의 반응에 좀 더 약을 올려 볼까 싶은 생각이 들었지만 윤은 사실대로 털어놓았다.

"실은 짓고 싶은 게 너무 많아서요."

윤은 강욱의 발톱에 다시 집중하며 말을 이었다.

"고등학생 때였는데 어느 날 친구네 집에 놀러 간 적이 있었거든요. 사실 그때까지만 해도 집이 다 비슷비슷한 줄만 알았어요. 시골집들은 원래 특히 더 그렇잖아요."

윤은 그날을 떠올렸다. 잘 꾸며진 정원과 한 번도 본 적 없는 현대식으로 지어진 집. 그 집에서 그들을 맞이하던 친구 부모님의 따뜻한 분위기.

"신선한 충격이었어요. 집을 보고 그런 감정이 들 수 있다는 게."

강욱의 눈길이 윤의 정수리에 닿았다. 윤의 이야기를 듣고 있으니 그녀가 이렇듯 이 일에 열정을 갖는 게 조금은 이해가 될 것도 같았다.

"그 사람에게 어울리는 집을 짓자. 그게 내 좌우명이에요."

"자격증도 꽤 열심히 따고 있다던데."

"일 관련해서 필요한 건 가능하면 다 따 두고 싶어요."

"참 열심히 사네."

"그래야 먹고살죠. 자, 다 됐다."

윤이 의기양양한 표정으로 그의 발을 들어 보였다. 강욱은 알록달록한 제 발톱을 보고 헛웃음을 터트리고 말았다.

"내 거?"

이쑤시개를 이용해 발톱에 비뚤비뚤 쓴 글씨를 소리 내어 읽자 윤이 키득거렸다.

"장인 정신으로 한 땀 한 땀 열심히 쓴 거니까 지워지지 않게 잘 간수해요."

"농담이지?"

"농담 아닌데. 이제 나도 쓸 거거든요. 일명 커플 발가락."

윤은 잔뜩 웅크리고 앉아 제 발톱에 글씨를 새기기 시작했다. 꽤 심각한 표정으로 손을 놀리더니 곧 활짝 웃으며 발을 내밀었다.

네 거

"자, 이제 공평하죠?"

남의 발톱을 망쳐 놓고 천진한 아이처럼 웃는 윤의 모습에 강욱은 피식 웃고 말았다.

"내 거 네 거. 누가 봐도 커플이네."

낮에 전화를 안 받았을 때부터 계속 신경이 쓰였는데 이렇듯 웃고 있는 윤을 보니 괜한 기우였나 싶다.

"화…… 안 내?"

"물어보면 화날 거니까 아예 묻지 않을 거예요."

"……."

"어쨌든 지금 당장 헤어질 게 아니라면 함께 있는 순간만큼은 딴생각 안 하고 싶어. 그냥 눈앞에 있는 강욱 씨만 보고, 강욱 씨 목소리만 듣고 그러고 싶어. 내가 없는 순간의 강욱 씨는 상상하고 싶지 않아. 그러니까 서로 없는 곳에서 무슨 일이 일어나고 있는 건지 묻지 말아요. 그게 좋겠어."

들고 있던 잡지를 내려놓고 윤을 빤히 응시했다.

얽힌 시선이 서로의 얼굴을 더듬었다.

"그러니까 나한테 왔을 땐 내 생각만 해요."

윤이 손을 뻗어 강욱의 셔츠를 움켜쥐었다. 살짝 당기자 그의 상체가 숙여지며 얼굴이 가까워졌다. 키스를 할 듯 말 듯 한 거리에 강욱이 좀 더 가까이 다가오자 윤이 그만큼을 더 물러섰다. 강욱의 목울대가 크게 요동쳤다.

"자고 갈래요?"

"새벽에 일찍 나가 봐야 해."

"발가락 커플 된 기념으로."

"꼬시지 마."

"이래도?"

상체를 뒤로 젖힌 윤이 발가락을 이용해 그의 다리를 간지럽혔다. 원피스 아래로 드러난 매끈한 다리가 시선을 어지럽혔다.

"미인계 너무 자주 쓰는 거 아냐?"

"이런, 들켰네요."

장난스럽게 웃는 윤의 종아리를 가볍게 쥐고 끌어당겼다. 강욱은 윤에게서 시선을 떼지 않은 채 발등에 입술을 꾹 눌렀다.

"성의를 생각해서 넘어가 드리지."

입술은 발등에서 발목으로 종아리로 느릿하게 점점 위로 향했다.

윤은 바닥에 누운 채 손으로 얼굴을 가렸다. 온몸의 신경세포들이 다리에 쏠린 듯했다.

이른 새벽. 강욱은 맞춰 두었던 알람 소리에 눈을 떴다.

빠질 수 없는 조찬 모임이 있는 날이라 집에 들러 옷을 갈아입어야 했다.

"지금 가요?"

"응. 아침 약속이 있어."

눈을 비비며 일어난 윤이 현관까지 따라 나왔다.

"낮에 전화해도 돼요?"

"할 말 있어?"

"그냥. 한 번씩 목소리 듣고 싶어서."

"보고 싶으면 찾아오겠네?"

"그래도 돼요?"

"응. 한번 기다려 보지."

얇은 슬립만 하나 걸친 채 웃음을 터트리는 윤을 머리부터 쭉 훑어내리는데 '네 거'라고 쓴 발톱이 보였다.

"나쁘지 않네."

밤새 질펀하게 뒹굴고 새벽 귀가를 하는 이런 연애 놀음, 한 번도 생각해 본 적 없는데 나쁘지 않다.

"갈게."

졸려 하는 윤의 뺨에 입을 맞추고 돌아섰다.

늦지 않으려면 서둘러야 했다.

닫힌 현관문 앞에 한참을 서 있다가 거실 소파에 털썩 드러누웠다.

한숨 더 자도 되는 시간인데 잠이 올 것 같지는 않다.

어젯밤의 기억들이 하나둘 머릿속을 스치자 윤의 한숨과 함께 쿠션에 얼굴을 묻었다.

"거짓말쟁이."

남은 시간은 이제 한 달여 남짓. 상처를 주겠다고 맘먹고 작정하듯 유혹하는 제 모습이 싫다. 이래 봤자 결국 저 또한 상처를 받을 텐데.

야옹.

강욱이 가기를 기다렸다는 듯 밖으로 나온 고양이가 윤의 손을 핥으며 울었다.

"꼬미야."

야옹.

"난 복수를 하고 싶은 걸까. 아니면…… 저 남자를 사랑하는 걸까."

정말 모르겠다. 복잡하기만 한 이 마음이 뭔지. 진짜 원하는 게 뭔지 말이다.

목요일 오후.

현장에 있는데 강욱에게서 메시지가 왔다.

[내일 휴가 좀 내. 바다 구경 시켜 줄게.]

확인하는 순간 웃음이 흘러나왔다. 음성 지원이라도 되는 것처럼 강욱의 목소리가 들리는 듯했다.

"금요일이면 제일 바쁜 날인데……."

혼잣말을 중얼거리면서도 윤은 머릿속으로는 내일 처리할 일들을 떠올렸다. 다행히 예정된 일 중에 반드시 제가 해야만 할 일은 없는 듯했다.

[어디 갈 건데요?]

[부산.]

[부산?]

[출장이 잡힌 김에 주말까지 좀 쉬어 볼까 하고.]

[우선 얘기는 해 볼게요.]

메시지를 주고받으며 돌아서는데 뭔가에 툭 부딪혔다. 부딪히며 떨어진 핸드폰을 주워 든 건 은섭이었다. 여긴 또 언제부터 서 있던 것일까.

언제부터인지 은섭을 마주칠 때마다 한 발짝 뒤로 물러서게 된다.

주워 든 핸드폰을 건네려던 은섭이 슬쩍 화면을 내려다보더니 눈살을 찌푸렸다.

"누나."

은섭의 목소리가 잠깐 사이 변한 듯했다.

"혹시 남자 생겼어요?"

6.

바다는 눈부시게 푸르렀다.

샌들을 벗어 손에 쥐고 백사장을 걷던 윤은 너무 멀리까지 나왔나 싶어 뒤돌아보았다. 오늘 묵기로 한 호텔이 저 멀리 보인다.

이제 그만 돌아가야 할 듯했다. 강욱이 곧 돌아올 시간이었다.

"……."

손목시계 초침에서 주변에 번진 멍으로 자연스레 시선이 옮겨졌다. 평소에 차지 않던 시계를 찬 건 이 멍 자국 때문이다.

'혹시 남자 생겼어요?'

비딱한 목소리로 묻던 은섭을 떠올리자 몸이 부르르 떨렸다.

'핸드폰 이리 내.'

'묻잖아요. 남자 생겼냐고.'

'네가 상관할 일 아니야. 이리 내.'

'누나!'

'꺅!'

소리를 지르며 그녀의 팔목을 붙들던 은섭은 마치 다른 사람 같았다. 저도 모르게 내지른 비명에 인부들이 달려왔고 은섭은 제게서 떨어졌다.

은섭이 붙들었던 손목엔 시퍼렇게 멍이 들었다. 원래 피부가 약한 편인 데다 은섭이 힘을 너무 주는 바람에 정확히 손가락 모양으로 멍들어 있었다.

윤은 아직도 은섭이 제게 왜 그러는 건지 좀처럼 이해가 가지 않는다.

일하느라 오며 가며 만나긴 했어도 따로 얼굴 본 건 밥 한 번 커피 한 잔이 다였다. 그것도 특별한 의미가 있던 자리도 아니었었다.

한데, 어제 은섭의 태도로 보아 아무래도 제가 뭔가를 잘못 판단한 게 아닌가 하는 생각까지 들었다.

몰래 알아낸 전화번호로 몇 번 연락했을 때 하지 말라고 딱 자른 게 문제였을까.

생각에 잠겨 한참 걷고 있는데 전화벨이 울렸다.

– 어디야?

"잠깐 바닷가에 나왔어요. 벌써 끝났어요?"

– 어. 맛있는 거 사 주려고 일찍 왔는데 없네.

"지금 부지런히 가고 있어요. 혹시 나 보여요?"

윤은 호텔을 향해 손을 흔들어 보였다. 좀 먼 감이 있지만 충분히 보일 만한 거리다.

– 글쎄. 잘 모르겠는데.

"이상하다. 잘 보일 것 같은데."

- 다시 흔들어 봐.

윤은 쓰고 있던 모자를 벗어 흔들었다.

"이제 보여요?"

- 글쎄.

강욱의 목소리에 웃음기가 섞였음을 알아챈 윤이 비죽 입술을 내밀고 걸음을 재촉했다. 몇 년 만에 와 본 부산이라 그런지 마음이 설렌다.

"우리 저녁 먹고 광안대교 보러 가요."

호텔로 향하는 윤의 걸음이 빨라졌다.

✳

"아……."

말문이 막힌 윤이 눈만 깜박거렸다.

"뭐 해? 안 간 거야?"

그런 윤의 모습에 강욱이 고갯짓을 하며 손을 내밀었다.

"나는 그냥 야경이 보고 싶다고 한 건데……."

통로를 사이에 두고 바다 위는 온통 요트로 꽉 차 있었다. 처음 보는 이색 풍경에 넋을 잃은 윤의 손을 붙잡은 강욱이 어느 요트로 그녀를 안내했다.

기다리고 있던 선주가 웃는 얼굴로 그들을 맞이하며 승선을 도왔다.

윤은 제게 구명조끼를 입히는 강욱을 물끄러미 올려다보았다.

"야경 보고 싶다며."

"광안리 해변에 앉아 있자는 소리였지 이런 값비싼 요트를 빌려 달라고 한 아닌데."

"기왕 보여 주려면 제대로 보여 줘야지."

"근데 가방은 왜 가져왔어요?"

"……."

"설마 내가 지금 상상하는 그런 거 아니죠?"

"아마 맞을 거야."

구명조끼를 입힌 후 위로 올라가는 강욱을 따라간 윤은 근처에 보이는 요트와 제가 탄 요트를 비교하다 깜짝 놀랐다. 규모도 물론 다르지만 이 넓은 요트에 탄 사람은 그들 둘뿐이었다.

"다른 사람한테 방해받는 거 딱 질색이야."

윤이 뭘 물을지에 대해 미리 대답한 그가 배 앞머리에 오르더니 손을 내밀었다.

"그러니까 즐겨."

"무를 수도 없으니 즐겨야죠. 돈 많은 애인 두니 좋긴 하네. 이런 호사를 다 누려 보고."

바다가 훤히 내려다보이는 그물망 위에 나란히 앉자 요트가 천천히 움직이기 시작했다.

저녁 7시쯤이었는데 선주 말로는 부산의 낮과 밤을 함께 볼 수 있는 황금 시간대라고 했다.

요트가 점점 속도를 올리기 시작하자 윤은 강욱의 어깨에 기대었다.

"어쨌든 좋다."

눈앞에 펼쳐진 노을이 지는 바다와 조명이 켜진 광안대교. 둥둥 떠 있는 다른 요트들이 참 꿈만 같은 풍경이다.

"사진 좀 찍어 주실래요?"

요트가 잠시 멈춘 사이 윤이 부탁했다. 핸드폰을 내밀자 선주가 야경을 풍경으로 사진을 찍어 주었다. 윤은 강욱에게 다정하게 기댄 채 최대한 밝게 웃었다.

"두 분이 참 잘 어울리시네요."

남자가 칭찬하며 건넨 사진 속 두 사람은 행복해 보였다. 윤은 꽤 오랫동안 사진을 들여다보았다.

"……."

나중에. 시간이 흐른 먼 훗날 철수를 만나면 꼭 이 사진을 보여 주고 싶다.

이 사람이 네 아빠야. 참 잘생겼지? 네가 꼭…… 아빠 닮았더라.

철수에게 그 말을 해 주고 싶었다.

"와……."

진짜 해 줄 건 감탄뿐이었다.

윤은 요트에 차려진 온갖 해산물과 음식들을 놀란 눈으로 둘러보았다.

"둘이 아니라 사무실 사람 전부 데려왔어도 될 뻔했네요."

윤의 중얼거림에 강욱이 힐끗 보더니 선을 그었다.

"여기까지 와서 딴생각하면 곤란한데."

"말이 그렇다는 거죠. 뭐 도와줄까요?"

"그냥 있어. 심심하면 안에 들어가서 음악이나 좀 틀어 주든가."

강욱이 음식을 데울 동안 윤은 요트 안을 둘러보았다. 넓은 응접실과 침실, 샤워장을 겸비한 욕실까지 잘 갖춰진 요트는 한눈에 보기에도 호화스러웠다.

야경을 보고 싶다고 한 건 불과 몇 시간 전인데 이런 걸 어떻게 구한 걸까.

음악을 틀고 돌아가려던 윤은 잠시 망설이다 가방을 열었다. 2박 3일 일정이라 옷 몇 벌을 챙겼는데 그중에서 가장 화려한 옷을 꺼냈다.

예뻐서 사 놓고 너무 과한가 싶어 한 번도 못 입은 옷이었다.

"괜찮을까?"

생각지도 못했던 요트에서의 하룻밤인데 기왕이면 예뻐 보이고 싶었다. 고민 끝에 옷을 갈아입은 윤은 조금 짙은 립스틱까지 칠했다. 그러자 거울 속엔 평소엔 볼 수 없던 낯선 모습의 그녀가 서 있었다.

"후우."

긴장으로 가슴이 두근거렸다.

밖으로 나오자 강욱의 시선이 줄곧 그녀를 향했다.

"이상해요?"

"아니. 예뻐. 아주 많이."

"난 좀 어색한데."

"이 모습 또한 당신이니 마음껏 즐겨."

의자를 빼 주며 그가 드러난 목덜미에 입술을 대며 중얼거렸다.

"오늘은 채윤을 위한 날이니까."

기분 좋은 소름이 일며 이어진 저녁은 더할 나위 없이 훌륭했다.

맛있는 음식에 수영만에 정박한 요트들이 한눈에 보이고 저 멀리 야경도 좋았다. 물결이 일렁일 때마다 조금씩 흔들리는 느낌도 좋았다.

그런 분위기 때문인지 기분이 몽롱한 느낌이었다.

둘은 그동안 하지 못했던 많은 대화를 나누었다. 보통 일상적인 주제였는데 은근히 성향이나 코드도 잘 맞는 게 신기했다.

와인 몇 잔에 기분 좋은 취기가 올라왔다. 턱을 괸 채 강욱을 나른하게 바라보던 윤이 손을 내밀자 강욱이 일어섰다.

가까이 다가온 그가 정중하게 손을 내밀었다.

"춤출까?"

윤이 웃으며 그 손을 잡았다.

"나 춤출 줄 모르는데. 말 그대로 몸치예요."

윤의 고백에 강욱이 듣기 좋은 소리를 내며 웃었다.

"실은 나도 몰라."

"잘됐네요. 좀 창피할 뻔했는데."

느린 재즈 음악이 흘러나왔다. 윤은 강욱의 가슴에 기대어 눈을 감았다.

눈을 감으니 많은 것들이 들려온다. 감미로운 음악과 부드러운 미풍, 파도 소리. 그리고 바로 귀 아래에서 들려오는 강욱의 심장 소리.

"이대로 세상이 끝나 버렸으면 좋겠다."

윤의 중얼거림에 강욱의 움직이던 다리가 멈췄다.

"……."

슬며시 그를 올려다보았다. 손을 뻗어 그의 얼굴을 가만히 만져 보았다. 눈, 코, 입에 차례로 닿는 손끝이 파르르 떨렸다.

강욱의 손이 그녀의 손을 덮자 뜨거운 열기가 느껴졌다.

"오늘만…… 사랑해도 돼요?"

사랑은 줄 수 없다고 했는데 지금 이 순간엔 이 말을 하지 않을 수가 없다. 가슴이 너무 벅차올라서 터져 버릴 것만 같았으니까.

강욱은 대답 대신 윤을 꽉 안으며 정신없이 입술을 탐하기 시작했다. 윤 역시 그런 강욱에게 치열하게 키스를 되돌렸다. 거친 호흡이 뒤섞이고 함께 마신 와인이 서로의 입술에서 느껴졌다.

목덜미를 지나 봉긋한 가슴 라인까지 입술이 내려오고 원피스 안으로 들어간 손이 맨살을 더듬었다. 서로를 갈구하느라 예쁘게 차려입은 옷은 엉망이 되어 버렸다.

강욱은 윤을 번쩍 안아 들었다. 키스를 멈추지 못한 채 선실로 향했다. 가는 동안에도 둘은 계속 입술을 찾았다.

결국 침실까지 가지도 못한 채 소파에 윤을 눕혔다. 그러곤 정신없이 서로의 옷을 벗겼다.

누군가 폭죽을 터트리는지 바깥에서 요란한 소리가 들려왔다. 하지만 둘은 관심조차 둘 여유가 없었다. 지금은 오로지 서로만 필요했다.

"으음……."

윤은 강욱을 향해 온몸을 열어주었고 그는 서슴없이 안으로 들어왔다. 바라보는 눈빛은 뜨거웠고 부딪히는 입술은 애가 탔으며 이미 몸을 섞고 있음에도 더 깊은 곳으로 들어가고 싶어 안달이 났다.

강욱은 그러잡은 윤의 손가락 마디마디에 입을 맞추었다. 손목을 핥고 제 목에 팔을 두르게 한 뒤 그녀의 귓불을 깨물었다.

그의 몸짓에 맞춰 허리를 흔들며 윤이 울먹였다. 장소와 분위기 때문인지 온몸이 더 민감해진 듯했다.

"하, 어떡해."

"할 수만 있다면 널 통째로 먹어 버렸으면 좋겠어."

"강욱 씨가 뉴스에 나는 건 보고 싶지 않아. 차라리 우리 이대로 고래 배 속으로 들어가 버릴까."

"고래? 그러자. 고래 배 속에 들어가서 섹스하는 것도 나쁘지 않을 거야."

"거기서 섹스할 생각하는 건 강욱 씨 밖에 없을걸."

"아무렴 어때. 근데 고래를 어디서 구해 오지?"

말도 안 되는 대화를 나누며 몸을 섞던 두 사람은 눈이 마주치자 소리 내 웃었다. 그러다 금세 격정에 휩싸여 다시금 서로의 입술을 찾으며 이리저리 뒤엉켜 뒹굴었다.

유난히 붕 뜨는 기분이 드는 건 바다 위에 떠 있는 배에서의 관계여서일까.

물론 함께여서 특별하지 않은 날이 없었지만 오늘따라 유난히 어루만지는 손짓 하나 몸짓 하나까지 특별하기만 했다. 민감해진 온몸의 세포들이 그가 건드릴 때마다 토독토독 소리를 내며 터지는 것만 같았다.

가슴을 움켜쥔 채 벌어진 다리 사이로 거칠게 파고드는 강욱의 등을 할퀴며 윤이 헐떡였다.

"강욱 씨……."

그녀가 그의 이름을 부를 때마다 강욱의 몸짓은 더 깊어졌다. 허벅지를 쥔 손의 힘줄이 툭 불거졌고, 밀고 들어올 때마다 그의 발끝에 힘이 모였다.

두 사람은 쉼 없이 서로를 뜨겁게 갈구했다. 뒤엉킨 나신이 땀으로 젖어 들 무렵.

"윤아."

그가 절정에서 이름을 부르며 윤의 몸 위로 무너졌다. 금방이라도 끊어질 듯 거친 숨소리가 선실을 가득 채웠다. 젖은 몸 위로 부드러운 미풍이 불어왔다.

"하, 죽는 줄 알았네."

그의 말에 윤이 소리 없이 웃으며 그의 머리카락을 만지작거렸다. 한참 동안 가슴에 얼굴을 대고 있던 그가 턱을 괴더니 가슴을 만지작거리며 말했다.

"심장이 튼튼하시네요?"

"어떤 남자랑 연애하려면 몸도 마음도 튼튼해야 해요."

"잘 먹여야겠네."

"잘 먹여서 또 잡아먹게?"

곱게 눈을 흘기는 윤의 가슴에 쪽 입을 맞추며 강욱이 능글맞게 웃었다.

"어떻게 알았지."

"나 힘들어요."

"이런. 안타까운 소식이군."

"그냥 이러고 있을래."

윤이 눈을 감는데 몸이 붕 뜨더니 한 바퀴를 굴렀다. 안은 채로 자리를 바꾼 그가 윤을 올려다보며 씩 웃었다.

"힘들다는데 무겁게 할 수는 없지. 내 위에서 푹 쉬어."

두 사람은 서로를 안은 채 달빛이 부서지는 바다를 바라보았다. 배려 넘치는 말과는 달리 엉큼한 그의 손은 그새를 못 참고 그녀의 등허리와 엉덩이를 더듬었다.

"흐응, 쉬라면서."

"난 신경 쓰지 말고 쉬어."

"이강욱 씨 진짜 못됐어."

"맞아. 당신 애인 진짜 못됐어."

"말이나 못하면……."

"말도 잘하고 키스도 잘해."

그의 가슴팍에 턱을 얹고 있던 윤이 소리를 내어 웃자 강욱이 상체를 들어 재빨리 입을 맞추며 속삭였다.

"이미 알 테지만 키스보다 잘하는 것도 더 많아."

간지럼을 태우듯 턱을 따라 내려오는 입술에 윤은 몸을 맡겼다. 멀리서 들려오는 파도 소리와 여전히 배 안에 흐르는 감미로운 음악 소리, 창 너머에 뜬 달을 보고 있으니 마치 낭만적인 영화의 주인공이 된 듯했다.

아, 이게 행복이구나. 사랑받는 거구나.

문득 그런 생각이 든 윤은 핑 도는 눈물로 분위기를 망칠 것만 같아 지그시 눈을 감으며 강욱의 목을 끌어안았다. 그러곤 괜히 딴청을 피우듯 말했다.

"좋아. 인심 썼다. 좋은 경험시켜 줬으니까 한 번 더 해 주는 거예요."

"어차피 할 거였으면서 튕기시긴."

오늘 밤은 그냥 이 행복한 순간이 계속되었으면 싶었다. 이 밤이 새도록 강욱의 품에 안긴 채 그의 애정 공세에 몸을 떨고 싶었다.

강욱의 허리에 걸터앉은 윤이 그를 내려다보며 중얼거렸다.

"행복하게 해 줘요."

"……."

"죽어도 좋을 만큼."

손가락 끝으로 그의 이마부터 천천히 얼굴을 어루만졌다. 눈과 코 입술을 따라 내려온 손끝이 턱과 목울대를 지나 가슴에 닿았을 때 그가 이름을 불렀다.

"윤아."

할 수만 있다면 그의 온몸에 제 이름을 문신으로 새겨 넣고 싶다는 생각이 들었다. 말도 안 되는 상상이었지만 짜릿했다.

어느새 부풀어 오른 남성이 몸 안에서 느껴졌다. 강욱의 가슴을 손으로 짚은 채 몸을 앞뒤로 천천히 흔들자 가슴이 출렁였다.

"하아, 윤아."

그가 이름을 부를 때마다 다리 사이가 저릿해질 만큼 황홀했다.

"계속 불러 줘."

"윤아."

뒤로 젖혀진 몸이 활처럼 낭창하게 휘었다. 허리를 감싼 강욱의 손이 그녀의 움직임을 도와 더욱 격렬해지자 호흡이 가팔라졌다.

탁탁탁. 젖은 살과 살이 부딪히는 야한 소리가 음악과 함께 선실을 가득 메웠다.

밤은 길었고 연인의 시간은 뜨거웠다.

✳

강욱이 눈을 떴을 땐 어느새 날이 밝아 오고 있었다.

부드러운 요트의 일렁임에 바다 위에서 잠들었음이 실감 났다.

어젯밤은…… 전쟁처럼 치열했던 밤이었다. 끊임없이 탐했고 끊임없이 느꼈던 밤. 눈에 보이는 거라고는, 손에 잡히는 거라고는 그저 채윤뿐이었던 밤.

강욱은 저만치에 누워 잠든 윤을 바라보았다. 아직 함께 자는 게 익숙지 않은지 어떨 때 보면 침대에서 굴러떨어지지는 않을까 걱정될 만큼 멀리서 잠들어 있다.

'오늘만…… 사랑해도 돼요?'

윤이 묻던 그 순간이 선명하게 그려진다.

수많은 감정이 감춰지지 못하고 그녀의 얼굴에 드러나던 그 순간. 제 안에서 의문과 대답이 동시에 떠올라 버렸다.

과연 채윤과 헤어질 수 있을까.

아니. 그건 어려울 것 같아.

……힘들 것 같아.

잠든 윤을 한참 바라보다 손을 뻗었다.

그녀의 손목을 가만히 만져 보았다.

"누굴까."

숨긴다고 시계까지 찼나 본데 애석하게도 들켜 버렸다. 분명 손자국이다. 어지간히 세게 붙잡아선 이렇게 될 리가 없는데 대체 누굴까. 묻고 싶지만 어쩐지 사실대로 대답하지 않을 거란 생각이 들었다.

만나는 시간이 길어질수록 윤에 대해 알고 싶은 것들이 많아진다. 그녀의 몸에 작은 흠집이 나는 것도 싫다. 누군가를 욕심부리면 그 욕심 때문에 망할 거라는 걸 아는데도 그게 내 맘처럼 되질 않는다.

아직 해결해야 할 일들이 태산 같은데. 그러려면 보나마나 윤을 울리게 될 텐데…….

문득, 아버지가 떠올랐다.

책임도 못 질 거면서 평생 엄마를 붙잡아 뒀다고 원망했는데 혹시 아버지도 이런 마음이었을까.

"윤아."

나, 자꾸 나쁜 마음이 생기는데 어쩌지.

마음에 거친 파도가 밀려 오고 있었다.

해는 구름 속에 숨어 보이질 않는다.

요트 난간에 기대어 해가 뜨길 기다리던 윤은 발소리에 뒤를 돌아보았다.

씻었는지 강욱이 젖은 머리를 털며 계단을 올라오는 게 보였다.

"소원 빌기는 틀렸나 봐요."

윤이 시무룩하게 말하며 바다를 바라보자 강욱이 웃으며 나란히 옆에 섰다. 바람에 흩날리는 머리카락을 넘겨주자 윤이 돌아보며 빙그레 웃었다.

"……."

강욱이 말없이 보고 있으니 윤이 어색한지 시선을 내리며 묻는다.

"왜 그렇게 봐요?"

"그냥. 예뻐서."

예쁘다는 말에 살짝 뺨을 붉힌 윤이 곱게 눈을 흘겼다.

"은근히 느끼해."

그러면서도 싫지 않은 듯 강욱의 어깨에 기대어 왔다.

"무슨 소원 빌려고 했는데?"

"비밀."

"비밀?"

"다 알면 재미없어요."

나란히 선 채 해가 뜨길 기다려 보지만 결국 구름 속에 숨은 해는 나오지 않았다.

그렇게 서 있으면서 강욱은 참 신기하다는 생각이 들었다. 아무것도 하지 않는 이 순간이 참 평온하다는 느낌이 든다. 1분 1초가 늘 치열한 삶인데 지금 이 순간은 그저 느긋하게 즐기고 싶다는 마음이 든다.

"……윤아."

"응?"

"이런 배 하나 살까?"

"뭐 하게요?"

"난민이 되어 여기저기 떠돌아다니며 살게."

말문이 막힌 얼굴로 돌아보는 윤에게 눈웃음을 지어 보였다.

"농담이야."

말은 그러면서도 생각은 정신없이 뻗어 나간다. 윤과 함께 이런 요트를 타고 세계 곳곳을 누비며 사는 것도 괜찮겠다고.

늦은 아침 준비로 선실은 분주했다.

아침은 제가 준비하겠다며 강욱을 앉혀 놓은 윤은 10분도 되지 않아 냄비를 들고 나타났다.

"앗 뜨거."

냄비를 내려놓은 윤이 뚜껑을 열자 김이 모락모락 나는 라면이 보였다.

"어서 불기 전에 먹어 봐요."

"좋은 데 가서 먹자니까 겨우 이거 먹겠다고?"

"라면이 어때서요? 한번 꼭 해 보고 싶었던 건데."

윤이 뚜껑에 라면을 덜어 후 불며 씩 웃었다.

"TV에 배 위에서 라면 끓여 먹는 장면이 나올 때마다 엄청 궁금했거든요. 나 지금 소원 풀이 하나 하는 중이니까 말리지 마요."

한김 식힌 라면을 후루룩 먹는 윤의 모습을 강욱이 지그시 바라보았다. 고작 라면 하나에 저렇게 행복한 표정을 지을 수 있다는 게 신기하다.

하긴. 산장에서도 그랬었다. 눈이 내려 갇혔을 때에도 고립된 걱정보다 짐승들을 안전하게 데려온 것을 다행이라 여겼고, 전기가 나갔을 때도 그래도 따뜻하게 지낼 곳이 있는 게 어디냐며 웃던 여자였다.

"빨리 안 먹으면 내가 다 먹어 버릴 건데."

"꿈이 뭐야?"

"꿈?"

뚜껑에 다시 라면 한 젓가락을 올려 후 불던 윤이 잠시 생각하더니 대답했다.

"좋은 건축가가 되어서 이름도 좀 알리고 싶고 좋은 남자 만나서 결혼도 하고 싶어요."

"결혼?"

강욱의 표정이 살짝 구겨졌다.

"독신으로 혼자 살 생각은 추호도 없거든요. 난 되도록 많은 가족을 이루고 싶어요. 그게…… 내 생각대로 될지는 모르겠지만."

웃는 윤의 모습이 어쩐지 쓸쓸해 보였다.

"넓은 마당에 개도 키우고 물놀이장도 만들고, 해가 잘 드는 방엔 작은 도서관을 만들어 휴일이면 다 같이 누워 뒹굴뒹굴하는 그런 상상을 해요."

"……."

"그런 강욱 씨는 꿈이 뭐예요?"

"글쎄."

다 부숴 버리고 망가뜨릴 생각만 하는데 그런 것도 꿈일까.

"으으, 얘기하느라 다 불어 버렸겠다. 빨리 먹어요."

윤의 채근에 하는 수 없이 라면을 입에 넣었다.

"어때요? 맛있죠?"

잔뜩 기대에 찬 눈으로 보고 있는 윤을 실망시키고 싶지 않아 강욱은 마지못해 고개를 끄덕였다. 라면은 별로 좋아하지 않는다고 말하는 게 뭐 그렇게 어렵다고…….

그날은 종일 바빴다.

애초의 계획은 잠깐 바람이나 쐬고 호텔에서 지내다 올라올 생각이었는데 윤이 여기저기를 가 보고 싶다는 바람에 저녁이 되도록 호텔 방은 구경도 못 한 상태다.

마지막으로 들른 곳은 시내 중심에 있는 전망대였다.

마감 시간이 다 되었는데도 생각보다 사람들이 많다.

엘리베이터에서 내리자마자 사람들의 입에서 감탄이 쏟아졌다. 도시의 야경이 한눈에 보이는 까닭이다. 그동안 세계 여러 나라를 다니며 수많은 야경을 봐 왔던 터라 별 감흥이 없는 강욱과 달리 윤은 잔뜩 흥분한 얼굴이다.

잠시 둘러보기로 하는데 김 실장으로부터 전화가 걸려왔다.

– 지난번 찾아봐 달라고 부탁하신…….

잠깐 전화 좀 받고 오겠다며 돌아선 강욱은 사람들을 피해 조용한 곳으로 자리를 옮겼다. 통화는 한참 계속되었다.

"내일 올라가는 대로 확인하죠. 아뇨. 오전에 일찍 출발할 겁니다."

통화를 마친 강욱은 좀 전에 윤과 헤어진 곳으로 가 두리번거렸다. 사람들이 많아 어디 있는지 잘 보이지 않는다.

전화를 걸어 볼까 하는데 저만치 유리창 앞에 선 윤이 보였다.

"……."

윤은 어딘가를 보고 있었다. 그가 다가오는 줄도 모르고 윤은 어딘가를 응시한 채 딴생각에 잠겨 있다.

가끔 저 표정을 짓는 윤을 본다. 무슨 감정일 때 저런 표정을 짓는 걸까.

강욱은 제가 아는 감정들을 머릿속에 나열해 보았다. 행복, 화남, 우울, 분노, 슬픔? 그래, 슬픈 얼굴이다. 대체 왜 윤은 한 번씩 저런 슬픈 얼굴을 하는 걸까.

"윤아."

그가 이름을 부르자 윤이 돌아본다. 눈가에 맺힌 슬픔은 채 지우지 못한 채 윤이 웃는 얼굴을 했다.

"무슨 생각을 그렇게 해?"

"참 예쁜 곳이구나, 그 생각을 했어요."

잘못 짚은 건가. 예쁜 곳을 보는데 슬플 리가 없잖은가. 강욱은 고개를 끄덕이며 윤의 옆에 나란히 섰다. 윤이 그의 어깨에 살며시 기대어 왔다.

"나중엔 더 멋진 야경을 보여 줄게."

그의 말을 듣지 못하기라도 한 듯 윤은 대답이 없었다.

그 시간. 평창동엔 살벌한 기운이 감돌고 있었다.

조금 전 걸려온 대성 오 사장의 전화 때문이었다.

"약혼이요?"

"그래. 되도록 빨리 진행했으면 해."

이 회장의 말에 홍나희의 주먹이 부르르 떨렸다. 그렇게 안 된다고 했는데도 기어이 만나게 하더니 만난 지 며칠 만에 나온 약혼 얘기에 기도 안 찼다.

"고작 한 번 봤어요."

"잊었나 본데 우리도 몇 번 안 보고 결혼 얘기가 오갔지."

"그건……."

"자네가 준비해. 그래도 명색이 어미인데 남들 보기에도 낫지 않겠어."

"지금 나더러 내 새끼 눈에서 피눈물 나게 하는 놈 약혼식 준비를 하라는 거예요?"

"……."

"진짜 해도 해도 너무하네요. 나한테 어떻게 이래요? 그년 아들을 내 아들로 키우게 한 것도 모자라서 어떻게 내 손으로 장가까지 보내게 만들어요? 이래 놓고 나한테 미안하지도 않아요?"

홍나희가 악에 받쳐 소리치자 이 회장이 차가운 눈길로 바라보았다.

"그러는 당신이야말로 미안하지 않아?"

"내가 뭐가 미안해요. 평생 피해자는 난데."

"피해자?"

이 회장이 쓴웃음을 짓자 홍나희는 부들부들 떨며 퍼부어 댔다.

"아버지는 아무것도 없는 당신한테 회사를 물려줬어요. 우리 집안 덕분에 이 자리까지 올라온 거잖아요. 그것뿐이에요? 당신이 평생 두 집 살림하는 것도 눈감아 줬어요. 이 정도면 차고 넘칠 만큼 참은 건데 나더러 그 여자 자식 뒷바라지까지 바라다니 염치가 없어도 너무 없는 거 아니에요?"

"당신이야말로 잊었나 본데 껍데기밖에 안 남은 회사 물려받아 이만큼 키웠어. 내 덕에 일가친척 전부 호의호식하며 살았네. 두 집 살림? 헤어질 바엔 차라리 두 집 살림 하라고 등 떠민 건 자네였지. 그래 놓고 평생을 괴롭혔으면 할 만큼 하지 않았는가."

이 회장의 말에 홍나희가 털썩 거실 바닥에 주저앉아 악에 받친 눈으로 그를 올려다보았다.

"그런 마음으로 사니 행복할 턱이 있나요. 좋아요. 어디 두고 봅시다. 강욱이 그놈이나 그 어미나 얼마나 잘 사는지 두고 볼 거야."

악담을 퍼붓는 홍나희를 뒤로하고 방으로 들어가는 이 회장의 얼굴에 그늘이 졌다. 하루도 편할 날 없는 이 집에서 벗어나고 싶다는 마음이 들

었지만 이제 와 그럴 용기도 없다. 평생 제힘으로 일군 것들을 박차고 나
갈 용기 같은 건 없다.

의식도 없이 누워 있는 강욱 엄마가 떠올랐다.

"내가 벌을 받는 거네."

제 욕심 차리자고 사랑하는 여자를 버린 벌을 받는 거다.

"갈 때 나도 데려가게."

이제 남은 소원은 그것뿐이다.

제 손으로 버릴 용기가 없으니 누군가가 그걸 끊어 줬으면 싶었다.

짧았던 2박 3일의 여행이 끝나 가고 있었다.

아쉬운 듯 차창 밖을 바라보는 윤을 힐끗 쳐다본 강욱이 말을 걸었다.

"나중에 기회 봐서 이탈리아에 한번 갈까?"

"이탈리아?"

"건축가들 이탈리아 좋아한다며. 엄청 유명한 건축물들이 많다던데
뭐 보고 싶은 곳 없어?"

"두오모 성당. 거긴 죽기 전엔 진짜 꼭 한번 가 봐야 하는데."

"두오모 성당?"

"피렌체의 상징이죠. 1296년에 공사를 시작했는데 완공까지 무려 170
년이나 걸렸대요. 회벽색 외벽에 새겨진 그 찬란한 문양들을 두 눈으로
직접 보고 싶어."

좋아하는 건축 이야기에 눈을 반짝반짝 빛내는 윤의 모습에 저절로
미소가 지어졌다. 그곳에 데려가면 얼마나 좋아할지 상상이 간다.

"또 가고 싶은 곳 있으면 생각해 둬. 어느 날 갑자기 훌쩍 떠나자고 할
지도 모르니까."

"칫. 일에 파묻혀 사느라 바쁜 거 뻔히 다 아는데."

"……."

"진짜 걱정돼서 하는 말인데 적당히 쉬엄쉬엄해요."

"지금 잔소리하는 거야? 아니면 바가지 긁는 건가?"

"잔소리까지는 뭐 이해하겠지만 바가지라뇨? 내가 왜?"

휴게소에서 산 간식거리를 나눠 먹으며 아옹다옹하는 사이 차는 서울로 가는 마지막 요금소를 지났다.

이 회장에게서 전화가 걸려온 건 그때였다. 통화 버튼을 누르자 스피커를 통해 이 회장의 걸걸한 음성이 울렸다.

— 출장 갔다더니 올라왔냐.

"부산에서 지금 올라가는 길이에요."

— 도착하면 집에 잠깐 들러. 너하고 상의할 일이 있어.

"오늘은 좀 곤란한데요. 선약이 있어서요. 무슨 일이신데요?"

— 어제 대성 오 사장이 전화했더구나.

오 사장이라는 말에 강욱이 저도 모르게 브레이크를 밟자 뒤차가 빵하고 경적을 울리며 추월해 갔다.

— 너희 결혼 추진하기로 했다. 조만간 상견례 자리 한번 마련하고 약혼식부터⋯⋯.

표정이 굳은 강욱이 옆을 돌아보았다.

윤이 파리한 얼굴로 앉아 있었다.

✳

윤은 울 수도, 그렇다고 웃을 수도 없는 표정으로 빠르게 지나쳐 가는 도로만 뚫어져라 쳐다보았다. 어디 다른 곳으로 눈을 돌릴 수도, 그렇다고 비참하게 눈을 감고 싶지도 않았다.

"나중에 얘기해요."

바로 옆에서 강욱의 목소리가 들렸다.

– 이 사람더러 준비하라고 일러뒀다. 그리고 언제 얼굴 볼 겸 집에 한번 데
려……

"나중에 전화할게요."

– 통화하기 곤란한 모양이구나. 알았다. 끊자.

차 안엔 무거운 적막이 흘렀다. 무슨 이야기를 어떻게 꺼내야 할까.
강욱이 선을 봤다는 건 알았지만 불과 며칠 만에 결혼 얘기가 오갈 줄 상
상도 못 했던 윤은 머릿속이 텅 비어 버린 것만 같았다. 대체 어떤 여자
이기에……

"이탈리아는 혼자 가야겠네요."

어렵게 입을 열었는데 기껏 흘러나온 이야기가 그랬다.

강욱의 시선이 옆얼굴에 느껴졌지만 윤은 돌아보지 않았다. 앞차의
뒤꽁무니만 놓칠세라 끈질기게 바라보았다.

"……축하한다는 말은 도저히 못 하겠다."

"윤아."

"그 이름 부르지 말아 줄래요. 지금은 강욱 씨 목소리 듣고 싶지 않은
데."

"윤아."

"……제발 부르지 마."

"윤아."

"부르지 마. 강욱 씨."

계속해서 그가 이름을 부르는 통에 결국 애써 참았던 게 무용지물이
되고 말았다. 어차피 곧 헤어질 생각이었는데, 그냥 못 해 본 연애만 조
금 해 볼 생각이었는데, 이번엔 그가 저로 인해 마음이 아프길 바랐는데
어김없이 제 가슴이 찢어지는 것 같다.

"제발 아무 말도 하지 마. 부탁이야."

윤이 애원하듯 중얼거렸다.

끼익.

방향을 틀어 간이 휴게소로 차를 몬 강욱이 한쪽에 차를 세웠다. 휙 몸을 틀어 윤을 바라보았다.

"차라리 화를 내."

"……."

"욕을 하고 화를 내라고."

"……그러면 뭐가 달라져요?"

윤의 물음에 강욱의 말문이 막혔다. 윤은 금방이라도 울 것 같은 얼굴을 하고 입술 끝을 끌어 올렸다. 웃는 모습이 볼썽사납게 일그러졌다.

"내가 무슨 자격으로 화를 내요? 애인? 침대에서 몇 번 뒹군 사이라서? 그것도 아니면 같이 여행까지 다녀온 사이라서?"

윤의 목소리가 점점 격양되더니 기어이 볼을 타고 눈물이 흘러내렸다. 신경질적으로 눈물을 훔친 윤이 더 이상 말을 하기 싫다는 듯 창밖을 바라보았다.

"집에 데려다줘요."

그런 윤을 바라보다 차에서 내린 강욱은 보도블록 끝에 털썩 주저앉아 머리를 부여잡았다.

머릿속이 터질 것처럼 복잡했다. 그동안 수도 없이 해 왔던 계산들이 윤이 우는 모습을 보는 순간 엉클어져 버렸다.

어떻게 해야 할까.

"……."

아버지인 이 회장이 쓰러졌다는 연락을 받고 급하게 병원으로 달려갔던 그 겨울, 병실에 들어가지도 못하고 복도에 서 있던 어머니의 얼굴이 엉망이었다. 한 침대에서 잠을 주무시다 아버지가 쓰러졌다는 이유만으로 홍나희에게 당한 거였다.

'얼마나 좋으셨으면 심장에 무리가 왔을까.'

병실에서 비아냥거리는 태욱을 마주친 순간 눈이 뒤집혀 주먹을 날려 버렸다. 다 죽여 버리고 싶은 마음뿐이었다. 코뼈가 부러지는 바람에 피가 철철 나는 태욱에게 죽일 듯이 달려들었고 결국 며칠 유치장 신세를 져야만 했다.

아버지는 무사히 깨어났지만 그날 일로 길길이 날뛰는 태욱을 달래기 위해 마침 공석이었던 부사장 자리에 앉혔다. 그리고 강욱은 어머니와 함께 미국으로 쫓겨나는 신세가 되었다.

지금도 어머니만 생각하면 속이 썩어 문드러졌다. 3년 넘게 귀양살이나 다름없는 외국 생활을 하다 잠시 뵈러 온 건데 어머니는 영영 일어날 수 없는 사람이 되어 버렸다.

어머니가 운전하던 차에 아버지가 타고 있었고 사고가 났다. 경찰 조사로 명백한 상대 측의 실수라고 밝혀졌지만 홍나희와 이태욱은 어머니가 그렇게 만든 거라고 우겼다. 남의 남편을 탐내다 벌받은 거라고.

다 빼앗아 버리고, 다 부숴 버리고 싶은 마음이 폭발해 버린 건 그때였다. 그래도 여태껏 참아 왔던 건 어머니 때문이었는데 이제 그럴 필요도 없어져 버렸다.

누군가 하나는 나락으로 떨어져야 끝날 일이었다.

그래서 어떻게든 다 부숴 버리고 싶었는데…….

강욱은 복잡한 얼굴로 차 안에 앉은 윤을 바라보았다.

"……."

널 어떻게 해야 할까.

머릿속에 떠오르는 수만 가지 생각을 윤의 얼굴이 가로막는다.

난 어떻게 하고 싶은 걸까.

윤을 만나기 전이었다면 이런 망설임을 느낄 필요도 없었을 것이다.

한 번 본 여자와 약혼하는 대가로 힘을 얻어 태욱 일가를 몰아낼 궁리를 했을 것이다.

강욱은 조수석에 앉은 윤을 멍하니 바라보았다.

내게 이런 고민을 안겨 준 넌 치유약인 걸까, 치명적인 독인 걸까.

행복함을 만끽했던 사흘의 여행은 많은 고민거리를 던져 준 채 끝나 가고 있었다.

"그때 사주를 받았던 이종필이 필리핀으로 도주했는데 이번에 사기 혐의로 현지에서 잡혔답니다. 어떡할까요?"

"⋯⋯."

"본부장님?"

진지한 얼굴로 보고 중이던 김 실장이 딴생각에 빠진 강욱을 불렀다.

"아, 미안합니다."

"무슨 일 있으십니까?"

일요일 오후에 불려 나와 회의 중이던 사람들이 일제히 강욱을 돌아보았다.

강욱은 들고 있던 파일을 툭 내려놓으며 물었다.

"대성이 보유한 우리 주식이 얼마나 됩니까."

"대성이요? 정확한 건 다시 봐야 알겠지만 지난주까지 흘러 들어간 게 4만 주 이상인 걸로 파악됩니다. 현재도 계속 매입 중에 있습니다."

4만 주라면 지분율로 따졌을 때 0.3% 정도. 경영권을 위협할 수준으로는 턱도 없지만 반대 세력으로 돌리기엔 결코 무시할 수 없는 양이다. 게다가 아버지와 대성 오 사장이 무슨 명목으로 결혼을 추진한 건지 아직 알지 못한다.

"대성 관련해서 좀 알아봐요."

"어떤 것을 말씀하시는 건지⋯⋯."

"뭐든 상관없습니다. 약점이 될 만한 거라면 더 좋고."

"알겠습니다."

"계속하세요."

"이종필은 현재 마닐라에 구금 중으로 우선 그쪽 사건 재판을 받아야 한답니다. 데려오는 건 힘들겠지만 범죄 혐의에 대해 인정해 준다면 노승국을 움직이게 하는 건 문제없을 겁니다."

"마닐라로 언제 떠날 겁니까."

"이번 주 내로 다녀오겠습니다."

이태욱을 전적으로 밀고 있는 노승국을 끌어올 수 있다면 나쁘지 않다. 범죄 혐의의 증거만 확보하면 제대로 협상을 해 볼 생각이다. 경찰에 넘기지 않는 조건으로 대표 선임 때 우리 편에 서게 하려면 반드시 노승국의 목을 쥘 확실한 게 필요했다.

"혹시라도 눈치채지 않게 보안 유지 잘 하시고요."

"물론입니다."

얼마 후, 회의를 마친 사람들이 나가자 호텔 방 안엔 강욱 혼자 남았다. 강욱은 피곤한 듯 소파에 기대어 눈을 감았다.

"……"

눈을 감자 파리하게 질려 있던 윤의 얼굴이 그려지듯 떠올랐다.

핸드폰을 들어 꺼진 화면을 바라보던 강욱은 갤러리에 저장된 사진을 찾아 물끄러미 응시했다.

"……"

요트에서 다정하게 찍은 사진이었다.

제게 기대어 환하게 웃는 윤의 모습을 보니 가슴이 뻐근하다. 이렇게 예쁘게 웃는 사람을 울린 건 결국 저였다.

차라리 미친 듯이 화를 내지. 차라리 죽을 듯 원망을 하지. 그럼 그 모습에 질려 조금은 덜 미안할 텐데.

메시지창을 열어 한참을 망설이다 결국 아무 말도 쓰지 못하고 핸드폰을 툭 내려놓았다.

어둠이 내려앉는 도시를 멍하니 바라보다 자리에서 일어섰다. 아무래도 평창동에 가 봐야 할 듯했다.

문을 열어 준 강릉댁 너머로 팔짱을 낀 채 서 있는 홍나희가 보였다.

무표정한 얼굴로 묵례하는 강욱을 못마땅한 눈으로 훑은 홍나희가 방으로 들어가며 중얼거렸다.

"갈 때 나 좀 보자."

서재로 들어가자 이 회장이 휠체어에 앉아 창밖을 보고 있다.

"왔냐."

강욱이 자리에 앉기를 기다린 이 회장이 인터폰을 눌러 차를 가져오라고 했다. 잠시 후 즐겨 마시던 차를 강릉댁이 가져다주자 이 회장은 목을 축이며 아들을 넌지시 바라보았다.

"강욱아."

"네."

"나한테 서운한 게 많지?"

"……."

"네 장인 될 오 사장이 너한테 큰 힘이 되어 줄 거다."

"이 결혼에 무슨 거래를 하셨습니까?"

강욱의 단도직입적인 물음에 이 회장이 잠시 고민하더니 벽 뒤쪽에 있는 금고에서 서류 하나를 꺼내 내밀었다.

"내가 가진 지분 절반의 양도 증서다. 가져가."

"!"

"너도 예상할 테지만 조만간 자리에서 물러나려고 해. 태욱이에게 나머지 절반이 갈 테고 재욱이 몫은 따로 생각해 둔 게 있으니까 신경 쓰지 않아도 된다. 그리고…….”

목이 탄 듯 차 한 모금을 마신 이 회장이 강욱을 물끄러미 바라보았다.

“결혼식 끝나고 나면 제과 라인을 넘겨주마. 이제 태욱이랑 같은 곳에서 부딪히지 말고 네 역량 제대로 발휘해 가며 살아.”

제과 쪽이라면 K그룹에서도 알짜배기 라인이다. 그걸 물려주면 이태욱이 가만있지 않을 텐데 어쩌시려는 걸까.

“다들 가만 안 있을 텐데요.”

“신경 쓰지 마라. 내가 알아서 정리할 테니까.”

정리라……. 강욱은 소리 내어 비웃고 싶은 걸 겨우 참았다. 이 정도로 정리할 생각이었으면 애초에 시작도 하지 않았다. 적당히 나눠 주고 끝낼 생각은 추호도 없다. 호적상 쌍둥이인 이태욱이나 홍나희와 잘 지내 볼 생각은 더더군다나 없다.

모조리 빼앗아 발밑에 엎드려 비는 그들을 봐야 끝이 나도 날 거였다.

침묵이 이어지자 강욱이 서류를 챙겨 일어섰다.

“하실 말씀 끝난 것 같은데 그만 일어나 보겠습니다.”

“네 엄마는…… 여전하지? 자주 찾는다고 들었다.”

“궁금하시면 직접 가 보세요.”

인사를 한 뒤 밖으로 나오자 강릉댁이 다가와 홍나희가 기다린다고 알려 주었다. 강욱이 방으로 들어오자마자 홍나희가 앙칼진 목소리로 말했다.

“아무리 회장님 부탁이래도 내가 나서서 네 결혼 준비 할 마음 없다.”

“잘됐네요.”

시큰둥한 강욱의 반응에 홍나희의 눈이 휙 치켜 올라갔다.

“뭐? 잘돼?”

“해 준다고 해도 제 쪽에서 말리려고 했었거든요. 식장에 앉을 분이 준비해야 하는 건데 번지수를 잘못 찾은 것 같아서요."

부모석에 앉지 못할 거란 경고였다.

"이게 어디서……."

분을 이기지 못해 잰걸음으로 다가온 홍나희가 손을 번쩍 들어 올렸다. 하지만 그녀의 손은 강욱에게 곧 붙들리고 말았다.

"여전하시네요."

강욱이 차갑게 웃으며 홍나희를 내려다보았다.

"아직도 제가 때리면 얌전히 맞기만 했던 어린 꼬마로 보이세요?"

"너……."

"손 함부로 놀리시다 큰코다치실 겁니다."

밀치듯 놔준 강욱이 돌아서다 말고 홍나희를 싸늘하게 바라보았다.

"용서는 빌 기회가 남았을 때 빌어 두세요, 어머니. 이건 그나마 아들로 남아 있을 때 마지막으로 충고해 드리는 거예요."

선전포고나 다름없는 그의 말뜻을 알아들은 홍나희가 몸을 부들부들 떨었다. 그러거나 말거나 강욱은 문을 닫고 나왔다. 닫힌 문 너머에서 뭔가가 던져져 박살 나는 소리가 들렸다. 늘 하던 말을 중얼거리고 있을 테지.

머리 검은 짐승은 거두는 게 아니라고.

그렇게 원하신다니 옛말이 틀린 게 없음을 확인시켜 드려야 할 때가 다가오고 있었다.

며칠 사이 공사가 꽤 많이 진행된 상태였다.

현장을 살피던 윤은 선뜻 안으로 들어가지 못하고 입구에서 머뭇거렸다.

"어, 왔네?"

현장 소장인 박 씨가 윤을 발견하고는 몸을 일으켰다. 먼지 묻은 손을 털며 다가온 박 소장에게 윤이 음료수가 담긴 봉투를 건넸다.

"며칠 안 보이길래 영영 안 오는 거 아닌가 걱정했네."

"다른 현장에 좀 다니느라 바빴어요."

"거기 일은 채 대리 혼자 다 해? 뭔 아가씨가 일 욕심이 그리 많아."

박 소장이 얘기를 하는 동안 슬쩍 윤의 눈치를 살폈다.

"저기, 은섭이 말이야."

은섭이라는 말에 윤의 표정이 조금 딱딱해졌다.

"애가 일도 곧잘 하고 눈치도 빨라서 꼭 필요한 놈이야. 저 때문에 채 대리가 좀 놀란 것 같다고 반성 많이 하더라고. 다시는 안 그런다고 했으니까 채 대리가 좀 봐주면 안 될까?"

"소장님."

"사과한다고 저번부터 계속 기다렸어. 그리고 젊은 놈 표현이 좀 과격해서 그런 거지 사람 좋아하는 게 죄는 아니잖아. 안 그래?"

"……."

"요새 제대로 된 일손 달리는 거 채 대리도 알잖아. 나 채 대리만 믿는다? 응? 은섭아. 강은섭!"

박 소장이 외쳐 부르는 소리에 잠시 후 은섭이 계단에 모습을 드러냈다. 안전모를 쓴 채 내려오던 은섭이 윤을 발견하고는 우뚝 멈췄다.

"뭐 해? 얼른 와서 사과하지 않고."

박 소장이 눈짓을 보내자 은섭이 가까이 다가왔다. 윤의 얼굴을 바라보던 은섭의 눈길이 여전히 멍이 남은 손목에 닿았다.

"……미안해요."

덤덤한 목소리로 사과한 은섭이 한 발짝 더 다가서며 손을 내밀었다.

윤이 저도 모르게 멈칫하며 손을 뒤로하자 은섭이 쓴웃음을 지으며 내민 손을 거둬들였다.

"괜찮은지 살펴보려고 했을 뿐이에요."

"괜찮아요."

존댓말로 보이지 않은 선을 긋는 게 느껴졌는지 은섭이 말없이 윤을 바라보았다. 이런 일이 없었다면 측은하다고 여겼을 그런 눈빛이었다.

"지난번엔 제가 너무 흥분해서 도가 지나쳤어요."

"한 번은 실수였다고 넘겨 줄게요."

"누나."

"채 대리님."

윤이 호칭을 정정해 주자 은섭이 빤히 바라보더니 그대로 따라 했다.

"채 대리님."

"……일 관련된 건 앞으로 내가 아니라 소장님한테 물어요."

"…….'"

"자자. 사과 주고받았으면 은섭이 넌 가서 일해."

보고 있던 박 소장이 끼어들어 은섭을 올려 보냈다. 계단을 오르기 전 은섭이 뒤돌아봤지만, 윤은 신경 쓰지 않는 듯 이미 현장을 살피는 중이었다.

"젊어서 좋겠다. 요새 애들 말로 썸이라고 하나?"

옆에 있던 아저씨 하나가 우스갯소리로 말하다 박 소장의 눈치에 입을 다물었다. 다들 조용히 넘어갔으니 다행이라고 여기는 분위기였다.

저녁 무렵. 낯선 번호로 윤에게 전화가 걸려왔다.

– 저, 김민잽니다.

김민재? 어디선가 들어 본 적 있는 이름에 잠시 생각하던 윤은 김 씨 아저씨 집에서 만났던 남자의 얼굴을 떠올렸다.

"아! 네, 안녕하세요."

– 갑자기 전화 걸어서 놀라셨죠? 상의드릴 것도 있고 해서 아버지께 전화번호 여쭤봤어요. 불쾌하셨다면 죄송합니다.

"좀 놀라긴 했는데 불쾌할 일은 아니에요. 근데 저한테 상의할 일이라뇨?"

– 친한 선배님이 이번에 부모님 댁을 허물고 새로 짓고 싶다고 하셔서요. 소개도 해 드릴 겸 언제 저녁이나 같이했으면 좋겠는데 어떠세요?

"저녁이요?"

– 식사는 좀 부담스러우실까요?

둘이서 저녁 먹는 게 편할 일은 아니지만 일부러 세종에서 여기까지 올라오는데 거절하기도 그랬다. 게다가 저녁이라면 이미 한번 먹은 적도 있지 않은가.

"괜찮아요. 올라오시는 날짜 알려 주시면 다른 약속 잡지 않고 기다릴게요."

– 그럼 금요일 어때요? 일찍 끝내고 갈 수 있을 것 같은데.

"그럼 사무실로 오실래요?"

– 그러죠. 그럼 금요일에 뵙겠습니다. 참, 아버지한테는 비밀로 해 주세요. 닦달당하기 싫거든요.

민재의 마지막 말에 작게 웃음을 터트리며 통화를 마친 윤은 지난번 그를 만났던 날을 떠올렸다. 사람을 편하게 해 주는 남자.

강욱이 지금 곁에 있는 게 아니었다면 한 번쯤 만나 봤을지도 모르겠다는 생각이 잠시 머리를 스쳤다.

어느덧 목요일.

퇴근 준비를 하던 윤의 눈길이 탁상 달력으로 향했다.

강욱에게선 며칠째 연락이 없다.

"채 대리님. 저녁 안 드시고 갈래요?"

요즘 부쩍 잘 어울리기 시작한 근태와 춘기가 일어서다 말고 물었다.

"미안해요. 난 오늘 어디 좀 갈 데가 있어서요."

"그럼 저희 먼저 가 보겠습니다."

직원들이 다 나가고 텅 빈 사무실을 정리한 윤은 불을 끄고 문을 잠갔다. 병원에 입원한 소진이 면회를 가기로 약속한 날이다.

지하철은 사람들로 붐볐다. 겨우 틈을 비집고 들어가 몸을 실었다.

병원에 도착한 윤은 근처 카페에 들러 소진이 먹고 싶다던 케이크와 음료를 사 병실로 올라갔다.

"언니!"

핸드폰을 들여다보고 있던 소진이 반갑게 손을 흔들며 윤을 맞이했다. 환자복을 입은 모습이 안쓰럽지만 한편으로는 다행이었다.

"컨디션은 어때?"

"좋은지 안 좋은지 한번 맞춰 볼래요?"

"장난까지 치는 걸 보니 좋은가 보다."

"딩동댕. 맞았습니다."

아이의 유쾌한 장난에 윤은 빙그레 웃으며 소진의 머리를 쓰다듬었다.

"어머, 윤이 씨 언제 왔어요."

잠시 면담을 다녀오느라 자리를 비웠던 달려오더니 최 선생이 윤의 손을 꼭 움켜잡았다.

"진즉 온다는 걸 바빠서 못 왔어요. 고생 많으시죠?"

"어휴, 내가 무슨 고생을 해. 우리 소진이가 고생이지."

소진은 가져온 케이크와 음료를 맛있게 먹어 주었다. 그 모습을 흐뭇하게 바라보는데 최 선생이 뜻밖의 얘기를 꺼냈다.

"정말 윤이 씨한테 이 은혜를 어떻게 갚아야 할지 모르겠어."

"무슨 말씀이세요?"

"우리 조만간 이사 갈 것 같아."

"이사요?"

"실은 엊그제 K그룹 복지팀에서 집에 한번 다녀갔거든. 다른 애로사

항이 있느냐고 묻기에 밑져야 본전이다 싶어서 다 얘기했지. 애들은 커 가는데 한방에 서너 명씩 지내는 것도 그렇고 해서."

최 선생은 그날 있던 일은 전부 들려주었다. 그 사람들이 다녀가고 오늘 연락이 왔다고 했다.

"오늘이요?"

"응. 아까 오후에 연락이 왔어. 위에서 지시 내려왔다고, 이사 갈 수 있게 최대한 도와주겠대. 그러잖아도 윤이 씨 오면 이 기쁜 소식을 전하려고 기다렸었지."

"……잘됐네요. 다행이에요."

"윤이 씨 아니었으면 상상도 못 했을 일이야. 어떻게 그런 곳이랑 연줄이 닿았는지 모르겠지만 신경 써 주신 그분한테 꼭 감사하다고 전해 줘."

"그럴게요."

"근데 정말 좋은 분이신 거 같아. 어떤 분이셔?"

강욱은 무슨 생각으로 부탁하지 않은 것까지 도와준 걸까. 며칠째 연락도 하지 않고 지내면서 이대로 끝나도 이상하지 않겠다는 생각을 했다.

그런 강욱이 저 몰래 뒤에서 좋은 일을 하고 있었다니. 싫다는 사람 억지로 만나게 만들어 놓고, 이번만큼은 제가 멋지게 버릴 생각이었는데 그 기회조차 빼앗아 버린 그가 좋은 사람이라니.

"윤이 씨?"

최 선생이 조금 당황한 목소리로 불렀다.

"지금 울어?"

왜 눈물이 나는지 모르겠다.

"아뇨."

다른 여자한테 간다는 그런 남자 때문에 울고 싶지 않은데 자꾸 뭔가가 눈가를 타고 흘러내린다. 최 선생이 더 이상 묻지 않고 윤을 안아 주었다.

"울고 싶으면 울어. 그래도 돼."

보듬어 주는 따뜻한 목소리에 서러움이 왈칵 몰려들었다.

＊

집으로 가는 버스 안에서 윤은 강욱에게 보낼 메시지를 작성했다.

[최 선생님한테 이사하는 거 도와주시기로 했다는 얘기 들었어요. 소진이 병원비 대 준 것만으로도 감사한 일인데 신경 써 줘서]

문장을 완성하지 못한 채 깜박이는 핸드폰 화면을 바라보던 윤은 애써 작성한 메시지를 지웠다. 며칠 만의 연락을 이런 식으로 하고 싶진 않아서다.

그동안 주고받았던 메시지를 거슬러 올라가며 읽어 보았다.

한 달 넘는 시간 동안 참 많은 이야기를 주고받았다. 어떤 날은 하루에도 몇 번씩 또 어떤 날엔 밤이 늦도록 이야기를 나누었었다.

그걸 보고 있으니 기분이 이상해져 가방에 넣으려는데 벨이 울렸다.

화면에 뜬 건 강욱의 이름이었다. 생각 중이었던 걸 들켜 버린 것 같아 기분이 이상했다.

"여보세요."

– 안 받을 줄 알았는데 그래도 받네.

평소 그의 목소리와는 확연하게 달랐다.

– 윤아.

"술 마셨어요?"

– 응.

"……."

– 좀 올래?

"취했으면 들어가서 자요. 나중에 보는 게 좋겠어."

– 오늘 봐야 해. 지금 해야 할 얘기 있어.

고집을 부리는 강욱의 모습에 잠시 망설이던 윤은 위치를 물으며 버스 벨을 눌렀다. 어쨌든 그녀도 할 얘기가 있긴 했다.

낯선 정류장에 내려 택시를 기다리는데 바람이 불어왔다. 밤인데도 바람은 낮의 것처럼 뜨거웠다. 여름도 절정인 모양이다.

호텔 최상층에 위치한 바는 블루 컬러에 화려한 조명으로 꾸며져 있었는데 그 모습이 마치 도시의 화려한 야경을 그대로 옮겨 놓은 듯했다.

강욱은 가장 안쪽에 위치한 프라이빗 한 공간에 혼자 앉아 있었다.

대체 얼마나 마신 걸까. 그렇게 흐트러진 강욱의 모습은 처음이었다.

술잔을 넘치게 채우는 강욱의 손에서 병을 가져오자 그가 취한 눈으로 올려다보았다.

"많이 마셨나 보네요."

"축하할 일이 있었거든."

잔이 하나밖에 없는 거로 보아 일행들이 없었던 걸까. 맞은편에 앉은 윤을 강욱이 취기 오른 눈으로 뚫어지게 쳐다보았다.

"한잔할래?"

"축하할 일 있다면서요. 그럼 같이 축하해 줘야죠."

그녀의 말에 강욱이 쓴웃음을 지으며 잔을 채워 줬다. 축하할 일이라고 해 봤자 이태욱 편의 대주주 중 한 명인 노승국의 목줄을 죌 증거가 손에 들어왔다는 건데 그걸 윤에게 축하받고 싶지는 않았다.

오늘 윤을 부른 건 나쁜 놈이 되기 위해서다. 나쁜 놈이 아니라 개새끼. 그래, 차라리 개새끼가 더 어울렸다.

낮에 회사로 찾아왔던 오수진을 떠올린 강욱은 아슬아슬하게 담겨 있는 술잔을 들어 단숨에 비웠다.

'김승현 씨 알죠? 실은 그분이 아버지 친구분이세요. 이강욱 씨를 아버지한테 사윗감으로 추천하셨다더라고요. 앞으로 잘해 봐요, 우리.'

오수진에게서 대주주인 김승현의 이름을 듣는 순간 그가 해야 하는 일이 결정지어졌다.

윤에게 할 말이 있다. 정작 하고 싶은 말은 따로 있는데 꼭 해야 할 말이 있었다. 그 말을 하려면 정신을 놓을 만큼 취했으면 좋겠는데 취하면 취할수록 머릿속은 멀쩡해지는 기분이다.

몸은 점점 말을 안 듣는데 여전히 말을 꺼낼 준비는 되어 있지 않았다.

"어머니가 병원에 몇 달째 의식 없이 누워 계셔."

왜 제가 지금 이런 선택을 할 수밖에 없는지에 대해 치졸하게 변명부터 늘어놓고 만다.

"어머니는 내가 이강욱으로 살기를 바라시며 당신은 어두컴컴한 그늘에서 평생 죽은 듯 살아오셨던 분이셨어."

"……."

"근데, 이 상태로 보내 드리면 나 죽을 때까지 날 용서하지 못할 것 같아."

강욱은 윤을 바라보았다.

"그래서 그 여자랑 결혼하려고."

강욱이 슬픈 얼굴로 웃었다.

취해서일까. 강욱은 분명 웃고 있는데 툭 건드리면 금방이라도 울음을 터트릴 것만 같았다. 특히나 어머니 이야기를 할 때의 표정은 당장이라도 끌어안고 다독여 주고 싶어지는 충돌이 들게 했다.

"나 때문에 3년을 말도 안 통하는 미국에서 지내다 오셨어. 점점 어머니의 말수가 줄어드는 모습을 보면서도 난 아무것도 해 주지 않았어. 외로워한다는 걸 알았지만 난 늘 바빴거든. 그래서 더 이곳에 돌아오고 싶으셨을 거야."

윤은 강욱의 이야기가 이어질 동안 아무 말도 하지 않은 채 그를 바라보았다.

"어머니는 나를 아들로 뒀음에도 불구하고 아직 법적으로 미혼이야. 깨끗하다고."

그가 평범한 삶을 살지 않았다는 걸 이미 알고 있다. 복잡한 가족 관계와 많은 것들이 엉킨 그런 관계들 속에서 견디고 있을 거라는 걸 그저 짐작만 하고 있었을 뿐이었다.

"우리가 처음 만났던 그날 말이야."

그가 술잔을 단숨에 비워 내더니 손등으로 입술을 훔쳤다. 강욱은 점점 취해 가고 있었다.

"출장에서 돌아와 보니 어머니가 안 계시는 거야. 집도 팔겠다고 내놓고 그 산속에 숨어 울면서도 나한테는 아무렇지 않은 척을 하시더라. 모진 일을 번번이 당하면서도 늘 그랬어. 하나뿐인 아들을 위해서. 늘 그게 이유였지."

"……."

"평생 홍나희 씨 아들 이강욱으로 살았는데 앞으로는 정은선 씨 아들로 살아 보고 싶어. 패잔병이 되어 돌아가고 싶은 게 아니라 다 빼앗아서 밟아 주고 가고 싶어. 그래서 이쯤에서 그만두려고. 흐흐흐, 내 주제에 연애라니. 가당치도 않지."

다른 여자가 생겨 헤어지는 거라면 차라리 나을 텐데. 그럼 나쁜 놈이라고 울고불고하며 뺨이라도 한 대 올려붙일 수 있을 것 같은데. 저렇게

297

아픈 얼굴로 다른 여자에게 간다고 하면 나더러 어떡하라고.

윤은 그가 따라 주었던 술잔을 들어 단숨에 마셔 버렸다. 목구멍이 타는 듯 뜨거워 괴롭다. 짧지만 강렬했던 이 연애가 끝나는 순간에 어울리는 괴로운 맛이다.

틀어쥐고 있던 잔을 내려놓으며 중얼거렸다.

"그렇게 해요, 그럼."

윤의 짧은 대답에 강욱이 머리를 손으로 헝클며 실성한 사람처럼 키득거렸다.

"할 말이 그것뿐이야?"

지금 이 상황에서 무슨 말을 더할 수 있을까.

"붙잡으면 안 갈 거예요?"

"……."

"어차피 우리 오래갈 거라 생각 안 했잖아요. 앞으로 한 달이면 집도 다 지을 테고 원래대로 돌아가야겠죠. 그냥 조금 일찍 끝나는 것뿐이잖아요."

윤은 일부러 아무렇지 않은 듯 굴었다. 어차피 처음부터 안 될 사람이라는 거 알고 시작했으니 쓸데없는 욕심을 부려 봤자 추해질 뿐이다. 짧긴 하지만 연애도 해 봤고 추억도 남겼다.

지금 보니 강욱도 저와 헤어지고 나면 조금은 괴로워할 것도 같았다.

그거면 충분했다.

"나도 이제 강욱 씨 잊고 좋은 사람 만나야죠."

"……잊어?"

취한 눈으로 윤을 바라보던 그가 얼굴을 문지르며 중얼거렸다.

"하긴. 나 같은 거랑 엮여 봤자 인생만 드럽게 꼬이겠지. 원래부터 재수 없던 놈이니까."

비아냥거리듯 중얼거리며 몸을 일으키던 그가 몸을 가누지 못하고 비틀거렸다. 놀란 윤이 재빠르게 일어나 그를 부축하자 그가 찡그린 얼굴로 내려다보았다.

"여긴 왜 온 거야?"

취해서 부른 것도 기억나지 않는 걸까.

"강욱 씨가 불렀잖아요."

"아아, 그랬지 참."

"가요. 차까지 데려다줄게요."

"그런 배려심은 넣어 두라고. 그만하자는 놈한테 뭐 하러."

윤의 손을 털어 낸 그가 비틀거리며 카운터로 향했다. 걸음걸이가 영 위태로워 보여 윤은 한숨을 내쉬며 조금 떨어져 걸었다. 아니나 다를까. 계산하던 그가 푹 고꾸라졌다.

"정신 좀 차려 봐요."

직원의 도움을 받아 강욱을 일으켜 세운 윤이 차 키를 찾기 위해 주머니를 뒤적이자 방 열쇠가 나왔다.

『1308호』

"죄송하지만 여기로 좀 옮겨 주실 수 있을까요?"

윤의 부탁에 다른 직원 하나가 더 달려왔다.

"수고하셨어요."

윤은 지갑에서 지폐 몇 장을 꺼내 남자에게 내밀었다.

문이 닫히자 윤은 침실로 향했다. 침대 위에선 강욱이 괴로운 듯 몸을 뒤척이고 있었다.

"강욱 씨. 정신 좀 차려 봐요."

한 번도 그가 망가진 모습을 상상해 본 적이 없다. 몸을 제대로 가눌

수 없을 만큼 취한 모습이 낯설면서도 안타까운 생각이 들었다. 어쩌다가 이렇게 된 건지 모르겠다.

신발과 양말을 벗기고 셔츠 단추도 몇 개 풀어 주었다. 강욱의 온몸이 타는 듯 뜨거웠다.

윤은 수건에 물을 적시기 위해 욕실로 가다 말고 거실을 돌아보았다. 누군가 머물다 간 흔적들이 보였다.

여러 대의 노트북과 갈아입을 여벌의 옷. 단순히 잠을 자는 공간이 아니라는 생각이 들어 가까이 다가간 윤은 소파에 앉아 테이블 위에 쌓인 서류들을 조심스럽게 살펴보았다.

"……."

복잡한 그래프와 자료들. 무슨 내용인지 알 수는 없지만 이곳에서 많은 일이 일어나고 있다는 것이 짐작이 갔다. 강욱의 삶 또한 이것들만큼이나 복잡할 듯했다.

한참 멍하니 앉아 생각에 잠겼던 윤은 수건을 빨아 침대로 돌아갔다.

"술은 이길 수 있을 만큼만 마셔요."

아침에 일어나면 속 쓰릴 텐데.

헤어지는 마당에 이런 걱정을 하는 제가 한심해 윤은 쓰게 웃었다. 침대에 걸터앉아 조심스러운 손길로 얼굴과 손을 차례로 닦던 윤의 눈길이 강욱의 발에 닿았다.

"……."

윤이 들고 있던 수건을 내려놓더니 발을 가만히 쥐었다.

그가 집에 왔던 날 매니큐어로 발톱에 쓴 글씨가 아직 남아 있었다.

시간이 흘러 지저분해진 글씨를 어루만지며 중얼거렸다.

"내 거."

물수건으로 발톱을 닦아 주었다. 깨끗하게 지워지면 좋으련만 잘 지워지지가 않는다. 이제 그에게 지난 흔적 같은 거 남겨 두고 싶지 않은데.

잠결에도 귀찮았는지 강욱이 돌아누웠다. 윤은 하는 수없이 수건을 내려놓고 강욱의 머리에 베개를 받쳐 주었다.

벽등만 남긴 채 불을 껐다.

윤은 옷을 입은 채로 침대에 누워 강욱을 바라보았다.

"행복하라는 말은 하고 싶지 않은데…… 강욱 씨가 행복했으면 좋겠어."

잠든 강욱의 얼굴을 찬찬히 쓰다듬었다. 이제 만질 일도 없을 거란 생각에 손끝이 파르르 떨었다.

"그동안 좋은 꿈 꿨어요."

잠든 강욱의 곁에서 윤은 오랫동안 누워 있었다.

그러다 괴로운 듯 인상을 찡그리는 강욱의 얼굴을 쓰다듬어 주고 몸을 일으켰다.

"안녕."

그가 다시 만났을 때 그랬던 것처럼 인사를 건넸다.

혹시 그가 기억하지 못할까 싶어 메모 한 장을 써서 탁자에 올려 두었다.

문 앞에서 뒤를 돌아본 윤은 조용히 그곳을 나갔다. 곧 새벽이었다.

다음 날 아침. 출근 시간이 다 되어서야 겨우 눈을 뜬 강욱은 지독한 숙취에 괴로운 듯 머리를 부여잡았다. 머리가 깨질 듯 아팠다.

다행히 방은 제대로 찾아온 모양이다.

"어떻게 온 거지."

토막 난 기억을 더듬으며 냉장고에서 물을 꺼내 벌컥벌컥 들이켰다. 어제는 좋은 소식이 여러 군데서 들려와 축하주가 필요한 날이었다. 아직 갈 길이 멀어 완전한 축배라고는 할 수 없지만 함께 수고한 사람들 격려 차원에서 자리를 마련했다.

중간에 빠져나온 것까지는 전부 기억나는데 그 뒤부터가 드문드문 끊겨 있다. 그러다 떠오른 윤의 모습에 강욱이 핸드폰을 확인했다.

설마 윤을 불렀던 걸까.

통화한 흔적을 발견한 그가 신음하며 얼굴을 감싸 쥐었다.

'그래서 그 여자랑 결혼하려고.'

'그렇게 해요, 그럼.'

잔뜩 취해 윤과 나누던 대화가 드문드문 떠올랐다.

화를 냈던 것도 같고 붙잡았던 것도 같은데 그건 현실이었을까, 꿈이었을까.

강욱은 윤에게 전화를 걸었다.

신호가 가지만 윤은 전화를 받지 않았다. 몇 번이나 계속 반복해 보지만 윤의 목소리는 끝내 들리지 않았다.

"하, 미치겠네."

중얼거리며 소파에 털썩 주저앉던 강욱의 눈길이 제 발가락에 닿았다.

"……."

발가락의 글씨가 모두 지워져 있었다.

설마 윤이 지운 건가.

몸을 숙여 발을 들여다보던 강욱의 눈에 작은 메모지가 보였다. 테이블 위에 얌전히 놓인 그것을 가져왔다.

그동안 즐거웠어요.

눈에 익은 윤의 글씨가 안녕을 고하고 있었다.

그날 오후.

도로에 오랫동안 멈춰 선 차 안엔 강욱이 앉아 있었다.

종일 괴롭히던 숙취에 다른 날보다 조금 일찍 회사를 나왔는데 정신 없이 달리다 보니 이곳이다.

강욱은 길 건너 윤의 사무실이 있는 건물을 바라보았다.

하아…….

깊은 한숨을 내쉬며 이마에 손을 얹었다. 에어컨을 틀어 뒀음에도 불구하고 내리쬐는 햇볕이 뜨겁게 와 닿는다.

김 실장의 전화가 걸려왔다.

– 본부장님. 쉬시는 데 방해해서 죄송합니다. 급한 일이라서요.

"무슨 일입니까."

– 지금 좀 오셔야겠는데요. 최영웅 씨가 본부장님을 직접 뵙고 싶으시답니다.

"위치 찍어요. 바로 출발할 테니까."

통화가 끝나기 무섭게 가게 위치가 전송되었다.

강욱이 막 그곳을 떠나려 할 때였다.

건물 출입구에서 어떤 남자와 나오는 윤이 보였다. 윤은 여느 때와 마찬가지로 웃는 얼굴이다.

"어떤 음식 좋아하세요?"

"전 아무거나 다 잘 먹어요. 윤 씨……. 하, 외자 이름이 좀 낯설긴 하네요."

"꼭 김 씨 이 씨처럼 성을 부르는 거 같죠? 그래서 다들 윤이라고 불러요. 어색하면 민재 씨도 그렇게 불러요."

"그럼 저도 윤이 씨라고 해야겠네요."

다정하게 얘기를 나누며 두 사람은 점점 멀어져 갔다. 사무실 사람은 아닌 것 같은데 누굴까. 강욱은 룸미러를 움직여 둘의 뒷모습이 사라질 때까지 바라보았다.

종일 머리가 복잡해 일이 손에 잡히지 않았는데 웃고 있는 윤을 보니 기분이 이상하다. 그만하자는 말에 상심에 잠겨 있을 윤을 기대하기라도 했던 것일까.

강욱은 운전석에 기대어 지그시 눈을 감았다.

나는 이렇게 마음이 심란한데.

내가 버려 놓고 버려진 기분이 드는 건 뭔데.

넌 왜 그렇게 아무렇지 않은 얼굴로 웃고 있는 건데.

갈피를 잡지 못한 마음이 복잡하기만 했다.

강욱의 차는 출발하자마자 속도를 높였다. 계기판의 바늘이 포물선을 그리며 정신없이 올라갔지만 강욱의 표정은 외려 차분해져 갔다. 차라리 이대로 충돌해 버렸으면 싶었다.

기분이 엿 같았다.

일주일이 지났을 무렵.

현장은 한꺼번에 진행 중인 작업들로 인해 시끄러웠다.

주차장 계단 틀을 뜯어 내고 있는 곳을 지나 안으로 들어가자 도시가스 배관 연결 작업이 한창 진행 중이다.

윤은 숙련된 솜씨로 파이프를 연결하는 작업자들을 방해하지 않기 위해 조용히 지켜보았다. 날이 더워 땀을 줄줄 흘리는 모습이 안쓰럽다.

잠시 쉬는 틈을 타 시원한 음료수를 하나씩 건네주었다.

"드시고 하세요."

찌는 듯한 무더위에 신경 써 줄 건 이런 것뿐이었다.

안으로 들어가 보니 화장실 타일 작업이 거의 끝나고 있다. 주병 벽과 다용도실 작업은 이미 깔끔하게 완료된 상태였다.

"마음에 들어?"

주방에 있는 윤을 발견한 김 소장이 다가오며 물었다.

"네. 타일을 바꾸길 잘한 것 같아요. 간접조명도 더 잘 받을 것 같고."

"처음엔 타일이 너무 넓은 거 아닌가 걱정했는데 하고 보니까 훨씬 고급스럽고 좋네. 채 대리 은근히 감각 있어."

김 소장이 칭찬하며 엄지를 치켜세웠다.

"건축주도 마음에 들어 하지?"

"건축주요?"

"좀 전에 왔다 갔는데 못 만났어? 그냥 쓱 한번 둘러보고 나가던데."

강욱이 조금 전 왔었다는 말에 윤은 뒤를 돌아보았다. 차가 세워진 것도 보지 못했는데 언제 다녀간 걸까.

"……"

그날 밤 이후로 강욱에게선 아무런 연락이 없다. 괜찮은 건지 묻고 싶지만 묻지 못한 채로 시간이 흘러 버렸다. 그러고 보니 시설 옮기는 걸 도와주는 것에 고맙다는 인사도 못 했는데.

"채 대리."

소장이 부르는 소리에 걸음을 옮기며 윤은 다시 한번 출입구를 돌아보았다. 금방이라도 강욱이 들어올 것 같은데 드나드는 이라고는 인부들뿐이었다.

퇴근 후 차가운 물로 오랫동안 샤워한 윤은 늦은 저녁을 먹기 위해 간단하게 찌개를 끓였다. 며칠 살림을 등한시했더니 밥솥에서 찬밥이 말라가고 있었다. 버리긴 아까우니 얼큰한 찌개를 끓여 쓱쓱 비벼 먹을 생각이었다. 밥을 버렸다간 분명 꿈에서 할머니한테 등짝 스매싱을 당할 게 분명했다.

꼬미가 갸릉거리는 소리를 내며 윤의 다리를 비비고 지나갔다.

"조금만 기다려. 누나가 밥 먹고 놀아 줄게."

야옹.

고양이는 놀아 달라 떼쓰는 아이처럼 발라당 드러누워 윤을 올려다보았다.

"금방 놀아 준다니까."

야옹.

그 모습에 하는 수 없이 가스 불을 줄인 다음 배를 살살 긁었다. 평소의 도도한 모습은 어디로 가고 강아지처럼 구는 걸 보니 저도 모르게 웃음이 났다.

한참 장난치며 놀아 주던 윤이 꼬미를 번쩍 안았다. 부드러운 털을 쓰다듬으며 중얼거렸다.

"꼬미야. 너 없었으면 어쩔 뻔했니."

길에 버려져 있던 고양이를 집으로 데려온 건 작년 비 오는 날이었다.

마음이 금방이라도 터져 버릴 것 같아 하염없이 걷던 그날, 차 아래에 숨어 있던 꼬미를 만났다. 축축하게 젖은 몰골로 저를 향해 애처롭게 우는 꼬미를 안아 든 순간 윤은 어린아이처럼 울음을 터트리고 말았다.

새끼 고양이는 딱 철수만 했다. 머릿속에서 도저히 지워지지 않는, 한 번도 울음소리를 들어 본 적 없는 철수가 우는 것 같아 견딜 수가 없었다. 옷이 젖는 줄도 모르고 바닥에 털썩 주저앉아 엉엉 울어 버렸다. 도저히 그곳에 새끼 고양이를 놔두고 올 수가 없어 데려오고 말았다.

지금도 한 번씩 그날을 생각하면 마음이 찢어질 듯 아프다.

야옹.

생각에 빠진 윤의 손을 꼬미가 살짝 깨물었다.

"딴생각하지 말라고?"

윤은 쓸쓸하게 웃으며 머리를 쓰다듬었다. 생각을 안 할 수 있으면 좋으련만 그건 마음처럼 되지 않는다. 특히나 강욱을 다시 만난 이후론 부쩍 생각이 자주 났다.

"알아. 이러면 안 되는 거……."

중얼거리는 윤의 눈빛이 무거웠다.

"윤아. 너 괜찮아?"

성훈의 물음이 조심스러웠다.

자료 정리하느라 바쁘던 윤이 대수롭지 않게 물었다.

"뭐가 괜찮아요?"

"이강욱 씨 말이야."

난데없이 들려오는 강욱의 이름에 윤은 하던 일을 멈추고 책상에 기대어 선 성훈을 올려다보았다. 측은한 눈빛이다. 저런 눈빛 딱 질색인데.

"K그룹이랑 대성이랑 사돈지간이 될 거라는데 그거 이강욱 씨 이야기 맞지?"

아직 공식 발표가 난 것도 아닌데 성훈이 어떻게 알고 있는 걸까.

"어디서 들었어요?"

이렇게 될 줄 알았으면 그때 강욱을 좋아했다고 털어놓지 않는 건데 그랬다.

"친구가 그러더라. 조만간 세대교체가 될 거라던데."

"……나랑은 상관없는 얘기예요."

아무렇지 않은 듯 다시 일에 열중해 보지만 제대로 눈에 들어오지 않는다. 아직 집이 완공되려면 여러 공정이 남아 있다. 아무리 강욱이 이런저런 간섭을 하지 않는다 해도 적어도 몇 번쯤은 강욱과 부딪힐 일이 남았는데 어떤 얼굴로 봐야 할지 모르겠다.

"오늘도 자양동 갈 거야?"

"이따 오후에요."

"혹시 얼굴 보기 불편하면 말해. 내가 적당히 둘러대고 담당자 바꿔 줄 테니까."

성훈의 말에 잠시 흔들렸지만 윤은 이내 생각을 접었다. 사적인 감정 때문에 일에 영향을 주고 싶지는 않았다. 아니. 실은 그렇게라도 강욱이 괜찮은지 확인하고 싶었다.

"그래 봐야 이제 얼마 안 남은걸요. 끝까지 마무리할게요."

"알았어. 네가 괜찮으면 된 거지. 언제든지 불편하면 말하고."

오후에 비 소식이 있다더니 공기가 끈적끈적하다. 한바탕 비가 실컷 쏟아졌으면 싶었다. 그래서 모든 것들이 다 씻겨 나갔으면 싶었다.

오후 들어 비가 한두 방울씩 내리기 시작하더니 본격적으로 쏟아진 건 자양동 현장에 거의 다 도착했을 무렵이었다. 트럭에서 내려 건물까지 뛰는 동안 옷이며 머리며 흠뻑 젖고 말았다.

"우산 안 가져왔어?"

조명 다는 걸 지켜보던 김 소장이 윤을 향해 수건을 내밀었다.

"차에 있는 줄 알았는데 없더라고요. 근데 왜 이렇게 조용해요?"

"바깥은 오늘 작업 안 될 것 같아서 점심 먹고 전부 철수했어. 조명도 오늘은 1층만 달고 위에는 층고가 높아서 그냥은 안 될 것 같아. 내일 파이프 설치한 다음에 하려고."

윤은 김 소장의 말에 귀를 기울이며 주변을 둘러보았다. 이제 제대로 된 집의 형체를 갖춰 가고 있다. 며칠 사이 방마다 각각의 개성을 살릴 도배가 끝나고 문이 달렸다.

"실리콘 코킹 작업은 누가 했어요?"

"최 씨가. 왜, 문제 있어?"

"그냥 궁금해서요."

윤은 하나하나 문을 열어 마감 상태를 살펴보았다. 김 소장이 워낙 꼼꼼한 덕에 딱히 문제라고 할 만한 건 보이지 않는다.

윤은 보양 작업이 되어 있는 계단을 올라 2층으로 향했다. 2층 절반은 개방감을 위해 일부러 비워 두었다. 전체 층고가 6m에 육박하다 보니 아직 유리 난간이 설치되지 않은 앞에 서면 아찔하다.

침실과 취미실, 욕실을 차례로 열어 확인한 다음 썬룸으로 향했다.

문을 열고 들어서자 빗소리가 경쾌하게 들렸다. 고개를 들어 천장을 올려다보니 하늘에서 떨어지는 빗방울이 고스란히 보였다. 나중에 선바이저를 설치하면 이런 날 좋겠다 싶었다.

그러고 서 있으니 딱 빗속에 있는 기분이었다.

문득 커피 생각이 간절해진다. 이곳에 앉아 내리는 비를 바라보며 향긋한 커피를 마시면 얼마나 좋을까. 분명 오감이 만족할 만한 시간이 될 거다.

홀린 듯 멍하니 바깥을 바라보는데 비는 점점 더 거세졌다.

"채 대리! 우리 먼저 가. 문단속 잘하고."

아래층에서 김 소장이 크게 외쳤지만 빗소리에 묻혀 윤에게까지 들리지 않았다. 윤은 창에 몸을 기댄 채 만들다 만 정원을 바라보았다.

비가 내려 사방이 온통 물바다다. 작은 연못 자리는 아직 웅덩이인 채였고 나무를 심을 곳은 텅 비어 있다.

윤은 정원이 완성되었을 때를 상상했다. 제 머릿속에서 나온 그림이었기에 상상은 어렵지 않게 되었다.

주차장으로 이어진 길을 내려다보며 퇴근 후 돌아오는 강욱을 떠올렸다. 누군가가 여기에서 손을 흔들며 그를 부를지도 모른다.

'강욱 씨.'

그러면 강욱은 살포시 눈웃음을 지으며 손을 흔들겠지. 강아지가 달려가 꼬리를 흔들면 그 머리를 쓰다듬어 주겠지.

상상일 뿐인데도 가슴이 욱신거리며 조여 와 질끈 눈을 감았다가 뜨는데 누군가가 우산을 든 채 그 길을 올라오는 게 보였다.

"……강욱 씨?"

헛것이라도 본 것일까. 이 빗속에 강욱이 여기 올 리가 없다. 하지만 분명 강욱이었다.

심장이 거칠게 쿵쾅거리기 시작했다. 윤은 재빨리 몸을 돌려 그곳을 나갔다. 막 계단을 내려가는데 거실로 들어오는 강욱이 보였다. 그 역시 윤을 발견하고는 우뚝 걸음을 멈췄다.

"오랜만이에요."

한참 만에야 정신을 차리고 인사를 건네자 고개를 끄덕인 강욱이 주위를 둘러보았다.

"조용하네. 아직 사람들이 있을 줄 알았는데."

"비 때문에 작업이 중단됐거든요. 소장님은 방금까지 계셨는데."

"들어오다 만났어."

"아······."

대화가 끊겼지만 서로에게서 눈길이 떨어지지 않았다. 정신 나간 생각이겠지만 눈을 깜박이는 것도 아까울 지경이었다.

윤은 천천히 계단을 내려가며 무슨 말을 해야 하나 고민했다. 거리가 가까워지자 강욱의 얼굴이 또렷이 보였다. 비가 와 어둑해진 하늘 때문에 집 안이 어두웠다.

왜 이렇게 야위었어요?

묻고 싶었지만 그래선 안 될 것 같았다. 대신 윤은 지난번 하지 못한 얘기를 꺼냈다.

"얘기 전해 들었어요. 시설 옮기는 거 도와주기로 했다고."

강욱이 잠시 생각하더니 별거 아니라는 듯 고개를 끄덕였다.

"기왕 도와주기로 한 거니까."

"신경 써 줘서 고마워요."

또다시 대화가 끊겼다. 불과 얼마 전만 해도 함께할 것이 많았던 사이라 이런 어색함이 낯설다. 특히나 강욱의 시선은 마주 보기가 버거웠다.

"근데 왜 여기 있어?"

"잠깐 들른 건데 비가 좀 그치면 가려고요. 그러는 강욱 씨는요?"

"나도 지나가는 길에 잠깐 들렀어. 얼마나 진행됐는지 확인도 좀 하고 싶었고."

"소장님을 다시 부를 걸 그랬나 봐요."

윤의 말에 강욱이 다른 곳을 바라보며 유감이군, 낮게 중얼거렸다. 오는 길에 소장을 만났을 때 같이 오겠다고 하는 걸 거절한 게 그였다. 안에 윤이 와 있다는 소리를 들은 후였으니까.

"커피 한 잔 마실래요?"

"커피? 여기서?"

"어차피 지금은 못 나갈 것 같은데 마실 만한 게 분명 있을 거예요."

현장을 둘러보던 윤이 한쪽에 놓인 커피포트와 인스턴트커피를 발견하고는 흔들어 보였다.

"이것뿐이긴 한데 괜찮아요?"

"그거라도 황송하지."

강욱은 커피포트에 물을 끓이는 윤을 빤히 쳐다보았다. 며칠 출장을 다녀오는 길이었다. 어쩐지 이곳에 오면 만날 수 있을 것 같아 공항에서 내리자마자 온 건데 거짓말처럼 윤이 여기 있었다.

"마셔요."

윤이 내미는 종이컵을 받아 들며 강욱이 주위를 둘러보았다.

"집 안내를 부탁해도 될까? 좀 둘러보고 싶은데."

그의 말에 윤이 따라오라며 앞장섰다. 마치 할 일이 생겨 다행이라는 듯한 안도의 표정이었다.

집을 한 바퀴 도는 데만도 꽤 시간이 걸렸다.

아직 완성되지 않은 곳까지 윤이 설명하면 강욱은 고개를 끄덕이며 귀를 기울였다.

볼 수 있는 곳은 전부 돌아본 다음 거실 한복판에 작업자들이 사용하던 의자에 수건을 깔고 앉았다. 온통 먼지 구덩이라 평소엔 절대 엉덩이도 붙이지 않았을 곳이었다.

"사계절이 전부 예쁠 거예요."

강욱은 옆에 앉은 윤을 돌아보았다. 윤은 거실 창밖을 보고 있었다.

"저기 정면에 보이는 곳엔 커다란 산딸나무를 심을 거예요."

"산딸나무?"

"5월 하순이면 십자가를 닮은 하얀 꽃이 피고 가을이면 빨간 열매가 열려요. 그걸 먹으려고 산새들이 많이 찾아온대요. 단풍 드는 모습도 근사하구요."

나직한 목소리로 설명하는 윤의 옆모습을 찬찬히 눈에 담으며 중얼거렸다.

"좋네."

비는 아까보다 약해졌지만 여전히 내리는 중이다. 조명도 들어오지 않아 점점 주변이 어둑해져 간다. 곧 깜깜해질 것이다.

"소나무를 심는 건 어때? 사시사철 푸르러서 마음에 드는데."

"그러잖아도 소나무는 저쪽에 몇 그루 심을 거예요. 그 옆으로 회양목을 다듬어 심으면 괜찮을 것 같은데……."

그의 시선을 의식했는지 윤의 목소리가 잦아들었다.

커피는 한참 전에 다 마셔 버렸고 쥐고 있는 종이컵은 말라비틀어졌다. 하지만 일어서야겠다는 생각은 들지 않았다. 가서 처리해야 할 일들이 산더미인데 그냥 조금만, 조금만 더 이러고 있고 싶었다.

"벌써 시간이 이렇게 됐네."

"……."

"그만 가 봐야겠다. 늦었어요."

자리를 털고 일어나는 윤의 손을 강욱이 재빨리 붙잡았다. 얽힌 손가락이 다 마셔 버린 커피만큼이나 뜨겁다.

"……."

"조금만."

비가 좀 더 세게 내려 주면 좋을 텐데. 폭우가 쏟아져 오도 가도 못하게 갇혀 버렸으면 좋을 텐데. 말도 안 되는 바람이었다.

"조금만 더 있다가 가. 비 많이 와."

차마 같이 있고 싶다는 말은 못 하겠다. 그만하자고 한 주제에. 등신 같아서.

그런 그의 마음을 아는지 윤이 매몰차게 그 손을 뿌리치지 않아 다행이었다.

한참이 지나도록 비가 영 그칠 기미를 보이지 않아 결국 밖으로 나왔다.

우산을 씌워 차까지 데려다준 강욱에게 인사를 건네기 위해 차창을 내렸다.

시동을 켜는데 강욱의 목소리가 들렸다.

"저녁…… 먹고 갈래?"

"그냥 가는 게 좋겠어요."

"……."

잠시 흔들렸지만 윤은 일부러 웃으며 말했다.

"나중엔 좀 더 편한 얼굴로 봐요. 다음엔 원하우징 채 대리로 인사할게요."

"윤아."

"먼저 갈게요. 안녕."

윤이 떠나고 강욱은 길에 남겨졌다.

우산 위로 비가 후드득 쏟아졌다.

강욱은 그 후로도 오랫동안 윤이 사라진 길 위에 우두커니 서 있었다.

그날 밤.

강욱은 술 냄새를 풍기며 병실을 찾았다. 간병인이 자리를 비우자 정여사의 침대맡에 앉아 고해성사하듯 중얼거렸다.

"오늘, 그 여자를 만났어요."

출장을 가 있는 동안 정신없이 바쁜 와중에도 윤이 한번씩 떠올랐다. 쇼핑센터에서 예쁜 목걸이를 봤을 땐 못 사 준 게 아쉬웠고 맛있는 걸 먹을 때면 이런 곳에 한번 데려가지 못한 게 마음에 걸렸다.

만난 시간이 너무 짧아 해 본 것보다 못 해 본 게 더 많았다. 아니, 많은 정도가 아니라 거의 대부분 못 해 본 것들뿐이다.

"안 보고 살 수 있을 거라 생각했고 이게 잘하는 거라 여겼는데…… 막상 얼굴 보고 나니 미치겠어요."

윤과 마주치던 순간이, 심장이 터져 버릴 것만 같았던 그 순간이 자꾸 머릿속에서 되풀이된다. 여행에서 환하게 웃던 윤이 떠올라 가슴이 시큰거렸다. 오늘만 사랑하겠다던 윤의 목소리가 자꾸만 귀에 맴돌았다.

생각해야 할 것들이 너무 많은데 머릿속은 온통 윤, 윤, 윤. 그런 제 속을 저도 모르겠다.

"어머니."

강욱은 머릿속에 떠오른 말도 안 되는 계획을 떠올리며 중얼거렸다.

"자꾸 나쁜 생각이 들어요."

주주총회. 대표이사. 파혼……. 차례로 떠오르는 단어를 재빨리 지워 보지만 이미 제가 그렇게 할 거라는 걸 안다.

"근데, 그렇게 해서라도 이 여자를 갖고 싶은데 어쩌죠."

다독이는 다정한 목소리 대신 들려오는 거라고는 일정한 기계음뿐이었다.

7.

다시 며칠이 지났을 때였다.

갑자기 점심이나 사 달라며 오수진이 회사로 들이닥쳤다. 회사 인근에 많은 식당이 있었지만 오수진은 꼭 이곳에서 먹어야 한다며 고집을 부렸다. SNS에 올릴 사진이 필요해서였다.

"언제 보여 줄 거예요?"

잠시 딴생각 중이던 강욱은 맞은편에서 들려오는 오수진의 물음에 고개를 들었다. 스테이크를 썰어 입에 넣고 오물거리던 오수진이 잔뜩 기대에 찬 표정으로 대답을 기다리는 중이다.

강욱이 질문을 파악하지 못한 듯하자 오수진이 몸을 가까이 기울이며 말했다.

"집 말이에요."

"집?"

"강욱 씨가 우리 신혼집을 짓고 있는 것 같다고 아버지가 그러시던데.

315

잘못 알고 있는 거예요?"

"짓고 있는 건 맞지만."

신혼집으로 쓸 생각이 없다는 말을 하려는데 중간에 끼어든 오수진이 환호하며 손뼉을 쳤다.

"꺅. 진짜? 그럼 우리 밥 먹고 거기 가 봐요."

"……."

"한번 보고 싶어요. 그래야 내가 어떤 브랜드의 가구나 가전으로 채울지 고민해 보죠. 내가 살 집이잖아요."

강욱은 싫다고 딱 잘라 거절할 생각이었다. 하지만 잔뜩 기대하는 오수진을 실망하게 할 수는 없다. 어쨌든 지금은 오수진을 매개로 이런저런 일들이 벌어지고 있었다. 나중이야 어찌 되었든 적어도 지금은 예정대로 약혼하고 이 관계를 유지해야 했다.

모든 게 제 뜻대로 될 때까지는 말이다.

"이번에 결혼한 친구가 신혼 가구를 이태리에서 전부 들여왔는데 6개월 넘게 걸렸대요. 전부 수제작이라 오래 걸린다는데 우리도 적당히 놓을 자리 봐서 미리미리 주문해야겠어요."

오수진은 잔뜩 들뜬 얼굴로 재잘거렸고 강욱은 조용히 남은 스테이크를 썰었다. 그 가구들이 무사히 들어올 즈음엔 아마 우리 관계는 끝났을 거란 말이 입술 끝까지 밀려 나왔다. 그러니 실수로라도 그 말을 뱉지 않기 위해서라도 뭔가로 입을 틀어막아야 했다.

차에서 내리기 전 강욱은 주변을 둘러보았다.

다행히 윤이 타고 다니던 트럭은 보이지 않는다. 윤은 이곳에 없는 모양이다.

"여기예요?"

차에서 내린 오수진이 쓰고 있던 선글라스를 벗으며 물었다.

강욱이 고개를 끄덕이자 오수진은 매의 눈으로 훑으며 안으로 들어갔다. 작업 중이던 사람들이 강욱을 알아보고는 인사를 건넸다.

"감각 있고 좋네요."

아직 완성된 건 아니지만 집은 꽤 훌륭했다. 내부 마감과 진행 중인 정원 꾸미기 공사가 끝나고 나면 그야말로 훌륭한 신혼집인 셈이다. 소문 속 강욱은 정말 별로였는데 실제로 만나 보니 제법 괜찮은 사람이다. 그것뿐인가. 이렇게 괜찮은 곳에서 신혼살림이라니.

오수진의 얼굴에 뿌듯함이 번졌다.

"사람들을 불러 파티를 해야겠어요."

"……"

"다들 깜짝 놀랄 거예요. 사실 우리 아버지는 집엔 별로 관심이 없으신 분이라 아직 할아버지가 사시던 집에 살고 있거든요. 오래된 데다 좁아 죽겠는데 왜 안 옮기는 건지 모르겠어요."

"대충 둘러본 것 같은데 그만 가죠."

강욱이 말을 끊으며 재촉하자 오수진이 입술을 내밀었다.

"뭘 그렇게 서둘러요? 좀 더 보고 싶은데."

"오후 회의가 있어 들어가야 해요."

강욱이 기다리지 않고 먼저 밖으로 나가자 오수진이 아쉬운 듯 돌아보며 따라 나왔다.

"어차피 회사에 차 두고 와서 같이 들어가야겠네요. 나중에 엄마랑 다시 와 봐도 되죠?"

허리까지 내려오는 긴 머리를 쓸어넘기며 선글라스를 쓰던 오수진은 하마터면 강욱의 등에 부딪힐 뻔했다. 기다리지도 않고 걷던 강욱이 우뚝 멈춰 버렸기 때문이다.

"왜 안 가고……."

강욱을 올려다보던 오수진의 시선이 저만치 앞에 선 여자에게 향했

317

다. 강욱의 달라진 표정 때문이었을까, 아니면 낯선 여자에 대한 본능이었을까. 수진의 손이 강욱의 팔뚝을 가볍게 쥐었다. 마치 이 남자는 제 것이라는 것처럼.

"누구예요?"

나긋한 목소리로 강욱에게 물었는데 대답이 없다.

"강욱 씨?"

먼저 움직인 건 여자였다. 가까이 다가온 여자가 꾸벅 인사를 건네며 제 소개를 했다.

"안녕하세요. 원하우징 채윤 대리입니다."

"원하우징 대리? 아아……."

그제야 안심이 되는지 싱긋 웃으며 오수진이 물었다.

"여기 공사장에서 일하는 거 맞죠? 근데 젊은 아가씨가 하기엔 좀 험한 일 아닌가?"

"……."

"어쨌든 잘 부탁해요. 신혼집이니까 특히 신경 좀 써 줘요."

그런 뒤 오수진은 강욱을 재촉했다.

"강욱 씨, 얼른 가요. 회의 늦겠다."

강욱을 떠밀어 차로 향하던 오수진은 힐끗 윤을 바라보았다. 잘못 본 게 아니라면 그들이 지나가도록 비켜서는 '원하우징 채 대리'는 애써 뭔가를 꾹 참고 있었다. 아마도 입술 안쪽이 짓씹혀 잔뜩 부풀었을지도 모른다.

"나중에 또 보죠."

그런 윤의 앞에서 잠시 걸음을 멈춘 강욱이 잠긴 목소리로 말했다.

몇 번을 만나는 동안 늘 무심한 표정이던 강욱의 얼굴에 고스란히 드러난 감정을 읽으며 오수진은 코웃음을 쳤다.

이 사람들 뭐야?

오수진은 이 상황이 재미있게만 느껴졌다. 단순히 강욱이 야망이 큰 거라고만 여겼는데 적어도 감정을 느낄 줄 아는 사람이라는 게 어쩐지 반가웠다. 그래야 사는 게 지루하지 않을 테니 말이다.

등 뒤에서 차가 떠나는 소리가 들렸다.

윤은 우두커니 한참을 서 있었다.

"신혼집이라고⋯⋯?"

너무 기가 막혀 실소가 터져 나왔다. 제가 지은 집에서 강욱이 다른 여자와 신혼살림을 차린다는 생각을 하니 마음이 형체도 없이 갈가리 찢기는 것만 같다.

어떻게 그럴 수가 있을까.

며칠 전 이곳에서 강욱을 만났을 때만 해도 제 손을 놓지 못하는 강욱이 안타까워 밤잠을 못 이뤘다. 차라리 헤어지기 싫다고 매달릴까. 아직은 못 헤어지겠으니 갈 수 있는 데까지 함께 가자고 해 볼까. 매 순간순간 그런 갈등에 시달렸는데 신혼집이라니⋯⋯.

"채 대리. 마침 잘 왔어. 이쪽 디딤돌은 화강석이 낫지 않을까?"

마당에 나와 있던 김 소장이 손을 흔들며 불렀지만 윤은 멍하니 바라만 볼 뿐이었다.

그 자리에 선 채로 성훈에게 전화를 걸었다.

"선배."

이 집은 더 이상 제가 손을 댈 수 없을 것 같았다. 사랑하는 남자가 다른 여자와 신혼을 즐길 그런 집을 제 손으로 가꿔 주지는 못하겠다.

"자양동 현장⋯⋯. 근태 씨로 담당자 바꿔 줘요."

괴로움이 느껴지는 목소리에 성훈은 다행히 아무것도 묻지 않았다.

"담당이 바뀌었다니 그게 무슨 소립니까?"

강욱의 싸늘한 말투에 근태는 어쩔 줄 몰라 진땀을 흘리는 중이다.

느닷없이 자양동 현장을 맡으라고 할 때부터 기분이 싸하더니 아니나 다를까 한나절도 지나지 않아 이 사태를 맞이하고 말았다.

근태가 도착하자마자 나타난 강욱은 새로 담당자가 되었다는 말에 저런 얼굴이 되었다. 목숨이 붙어 있으려면 절대 건드리면 안 될 것 같은 그런 얼굴 말이다.

"그 결정을 내린 게 강 소장입니까?"

"네. 뭐…… 그런 셈이죠."

살려면 하는 수 없다. 시킨 대로 한 죄밖에 없으니까.

근태가 어색하게 웃으며 대답하자 강욱은 저벅저벅 걸어 현장을 빠져나갔다. 근처에 있던 현장 소장이 슬쩍 눈치를 살피더니 근태에게 물었다.

"아니, 아까 낮에 왔을 땐 별문제 없었는데 갑자기 왜 저런대요?"

"저라고 뭐 아나요."

"채 대리도 그렇고 다들 오늘따라 이상하네."

고개를 갸웃거리는 김 소장의 뒤에서 근태가 깊은 한숨을 푹 내쉬었다. 그나마 강욱은 가끔 들른다고 하니 망정이지 매일 도장이라도 찍으면 아무래도 제명에 못 죽지 싶었다.

탁.

운전석에 앉은 강욱은 차 문을 세게 닫았다.

낮의 일 때문에 계속 윤이 신경 쓰여 일부러 회의도 일찍 끝내고 이곳으로 다시 달려온 길이었다.

한데 그사이 담당이 바뀌었다니.

강욱은 굳은 표정으로 윤에게 전화를 걸었다. 계속 신호가 가지만 전화를 받지 않는다. 그의 전화를 피하는 게 분명했다.

"전화 받아."

초조한 듯 중얼거리며 몇 번이나 더 전화를 걸었던 강욱은 끝내 윤의 목소리가 들려오지 않자 핸들을 내리쳤다.

잠시 숨을 고르고 원하우징 소장인 성훈에게 전화를 걸었다.

— 네. 강성훈입니다.

"이강욱입니다."

— 아, 네. 그러잖아도 전화를 한번 드리려던 참이었는데……. 불가피한 사정으로 현장 담당자를 변경하게 됐습니다.

"불가피한 사정?"

— 저, 그게…… 어쨌든 양해 부탁드립니다."

"강 소장님."

성훈을 부르는 강욱의 목소리가 소름이 끼칠 만큼 낮았다.

"그걸 누구 맘대로 바꾼 겁니까. 분명히 계약 조건에 채 대리가 담당을 맡기로 했던 걸 잊었습니까?"

— 남은 공사도 책임지고 잘 마무리하겠습니다.

"채 대리와 통화를 좀 했으면 좋겠는데."

— ……좀 곤란할 것 같습니다.

"……."

— 죄송합니다.

무른 성격인 줄만 알았는데 제 직원이라고 감싸는 건가. 강욱은 목을 쥐고 있던 넥타이와 셔츠 단추를 풀었다.

"그럼 직접 보고 얘기하죠."

전화를 끊은 강욱은 잠시 눈을 감고 생각에 잠겼다.

몸 안 어딘가에 커다란 화산 하나가 숨어 있는 것일지도 모른다. 있는 줄도 몰랐던 그 화산의 움직임이 요즘 들어 생생하게 느껴지는 기분이다.

그 화산이 생겨난 시발점이 어디였을까. 저 밑바닥까지 뒤적여 끊임없이 뭔가를 찾는 동안 하나는 확실해졌다.

있는 줄도 몰랐던 화산의 존재를 깨우친 건 윤이라는 것.

금방이라도 뜨거운 마그마를 분출할 듯 화산이 들끓고 있었다.

— 사무실 근처에 거의 다 와 가요.

민재의 전화에 윤은 하던 일을 멈추고 가방을 챙겨 일어섰다.

"지금 내려갈게요. 차 번호 좀 알려 주실래요? 아, 그럼 커피 사 가지고 카페 앞에 서 있을게요."

그 모습에 성훈이 다가오며 물었다.

"지금 나가게? 이 시간이면 차 밀릴 텐데."

"바람 쐬러 간다 생각하고 다녀올게요."

윤의 말에 성훈이 슬쩍 시간을 보더니 머뭇거리며 물었다.

"혹시 말이야. 이강욱 씨 찾아오면 어떡하지? 화가 많이 난 것 같던데."

"바쁜 사람이라 한가하게 누구 쫓아다니고 그럴 사람 못 돼요."

"그럼 다행이지만……. 찾아오면 내가 알아서 할 테니까 얼른 가 봐. 김민재 씨 기다리겠다."

"이해해 줘서 고마워요."

"고맙긴. 일 잘 보고 와."

지난번 김민재가 소개한 분 부모님 댁에 가는 길이다. 건물을 허물고 지을 자리도 확인하고 동네 분위기도 볼 겸 가 보기로 한 건데 민재가 휴가라며 동행하기로 했다. 대신 가는 길에 저녁은 윤이 사기로 했다.

서둘러 계단을 내려가던 윤이 건물 출입구 앞에 선 은섭을 보고 걸음을 멈췄다. 벽에 기대어 서 있던 은섭이 계단 위의 윤을 올려다보았다.

"누나."

아직 작업이 끝났을 시간도 아닌데 왜 여기 있는 거지. 윤은 불길한 생각에 가방을 꼭 틀어줬었다. 다시 돌아서 올라갈까. 잠시 고민하던 윤은 애써 침착한 얼굴로 계단을 내려갔다.

출입구만 벗어나면 대로변이고, 무슨 일이 생긴다 해도 사무실로 올라가는 것보다는 안전할 듯싶었다. 그리고 무엇보다 은섭이 나쁜 짓을 할 거란 생각을 하고 싶지 않았다.

"오랜만이에요?"

"응. 요즘 현장에 나갈 일이 별로 없어서."

실은 다른 직원에게 대신 가 달라고 부탁했다. 다른 현장 일도 많았고 은섭을 보기도 껄끄러웠으니까.

"전화 계속 안 받던데. 나, 스팸이에요?"

"연락 안 했으면 좋겠다고 한 것 같은데. 근데 아직 일 안 끝났을 시간 아니야?"

"관뒀어요. 일은 딴 데 알아보면 되니까."

"그럼. 일 보고 가. 난 약속이 있어서 나가는 중이었어."

출입문을 나가려 하자 은섭이 앞을 가로막았다.

"내 볼일은 누난데."

한참 기다렸는지 은섭에게선 후텁지근한 열기와 함께 땀 냄새가 훅 끼쳤다. 윤이 올려다보자 은섭이 인상을 찌그리며 물었다.

"왜 내 연락 피해요?"

"너도 알다시피 남자 친구 있어. 괜한 오해 받고 싶지 않으니까."

"……남자 친구?"

은섭이 픽 웃으며 제 머리를 헝클였다. 그러더니 어깨를 으쓱였다.

"하긴. 누나 같은 여자를 여태 그냥 놔뒀을 리가 없죠. 이렇게 홀리는 냄새를 폴폴 풍기고 다니는데 남자가 안 꼬이면 이상한 거죠. 안 그래요?"

비켜 가려 할 때마다 가로막는 은섭을 밀어내기 위해 손을 뻗자 이내 손목이 붙들렸다. 전에도 그러더니 은섭은 힘 조절을 하지 못하는 사람처럼 부러뜨릴 듯 세게 쥐었다.

"아파."

"아프라고 잡는 거예요."

"뭐 하자는 거야?"

무섭다는 생각이 들었지만 티를 낼 수는 없다. 겁에 질려 우는 순간 상대는 희열을 느낄지도 몰랐다.

"나 누나 좋아요."

은섭의 고백은 서늘했다.

"남자 친구 있다고 했잖아."

"헤어지면 되겠네요. 그게 뭐 대수라고."

"일방통행인 관계 안 좋아해. 후회하기 전에 이 손 놔."

"그럼 나랑 만날 거예요? 대답하면 놔줄게요."

"은섭아."

"나랑 만나요."

"강은섭."

"대답해. 대답하면 놔준다잖아."

점점 강해지는 힘에 윤이 괴로운 듯 신음했다. 손목이 끊어질 듯 아팠다.

"한마디면 되는데 왜 고집을 부려요?"

말도 안 되는 요구를 하며 윤을 붙들고 있던 은섭의 몸이 뒤로 확 밀려난 건 그때였다. 손목이 잡혀 있어 덩달아 끌려간 윤의 몸에 팔이 감겼다.

"괜찮아?"

워낙 순식간에 일어난 일이기도 했지만 눈앞에 보이는 강욱의 얼굴이 믿기지 않아 윤은 아무 말도 할 수가 없었다. 그런 윤을 머리끝부터 발끝까지 무사함을 확인하며 강욱이 물었다.

"저 새끼는 뭐야?"

"강욱 씨가 여긴 어떻게……."

그 순간 저만치로 떠밀렸던 은섭이 달려들어 강욱을 넘어뜨리며 욕설을 퍼부었다.

"개새끼."

은섭이 주먹을 날렸고 둘은 순식간에 뒤엉켜 바닥을 굴렀다. 그 모습에 윤이 날카로운 비명을 지르며 소리쳤다.

"꺅! 누가 좀 도와줘요!"

비명에 달려 나온 주변 상인들이 두 사람을 말렸지만 한바탕 주먹다짐이 오간 후에야 겨우 떨어졌다. 은섭의 얼굴은 엉망이었고 강욱 역시 입술이 터져 피가 흘렀다.

윤은 하얗게 질린 얼굴로 강욱에게로 다가갔다. 별안간 벌어진 사태에 정신을 차릴 수가 없었다.

"어디 좀 봐요."

"괜찮아. 별거 아냐."

"가만히 좀 있어 봐요. 피가 나."

강욱의 얼굴을 살피는데 뒤에 널브러져 있던 은섭이 낄낄거리며 물었다.

"저 새끼가 누나 애인이에요?"

"……."

"저 자식이랑 밤마다 뒹굴었어요? 잘해요? 그래서 나한테 못 와요?"

"제발 그 입 다물어."

"좋아해요?"

"입 좀 다물라고!"

들고 있던 가방을 은섭에게 던지고 돌아서던 윤은 그제야 주변에 있는 사람들을 발견하고는 멈칫했다. 누가 경찰에 신고했는지 사이렌 소리가 들려오고 있었다.

워낙 경황이 없어 잊고 있던 것들이 하나둘 떠올랐다.

윤은 강욱을 돌아보았다. 지금은 그가 왜 여기에 있는 건지 중요치 않다. 핸드폰으로 이 상황을 찍고 있는 이들 중 누군가가 강욱을 알아보거나 재미 삼아 어딘가에 올린다면 저로 인해 복잡한 일을 겪게 될지도 모른다.

기껏 헤어져 놓고 문제를 일으키고 싶은 생각은 추호도 없는데 어떡해야 할까. 머릿속이 하얘지는 기분이었다.

"괜찮으세요?"

도착한 경찰관이 윤에게 상황을 물었다. 윤이 아무 말을 하지 못하고 강욱과 은섭을 번갈아 쳐다보자 누군가가 끼어들었다.

"저 남자가 이 아가씨 애인인 모양인데 이 젊은 총각이 쫓아다닌 모양이에요. 싸우는 소리가 나서 나와 보니까 둘이 막 치고받더라고요."

"맞습니까?"

피가 묻은 입술을 닦던 강욱이 지갑에서 명함을 꺼내 경찰에게 건넸다.

"변호사 부른 다음에 얘기하죠."

"일단 지구대로 동행은 해 주셔야 할 것 같은데요. 여자분과의 관계가……."

그 순간 만나기로 했던 카페가 있는 위쪽에서 헐레벌떡 달려오는 민재가 보였다. 뭘 어떻게 해야 하는 건지 생각할 겨를도 없이 몸이 먼저 움직였다.

"민재 씨."

윤이 다급하게 부르며 민재에게 달려가는 걸 사람들이 쳐다보았다.

'제발 아무 말도 하지 말아 줘요.'

무언의 간절한 눈빛을 보내며 다가간 윤이 손을 잡자 민재가 굳은 표정으로 주변을 살폈다.

"이게 다 무슨 일이에요?"

경찰관이 다가오며 물었다.

"실례합니다. 혹시 이 여자분하고 아시는 관계입니까?"

민재는 제 손을 꽉 잡은 윤의 손을 내려다보며 천천히 대답했다.

"네. 이 여자 애인입니다."

다친 입술을 손수건으로 누르며 변호사에게 전화를 걸던 강욱이 굳은 표정으로 민재를 바라보았다. 차마 그 얼굴을 마주할 수 없어 윤은 울 것 같은 표정으로 바닥만 내려다보았다.

소식을 듣고 뒤늦게 내려온 성훈이 이 난감하기만 한 상황을 어쩔 줄 몰라 버벅대고 있었다.

지구대 안은 경찰과 붙잡혀 온 사람들로 북적였다.

이른 저녁부터 술에 취한 사람들이 고성을 지르고 있었다. 그 가운데 윤을 비롯해 폭행 사건에 연루된 사람들이 앉아 있었다.

"그러니까 저 강은섭 씨가 계속 채윤 씨한테 관심을 보였는데 안 만나 주니까 회사 앞에서 기다렸다 이거죠? 때마침 남자 친구분이."

"남자 친구 아닙니다."

윤의 말에 경찰이 힐끗 강욱을 쳐다보더니 말을 정정했다.

"어쨌든 저분 이강욱 씨가 주변에 계시다 도와줬다 이거죠?"

"네."

"혹시 누가 먼저 때린 건지는 보셨습니까?"

윤이 손으로 은섭을 지목하자 은섭이 벌떡 일어나 아니라고 소리쳤다. 하지만 근처에 있던 경찰들에게 제지되어 다가올 수는 없었다.

"여기서 합의 안 하면 경찰서로 넘어가는 거 아시죠? 어떻게 하시겠습니까. 처벌을 원하십니까?"

몇 번이나 싫다고 확실히 밝혔음에도 계속 치근거리고 이런 짓까지 벌인 은섭을 쉽게 용서할 생각은 없다. 용서한다고 한들 그만둘 거란 생각도 들지 않았다. 무슨 일이든 적당한 선이라는 게 있는 법인데 은섭은 진즉 허용할 수 있는 그 선을 넘어 버렸다.

윤이 마침내 굳은 표정으로 고개를 끄덕이자 은섭이 절규하듯 외쳤다.

"누나. 누나!"

"그럼 저분은 무슨 관계시죠?"

경찰관의 물음에 윤은 강욱을 바라보았다. 아까부터 강욱은 아무런 말이 없다. 헐레벌떡 달려온 그의 변호사만 경찰들에게 뭔가를 열심히 설명하고 있었다.

"……저희 사무실에 일을 의뢰하신 건축주분이세요."

윤의 대답에 강욱의 표정이 돌처럼 딱딱해졌다.

지구대 앞 벤치에 앉아 있던 윤의 눈앞에 캔 음료 하나가 불쑥 내밀어졌다.

"마셔요."

민재가 내민 음료수를 받아 한 모금을 마신 윤이 힘없이 웃으며 그를 올려다보았다.

"도와줘서 고마워요."

"고마울 게 뭐 있나요. 가만히 입만 다물고 있었는걸요."

"애인 노릇 해 줬잖아요."

"애인 노릇을 해 준 건 맞지만 이번 일을 계기로 진짜 애인이 될지도 모르잖아요."

멋쩍게 웃은 민재가 지구대를 힐끗 쳐다보더니 조심스럽게 물었다.

"쫓아다닌 놈은 그렇다 치고 이강욱이란 그 남자도 날 죽일 듯이 보던데, 누구예요?"

"……."

"대답하기 곤란하면 안 해도 돼요. 보통 사이는 아닌 것 같아서……. 그냥 신경 쓰여서 물어본 거니까."

손에 쥔 음료수를 만지작거리며 윤은 나직하게 한숨을 내쉬었다.

한바탕 전쟁을 치른 기분이다.

다행히 성훈은 윤이 관계를 정리하도록 끼어들지 않았고 이 선에서 마무리가 될 듯했다. 은섭은 합당한 벌을 받을 테고 강욱은 능력 있는 그의 변호사가 적당한 선에서 해결할 듯했다.

아무 일 없던 것처럼 될 수는 없겠지만 다들 원래의 자리로 돌아갈 수 있을 것이다.

"잠깐 자리 좀 비켜 줄까요?"

민재의 말에 고개를 드니 지구대를 나온 강욱이 이쪽을 보고 있었다.

"……."

"혹시 필요하면 불러요."

민재가 슬쩍 강욱을 쳐다보더니 조금 멀찍이 떨어진 곳으로 갔다. 저벅저벅 소리를 내며 다가온 낯익은 구두가 윤의 바로 앞에서 멈췄다.

"……얘기 좀 할까."

강욱의 목소리는 화를 잔뜩 억누른 듯 날이 서 있다. 강욱의 변호사가 누군가와 통화하는 걸 지켜보며 윤은 최대한 담담하게 인사를 건넸다.

"아까는 도와줘서 고마워요."

"할 말이 그것뿐이야?"

"다치게 해서 미안해요."

잔뜩 부풀어 오른 입술을 보니 멍이 들겠다. 저 잘생긴 얼굴에 흉이라도 남으면 안 되는데……. 이 와중에도 그런 생각을 하는 제가 한심해 윤은 민재에게로 시선을 돌렸다.

"약은 잘 챙겨 발라요."

"애인? 저 남자가 네 애인이라고?"

"……."

"지금 나더러 그걸 믿으라는 거야?"

"믿고 안 믿고는 강욱 씨 자유니까 강요할 생각 없어요."

윤의 대답에 강욱의 입술이 스르륵 비틀렸다.

"불과 얼마 전까지 나랑 뒹굴어 놓고 그새 애인이 생겼다니 놀랄 일이군. 내가 사람을 잘못 본 건가."

비아냥거리는 강욱의 말투에 윤의 눈빛이 무거워졌다.

"난 적어도 강욱 씨랑 완전히 끝난 다음에 이 사람을 선택한 거예요."

"끝? 끝나긴 누가 끝났다고 그래."

끝이라는 말에 격분해 외치는 강욱의 모습에 민재와 변호사가 동시에 돌아보았다.

"그럼…… 그 여자 놔두고 양다리라도 걸칠 생각이었어요?"

윤의 말에 강욱은 한 방 맞은 얼굴을 했다. 그런 강욱을 더는 보지 못하고 민재에게로 시선을 돌렸다.

"좋은 사람이에요. 그래서 만나 보려고요."

누군가를 이용한다는 게 나쁜 일이라는 걸, 비겁한 일이라는 걸 알지만 지금은 방법이 없다. 이게 서로를 위해서 최선일 테니까.

운명이 그들을 산으로 이끌었고 그 짧은 사이에 많은 일이 일어났지만 어차피 이어질 인연은 아니었던 거다. 이 감정이 사랑이어도 여기가 끝이어야 했다.

"내가, 놔줄 것 같아?"

윤은 제가 잘못 들었나 싶어 강욱을 올려다보았다.

"다른 놈한테 간다고 하면 잘 가라고 손이라도 흔들어 줄 줄 알았어?"

울컥 목이 메어 왔다. 헤어지자고 할 때 강욱이 한 번쯤은 붙잡아 주길 바랐는데 이런 모습까지 봤으니 이젠 더 바랄 게 없다.

"순순히 헤어져 주면 참 억울할 뻔했는데."

윤은 아무렇지 않은 척 일부러 소리를 내어 웃었다.

"사실 나 좀 슬펐거든요. 그래도 나름 연애를 한 거였잖아요. 나만 속상했나 싶어서 좀 억울했는데 강욱 씨 이러는 거 보니까 이젠 진짜 헤어져도 괜찮을 것 같아."

윤은 젖은 눈을 깜박여 차오르는 눈물을 삼킨 다음 입을 뗐다.

"그러니까 이쯤에서 그만해요. 강욱 씨는 강욱 씨가 필요한 사람을 만나고 난 나한테 어울릴 사람을 만나야죠. 그게 옳은 일이겠죠."

"그래서 기어이 저 자식을 만나겠다고?"

"적어도 이강욱이란 남자보다는 나한테 현실적인 사람이니까요."

"현실적인 게 뭔데."

강욱의 물음에 윤은 천천히 일어난 다음 그를 마주 보았다.

"함께 미래를 꿈꿀 수 있는 사람이요. 연애하고 결혼도 하고 아이도 낳고. 이런저런 삶의 경험을 함께 공유할 수 있는 사람. 강욱 씨와는 불가능한 것들이 가능한 사람이라서요."

"……"

"적어도 저 남자는 지켜야 할 것이 많은 사람은 아니니까요. 나는 지켜야 할 것 때문에 날 버리는 사람보다 내 곁에서 내가 꿈꾸는 걸 함께 실현하게 해 줄 사람을 만나고 싶으니까요."

윤은 강욱을 등지고 돌아섰다.

"강욱 씨는 그거 못 하잖아요."

상처가 될 말인 거 뻔히 알면서도 뱉을 수밖에 없었다.

"할 말 끝난 것 같으니까 먼저 갈게요."

윤은 걱정스러운 눈으로 지켜보는 민재에게로 천천히 걷기 시작했다.

발걸음이 천근만근 무거웠지만 그게 그녀가 가야 할 길이었다.

"젠장."

강욱은 넋이 나간 채 중얼거렸다.

제게서 멀어져 가는 윤의 뒷모습을 보고 있으니 머릿속이 그대로 정지되었다. 해야 할 말이 산더미처럼 쌓여 있는데 무슨 말을 어떻게 해야 하는 건지 모르겠다.

윤이 만나기로 했다는 남자가 강욱을 힐끗 보더니 윤을 에스코트하듯 데리고 차로 향했다.

'연애하고 결혼도 하고 아이도 낳고. 이런저런 삶의 경험을 함께 공유할 수 있는 사람. 강욱 씨와는 불가능한 것들이 가능한 사람이라서요.'

조금 전 윤이 했던 말이 떠올랐다. 동시에 머릿속에 그 모습들이 그려졌다.

저 남자와 연애하고 결혼하고 아이를 낳겠다고? 저 남자 곁에서 늙어 가겠다고?

말도 안 돼. 그럴 순 없어.

강욱은 걷잡을 수 없는 불길이 제 안 어딘가에서 올라오고 있음을 깨닫고는 저벅저벅 빠른 걸음으로 그들 뒤를 쫓기 시작했다.

이대로 보낼 수는 없다. 제가 어떤 마음으로 그 시간에 거기까지 달려간 것인지, 요즘 제가 무슨 말도 안 되는 생각을 하며 사는 건지 윤도 알아야 했다.

차라리 처음부터 만나지 않았으면 모를까. 이젠 틀려 버렸다.

"얘기 좀 해."

남자의 차에 오르려는 윤을 붙잡으며 강욱이 으르렁거리듯 중얼거렸다.

"더 이상 할 말 없어요."

외면하는 윤의 모습이 화를 더 돋웠다. 저만치에 서 있던 변호사가 당황한 듯 그에게 다가왔지만 차마 말릴 수가 없는지 오다 멈췄다.

"내가 할 얘기 있으니까 내려."

"강욱 씨, 왜 이래요?"

강욱이 힘을 주어 윤을 차에서 내리게 하자 민재가 다가오며 말렸다.

"지금 뭐 하는 겁니까?"

윤을 보호하려는 듯 막아서는 민재를 강욱이 싸늘하게 노려보았다. 난데없이 나타난 이런 남자 하나 때문에 이성을 잃는 제가 마음에 들지 않는다. 이까짓 감정이 뭐라고 이렇게 화가 나고 미치겠는 걸까. 지나고 나면 별것도 아닌 감정일 텐데.

"빠지시죠. 당신이랑은 상관없는 얘기일 것 같은데."

"내가 왜 상관없습니까? 윤이 씨랑 만나기로 했다는 말 듣지 않았습니까?"

"언제부터 만난 건지 모르겠지만 우리 아직 헤어진 거 아닙니다. 그러니까 분위기 파악해 가면서 끼어들란 말입니다."

"하지만."

"채윤은 아직 내 여자라고!"

내 여자라는 말에 민재가 당황한 듯 윤을 돌아보았다.

"윤이 씨."

민재를 노려보던 눈길이 윤을 향했다. 윤은 원망이 가득한 얼굴로 그를 보고 있었다.

"여기서 계속할까? 너랑 내가 어떤 사이였는지 얼마나 깊은 관계였는지 이 남자한테 해 줄 말이 아주 많은 것 같은데."

"비겁해."

"비겁? 졸렬하고 비열해질 수도 있어. 시정잡배만도 못하게 치사해질 수도 있다고. 그러니까 구경거리 되고 싶은 거 아니라면 따라와."

강욱은 윤이 제 것인 양 곁으로 끌어당겼다. 머리가 어떻게 되어 버린 모양이다. 끝난 사이에 붙잡는 게, 지금 제가 하는 짓이 얼마나 추한 건지 깨달을 겨를도 없었다.

강욱은 윤을 질질 끌 듯 차로 데려가 조수석 문을 열었다.

"타."

"미쳤어요?"

"어. 미쳤어."

"이강욱 씨, 당신이 지금 무슨 짓을 하는 건지 알아요?"

윤이 거절하면 할수록 더 화가 치밀었다. 사람을 이렇게 만들어 놓고 다른 놈에게 가겠다는 윤을 어떻게 대해야 하는 건지 모르겠다. 다른 놈 한테 가는 윤을 보느니 차라리 죽어 버리는 게 낫겠는데. 이렇게 엉망진 창인 마음으로 사느니 차라리 한강에 가서 윤을 끌어안은 채 뛰어내려 버리는 게 낫겠다 싶었다. 혼자 남겨 두면 다른 놈이 생길 테니까. 죽어 도 그 꼴은 또 보고 싶지 않으니까.

이런 생각으로 가득 찬 제 머릿속이 끔찍해 강욱은 탄식하며 질끈 눈 을 감았다.

"제발 이러지 마, 강욱 씨."

강욱은 제 손에서 벗어나려 몸부림을 치는 윤을 향해 목소리를 쥐어 짰다.

"여기서 무릎이라도 꿇을까. 빌면 돼? 그럼 탈래?"

윤의 몸부림이 그대로 멈췄다.

"그러니까 타. 여기서 더 추한 꼴 보이기 전에. 내가 진짜 망가져 버리 기 전에."

잠시 침묵이 흐른 뒤 윤이 허탈한 음성으로 부탁했다.

"……잠깐만 기다려 줘요. 걱정하지 않게 인사만 하고 올게요."

붙잡고 있던 윤을 놓아주었다. 저만치에 서 있는 민재에게로 가는 윤의 뒷모습을 눈에 담으며 강욱은 손바닥으로 얼굴을 문질렀다.

혹시나 윤이 도망가 버릴까 싶은 불안감에 심장이 터질 듯이 뛰어 대고 있었다.

아무래도 미친 모양이다.

그러지 않고서야 이럴 수는 없을 테니까.

잠시 후 돌아온 윤을 차에 태운 강욱은 말없이 차를 몰기 시작했다. 목적지가 따로 있는 건 아니었다.

길을 잘못 들었는지 난데없이 비포장도로가 나왔다.

차는 서울을 한참 벗어나 어두컴컴한 국도를 따라 달리는 중이었다.

주변에 아무것도 보이지 않는 거로 보아 농로인 모양이다. 드문드문 저 멀리 마을의 불빛이 나타났다가 사라졌다.

쉬지 않고 달리던 차는 덜컹 소리와 함께 한쪽으로 기울어지고 나서야 겨우 멈췄다. 충격으로 몸이 크게 휘청거렸다. 길이 어두워 보지 못한 꽤 깊은 웅덩이에 차 바퀴가 빠져 버렸다.

몇 번 액셀러레이터를 세게 밟아 보지만 헛바퀴만 돌 뿐 차는 꿈쩍도 하지 않았다.

"젠장."

처음으로 입을 연 강욱에게서 험악한 소리가 튀어나왔다. 핸들을 세게 내리친 강욱이 차에서 내렸다. 헤드라이트 불빛이 강욱을 비추는 걸 지켜보던 윤은 지그시 눈을 감았다.

여기까지 오는 동안 계속해서 걸려오는 전화를 받지 않던 강욱의 모습이 떠오르자 한숨이 저절로 흘러나왔다.

오늘은 하루가 엉망이었고, 지금 이 순간은 최악이다.

그나마 여기서도 더 망칠 게 아니라면 적당히 강욱을 달래 서울로 돌아가야 했다. 하지만 그를 달래기엔 그녀 역시 감정 소모가 너무 컸다.

"내려."

벌컥, 차 문이 열리더니 강욱의 목소리가 들렸다. 여전히 화난 목소리지만 싸우고 싶지 않다.

"보험회사 불러요. 너무 늦기 전에 돌아가야 하니까."

"……돌아가? 누구 맘대로."

"후회할 일 더는 만들지 마요."

"그래 봤자 오늘 잠깐 맛본 지옥보다는 덜하겠지."

윤은 열린 차 문 앞에 선 강욱을 올려다보았다. 이런 그의 행동이 좀처럼 이해가 되지 않는다. 그렇게 갈 때는 언제고. 사람 마음 아프게 할 때는 언제고…….

"차도 멈췄는데 어디 갈 건데요?"

"아무 데나 상관없어. 가다 보면 뭐라도 나오겠지."

"난 이제 그쪽이랑 안 잘 건데."

"유감이네. 난 잘 건데."

그는 여전히 화난 얼굴이었고 그의 진심이 알고 싶어졌다.

"나, 좋아해요?"

"……그래."

"나, 사랑해요?"

기어이 묻고 말았다. 물으면서도 아니라고 해 주길 바랐다. 감당하기 너무 힘들 것 같았으니까. 그러면서도 사랑한다는 말이 기다려졌다. 그가 자신을 사랑했으면 하는 마음이었다.

"……그래. 다른 남자한테 보내느니 차라리 끌어안고 죽어 버리자는 생각이 들 정도면 미쳐도 단단히 미친 사랑이겠지."

들려온 대답은 환희와 절망을 동시에 맛보게 했다. 두려운 건 그 사랑을 제가 밀어내지 못할 거란 거다.

말없이 올려다보던 윤은 힘없이 웃으며 물었다.

"이제 어쩔 건데요. 나더러 내연녀라도 되라고 할 건가요?"

"주주총회에서 대표로 선임되고 나면 파혼할 거야."

"!"

"그러니까 내가 너 때문에 불안해서 일을 그르치지 않도록 딴생각 말고 얌전히 있어."

"지금 다른 사람을 이용하겠다는 거예요?"

"대표 자리를 포기할 수는 없어. 해야 할 일들이 있으니까."

윤은 기가 막혔다. 아니, 화가 치밀었다.

"지금 내가 당신 계획에 동조하고 기다릴 거라고 생각해요? 다른 여자를 실컷 이용한 다음 버리고 오는 당신을 기다리라는 거예요?"

"그럼 어쩌자는 건데! 포기도 못 하겠고 헤어지지도 못하겠는데 나더러 어쩌라고."

강욱의 외침이 절망스러웠다.

"그래서 너랑 헤어지려고 했어. 내가 그런 쓰레기 같은 놈이니까 기다리라고 할 수 없어서 헤어지려고 했다고."

"이강욱, 당신 진짜 최악이야."

윤은 문 앞을 가로막은 강욱을 밀치고 밖으로 나갔다.

"어디 가."

"신경 쓰지 마. 당신이랑 한 순간도 같이 있고 싶지 않으니까."

"제발 너까지 이러지 마."

붙잡는 강욱을 뿌리치고 어둠 속으로 길게 뻗은 길을 따라 정신없이 뛰기 시작했다.

어쩌다 여기까지 와 버린 건지 모르겠다. 왜 하필 첫눈에 반한 게 당신이었을까. 왜 하필 사랑한 게 당신이었을까. 이제 다 잊어 가고 있었는데. 그날 산에서 다시 만나지 않았더라면 당신도 나도 각자의 인생을 살았을 텐데. 하나부터 열까지 다 후회스러웠다.

"내 말 좀 들어."

뒤따르는 발소리가 가까워지더니 윤의 몸이 휙 돌려 세워졌다. 오늘따라 서늘한 밤공기가 뺨에 와 닿았다. 윤은 강욱이 붙잡은 손을 뿌리쳤다.

"나. 강욱 씨랑 할 말 없어."

헤드라이트 불빛도 멀어진 어둑한 길에 반딧불이 몇 마리가 날아올랐다.

"너 아니었으면 나도 내 짝이 누구든 신경 안 썼어!"

윤을 꽉 붙들며 강욱이 억울한 듯 외쳤다.

"이런 되지도 않는 고민 같은 거 하지도 않았을 거라고."

강욱의 목소리가 컸던지 드넓은 논 어딘가에서 이름 모를 풀벌레가 요란스럽게 울다 멈췄다.

윤은 눈물범벅인 얼굴로 그를 마주 보았다. 울고 싶지 않은데 한번 터진 눈물이 좀처럼 멈추질 않는다. 서러움이 북받쳤다.

"나도 이강욱 씨가 아니었으면 좋겠어. 당신 때문에 내가 얼마나 많이 아팠는데. 대체 얼마나 더 아파야 하는 건데!"

그동안 차마 털어놓지 못한 말들은 가슴에 응어리가 되어 버렸다. 이렇게 다시 만나지 않더라도 강욱은 평생을 잊을 수 없는 사람이었다. 그런 제게 얼마나 더 많은 흔적을 남기려는 걸까.

"이강욱 씨, 똑똑히 들어요. 난 내연녀가 될 생각도 없고 남의 남자 빼앗은 그런 사람이 되고 싶지도 않아. 나는 당신이 오라고 하면 오고 기다리라면 기다리는 그런 사람 아냐. 당신을 믿을 수가 없어. 믿을 수가 없다고. 그러니까 이쯤에서 그만해. 알았어요?"

"그러는 나는 안 아픈 거 같아?"

강욱의 손을 뿌리치고 돌아서던 윤이 우뚝 멈추었다.

"지난 몇 년을, 아니 태어나서 내 존재를 계속 부정당했던 내내 어떡하면 이 속에 담은 것들을 내려놓을 수 있을까만 생각했었어. 치밀하게 계획을 세우고 준비했는데 이제 다 끝나 가는데 채윤이란 여자가 눈앞에 툭 떨어졌어. 너 하나로 내 계획이 물거품 되게 생겼는데 그런데도 널 보내지 못하겠는데 나더러 어쩌라고."

핏발 선 눈으로 윤을 내려다보며 씨근거리던 강욱이 주머니에서 핸드폰을 꺼내 어딘가로 전화를 걸었다.

"좋아. 너더러 내 계획에 가담하라고 안 해. 남의 남자 빼앗았단 그런 소리도 안 듣게 해. 그럼 되는 거지?"

불길한 예감에 말리려 했지만 이미 늦은 후였다. 곧 상대가 전화를 받았고 여자 목소리가 들렸다.

"이강욱입니다."

강욱은 윤에게서 눈을 떼지 않은 채로 보란 듯이 말했다.

"우리 약혼 이야기는 없던 거로 하죠. 좋아하는 여자가 있다고 미리 말 못 해서 미안합니다."

"!"

"어른들께는 제가 말씀드리죠."

가뜩이나 커다란 윤의 눈이 금방이라도 튀어나올 듯 커졌다. 허옇게 질린 얼굴로 뒷걸음질을 쳐 보지만 강욱의 손에 이내 붙들렸다.

화난 여자의 음성이 윤에게까지 들려왔다. 여자는 가만두지 않겠다며 악을 써 대고 있었다.

"미안합니다. 나중에 연락하죠."

일방적으로 전화를 끊은 강욱이 윤의 팔을 움켜잡은 채 내려다봤다.

"이게 내 선택이야."

"미쳤어요?"

"맞아 미쳤어. 뒷감당할 대책도 없으면서 일부터 저지르는 걸 보니 제정신은 아니겠지."

"대체 어쩌려고 그래요."

계속해서 걸려 오는 전화를 받지 않는 강욱의 모습에 윤이 풀썩 주저 앉으며 얼굴을 감쌌다. 감당할 수 없을 만큼 커져 버린 상황이 버거워 숨이 막혔다. 제가 상상도 할 수 없는 세계에 감히 돌멩이가 되어 박혀 버린 것만 같았다.

"이러지 마, 강욱 씨……."

"세상엔 아무리 노력해도 뜻대로 되지 않는 게 있다더니 나한텐 그게 너였어."

강욱은 윤의 몸을 일으켜 세운 다음 끌어안았다. 검은 대지를 쓸며 지나온 바람이 두 사람을 훑었다.

힘없이 안겨 오는 윤의 몸을 꽉 안으며 그가 중얼거렸다.

"그러니까 딴생각하지 말고 꼭 내 옆에 붙어 있어. 내가 너 때문에 미친 짓을 더는 하지 못하게 말려 줘."

"……진짜 미련한 것 같아. 내일 아침이면 후회할 거야."

"후회해도 하는 수 없어. 돌이키기엔 널 너무 많이 사랑해 버린 것 같으니까."

주변은 고요했다. 오로지 둘뿐이었다.

헤드라이트가 비춘 길 가운데에서 둘은 서로를 안은 채 오랫동안 그러고 서 있었다.

"미안해요, 선배. 오늘은 출근하기가 좀 힘들 것 같아."

성훈에게서 걸려온 전화에 잠이 깬 윤은 조용히 침실을 벗어나 전화를 받았다. 시계를 보니 10시가 다 되었다.

─ 어떻게 된 거야? 미팅 있는 거 잊었어? 어제 일 처리 잘 끝난 것 같던데 무슨 문제가 있는 거야?

"그런 건 아니고……. 나중에 설명할게요."

– 하, 별수 없지. 미팅은 나 혼자 갈 테니까 쉬어.

"미안해요. 월요일에 봐요."

통화를 마친 윤은 정신을 차리려 애쓰며 주변을 둘러보았다. 들려오는 파도 소리에 커튼을 걷자 끝도 없는 푸른 바다가 눈앞에 펼쳐졌다.

"……."

여긴 어디쯤일까.

늦은 밤 긴급 출동 서비스를 불러 차를 웅덩이에서 꺼낸 뒤 서울로 돌아가지 않았다. 어딘지도 모른 채 강욱을 따라왔다. 오는 길에 진부령을 지났던 것도 같다. 그럼 여긴 아마도 강원도 어느 바닷가인 모양이었다.

입구에서부터 아무렇게나 벗어 던진 옷이 바닥에 널브러져 있었다. 이곳에 도착했을 때의 기억이 떠오르자 낮은 신음이 흘러나왔다.

호텔 방 문을 열고 들어선 순간부터 서로를 탐하느라 정신이 없었다. 마치 오늘이 마지막 날인 것처럼 서로를 물고 빨았다. 헐떡이며 바라봤던 커튼 틈 사이의 새벽하늘이 환해져 가고 있었던 게 어렴풋이 그려졌다.

윤은 무릎을 끌어안은 채 중얼거렸다.

"하, 미쳤나 봐……."

그러다 까무룩 잠이 들었고 눈을 뜨니 지금이다. 더 늦기 전에 서울로 올라가야 했다.

씻기 위해 욕실로 들어간 윤은 거울에 비친 제 모습에 멍해졌다.

"이게……."

목과 가슴, 어깨. 온몸에 붉은 자국들이 생겨 있었다.

정신을 차릴 틈도 주지 않은 채 몰아붙이던 강욱을 떠올리자 현기증이 일어 세면대를 꼭 붙들었다. 이 자국들을 남기며 그는 끊임없이 이름을 불렀었다.

'윤아. 윤아.'

그 순간엔 차라리 그가 저를 먹어 버렸으면 좋겠다고 생각했었다. 그래서 말리지 않았다. 그의 입술에 빨릴 때마다 괴로운 쾌감이 몰려와 정신을 차릴 수가 없었으니까.

하지만 현실로 돌아와 보니 기가 막힐 따름이다. 가만있어도 땀이 흐르는 한여름에 누가 봐도 격렬한 사랑을 나눈 이 흔적들을 어떻게 숨겨야 할지 난감하다.

미지근한 물로 샤워를 한 후 가운을 걸쳤다. 제법 긴 가운임에도 울긋불긋한 자국이 드러나 보였다. 이 더위에 꼼짝없이 목이 긴 옷을 입어야 할 듯했다.

한참 창밖의 바다를 보다 방으로 들어가자 곤한 숨소리가 들려왔다. 강욱이 침대에 엎드린 채로 잠들어 있었다.

윤은 그가 깨지 않도록 조심스럽게 침대에 걸터앉았다.

"……."

닫힌 암막 커튼 사이로 들어온 한 줄기 빛이 방 안을 적당히 밝혔다. 잠든 강욱의 얼굴을 물끄러미 내려 보다가 이름을 불렀다.

"강욱 씨."

눈썹이 꿈틀거리는가 싶더니 천천히 눈을 떴다.

"일어나야 해."

잠에 취한 눈을 몇 번 깜박인 그가 빙그르르 돌아눕더니 팔을 내밀고 툭툭 두드렸다.

"이리 와."

"10시가 넘었어."

"자진해서 올래 끌려올래?"

허스키한 목소리로 물은 그가 대답도 하기 전에 윤을 끌어가 눕혔다.

342

그의 눈동자가 윤의 얼굴을 더듬었다.

"오늘은 하루 종일 여기, 침대 위에만 있을 거야. 그러니까 전화기는 꺼 둬."

윤이 얼굴을 붉히며 딴청을 피웠다.

"배고픈데."

벌어진 가운 사이로 손을 밀어 넣으며 강욱이 속삭였다.

"룸서비스 시키면 돼."

그의 커다란 손이 이내 가슴을 움켜쥐었고 윤의 손이 그의 목에 둘려졌다. 그가 손가락으로 젖꼭지를 살살 어루만지며 능청스러운 목소리로 물었다.

"지금도 배고파?"

"아니."

"그럼?"

"딴 게 고파."

"잘됐네."

풀어 헤쳐진 가운을 바닥으로 내던진 강욱은 윤의 몸을 입술로 더듬었다. 처음엔 간지럽다며 요리조리 피하던 윤의 목소리가 어느덧 탁해졌다. 입술이 피부를 지날 때마다 예민한 세포들을 일깨우는 바람에 날이 갈수록 온몸이 성감대로 변해 가는 느낌이었다.

시원한 바람이 에어컨에서 쏟아졌지만 이내 방 안 공기는 후끈해졌다.

언제나 그렇듯 온몸에 정성을 담아 입을 맞춘다.

한껏 달아오르고 나면 서로에게로 돌진하듯 덤벼들었다. 살과 살이 격렬하게 부딪혔다.

둘은 하나가 되어 서로의 이름이 애타게 불렸다.

"윤아."

"강욱 씨……."

어느 순간엔 쾌락을 좇는 것인지 사랑을 갈구하는 것인지 헷갈릴 만큼 강박적인 몸짓이었다.

어쩌면 현실로 돌아가기 싫은 둘의 몸부림인지도 몰랐다.

일요일 오후, 평창동 집은 한바탕 난리가 지난 후였다.

대성의 오 사장이 오수진을 앞세워 다녀간 것이다. 평소의 오 사장은 철저한 사업가 이미지를 가진 사람이었다. 냉정하고, 사리 분별 잘하고, 계산적인 사람. 앞으로의 관계를 생각해서라도 조용히 덮고 넘어갔을 사람이지만 딸 문제라 그런지 잔뜩 흥분한 상태였다.

급기야 일방적으로 차여 자존심이 있는 대로 상한 오수진이 퍼붓는 거로는 모자라 정신적 피해를 운운하며 파혼의 대가를 요구했다. 아직 약혼한 것도 아니고 말만 오가던 사이였기에 파혼이랄 것도 없었지만 이 회장은 적당한 선에서 들어주겠노라고 답했다.

"거봐요. 여자? 숨겨 둔 여자가 있어요? 허, 누가 그 핏줄 아니랄까 봐……."

홍나희는 이 상황이 재밌다는 듯 비웃었다.

"강욱이가 당신 자식이 맞긴 하네요. 그러니 일을 이 지경으로 만들지."

"어떤 여자인지나 알아봐."

"알아봐서 뭐 하게요. 보나 마나 강욱이 걔 당신 닮아서 여자 보는 눈 없어요. 어디서 이상한 애한테 꽂혀서 저럴 테죠."

홍나희의 비꼬는 말에도 이 회장은 별다른 대답을 하지 않은 채 서재로 향했다. 말해 봤자 이때다 싶어 계속 속이나 긁어 댈 게 분명했다.

창가에 휠체어를 세우고 지그시 눈을 감았다.

"……못난 놈."

대표직에서 물러나면 뒤를 이을 놈이 강욱이었으면 싶었다. 욕심 많은 태욱이나 흐리멍덩한 재욱이보다 강욱이 물려받아 잘 이끌어 나갔으면 했다. 대놓고 밀어주기엔 홍나희가 가만있지 않으리라는 걸 알기에 지켜만 보던 중이었다.

그래서 제가 못 하는 걸 오 사장에게 부탁하려 했던 건데 강욱이 그 일을 망친 것이다. 머리가 지끈거렸다.

이 사태를 어찌 수습해야 싶어 고민하다 강욱에게로 전화를 걸었다. 이유는 알아야 할 것 같았다.

– 고객님의 전화기가 꺼져 있어…….

강욱의 목소리 대신 기계음이 들려왔다.

"여자 하나 때문에 큰일을 망치다니."

이 회장이 허탈한 목소리로 중얼거렸다.

"여자?"

음료수를 마시던 태욱이 눈을 크게 뜨며 홍나희를 바라보았다. 느닷없이 저녁이나 먹자며 찾아온 엄마가 표정이 밝더니 뜻밖의 이야기였다.

"강욱이한테 여자가 있다고? 그 여자 때문에 약혼을 깼다고?"

차마 믿기지 않는 듯 되묻는 태욱에게 홍나희가 씩 웃으며 고개를 끄덕였다.

"그렇다니까. 낮에 제 아버지 데리고 와 가지고 발칵 뒤집어 놓고 갔어. 오수진이라고 했지? 걔 성질 보통 아니더라. 네 아버지한테 정신적 손해를 배상해 달라던데."

"손해배상? 설마 진짜 해 줄 건 아니지?"

"몰라. 네 아버지는 해 준다고 하던데. 강욱이 놈 때문에 이게 무슨 꼴이라니."

"야, 그걸 내가 봤어야 하는 건데."

"말도 마. 네 아버지 얼굴이 하얗게 질려서는 아무 말도 못 하는데 속으로 얼마나 고소하던지."

"강욱이는?"

"아직 연락 안 돼."

"아직도? 금요일부터 그런 거면 이거 실종 신고라도 해야 되는 거 아냐?"

"놔둬. 전화기 꺼 두고 그 계집애랑 어디 밀월여행이라도 간 모양이지. 아니면 저도 창피해서 일부러 꺼 둔 건지도 모르고."

"뭐에 빠져서 약혼도 안 하겠다고 한 거 같은데 혹시 그 여자랑 둘이 어디 가서 죽어 버린 거 아냐?"

"설마……. 그리고 설령 그런 일이 생긴다 해도 뭐 제 팔자지. 누가 등 떠밀었어?"

어쩐지 개운한 표정의 홍나희가 접시에 담긴 멜론 한 조각을 입에 넣고 우물거리며 집 안을 둘러보았다.

"네 안사람은?"

"몸이 좀 안 좋대서 친정 보냈어요."

"임신한 게 유세라지만 걔 요즘 영 마음에 안 들어. 너무 오냐오냐해주지 말고 기선 잘 잡아."

"내가 알아서 해요."

"마누라 없다고 딴짓할 생각 말고."

아들을 잘 아는 홍나희의 경고에 태욱이 피식 웃으며 말을 돌렸다.

"그나저나 어떤 여자래요?"

"몰라. 오수진이 하도 흥분해서 쏴 대는 바람에 대충 듣긴 했는데 집을 짓느니 어쩌니 하던데. 너 뭐 아는 거 있어?"

"집?"

순간 태욱의 머리에 뭔가 스쳤다. 강욱의 비서를 통해 전해 들을 때부

346

터 좀 이상하다 싶었는데 결국 그 여자인 걸까.

"일이 재밌게 되겠는데요."

"왜? 짐작 가는 여자 있어?"

"하나 있기는 한데……. 엄마가 좀 나서 볼래요?"

"내가?"

"이강욱한테 딱 어울리는 여자 같아서 좀 이어 줘 보려고."

"뭐야 궁금하게. 얼른 아는 대로 말 못 해?"

태욱은 지난번 회사에서 봤던 윤의 얼굴을 떠올리며 빙그레 웃었다. 이 약혼을 깨게 만든 게 그 여자라면 아무래도 강욱의 약점을 제대로 하나 잡은 것 같았다.

그 시간. 강욱과 윤은 서울로 돌아오는 차 안에 앉아 있었다.

하루만 머물다 올라올 생각이었는데 결국 일요일 저녁이 다 되어서야 마지못해 돌아오는 중이다.

서울이 가까워지자 점점 말이 없어지는 윤을 힐끗 쳐다본 강욱이 손을 내밀었다. 윤은 아까부터 생각에 잠긴 채 창밖만 보고 있었다.

"손."

다정한 연인들이나 할 법한 제스처에 윤이 조용히 웃자 강욱이 다시 요구했다.

"손 줘."

윤이 손을 얹자 강욱이 장난스럽게 잡아당겨 손등에 쪽 입을 맞췄다. 실반지 하나 끼지 않은 단정한 손을 보니 문득 반지부터 하나 사서 끼워 줘야겠다는 생각이 들었다.

강욱은 깍지를 낀 다음 단단히 쥐었다.

"이 손 놓지 마. 놔 달라고 해도 놔주지도 않을 거지만."

"얼굴 보면 식구들 놀랄 거예요."

347

은섭과의 주먹다짐에 강욱의 얼굴엔 멍이 들었고 입술이 터졌다. 연고를 계속 발라 주긴 했지만 다 나으려면 시간이 걸릴 듯했다. 저런 얼굴로 출근해 사람들 입에 오르내릴 생각만 해도 속이 상했다.

"기왕 멍든 거 아주 죽어라고 팰지도 모르지."

"식구들이랑 그 정도로 사이 안 좋아요?"

윤의 눈이 걱정으로 휘둥그레지자 강욱이 픽 웃었다.

"농담이야. 그런 얼굴 하지 마."

차가 신호에 서자 잡힌 손을 꼼지락거리는 윤을 돌아보았다.

"우리 집으로 가자. 그 자식 불구속 상태로 조사받는 거라 너 찾아올지도 몰라."

"꼬미 때문에 가 봐야 해요."

"아. 고양이……."

"같은 건물에 돌봐줄 사람이 있어서 부탁해 놓기는 했는데 그래도 기다릴 거예요. 꼬미가 아직도 무서워요?"

"무서운 것보다 걔는 나 별로 안 반가워하는 것 같던데."

"응? 처음에만 낯설어하지 사람 좋아하는데."

이런저런 얘기를 나누는 동안 차는 윤의 집 앞에 멈췄다.

"들어가. 얘도 좀 오래가겠다."

차에서 내린 강욱이 손을 뻗어 목덜미의 키스 마크를 만지자 윤이 깜짝 놀라 주위를 살폈다.

"누가 봐요."

"보라고 해. 딴 놈한테 못 가게 도장 찍어 둔 거니까."

"……."

"아무 생각 말고 쉬고 있어. 전화할 테니까."

머리를 쓰다듬은 강욱의 손길이 아쉬운 듯 뺨에 닿았다. 속초까지 가서 이틀 내내 호텔에만 머무느라 바다는 오는 길에 잠깐 들렀을 정도로

붙어 있었는데도 헤어지는 게 아쉽다. 그냥 집으로 따라 들어갈까 싶은
생각마저 들었다.

"가지 말까?"

"백수 애인 멋 없어요."

일부러 웃으며 한 발 뒤로 물러선 다음 윤이 손을 흔들었다.

"가요."

"일 끝나려면 좀 늦을 거야."

"……."

"전화 기다리지 말고 푹 자라고."

이마에 쪽 입을 맞춘 다음 건물 안으로 윤을 떠밀었다.

"들어가는 거 보고 갈게."

한번도 이런 적이 없는데 헤어지는 순간이 아쉬운 걸 보니 이 감정이
진짜이긴 한 모양이다. 강욱은 윤이 안으로 들어간 후에도 한참을 서 있
었다.

호텔 방 안에 미리 모여 있던 사람들의 시선이 안으로 들어서는 강욱
에게로 일제히 쏠렸다.

특히나 김 실장은 당혹스러운 눈빛을 숨기지 못한 채 강욱을 빤히 바
라보았다.

"본부장님 얼굴이……."

정작 당사자인 강욱은 그런 사람들의 시선을 의식하지 않은 채 진지
한 얼굴로 자리에 앉았다.

"대성과 김승현 씨가 보유한 지분은 우선 빼고 다시 계획을 짜죠."

"네? 갑자기 두 곳은 왜."

"약혼 안 합니다."

간결하기 그지없는 대답에 사람들이 어리둥절한 얼굴로 서로를 돌아

보았다. 불과 며칠 전만 해도 약혼 얘기가 오가고 있던 데다 이미 찌라시가 돌고 있었다. 다른 주주들도 그 얘기에 관심을 보이고 있었는데 난감한 상황이다. 그런 분위기를 예상한 듯 강욱의 눈매가 찡그려졌다.

"이 약혼 아니면 대표에 못 앉는 겁니까? 그 정도로 다들 실력이 없는 겁니까."

"꼭 그런 건 아닙니다."

"그럼 약혼은 처음부터 없던 거로 하고 지난번 부탁한 대성의 약점이 될 만한 것을 좀 더 캐 봐요. 김승현 쪽도 마찬가지고."

"네. 알겠습니다."

"황 이사 쪽은 어떻게 됐습니까."

"그쪽은 아직 중립입니다만 이태욱 부사장이 검찰 조사를 받기 시작하면 이쪽 손을 들어 줄 가능성이 큽니다. 절대 손해가 날 선택은 하지 않는 사람이니까요."

"그럼 우선 타격이 갈 만한 거로 슬쩍 하나 흘리죠. 생각할 시간이 필요할 테니까."

"지난번 말씀하신 사모님 폭언 자료도 확보해 두었습니다. 그만둔 정원사 박 씨에게 적당히 보상도 해 뒀구요."

"영상 자료입니까?"

"아뇨. 음성 파일입니다. CCTV 자료도 있긴 한데 소리가 녹화되지 않았습니다. 대신 물건을 던지는 장면이 있어서 공개되면 논란이 될 겁니다."

"좀 보죠."

강욱의 말이 끝나기가 무섭게 프로젝트를 통해 홍나희가 정원사에게 뭔가를 집어 던지는 영상이 재생되었다. 화질이 깨끗해 누가 봐도 문제 삼을 건 없었다.

"적당한 때를 봐서 고소장 접수해요."

"네. 알겠습니다."

회의는 늘 그렇듯 은밀하고 빠르게 진행되었다. 이제 대표 선임까지는 한 달쯤 남았을 뿐이었다.

월요일 아침.

화장을 고치는 중이던 비서는 다른 날보다 일찍 출근하는 강욱의 얼굴을 멍하니 쳐다보느라 인사하는 것도 잊고 말았다.

"못 볼 거라도 봤습니까?"

"아, 아닙니다. 죄송합니다."

"결재할 서류부터 들여보내요."

강욱이 사무실로 들어간 뒤 비서는 재빨리 태욱에게 전화를 걸었다.

— 뭐야. 이 아침부터.

아직 출근 전인지 태욱이 늘어지게 하품을 하며 투덜거렸다. 오 비서는 문에서 눈을 떼지 않은 채 재빨리 보고했다.

"본부장님이 무슨 일 있으신가 봐요."

— 무슨 일?

"얼굴이 엉망이세요. 딱 봐도 싸운 것 같은데."

— 싸워? 강욱이가?

"네. 입술도 터지고 멍도 들고."

— 흐흐흐. 별일이네. 참, 지난번 그 건축 회사 직원이라는 여자 명함 있지?

"찾아보면 있을 거예요. 명함은 왜요?"

— 왠지는 알 것 없고. 그거나 좀 찾아서 보내 줘.

전화를 끊을 때까지 태욱이 웃음을 참지 못하고 실실 흘렸다. 무시하는 말투에 눈을 흘기면서도 오 비서는 모아 둔 명함을 뒤적여 윤의 명함을 찾은 뒤 태욱에게 사진으로 전송해 줬다.

"설마 이 여자 때문에 싸운 건 아니겠지?"

비서는 명함을 이리저리 살피며 중얼거렸다. 강욱이 여자 때문에 싸웠다는 건 진짜 상상도 못 할 일이었다.

윤은 아까부터 쏟아지는 시선이 부담스러워 진땀이 다 날 지경이다.

책상에 앉아 인테리어에 쓸 자재들을 살피던 윤은 에어컨이 제대로 켜진 게 맞나 싶어 슬쩍 돌아보았다.

"채 대리."

맞은편의 성훈이 도저히 못 참겠는지 궁금한 목소리로 물었다.

"안 더워?"

이 찌는 듯한 더위에 목이 올라간 긴소매를 입고 앉아 있으니 얼마나 우스꽝스러워 보일까. 저렇게 묻는 거 충분히 이해한다.

윤은 민망한 웃음을 지으며 고개도 들지 않은 채 대답했다.

"감기 기운이 좀 있어서요."

"감기? 개도 안 걸린다는 이 한여름에?"

"……."

자리에서 일어난 성훈이 책상 앞으로 다가오더니 슬쩍 직원들 눈치를 살폈다. 몸을 숙여 가까이 한 다음 조용히 물었다.

"솔직히 말해. 이강욱 씨랑 무슨 일 있었지?"

"아닌……."

"목 뒤에 덜 가려졌어. 머리 묶지 말고 풀어."

윤의 얼굴이 민망함에 화르륵 붉어졌다.

"사람 그렇게 안 봤는데 너무하네. 일하는 사람 어떡하라고. 적당히 좀 하지."

혀를 찬 성훈이 시간을 보더니 근태를 불렀다.

"오늘 외근은 근태 씨가 좀 맡아서 해. 채 대리 몸이 좀 안 좋대."

그러더니 윤을 향해 조용히 중얼거렸다.

"넌 밖에 나가지 말고 사무실에서 일 봐. 이 날씨에 나가서 괜히 쪄 죽지 말고."

"고마워요."

"인사받자고 그런 거 아냐. 근데…… 괜찮겠어?"

강욱이 다른 여자와 약혼할 거라는 걸 알고 있는 성훈이 걱정스럽게 내려다보았다. 그 난리가 난 다음 갑자기 회사도 빠져 무슨 일인가 싶었는데 오늘 윤을 보는 순간 대번에 깨달았다.

윤이 좋아했다던 이강욱과의 관계가 과거형에서 그치지 않고 현재진행형이라는 게 훤히 보였다. 그러지 않으면 이렇게 티가 나도록 온몸을 물고 빨았을 리가 없지 않은가.

"그 집안 보통 아냐. 오지랖이겠지만 멈출 수 있으면 지금 그만두라고 충고하고 싶어."

"……."

"내 동생 같아서 그러는 거야. 알지?"

윤이 쓴웃음을 지으며 고개를 끄덕였다.

"생각해 줘서 고마워요."

"어려운 일 생기면 말해. 별 힘은 못 되겠지만 도울 수 있는 데까지 도와줄 테니까."

성훈이 자리로 돌아간 후 윤은 탁상 거울을 끌어와 슬쩍 목을 살폈다. 열심히 얼음찜질을 했는데도 아직 강욱이 남긴 흔적들이 역력하다.

"못됐어."

이런 난감한 시련을 안겨 준 강욱을 떠올리며 윤이 중얼거렸다.

그나저나 별일은 없는 걸까.

망설이다 메시지를 보냈다.

[출근했어요?]

한참 만에 답이 돌아왔다.

[애인 맛있는 거 사 주려고 열심히 돈 벌어.]

"칫, 내가 뭘 얼마나 먹는다고."

걱정이 되면서도 이런 상황이 싫지 않다. 강욱과 진짜 연애를 하는 것
같아서.

[저녁에 집에 올래요?]

[지금 같이 자자고 꼬시는 거야?]

[난 밥 먹자고 한 건데. 된장찌개 잘 끓이거든요.]

[좀 늦을지도 몰라. 기다리지 말고 먼저 먹어.]

[응. 천천히 일 보고 와요.]

대화창을 닫으려는데 막 메시지가 도착했다.

[사랑해.]

윤은 멍한 눈으로 강욱이 보내온 세 글자를 반복해서 읽었다. 이런 고
백을 주고받아도 괜찮은 건가. 벅차오른 가슴이 점점 뻐근해졌다.

[나도, 사랑해요.]

글자를 조합하는 손끝이 미세하게 떨고 있었다.

＊

회의가 끝나자 참석했던 사람들은 다들 자리에서 일어나 회의실을 나
갔다.

강욱이 피곤한 듯 관자놀이를 문지르며 일어서려는데 태욱이 다가오
더니 옆자리에 털썩 주저앉았다.

"얼굴 꼴이 그게 뭐냐? 누구랑 싸웠어?"

"신경 쓰지 마."

"너, 여자 생겼다며?"

강욱이 멈칫하더니 싸늘한 눈길로 물었다.

"그걸 네가 어떻게 알아."

"왜 몰라. 어제 네 약혼자 될 뻔한 여자가 집에 찾아와서 발칵 뒤집어 놓고 갔다는데."

표정이 굳는 걸 보니 아직 모르는 모양이다. 태욱이 책상에 다리를 얹으며 비딱하게 강욱을 바라보았다.

"그 정도 생각은 했을 거 아냐. 천하의 이강욱이 설마 아무 생각도 없이 저질렀겠어?"

"……"

"그 여자 누구야?"

"알 거 없어."

"앞뒤 분간도 못 할 만큼 정신 못 차리는 거 보니 죽여주게 이쁜 모양이네. 아니면 대성보다 더 대단한 집안이야?"

대답할 생각이 없어 보이는 강욱을 힐끗 쳐다보며 태욱이 비꼬듯 말했다.

"설마 쥐뿔도 없는 여자를 택해서 분란을 일으킬 리는 없을 테고……."

"한 대 맞기 전에 입 다물어."

"사랑이네 뭐네 그런 허접한 타령하려고 그러는 거 아니지?"

낄낄거린 태욱이 자리에서 일어나더니 강욱의 어깨를 툭툭 두드렸다.

"하긴. 사랑이 뭔 죄겠어. 난 너 응원한다. 알지?"

회의실을 나온 태욱이 발걸음도 가볍게 복도를 걸으며 홍나희에게 전화를 걸었다.

"문자로 주소 보냈으니까 한번 가 봐요. 어머니 며느리가 될지도 모르는 여자니까 잘 좀 대해 줘요."

– 며느리는 무슨.

투덜거리는 홍나희의 목소리도 어쩐지 즐거워 보였다.

잠시 옷을 갈아입기 위해 집에 들렀던 강욱은 울리는 벨 소리에 인터폰을 확인했다. 뜻밖에도 아버지 이 회장이 와 있었다.

문을 열자 조 비서가 휠체어를 밀고 들어왔다.

"여기까지 어쩐 일이세요?"

"아들 사는 집에 오는 거 뭐가 이상할 일이냐. 계속 여기 세워 둘 거야?"

쇼핑 봉투 하나를 현관에 놓은 조 비서가 차에서 대기하겠다며 밖으로 나가자 강욱은 하는 수 없이 이 회장을 부축해 거실로 옮겨 주었다.

처음 와 보는 아들의 집을 이리저리 둘러보던 이 회장이 물었다.

"술 한잔할 테냐?"

"드시면 안 되잖아요."

"언제는 내가 말 들은 적이 있던? 저거 들고 와."

조 비서가 현관에 놓고 간 봉투를 가져다 달라고 한 이 회장이 그 안에서 막걸리와 포장된 안주를 꺼냈다. 그걸 지켜보던 강욱이 하는 수 없이 잔을 가져와 맞은편에 앉았다.

"옛날엔 일 끝나고 마시는 이 막걸리 한잔이 사는 낙일 때가 있었지."

꿀꺽꿀꺽 잔을 비운 이 회장이 입술에 묻은 막걸리를 손등으로 훔치며 서글프게 웃었다.

"기억나지 않겠지만 그때 네가 옆에서 그 고사리 같은 손으로 따라 주곤 했었다."

"……."

"오늘 네 엄마한테 다녀오는 길이다."

이 회장이 잠시 뜸을 들이더니 입을 열었다.

"강욱아. 다시 생각해."

강욱은 뽀얀 빛깔의 막걸리를 쭉 들이켰다. 톡 쏘는 청량감이 목구멍을 적셨다.

"태욱이 엄마나 태욱이 사이에서 맘고생하는 거 네 엄마도 바라지 않을 거다. 너도 알다시피 그러려면 조건 좋은 집 며느리를 봐야 해. 그래야 함부로 하지 못할 테니까."

"어머니한테 물어보셨어요?"

"뭘 말이냐."

"제가 어떻게 살았으면 좋겠는지 어머니한테 물어보셨냐고요."

"네 엄마는 늘 네가 내 아들로 인정받으며 살기를 바랐지. 그래서 태욱이랑 쌍둥이로 키우는 걸 동의한 거다."

빈 막걸리 잔을 쥔 손을 돌리던 강욱이 픽 웃었다.

"인정받는 거 그것만 중요하세요? 나 같으면 그것보다 훨씬 중요한 것들이 많을 것 같은데."

"중요한 거? 여자 말이냐?"

결국 저 말이 하고 싶어 오신 걸까.

"벌써 들으셨다면서요. 저 여자 있습니다."

"사람은 곁에 둘 방법을 얼마든지 찾으면 돼. 어떻게든 널 밀어주려는 아비 마음에 못질하지 말고 오 사장 찾아가서 사과해. 젊은 놈한테 여자 하나 있는 거 이해 못 해 줄 사람 아니니까."

이 회장을 바라보는 강욱의 표정이 서늘해졌다.

"저더러 지금 평생 아버지처럼 살라는 말씀이세요?"

"......"

"전 두 집 살림은 죽어도 못 하겠는데요. 사람이 할 짓은 아닌 것 같아서요."

이 회장의 눈가에 경련이 인 듯 파르르 떨렸다.

"요즘은 이혼이 흠은 아니라더라."

그 말에 강욱이 아주 우스운 소리라도 들은 사람처럼 크게 웃기 시작했다. 눈물이 찔끔 나게 웃고서야 겨우 멈춘 강욱이 씁쓸한 표정으로 이 회장을 바라보았다.

"제가 아버지 아들이 맞긴 맞나 보네요. 그런 생각을 하실 줄은 몰랐는데."

"……."

"예전에 어머니가 그러셨어요. 아버지의 약속을 믿는 게 아니었다고."

"강욱아."

"한번은 평창동 어머니한테 훈계 명목으로 종아리가 피가 나도록 맞고 왔는데 그 모습에 펑펑 우시면서 그러셨어요. 이런 벌받는 심정으로 살 줄 알았다면 절대 보내지 않았을 거라고."

강욱은 그때의 일을 떠올리며 낮게 읊조렸다.

"아버지는 아직도 어머니를 잘 모르시네요."

그럼에도 불구하고 끝내 아버지를 버리지 않았던 어머니가 불쌍하다. 이런 아버지가 뭐가 좋다고 계속 기다리셨던 걸까. 결국은 한 번도 아버지의 아내로 인정받지 못한 채 눈을 감게 되어 버렸는데. 생각이 거기에 미치자 며칠 전 윤을 붙잡으며 했던 결심이 더 확고해졌다.

"회장님은 언제나 그랬던 것처럼 가서서 평창동 식구들이나 챙겨 주세요. 제 일은 제가 알아서 할 테니까 나중에 원망이나 하지 마세요."

강욱은 이 회장의 잔에 막걸리를 채워 주었다. 어쩌면 이게 아버지와 함께하는 마지막 술자리일 거란 예감이 들었다.

"……그래. 네가 무슨 짓을 해도 원망은 안 하마."

이 회장은 강욱이 따라 준 잔을 한참 동안 바라보다 비운 뒤 조 비서를 호출했다.

집을 떠나기 전 이 회장은 돌아보지도 않은 채 말했다.

"그 아가씨, 언제 한번 보자꾸나."

그래도 아들이 좋아하는 여자라니 궁금하긴 한 모양이다.

"집에 한번 데려와."

문이 닫힌 뒤 강욱이 중얼거렸다.

"그럴 일은 없을 겁니다."

적어도 윤을 그가 끔찍하게 여기는 이씨 집안으로 끌어들이는 일은 없을 거였다.

노트북으로 동영상 강의를 듣고 있던 윤은 시계를 확인했다.

강의 몇 편을 연달아 듣고 났더니 벌써 11시가 다 되었다.

저녁에 모임이 있다던 강욱에게선 아직 연락이 없다. 다음 달 주주총회를 치를 때까지 정신이 없을 거라며 미리 양해를 구하긴 했지만 어쩐지 조금 서운해진다.

"잠깐 전화라도 해 주지."

그러다 피식 웃음이 새어 나왔다. 저도 별것 아닌 일로 토라지는 보통의 여자라는 생각이 든 것이다.

"꼬미야."

강의 듣는 내내 옆에 얌전히 앉아 있던 꼬미를 쓰다듬자 고개를 들더니 그윽하게 올려다보았다.

"오랜만에 누나랑 같이 잘까?"

그 말을 알아듣기라도 한 것처럼 몸을 비비적거리는 꼬미를 번쩍 안아 들고 방으로 들어가려는데 딩동, 벨 소리가 들렸다.

이 시간에 누구지?

"잠깐만 있어 봐."

안고 있던 꼬미를 소파에 내려놓고 현관으로 가 물었다.

"누구세요?"

"나야."

오늘은 온다는 얘기가 없었는데 강욱이 문 앞에 서 있었다.

"술 마셨어요?"

"응. 빠질 수 없는 중요한 술자리가 있었거든."

"그 중요한 자리에 그 얼굴을 하고 갔어요? 사람들이 놀랐겠다."

현관에 기대어 선 강욱이 피식 웃더니 윤을 물끄러미 응시했다. 취기를 빙자한 그의 눈빛이 정신을 차릴 수 없을 만큼 야했다.

"윤아."

다정하게 이름을 부른 그가 차마 거절하기 힘든 요구를 해 왔다.

"좀 재워 줄래?"

선풍기 날개 돌아가는 소리가 그쳤다. 타이머가 꺼진 모양이다.

술이 깨는지 갈증을 느끼던 강욱은 몸을 일으키려다 말고 그대로 멈췄다. 좁은 침대 안엔 그의 팔을 벤 채 윤이 잠들어 있었다.

그제야 몇 시간 전 일이 떠올랐다.

모임을 마치고 대리기사를 불렀을 때 자연스럽게 이곳 주소가 흘러나왔다. 아침 일찍 나가야 할 일이 있는데 결국 이곳으로 오고 말았다.

맞닿은 몸이 뜨겁다. 윤이 더울까 싶어 이불을 조금 걷어 내자 창밖에서 들어오는 희미한 빛에 윤의 어깨가 희끄무레하게 빛이 났다.

문을 열고 웃어 주는 윤을 봤을 때 문득 집에 데려다 앉혀 놓고 싶다는 생각이 들었다. 그래서 매번 집에 돌아올 때마다 윤의 얼굴을 봤으면 좋겠다는 강렬한 욕구가 치밀었다.

"미친놈 같지."

혼잣말을 중얼거리며 일어서려는데 뭔가가 그를 보고 있다.

강욱은 움찔하며 그것을 마주 보았다.

야옹.

윤의 종아리 사이에 자리를 잡고 누운 고양이가 야옹, 하고 울자 강욱이 안도의 숨을 내쉬었다.

"뭐냐 너."

분명 문을 닫고 잤던 것 같은데 어떻게 들어온 걸까.

지금 보니 문이 조금 열려 있다. 어디서 보니 고양이가 혼자서 문도 열 줄 안다던데 이 녀석이 그런 걸까.

자는 건 봐서 뭐 하겠다고.

쯧, 혀를 차며 일어서려던 강욱이 다시 고양이를 바라보았다. 갑자기 윤에게 물었던 게 떠올랐다.

'암놈이야?'

'아뇨. 꼬미는 수컷이에요.'

수컷이라……. 수컷 주제에 윤의 다리를 베개 삼아 찰싹 붙어 있는 걸 보니 묘하게 기분이 상했다. 이불 밖으로 윤의 허연 다리를 보란 듯이 몸으로 문지르는 행동에 강욱의 눈이 가늘어졌다.

"나가."

윤이 깰까 싶어 조심스럽게 발로 고양이를 밀었다. 그러자 녀석이 위협적인 소리를 내며 윤의 다리 사이로 몸을 잔뜩 웅크렸다.

"암놈도 봐줄까 말깐데 수놈은 절대 안 돼. 그 다리에서 떨어져."

다른 데는 몰라도 침대는 절대 허락할 수 없다. 침대에 함께 있는 것도 싫은데 하필 윤의 다리 사이를……

강욱은 힐끗 잠든 윤을 본 다음 발을 뻗어 고양이를 쓱 밀어냈다.

그러자 고양이가 으르렁거렸다. 그만둬야 할 타이밍이었지만 강욱은 지고 싶은 생각이 없다. 어쩐지 꼭 수컷들의 영역 싸움 같은 느낌이었으니까.

좀 더 세게 윤의 다리에 붙어 있던 고양이를 밀어내던 강욱이 다음 순간 윽, 짧은 비명을 지르며 다리를 거둬들였다. 발가락과 발등에 찌릿한 통증이 느껴졌다.

그가 벌떡 몸을 일으키자 놀란 녀석이 후다닥 도망을 쳤다. 마음 같아선 쫓아가 혼쭐을 내주고 싶었지만 그래 봤자 동물이다.

주방에서 물을 마시고 돌아오는데 소파에 앉아 있는 고양이가 보였다.

거리를 둔 채 멈춰 선 강욱이 중얼거렸다.

"저 여자는 내 거야. 넘보지 마라."

방에 들어간 다음 문을 잠갔다. 이제 더 이상 넘보지는 못하겠지. 발가락의 통증이 남았지만 승리한 기분이다.

좁은 침대로 돌아간 강욱은 뒤척이는 윤을 꼭 안으며 목덜미에 얼굴을 묻었다.

윤의 냄새에 거짓말처럼 잠이 몰려왔다. 이내 곤한 숨소리가 방을 가득 채웠다.

욕실에서 씻고 나온 강욱이 주방에 있던 윤을 불렀다. 윤은 조금이라도 먹고 가라며 아침을 준비하는 중이었다.

"바를 만한 연고 있을까?"

어젯밤엔 몰랐는데 발가락이 엉망이다.

그 짧은 순간에 대체 몇 번을 할퀸 건지 엄지발가락이며 근처 발등이 물고 할퀸 자국으로 가득하다.

"왜 이래요?"

놀란 윤이 상처를 살피느라 그의 앞에 쪼그려 앉았다. 강욱은 제집에 들어가 태연하게 자고 있는 고양이를 바라보았다.

"밤에 문이 열렸나 봐."

그의 시선을 따라 돌아본 윤의 눈이 휘둥그레졌다. 믿지 못하겠다는 얼굴이다.

"설마 꼬미가 이런 거예요?"

"쪼그만 게 은근히 성깔 있네."

362

"세상에……. 하, 많이 아팠겠다."

재빨리 연고를 찾아와 조심스럽게 바른 윤이 상처를 호 불었다. 물린 건 발가락인데 어째 가슴이 뻐근하다.

"한 번도 이런 적 없었는데."

속상한 얼굴로 그를 올려다본 윤이 벌떡 일어나더니 고양이를 번쩍 들어 올렸다.

"꼬미! 누가 사람 물래. 누나가 그럼 안 된다고 했어 안 했어."

자다 봉변당한 고양이가 억울한 듯 야옹 하고 울었다. 그 모습에 강욱이 슬쩍 웃었다. 윤의 벗은 다리에 보란 듯이 엉겨 붙어 자던 걸 이제야 제대로 응징한 기분이다.

고양이와 눈이 마주쳤다.

"누가 혼나면서 딴 데 보래? 응? 앞으로 강욱 씨 왔을 때 너 방 출입 금지야."

또다시 야옹, 억울해하는 울음소리가 들렸다. 발가락을 내주고 윤을 독차지했으니 남는 장사를 한 건가.

강욱이 뿌듯한 얼굴로 발가락에 남은 연고를 문질렀다.

차가 밀려 약속 시간에 조금 늦고 말았다.

카페로 들어서며 주위를 두리번거리던 윤은 구석에 앉아 있는 민재를 발견하고는 서둘러 다가갔다.

"민재 씨. 미안해요. 제가 좀 늦었죠?"

"아뇨. 기다리면서 일하던 중이었는걸요."

들여다보던 노트북을 덮으며 웃던 민재의 얼굴이 곧 당황한 표정으로 바뀌었다.

"목이……."

"모기가 좀 많이 물어서요. 보기 흉하죠?"

시선을 회피하며 웃은 윤이 멋쩍은 손길로 목을 감쌌다. 너무 더워 도저히 긴 옷을 입고는 밖을 다닐 수가 없어 파스를 붙인 건데 제가 보기에도 이상했다.

"그날은 죄송했어요."

주문한 아이스커피를 만지작거리며 윤이 사과했다.

"그분이랑 무슨 사이인지 물어도 돼요?"

"……."

"대답하기 곤란하면 안 해도 괜찮아요. 대충 짐작은 하고 있으니까."

"그만 만나려고 했는데 아무래도 안 될 것 같아요."

"만난 지 오래됐어요?"

"다시 만난 건 얼마 안 돼요. 이런 얘기 민재 씨한테 하고 있으려니 좀 우습다. 그쵸?"

다시 만났다는 말에 민재가 씁쓸한 얼굴로 커피 한 모금을 마신 다음 윤을 바라보았다. 아버지가 괜찮은 여자가 있다며 만나 보라고 한 게 벌써 몇 달 전인데 진즉 만나 보지 않은 게 조금 후회가 됐다.

"민재 씨 덕분에 좋은 일거리도 생겼는데 고맙다고 인사는 해야 할 것 같아서요."

"소장님이랑 갔었다는 얘기 들었어요. 제 소개가 아니었더라도 분명히 이곳에서 하셨을 거예요. 워낙 실력 있는 데다 진심을 다하는 거 다들 보면 알거든요."

"그날 못 먹은 저녁 먹을래요? 제가 살게요."

윤의 물음에 민재가 애써 장난스럽게 웃었다.

"질투 안 하시려나 몰라요. 그날 보니까 눈이 이글이글 불타오르던데."

저를 사이에 두고 강욱과 민재가 신경전을 벌이던 순간이 떠올라 윤의 얼굴이 붉어졌다.

"어쨌든 오늘은 채 대리님한테 맛있는 거 얻어먹고 갈래요. 그래야 속이 좀 덜 쓰릴 것 같네요."

"뭐 드시고 싶으세요?"

"눈물 찔끔 나게 매운 거요."

"매운 거 좋아해요?"

"아뇨. 근데 오늘은 좀 먹어야겠어요. 대시하기도 전에 차였으니 먹으면서 좀 울어야죠."

"저 지금 미안해해야 하는 거죠?"

"당연한 거 아닙니까? 나 같은 훈남한테 기회조차 주지 않았으니 반성하면서 같이 울어야죠."

차마 들어주지 않으면 안 될 것 같은 투정에 윤이 빙그레 웃으며 대답했다.

"좋아요. 매운 것에 아주 취약하지만 오늘은 같이 먹어요."

"참, 우리 아버지한테는 저 차인 거 비밀입니다. 못난 놈 소리 듣고 싶지 않아요."

저녁을 먹기 위해 식당을 찾으며 윤은 민재를 돌아보았다.

문득 이 남자를 좀 더 빨리 만났더라면 어땠을까를 상상해 보았다.

강욱을 마음에 묻은 채 이 남자를 사랑하게 되었을까.

"낙지볶음 괜찮아요?"

어쩌면 만났을지도 모르겠다. 불타는 사랑은 아니겠지만 그래도 편안한 상대가 되어 주지 않았을까.

"좋아요. 아주아주 매운 거로 먹어요."

이미 타이밍은 어긋났으니 민재에게도 좋은 여자가 생겼으면 싶었다. 그래야 조금은 덜 미안할 것 같았다.

늦은 밤. 병원은 한산했다.

갑자기 어딜 좀 같이 가자는 말에 따라나섰던 윤은 말없이 앞장서는 강욱을 조용히 뒤따랐다. 어디를 가는지 그가 말하지 않아도 알 것 같았다.

"오셨어요."

차분한 목소리로 인사를 하며 일어서던 간병인이 강욱의 뒤에 선 윤을 발견하고는 좀 놀란 표정을 지었다. 한 번도 누굴 데려온 적 없던 강욱이었기에 뜻밖인 모양이다.

"가실 때 말씀하세요."

간병인이 밖으로 나가자 강욱은 윤의 손을 잡더니 어머니에게 이끌었다.

침대엔 단정한 모습으로 정 여사가 누워 있었다.

"어머니. 저번에 말씀드렸던 그 여자예요. 못 보낼 것 같아서 결국 붙잡았어요."

저를 소개하는 강욱의 옆모습을 바라보던 윤이 한 걸음 더 앞으로 나아가 정 여사에게 가까이 다가갔다.

아, 진짜 그분이셨구나.

나중에 강욱에게서 혜안암에 계신 어머니를 만나러 가는 중이었다는 얘기를 듣고 혹시나 했었다. 그때 암자에서 잠깐 마주쳤던 분이 강욱의 어머니는 아니었을까 생각했는데 지금 보니 그분이다.

먹먹해지는 마음에 목에 메었지만 윤은 최대한 밝은 목소리로 입을 열었다.

"또 뵙네요. 채윤입니다. 이름이 외자예요."

윤의 말에 강욱이 놀란 눈으로 돌아보았다.

"우리 어머니를 알아?"

"강욱 씨를 처음 만나던 그날 혜안암에 모신 할머니를 뵈러 갔다가 잠깐 마주친 적이 있어요. 누군가와 통화하고 계셨는데."

"……아마 나였을 거야. 어머니가 사라져 버려서 화가 나 있었거든."

"우린 참 신기한 인연들이네요."

참 고운 분이셨는데 어쩌다 이렇게 누워 계시게 된 걸까. 이 모습을 지켜보는 강욱은 또 얼마나 속이 상했을까.

둘은 나란히 앉아 정 여사를 바라보았다.

"속세에서 친구였다는 스님 말에 참 대단한 관계다 싶었어요. 혹시 나중에 그곳에서 또 뵙게 되면 인사라도 드려야겠다 생각했는데……. 강욱 씨 어머니일 줄은 몰랐어요."

"만났더라면 굉장히 좋아하셨을 텐데."

아쉬움이 잔뜩 서린 목소리에 윤은 손을 뻗어 강욱의 손등을 어루만졌다.

"어머니한테 지은 죄가 너무 많아. 그래서 아직은 못 보내 드려."

"……."

"가끔 찾아와서 말동무 좀 해 줄 수 있을까."

강욱이 슬픈 미소를 입가에 매단 채 윤을 돌아보았다.

"말주변 없는 나보다 내가 좋아하는 여자를 더 반가워하실 거 같아서."

"그래도 돼요?"

"가끔 내 흉도 보고 그러면 뒷얘기가 궁금해서 더 오래오래 계셔 주실지도 모르잖아."

강욱이 봉인해 두었던 마음 한구석을 제게 내비친 것 같아 윤은 뭉클해졌다.

윤은 정 여사를 조심스럽게 불렀다.

"어머님."

꼭 하고 싶은 말이 있었다.

"저, 아드님 많이 좋아해요."

"그런 고백은 나한테 직접 하지?"

강욱의 목소리엔 옅은 웃기가 스며 있었다. 어쩐지 그런 아들의 모습을 정 여사도 좋아하는 듯했다.

367

8.

[점심 같이 먹을까?]

강욱에게서 메시지가 왔다.

현장을 돌아다니느라 한바탕 땀을 흘렸던 윤은 난처한 얼굴로 답장을 보냈다.

[점심을 먹기엔 상태가 영 별론데⋯⋯.]

[상태?]

[땀을 너무 흘려서 곤란해요. 씻고 저녁에 만나면 모를까.]

손부채질을 하던 윤은 물병 하나를 들고 그늘진 곳으로 가 앉았다. 다행히 바람이 조금씩 불어오고 있었다. 시원한 물로 목을 축이는데 강욱에게서 전화가 걸려왔다.

– 대체 이 날씨에 얼마나 돌아다니는 거야?

"벌어먹고 사는 게 이렇게나 힘이 들어요."

– 힘들면 나한테 시집이나 오든가.

농담인 걸 알면서도 가슴이 콩닥거린다. 윤은 애써 아무렇지 않은 척 받아쳤다.

"나한테 얹혀살려던 거 아니었어요? 날마다 우리 집으로 퇴근하기에 난 또 먹여 살릴 식구 하나 더 느나 보다 했지."

강욱의 나직한 웃음소리가 들려왔다.

─ 그것도 괜찮네. 어쨌든 점심 먹기 괜찮은 곳을 찾을 테니까 팅기지 말고 꼭 초대에 응해 주시길.

"나 진짜 꼴이 엉망이라니까요."

─ 엉망이어도 멋있어. 정 신경 쓰이면 씻을 수도 있고 맛있는 음식을 먹을 수도 있는 그런 곳으로 수소문해 볼 테니까 그런 줄 알아.

"아! 나도 씻고 먹을 만한 곳을 알고 있는데. 혹시 거기 아니에요?"

─ 거기?

"찜질방. 개운하게 목욕한 다음 따끈따끈한 미역국 한 그릇이면……. 너무 덥겠죠?"

강욱의 웃음소리가 아까보다 좀 더 커졌다. 하지만 여전히 목소리가 낮은 거로 보아 주변에 누가 있는 것 같은데 강욱은 뭘 하는 걸까.

"뭐 하고 있어요?"

─ 회의. 이제 시작해.

헉, 그런 자리에서 이런 통화를……. 윤은 괜히 제가 다 민망해져 얼굴이 빨개졌다.

─ 이따 보자.

웃음기를 지운 목소리를 마지막으로 전화가 끊겼다.

"미쳤어. 누가 들으면 어쩌려고."

그로부터 30분 후쯤. 강욱에게서 메시지가 도착했다.

[S호텔 2107호. 1시. 한식으로 예약 완료.]

"맙소사."

점심이나 먹자더니 대낮부터 호텔로 초대하는 이 남자를 어쩌면 좋을까.

"채 대리. 그렇게 더워? 얼굴이 빨개."

지나가던 소장이 그런 윤을 걱정스러운 듯 쳐다보았다.

"호텔? 이 대낮에, 그것도 이강욱이?"

오 비서의 보고에 태욱이 기가 막힌 듯 입을 쩍 벌렸다.

"진짜 룸을 예약하라고 했다 이거지? 그것도 스위트룸으로?"

— 네. 그리고 사이즈 알려 주시면서 여자 옷 한 벌을 준비해 달라고 하셨어요.

"여자 옷? 뭐 명품 브랜드?"

— 아뇨. 젊은 여성분에게 잘 어울리는 캐주얼 스타일로 부탁하셨어요. 소, 속옷도 함께요.

속옷까지? 갈수록 가관이네. 늦게 배운 도둑질에 밤새는 줄도 모른다더니 이강욱이 딱 그 꼴인가? 혀를 끌끌거리던 태욱의 머리에 뭔가가 스쳐 지났다.

"그래서 호텔이 어디라고?"

직접 확인해 볼 좋은 기회이지 않은가. 예상대로 그 건축 사무실 직원을 데리고 호텔에 온 거면 강욱이 어떤 얼굴을 할지 궁금했다.

"이런 재미난 구경을 나 혼자 하긴 아깝지."

전화를 끊은 태욱은 상상만 해도 즐거운 장면에 낄낄거렸다. 오늘이야말로 이강욱의 얼굴에 똥을 뿌릴 기회였다.

입구로 들어서자 휘황찬란한 로비가 눈에 들어왔다. 윤은 깔끔하게 차려입은 사람들의 모습에 저도 모르게 아래를 내려다봤다.

헐렁한 셔츠에 여름용 청바지, 운동화를 신은 제 모습이 부끄러운 건 아닌데 이곳에선 이질감이 느껴진다.

"옷이라도 갈아입고 오는 건데 그랬나."

괜히 신경이 쓰여 재빨리 엘리베이터가 있는 곳으로 향할 때였다.

로비 한쪽에 앉아 있던 남자가 일어서더니 윤을 향해 다가왔다. 머리부터 발끝까지 잘 꾸민 남자에겐 여유로움이 느껴졌다.

"저기…… 맞죠?"

남자는 어딘지 낯이 익은 것 같은데 잘 기억나지 않는다.

"누구신지."

"난 얼마 전에 회사에서 한번 봤는데. 강욱이 보러 온 적 없어요?"

갑작스럽게 튀어나온 강욱의 이름에 당황한 윤은 저만치 앉은 사람들을 바라보았다. 하나같이 호기심 어린 눈으로 그녀를 보고 있었다.

"맞는 것 같긴 한데 실례지만 누구신지."

"이태욱입니다. 강욱이 쌍둥이 형이죠."

"아……."

강욱의 형이라니. 윤의 어찌할 줄을 몰라 그대로 굳었다.

"그러잖아도 강욱이한테 얘기 들었어요. 집 짓고 있다고 하던데. 거기서 일하는 거 맞죠?"

"네."

"짜식. 신혼살림 차릴 집이라고 되게 신경 쓰는 모양이던데 잘 좀 해 줘요."

"……네."

"근데 누구 만나러 왔어요?"

"……."

"이런. 젊은 아가씨한테 이런 거 묻는 거 실례겠네. 어쨌든 즐거운 시간 보내요. 우린 막 일어나려던 참이니까."

찡긋. 윙크까지 한 뒤 돌아서는 남자를 보고 있는데 그들의 대화 소리가 들렸다.

"누구야?"

"강욱이 아는 사람."

"강욱이?"

거침없이 훑는 눈동자들이 뒷말을 대신했다. 저런 여자가 강욱이를 어떻게 알아?

그런 사람들 사이에서 태욱은 느긋한 자세로 앉아 있었다.

"누군데 그래?"

"기다려 봐. 곧 재미난 구경을 하게 될 거야."

윤이 엘리베이터를 타고 올라간 뒤 태욱이 비릿하게 중얼거렸다.

윤은 복도에 선 채 호수가 적힌 팻말을 바라보았다.

하필 이곳에서 강욱의 형을 만나게 됐을까. 올라오는 내내 저를 보던 사람들의 눈빛이 계속 신경 쓰였다. 강욱에게 얘기해야 하는 걸까. 하지만 또 뭐라고 말한단 말인가.

그 순간 강욱에게서 전화가 걸려왔다.

– 왜 이렇게 안 오십니까.

다정한 목소리를 듣는 순간 윤은 말하지 않기로 했다. 일어나는 길이라 했으니 나갈 땐 마주칠 일이 없을 거다. 괜히 강욱까지 신경 쓰이게 하고 싶지 않았다.

"어디쯤일 거 같아요?"

똑똑.

노크하자 이내 문이 열렸다.

"왔어?"

강욱이 빙그레 웃으며 문에 기대어 섰다. 여전히 핸드폰은 귀에 댄 채였다. 요즘 강욱은 단둘이 있을 땐 정말이지 나무랄 데 없는 연인이 되곤한다. 눈빛부터가 달콤하기 그지없다. 이런 걸 두고 콩깍지가 꼈다고 하는 걸까.

"들어오라고 안 해요?"

"통행료부터 내야지."

"통행료?"

말이 끝나기가 무섭게 강욱이 입술을 내밀었다.

"뭐야."

윤이 웃으며 강욱을 가볍게 밀치자 그가 손목을 붙들었다.

"안 내시면 강제 징수됩니다."

"진짜 못 말려."

"얼른 내. 시간 없어. 밥만 먹고 들어가야 해."

쪽, 입을 맞추고 나자 그제야 안으로 들여보내 주었다.

"그러게 저녁에 보자니까……."

윤은 눈앞에 펼쳐진 풍경에 끝까지 말을 할 수가 없었다. 점심만 먹고 금방 헤어질 거라 작은 룸을 얻었을 거로 생각했었다. 아주 큰 착각이었지만.

"지금 이걸…… 밥 먹자고 얻은 거예요?"

남산이 눈앞에 펼쳐진 룸은 드라마에서나 볼 법한 크기였다. 로비에서부터 사람을 압도하더니 룸 또한 그랬다. 침실에 응접실, 다이닝룸까지. 둘러보는 윤의 입술이 다물어지질 않는다.

"당장 예약 가능한 방이 이것뿐이었어."

"아무리 그래도 그렇지……."

"시간 아까우니까 그만 앉지?"

식사가 차려진 다이닝룸에 윤을 데려다 앉히며 강욱이 물었다.

"할머니가 날 싫어하실까?"

"갑자기 왜요?"

"돈지랄하는 거 싫어하신다며."

제법 심각한 강욱의 얼굴을 보고 있으니 피식 웃음이 흘러나왔다.

음식은 정갈하게 차려져 있었다. 이렇게 차려 놓고 제가 오길 기다렸을 강욱을 상상하니 꼭 신데렐라가 된 기분이다. 평소의 그녀였다면 꿈도 안 꿨을 일이지만 지금 이 순간은 그냥 만끽하고 싶었다.

"돈 함부로 쓰는 거 싫어하는 건 분명하지만 손녀딸이 한 번쯤은 이런 호사를 누려 보기를 바라며 슬쩍 눈감아주셨을 거예요."

"다행이네. 등짝을 얻어맞는 건 아닐까 걱정했는데."

"손 좀 씻고 올게요."

"갈아입을 옷 가져다 놨어. 땀 흘렸다며. 씻고 갈아입어."

욕실 앞에 놓인 쇼핑 봉투엔 상표도 떼지 않은 옷이 담겨 있었다. 언제 이런 걸 준비했나 싶어 놀란 눈으로 돌아보니 강욱이 어깨를 으쓱했다.

"맘에 들어?"

"아마도 그러지 않을까요. 이따 입고 나오면 평가해 줘요. 나한테 어울리는지."

가방을 챙겨 욕실로 들어간 윤은 거울에 비친 제 모습을 바라보며 옷을 벗었다. 씻는 김에 재빨리 샤워까지 해 버려야겠다.

다행히 지난번 강욱이 남겼던 흔적들은 거의 다 사라졌다. 안 그랬으면 여전히 긴 옷을 입어야 하는데 다행이었다.

"……."

요즘 사람들로부터 연애하느냐는 질문을 자주 듣는다. 그냥 다 내려놓고 강욱을 만나 보기로 한 순간부터 마음이 편해져서일까. 제 눈에도 달라져 가는 모습이 보였다. 어쨌든 지금은 목하 열애 중이었으니까.

달칵.

문 열리는 소리가 들리더니 강욱의 모습이 거울에 비쳤다. 가까이 다가온 그가 거울 속 윤을 바라보며 어깨를 살며시 쥐었다.

"시간도 아껴야 하는데 같이 씻을까?"

"엉큼해."

"이런 놈인 줄 모르고 온 거 아니잖아?"

그가 나직하게 웃으며 어깨에서부터 등허리를 쓰다듬더니 브래지어 훅을 풀었다. 갇혀 있던 가슴이 출렁이자 그가 목덜미에 입술을 댔다.

"하지 마요. 끈적거려."

"네 몸에서 나는 땀 냄새조차도 나한테는 흥분제야."

윤의 몸이 돌려 세워졌다. 강욱이 키스할 듯 얼굴을 가깝게 하며 물었다.

"시간 얼마나 있어?"

"약속 있어서 한 시간 안에 나가 봐야 해요."

"속전속결은 싫은데."

"직장인한테 점심으로 2시간 이상은 무리예요. 오가는 시간도 생각해 줬어야죠."

"어차피 얻은 건데 저녁에 다시 올까?"

그의 입술이 살짝 맞물렸다가 떨어졌다. 감질나는 입맞춤에 윤이 호응하며 그의 셔츠 단추를 풀기 시작했다. 시간이 촉박하니 마음도 다급해졌다.

"몇 시에 끝나는데요?"

단추가 풀리며 드러난 가슴을 나른한 손길로 쓰다듬었다. 그의 목울대가 크게 출렁였다.

"8시 정도."

"내가 조금 일찍 끝날 것 같은데 먼저 와서 기다려야겠다. 욕조에 거품 잔뜩 풀어 놓을게요."

"지금 나 유혹해?"

"낭비하지 말자는 거죠. 기왕 얻은 방이니 마음껏 써 줘야 덜 아깝지."

바지 버클에 손을 대는 윤의 모습을 바라보는 강욱의 숨소리가 거칠어졌다. 지그시 눈을 감으며 장골을 더듬는 윤의 손길을 느끼던 그가 잔뜩 갈라진 음성으로 속삭였다.

"빨리 끝내고 밥은 먹여 보내야겠지?"

말과 동시에 그가 윤을 번쩍 안아 들더니 샤워 부스로 향했다.

"지금 뭐 하는 거예요? 꺅."

비명을 지르며 강욱의 목을 끌어안은 윤의 위로 물줄기가 쏟아졌다. 아직 벗지 못한 옷이 남았는데 다 젖어 버렸다.

"씻으면서 연애도 할 수 있으니 이거야말로 금상첨화지."

"못 말려."

"시간 없다는 애인 생각해 주는 거야. 나 좋자고 굶길 수는 없잖아."

웃는 것도 잠시 둘은 쏟아지는 물줄기 아래에서 정신없이 키스했다. 그의 말마따나 함께 있는 시간이 아까웠다.

윤의 몸을 입술로 더듬으며 점점 아래로 내려간 강욱이 그녀의 앞에 무릎을 꿇더니 젖은 바지를 벗겼다. 샤워기에서 쏟아지는 물을 맞으며 그녀를 올려다보는 눈빛이 너무 야해 저절로 꿀꺽 침이 삼켜졌다.

"다리 좀 들어 봐."

젖어서 착 달라붙은 바지를 벗겨 내는 강욱에게 몸을 맡긴 채 벽에 기댄 윤은 한쪽 다리가 그의 어깨에 걸쳐지는 걸 지켜보며 낮게 신음했다. 몸을 타고 흘러내리는 미지근한 물 사이로 뜨거운 혀가 느껴졌다. 그 혀는 부드러운 속살을 자극하며 점점 안으로 들어오더니 기어이 예민한 곳을 찾아내었다.

"아……."

눈앞이 아득해진 윤은 저도 모르게 강욱의 머리카락을 거머쥐며 신음했다. 집요한 애무에 결국 허벅지를 타고 뭔가 흐르는 게 느껴졌다.

"미치겠어."

도리질을 치며 속삭이자 일어선 강욱이 몸을 밀착해 왔다.

"난 우리 애인 흥분했을 때가 제일 예쁘더라."

"난 이러는 강욱 씨가 가끔 얄미워."

"거짓말."

강욱의 탄탄한 몸이 부드러운 가슴과 복부를 짓누르자 윤은 그의 목을 껴안으며 격렬하게 키스했다.

다리가 들리고 그의 남성이 중심을 꿰뚫듯 들어왔다. 그 꽉 차는 충만감에 탄성을 쏟자 강욱이 가슴을 움켜쥐며 허리를 쳐올렸다.

매번 사랑을 나눌 때마다 느끼는 거지만 쾌락의 한계를 맛보는 기분이다. 두 사람의 몸이 만났을 뿐인데 혼자서는 도저히 상상할 수 없는 감각이 느껴졌다.

잔뜩 흥분해 매끄러워진 길을 따라 그가 거침없이 드나들었다. 단단해진 남성이 젖은 수풀 사이로 난 길을 가르고 힘차게 밀려들면 윤의 입술이 벌어지며 신음이 흘러나왔다. 뒤엉킨 음모들이 비벼졌고 흘러내린 애액으로 끈적해졌다.

"하아, 돌겠네."

흥분이 걷잡을 수 없이 고조된 강욱이 윤을 번쩍 안아 들더니 벽에 세웠다. 물기로 미끄러워진 몸끼리 닿는 촉감이 야릇했다.

"나 무거운데."

떨어지지 않기 위해 목을 껴안은 채 매달린 윤을 내려다보며 그가 엉덩이를 양손으로 꽉 그러쥐었다. 그의 눈빛에 욕망이 일렁였다.

"꽉 잡아."

시선을 맞춘 채 힘껏 엉덩이를 들쳐 올리자 윤의 몸이 벽을 따라 밀려 올라갔다가 내려왔다. 반동 때문인지 더욱 깊이 박혀 드는 기분이었다.

"헉……."

강욱의 팔뚝과 이마에 힘줄이 곤두섰다. 그의 허벅지를 다리로 감은 채 받아들이던 윤은 점점 빨라지는 동작에 헐떡이며 그의 어깨를 꽉 움켜쥐었다.

"아, 어떡해. 어떡해 강욱 씨."

도리질을 치며 어쩔 줄 몰라 하는 윤의 모습에 강욱은 고개를 숙여 입술을 찾았다.

모든 생각이 잠시 사라졌다. 오로지 손끝에 와 닿는 서로의 몸과 애타는 부름이, 파고드는 몸짓이 전부였다.

"강욱 씨."

그를 깊게 받아들이며 이름을 부르자 강욱의 몸놀림이 더 거칠어졌다.

"윤아."

욕망으로 물든 탁한 음성이 쏟아지는 물에 뒤섞였다.

룸서비스로 주문해 놓은 밥은 차갑게 식어 가고 있었다.

"옷이 잘 어울리네."

엘리베이터에서 내리며 강욱이 귓가에 속삭였다.

윤이 빙그레 웃으며 팔짱을 꼈다.

"누구 안목인데요."

"우리 비서."

"하, 난 그런 줄도 모르고 깜박 속을 뻔했네. 이따 봐요."

로비를 지나려 할 때였다.

"이게 누구야. 내 동생 강욱이 아냐?"

들으라는 듯 크게 부르는 목소리에 둘의 걸음이 우뚝 멈췄다.

"이야, 밖에서 보니 반갑네."

일어나는 길이라던 태욱은 윤이 올라갈 때와 같은 자리에 앉은 채 손을 흔들었다. 그 모습에 윤의 표정이 굳었다.

"네가 왜 여기 있어?"

돌아본 강욱이 눈살을 찌푸리며 물었다.

"나? 난 뭐 보다시피 지인들이랑 담소 중? 다들 알지? 여긴 내 동생 이강욱. 이쪽은 내 비즈니스 파트너 겸 친구들."

히죽 웃은 태욱이 몸을 일으켜 다가오며 강욱을 아래위로 훑었다.

"그러는 넌 이 시간에 왜 호텔 방에서 나오는 건데? 설마 여자 끼고 뒹군 건 아닐 테고……."

태욱이 모호한 뉘앙스를 풍기며 말끝을 흐리자 뒤에 있던 사람들이 키득거렸다. 안줏감으로 만드는 건 제대로 성공한 셈이다.

"하긴. 한번씩 그러고 싶을 때가 있긴 해. 암. 사내새끼라면 그럴 수 있지."

능글맞게 웃은 태욱이 윤의 앞에 섰다.

"어? 이게 누구야. 우리 좀 전에 만나지 않았나? 볼일이 있나 보다 했더니 그게 우리 강욱이랑 응응? 그런 거였어요?"

모멸감을 느끼게 하는 시선으로 윤을 훑던 태욱은 앞을 막아서는 강욱을 못마땅하게 쳐다봤다.

"뭐 하는 거냐?"

"너야말로 지금 사람들 앞에서 뭐 하는 거야. 담소 나누는 중이었으면 조용히 하던 거나 마저 해. 담소를 나누든 뒷담화를 까든."

"이강욱. 너 여자 앞이라고 좀 까분다? 이름이 뭐였죠? 아, 우리 통성명한 적 없나?"

"가자. 늦겠다."

싸늘한 표정으로 태욱을 쳐다보던 강욱이 윤의 손목을 쥐고 떠나려는데 비아냥거리는 소리가 들렸다.

"혹시 그쪽 때문에 강욱이 약혼 파투 났어요? 얼굴도 작살났고?"

윤은 제 얼굴이 하얗게 질리는 걸 느꼈다. 뭐라고 대답해 주고 싶었지만 갑자기 닥친 상황에 아무 생각도 들지 않았다.

"우리 집안이 발칵 뒤집혔는데 그걸 알긴 아나? 아니면 그러라고 일부러 그런 건가?"

"이태욱. 입 다물어."

한계에 다다른 강욱이 잇새로 경고했지만 태욱은 그만둘 생각이 없어 보였다. 유치하지만 사람들 입에 오르내리는 데에 여자 문제만 한 게 없었으니까.

"왜 자꾸 입을 다물래? 뭐 켕기는 거 있어?"

약을 바짝 올리는 태욱의 멱살을 쥐려던 강욱을 말린 건 윤이었다.

"제발 이러지 마요, 강욱 씨."

강욱은 제 손을 꽉 붙잡는 윤을 느끼며 경멸에 찬 시선으로 태욱을 바라보았다.

"하, 벌써 꼼짝 못 하는 모양인데 강욱이 사로잡은 매력을 나도 좀 알았으면 좋겠는데 비법이 뭡니까?"

"그렇게 알고 싶으면 알려 줘야지."

비아냥거리던 태욱이 다음 순간 하얗게 질린 얼굴로 꺽꺽거리며 몸을 숙였다.

"씨발⋯⋯."

강욱이 예전처럼 한 대 칠 거라 예상했다. 목격자도 많으니 이참에 제대로 망신 한번 주자 싶었다. 저 새끼의 탈바꿈한 이미지를 깡그리 밟아 주고 싶었는데 이건⋯⋯.

몸을 가까이하더니 다리 사이의 중요 부위를 꽉 움켜쥔 강욱이 숨조차 제대로 쉬지 못하는 태욱의 귓가에 대고 속삭였다.

"넌 이게 작아서 매력이 없는 거야, 등신아."

"너, 이, 개⋯⋯."

"간다. 담소 재밌게 나눠."

말도 제대로 하지 못하고 몸을 꺾는 태욱의 어깨를 툭툭 두드린 강욱이 윤을 데리고 밖으로 사라졌다.

그 모습을 지켜보던 사람 중 나서는 이는 아무도 없었다. 다들 놀란 얼굴로 지켜보다가 참지 못하고 킥킥거리기 바빴으니까. 중요 부위를 붙들린 당사자인 태욱만이 참을 수 없는 고통에 죽을 맛이었다.

"이강욱 이 개새끼……."

지나는 사람들을 의식해 아무렇지 않은 척해 보려 하지만 다리가 저절로 배배 꼬이고 식은땀이 흐르는 걸 어쩔 수 없었다. 태욱은 이를 부드득 갈았다.

"윤아. 채 대리."

사무실로 돌아온 윤은 부르는 것도 모른 채 멍하니 넋이 나간 얼굴로 앉아 있었다. 성훈이 고개를 갸웃거리더니 다가와 책상을 두드렸다. 화들짝 놀라 올려다보는 윤을 이리저리 훑으며 눈살을 찌푸렸다.

"불러도 못 듣고 왜 그렇게 넋이 나갔어? 밖에서 무슨 일 있었어?"

"아니에요. 근데 왜요?"

"신원리 준공 서류 준비 다 됐어?"

"지난번에 업체에서 폐기물처리 영수증을 잊어버렸다고 해서 다시 발급해서 가져오기로 했어요. 그거만 들어오면 바로 접수할 수 있을 거예요."

"얼른 서둘러. 건축주 재촉이 심해."

"오늘까지 연락 없으면 내일 제가 한번 가 볼게요."

"참, 저녁에 오랜만에 회식이나 한번 할까?"

"회식이요?"

"왜 약속 있어? 그럼 다음으로 미루고."

다들 요즘 힘들어하는데 저 때문에 기다리던 회식을 못 하는 게 맘에 걸린다. 게다가 아까 그런 일이 있었던 곳에 저녁에 다시 가는 것도 영 마음에 걸렸다.

"아녜요. 먹고 가요."

"그럼 다들 일찍 끝내고 들어오라고 해. 몸보신시켜 줄 겸 오늘은 장어 쏜다."

요즘 일이 잘 풀려 신이 나는지 성훈이 콧노래를 흥얼거리며 자리로 돌아갔다. 윤은 강욱에게 메시지를 보냈다.

[오늘 회식이라 못 갈 것 같아요.]

[잘됐네. 나도 처리할 일이 많아서 좀 늦을 것 같았는데.]

[나중에 봐요.]

[응. 오늘 일은 너무 신경 쓰지 말고.]

강욱의 쌍둥이 형제라고 제 소개를 해 놓고 비아냥거리던 태욱의 얼굴이 눈앞에 아른거렸다. 의식 없이 누워 있는 어머니와 호의적이지 않은 가족들. 강욱은 대체 어떤 삶을 살았던 것일까. 생각만으로도 답답해진 윤이 작게 한숨을 내쉬며 답장을 보냈다.

[강욱 씨두요.]

그나저나 어디서 봤을까.

태욱이 어딘지 낯이 익었다.

"다른 사람이랑 헷갈리는 거겠지."

윤은 애써 찝찝한 마음을 지우며 동료들에게 보낼 메시지를 작성하기 시작했다.

강욱은 이번에 새로 바뀐 포장재에 대한 반응을 보고 받던 중이었다.

"아무래도 색깔이 눈에 띄다 보니까 판매에도 직접적인 영향이 있는 것 같습니다. 지난달 대비 12% 정도 상승한 거로 보입니다."

"그 정도면 나쁘지 않은 변화군요. 그래서 이참에 다른 제품들도 포장 디자인 공모전을 개최해 볼까 하는데 어떻겠습니까?"

강욱의 물음에 마케팅실 최 부장이 눈을 크게 떴다.

"포장 디자인 공모전이요?"

"일반인도 참여하게 해서 관심도를 좀 높이면 어떨까 싶은데."

"요즘은 워낙 SNS로 소통하는 게 자연스러운 일이다 보니 몇 군데만 접촉하면 광고도 어렵지 않을 것 같습니다. 한번 추진해 볼까요?"

"그럼 기획 한번 해 보세요."

최 부장이 꾸벅 인사를 건네고 나가는데 태욱이 잔뜩 열 받은 얼굴로 들이닥쳤다.

"너 이 새끼……."

문을 쾅 닫은 태욱이 손가락으로 넥타이를 헐겁게 하며 강욱의 책상에 걸터앉았다.

"개망신을 줘도 유분수지 거기서 이걸 쥐어? 이 예민한 애를?"

손가락으로 다리 사이를 가리키며 울분을 토하는 태욱을 강욱이 차갑게 바라보았다.

"자식도 생기겠다 이젠 없어도 상관없을 것 같은데 아예 터트려 줘?"

흠칫한 태욱이 손을 아래로 내리며 악을 썼다.

"그게 지금 형한테 할 소리야?"

"형?"

"그래 형. 네가 아무리 형 대접 안 해 줘도 내가 이 집안 장남인 거 세상 사람이 다 알아, 이 새끼야."

피식 웃은 강욱이 싸늘한 얼굴로 일어서더니 태욱에게 가까이 다가갔다. 몸을 가까이 하자 태욱이 뒤로 허리를 젖혔다. 강욱이 가까이 갈수록 태욱은 책상에 드러누울 듯 허리를 젖혔다.

"왜, 왜 이래!"

당황한 눈동자를 이리저리 굴려 대는 태욱을 한심스러운 듯 쳐다보며 뒤로 물러섰다.

"형이고 동생이고 네가 다 해 먹어. 난 안 할 테니까."

"뭐?"

"난 이 집 아들 안 할 테니까 너 혼자 다 해 먹으라고."

"미친 새끼. 이제껏 누구 덕에 잘 먹고 잘살았는데 헛소리야. 이씨 집안 자식 아니었으면 어림도 없었어. 어디서 고마운 줄도 모르고."

"……"

"하긴. 이제 좀 주제 파악이 되긴 하나 보다? 그 여자 너랑 잘 어울리던데 대체 어떻게 꼬신 거야? 대성 딸내미를 걷어찰 만한 가치가 있는 거야?"

태욱이 낄낄거리며 자리에서 일어나더니 문 쪽으로 향했다.

"이강욱을 또라이로 만든 그 매력이 궁금하네. 나중에라도 질리면 나한테……."

쓸데없는 소리를 지껄이려던 태욱은 무서운 기세로 다가오는 강욱을 피해 냉큼 밖으로 나가며 재빨리 중얼거렸다.

"너 이 집 아들 안 한다고 했으니까 나중에 딴말하지 마."

강욱은 피곤한 듯 짙은 한숨을 내쉬며 창밖을 바라보았다.

저런 걸 평생 쌍둥이 형으로 살게 한 아버지가 원망스럽다. 어쨌든 이제 머지않아 이 관계도 전부 정리될 테지만 말이다.

자욱한 연기로 가득 찬 장어집은 사람들로 시끌벅적했다.

다들 얼근하게 취해 군대 얘기에 열을 올리는 중이다. 남자들만 있다 보니 술자리가 길어질 때마다 매번 똑같은 레퍼토리다. 그래 놓고도 지겹지도 않은지 열을 올린다.

그 모습을 지켜보던 윤은 슬쩍 자리에서 일어나 밖으로 나갔다.

한낮의 뜨거운 열기가 식지 못하고 밤까지 남는다. 열대야라고 했던가. 윤은 후텁지근한 바람이 불어오는 밤하늘을 올려다보았다.

어느덧 여름도 절정이다.

이 여름이 끝나면 가을이 올 것이다. 시작할 때만 해도 그쯤이면 끝날 줄 알았던 강욱과의 관계는 지금 어디를 향해 가고 있을까.

문득 낮에 태욱에게 들은 얘기가 떠올랐다.

'우리 집안이 발칵 뒤집혔는데 그걸 알긴 아나?'

강욱이 괜찮다고 하는 소리를 곧이곧대로 믿고 싶었던 걸까. 많이 곤란했을 텐데. 그럼에도 아무 일 없을 거라며 괜찮다며 다독이던 강욱을 생각하니 마음 한켠이 아려 온다.

잠시 망설이던 윤은 강욱에게 전화를 걸었다.

– 여보세요.

"어디예요?"

– 아직 회사. 일이 좀 남았어. 너는?

"장어집. 회식이 아직 안 끝났거든요."

– 맛있겠네. 나도 장어 좋아하는데.

"저녁 안 먹었으면 가지고 갈까요?"

– 여기로?

"괜찮다면요."

– 진짜 올래?

"응. 금방 갈게요."

고개를 끄덕이며 대답한 윤은 포장을 부탁하기 위해 카운터로 향했다. 아직도 군대 얘기 중인 동료들에게 간 윤은 포장이 다 됐다는 말에 먼저 가 보겠다며 가방을 챙겼다.

"2차 안 가?"

"다음에요."

서운해하는 성훈을 뒤로하고 윤은 식당을 나왔다. 기다리며 불러 둔 택시가 저만치 보였다.

한참을 달려 회사에 도착하니 미리 말해 두었는지 강욱을 만나러 왔다는 말에 보안요원이 건물 안으로 들여보내 주었다.

엘리베이터에서 내리자 대부분 사무실에 불이 꺼져 있는 게 보였다. 시간이 늦어 다들 퇴근하고 없는 듯했다.

똑똑.

작게 노크한 다음 문을 열어 보니 아무도 없다. 비서도 퇴근한 모양이다.

조용히 걸음을 옮겨 사무실 문을 열자 책상 앞에 앉아 뭔가를 들여다보는 강욱이 보였다. 방해하고 싶지 않아 문틈 사이로 그를 바라보았다. 일에 골몰한 모습이 굉장히 멋져 보인다.

그러다 시선을 느낀 걸까.

여전히 서류를 들여다보며 강욱이 물었다.

"언제까지 일하는 척을 해야 하는 거지?"

"조금만 더 볼게요. 제대로 눈요기 중이라서요."

이젠 대놓고 구경 중인 윤을 향해 강욱이 손을 내밀었다.

"이리 와."

"……."

"얼른."

다가온 윤을 무릎 위에 앉힌 그가 목덜미에 얼굴을 묻고 숨을 들이쉬었다.

"좋다."

"저녁부터 먹어요."

"이따가."

"이러다 매번 다 식은 음식만 먹겠네."

387

윤의 볼멘소리에 강욱이 소리 내 웃더니 지그시 눈을 감았다.

"밥보다 네가 좋아."

윤의 심장이 귀 아래에서 요동을 치고 있었다. 그녀의 반응에 강욱의 입술이 나른하게 휘었다.

도시락을 싸 들고 찾아오는 애인이 있으니 야근할 맛도 나고 이게 진짜 연애의 맛이구나 싶었다.

"회식은 재밌었어?"

"뭐 그렇죠."

"이제 귀찮게 구는 놈 없어?"

"눈에 쌍심지는 켜는 애인이 있는 걸 봤는데 누가 귀찮게 굴겠어요."

"다행이네."

도란도란 이야기를 나누느라 강욱이 도시락을 먹은 건 한참이 지나서였다.

중정에 대나무를 심고 디딤돌 사이엔 왕마사를 깔았다. 마당의 잔디와 연못, 울타리 펜스까지 공사는 착착 차질 없이 진행되고 있었다.

"이끼만 심으면 그럴싸하겠는데?"

연못 앞에 서 있던 김 소장이 흡족한 목소리로 말했다.

"입주 청소는요?"

"내일 2층 끝방 붙박이장 설치 끝나면 하려고. 그나저나 요즘 건축주는 통 안 보이네?"

"많이 바쁘시대요."

"젊은 사람이 능력도 좋아. 아니, 부모를 잘 만난 건가."

부러워하는 김 소장을 뒤로하고 집 안으로 들어가려던 윤은 연못 사진을 한 장 찍어 강욱에게로 보냈다.

[금붕어 꼭 키워 줘요.]

며칠 전 저녁때 잠깐 들렀던 강욱이 연못 자리를 보고 말하던 게 떠올랐다.

'수족관으로 써도 되나? 즉석에서 회를 뜨는 것도 괜찮을 것 같은데.'

윤은 재빨리 덧붙였다.
[수족관이 아니라 관상용입니다.]
빙그레 웃으며 돌아서는데 계단으로 누군가가 올라오고 있었다. 양산을 쓴 중년 여자는 윤을 아래위로 훑더니 선글라스를 벗었다.
앞에 써 붙인 출입 금지 팻말을 보지 못한 것일까.
"누구시죠?"
윤의 물음에 여자는 대답 대신 정원을 쓱 살폈다.
"기왕이면 좀 비싼 나무로 심지."
뭐가 못마땅한 듯 심기가 뒤틀린 목소리로 중얼거린 여자가 윤의 바로 앞에서 걸음을 멈췄다.
"내가 누군지 묻기 전에 그쪽 소개부터 해야 하는 거 아닌가?"
깔보는 듯한 목소리에 윤이 무표정한 얼굴로 대답했다.
"누구신지도 모르는 분한테 왜 제 소개를 해야 하는지 모르겠습니다만."
"나, 이강욱이 엄마예요. 이제 그쪽 차롄가?"
"강욱 씨…… 어머니요?"
예상치 못했던 등장에 윤은 당황해 그대로 굳었다. 병원에 누워 있는 정 여사만 생각했지 다른 어머니를 만날 거라곤 생각도 못 했던 탓이다.
"내가 누군지 알았으면 이제 자기소개 해야 하는 거 아닌가?"
나무라는 말투에 그제야 정신이 든 윤은 재빨리 몸을 숙여 인사를 건넸다. 분위기를 보니 그녀를 만나러 온 것 같은데 도망치고 싶지는 않았다.

"안녕하세요. 채윤이라고 합니다."

"그렇게 달랑 이름만 말하면 내가 알아듣나?"

"네?"

"딱 보니까 그렇게 대단한 아가씨도 아닌 것 같은데 나한테 어디서 뭐 하는 사람인지, 강욱이랑 어떤 관계인지 정도는 알려 줘야 알 거 아녜요. 매너가 영 별로네."

여자의 짜증 섞인 언성에 일하던 인부들이 무슨 일인가 싶어 하나둘 모습을 드러냈다. 윤의 얼굴이 붉어졌다.

"죄송합니다. 원하우징에서 근무하고 있습니다. 이강욱 씨와는…… 사귀는 중입니다."

사귄다는 말에 코웃음을 친 홍나희가 집 안으로 들어가며 긴장한 얼굴로 뒤따르는 윤에게 물었다.

"직책은?"

"대리입니다."

"코딱지만 한 회사에서 대리나 하는 거면 알 만하네."

"……."

"긴말 안 할게요. 강욱이, 어느 집 자식인지는 알고 있죠?"

"……네."

"하긴. 그래서 더 헤어지기 싫은 걸 수도 있겠다. 기회 잡았는데 잘 다독여서 결혼까지 골인 해야지. 안 그래요?"

집으로 들어선 홍나희는 집 안 이곳저곳을 살펴보았다. 그녀의 취향은 아니지만 나쁘지 않다. 하지만 강욱에겐 별로 안 어울리는 곳이다. 그런 모진 놈이 이런 따듯한 느낌이 취향일 리가 없을 텐데. 이런 집을 지었다는 게 좀 의아하기도 하다.

한참 말없이 집을 둘러보던 홍나희가 팔짱을 끼며 윤을 향해 돌아섰다.

"내가 왜 왔는지 알죠?"

"솔직히, 잘 모르겠습니다."

강욱을 만나는 중이긴 하지만 미래 계획까지 세운 건 아니다. 그럴 엄두도 내지 못한 채 그냥 남들 하는 것처럼 연애부터 해 보자는 생각이었다. 그것조차도 그들에게는 모험이나 다름없는 일이었다.

"하아, 보기보다 맹랑하네요. 태욱이한테 보통이 아니란 얘기를 듣긴 했는데 역시 대단해."

"……."

"그럼 내 용건만 말하죠."

윤을 바라보는 홍나희의 입술은 웃고 있었지만 눈은 웃지 않았다.

"우리 강욱이랑 결혼해요."

순간 머릿속이 멍해졌다.

잘못 들은 걸 거다. 잘못 들은 게 틀림없었다. 그러지 않고서야 결혼이라니…….

"죄송하지만 다시 말씀해 주시겠어요? 제가 잘못 들은 거 같아서요."

윤이 떨리는 목소리로 말하자 홍나희가 재밌다는 듯 입술 끝을 늘였다.

"강욱이랑 결혼하라고요."

"……."

"강욱이 약혼을 망쳤을 땐 책임질 생각이 있는 거 아니었나? 나도 그렇고 회장님도 그렇고 올가을 안으로는 강욱이 짝 찾아 줄 생각인데. 왜, 생각 없어요?"

"그게 아니라…….."

"아가씨가 어떤 집안을 걷어차게 했는지 모르죠?"

대답하지 못하는 윤을 바라보던 홍나희가 가방에서 봉투 하나를 꺼내 내밀었다.

"그 안에 명함도 들어 있으니까 하루 생각해 보고 내일 찾아와요."

손에 들고 있던 선글라스를 쓰며 홍나희가 웃음기 어린 음성으로 중얼거렸다.

"너무한다고는 생각 안 했으면 좋겠는데. 우리한테는 그게 당연한 일들이니까. 나도 30년 넘게 키운 아들 장가보내면서 창피하면 곤란하잖아요."

할 말을 마친 홍나희가 입구로 향하다 말고 우뚝 멈추더니 돌아봤다.

"아! 설마 내가 찾아왔었다고 강욱이한테 얘기할 건 아니겠죠? 가뜩이나 요즘 아가씨 때문에 시끄러운데 더 이상의 분란은 생기지 않았으면 하는데."

미처 배웅할 생각도 못 하고 혼자 덩그러니 남은 윤은 손에 든 봉투를 내려다보았다. 뭔지 궁금하지만 지금 확인하고 싶지는 않다.

"저 여자는 누군데 그래?"

멀찌감치에서 눈치를 살피던 김 소장이 다가와 물었지만 윤은 대답할 수가 없었다. 머리가 터질 것만 같았다.

그때 강욱에게서 연달아 메시지가 왔다.

[물고기 걱정은 나중에.]

[조금 일찍 끝날 것 같은데 저녁에 같이 저녁 먹고 영화 볼까?]

데이트 신청이었다.

✳

스크린 속 주인공은 정신없이 쫓기는 중이다. 쉴 새 없이 펼쳐지는 액션과 추격전이 이 영화의 전반적인 내용이었다.

잠시 딴생각에 빠져 있던 윤은 손에 들고 있던 잔이 빠져나가는 느낌에 아래를 내려다보았다. 맥주잔은 강욱의 손을 거쳐 탁자로 옮겨져 있다.

"집중 안 되는 것 같은데 그만 볼까?"

윤은 강욱을 돌아보았다. 어둠 속에서 환하게 빛나는 옆모습이 깎아 놓은 듯 잘생겼다. 대충 아무거나 걸쳐도 멋있어 보이는 건 비율이 좋은 몸 때문일 것이다. 그런 남자가 제 연인이다.

가만히 그의 어깨에 기대자 강욱이 팔을 둘렀다. 폭 안긴 채로 영화에 집중해 보려 하지만 마음이 심란해서인지 또다시 정신이 흐트러졌다.

"나중에 보자."

그가 도저히 안 되겠는지 리모컨을 눌렀다. 그러자 스크린 속 화면이 꺼지고 조도가 낮은 조명이 켜졌다. 그들은 지금 강욱의 집에 있었다.

"저녁 먹은 게 좀 과했나 봐요."

"내가 또 한 요리 하지."

그가 거만하게 웃으며 어깨를 으쓱였다. 저녁을 먹자더니 갑자기 집으로 장소를 변경했고 난생처음 강욱이 앞치마 입은 모습을 봤다. 요리하는 남자의 모습이 근사하다는 말을 듣긴 했지만 실제로 느껴 보긴 처음이었다.

저를 위해 스테이크를 굽고 곁들일 가니쉬를 만드는 모습을 지켜보며 행복하다는 생각이 들었다. 그런 음식이 아까워 배가 부른데도 불구하고 하나도 남김없이 먹었다.

"소화제라도 하나 줄까?"

"조금 걸으면 괜찮을 거예요."

"걸어? 설마 집에 가려고?"

"그럼 안 가요?"

감싸 안은 채 머리카락을 만지작거리던 강욱이 순식간에 고개를 기울이더니 입을 맞췄다. 장난스러움을 담은 눈이 아주 가까이에 있었다.

"갈 수 있을 거로 생각해?"

"꼬미 기다려요."

"그놈의 고양이 새끼……."

투덜거리는 강욱의 모습에 풋, 웃음을 터트린 윤은 이내 소파에 눕혀졌다. 양팔로 윤을 가둔 강욱이 지그시 내려다보았다.

"어쩌지. 난 보낼 마음 없는데."

"……."

"이러려고 집에 오자고 했거든."

"밥 먹고 영화 보자더니 뭘 하고 싶었던 건데요?"

"알고 싶어?"

"아니. 안 들을래."

윤이 볼멘소리로 중얼거리자 강욱이 낮게 웃으며 몸을 숙였다. 턱을 따라 올라온 입술이 귓불을 깨물더니 속삭였다.

"굳이 들을 필요는 없어. 몸소 체험하게 될 테니까."

뭐라고 대답을 하기도 전에 머리 위로 입고 있던 셔츠가 벗겨져 바닥으로 던져졌다. 윤이 꺅, 작게 비명을 지르며 팔로 가슴을 가리려 했지만 강욱이 더 빨랐다.

양 손목을 붙잡아 소파에 누른 그가 윤의 몸 위로 걸터앉았다.

"……."

"……."

내려다보는 시선과 올려다보는 시선이 점점 달아올랐다. 쥐고 있던 손목을 놓자 윤이 손을 뻗어 그의 셔츠 단추를 위에서부터 풀기 시작했다.

"선공이야?"

"그냥 강욱 씨를 위한 내 서비스? 왜 싫어요?"

"그럴 리가 있나. 발아래에 엎드려 매달리기라도 할 판이었는데."

강욱은 강욱대로 오늘 힘들었던 날이었다. 이제 곧 있을 주주총회 때문에 접촉했던 이사 중 하나가 태욱의 편에 서겠다고 했다. 아직 이 판이 어떻게 끝날지는 아무도 모를 만큼 주주들의 마음은 안개 속을 보는 듯했다. 만에 하나 강욱의 편에 섰던 사람이 마음을 돌려먹는다면 지금까지의 일들은 모두 수포가 될지도 몰랐다.

그중에 윤이 있었다. 여자 때문에 일을 그르칠 생각이냐는 충고.

강욱은 제 아래에 누운 윤을 어루만지며 제 결심이 옳은 거라고 여겼다. 윤을 택해 누군가를 잃는다 해도 후회하지 않을 것이다. 그건 그의 능력이 모자랐던 것뿐이니까.

그냥, 제 욕심으로 윤이 아픈 게 싫었다.

단추를 풀어내고 셔츠를 벌린 윤이 천천히 손끝으로 몸을 더듬었다. 가슴을 지나 복부와 옆구리를 어루만지는 손끝을 따라 흥분이 일렁였다.

"그거 알아요?"

윤이 아래에 누운 채 허스키한 목소리로 속삭였다.

"강욱 씨 어디가 예민한지 이제 나한테 다 들킨 것 같아."

그 말을 증명이라도 하듯 윤이 혀를 살짝 내밀더니 그의 젖꼭지를 핥았다. 동시에 그의 옆구리를 손끝으로 길게 훑자 강욱의 몸에 전율이 일었다.

"너……."

순간 말문이 막힌 강욱이 이를 악물며 발끝에 힘을 주었다. 반쯤 발기되어 있던 남성이 순식간에 단단해진 게 느껴졌다. 그걸 느낀 건 강욱만이 아닌 듯 윤이 허벅지를 그의 다리 사이에 문지르며 야하게 웃었다.

"어? 섰다."

"지금 웃음이 나와?"

으르렁거리듯 말하며 강욱은 윤의 입술을 찾아 물고 빨았다. 저로 인해 흥분해 흐느끼는 윤이 보고 싶었다. 견딜 수 없는 쾌감에 울음을 터트리는 윤의 눈물을 핥고 싶었다.

"이리 와. 흥분해서 덤벼들게 만들어 줄 테니까."

그가 몰아붙이듯 키스를 해 대자 윤이 가슴팍을 떠밀며 웃음을 터트렸다.

"으응. 숨 막혀."

"좀 참아. 나만 발정 난 놈처럼 굴 수는 없잖아."

그의 입술이 턱을 지나 귓불을 깨물고 목덜미를 핥았다. 두 사람의 몰아쉬는 숨소리가 점점 거칠어졌다. 그녀의 표정에서 웃음기가 사라지고 흥분이 일렁이는 것을 본 강욱은 브래지어를 들추고 부드러운 살무덤을 손안 가득 거머쥐었다. 탄력 있는 가슴이 손바닥에 가득 잡혔다.

"나도 내 여자가 뭘 좋아하는지 잘 알아."

그가 턱 끝에 키스하며 손가락 사이에 젖꼭지를 넣어 가볍게 문질렀다. 그 자극에 윤이 몸을 뒤틀며 작게 신음하자 강욱의 입술이 나른하게 휘었다.

"이제 좀 공평해졌네."

한 손을 뒤로해 훅을 푼 다음 브래지어를 벗겨 낸 강욱은 손과 입술로 양쪽 가슴을 공략했다. 그러면서 동시에 윤의 다리 사이로 허벅지를 밀어 넣어 은밀하게 문지르자 머리 위에서 들려오는 신음이 좀 더 커졌다.

욕심껏 그녀의 몸을 더듬던 그가 손등으로 입술을 훔치며 몸을 세웠을 때 윤의 눈빛이 욕망으로 흐려져 있었다. 저 말고는 아무도 볼 수 없는 이 표정이 너무 좋다. 그냥 채윤이 아닌 여자 채윤. 그 모습이 얼마나 섹시하고 아름다운지 아는 건 저뿐이라는 사실에 갑자기 뿌듯한 마음이 드는 건 왜일까.

"벗겨 줘."

손을 끌어다 바지 버클에 얹어 주자 윤이 망설임 없이 손을 놀렸다. 지퍼를 내리고 그 안으로 손을 넣어 속옷 위로 부푼 성기 위를 애무하듯 부드럽게 쓸자 강욱은 신음하며 윤의 어깨를 깨물었다.

"아아……."

야한 신음이 귓바퀴를 타고 전해져 왔다.

그런 그의 모습에 윤의 손놀림이 좀 더 끈적해졌다. 속옷을 들치고 딱딱한 성기를 만지작거리던 손이 좀 더 깊은 곳으로 들어가 음낭을 부드럽게 감싸 쥐자 강욱이 숨을 멈추고는 상체를 들어 윤을 내려다보았다. 흐트러진 옷 사이로 드러난 성기를 어루만지는 윤을 보고 있노라니 더는 참기가 힘들다.

강욱은 재빨리 바지와 속옷을 한꺼번에 내린 다음 윤의 다리를 벌렸다.

"나 팬티 아직 안 벗었는데……."

윤이 항의했지만 이미 늦었다. 사실 입고 벗고가 뭐가 중요하겠는가.

"보다시피 나도 안 벗었어."

윤이 입고 있는 팬티를 한쪽으로 젖힌 다음 그대로 성난 남성을 찔러 넣었다. 이미 충분히 받아들일 준비가 끝나 있는 상태라 단숨에 깊은 곳까지 들어간 강욱은 꽉 조여 오는 감촉에 윤의 허리를 세게 붙들었다.

"윽."

이미 잔뜩 달아오른 윤의 몸은 그와 하나가 되자 더욱 뜨거워졌다.

"강욱 씨."

헐떡이며 이름을 부르는 윤을 뜨거운 눈으로 내려다보며 강욱은 빠르게 몸을 놀렸다. 그가 파고들 때마다 흔들리는 윤의 손이 이리저리 떠돌다 소파 헤드를 붙들었다.

강욱은 윤을 안을 때마다 제가 변태일지도 모른다는 생각을 한다. 왜 이렇게 흐느끼는 모습이 좋을까. 거칠게 질주하는 제게 매달려 애원하듯 이름을 부르는 윤을 보고 있노라면 미칠 듯한 쾌감이 몰려왔다.

"윤아."

욕망으로 탁해진 목소리로 이름을 부르며 강욱은 더 세게 윤의 깊은 곳으로 파고들었다.

"사랑해."

뜨거운 것을 토해 내는 순간 머릿속이 아득해진다.

이 순간, 죽을 수 있다면 행복할 텐데.

강욱은 무너지듯 윤의 위로 몸을 뉘었다.

이른 새벽.

집으로 돌아온 윤은 가방에 넣어 두었던 봉투를 꺼냈다.

한참을 망설이다 열어 보니 잘 접힌 종이 한 장과 명함이 들어 있다.

「홍나희. 기흠재단 이사장」

사무실 주소가 적힌 명함을 물끄러미 바라보다 종이를 펼쳐 보았다.

"……."

난데없이 찾아와 결혼 얘기를 했을 때 설마 했었다. 설마 드라마에서나 보던 일이 제게 벌어지는 걸까 했었는데 막상 눈앞에 놓인 종이를 보니 허탈한 웃음이 흘러나왔다.

종이엔 가족 관계와 함께 혼수 목록이 쭉 적혀 있었다.

아무리 노력한다고 해도, 앞으로 10년을 꼬박 한 푼도 안 쓰고 모은다 해도 준비할 수 있을까 말까 한 것들이다.

'나도 30년 넘게 키운 아들 장가보내면서 창피하면 곤란하잖아요.'

사는 세계가 완전히 다른 사람들. 그 입장에선 이런 걸 요구하는 게 당연한 걸지도 모르겠다.

약혼을 망친 책임을 이런 식으로 물으려는 건지 알 수는 없지만 하나는 확실했다. 그 집안 누구도 저를 달가워하지 않는다는 것.

윤은 서랍장 위에 올려 두었던 할머니 사진을 가져와 들여다보았다.

"할머니."

살아 계셨더라면 뭐라고 하셨을까.

"나 이제 어떡해야 해?"

창밖이 훤하게 밝아 오는 것을 멍하니 바라보는 윤의 곁으로 꼬미가 다가왔다.

야옹. 속상해하지 말라는 듯 다정하게 울어 주었다.

점심 무렵.

윤은 명함 속에 적힌 주소를 찾아왔다. 안내 데스크로 가 물었다.

"이사장님을 만나러 왔는데요."

"누구시라고 전해 드릴까요?"

"채윤입니다."

인터폰을 한 직원이 잠시만 기다리라고 전해 주었다. 윤은 긴장한 얼굴로 로비를 둘러보았다. 곳곳에 그동안 재단에서 활동한 내역들이 전시되어 있어 그것을 둘러보았다.

한참이 지나서야 들어오라고 전해 주었다.

"일찍 왔네요."

책상에 앉아 있던 홍나희가 자리를 권하며 일어섰다.

"차 한 잔 할까요? 홍차 좋은 거 있는데."

"전 물이면 됩니다."

"그래요 그럼."

잠시 후 비서가 마실 것을 가져오자 홍나희는 느긋한 자세로 앉아 차를 마셨다.

"어떻게 생각 좀 해 봤어요?"

이곳으로 오는 내내 어떻게 할까 고민했었다. 아무리 강욱을 사랑한다지만 불가능한 것을 들어줄 수는 없다. 그렇다고 해서 헤어질 생각이 있는 것도 아니었다.

"죄송하지만 원하시는 건 못 들어 드릴 것 같습니다."

윤의 대답에 홍나희는 놀랍지도 않다는 듯 태연하게 차를 마셨다.

"그럼 강욱이와 헤어지겠다는 건가요?"

"아뇨. 헤어질 생각 없습니다."

"……안 헤어지면?"

"우선은 연애를 좀 더 해 볼 생각입니다."

홍나희의 표정이 눈에 띄게 싸늘해졌다. 찻잔을 달칵 소리가 나게 내려놓은 그녀가 잠시 호흡을 가다듬더니 입을 열었다.

"내 말이 우스워요? 강욱이 올가을엔 꼭 결혼시키겠다고 한 것 같은데."

"……."

"강욱이도 동의했던 일인데 아가씨가 나타나는 바람에 모든 게 어긋났어요. 근데 뭐? 연애? 아가씨 연애놀음에 우리 강욱이더러 상대가 되라고? 굉장히 이기적이란 생각 안 해요? 그렇게 뻣뻣하게 굴 게 아니라 능력이 안 되면 안 된다고 그냥 예쁘게 좀 봐 달라고 사정이라도 해야 하는 거 아닌가. 어디서 되지도 않는 자존심은……."

홍나희가 나긋나긋한 목소리로 쏟아 내는 말을 들으며 윤은 무릎 위의 손을 꼭 움켜쥐었다. 울지 않으려면, 무릎이라도 꿇고 봐 달라고 빌지 않으려면 어떻게든 버텨야 했다. 그렇게 자존심 구겨 가며 매달리고 싶지는 않았으니까.

"……죄송합니다. 저한테는 조금 버거운 일이라서요."

얼마쯤 지났을까.

"역시 대단해. 마음에 들어."

홍나희가 빙그레 웃으며 다정하게 물었다.

"이름이 채윤이랬죠?"

갑작스러운 태도 변화에 윤은 당황한 눈으로 홍나희를 마주 보았다.

"……."

"기분 나빴다면 미안해요. 난 그냥 우리 강욱이한테 어울리는 짝인지 알고 싶었을 뿐이니까. 너무 여우 같은 애를 데려왔을까 봐 내심 걱정됐 었거든. 또 우리 집 사람이 되려면 어느 정도 강단도 있어야 하고."

"……."

"앞으로 고부 사이가 될지도 모르는데 말 놔도 되죠? 난 우리 큰애한 테도 그렇고 편하게 지내는 게 좋거든."

혼란스러운 눈으로 바라보는 윤을 향해 홍나희가 손을 내밀었다.

"우리, 앞으로 친하게 지내."

차마 거부할 수 없는 손길이었다.

─ 뭐래? 헤어진대?

태욱의 전화에 홍나희는 손톱을 살피며 빙그레 웃었다. 나가는 길에 기분 전환할 겸 숍에나 들러야겠다.

"아니."

─ 걔네 하는 거 봐서는 헤어지지 않을 것 같던데 엄마는 대체 무슨 생각인 거 야? 강욱이 알면 어쩌려고.

"우리야 뭘 손해니. 헤어진다고 하면 몇 푼 쥐어서 보내면 그만이고 안 헤어진다고 하면 나름대로 생각해 둔 방법이 있지. 그리고 강욱이가 알면 또 어때."

─ 방법?

"넌 엄마만 믿고 기다려. 어떻게든 강욱이가 두 손 두 발 다 들게 해 줄 테니까. 당분간 괜히 책잡힐 짓 하지 말고 회사에 얌전히 있어."

─ 아우. 요즘 그 새끼가 사방을 휘젓고 다니는 통에 아주 죽겠어. 뭔가 꼬투리 를 잡은 거 같은데 모르겠단 말이야.

"그러게 잘 좀 하라니까……."

아들과 통화를 하며 홍나희는 헤어지란 말에 창백해지던 윤을 떠올렸다. 그런 없는 애들을 잘 안다. 그야말로 복권이나 다름없는 남자를 쉽게 놓을 리가 없다. 자존심 센 척해 보지만 결국은 강욱을 차지하기 위해 무슨 짓이라도 할 거다.

– 진짜 결혼이라도 한다고 하면 시키게?

"말 잘 듣는 며느리를 두는 것도 나쁘지 않지."

남들에게 내보이기엔 좀 창피하지만 잘만 활용하면 어지간한 직원 여럿보다 나을 것이다. 원래 제아무리 잘난 남자라도 베갯머리송사엔 약한 법이니까.

"그러니까 넌 엄마만 믿고 있어."

어쨌든 중요한 건 내 아들이다. 강욱에겐 잘난 집 여자보단 차라리 공사판을 돌아다니는 그런 애가 더 어울렸다. 홍나희의 얼굴엔 차가운 미소가 번지고 있었다.

문득 동희가 보고 싶어진 윤은 오랜만에 경임에게 영상 통화를 걸었다.

– 이모!

반가워 어쩔 줄 모르는 동희의 모습에 윤은 마음이 뭉클해져 화면 속 아이를 뚫어지게 바라보았다.

"우리 동희 잘 있었어?"

– 응. 엄마가 책도 많이 읽어 주고 이모가 사 준 장난감으로 공주님 놀이도 해 줬어.

"좋겠네. 근데 이모는 동희가 너무 보고 싶다."

– 나도 이모 보고 싶은데 회사 다니느라 이모 여기 안 와?

종일 답답했는데 통화라도 하고 나니 그나마 조금 마음이 누그러진다.

"우리 동희가 이모한테는 보약이네."

– 보약? 나 약은 싫은데.

입술을 비죽 내미는 모습이 너무 사랑스러워 옆에 있으면 꼭 안아 주고 싶다.

경임이 툭 화면에 끼어들었다.

– 언제 한번 와. 동희가 아주 이모 타령을 해 대서 죽겠어.

"응. 조만간 한번 갈게."

– 별일 없지? 연애는 잘 하고?

"응."

이런저런 대화를 나눴지만 차마 경임에게도 오늘 있던 일을 털어놓을 수는 없었다.

'우리, 앞으로 친하게 지내.'

강욱의 또다른 어머니인 홍 여사의 말이 계속 신경 쓰였다. 차라리 격에 안 맞으니 헤어지란 소리가 더 낫다는 생각이 드는 건 왜일까.

– 이모 안녕.

인사하는 동희에게 손을 흔들면서도 윤은 머릿속에 떠오른 찜찜함을 떨쳐낼 수가 없었다.

백화점 매장에 진열 상태를 점검하기 위해 나갔던 강욱의 발길이 주얼리 매장 앞에서 멈췄다.

문득 윤의 허전한 목이 떠올랐다.

가까이 다가가 매대에 진열된 목걸이를 살펴보았다.

"뭐 찾으시는 거 있으세요?"

직원이 웃으며 다가오자 강욱은 목걸이 하나를 손으로 가리켰다.

"저거 좀 보죠."

너무 심플하지 않으면서도 그렇다고 너무 요란하지도 않아 한눈에 들어온 디자인이다. 딱 윤에게 어울릴 스타일이다.

"어제 들어온 저희 신상 모델인데 잘 고르셨네요. 같은 디자인의 팔찌가 있는데 같이 보시겠어요?"

강욱이 마음에 들어 하는 듯하자 직원이 재빨리 권유했다.

"젊은 여성분이 굉장히 좋아하실 만한 거예요."

한마디를 곁들이자 강욱은 주저하지 않고 고개를 끄덕이며 말했다.

"함께 포장해 줘요."

선물을 받고 행복해할 윤의 모습을 떠올리자 저절로 그의 입가에 미소가 머금어졌다. 그동안 만나면서 뭐 하나 제대로 선물하지 못한 게 신경 쓰였는데 지금이 그걸 만회할 기회다.

선물 포장이 되기를 기다리는데 이번엔 가방 매장이 눈에 들어왔다. 여자들이 가방을 제일 좋아한다고 했던가. 어디서 주워들은 기억이 났다.

강욱은 내친김에 거기까지 들러 보기로 했다.

"어서 오십시오."

정중하게 인사를 건네는 직원을 향해 강욱이 말했다.

"직장 생활하는 젊은 아가씨가 들기 괜찮은 거로 보여 주세요."

윤이 사용할 물건들을 쇼핑하는 기분이 꽤 괜찮다. 종종 이벤트로 선물을 갖다 바치는 것도 괜찮겠다. 그러다 윤이 뭐라고 할지가 떠올라 피식 웃음이 났다.

"돈 많이 벌어야겠네."

잔소리할 윤을 생각하는데 왜 기분이 좋은 걸까. 강욱은 고개를 저으며 점원이 내미는 가방을 살펴보았다.

그날 밤.

눈앞에 잔뜩 늘어놓은 물건을 보고 윤은 기가 막힌다는 듯 강욱을 바라보았다.

"지금 이걸……."

"선물이지."

"무슨 날도 아닌데 누가 선물을 이런 식으로 해요. 해도 하나만 살 일이지 누가 매장을 통째로 옮겨 올 생각을 해요."

강욱이 선물이라며 내민 건 가방에 원피스, 구두, 스카프까지 각양각색이다. 다 뜯어 보지 않아 뭐가 더 나올지도 모르겠다.

"나도 하나만 사려고 했지."

"그런데요?"

"가방을 사고 보니까 예쁜 옷도 한 벌 사 주고 싶더라. 옷을 사고 나니 어울리는 구두도 하나 사 주고 싶고. 구두를 사고 보니 공원에 나갈 때 신을 운동화도 하나 살까 싶고. 그러다 보니 이리됐어."

강욱의 말에 윤은 말문이 막혔다. 선물 받는 걸 싫어할 여자가 어디 있을까. 저 또한 이중 하나만 받았어도 행복에 겨워했을 텐데 그야말로 선물 폭탄을 맞고 보니 정신을 차릴 수가 없다.

"그래서 안 받겠다고?"

"안 받는다는 게 아니라……."

"그럼 사 온 사람 성의 생각해서 못 이기는 척 치장 좀 해 보지?"

강욱에게 등이 떠밀려 하는 수 없이 옷을 갈아입고 나오자 그가 만족스러운 얼굴로 구두를 신겨 주었다. 구두는 맞추기라도 한 것처럼 딱 맞았다.

"사이즈는 어떻게 알았어요?"

"외박을 한두 번 해 본 사이라야 말이지."

"신발 사 주면 도망간다는데."

"나 같은 남자 어디 가서 못 구할걸."

도도한 목소리로 속삭인 그가 주머니에서 목걸이를 꺼내 걸어 주었다. 피부에 와 닿는 서늘한 감촉을 느끼며 윤은 그를 올려다보았다.

"예쁘네. 잘 어울려."

"자꾸 당신이 욕심나서 큰일이에요."

"욕심내면 되지 뭐가 문제야."

"……."

"사랑해."

강욱의 입술이 내려앉았다. 윤은 그의 목을 끌어안으며 키스를 되돌렸다.

정말 이렇게 행복해도 되는 걸까. 아무도 이 행복을 방해하지 않는 것 같은데 왜 이렇게 불안한 거지.

상자 여러 개가 생겨 신이 난 꼬미가 이러저리 뛰어다니며 장난을 치다 그들을 올려다보며 야옹 울었다.

하지만 서로에게 집중한 그들은 아무도 신경 쓰지 않았다.

꼬미는 좁은 상자 안에 몸을 구겨 넣으며 외로운 듯 울었다.

야옹, 하고.

그로부터 며칠이 흘렀을 때였다.

무슨 옷을 입을까 한참 고민하던 윤은 지난 번 강욱이 선물한 원피스를 꺼내 들었다.

이 옷은 아꼈다가 강욱과 데이트할 때 입고 싶었는데 아무래도 오늘 먼저 입어야 할 듯하다. 갑자기 연락받은 홍나희의 점심 초대 때문이었다.

1시간 전쯤 홍나희에게서 전화가 걸려 왔다.

'같이 점심이나 먹을까? 주소 보낼 테니까 와요.'

　토요일을 맞아 대청소 중이던 윤은 차마 싫다는 말을 할 수가 없어 초대에 응하고 말았다.

　보내온 식당 주소를 보니 평소 입고 다니던 편한 스타일로 가는 건 안 될 것 같았다.

　가볍게 화장한 다음 옷을 입고 구두를 신었다. 옷이 날개라더니 제 눈에도 제법 괜찮게 보였다. 이래서 사람 욕심이 끝이 없는 거구나. 마음이 씁쓸해졌다.

　막 집을 나서려는데 강욱에게서 전화가 걸려왔다.

　- 뭐 해? 특별한 일 없으면 같이 점심이나 먹을까?

　"선약이 있는데 어쩌죠."

　- 선약? 누구 친구?

　아뇨. 강욱 씨 어머니요.

　솔직하게 말하고 싶었지만 당분간 강욱에겐 말하지 말라던 홍나희의 부탁이 떠올라 차마 말을 할 수가 없다.

　"응. 오랜만에 보는 친구라 약속 깨기가 뭐한데 어쩌죠."

　양심의 가책을 느끼지만 어쩔 수 없다. 저 때문에 사이가 안 좋아졌다는 두 사람 사이를 더 멀어지게 하고 싶지는 않으니까.

　- 하는 수 없지. 그럼 이따 저녁때 데리러 갈게.

　"응."

　- 이따 봐.

　통화를 마친 윤은 거울 속에 비친 제 모습을 바라보았다. 이게 잘하는 걸까. 나직하게 한숨을 내쉰 윤은 집을 나섰다. 늦지 않으려면 서둘러야 했다.

먼저 와 있던 홍나희의 곁엔 젊은 여자가 앉아 있었다. 다정하게 얘기를 나누던 홍나희가 윤을 발견하고는 손짓을 했다.

"어서 와."

"안녕하세요."

"둘이 처음 보지? 이쪽은 우리 큰며느리. 이쪽은 강욱이랑 교제 중인 아가씨. 둘이 곧 동서 사이가 될지도 모르겠네."

"아아…… 그분."

태욱의 아내인 지현이 윤을 훑어보며 환하게 웃었다.

"반가워요. 앞으로 자주 봐요."

"처음 뵙겠습니다. 채윤이라고 합니다."

인사하던 윤의 시선이 지현의 부푼 배를 향했다.

"내가 오늘 여기서 약속 있다고 했더니 이곳 음식 먹고 싶다며 따라온다잖아. 보다시피 임산부라 거절할 수가 없어 데려왔어요. 괜찮지?"

홍나희의 말에 고개를 끄덕이며 윤은 자리에 앉았다. 그러면서도 계속 시선은 줄곧 지현의 배를 향해 있었다.

"몇 개월이에요?"

"이제 7개월에 접어들었어요. 사내아이라 그런가 얼마나 움직여 대는지 아주 힘들어 죽겠어요. 똑바로 누워 자 봤으면 좋겠어요."

웃으며 투덜거리는 지현의 모습에 윤은 저도 모르게 평평한 제 배를 만져 보았다.

"……."

"어? 제 말 한다고 움직이는 거 봐. 어머니. 여기 좀 만져 보실래요?"

때마침 태동이 느껴지는지 지현이 홍나희의 손을 끌어가 배에 대 주었다.

"요 녀석 보게. 커서 운동선수가 되려나."

흐뭇한 눈으로 바라보는 홍나희를 지나 지현의 시선이 윤을 향했다.

아까부터 줄곧 향해 있는 시선을 의식한 모양이다.

"배 속에 있는 아이 안 만져 봤죠? 한번 만져 볼래요?"

"저는……."

"괜찮아요. 이러다 금방 잠잠해지니까 지금 만져 봐요."

사양하려 했지만 지현의 손에 이끌린 손이 배 위에 놓이고 말았다.

"!"

손바닥 아래에서 꿈틀거리는 태동이 선명하게 느껴졌다. 아이의 발길질에 배가 쑤욱 올라왔다. 굉장히 오랜만에 느껴 보는 그 감촉에 윤의 얼굴이 순식간에 창백해졌다.

안 돼…….

윤은 불에 닿은 것처럼 화들짝 놀라 손을 거둬들였다. 숨소리가 거칠어졌다.

"왜 그래요? 어디 아파요?"

윤의 귓가에 걱정스러운 목소리가 들려왔다.

"……아뇨. 괜찮습니다."

겨우 정신을 차리고 대답하는 윤의 손바닥에 땀이 흥건했다.

"화장실 좀."

비틀거리며 일어선 윤이 밖으로 나가자 지현이 홍나희를 향해 물었다.

"왜 저래요?"

"글쎄다."

"좀 이상해 보이지 않아요?"

"그러게. 제법 야무진 앤 줄 알았더니 내가 사람을 잘못 본 걸까. 상태가 저래서 얘기를 할 수 있으려나 모르겠다."

"근데 어머니 말씀을 들어줄까요?"

"머리가 좀 돌아가는 애라면 어떻게 처신해야 하는지 잘 알겠지. 그나저나 태욱이는 언제 온다니?"

두 사람은 윤이 나간 출입구를 바라보며 대화를 나눴다.

달칵.

문을 잠근 윤은 무너지듯 변기 위로 주저앉았다. 손바닥에 얼굴을 묻은 채 잠시 숨을 골라 보지만 좀처럼 마음이 진정되지 않는다.

진정되기는커녕 기어이 손가락 사이로 뜨거운 눈물이 왈칵 쏟아졌다.

울면 안 되는데. 얼굴이 엉망이 될 텐데…….

생각도 잠시, 눈물은 걷잡을 수 없이 쏟아졌다.

지현의 부푼 배를 보는 순간부터 안 좋은 예감이 들기 시작했다.

이미 다 잊었다고 생각했는데, 잊어야 내가 살겠는데 그 기억은 머릿속 어딘가에 잠재되어 있던 모양이다.

윤은 눈물로 범벅인 손을 내려다보았다. 손바닥에 조금 전 느꼈던 선명한 태동이 남아 있다. 아이가 꿈틀거리던 느낌이 선명했다.

한때 제게도 그런 아이가 있었다.

나, 여기 있어요.

엄마. 나 여기 있어요.

끊임없이 제 존재를 알리며 배 안에서 발길질을 하던 아이. 그 힘찬 움직임이 점점 또렷해지더니 윤의 입에서 기괴한 울음소리가 흘러나왔다.

"철수야…….""

배를 양팔로 감싸 안았다. 점점 배가 부풀어 오르는 듯한 환상에 사로잡혀 윤은 꺽꺽 억눌린 울음을 쏟아 냈다.

아무래도 아이는 아직 떠나지 못한 모양이다. 저 역시도 떠나보내지 못한 모양이다.

"철수야."

제 몸 안에서 몇 달을 머물다 간 아이의 태명을 부르며 윤은 몸을 웅크린 채 한참 동안 울음을 쏟아 냈다. 서러움이 밀물처럼 밀려들었다.

우아하게 칼질을 하던 홍나희가 슬쩍 윤의 눈치를 살폈다.

화장실에 다녀온다고 나간 지 한참이 지나도 돌아오지 않아 누굴 보내야 하나 고민하던 때쯤 윤이 돌아왔다. 그런데 얼굴을 보니 울었는지 퉁퉁 부었다. 세수해서 지운 흔적이 역력했다.

뭐지.

홍나희는 난감한 얼굴로 입에 넣은 고깃덩어리를 꼭꼭 씹었다.

이런 분위기에서 얘기를 꺼내는 건 적당해 보이지 않는다. 그렇다고 사방을 들쑤시고 다니는 강욱을 생각하면 마냥 기다릴 수도 없는 노릇인데…….

"속이 많이 불편해?"

통 먹지를 않는 모습에 묻자 윤이 멈칫하더니 나이프를 든 손을 움직였다.

"아침 먹은 게 좀 안 좋았나 봐요. 신경 쓰게 해 드려서 죄송합니다."

"난 또 뭐라고. 소화제라도 가져다 달라고 할까?"

"괜찮습니다."

홍나희는 콧소리를 내며 스테이크 한 접시를 싹싹 비우는 지현을 힐끗 쳐다봤다. 워낙 낙천적인 성격인 지현은 오늘 왜 모였는지를 깡그리 잊은 모양이다.

"저기."

"네?"

"우리 태욱이가 저번에 좀 실수한 게 있다며? 애가 맘이 여려서 그게 계속 마음에 걸렸나 봐. 한번 만나서 제대로 사과하고 싶다더라고. 그래서 이쪽으로 오는 길인데 괜찮지?"

411

"……."

"점심 먹자고 불러 놓고 괜히 압박 주는 건가? 난 앞으로 가족 될 사람들이니까 껄끄러운 마음 없었으면 해서."

말끝을 흐리던 홍나희가 냅킨으로 입을 닦으며 윤을 주시했다.

"아는지 모르겠는데 사실 강욱이가 가족들한테 불만이 좀 있어. 내 딴엔 똑같이 키운다고 키웠어도 애 입장에서는 다르게 느껴지겠지."

"……."

"그래서 말인데 난 앞으로 윤이 씨가 강욱이 잘 설득해서 가족들 등지는 일 없었으면 좋겠어."

"설득이라뇨?"

"요즘 돌아가는 상황을 잘 모르겠지만 솔직히 제 형 이겨 보겠다고 아등바등하는 꼴 남 보기도 좀 그렇잖아. 예전엔 강욱이도 안 그랬는데 요즘 좀 섭섭한 게 있어서 그래. 그러니까 옆에서 잘 다독여 줘. 원래 남자들 기분 좋을 때 살살 긁어 주면 말 잘 듣잖아."

"……."

"내 말 무슨 뜻인지 알지? 형제지간에 우애를 지켜 주는 거. 그거 우리 집안 여자들이 가장 중요하게 생각해야 할 일이야. 강욱이한테 뭐가 가장 좋은 건지 잘 생각해 봐."

우애를 가장한 협박에 윤은 손에서 포크를 내려놓았다. 꼭꼭 씹어 겨우 삼킨 고깃덩어리가 가슴 언저리를 탁 막은 듯했다.

"참 이상하단 말이야."

백화점 출산용품 코너 한쪽에 서 있던 태욱이 혼잣말을 중얼거렸다. 아기 물건을 사고 싶다는 지현의 손에 끌려오다시피 온 곳이다.

"오빠! 이거 어때?"

매장에 있는 물건을 전부 사들일 기세로 쇼핑 중인 지현의 물음에 태욱은 귀찮은 듯 고개를 끄덕이며 억지로 웃는 표정을 지었다.

"맘에 들면 사. 물어보지 말고 다 사도 돼."

"진짜 나 맘에 드는 거 다 산다?"

"어."

지난번에 사들인 물건들도 아직 정리가 다 끝나지 않은 것 같은데 무슨 욕심이 저리도 많은 걸까. 태욱은 못 말린다는 듯 고개를 저으며 다시 골똘하게 생각에 잠겼다.

일이 생겨 뒤늦게 왔더니 다들 막 일어서던 참이었다.

거기서 윤을 봤을 때 고개가 갸웃거려졌다. 아무리 봐도 윤을 어디선가 만난 게 분명했다.

'강욱이 언제부터 사귀었어요?'

'얼마 안 됐습니다.'

'집 짓는 일로 만난 건가?'

'전에. 잠깐 알던 사이였어요.'

윤과 나눈 대화를 떠올리며 태욱은 흐음, 기억을 더듬었다.

"오빠. 오빠!"

생각에 깊이 빠져 있느라 부르는 소리를 듣지 못했던 것뿐인데 지현이 화가 났는지 발을 쿵쿵거리며 다가왔다.

"오빠."

"응?"

"진짜 이럴 거야?"

"뭐가."

"뭐가라니? 몇 번이나 불러도 모르고 왜 그래? 날 사랑하긴 하는 거야?"

413

"못 들을 수도 있지 뭐 그런 거로 사랑 타령이야."

아무리 임신으로 인해 감정 기복이 널을 뛴다지만 툭하면 사랑 타령인 지현이 귀찮기도 했다. 태욱이 투덜거리자 금세 눈물이 글썽글썽해진 지현이 들고 있던 옷가지를 바닥에 팽개치더니 매장을 나가 버렸다.

쏟아지는 사람들의 시선에 당황한 태욱이 낮게 욕설을 중얼거리더니 지현을 쫓아가기 시작했다.

"어디 가."

성큼성큼 다가가며 이름을 불렀다.

"야, 최지현!"

저만치 앞서가던 지현이 풀썩 주저앉으며 울음을 터트렸다. 부른 배를 감싸안은 채 우는 모습에 사람들이 안타깝다는 듯 쳐다보더니 곧 그 시선은 온갖 쌍욕으로 변해 태욱에게로 향했다.

"저게 진짜……."

씩씩거리며 다가가던 태욱의 걸음이 우뚝 멈췄다. 불현듯 뭔가가 머릿속을 스쳤다.

"그래. 그때 그 여자."

강욱이 미국으로 보내졌을 때 계속해서 찾아오던 여자.

그 이름이 채윤이었던가? 얼핏 이름이 특이했던 것도 같은데.

그 무렵 회사 앞에서 몇 번 본 얼굴이 그제야 떠올랐다.

시위라도 하듯 매일같이 회사 앞에 서 있던 여자.

"설마……."

주저앉아 우는 지현의 위로 힘없이 털썩 주저앉던 여자의 모습이 겹쳐 보였다. 비쩍 마른 몸에 유달리 부풀었던 배…….

아이를 가졌던 걸까?

"안 달래 줄 거야?"

어린아이처럼 투정을 부리는 지현에게 다가가면서도 태욱의 머릿속은 온통 그때를 떠올렸다.

맙소사. 정말 그 여자가 맞는 걸까. 설마 강욱의 아이를 낳은 걸까. 아니지. 아이가 있으면 강욱이 가만 놔둘 리가 없을 텐데 어떻게 된 거지.

아무래도 확인을 해 봐야 할 듯싶었다.

강욱은 아까부터 말이 없는 윤을 지그시 바라보았다.

저녁도 먹는 둥 마는 둥 하더니 난데없이 한강이 보고 싶다고 했다. 그래서 아무 곳이나 가까운 곳으로 가려고 했더니 꼭 이곳이어야 한다고 했다.

공원은 제법 늦은 시간인데도 사람들로 붐볐다. 낮의 더위를 피해 이제야 나온 모양이다.

윤은 대체 무엇을 보고 있는 것일까.

저 킥보드는 타는 아이? 아니면 자전거를 가르쳐 주는 아빠와 아들? 그것도 아니면 저기 다정한 연인인가.

강욱은 좀처럼 저를 향하지 않는 윤의 시선 닿는 곳이 궁금했다. 평소답지 않게 말수를 잃은 윤의 모습이 어딘지 조금 불안해 보이기도 했다.

손을 뻗어 벤치에 놓인 윤의 손을 가만히 쥐었다.

"뭘 그렇게 봐?"

그제야 돌아보는 윤의 눈빛이 흐릿하다.

"너……."

대체 왜 이러는 거지. 좀처럼 이해가 가지 않는 윤의 모습에 강욱이 얼굴이 찌푸려졌다.

"무슨 일 있었구나."

묻는 게 아니라 확신이었다.

"아니."

고개를 젓는 윤을 향해 돌아앉은 강욱이 어깨를 붙들었다.

415

"말해 봐. 아무 일 없다고 해 봤자 믿지도 않을 테니까 사실대로 털어 놔."

"그냥 좀 피곤해서 그래요."

시선을 회피하는 윤의 모습에 강욱의 입매가 굳었다.

"나한테 뭐 말 못 할 얘기라도 있어?"

"……."

"그 표정, 다가오지 말라고 담 쌓는 거 같아서 싫은데."

"그냥 가끔 바람 쐬고 싶을 때 이곳에 와요. 왜 그럴 때 있잖아요. 마음이 허전하거나 심란할 때."

"왜 마음이 허전하고 심란한데. 애인이 영 별로야?"

강욱의 말에 윤이 픽 웃더니 힘없이 어깨에 기대어 왔다. 바람이 윤의 머리카락을 헝클며 지나갔다.

"강욱 씨는 만약에 아이가 생기면 어떨 것 같아요?"

전혀 예상치 못했던 말에 강욱의 눈이 커졌다.

"아이? 설마……."

그 모습에 윤이 힘없이 웃으며 질문을 되짚어 주었다.

"만약에라고 했잖아요."

잠시 생각에 잠겼던 강욱이 공원의 사람들을 바라보며 입을 열었다.

"글쎄. 아직 한 번도 진지하게 생각해 본 적이 없던 것 같아."

"한 번도?"

"응. 솔직히 말해서 좋은 아버지가 될 자신이 없거든. 좋은 아버지가 어떤 아버지인지도 잘 모르겠고."

윤의 표정이 어두워졌지만 강욱은 사람들을 보느라 깨닫지 못했다.

"세상 어딘가에 강욱 씨가 모르는 아이가 존재한다면요?"

"내가 모르는 내 아이?"

강욱이 인상을 찌푸리며 중얼거렸다.

"그건 좀 곤란할 것 같은데."

"……."

"여자가 있던 적도 거의 없고."

말이 없는 윤을 돌아보며 강욱이 장난스럽게 물었다.

"혹시 나 몰래 숨겨 둔 애가 어디서 자라고 있는 건 아니지?"

"……아뇨."

"하긴. 그랬다면 우리가 그렇게 떨어져 지내지도 않았겠지."

불어오는 바람을 만끽하듯 몸을 젖힌 강욱이 밤하늘을 올려다보며 중얼거렸다.

"아이 욕심 없어. 나 닮은 놈 태어나면 얼마나 골치 아프려고."

강욱의 말에 윤은 차마 어떤 말도 할 수가 없었다.

그 밤, 꿈을 꾸었다.

어린 남자아이가 강아지를 쫓으며 잔디밭을 달리는 꿈.

그 곁엔 흐뭇한 얼굴로 윤이 서 있었다.

'엄마!'

저를 부르며 달려오는 아이를 안으려고 윤이 팔을 벌렸다. 아이는 멈추지 않고 달려오더니 그런 윤의 몸을 통과해 지나가 버렸다. 통과하는 순간의 그 선뜩함만이 선명하게 느껴질 뿐이었다. 허옇게 질린 얼굴로 벌떡 일어난 윤이 아이의 뒤를 쫓는데 점점 거리가 멀어졌다.

'아냐. 그쪽으로는 가면 안 돼!'

아무리 불러도 들리지 않는 듯 아이는 뒤도 돌아보지 않은 채 뛰고 또 뛰었다.

'아가야 이리 와. 제발 돌아와.'

목청이 터져라 부르다가 털썩 바닥에 주저앉고 말았다.

'엄마 놔두고 가지 마.'

급한 마음에 무릎을 꿇고 빌었다.

'제발 가지 마.'

애원에도 불구하고 아이는 금세 저 멀리 사라져 버렸다.

"안 돼, 아가. 철수야. 철수야⋯⋯."

손을 허우적거리다 번쩍 눈을 떴을 때 꿈이란 걸 알았다.

눈가를 타고 하염없이 눈물이 흘러내리고 있었다.

치유된 줄 알았던 마음이⋯⋯ 소리 없이 무너져 내리고 있었다.

허전함에 눈을 뜬 강욱이 비어 있는 옆자리를 발견하고 몸을 일으켰다.

시계를 보니 3시가 조금 지나 있었다.

어딜 간 거지.

방을 나온 강욱의 눈에 띈 건 창가에 앉은 윤의 모습이었다. 언제부터 그러고 있었는지 윤은 몸을 잔뜩 웅크린 채 창밖을 보고 있었다.

"안 자고 뭐 해?"

강욱이 물으며 다가가자 윤이 움찔하며 그를 돌아보았다.

"그냥. 잠이 안 와서요."

"윤아."

"들어가요. 피곤하겠다."

대화를 피하듯 일어서는 윤의 몸을 가만히 붙들었다. 옅은 어둠 속에서 둘의 시선이 엉켰다.

요즘 윤이 이상하다. 어딘지 모르게 달라 보인다.

"무슨 고민 있어?"

"⋯⋯아니."

윤은 아니라고 하지만 보이지 않는 벽이 둘 사이를 가로막고 있는 듯했다. 강욱이 놔주지 않자 윤이 힘없이 웃으며 몸을 기대었다.

"사무실에 일이 좀 많아서 그래요. 나도 강욱 씨 만큼이나 일 욕심 많은 사람이야."

"……."

"강욱 씨, 나 졸려."

윤의 말이 믿기지는 않았지만 다른 이유가 있을 거라고는 생각하고 싶지 않았다. 정말 일이 많아서 잠시 딴생각을 하는 거라고만 믿고 싶었다.

"그래. 들어가자."

침대에 누워 윤을 꼭 껴안았다. 윤이 품속에 있는데 왜 이렇게 멀리 있는 것 같지.

"사랑한다고 해 봐."

"갑자기?"

"응."

"하여튼 엉뚱해. 사랑해요, 이강욱 씨."

강욱은 사랑 고백을 들음으로써 불안감을 애써 잠재우며 윤을 꼭 안았다.

윤이 잠든 후에도 쉽사리 잠이 오지 않았다.

"채 대리. 채 대리."

김 소장이 몇 번을 부르고 나서야 윤이 돌아보았다.

"아니 무슨 생각을 그렇게 하느라 몇 번을 불러도 몰라?"

"죄송해요. 뭐 하실 말씀 있으세요?"

"저 그네 말이야. 시키는 대로 가져오긴 했는데 어디에다가 놓으려고? 주인한테 허락은 맡은 거지?"

충동적으로 그네를 주문했다. 강욱에겐 아직 말하지 않은 상태였지만 딱히 걱정되지는 않는다. 뭐든 알아서 하라며 전적으로 윤에게 결정권을 준 상태였으니까.

"저쪽 산딸나무 옆에 놔주세요."

"거긴 너무 정면 아냐? 조금 옮겨서 연못 근처에 놓는 게 나을 것 같은데."

김 소장이 의아한 듯 고개를 갸웃거렸다.

"아뇨. 그냥 저 자리에 놔 주세요."

윤이 고집스레 주문하자 김 소장이 떨떠름한 표정으로 인부들을 데리고 나갔다. 곧 차에 실려 있던 그네가 정원 한쪽에 설치되었다.

"됐지?"

확인하듯 묻는 김 소장에게 고개를 끄덕인 뒤 윤은 집 안으로 향했다.

이제 청소만 하면 되는 집 안을 둘러보던 윤은 소파가 놓일 자리로 향했다. 대충 자리를 정한 뒤 바닥에 앉자 창밖의 그네가 보였다.

"······."

원래 그네는 생각지도 않았는데 어제 아침 눈을 떴을 때 꼭 놔야겠다는 마음이 생겼다.

그 마음과 동시에 생겨난 또 다른 마음.

윤은 무거운 표정으로 무릎을 껴안은 채 가만히 창밖을 바라보았다.

며칠 내내 기분이 엉망이다. 일부러 웃으려고 애를 써 보지만 좀처럼 나아질 기미가 보이지 않는다.

"다시 상담이라도 받아 봐야 하나······."

철수가 떠나고 지독한 우울증이 찾아왔다. 아이를 낳은 것도 아닌데 제 몸 하나 돌보지 못해 아이를 잃어 놓고도 젖이 돌았다. 배 속의 아이는 사라지고 없는데 가슴이 흥건히 젖어 오는 걸 보며 한 번씩 끔찍한 생각을 하곤 했다.

그 모습을 보다 못한 경임이 억지로 심리 상담이라도 받으라며 끌고 갔었다. 평펑 우는, 그야말로 통곡하며 울던 제 모습에 묵묵히 등을 쓸어 주던 상담사를 만나 그나마 위기를 넘겨 여기까지 올 수 있었다. 그게 벌써 언제인데…….

울며 잠을 깼을 때 옆에서 자고 있던 강욱이 눈에 들어오는 순간 그가 미웠다.

저는 아직도 이렇게 괴로운데 아무것도 모르는 그가 미웠다.

한번 뛰어놀아 보지도 못하고 떠나 버린 철수가 안타까워 일부러 가족들이 많이 찾는 그 공원에 뿌려 주었던 제 마음을 그는 모른다.

"당신도 조금은 괴로웠으면 좋겠어."

윤은 그네를 보며 중얼거렸다.

강욱이 이곳에 앉아 그네를 볼 때마다 그리운 마음이 들었으면 좋겠다. 막연한 그리움. 이유도 모르면서 가슴 한켠이 아렸으면 싶었다.

톡톡톡.

손가락으로 책상을 두드리는 소리가 이어졌다.

"흐음……."

묘한 신음을 뱉은 태욱이 조금 전 내려놓았던 서류를 다시 집더니 가운데쯤 적힌 이름을 쳐다보았다.

며칠 전 윤을 어디서 봤는지 떠오른 후 혹시나 해 알아보니 방문객 명단이 보관 중이라고 했다. 보관 기간인 5년이 채 되기 전이라 창고에서 어렵지 않게 찾을 수 있었다.

채윤

기록으로 보아 강욱이 미국으로 떠난 후 몇 번 찾아온 적이 있었다. 강욱에 대해 감정이 극도로 안 좋았던 때라 관련된 모든 일을 제게 보고 하라고 했었고, 그때 여자가 찾아왔다는 말을 들은 기억이 났다.

'나중에 연락 준다고 하고 돌려보내.'

어떻게 할지 묻는 비서에게 그렇게 시켰다. 무슨 관계인지 궁금하지도 않았다. 무슨 관계든 상관없이 강욱에 관련된 거라면 어차피 다 끊어버릴 작정이었으니까.

회사 앞에 우두커니 서 있던 여자를 몇 번 본 것은 그즈음이었을 것이다. 직원 중 누군가를 기다리는 건가 싶어 처음엔 신경 쓰지 않았는데 나중에 봤을 땐 봉긋하게 부른 배가 눈에 들어왔다. 아이를 가진 모양이었다.

그러다 어느날 갑자기 나타나지 않기에 잊고 있었다.

채윤이란 이름만 들었지 직접 만나지는 않았기에 그 임신한 여자가 강욱과 연관 있을 거라고는 생각조차 못 했었다.

"그럼 대체 아이는 어디 있는 걸까."

그때 태어났을 아이를 확인해 봐야 했다. 이러다 갑자기 강욱의 아이라며 데리고 나타나기라도 하면 상속 문제가 복잡해질 수도 있다. 아버지가 강욱의 아이를 모른 체할 리가 없을 테니까.

"근데 강욱의 아이라면 진즉 데리고 쳐들어오지 않았을까? 그럼 결혼이고 뭐고 다 프리 패스감이잖아."

태욱은 골똘한 표정으로 많은 경우의 수들을 떠올렸다.

"근데 아이를 숨겨 놨단 말이지?"

그렇다면 뭔가 이유가 있지 않을까. 강욱의 아이가 나타나면 골치 아파지겠지만 그 여자가 유부녀라면 아주 재미있어질 텐데. 설령 유부녀가 아닌 이혼녀라 해도 얼마든지 이야깃거리를 만들어 낼 수 있다. 그렇게 되면 강욱의 도덕성에 제대로 흠집 내 줄 기회를 얻을지도 몰랐다.

"아무래도 가족 관계부터 확인해 봐야겠어."

태욱이 비열하게 웃으며 전화기를 집어 들었다.

며칠 제대로 잠을 자지 못하자 낮에도 몽롱한 상태가 이어졌다.

성훈과 함께 현장을 나가는 중이던 윤은 신호가 바뀐 것도 모르고 그대로 서 있었다. 통화 중이던 성훈이 이상함을 느끼고 힐끗 쳐다보는 사이 뒤에서 빵빵거리기 시작했다.

"출발 안 해?"

그제야 정신이 든 윤이 재빨리 차를 출발하자 뒤차가 추월하며 욕설을 퍼부었다.

"저 새끼가……."

흥분한 성훈이 맞대응을 하려다 말고 윤을 돌아봤다.

"차 세워. 내가 운전할게."

"괜찮아요. 다 와 가는데 뭐."

힘없이 중얼거리며 운전하는 윤을 지켜보던 성훈이 결국 참지 못하고 물었다.

"너 요즘 왜 그래? 계속 딴생각에 의욕도 없고. 이강욱 씨랑 무슨 일 있어?"

"아뇨."

"아니긴 뭐가 아냐. 너 요새 하루가 멀다 하고 실수 연발에 아주 딴사람 같아. 대체 뭐가 문젠데?"

윤은 굳은 표정으로 앞만 바라보았다. 저도 안다. 요즘 제가 이상한 거.

밤마다 뒤척이느라 제대로 자지도 못하고 통 입맛도 없다. 그러니 몸 상태도 점점 엉망이 되어 가고 있었다.

"괜히 사고 내지 말고 자리 바꿔."

뭐라고 반박할 여지가 없어 차를 도로 한쪽에 세웠다. 조수석으로 옮겨 탄 다음 윤은 잠시 망설이다 입을 열었다.

"자양동 일 끝나면 좀 쉬고 싶어요."

"뭐? 아니. 뭐라고 좀 했다고 덜컥 쉰다고 하면……. 얼마나?"

"정확하게 생각은 안 해 봤어요."

"며칠 쉬는 거면 몰라도 오래 쉬는 건 곤란해. 우리 사무실 너 없으면 삐걱대는 거 잘 알잖아."

"……."

"혹시 힘든 일이라도 있는 거면 언제든 말해. 도와줄 수 있는 건 얼마든지 도와줄 테니까. 그리고 쉬는 문제는 나도 좀 생각해 볼게."

쏟아지는 햇볕이 몹시도 뜨거웠지만 어제보단 덜했다. 그 지독했던 여름의 더위도 한풀 꺾이는 모양이다.

현장에 거의 다다랐을 무렵 강욱에게서 메시지가 도착했다.

[계속 회의의 연속이네. 쳇바퀴를 돌리는 기분이야.]

보름 후면 대표를 뽑는 주주총회가 열린다고 했다. 그래서 요즘 강욱은 얼굴도 보기 어려울 만큼 정신없이 바쁜 상태였다.

[새벽에 일어나 보니 없던데 요즘 뭐 나한테 화난 거 있어?]

[아뇨. 지방에 있는 현장 좀 다녀와야 해서요.]

[무슨 일 있는 거 아니지? 요즘 정신없이 바빠서 제대로 얘기 나눌 시간도 없네.]

"……."

[곧 끝나. 결과가 어떻든 여유가 생길 테니 그때 데이트 실컷 하자.]

[ㅇ]

메시지창에 'ㅇ'자 하나만 찍어 놓고 한참을 망설이다 결국 보내지 않았다. 그날 이후 계속해서 떠오르는 철수 생각에 점점 정신이 피폐해지

424

는 느낌이다.

강욱을 사랑하는 건 여전하지만 그가 원망스럽고 미워지는 마음이 점점 자라나는 게 문제였다. 강욱을 미워한들 돌이킬 수도 없는 일인데 너무 힘들어 쏟아 낼 곳이 필요한 모양이다.

그날 오후.

윤은 아무래도 도움을 받아야 할 것 같은 생각에 잠시 시간을 내 예전에 다니던 상담소를 찾았다. 이대로 가다간 애써 노력한 삶이 엉망이 되어 버릴 것만 같았으니까.

다행히 그때 윤을 담당했던 상담사가 아직 근무 중이었다.

"오랜만이네요. 그동안 어떻게 지내셨어요?"

상담사는 다정하게 웃으며 맞이했다.

"그러잖아도 가끔 윤이 씨가 잘 지내나 궁금했는데."

"저도 제가 잘 지낸다고 생각했는데 그게 아니었었나 봐요."

쓸쓸하게 웃은 윤은 상담사에게 지난 일을 털어놓았다. 강욱을 다시 만나 사랑을 하게 되고 복잡하게 얽힌 그의 가족들을 만나면서 무슨 일이 있었는지를 말하다 보니 제게 굉장히 많은 일이 일어났구나 싶었다.

"그래서 윤이 씨는 어떻게 하고 싶어요?"

"실은 어떻게 해야 하는 건지 잘 모르겠어요."

윤의 대답에 잠시 생각에 잠겼던 상담사가 조심스럽게 입을 열었다.

"그분께 사실대로 털어놓는 건 어때요? 한번쯤은 그런 과정이 필요할 것 같은데."

"……."

"이건 혼자 감당하기 힘든 문제예요. 이 상태로 가다간 서로 오해만 쌓일 테고 원망하는 마음이 커질 거예요. 그러다 과거 때문에 현재를 잃게 될지도 몰라요."

윤은 며칠 전 공원에서의 일을 떠올렸다. 철수가 아빠를 처음 보던 날이었다.

"그 사람, 아이를 갖는 일을 생각해 본 적이 없대요."

그날 강욱이 했던 말들을 전부 기억한다.

"그래서 말하기가 두려워요. 혹시라도, 혹시라도 우리 철수를 달가워하지 않을까 봐……. 떠나 버린 걸 다행으로 여길까 봐 무서워요."

윤은 흐르는 눈물을 훔치며 제 속마음을 털어놓았다. 철수 이야기를 털어놓았을 때 강욱에게서 저와 같은 비통함이 아니라 안도의 눈빛을 조금이라도 보게 되면 못 견딜 것만 같았다. 두렵고 무서웠다. 그를 사랑하는 제 마음이 죄악이 될까 무서웠다.

한바탕 실컷 울고 난 윤은 퉁퉁 부은 눈으로 상담사를 향해 힘없이 웃었다.

"선생님께서 철수를 보내는 연습이 필요하다고 했을 때 말 들을 걸 그랬나 봐요."

"저도 윤이 씨랑 같은 경험이 있는 여자로서 그 마음이 얼마나 찢어지는지 잘 알고 있으니까요. 전 그래도 큰 아이도 있고 많이 챙겨 주는 남편도 있어서 극복할 수 있었지만 윤이 씨는 혼자였잖아요. 지금껏 무너지지 않고 지내 온 것만도 잘한 거예요."

"그럴까요?"

"철수도 엄마가 자기 때문에 이렇게 힘들고 괴로워하는 거 원치 않을 거예요. 그러니까 힘내요."

"이렇게 선생님한테 털어놓고 우니까 그래도 좀 살 것 같네요."

윤의 말에 나이가 지긋한 상담사가 빙그레 웃었다.

"그분, 많이 사랑하세요?"

"저한테는 잊을 수 없는 사람이고 앞으로도 그럴 것 같아요."

"대체 불가능의 존재라 이거죠?"

"아마도요."

"잃는 게 겁이 나는 거면 철수에겐 미안하지만 기억 한편에 잘 묻어 줘요. 과거 때문에 현재를 잃는 건 너무 안타까운 일이잖아요. 저 때문에 엄마 아빠가 헤어지면 철수는 또 얼마나 슬프겠어요."

철수가 슬플 거라는 말에 가슴이 먹먹해졌다.

"그래도 될까요?"

"지금은 윤이 씨만 생각해요. 헤어지지 못하겠으면 잊어요. 그렇게 사랑하며 살다 보면 철수는 윤이 씨에게 다시 찾아올 거예요."

윤은 철수가 다시 찾아올 거라는 말에 가만히 배를 만져 보았다.

"다시 오거든 그때는 놓치지 말고 꼭 잘 품어 줘요."

그래도 될까 철수야. 윤은 묻고 싶었다.

엄마가 널 잠시 잊어도 되는 걸까.

뺨을 타고 소리 없는 눈물이 주르륵 흘러내렸다.

그래서였을까.

윤은 그날 며칠 만에 처음으로 꿈을 꾸지 않았다.

하지만 잠든 윤의 눈에선 눈물이 흐르고 있었다.

등이 축축해 잠이 깼던 강욱은 그게 윤의 눈물이었음을 깨달았다.

요즘 들어 불안해 보이던 윤의 모습이 착각이기를 바랐는데 윤이 잠을 자며 울고 있었다.

"윤아."

강욱은 가라앉은 목소리로 윤을 불렀다.

"대체 뭐가 그렇게 널 슬프게 하는 건데. 왜 그렇게 서럽게 우는 건데."

깨워서 묻고 싶었지만 차마 그러지 못하고 조심스럽게 흐르는 눈물을 닦아 주었다. 윤이 아이처럼 몸을 잔뜩 웅크린 채 흐느끼고 있었다.

– 강욱이랑은 얘기해 봤니?

그날 오후, 홍나희가 전화를 걸어 물었다. 주주총회 때 괜히 형제끼리 대립하지 말고 형에게 양보하라는 말이었다.

"죄송합니다. 그 문제는 제가 끼어들 일이 아닌 것 같아서요."

강욱이 가족들로 인해 얼마나 힘들게 살았는지 전부는 아니더라도 어느 정도는 알고 있다. 병원에 누워 계신 강욱의 어머니도 그렇고 저 또한 가족들 간의 분란으로 인해 강욱을 만날 수 없었고 철수를 잃었다.

– 뭐? 기어이 형제지간에 끊어지는 꼴을 봐야겠다는 거니? 네가 강욱이를 말려도 시원찮은 판에 안 말려?

"전 강욱 씨가 원하면 일부러 반대할 생각 없습니다. 죄송합니다."

– 하, 네가 지금 앞뒤 분간이 가지 않는 모양인데 이렇게 하고 나중에 우리 어떻게 보려고 그러니? 내가 누군지 잊었어?

"……."

– 강욱이가 혹시 대표라도 될까 기대하는 모양인데 그럴 일 없다. 나중에 쫓아와서 울고 빌고 해 봐야 소용없으니까 생각 잘해.

거의 반협박이나 다름없는 통화를 마친 윤은 잠시 망설이다 강욱에게 전화를 걸었다.

– 안녕? 이름 뜬 거 보니까 설레네.

이런 사람들하고 살면서 당신 참 힘들었겠다.

"오늘은 일찍 퇴근 안 할래요? 밥해 주고 싶은데."

돌이킬 수 없는 일로 강욱을 잃고 싶지 않다. 그러니 원래의 삶으로 돌아가기 위해 노력해야 했다. 이 남자를 사랑하니까.

– 좋지. 일 밀렸는데 땡땡이라도 칠까?

"그래요 그럼. 너무 모범생인 남자 매력 없어요."

강욱의 웃음소리가 듣기 좋다.

"강욱 씨 집에 가서 기다릴게."

– 응. 이따 보자. 사랑해.

그래. 이 남자를 사랑하다 보면 언젠가는 상처도 옅어질 거다.

윤은 그렇게 믿고 싶었다.

퇴근길에 약속대로 마트에 들러 장을 봤다.

전골을 끓이기 위해 질 좋은 불고깃감을 고르고 싱싱한 채소도 샀다. 내친김에 강욱이 좋아하는 와인도 담고 후식으로 먹을 아이스크림에 과일까지 골고루 담았다.

제법 무거운 봉투를 낑낑거리며 들고 아파트로 간 윤이 막 도착한 엘리베이터에 탔을 때였다.

모르는 번호로 전화가 걸려왔다.

"여보세요."

– 채윤 씨?

"네, 누구세요?"

– 이태욱입니다. 강욱이 형.

이 사람이 갑자기 어쩐 일일까. 설마 낮의 일을 전해 듣고 따지려는 걸까.

– 지금 좀 만날까요?

"저를요?"

– 꼭 물어보고 싶은 게 있는데.

"……."

– 만나기 싫은 것 같은데 그럼 강욱이를 찾아갈까요? 내가 아주 재미있는 걸 찾아냈거든.

가지 말아야 할 것 같았다. 가서는 안 될 것 같았다. 윤은 머릿속에서 울리는 경고를 들으며 강욱의 집 앞에서 내렸다.

– 아니다. 굳이 얼굴까지 볼 필요는 없을 것 같고 난 행방만 알면 되는 건데.

"행방이라뇨?"

비번을 누르는데 자꾸만 틀렸다. 두 번을 잘못 누르고 나서야 겨우 문이 열렸다.

– ……어딨어요?

"무슨 말씀이신지."

– 그때 태어난 애 말이에요.

현관으로 들어서는데 들고 있던 봉투가 툭 바닥으로 떨어졌다. 와인병이 깨졌는지 붉은 액체가 바닥으로 번졌다.

– 왜 낯이 익나 했더니 그때 본 거였더라고. 우리 회사 앞에 서 있던 임산부, 맞죠?

하얗게 질린 윤의 손아귀에서 떨어진 핸드폰이 바닥에 나뒹굴었다. 떨어지면서 어디에 스피커 버튼이 눌렸는지 태욱의 목소리가 크게 들려왔다.

– 그 애. 지금 어딨어요?

풀썩 주저앉은 윤이 귀를 틀어막았다.

"아냐. 아니라고."

점점 번지는 와인이 마치 핏물 같았다.

"윤아."

현관을 열고 들어오며 윤을 부르던 강욱은 현관에 나뒹구는 식재료가 담긴 봉투를 내려다보았다. 아이스크림이 다 녹아 현관은 엉망이 된 채였다.

– 고객이 전화를 받을 수 없어…….

전화를 걸어 보지만 기계음만 들려올 뿐이었다.

9.

딩동. 딩동.

몇 번이나 벨을 눌러 보지만 인기척이 없다.

어젯밤부터 연락이 되지 않던 윤이 출근도 하지 않았다는 말에 강욱은 하던 일을 멈추고 달려왔다. 아무리 벨을 눌러도 나오지 않자 혹시나 하는 마음에 비밀번호를 누르고 안으로 들어갔다.

무슨 일이 생긴 건 아닐까. 걱정되어 그대로 돌아갈 수는 없었다.

안으로 들어가자 가장 먼저 들어온 건 현관에 팽개치듯 놓인 윤의 신발이었다. 평소에 자주 신던 신이었는데 그야말로 엉망이다.

"윤아."

다급하게 이름을 부르며 안으로 들어가 보지만 윤은 집 안에 없다. 다시 전화를 걸어 보았다.

– 고객님의 전화가…….

또다시 들려오는 기계음에 강욱은 머리를 헝클며 소파에 털썩 주저앉았다.

전화기까지 꺼 두고 대체 어딜 간 걸까. 사무실에서도 모르는 눈치던데.

요즘 며칠 동안 느낌이 이상하긴 했었다. 평소의 윤답지 않게 구는 것도 그렇고 같이 있을 때도 멍한 얼굴로 딴생각에 빠지기 일쑤였다. 그것뿐인가. 잠을 자며 흐느끼던 윤의 모습을 떠올리자 강욱은 걷잡을 수 없는 불안감이 밀려들었다.

"윤아."

이름을 중얼거리는데 구석에 있던 고양이가 천천히 다가오더니 그를 올려다보았다.

야옹.

다른 때 같았으면 잔뜩 경계했을 녀석이 풀이 팍 죽었다.

"너도 걱정스럽냐."

야옹.

대답하듯 울며 그의 발밑에 웅크려 앉는 고양이를 내려다보던 그는 몸을 숙여 쓰다듬었다.

"네 주인은 어디로 간 걸까."

이러고 있으니 같이 버려진 것 같은 묘한 동질감이 느껴졌다.

한참 그렇게 앉아 있던 강욱은 집을 나서기 전 윤이 그러던 것처럼 사료와 물을 챙겨 주었다. 그를 따라 현관까지 나온 고양이가 가지 말라는 듯 또다시 슬픈 울음소리를 냈다.

"이모!"

아빠를 따라 염소에게 줄 풀을 뜯으러 갔던 동희가 환한 얼굴로 뛰어오더니 윤을 향해 클로버 꽃으로 만든 시계를 내밀었다.

"동희가 이모 준다고 열심히 만들었어."

뒤따라오던 형도가 말하자 동희가 작고 앙증맞은 치아를 드러내며 씩 웃었다.

"잘 만들었지?"

나무 그늘에 앉아 산 아래를 내려다보는 중이던 윤은 그런 아이의 머리를 쓰다듬으며 중얼거렸다.

"잘했어. 이모는 우리 동희 없었으면 어쨌을까."

아이를 당겨 꼭 안아 주었다. 종일 뛰어다닌 아이의 몸이 뜨겁다. 흘린 땀 냄새조차 사랑스럽다.

"아이 숨 막혀. 이모 손 내밀어 봐."

윤이 손을 내밀자 동희가 꼼지락거리며 묶어 주었다.

"이건 시계, 이건 반지. 어때 이모. 예뻐?"

"응. 예뻐. 어렸을 때 이모도 참 많이 만들었는데."

"내가 다른 꽃도 따다 줄게."

폴짝폴짝 뛰어 뒤뜰의 아빠에게로 향하는 동희를 보고 있으니 문득 오래전 제 모습이 떠올랐다. 매일 생선을 파느라 시장을 벗어나지 못했던 할머니에게 꽃시계를 만들어다 주면 할머니는 예쁘다며 종일 그걸 차고 계셨다.

밤새 정처 없이 걷다가 새벽 무렵 집에 들어갔을 때 할머니가 보고 싶어졌다. 사춘기 무렵 몇 번 늦게 들어간 적이 있었는데 그때마다 할머니는 나무라는 대신 왔냐, 하시며 밥상을 차려 주셨다.

오늘따라 그 밥상을 차려 주시던 모습이 너무 그리워 참을 수가 없었다. 곁에 계셨더라면 품에 안겨 펑펑 울기라도 했을 텐데.

기어이 새벽 첫차를 타고 이곳을 오고 말았다. 성훈에겐 오는 길에 출근하지 못해 미안하다는 메시지만 한 통 보내 두었다.

'그 애. 지금 어딨어요?'

태욱의 물음에 묻으려던 노력은 결국 수포가 되고 말았다. 발밑으로 번지던 와인 위로 아이가 몸 밖으로 빠져나오던 순간이 덧그려졌다.

악착같이 살아야 해서, 혼자였지만 어떻게든 좋은 엄마가 되고 싶어 노력한 건데 아이는 견디기 힘들었던 모양이다.

'태동이 언제부터 안 느껴졌어요?'

의사의 말에 뭔가가 잘못되었다고 깨닫는 순간 눈에 들어왔던 건 비쩍 마른 몸이었다. 입덧 때문에 뭘 제대로 먹지 못한 데다 혼자이기에 해야 할 일들이 너무 많았다. 6개월이 되었을 때에도 평소의 몸무게밖에 되지 않아 의사는 쉬라고 권유했었다.

처음엔 무섭고 두려웠지만 사랑하지 않은 게 아니었다. 강욱에게 알릴 방법이 없어 혼자 낳아 키우기로 마음먹었을 때 할머니가 외롭지 말라고 보내 준 선물이구나 여겼다.

첫 초음파를 찍어 점 같은 존재를 확인하던 날도, 첫 태동을 느끼던 날도 그 아일 사랑했었다. 좀 더 좋은 환경을 만들어 주고 싶어 아르바이트를 손에서 놓지 못했다. 종일 밖에 있다가 돌아오면 다리가 퉁퉁 부어 그저 눕고만 싶었다. 먹는 건 뒷전이었다.

네가 떠나 버린 건 그래서였을까.

아무런 움직임도 느껴지지 않는 배를 더듬으며 제발 움직여 보라고 애원했다.

아이가 죽은 지 며칠 된 것 같다며 위험해지기 전에 아이를 낳아야 한다고 했다. 수술 가능한 시기가 지나 버려 강제로 꺼내는 게 아니라 낳아야 한다고 했다. 보호자를 데려오라는 말에 생각나는 사람이 형도네 부부뿐이라 연락을 하고 하염없이 병원 복도에 앉아 있었다.

'윤아. 이 불쌍한 것.'

그 먼곳에서 한달음에 달려와 경임이 안아 주었을 때 윤은 허망한 눈으로 물었다.

'언니…… 아니지?'

하지만 분만유도제를 맞고 그날 낳은 아이는 숨을 쉬지 않았다. 겨우한 주먹밖에 안 되는 작은 아이를 젖 한 번 물려 보지 못한 채 화장장으로 보내야 했다.

너무 작아 600g도 채 되지 않았던 내 아이…….

"윤아."

부르는 소리에 돌아보니 언제 왔는지 경임이 내려다보며 서 있다.

"울고 싶으면 울어."

끌어안는 경임의 배에 얼굴을 묻은 채 윤은 소리 내 울었다. 그런 윤의 등을 어루만지며 경임이 속삭였다.

"가슴의 응어리 다 없어질 때까지 실컷 울어."

어느새 경임의 눈가도 촉촉하게 젖어 있었다.

- 고객님의 전화기가 꺼져…….

"하, 요거 봐라?"

들려오는 기계음에 태욱이 기가 막힌 듯 코웃음을 쳤다.

"날 지금 피한다 이거지?"

어제 저녁 통화를 하다 전화가 끊긴 후로 윤과 연락이 되지 않는다. 맹랑한 계집이 일부러 그의 연락을 피하는 게 틀림없었다.

윤의 행동으로 보아 강욱의 아이는 아닌 게 분명하다. 그랬더라면 숨을 게 아니라 당당하게 나왔겠지. 그걸 들킨 게 당황스러워 숨은 거다.

생각이 거기에 미친 태욱의 입꼬리가 휘었다.

"딴 남자 애를 낳았단 말이지……."

이 재미있는 걸 언제쯤 터트려야 강욱이 제대로 한 방 먹을까? 행복한 고민을 하던 태욱이 갑자기 인상을 구겼다.

"설마 이 새끼 모르고 속고 있는 거 아냐?"

그럴 가능성도 아예 없는 건 아니지만 뭐 상관없다. 그렇게 잘난 척해 댄 녀석이 여자한테 뒤통수 맞으면 어떤 얼굴을 할지 궁금하기도 했다.

"어디 미끼나 슬쩍 던져 볼까."

느긋하게 앉아 있던 의자를 당겨 강욱의 비서에게 전화를 걸었다.

"강욱이 사무실에 있어?"

– 아까 개인적인 일이 있으시다고 외부에 나가셨는데요.

개인적인 일? 설마 일하다 말고 그 여자 만나러 나간 건가.

"어디 갔는지는 모르고?"

– 무슨 일인지는 모르겠는데 오전 내내 기분이 안 좋아 보이셨어요. 어디다 자꾸 전화를 거시던데 안 받나 봐요.

"알았어. 들어오면 연락해."

전화를 끊은 태욱이 한심하다는 듯 고개를 저으며 중얼거렸다.

"이 새끼 이거 단단히 빠졌구만."

사랑엔 약도 없다더니 이 시국에 여자 뒤꽁무니나 졸졸 따라다니는 강욱을 보니 그 말이 딱인 듯했다.

이틀이 지났다.

윤의 전화기는 여전히 꺼져 있다.

막바지 준비로 정신없는 팀원들과 늦은 저녁을 먹고 가게를 나왔을 때 시간은 10시가 훌쩍 지나 있었다.

강욱은 담배를 입에 물었다. 한동안 끊었던 담배에 요즘 다시 손을 대고 말았다.

깊은 숨과 함께 내뱉은 연기가 밤하늘로 사라졌다. 빨갛게 타오르는 불덩이 사이로 며칠째 보지 못한 윤의 얼굴이 그려졌다가 연기와 함께 사라졌다.

"저희 먼저 들어가 보겠습니다."

김 실장이 다가와 인사를 건네자 강욱이 담배를 끄며 봉투 하나를 내밀었다.

"한동안 고생할 테니 오늘 마음껏 마셔 두라고 해요."

"본부장님은 같이 안 가십니까?"

"난 갈 데가 있으니까 신경 쓰지 말아요."

사람들을 먼저 보낸 후 강욱은 대리기사를 불렀다. 그러곤 윤의 오피스텔 주소를 일러 주었다.

뒷좌석에 앉아 차창을 내렸다. 밀려들어 오는 바람에도 답답함이 가시지 않아 넥타이를 풀었다.

'잘 있으니 걱정은 하지 말라고 했습니다. 말 나온 김에 나도 좀 알아야겠습니다. 대체 무슨 일인데 윤이 일까지 쉬겠다고 합니까?'

연락이 왔느냐고 물었더니 성훈이 화를 냈다. 윤이 잠시 일을 쉬고 싶다고 했단다.

불과 얼마 전까지만 해도 제게 웃어 주던 윤이었다. 며칠 전 저녁을 해 주겠다더니 그대로 사라져 버렸다.

윤이 제게 왜 그렇게 화가 난 건지 짐작조차 가지 않는다. 제가 혹시 실수한 게 있나 아무리 되짚어 봐도 모르겠다.

잠시 눈을 감고 생각에 잠겼던 강욱은 핸드폰을 꺼내 사진첩을 뒤적였다. 전에 부산에 함께 갔을 때 요트에서 찍은 사진을 보고 있으려니 그 날의 감정이 생생하게 되살아나는 듯했다.

윤을 향한 제 마음의 실체가 뭔지 온전하게 깨달았던 그날. 누군가를 사랑하는 게 이렇게 힘든 일이라는 걸 알긴 했을까.

윤에게 전화를 걸었다.

음성 메시지로 넘어간 전화에 대고 중얼거렸다.

"윤아……. 보고 싶다."

윤이 보고 싶었다.

문을 열고 들어서자 후다닥 움직임이 느껴졌다.

불을 켜기도 전에 달려온 고양이가 그의 다리에 몸을 비비적거렸다.

야옹.

며칠 밥 좀 챙겨 줬다고 살갑게 구는 녀석을 보니 좀 어이가 없다. 제 주인이 있을 땐 그렇게 경계하더니 이제 믿을 건 나뿐이라 이건가. 아니 지. 집을 비울 때 녀석을 챙겨 주는 사람이 이 건물에 산다고 했으니 유 일한 사람은 아니겠네.

"속 보여 인마."

그러면서도 강욱은 오랜 시간 혼자 있었을 녀석의 물과 밥을 채워 주 었다. 사람이 그리운 건지 옆에서 떠나지 않는 녀석을 보니 좀 안쓰럽다 는 생각이 들었다.

소파에 앉아 툭툭 옆을 두드리자 다가와 앉는다.

"널 그렇게 아끼던 네 주인은 어디 간 걸까."

설마 산장에 간 걸까.

강욱은 고양이를 쓰다듬으며 물었다.

"곧 주말인데 같이 찾으러 갈래?"

야옹.

알아듣기라도 한 것처럼 녀석이 꼬리를 흔들더니 발라당 드러누워 그에게 항복을 선언했다.

취기가 밀려오는지 눈이 감겼다.

쓰러지듯 누우며 쿠션을 끌어안자 희미하게 윤의 체취가 풍겼다.

"윤아."

불러도 대답은 없었다.

버스가 터미널에 도착한 건 11시가 넘어서였다.

근처 식당에서 우동 한 그릇으로 늦은 저녁을 해결한 윤은 아직 끊기지 않은 버스를 타고 집으로 향했다.

산장에 머물면서 계속 어떻게 해야 좋을지를 생각했다. 이대로 평생 끌어안고 살 자신이 있을까. 스스로에게 묻고 또 물었다.

그리고 내린 결론은, 아무래도 묻고 살 수는 없을 것 같았다.

평생 혼자서 감당할 자신이 없다. 속으로 썩어 들어간 상처가 곪아 터지듯 언젠가는 견디지 못하고 터져 버릴 게 분명했다.

이번 주를 마지막으로 자양동 집 공사도 끝이다. 다음 주면 주주총회가 열릴 것이고 곧 모든 게 정리가 될 거다.

그런 다음 강욱에게 가까운 곳으로 바람 쐬러 가자고 해야겠다.

D day는 그날.

윤은 착잡한 심정으로 버스에서 내려 집으로 향했다.

집으로 들어서던 윤이 현관에 놓인 구두를 발견하는 우뚝 멈췄다.

"……."

나란히 그 옆으로 신발을 벗어 두고 집 안으로 들어가자 소파에서 잠든 강욱이 보였다. 주방의 불이 켜져 있는 걸 보니 저를 기다렸던 것일까. 싫다더니 고양이 밥과 물도 챙겨 준 모양이다.

옆에서 자는 걸 보니 꼬미가 그새 강욱과 친해졌나 보다. 발가락을 물었다며 화를 내던 게 엊그제인데.

윤은 바닥에 쪼그려 앉은 다음 강욱을 바라보았다.

잠든 모습을 보고 있으니 이상하게 목이 멘다.

세상에 못 가질 게 없는 남자가 저를 기다리느라 이런 좁은 집 좁은 소파에서 웅크린 채 자는 모습에 가슴이 아려 왔다.

손을 뻗어 강욱의 뺨을 만져 보았다.

곤히 자는 걸 깨울 생각은 아니었는데 손끝에 와 닿는 온기에 자꾸만 욕심이 생겨 얼굴을 더듬었다.

그가 눈도 채 뜨지 못한 채 윤의 손을 꽉 붙잡았다. 잠에 취한 흐릿한 눈동자가 윤을 향했다.

"……."

"미안. 깼어요?"

손을 빼려 했지만 그는 놓지 않았다.

"너……."

화가 났을까. 그래, 화가 났을 거다. 나였어도 그랬을 테니까.

"연락 못 해서 미안. 내가 잘못했어."

"핸드폰은."

"잊어버리고 놔두고 갔어."

말도 안 되는 변명을 늘어놓고 싶지 않아 거짓말을 선택했다.

"너, 진짜 사람 돌게 하는 재주 있어."

화와 안도가 교묘히 뒤섞인 목소리였다. 그래서 더 미안해지게 만드는.

"나 기다렸어요?"

"어."

"어제도 왔었어요?"

"어."

"내일도 오려고 했어요?"

확인하고 싶어 계속 묻는 윤을 끌어당겨 안으며 강욱이 속삭였다.

"돌아올 때까지 내일도 모레도 계속 오려고 했어."

"바보."

"……."

"멍충이."

애꿎은 원망을 하는 그녀의 머리카락에 입을 맞추며 그가 중얼거렸다.

"돌아왔으니까 됐어."

더 이상 바라지 않는다는 듯 그가 속삭였다.

"그럼 된 거야."

그의 품에 안겨 있으니 지금껏 쉬어지던 숨이 전부 거짓이었던 것처럼 느껴졌다.

서류를 가져다주러 들어가 보니 강욱이 콧노래를 흥얼거리고 있었다.

난생처음 보는 광경에 오 비서의 입이 벌어졌다.

"아, 커피 한 잔 부탁해요."

책상에 서류를 내려놓고 돌아서던 오 비서가 웃으며 물었다.

"무슨 좋은 일이라도 있으신가 봐요."

"그래 보입니까?"

"네. 기분 좋아 보이세요."

요즘 계속 저기압 상태로 괜히 눈치가 보였던 터라 강욱의 이런 모습이 반가웠다. 부탁한 커피를 가지러 나가는데 강욱이 부르는 소리가 들렸다.

"꽃바구니 하나만 보내 줘요."

"꽃바구니요?"

"원하우징 채윤 대리에게 특별히 신경 써서 예쁜 거로 보내요."

"네. 따로 전하실 말씀은요?"

"직접 연락할 테니까 꽃만 보내요."

"알겠습니다."

문을 닫고 나오는데 또다시 콧노래가 들려온다.

"뭐가 저렇게 좋은 거야."

고개를 갸웃거린 오 비서는 화원에 연락해서 꽃 배달을 주문한 다음 재빨리 태욱에게도 알렸다. 그러자 득달같이 전화가 걸려왔다.

스파이 노릇 하기 참 힘들다.

"얼른 그만두든가 해야지 원."

오 비서는 태욱에게서 걸려온 전화를 받기 위해 조용히 자리에서 일어섰다.

"여기 사인 좀 해 주세요."

남자는 막 현장에 나가려던 윤에게 커다란 꽃바구니를 내밀었다.

"오오오. 누가 보낸 거야? 이강욱 씨?"

성훈이 다가오더니 이리저리 살피며 물었다.

"엄청 신경 써서 보냈네. 둘이 화해한 거야?"

"싸운 적 없어요."

"없기는……. 하나는 말도 없이 사라졌지 하나는 찾으러 다니지. 믿을 걸 믿으라고 해."

핀잔을 준 성훈이 꽃향기를 맡더니 중얼거렸다.

"진경이한테도 하나 보내 줄까."

느닷없이 아내가 생각난 듯 성훈이 재빨리 핸드폰을 들여다보기 시작했다. 그 모습에 윤이 소리 없이 웃으며 꽃향기를 맡아 보았다.

밤새 사랑을 나누고 이른 아침 집을 나서기 전 꼭 안아 주던 강욱이 떠올랐다.

'다녀올게.'

매번 헤어질 때마다 하던 인사 대신 다녀온다는 말을 하던 강욱의 모습이 오랫동안 잊혀지지 않을 듯했다.

그렇게 누군가의 사람이 되고 사랑이 되어 가는 걸까. 우리는 이 사랑을 지켜 낼 수 있는 것일까.

그윽한 향기에 취해 있는데 강욱에게서 전화가 걸려왔다.

– 마음에 들어?

"갑자기 웬 꽃이에요?"

– 그냥. 너 웃는 거 보고 싶어서.

"……."

– 윤아.

"응."

– 우리 같이 살까?

갑작스러운 말에 당황한 윤의 입술이 다물어지질 않았다.

– 아침에 오면서 같이 살고 싶다는 생각이 들더라. 퇴근해서 집에 가면 네가 있어서 같이 저녁을 먹고 잠을 자고. 그러고 싶어졌어.

"……."

– 알다시피 복잡한 내 가정사에 널 끌어들이고 싶지 않아. 감당하기 버겁다는 널 내 곁에 두는 게 혹시 욕심은 아닐까 그런 생각이 들 때도 있지만 늘 너랑 함께였으면 좋겠어.

"강욱 씨."

그 사람들이 찾아와 제게 무슨 부탁을 했는지 강욱은 알고 있을까. 부탁이 아니라 협박이었지. 그중에 태욱은 생각하기도 싫을 만큼 최악이었다. 그로 인해 강욱과 헤어질 생각까지 했는데 그런 사람들과 가족이 될 자신이 없었다.

"나중에 얘기해요."

— 나중에?

"주말에. 그래. 주말에요."

아직은 넘어야 할 산이 남아 있다. 우리의, 우리 아이에 관한 이야기가.

"그때도 괜찮다면 같이 살아요."

꽃잎을 세게 쥐자 장미의 빨간 물이 손끝에 스며드는 것만 같았다.

"그러니까 지금 나더러 이강욱을 회유하라…… 이겁니까?"

태욱이 잔뜩 날선 눈으로 맞은편의 황 이사를 노려보더니 손에 든 젓가락을 탁 소리가 나게 내려놓았다. 측근 몇몇과 회의를 겸한 점심을 먹던 자리였다.

"제 말뜻은……."

"이강욱이 넘어올 것 같았으면 저렇게 주제도 모르고 날뛰도록 놔뒀겠습니까?"

말을 하면서도 짜증이 솟구쳤다. 가뜩이나 아버지인 이 회장의 지분 절반이 강욱에게 넘어갔다는 소식에 혈압이 올라 죽겠는데 황 이사까지 기름을 붓고 있다.

태욱은 애써 숨을 고르며 식탁에 앉은 사람들을 빙 둘러보았다.

"솔직히 내가 당신들 괜히 그 자리에 앉혔습니까?"

그중 몇 사람은 진즉에 자리에서 쫓겨났어야 하는 사람도 있다. 직책을 하나씩 쥐여 줬더니 툭하면 제 배 불릴 생각을 하지 않나 회사 이미지 실추시키는 스캔들을 일으키지 않나. 그걸 다 눈감아 주고 여기까지 데려온 건 지금을 위해서였다.

아버지가 물러난 자리에 제가 앉기 위해서. 그룹의 우두머리가 되려고 말이다.

"그럼 무슨 뾰족한 수 있습니까?"

황 이사가 작정이라도 한 듯 물었다.

"아직 못 들으신 모양인데 대성의 오 사장도 그렇고 김승현도 그렇고 다들 본부장 편에 서기로 했습니다."

"오 사장이라뇨? 거긴 강욱이랑."

태욱이 뜨악한 표정으로 말을 중단했다.

그 딸을 보기 좋게 걷어찼으니 척을 지고 제 편에 서야 정상인 관계였다. 당연히 그렇게 될 거라 여겼는데 강욱에게 무슨 대단한 약점이라도 잡힌 걸까.

"본부장이 만나는 주주마다 다들 돌아서는 추셉니다. 약점을 잡았거나 주주들을 설득했거나 어쨌든 중요한 건 이대로 가다간 본부장에게 부사장님이 밀릴지도 모른다는 겁니다."

황 이사의 말에 사람들이 동요하듯 서로를 바라보았다. 균열이 생기는 게 빤히 보였다.

"제가 오 사장을 한번 만나 보죠."

입맛이 뚝 떨어져 냅킨으로 입을 닦던 태욱이 단속하듯 사람들을 하나하나 돌아보며 입을 열었다.

"혹여라도 이강욱한테 붙을 생각일랑 하지 말죠. 도덕적으로 매장당할 놈을 모시고 싶지 않으면 말입니다."

"도덕적으로라뇨?"

쏟아지는 사람들의 미심쩍어하는 시선에 태욱의 입이 제멋대로 지껄이고 말았다. 어쨌든 더 이상 주주들이 강욱에게 넘어가는 꼴을 볼 수는 없었다.

"그 자식. 가정파괴범이라는 제보를 듣고 조사 중입니다."

의문을 제기하는 건 당연한 거다. 아니라는 걸 증명하는 건 강욱이 하면 될 일이었다.

강욱이 한 통의 전화를 받은 건 막 퇴근 준비를 하려던 때였다.

상대의 얘기를 듣고 있던 강욱이 인상을 찌푸리며 물었다.

"그건 대체 누구 입에서 나온 말입니까?"

들려오는 태욱의 이름에 강욱이 짜증 섞인 한숨을 내쉬며 전화를 끊었다.

"가정파괴범?"

아무리 물어뜯고 할퀴는 게 지금의 현실이라지만 좀 그럴싸한 얘기라도 만들어 내든가. 한심한 죄목 앞에 강욱이 고개를 저었다.

무시하고 넘어갈까 하다가 아무래도 쓸데없이 입을 놀리는 것에 대한 경고라도 해야 할 것 같았다. 그러지 않으면 말도 안 되는 허무맹랑한 얘기가 사실처럼 떠돌아다닐 게 뻔했다.

사무실을 나와 태욱에게로 가는데 마침 복도에서 맞닥뜨렸다. 태욱은 잔뜩 화난 얼굴로 걸어오다 강욱을 발견하고는 표정을 일그러뜨렸다.

"잠깐 얘기 좀 하지."

"나도 지금 너한테 가던 중이었어."

"잘됐네."

사람들을 의식한 태욱이 잇새로 중얼거리며 따라오라는 고갯짓을 했다.

먼저 사무실로 들어간 태욱이 휙 돌아서며 물었다.

"대체 오 사장을 뭐로 구워삶은 거야?"

"딜을 했을 뿐이지."

"딜 같은 소리 하네. 뭐야. 대체 무슨 꼬투리를 잡았기에 딸 망신 준 놈을 밀어주겠다는 건데? 날 아주 한심한 놈으로 보더라? 씨발. 눈깔을 확 후벼 버리는 건데."

화가 잔뜩 난 태욱이 옆에 있던 서류를 책상에 팽개치며 씩씩거렸다.

"너야말로 무슨 소리를 지껄이고 다니는 건데?"

"내가 뭘? 아아……. 혹시 어떤 인간이 그새 일러바치던? 근데 뭐 내가 없는 소리를 한 것도 아니잖아?"

태욱이 넥타이를 헐겁게 하며 비열하게 웃었다.

"이렇게 된 거 나도 확실히 좀 알자. 그 애, 네 새끼 아니잖아. 아냐?"

"……애?"

무슨 말인지 모르겠는 강욱이 미간을 찡그리며 되물었다.

"애라니 무슨 소리야?"

강욱의 물음에 태욱이 콧방귀를 꼈다.

"하, 이 새끼 잡아떼는 것 좀 보게. 몰라서 물어?"

어이가 없다는 듯 강욱을 아래위로 훑어본 태욱이 비아냥거렸다. 그러더니 난데없이 이해한다는 듯 고개를 끄덕였다.

"하긴. 그런 여자 만난다고 하면 좀 쪽팔리긴 할 거야."

"말조심해."

"왜? 감싸 주시게? 애 버리고 온 여자한테 환장할 만큼 너 여자 궁하냐?"

"말조심하랬지."

강욱이 참지 못하고 태욱의 멱살을 쥐었다.

"애를 버려? 제대로 알지도 못하면서 터진 입이라고 함부로 말하지 마. 네가 막 대해도 되는 그런 여자 아냐."

"워워. 진정하라고."

태욱은 며칠 전 전화를 걸었을 때 윤의 반응에 강욱의 애가 아니라고 확신했다. 사람을 시켜 알아본 가족 관계는 더 황당했다.

결혼은커녕 아이를 낳은 적도 없었다. 그럼 대체 그 배 속에 들어 있던 애는 어디로 갔을까? 잘못 봤나 싶었지만 하필 그때 강욱을 찾아온 것도 그렇고 그 여자가 놀라는 것도 그렇고 아무리 생각해 봐도 아이를 가진 게 맞았다.

그러니 답은 둘뿐이다.

애를 아비란 작자에게 줘 버렸거나, 버렸거나.

"그럼 애는 어쨌는데."

태욱이 확신에 찬 목소리로 다시 물었다.

"버린 게 아니라면 전남편한테 줘 버린 거야? 너랑 어떻게 잘해 볼 수 있을 것 같으니까 꼬셔 보려고?"

"그런 적 없다잖아. 왜 도대체 말도 안 되는 소리를 지껄……."

"그 여자 애 가진 걸 내가 봤거든."

"뭐?"

"배부른 걸 내가 봤어. 이 두 눈으로 똑똑히 봤다고 이 새끼야."

"진짜 임신을…… 했었다고?"

멱살을 잡고 있던 손을 떨쳐 내며 태욱이 한심하다는 듯 쳐다봤다.

"너 미국 갔을 때 회사로 몇 번이나 찾아왔던 것도 확인했고 그즈음에 배가 불렀던 것도 내가 직접 봤어. 그게 네 애라면 왜 안 데려올까?"

충격으로 아무 말도 하지 못하는 강욱의 뺨을 톡톡 두드리며 말을 이었다.

"그래도 모르겠어? 네 새끼인 줄 알고 찾아왔는데 낳고 보니 딴 놈 애였던 거지. 그래서 안 데려오는 거야. 아니, 못 데려오는 거지."

"……."

"표정을 보아하니 너도 몰랐던 것 같은데 정신 차려."

하지만 강욱의 귀엔 아무것도 들어오지 않았다. 윤이 그때 저를 찾아왔다는 말만, 아이를 가졌었다는 말만 도돌이표처럼 머릿속에서 반복

될 뿐이었다. 갑자기 얼마 전 공원에서 윤이 묻던 말이 떠올랐다.

'세상 어딘가에 강욱 씨가 모르는 아이가 존재한다면요?'

그래서였나. 그래서 그렇게 고민 있는 얼굴로 끙끙 앓았던 걸까.

"애 어쨌냐고 물었더니 연락 두절하고 잠수 타더라. 그런 여우 같은 년한테 놀아나서 다 퍼 주지 말고 정신 차려."

"그걸 그 여자한테 물었어?"

반쯤 넋이 나간 채 물었다.

"당연한 거 아냐? 덜컥 애라도 데리고 나타나 봐. 유전자 검사네 뭐네 하다 보면 스캔들에 휘말릴 테고 너나 우리 집안 꼴이 뭐가…… 윽!"

신이 나 떠들어 대던 태욱이 일그러진 얼굴로 배를 움켜잡더니 고꾸라졌다.

현관에 녹아 있던 아이스크림, 엉망으로 젖어 있던 윤의 운동화, 계속해서 전화를 받지 않던 윤이 차례로 떠올랐다. 조심스레 제 얼굴을 어루만지던 손끝이 아직도 닿아 있는 것처럼 생생했다.

'문제가 생기면 반드시 알려 줄게요.'

산장에서 윤이 그렇게 약속했었다. 미국에 떠난 후 찾아왔던 거라면…… 아이를 가졌던 거라면…… 혼자 아이를 낳은 거라면…….

차마 상상하고 싶지 않은 일들이 계속해서 꼬리를 물고 머릿속을 헤집었다.

이성이 툭 끊어지는 소리가 들리는 것만 같았다. 같이 살자는 말에 나중에 얘기하자던 윤의 쓸쓸한 목소리가 귓가에 메아리쳤다.

넘어진 태욱을 일으켜 세워 멱살을 잡았다. 그런 강욱의 눈빛이 초점을 잃고 흔들렸다.

"미친 새끼. 왜 때리고 지랄인데!"

억울한 듯 고함치는 태욱에게 강욱은 있는 힘껏 다시 주먹을 날렸다.

"네가 뭔데, 네가 뭔데 그 여자한테 그런 걸 물어!"

이성을 잃은 강욱은 태욱의 목을 손으로 틀어쥐며 으르렁거렸다.

"그 여자한테 무슨 일이라도 생기면 너부터 죽여 버릴 거야."

"가, 강욱아."

제정신이 아닌 것 같은 강욱의 모습에 그제야 덜컥 겁이 난 태욱이 뒷걸음을 치며 이름을 불렀다.

"내가 설명할게. 말 좀 들어……."

한참 만에 그런 태욱을 패대기치듯 놓은 강욱은 무서운 표정으로 사무실을 빠져나갔다.

"왜 저래, 저 자식."

배신감이 너무 컸나. 태욱은 졸린 목을 문지르며 안도의 숨을 내쉬었다.

"휴, 진짜 죽는 줄 알았네."

그러면서도 혹시나 강욱이 다시 돌아오지 않을까 싶어 힐끗 문을 쳐다보았다.

집까지 어떻게 왔는지 모르겠다.

정신을 차려 보니 주차장이다.

손으로 얼굴을 문지르며 마음을 진정시키려 애를 써 보지만 소용이 없다. 얼굴을 감싼 손이 파르르 떨리고 있었다.

"설마, 아닐 거야."

애써 혼잣말을 중얼거려 보지만 한편에선 윤이 했던 말과 행동들이 자꾸만 곱씹어졌다.

'너 미국 갔을 때 회사로 몇 번이나 찾아왔던 것도 확인했고 그즈음에 배가 불렀던 것도 내가 직접 봤어.'

태욱이 다른 사람과 착각했을지도 모르지만 어쨌든 확인을 해야 했다. 그저 말도 안 되는 해프닝으로 끝나길 바라며.

차에서 내려 집으로 올라가는 동안 억지로 웃는 연습을 했다. 이태욱의 농간에 괜히 관계만 어색해지진 않을까 싶어 차라리 묻지 말까 하는 생각도 들었다.

판도라의 상자를 눈앞에 둔 기분이었다.

윤의 아이⋯⋯. 내 아이⋯⋯.

잔뜩 어지러워진 마음으로 집 안에 들어서는데 현관에서부터 맛있는 냄새가 풍겼다. 늘 외롭던 집에 사람 사는 온기가 스며 있었다.

윤의 신발 옆에 제 신발을 벗어 두고 들어가자 앞치마를 두른 채 주방에서 나오는 윤이 보였다.

"일찍 왔네요?"

수척해진 윤의 얼굴이 눈에 들어왔다. 불과 며칠 사이 달라진 눈빛과 표정. 아무것도 묻지 말아야 한다는 경고가 계속 머리에서 울리고 있었지만 확인해야 했다.

"강욱 씨?"

이름을 불러도 대답 없는 강욱이 뭔가 이상했는지 윤의 얼굴에서 웃음기가 점점 지워져 갔다. 그가 뭘 물으려는 건지 짐작이라도 한 걸까. 윤의 표정에 괴로움이 서서히 번지고 있었다.

"윤아."

제 목소리가 낯설다.

"······윤아."

뭐라고 물어야 하는 거니.

"윤아······."

세 번째 이름을 불렀을 때 윤의 손에 들려 있던 조리 도구가 툭 하고 바닥으로 떨어졌다.

하얗게 눈이 내렸던 산장. 그곳에서의 닷새. 긴 이별.

제가 들은 게 사실이어선 안 된다. 그 긴 이별 중간에 무슨 일이 일어났던 건지 알고 싶지 않았다. 하지만 윤의 파리해진 얼굴이, 꼭 쥐어진 양 주먹이, 억지로 참느라 핏발 선 눈동자가 묻지도 않은 말에 답을 하고 있었다.

"······아니지?"

그냥 아니라고 해. 뭐가 됐든 아니라고 해. 가까이 다가가지도, 그렇다고 멀어지지도 못한 채 거실 입구에 선 채 다시 물었다.

"아닌 거지?"

침묵이 주위를 에워쌌다. 그 어색하고 무거운 공기에 숨이 막혔다.

"내가 지금 무슨 생각을 하는 거야."

윤의 허물어지는 표정에 번뜩 정신이 돌아온 강욱이 마른세수를 하며 중얼거렸다.

그럴 일이 없다는 거 누구보다 제가 잘 안다. 설령 제게 아이가 있었다면 윤이 지금껏 알리지 않았을 리가 없다. 연락이 닿지 않았을 땐 그럴 수 있다 쳐도 적어도 다시 만났을 때엔 알려 줬을 것이다.

"윤아."

이름을 부르며 다가가자 윤이 뒷걸음을 쳤다. 그 모습은 마치 다가오지 말라는 것처럼 보였다. 그게 싫어 좀 더 다가섰지만 윤이 물러서는 바람에 거리는 여전히 그대로였다.

"미안. 해결할 일이 너무 많아서 정신이 어떻게 됐었는가 봐."

그걸 변명이랍시고 늘어놓으며 어색하게 웃어 보지만 이내 그 웃음이 굳어졌다.

"그때 아이가 생겼어요."

"⋯⋯뭐?"

누군가가 커다란 망치로 뒤통수를 얻어맞은 듯한 충격이 휘몰아쳤다. 애써 버티는 게 역력해 보이는 윤의 눈에서 눈물이 걷잡을 수 없이 흐르고 있었다.

"남자아이였어."

눈앞이 아득해지는 느낌에 강욱은 질끈 눈을 감고 말았다.

'너 미국 갔을 때 회사로 몇 번이나 찾아왔던 것도 확인했고 그즈음에 배가 불렀던 것도 내가 봤어.'

태욱의 말이 사실이었다니.

들으면서도 믿기지가 않았다. 말도 안 돼. 말도 안 돼⋯⋯.

"아이는."

목소리를 쥐어짜며 억지로 입을 열었다.

"어딨어?"

한 번도 보지 못한, 상상조차 하지 못했던 아이를 떠올리자 가슴이 미어졌다. 누굴 닮았을까. 윤일까. 저일까. 그해에 태어났으면 벌써 네 살인 건가. 강욱은 먹먹해지는 마음에 울음이 터질 것만 같았다.

동시에 두려움이 밀려왔다. 그 아이는 대체 어디 있는 것일까.

"우리 아이."

"⋯⋯없어."

없어? 나 지금 벌받으라고 일부러 그러는 거지? 너 혼자 힘들게 한 거 벌받게 하려고 이러는 거지? 입을 뻥긋거렸지만, 말이 되어 나오질 않았다.

"못 봐, 우리 아이."

"못…… 봐?"

"그래, 못 봐. 볼 수 없어."

금방이라도 허물어질 것 같은 윤이 벌게진 눈으로 같은 말만 반복해 중얼거렸다.

못 본다는 말에 이성을 잃은 강욱이 성큼성큼 다가가 윤의 어깨를 꽉 붙들었다. 세상에 있는 줄도 몰랐던 아이가 있다는 걸 알게 됨과 동시에 못 본다는 말은 두 배의 충격으로 다가왔다.

정신을 차릴 수가 없었다.

"어딨어."

"……."

"어딨냐고!"

저도 모르게 윤을 흔들며 고함을 치고 말았다.

그런 강욱을 윤이 느리게 올려다보았다. 핏물이 고인 듯 벌건 눈으로 윤이 웃었다. 아니, 우는 거였다. 부들부들 떨리는 입꼬리가 너무 안쓰러워 안아 줘야 했지만 강욱은 멍하니 보기만 했다.

"우리 철수……."

'이름이 뭐예요?'

'……철수.'

'그쪽이 철수면 난 뭐 영희인가.'

'영희보다 순이가 더 어울려.'

산장에서 나누던 대화가 솟구치듯 떠오르더니 날카로운 창이 되어 그의 가슴을 푹 찔렀다.

"죽었어요."

분명 배가 불렀다고 했는데……. 아이를 낳았다고 했는데…….

강욱은 믿기지 않는 듯 간절한 눈으로 윤을 바라보았다. 하지만 윤은 시선을 맞추지 않은 채 허망하게 중얼거릴 뿐이었다.

"그래서 볼 수 없는 거야. 한 줌도 안 되는 그 아일 당신을 데려갔던 그 공원에 뿌려 줬으니까."

무릎이 푹 꺾였다. 윤을 붙들고 있던 손이 주르륵 흘러내렸다.

주저앉은 강욱의 머리 위로 윤의 울음 섞인 목소리가 들렸다.

"미안해, 강욱 씨. 지켜 내지 못해서."

마룻바닥 위로 엎드린 강욱의 입술 사이로 비명에 가까운 울음이 쏟아져 나왔다. 새끼를 잃은 수컷의 허망한 울음이었다.

얼마쯤 지났을까.

윤은 두르고 있던 앞치마를 벗어 식탁 의자에 걸어 두고 끓고 있던 찌개의 불을 껐다.

손으로 눈물 자국을 지우고 주방을 정리한 다음 짐을 챙기더니 현관으로 향했다.

현관 앞에서 걸음을 멈춘 윤이 돌아보지도 않은 채 말했다.

"그거 알아요?"

윤의 목소리가 쓸쓸했다.

"생각날 때마다 그 벤치에 한참씩 앉아 있곤 했는데 하필 이 집에서 그곳이 잘 보이더라고요. 참 신기하죠?"

"……."

"나, 그동안 많이 힘들었어요. 그래서 강욱 씨가 만나자고 했을 때 자양동 집 완성되는 날 멋지게 차고 떠날 생각이었어. 힘들었던 거 조금이라도 복수해 보려고."

윤의 허무한 웃음소리가 들렸다.

"하긴. 그걸 복수라고 하기도 우습다. 나중엔 당신이 이 사실을 알고 아플까 봐 걱정돼서 말하기 싫어져 버렸어. 근데 이젠 그런 고민할 필요도 없어져 버렸네."

"……."

"조금만 울고 잊어요. 강욱 씨에겐 반가운 아이가 아니었을 테니까 계속 기억해 달라고는 안 할게."

문을 열고 나서는 윤을 붙잡아야 했지만 몸이 말을 듣지 않았다. 멍하니 선 채 가는 걸 보고만 있었다.

가슴에 커다란 구멍이 뚫린 것만 같았다. 그 구멍으로 찬 바람이 휘몰아치는지 마음이 허전했다. 아니, 허전하다는 말로는 설명할 수 없는 끔찍한 느낌이었다.

한 번 본 적도 없는 아이인데 이런 상실감이라니…….

"그런 거 아냐."

중얼거린 강욱은 비틀거리며 욕실로 향했다.

정신을 차려야 했다. 정신을 차리고 윤을 만나 얘기해야 했다. 싫은 게 아니라고. 싫었던 게 아니라고. 달려오는 내내 어딘가에서 잘 지내고 있기를 바랐었다고. 그저 내가 미워 일부러 숨겨 둔 거라 믿고 싶었다고 말해 줘야만 했다.

그래서 더 비통한 거라고.

쏴아아.

샤워기 물을 틀고 그 아래에 섰다. 옷도 벗지 않은 강욱의 몸 위로 차가운 물이 쉴 새 없이 쏟아졌다. 물인지 눈물인지 모를 물줄기 아래에서 강욱은 오랫동안 나올 수가 없었다.

미지근한 바람이 강을 따라 불어왔다.

자정이 가까운 늦은 시간이지만 공원엔 아직도 사람들이 제법 많다.

아까부터 벤치에 앉아 있던 강욱은 지난번 윤이 그러던 것처럼 사람들이 움직이는 모습을 보고 있었다. 돗자리를 펴고 앉아 두런두런 얘기를 나누는 사람들과 땀을 흘리며 농구를 하는 사람들.

양지바른 좋은 곳에 묻어 주지 왜 이런 곳을 선택했을까. 오는 내내 윤의 마음이 궁금했었다.

와서 한참을 앉아 있으니 조금은 알 것도 같았다. 지난번엔 보이지 않던 것들이 이제야 보였다.

나들이를 나온 사람들의 웃음소리와 뛰어노는 아이들. 그걸 보고 있노라면 적어도 외롭지는 않겠구나 하는 생각이 들었다.

멍하니 앉아 있던 강욱이 뭔가가 그제야 생각난 듯 옆에 놓인 비닐봉지를 열었다. 안에는 과자며 우유, 음료수를 비롯해 여러 가지가 들어 있었다.

오는 길에 마트에 들러 사 온 것들을 하나둘 꺼내 벤치에 올렸다.

딸기우유에 빨대를 꽂아 올려놓은 다음 바나나우유에도 빨대를 꽂았다. 초코우유 흰우유까지 그 옆으로 줄줄이 놓였다.

"미안. 내가 너무 늦게 왔지."

입을 열자 목구멍이 턱 막히는 것 같았다.

"뭘 좋아하는지 몰라서 주인아저씨한테 물어봤는데 아저씨도 잘 모르더라."

아이들마다 입맛이 달라 뭘 추천해야 할지 모르겠다는 말에 그냥 종류별로 하나씩 담아 왔다. 우유에 이어 빵과 초콜릿, 과자를 조금씩 뜯어 차례대로 놓아 주었다. 금세 놓을 자리가 부족해졌다.

강욱은 어디에 시선을 둬야 할지 몰라 발끝을 바라보았다.

"먹어 봐."

네 살이면 한창 이것저것 먹는 거 좋아할 나이라는데 이렇게밖에 해 줄 수 없는 게 한심스럽다. 뭘 좋아하는지도 몰라 무턱대고 늘어놓는 제가 한심하기 그지없다.

제 새끼 입맛도 모르는 게 무슨 아빠라고 여길 찾아온 것인지. 참 염치도 없구나 싶었다.

샤워기 아래에서 그렇게 울다 왔는데도 아직 눈물이 남았는지 울컥하는 감정과 함께 눈물이 차올랐다.

"맞다. 애들은 이런 것도 좋아한다며."

애써 감정을 추스른 강욱은 봉지 안에서 주인아저씨가 추천해 준 비눗방울 놀이를 꺼냈다. 긴 막대처럼 생긴 플라스틱병을 열어 팔을 움직이자 몽글몽글한 커다란 비눗방울들이 만들어졌다.

"어때. 예쁘지?"

몇 번을 움직이던 팔이 툭 하고 떨어졌다.

"……."

이게 다 무슨 소용인가 싶었다. 이걸 쫓아다니며 터트릴 애가 있는 것도 아닌데. 백날 이래 봐야 살아 돌아올 것도 아닌데.

감정이 북받친 강욱이 들고 있던 것을 쏟아 버리려다 멈칫했다.

생전 처음 아들과 놀아 주려고 찾아온 건데 이러고 가 버리면 애가 얼마나 슬플까. 보이진 않더라도 어딘가에서 좋아하고 있을지도 모르는데…….

"미안. 내가 놀아 주는 법을 아직 잘 몰라."

이를 악문 강욱은 비눗방울을 마저 만들었다. 자리에서 일어나 팔을 흔들자 크고 작은 비눗방울들이 바람을 타고 멀리멀리 날아갔다.

그러다 보니 어느덧 비눗물이 바닥이 나 있었다.

아쉬워하면 어쩌나 싶어서 달래 본다.

"나중엔 더 큰 거 사 올게."

벤치에 놓인 것들을 가만히 쳐다보다 딸기우유를 집어 한 모금 마셔

보았다.

그 달콤한 맛에 문득 예전 어렸을 때의 제 모습이 떠올랐다. 흰 우유
는 절대 안 먹겠다며 투정을 부리는 제게 어머니는 늘 딸기우유를 줬었
다.

"날 닮았으면…… 너도 딸기우유 좋아하겠구나."

목소리가 파르르 떨리더니 기어이 무너져 내리고 만다. 여기서는, 아
이 앞에선 울고 싶지 않았는데 걷잡을 수 없는 눈물이 쏟아져 내렸다.

"미안."

한 번도 아이를 갖겠다는 생각을 해 본 적은 없지만 네가 생겼다는 걸
알았더라면 싫어하지는 않았을 거야. 아빠가 되는 게 조금 두렵긴 했을
테지만 절대 마다하진 않았을 거야. 진심이야.

"미안해, 철수야."

몸을 숙인 강욱의 어깨가 가늘게 떨렸다. 먹다 만 딸기우유가 그의 바
지 위로 흘러내렸다.

아이와의 첫 밤이 깊어 가고 있었다.

새벽 무렵이 되어서야 벤치에서 일어선 강욱은 윤의 집으로 차를 몰
았다.

어제 그렇게 보내는 게 아니었는데 계속해서 후회가 밀려오고 있었
다.

딩동. 딩동.

몇 번이나 벨을 눌러 보지만 인기척이 없다. 기다리다 안 되겠어서 비
밀번호를 눌렀는데 자꾸 오류가 뜬다. 번호를 바꾼 모양이었다.

"윤아. 윤아."

문을 두드리며 이름을 부르자 시끄러웠는지 다른 집 문이 벌컥 열리
더니 조용하라고 소리쳤다. 그리되도록 나오지 않는 걸 보면 윤이 집에

없는 듯했다.

또 어딜 간 걸까.

이번엔 전화기를 꺼 두지는 않았지만 받지 않는다. 답답해진 강욱이 머리를 헝클이며 벽에 기대었다.

"윤아."

중얼거린 이름이 힘없이 흩어졌다.

점점 날이 밝아 오고 있었다.

무슨 정신으로 여기까지 운전을 한 건지 모르겠다.

출근하지 않았다는 말에 걱정이 되어 김 실장이 전화를 했을 때는 이미 톨게이트를 빠져나오는 중이었다.

"미안합니다. 오늘 일정은 전부 취소해 줘요."

— 무슨 일 있으신 겁니까? 오늘 만날 사람들이 많은데…….

주총을 코앞에 두고 일정을 펑크 내는 게 얼마나 큰일인지 안다. 하지만 오늘은 어떤 일도 손에 잡히지 않을 것 같았다.

"나중에 올라가서 연락하죠."

산장으로 가는 길이다.

윤을 기다리다 이른 아침이 되었을 때 무턱대고 이곳으로 향했다.

아무래도 이곳에 가면 뭔가 알 수 있지 않을까. 처음부터 저를 탐탁지 않아 하던 산장 부부의 모습이 떠올랐다. 괜히 그랬을 리는 없고 그들은 분명 윤의 이야기를 알고 있을 듯했다.

국도 휴게소에 들러 기름을 넣고 잠시 화장실에 들렀던 그는 거울 속에 비친 제 모습을 한심하게 바라보았다.

밤이슬을 맞아 입고 있는 옷이며 수염이 거뭇거뭇하게 자란 얼굴도 엉망이다.

"폐인이 따로 없네."

대충 세수를 한 다음 다시 산장으로 출발했다.

산길을 오르다 차가 빠질 것을 대비해 적당히 차를 돌릴 수 있는 곳에 세워 둔 다음 걸어 올라갔다. 더운 날씨에 숨이 턱까지 차올랐다.

걸어 올라간 지 한참이 지나서야 겨우 산장이 보였다. 흙먼지를 뒤집어쓴 구두에 후줄근한 옷차림, 가뜩이나 엉망이던 꼴은 눈 뜨고 봐 주기 힘들 정도였다.

"어서 오세……."

문을 열고 들어가자 인사를 하며 나오던 경임이 강욱을 발견하고는 눈이 커졌다. 그 커진 눈으로 강욱을 아래위로 훑던 경임은 그러다 정신이 든 듯 시원한 물을 가져와 내밀며 물었다.

"여기까진 어쩐 일이세요."

"윤이 여기 안 왔습니까."

"아뇨. 우선 좀 앉으세요."

자리에 앉아 물을 마시는 강욱을 가만히 바라보던 경임이 한숨을 푹 내쉬더니 맞은편에 앉았다.

윤이 연락도 없이 다녀간 게 불과 며칠 전이다. 와서 펑펑 울던 윤의 모습에 무슨 일이 있구나 싶었는데 이번엔 강욱이 나타난 것이다.

"둘이 무슨 일 있죠?"

"……."

"저번에 선봤다더니 윤이 놔두고 다른 여자랑 잘해 보려고 그래요?"

"그런 거 아닙니다."

"그럼 뭐예요? 가뜩이나 불쌍한 애 왜 이렇게 속을 썩이는 건데요. 애가 아주 얼굴이 형편없던데."

"언제 왔었습니까?"

"……며칠 전에요."

뒤뜰에서 일하던 형도가 주방으로 들어오다 강욱을 발견하고는 굳은 표정으로 와 앉았다. 따질 게 많은 얼굴이다.

"윤이 내 동생 같은 애입니다. 오빠로서 하는 말인데 당신 윤이 울릴 자격 없는 사람이에요. 그쪽 때문에 윤이 대체 얼마나 더 속을 썩여야 합니까?"

"여보."

화난 남편을 달래는 경임의 목소리가 나직했다.

"처음부터 맘에 안 들었어. 당신도 알잖아."

투덜거리던 형도가 다음 순간 강욱의 입에서 흘러나오는 이름 하나에 말을 멈췄다.

"철수……."

"!"

"때문입니까."

두 부부의 눈이 튀어나올 것처럼 커져 그를 향했다. 잠시 말문이 막혀 보기만 하더니 묻는다.

"알고 있어요?"

혹시나 했었다. 이 부부는 철수에 대해 전부 알고 있지 않을까. 그동안 윤을 가족처럼 보듬어 왔으면 다 알고 있지 않을까.

"윤이가 말했어요?"

"……."

"아니지. 걔가 다 말했으면 그쪽이 여기까지 오지도 않았겠죠."

"윤이, 어땠습니까."

경임이 난감한 얼굴로 남편을 바라보았다. 어디서부터 어디까지 말을 해야 하나 고민하는 듯했다.

"어차피 이렇게 된 거 다 알려 드려."

바라보는 눈빛이 곱지 않다.

"윤이가 얼마나 힘들었는지 이 사람도 다 알아야지."

형도가 착잡한 얼굴로 자리에서 일어난 후 경임은 긴 한숨을 내쉬며 창밖을 물끄러미 바라보았다.

"어디서부터 말해 줄까요."

그 긴 이야기의 시작점을 찾는 경임의 얼굴에도 슬픔이 깃들었다.

"한창 봄이 시작될 무렵이었어요. 진달래가 여기저기서 피고 있었으니까."

경임이 기억을 더듬었다.

"오랜만에 윤이 왔는데 얼굴이 아주 형편없더라고요. 몸도 비쩍 말랐고. 어디 아픈 줄 알고 저나 남편이나 깜짝 놀랐는데 그날 밥해 주면서 아이 가진 걸 알았어요. 모를 수가 없었어요. 입덧이 너무 심해 아무것도 먹지를 못했으니까."

"……."

"무섭다고 했어요. 결혼도 안 한 젊은 아가씨가 덜컥 애를 가졌으니 안 무서우면 그게 이상하죠. 더군다나 애 아빠라는 사람은 연락도 안 되지. 근데 대체 어딜 갔던 거예요? 회사에 그렇게 찾아가도 만날 수 있기는커녕 연락도 안 해 주고."

경임이 원망스러운 듯 바라보았다.

"회사라뇨?"

"그때 왜 명함 주고 갔다면서요. 윤이가 몇 번이나 찾아갔었는지 몰라요. 아이가 그렇게 되기 전까지 앞에 가서 기다리고 그랬던 것 같은데."

문득 찾아온 것도 확인했고 기다리는 것도 봤다던 태욱의 말이 떠올랐다. 몇 번이나 회사로 찾아왔었으면 한 번쯤은 제게 얘기가 전해졌을 법도 한데 어떻게 된 것일까. 강욱의 표정이 어두워졌다.

"솔직히 전 안 낳았으면 했어요. 아빠도 없는 애를, 그것도 윤이 혼자서 어떻게 낳아 키워요. 근데 낳겠다더라고요. 할머니 돌아가시고 피붙이도 없던 윤이한텐 그애가 남달랐나 봐요."

경임이 목이 타는지 얘기 중간에 앞에 놓인 물을 마셨다.

"졸업반이라 어쩔 수 없이 학교에 다니긴 했는데 엄청 힘들어했어요. 배는 불러 오지 아이 낳아 키우려면 돈도 모아야지. 그 몸으로 아르바이트까지 하러 다니는데 볼 때마다 안쓰러워 죽을 뻔했어요. 한번은 한밤중에 전화하더니 할머니가 구워 주던 생선구이가 먹고 싶다고……. 가까운 곳에 있었으면 데려다 비슷한 흉내라도 내 만들어 줬을 텐데 그러지도 못하고 얼마나 맘이 아팠나 몰라요."

얘기를 듣는 내내 강욱은 차라리 땅으로 꺼져 버렸으면 하는 생각이 들었다. 윤이 그렇게 사는 줄도 모르고 저 혼자 세상의 모든 근심을 다 짊어진 것처럼 굴었다. 그때 윤을 찾을 생각을 했더라면. 그랬더라면…….

"철수라는 태명을 가진 배 속의 아이를 누구보다 더 사랑했어요. 그래서 우리도 기왕 그렇게 된 거 건강한 아이 낳아 행복하게 살길 바랐죠. 아이가 그렇게 될 거라고는 상상도 못 했었으니까."

경임은 그날을 떠올리기 힘든지 지그시 눈을 감았다. 한참 침묵하던 경임이 한숨과 함께 말을 이었다.

"6개월이 좀 넘었을 때였는데 난데없이 병원이라면서 전화가 걸려왔어요. 보호자가 필요하니까 좀 와 달라고."

"……."

"큰일이 났구나 싶어 하던 일을 멈추고 한달음에 달려갔더니 윤이 넋이 나간 채 앉아 있더라고요. 의사한테 듣고서야 알았어요. 아이가 배 속에서 죽은 지 며칠 된 것 같다고. 산모까지 위험해지기 전에 빨리 꺼내야 할 것 같다고."

순식간에 차오른 눈물을 꾹 참으며 강욱은 이를 악물었다. 이미 잘못되었다는 것을 알고 있으면서도 그날의 이야기를 들으니 충격이 몰려왔다.

"마취하고 수술할 줄 알았는데 시기가 너무 지나서 아이를 낳아야 한다고 그랬어요."

경임의 목소리가 바르르 떨리더니 기어이 눈물을 훔쳤다.

"입원 준비를 하고 아이를 나오게 하는 주사를 맞았는데 정말 너무 힘들어하더라고요. 그 심정을 남자들은 죽었다 깨어나도 모를 거예요. 정말이지 벽을 긁으며 아파할 정도였으니까."

"……."

"저녁때가 다 되어서 아이를 낳았는데…… 윤이 그걸 봤어요. 차라리 안 봤으면 했는데 식은땀 범벅이 되어서 아이를 찾더라고요. 숨도 쉬지 않는 아이를……. 벌써 죽은 지 며칠이나 되었다는 아이를 안고 윤이 정말 서럽게 울었어요."

한 번만 눈 좀 떠 보라며, 숨 좀 쉬어 보라며 윤은 통곡했다. 그때의 모습이 눈앞에 그려지듯 떠올라 경임이 말을 멈추고 흐느꼈다. 강욱은 핏발이 잔뜩 선 눈으로 창밖을 바라보고 있었다.

"윤은…… 어땠습니까."

"어땠을 것 같아요?"

경임이 원망스러운 듯 물었다.

"제정신일 리가 없잖아요. 6개월이나 품고 있었는데 불과 며칠 전까지 태동을 느끼던 아이를 잃었는데 제정신인 게 더 이상하죠."

힐난하듯 대답한 경임이 낮게 한숨을 내쉬며 말을 이었다.

"오죽했으면 우리가 심리 상담이라도 받아 보라고 끌고 갔겠어요. 그렇게라도 안 하면 무슨 일이 생길까 봐 우리도 무서웠어요. 밤마다 자다 깨서 울지, 밥을 먹다가도 울지. 철수라는 이름이 나올 때마다 아주 가슴이 철렁하더라고요. 하필 태명도 흔해 빠진 이름 철수라고 짓는 바람에……."

문득 지난번 윤이 자면서 울던 일이 떠올랐다. 설마 아직도 못 잊고 있는 걸까. 그래서 그렇게 괴로워하는 걸까.

"당신 정말 윤이한테 싹싹 빌고 잘해야 해. 안 그러면 진짜 천벌받아요."

경임의 말에 강욱은 이미 천벌을 받는 중이라고 생각했다. 그러지 않으면 이런 찢어질 듯한 감정에 괴로워하지 않을 테니까. 보지 않았던 장면들이 눈앞에 생생하게 그려져 괴롭게 하지는 않을 테니까……

"빌면, 받아 줄까요?"

강욱의 물음에 경임은 아무 말도 하지 못했다. 윤의 마음은 아무도 알 수 없었으니까.

저녁 무렵.

한 남자가 헐레벌떡 술집 안으로 들어오더니 누군가를 찾아 두리번거렸다. 아직 초저녁인데도 가게 안은 사람들로 붐볐다. 그가 찾는 강욱은 한쪽 구석에 앉아 있었다.

"미안. 일찍 나오려고 했는데 위급한 산모가 하나 들어와서."

맞은편 자리에 앉은 일영은 목이 탄 듯 물을 벌컥벌컥 마시더니 그제야 살 것 같은 얼굴로 강욱을 쳐다봤다.

"너 들어왔단 얘기는 진즉 들었는데 바쁜 거 같아서 연락 안 했다. 아니 안 한 게 아니라 못한 거지. 갑자기 어쩐 일이야?"

조금 취해 보이는 강욱의 모습에 일영이 표정을 찡그리며 물었다.

"무슨 일 있어?"

"……마셔."

"하, 이 자식. 사람 무섭게 왜 이래."

강욱이 따라 준 잔을 비운 일영이 심상치 않은 분위기를 감지한 듯 한동안 조용히 술을 주고받았다.

"뭔데 그래."

취기가 적당히 오르자 더는 못 참겠다는 듯 물었다.

"뭐가 그렇게 괴로워서 다 죽어 가는 얼굴이야?"

"일영아."

"어. 말해."

"……입덧하는 여자들은 뭘 먹어야 사냐."

"입덧?"

참 뜬금없다. 고통에 찌든 눈으로 고작 묻는 게 입덧이라니.

"난 또 뭐라고. 너, 사고 쳤냐?"

눈을 크게 뜬 일영이 헛웃음을 터트렸다.

"집안 세력 싸움으로 여자 만날 새도 없어 보이더니만 그래도 할 건 다 하나 보네. 근데 얼굴이 왜 그 모양이야. 설마 생각지도 않았는데 생긴 거야?"

"그냥 묻는 말에나 대답해. 입덧하면 뭘 먹어야 하는 거냐고."

"……어?"

강욱의 분위기가 심상치 않자 일영은 곧 진지한 얼굴로 대답했다.

"입덧 심하면 아무것도 못 먹어. 물도 못 마시는 산모 꽤 많아."

"……물도?"

"어. 보통은 18주 정도면 완화되긴 하는데 막달까지 하는 산모도 있어. 케이스마다 다 달라. 왜 입덧이 심해?"

"……."

조명이 어둑한데도 붉어지는 눈이 선명하게 보였다. 아무래도 제 짐작이 틀린 모양이다. 고개를 떨군 채 술을 마시는 강욱의 모습에 일영은 작게 한숨을 내쉬며 이름을 불렀다.

"강욱아."

"미안한데, 아기가 배 속에서 크는 것 좀 알려 줄래. 물어볼 사람이 너밖에 없어서 그래. 미안하다."

술잔을 움켜쥔 강욱의 손가락에 잔뜩 힘이 실려 있었다. 일영은 앞에 놓인 잔을 단숨에 비운 다음 강욱을 물끄러미 응시했다.

"보통 6주 정도면 아기집이 보이는 건 물론이고 심장 소리가 들려. 손과 발도 생기지."

주변은 온통 신이 나 떠들어 대는 사람들뿐이었다. 그런 사람들 가운에 두 사람만 착잡한 얼굴로 앉아 있었다.

"8주가 넘어가면 아기나 산모나 많은 변화가 생기기 시작해. 열심히 목소리 들려 줘 가며 태교도 해야 하고 잘 챙겨 먹여야 하고."

금방이라도 무너져 내릴 것 같은 강욱의 얼굴을 보니 이걸 계속 말해야 하는 건가 잠깐 망설여졌다. 잠시 말을 멈추자 강욱이 힘겹게 재촉했다.

"그다음은."

"휴우……. 5개월쯤 접어들면 아이는 엄마의 감정을 고스란히 느끼게돼. 산모는 배가 나오고 가슴이 커지면서 아이의 태동을 느끼기 시작하지. 영양이 부족해질 수 있으니까 철분제도 챙겨 먹여야 하고 신경 많이써 줘야 해."

"6개월엔…… 어떻게 생겼는데."

"그때쯤 되면 움직임이 엄청 활발해질 거야. 머리카락도 짙어지고 눈썹도 생기고. X선을 찍으면 뼈대도 보여."

강욱이 테이블에 기대더니 괴로운 듯 머리를 손으로 감쌌다.

"괜찮아?"

강욱이 진득한 울음이 밴 목소리로 겨우 물었다.

"그때쯤이면 아이는 얼마나 컸을까."

"……600g쯤."

"그런 아이를 잃으면……. 그런 아이를 지켜 주지 못하면……."

강욱이 울고 있었다. 친구로 지내온 십수 년 동안 한 번도 보지 못했던 강욱의 눈물에 일영은 차마 뭐라고 위로해야 좋을지 몰라 망설였다. 산모들이 아이를 잃는 걸 봐 왔지만 그것과는 또 다른 감정이 들었다. 게다가 6개월이 넘어 아이를 잃는다는 게 얼마나 힘든 일인지를 안다.

몸도 마음도 전부 황폐해질 테니까.

"잘 보살펴 줘. 너도 힘들겠지만 산모만큼 힘든 사람은 없으니까."

그럴 기회라도 있으면 좋으련만 이미 때가 늦어 버렸다. 윤은 혼자서 그 힘든 시간을 감당해 왔고 지금도 아파하고 있었다.

"뭐라고 빌어야 용서를 할까."

손가락 사이로 눈물이 계속해서 쏟아졌다. 흐르는 음악은 달콤하기 그지없는데 몸과 마음은 엉망진창이었다.

늦은 저녁. 강욱은 정 여사의 병실에 앉아 있다.

일영과 헤어지고 보니 딱히 갈 곳이 떠오르지 않았다. 윤에게 달려가고 싶었지만 차마 이런 꼴로 얼굴을 볼 수가 없어 길을 헤매다 이곳으로 온 것이다.

"어머니."

정 여사의 손을 가만히 쥐어 보았다.

태어난 지 얼마 되지도 않은 저를 아버지에게 보냈던 어머니의 마음이 얼마나 찢어졌을까. 이제야 조금은 이해가 될 것도 같았다.

따뜻한 체온이 느껴지자 또다시 울컥해진다.

"아이가…… 있었대요. 어머니 손주가요."

어머니가 아셨더라면 분명 좋아하셨을 거다. 아마 윤에게도 좋은 어머니가 돼 주셨을 거다. 그랬더라면 이렇게 누워 계시지 않을지도 모르고.

"손가락 발가락도 다 생겼다는데…… 하는 말도 다 알아먹는다는데……. 그걸 이제야 알았어요. 등신같이."

강욱의 입술 끝이 바들바들 떨렸다. 감정을 제어하는 기관에 문제라도 생겼는지 입만 열면 울음부터 쏟아진다.

"저, 이제 어떡해요 어머니."

정 여사의 손등 위로 굵은 눈물방울이 떨어졌다.

"뭐라고 용서를 빌어요, 어머니."

괜찮을 거라고 등을 두드려 줬으면 좋겠다. 다 괜찮을 거라고. 침대에 엎드린 강욱의 어깨가 격렬하게 떨렸다.

"말해 줘요. 대체 내가 어떻게 해야 하는지 말해 줘. 엄마. 엄마⋯⋯."

가슴을 쥐어뜯는 울부짖음에도 엄마는 그저 침묵할 뿐이었다.

"엄마⋯⋯."

서러운 울음만이 병실을 가득 채우고 있었다.

똑똑.

문을 두드리는 소리에 눈을 뜬 강욱이 마른세수를 하며 차창을 내렸다.

"여기서 뭐 하시는 겁니까?"

성훈이 못마땅한 얼굴로 묻고 있었다.

강욱은 그제야 윤의 사무실 앞 도로에 차를 세운 채 잠들어 있는 걸 깨달았다. 시간은 어느덧 9시가 훌쩍 지나 있었다.

"아우. 술 냄새. 설마 그 지경이 되도록 마시고 여기까지 차 끌고 온 건 아니죠?"

"대리 불렀을 겁니다."

"그나마 다행이네요."

강욱을 쓱 훑어보던 성훈이 따라오라는 고갯짓을 하며 물었다.

"아직 해장도 못 한 것 같은데 시원한 거라도 한잔하고 갈래요?"

예전 같았으면 건축주와의 관계 때문이라도 최선을 다해 부드럽게 대했을 테지만 요즘 강욱에게 불만이 많다. 윤이 기어이 사직서를 냈기 때문이다.

차에서 내리는 강욱을 뒤로하고 먼저 사무실로 올라간 성훈은 냉장고를 열어 칡즙을 꺼냈다. 두 봉지를 뜯어 잔을 가득 채운 다음 강욱에게 가져다주었다.

"마셔요."

잔을 받아 든 강욱이 사무실을 둘러보았다. 윤을 찾는 모양이다.

"바로 현장에 갔을 거예요. 이번 달까지만 나올 거라 마무리해야 할 일이 많거든요."

"이번 달까지라뇨?"

"여기 그만두는 거…… 모르셨어요?"

한심한 눈으로 강욱을 바라본 성훈이 맞은편에 앉으며 입을 열었다.

"나는 제삼자라 어지간하면 끼어들고 싶지 않았는데요. 이강욱 씨도 그렇고 다들 너무하는 거 아닙니까?"

"다들?"

강욱이 되물으며 이마를 찡그렸다.

"내가 일부러 본 건 아닌데 저번에 요 앞까지 찾아왔던 거 이강욱 씨 어머니 아닙니까?"

어머니라는 말에 흐리멍덩하던 강욱의 눈빛이 순식간에 매서워졌다.

"확실합니까?"

"저번에 자양동 현장에 어떤 여자가 찾아왔었다고 할 때도 혹시나 했었는데 그때 보니까 확실해지데요. 윤이가 뭘 거절했는지 막 화를 내던데 결혼도 안 한 애를 그렇게 잡아도 되는 겁니까?"

"……."

"성격 좋고 예뻐서 윤이 며느릿감으로 탐내는 사람 수두룩했어요. 그런 애를 덥석 채 가더니 울리긴 왜 울립니까?"

471

갑자기 윤이 그만둔다고 하는 바람에 이만저만 난감해진 게 아니다. 그렇다고 윤의 요즘 모습을 보고 무작정 붙들어 놓을 수만도 없으니 강욱을 향한 눈길이 고울 리도 없다.

"착한 애예요. 울리지 말고 잘 좀 합시다."

볼멘소리로 중얼거리는 성훈의 모습에 강욱이 힘없이 웃으며 중얼거렸다.

"나도 그러고 싶네요."

정말이지 간절하게 원하는 바였다.

그날 오후.

굳은 표정의 강욱이 태욱의 사무실로 들이닥쳤다.

자리에 앉아 통화 중이던 태욱이 눈치를 보더니 전화를 끊었다.

"이따 전화할게. 넌 뭐야. 예고도 없이 남의 사무실에 쳐들어와."

그날 강욱과 헤어지고 결근까지 했다는 말에 뭔가 좀 찜찜한 기분이 들었던 태욱은 슬쩍 꼬리를 내렸다.

"아팠냐? 얼굴이 왜 그 모양이야."

"나한테 할 말 없어?"

강욱이 무표정한 얼굴로 물었다. 차라리 화를 내면 좋으련만 저런 감정 없는 얼굴로 물으니 괜히 더 찔린다.

"내가 뭘 어쨌다고 갑자기 이러냐."

"할 말 없냐고 묻잖아."

"차라리 뭘 묻고 대답하라고 해. 미친 새끼 똥폼은……."

투덜거리는 태욱에게 성큼성큼 다가온 강욱이 손을 뻗더니 목을 움켜쥐었다. 갑자기 당한 상황에 미처 대응하지 못한 태욱이 얼굴이 시뻘겋게 변해 캑캑거렸다.

숨이 막혀 죽을 지경인데 목을 누르는 강욱의 표정은 하나도 변함이 없다. 이러다 정말 죽이는 건 아닐까. 태욱은 그제야 더럭 겁이 나 발버둥을 치기 시작했다. 책상 아래로 발이 쭉 밀렸다.

"야, 으…… 놔……."

금방이라도 숨이 끊어질 것만 같아 태욱은 강욱의 팔을 할퀴었다. 한참 몸부림을 치고서야 겨우 강욱에게서 벗어난 태욱이 숨을 몰아쉬며 뒤로 물러섰다.

"미, 미쳤어? 왜 이래 너."

"몰라서 물어?"

30년 넘게 쌍둥이로 커 오며 싸우기도 참 많이 싸웠다. 오죽했으면 강욱을 이기겠다고 태욱은 태권도를 배우고 검도를 배웠다. 그래 봐야 다 헛일이었지만.

태욱은 목을 문지르며 강욱을 향해 외쳤다.

"말로 해 이 미친 새끼야."

"그 여자 왜 막았어."

"막긴 뭘 막았다고 그래."

"채윤! 그 여자가 몇 번이나 날 찾아왔었다며. 근데 그걸 네가 왜 막았냐고. 네가 뭔데!"

강욱의 고함에 태욱이 움찔하더니 눈을 부라렸다.

"네가 한 짓은 생각 안 해? 그때 네가 주저앉힌 내 코뼈는! 그래. 괘씸해서 그랬어. 너 엿 먹어 봐라, 그런 마음으로 연락 죄다 끊어 놨어. 그게 뭐. 그게 뭐 어때서."

생각 같아선 미국에서 영영 못 들어오게 했으면 싶었지만 버젓이 들어왔고, 아버지 뒤를 물려받겠다며 싸우는 처지다. 그것뿐인가. 연락도 끊어 놨는데 그 계집을 또 만나지 않았던가.

"지금 그깟 일로 사람을 죽이려고 덤벼? 너 이거 그냥 안 넘어갈 거야."

목에 난 작은 생채기를 어루만지며 태욱이 기세등등하게 외쳤다.

"이참에 아주 자근자근 밟아 버릴 테니까……."

"너 때문에 내 애가 죽었어."

"애는 무슨. 뭐?"

목을 문지르던 손길이 그대로 멈췄다. 애가 죽어? 잘못 들은 게 아닌가 싶었지만 태욱은 강욱의 살벌한 표정에 차마 되묻지 못했다.

"그럼 그때……."

태욱이 뒷걸음쳤다. 하지만 이내 벽에 가로막히자 벽에 바짝 붙어 옆으로 가며 떨리는 목소리로 강욱을 불렀다.

"가, 강욱아."

"네가 중간에서 그러지만 않았어도 그렇게 허망하게 보내지는 않았을 거야. 네가 그렇게 만든 거라고."

"아냐. 난 몰랐어. 진짜야. 모르고 그런 거야. 알았으면 설마 그랬겠어?"

핑계를 대 보지만 소용없을 듯했다. 이럴 줄 알았으면 그 여자 얘기는 꺼내지 않는 건데. 뒤늦은 후회가 밀려왔지만 이미 늦은 후였다.

"강욱아. 정신 차리고 말로 해. 강욱아!"

점점 다가오는 강욱의 모습에 애원하던 태욱이 질끈 눈을 감자 바로 옆으로 화병이 부딪혀 박살이 났다. 꽃과 화병 조각이 사방으로 날아가고 물이 튀었다. 그 요란한 파열음에 다리에 힘이 풀려 주저앉을 것만 같았다.

태욱의 시선이 강욱의 손으로 향하더니 휘둥그레졌다. 화병이 깨지면서 다친 건지 손을 타고 붉은 피가 뚝뚝 흘러내리고 있었다. 금세 바닥이 흥건해졌다.

"너 손……."

강욱은 개의치 않은 듯 서늘한 어조로 경고했다.

"그동안 형제로 산 정을 생각해서 얼굴에 안 던진 거다. 더 이상 그 여자 앞에 얼쩡거리지 마. 진짜 죽여 버리기 전에."

강욱이 밖으로 나간 후 태욱은 허옇게 질린 얼굴로 책상에 기대어 숨을 몰아쉬었다. 하마터면 제 얼굴로 저 묵직한 병이 날아들었을 걸 생각하니 끔찍했다.

"아, 맞다. 엄마."

강욱이 제대로 돌아 버린 것 같다고 홍 여사에게 알려야 했다.

전화를 걸자 곧 홍나희의 목소리가 들렸다

"엄마. 강욱이 새끼 엄마 찾아갈지도 모르니까 조심해. 그 새끼 아주 미쳤다고."

머리를 쓸어넘기는 손이 아직도 충격이 가시지 않았는지 부들부들 떨리고 있었다.

모든 공사가 끝난 집은 조용했다.

혹시나 마무리 덜 된 곳은 없나 이곳저곳을 꼼꼼하게 살핀 다음 윤은 거실로 내려와 바닥에 털썩 주저앉았다.

높은 층고 덕분에 시원한 개방감을 자랑하는 거실로 환한 햇살이 쏟아져 들어왔다.

"필름 시공을 할 걸 그랬나."

햇살이 너무 환해 잠시 눈을 감았던 윤은 묘한 감정이 마음 한구석에서부터 무럭무럭 자라고 있음을 깨달았다.

"……."

이 집은 강욱을 위해 지은 집인 동시에 저를 위한 집이기도 했다.

철수를 품고 있을 때 태교 삼아 많은 인테리어 잡지를 보며 가끔 살고 싶은 집을 그리곤 했다.

정원이 한눈에 보이는 넓은 거실과 항상 가족들과 함께할 수 있는 대면형 주방. 오롯이 사생활이 보호될 침실. 창이 둥근 아이 방과 계단이 숨겨진 비밀의 작은 다락방. 거기에 높은 천장에 달 조명까지 정하며 시간을 보내다 보면 훌쩍 밤중이 되곤 했다.

강욱이 이 집을 마음대로 해 보라고 했을 때 가능한 선에서 설계를 변경한 건 그때 그렸던 집이 떠올라서였다.

그리고 그 집이 완성되었다.

이미 공사가 진행 중인 곳이었기에 전부를 바꿀 수는 없었지만 그래도 원하던 것들이 녹아 있는 집이었다.

윤은 무릎을 세워 끌어안은 채 정원의 그네를 바라보았다.

"……."

이제 그만해야겠지.

며칠 전 철수의 이야기를 물으며 울던 강욱을 떠올리자 가슴이 뻐근해졌다.

'이강욱 씨 왔다 갔어. 네 얘기 전해 듣고 엄청 울더라.'

거기까지 찾아가 울었다는 말에 그에게도 시간이 필요할 거란 생각이 들었다. 몇 년이 지났는데도 제가 철수를 아직도 못 잊은 것처럼 그에게도 받아들일 시간이 필요할 거다.

주위를 맴돌 뿐 가까이 오지 않는 건 어떤 눈으로 보게 될지를 알아서겠지. 죄책감으로 가득 찬 시선일 테니까. 할 수 있는 말이라곤 미안하다는 말뿐일 테니까.

핸드폰을 꺼내 한참 머뭇거리다 강욱에게 전화를 걸었다.

- 응. 나야.

"시간 괜찮아요? 강욱 씨가 좀 와 줬으면 좋겠는데."

- 어딘데.

476

"자양동 집. 오늘 공사 다 끝났거든요."

─ …….

"기다릴게요."

일방적으로 전화를 끊은 윤은 핸드폰을 껐다. 오늘은 누구의 방해도 받고 싶지 않았다.

원래 예정대로 강욱과 이곳에서 헤어질 생각이다.

그게 잠시가 될지 영원이 될지는 모르겠지만 지금은 그래야 할 것 같았다. 서로를 원망의 눈빛으로 바라보지 않으려면, 죄책감에 끌려가지 않으려면 그게 최선일 테니까.

"밥이라도 한번 해 주는 건데 그랬네."

아쉬운 듯 주방을 돌아보던 윤이 중얼거렸다.

앞으로 이 집에서 살아갈 강욱이 어떤 모습일지 그림을 그려 보았다.

혹시 잠시 떨어져 있는 동안 다른 여자가 생길지도 모른다. 그들이 그 산장에서 만났던 것처럼 어떤 일이 생길지는 아무도 모르는 거니까.

다른 여자와 가정을 꾸릴 강욱을 떠올리자 뜨거운 불꼬챙이로 가슴을 후비는 것처럼 아프다.

"강욱 씨."

그러면서도 헤어지려는 제가 바보 같기도 했다. 상상만으로도 이렇게 가슴이 아플 거면서 이렇게 사랑하면서 또 어떻게 헤어질 생각을 하는 건지 참 제가 미련하다 싶었다.

얼마쯤 그렇게 있었을까.

정원 너머에서 계단을 올라오는 강욱이 보였다.

마음이 힘들어서인지 며칠 사이 엉망이 된 그를 보고 있으니 이 또한 제 탓인 것만 같았다.

"왔어요?"

문을 들어서는 강욱을 향해 윤은 웃어 보였다.

그가 기억하는 제 모습은 늘 웃는 모습이었으면 싶었다.

윤에게서 이곳에서 만나자는 전화가 왔을 때 거절해야 한다고 생각했다. 그녀가 무슨 생각으로 이곳으로 부른 건지 너무도 잘 알고 있었으니까.

"왔어요?"

웃는 얼굴로 그를 맞이하는 윤을 보고 있으니 지레 겁을 먹은 건 아닐까 하는 희망적인 생각이 잠시 들었다.

강욱은 윤에게서 눈을 떼지 않은 채 가까이 다가갔다. 지난 며칠 동안 무슨 말을 할까 고민하고 또 해 봤지만 결국 해야 할 말은 미안하다는 말뿐이라는 걸 깨달았다.

"윤아."

"손, 왜 그래요?"

윤이 놀란 얼굴로 다가와 손을 살폈다. 대충 소독약을 뿌리고 지혈제만 발라 두었더니 붕대 사이로 핏물이 배어 있었다.

"다쳤어요? 병원은 가 봤어?"

"괜찮아."

이깟 상처쯤 얼마든지 견딜 수 있다. 윤의 상처를 아물게 할 수 있다면 기꺼이 손 하나를 내줄 수도 있을 것 같았다.

"나랑 병원에 가요."

잡아끄는 윤을 붙들어 돌려세웠다.

"진짜 괜찮아. 오기 전에 치료받았어."

"하지만 피가……."

"멈췄으니까 괜찮아."

태욱을 찾아가 그 난리를 친 후 평창동 집에 갔었다. 윤을 찾아갔었느냐는 말에 그럼 안 되느냐며 되레 따지던 홍나희를 보는 순간 이성을 잃

478

고 패악을 부리고 말았다.

그래도 평생 가족으로 살았던 사람들이었기에 등을 지고 멀어지면서도 아주 조금은 신경이 쓰였었다. 하지만 윤을 찾아가 저를 회유하라 시키고 말을 듣지 않자 되지도 않는 협박을 했다는 걸 아는 순간 더는 용서할 수가 없었다.

'이래 놓고 네가 내 아들로 살기를 바라?'

나오는 등 뒤에 대고 홍나희가 고래고래 소리쳤지만 이제 그런 모습도 진짜 마지막이었다. 더는 볼 일이 없을 테니까.

"윤아."

뭐부터 사과를 해야 하나. 미안한 게 너무 많아서 종일 빌어도 모자랄 것 같은데.

"내 정신 좀 봐. 집 둘러볼래요? 완벽하게 정리까지 끝났는데."

"……."

"와 봐요. 내 맘대로 고친 곳이 많아서 강욱 씨 마음에 들려나 모르겠는데."

성한 손을 가볍게 쥔 채 윤이 그를 이끌었다. 복도를 따라 들어가 문을 연 윤이 부드러운 눈빛으로 입을 열었다.

"이쪽 침실은 밖에선 전혀 보이지 않을 거예요. 채광도 좋고 서쪽을 향해 창이 나 있어서 노을진 하늘도 가끔 감상할 수 있을 거예요. 그리고 여기 욕실은……."

따라다니는 동안 강욱은 완성된 집이 아니라 열심히 설명을 늘어놓는 윤의 옆모습을 보고 있었다. 태연해 보이는 저 얼굴 뒤에 숨어 너는 얼마나 많이 울었을까.

"여긴, 나중에 아이가 생기면 이 방을 쓰게 해 줘요."

아이라는 말에 강욱이 정신을 차리고 둘러보았다. 커다란 아치형 창이 있는 방은 동화 속에 나오는 방 같았다.

"높은 층고를 이용해 복층형으로 만들었어요. 거기서 더 올라갈 수 있는 다락도 만들었구요. 상상력을 무한 자극하며 창의적인 아이로 자라는데 도움이 될 거예요."

"……."

"그리고 저 맞은편 방은."

"윤아."

이 방을 만들면서 넌 무슨 생각을 했을까. 우리 철수를 생각하며 만들었을까. 아니면 나더러 이 방에 들어올 때마다 괴로우라고 만들었을까.

"잠깐 얘기 좀 해."

그의 말에 윤이 손을 놓더니 돌아보았다.

"내가."

"나부터 말할게요."

"……."

"그날, 내가 강욱 씨를 찾아갔던 그날은 철수가 떠난 날이었어."

"!"

"한번 확인해 보고 싶었어. 진짜 강욱 씨가 존재하는 사람인지. 나한테 철수를 데려다줬던 사람인지. 그리고 잊고 싶었어. 4년이면 충분히 괴로울 만큼 괴로웠으니까."

치미는 감정을 추스르느라 잠시 말을 멈추었던 윤이 힘없이 웃으며 그를 보았다.

"그거 알아요? 나 혼자만 아팠던 게 억울해서 강욱 씨도 좀 괴로웠으면 좋겠다고 생각했는데 함께 있다 보니 점점 더 사랑하게 되어 버렸어. 그래서 더 괴로워. 당신을 사랑하는데 자꾸 원망스러운 마음이 들어서, 강욱 씨를 볼 때마다 괴로운 마음이 들어서 힘들어."

"윤아. 앞으로 내가 잘할게."

"강욱 씨."

"내가 어떡하면 되겠니. 어떻게 해야 그 괴로운 마음이 사라질까. 원망하고 싶으면 해. 때리고 싶으면 때리고 욕을 하고 싶으면 해. 그래도 싸니까 당해도 싸니까 내가 견딜게."

"제발 이러지 마."

"내가 무릎이라도 꿇을까. 그럼 네 마음이 조금 풀리겠니?"

헤어지자는 소리만은 어떻게든 막고 싶은 간절한 마음이었다. 이렇게 미안한데, 이렇게 사랑하는데 헤어져서 살 자신이 없다.

"너 아프게 한 건 내가 살면서 두고두고 갚을게."

"강욱 씨."

윤이 젖은 목소리로 이름을 불렀다.

"나, 평범한 여자로 살고 싶어."

"……."

"착하고 좋은 남자 만나서 연애도 하고 좋은 시부모님한테 사랑도 받고 아이도 키우면서 그렇게 살고 싶어. 근데 강욱 씨 옆에 있으면 그게 안 될 것 같아."

기어이 흐르는 눈물을 손등으로 닦은 윤이 애써 웃어 보였다.

"내 마음이 지금은 너무 엉망이라 강욱 씨 주변까지 감당하기 힘들 것 같아."

"내가 다 정리할게. 다시는 너 괴롭게 하는 일 안 생길 거야."

"……."

"너 아니었어도 어차피 정리할 생각이었어. 태어나면서부터 잘못되었던 삶을 바로잡고 싶었으니까. 그러니까 윤아."

"꼭 그것뿐만이 아냐. 나, 강욱 씨가 밉고 원망스러워. 앞으로도 볼 때마다 괴로울 거야. 그렇게 괴로워하다가 강욱 씨를 사랑하는 내 마음이

다 사라져 버릴 것만 같아. 그래도 괜찮겠어?"

강욱은 말문이 막힌 듯 대답하지 못했다. 괴로워도 괜찮으니 옆에 있어 달라고 차마 말할 수가 없었다. 그걸 보며 그 역시 괴로워질 테고 윤이 저를 미워하게 되는 건 원치 않았다.

하지만 어떻게 보낸단 말인가.

이렇게나 사랑하는데. 네가 없으면 죽을 것 같은데.

"너는 그럴 수 있겠어?"

나는 불가능하다.

"잊을 수 있겠냐고."

묻는 강욱의 목소리에 고통이 배어 있다. 그는 간절한 눈으로 윤을 내려다보았다.

"나, 강욱 씨 내 마음에서 지워 보려고. 갑자기는 불가능할 테니 하루에 한 뼘씩 한 뼘씩 지워 볼래. 그렇게 지워도 지워도 안 지워지면…….도저히 다 못 지우고 마음에 남아 있으면 그땐……."

말끝을 흐린 윤이 그를 올려다보며 부탁했다.

"그러니까 지금은 나 보내 줘."

"……."

"나 지금 강욱 씨한테 복수하는 거야. 나 때문에 속 좀 타 보라고. 많이 반성하라고."

윤이 젖은 눈으로 웃으며 손을 내밀었다.

"건강하게 잘 지내요."

기약 없는 이별 앞에 서러움이 밀려왔다. 붙잡지도, 그렇다고 보내 줄 수도 없는 엉망인 마음으로 윤이 내민 손을 바라보다가 기어이 잡고 말았다. 눈앞이 흐려졌다.

"근데 너무 멀리 가지는 마. 이번엔 내가 찾아갈 테니까."

"……응."

"딴놈한테 가라고 보내 주는 거 아냐. 그러니까 절대 한눈도 팔지 말고."

잡은 손을 당겨 윤을 와락 껴안았다. 이젠 너무 익숙해져 버린 체취를 맡으며 그가 지그시 눈을 감았다.

"사랑해."

해 줄 수 있는 말은 그것뿐이었다.

부디 그가 찾아갈 때까지 건강하게 지내기를.

그때까지 마음에서 저를 완전히 지워 내지 못하기를.

전쟁 같은 제 삶으로 들어오라고 할 수 없으니 보내 줘야 할 테지만, 보내고 싶지 않아 강욱은 오랫동안 윤을 안고 있었다.

"헐. 미쳤어."

경임이 기가 막힌 듯 윤을 쳐다봤다.

"기껏 잘해 보랬더니 헤어져?"

"미안. 그렇게 됐어."

"어어. 지금 웃음이 나와?"

느닷없이 동희 선물을 잔뜩 사 들고 나타나더니 강욱과 헤어졌단다. 기왕 전부 알게 된 거 서로 위로해 주면서 잘 되길 빌었던 경임으로서는 당황스러운 결과였다.

"헤어지자니까 이강욱 씨가 안 붙잡았어? 진짜로?"

"언니. 그 사람 얘기는 당분간 하고 싶지 않아."

"어휴, 난 모르겠다. 무슨 사랑이 그렇게 어렵니. 그래서 넌 이제 어쩌려고?"

"쉬면서 여행도 좀 다니고 시험 준비도 제대로 해 보려고."

"맞다. 실습 3년 채웠으니까 이제 건축사 응시해도 되는 거지?"

"응."

"그래. 마음 괴로울 땐 뭐라도 집중해서 하는 게 나을지도 모르겠다. 그러다 보면 어디로 가야 하는 건지 길도 보이겠지."

밥이나 해야겠다며 일어선 경임이 주방으로 간 후 윤은 산장 안을 빙 둘러보았다.

벌써 몇 년이 지났는데도 그때의 일은 어제처럼 선명하게 남아 있다.

잊을 수 있는 사람이었으면 진즉 잊었을 것이다. 몇 달쯤, 혹은 몇 년 쯤 더 흐른다 해도 잊을 수 없으면 가슴 어딘가에 남을 것이다. 그게 지 금과 여전한 감정일지 혹은 좀 더 아련해진 감정일지는 모르겠지만 말이 다.

윤은 헤어질 때 보았던 강욱의 모습을 떠올리며 중얼거렸다.

"잘 지내요."

힘든 일을 앞둔 강욱을 혼자 두고 온 게 마음에 걸리지만 그가 잘 헤 쳐 나갔으면 싶었다.

언젠가 다시 만날 날이 온다면 그땐 지금보다 훨씬 밝아진 얼굴로 손 을 내밀어야지.

"철수야."

여전히 부르기만 해도 아픈 이름이지만.

"아빠 잘 보살펴 줘."

함께여서 행복했었다.

어느덧 여름도 끝나 가는 중이었다.

주총을 하루 앞둔 날.

요즘 통 잠을 제대로 자지 못해 초췌해진 얼굴로 강욱은 병실을 찾았 다.

"좀 전에 회장님 다녀가시면서 꽃을 사 오셨어요. 그리고 이거 전해 달라셨어요."

간병인이 전해 주는 봉투를 받으며 강욱은 어머니 머리맡에 놓인 꽃을 바라보았다. 아들 노릇을 그만두겠다고 선언한 이후 아버지를 만나지 않았다. 이렇게 다른 사람을 통해 소식을 들을 뿐이다.

봉투를 열어 본 강욱의 표정이 어두워졌다.

"저한테 화나셨을 텐데 이걸 왜 주셨을까요."

봉투 안엔 뜻밖에도 태욱의 몫이어야 할 주식 양도 증서가 들어 있었다. 그가 무슨 짓을 벌일지 아실 텐데 이걸 주신 걸까.

"……."

한번 칼을 빼 들었으니 제대로 휘두를 셈이다. 적당한 선에서 끝낼 것 같았으면 애초에 시작도 하지 않았을 테니까.

그가 무슨 생각을 하는 건지 안다면 사람들은 다 비웃을 거다. 태어날 때부터 금수저였기를 바란 것도 아닌데, 그저 그런 아버지 밑에서 태어난 것뿐이었다. 선택권이 있었더라면 절대 그 자리를 선택하지는 않았을 거다.

"태어난 걸 선택할 수는 없지만 적어도 그 자리를 버리는 건 제 의지로 선택할 수 있는 거겠죠."

강욱은 어머니의 손을 잡으며 중얼거렸다.

"기왕 버릴 거 전부 다 버리고 그 여자한테 가야겠어요."

윤이 보고 싶었다. 눈만 감으면 떠오르는 얼굴에 당장이라도 달려가고 싶지만 그럴 수는 없다. 겨울이 가고 봄이 오면 꽃이 피는 것처럼 견디다 보면 서로의 상처에도 새살이 돋을 테니까. 그러는 동안 갈 준비를 완벽히 마칠 테니까.

"엄마."

다 큰 아들이 엄마라고 부른다며 낯간지러워하셨을지도 모르겠다.

"푹 주무시고 일어나시거든 우리 철수 보러 같이 가요."

잡은 손이 따뜻했다.

10.

이른 새벽부터 꼼꼼하게 샤워를 한 강욱은 준비해 둔 옷을 입으며 거울 속 제 모습을 바라보았다. 흰 와이셔츠에 잿빛 슈트. 최대한 깔끔하게 차려입은 뒤 머리를 빗었다.

통 잠을 자지 못하던 다른 날과 달리 어젯밤은 꿈도 꾸지 않은 채 푹 잤다. 고민할 일이 오늘부로 하나는 사라질 테니까.

뉴스를 보며 간단하게 아침까지 챙겨 먹은 뒤 주차장으로 향했다.

언제 왔는지 김 실장이 기다리고 있었다.

"오늘은 제가 모시겠습니다."

정중하게 인사를 건네는 김 실장에게 고개를 끄덕인 뒤에 차에 올랐다. 능숙하게 차를 모는 김 실장의 얼굴엔 오늘따라 긴장감이 가득했다.

"대표님은 괜찮으십니까? 전 떨려서 한숨도 못 잤는데."

자연스럽게 흘러나오는 대표라는 호칭에 강욱이 김 실장을 넌지시 바라보았다.

"그동안 수고 많으셨습니다."

"별말씀을요. 당연히 해야 할 일을 했을 뿐입니다."

차는 결전이 벌어질 곳으로 빠르게 향하고 있었다.

강당은 의결권을 행사하기 위해 속속들이 모여드는 사람들로 붐볐다.

입구에서 주주명부와 신분증을 확인하던 직원들이 들어오는 한 무리의 사람들을 보고 벌떡 일어나 고개를 숙였다.

저만치에 들어서는 건 이 회장을 비롯한 오너 일가들이다. 아들에게 회사를 승계하는 자리답게 한껏 치장하고 나타난 홍나희와 며느리, 그 옆으로 불만이 가득한 막내 이재욱 전무까지 우르르 들어서고 있었다.

태욱은 제 승리를 확신한 듯 조금 상기된 얼굴이었다.

어젯밤 들은 보고에 의하면 그를 지지하는 층이 강욱보다 약간 우세했다. 아버지인 이 회장이 강욱에게 주식의 절반은 줘 버렸다고 하지만 나머지는 그의 몫일 테니 어쨌든 이 판이 뒤집힐 일은 없을 것이다. 오늘이 지나면 이 회사의 주인은 제가 될 거였다.

의기양양한 표정으로 들어서던 태욱은 사람들의 시선이 한데 쏠리는 것을 느끼며 우뚝 걸음을 멈췄다. 바로 뒤따라 강욱이 들어오고 있었다.

"왔냐?"

태욱이 떨떠름한 얼굴로 인사를 건네자 강욱의 옆에 서 있던 김 실장이 묵례로 답했다. 무표정한 얼굴로 다가온 강욱이 휠체어에 앉은 이 회장을 바라보았다.

"왔구나."

"……선물, 감사합니다."

둘의 대화에 곁에 있던 홍나희가 놀란 얼굴로 남편을 돌아보았다.

"선물이라뇨? 당신 얘한테 또 뭐 줬어요?"

하지만 이 회장은 그런 홍나희를 의식하지 않은 채 강욱에게 손을 내밀었다. 요즘 들어 몸이 급격히 안 좋아진 탓에 손이 부들부들 떨리고 있었다. 그 손을 잡는 강욱을 회한의 눈빛으로 올려다보며 이 회장이 중얼거렸다.

"그동안 애썼다."

"……."

"어서 가 봐."

이 회장은 잡고 있던 강욱의 손을 놓으며 빙그레 웃었다. 이게 아픈 손가락이었던 강욱에게 해 줄 수 있는 최선이었다.

"아버지. 혹시 얘 뭐 더 주셨어요?"

뭔가가 이상한지 태욱이 강욱의 팔을 붙들더니 이 회장에게 물었다.

"네가 신경 쓸 일 아니다. 이제 다 끝난 일이야."

"끝나다뇨? 뭐가요?"

"……."

"뭐가 끝났냐니까요!"

이곳이 어딘지를 잊은 듯 사람들의 시선도 의식하지 않은 채 소리치는 태욱의 모습에 이 회장은 질끈 눈을 감았다.

회사를 키워 볼 욕심에 눈이 멀어 자식 농사는 헛지었다. 이 정도면 헛 지은 정도가 아니라 망한 거다. 허탈해하는 그 모습에 뭔가를 예견한 듯 태욱이 고개를 절레절레 저으며 물었다.

"설마……. 내가 생각하는 그런 거 아니죠? 설마 얘 더 주신 거 아니죠?"

"네 몫은 따로 남겨 두었다."

그래도 자식이었기에 회사 일에 욕심 없는 재욱을 제외하더라도 둘은 공평하게 대해야 한다고 생각했었다. 하지만 갈수록 대립은 치열해졌고 자리 욕심만 부렸지 정작 회사에 대한 애착이나 관심도 없는, 그래서 자꾸 일만 저지르는 태욱을 보고 있으니 고민이 되었다.

그러다 며칠 전 강욱이 집에 찾아와 홍나희에게 퍼붓던 말들을 듣자 마음이 정해졌다. 어차피 제가 죽고 없으면 깨질 가족이었다. 자리 욕심만 내는 태욱에게 물려줘 봤자 회사의 앞날이 어찌 될지 불을 보듯 뻔했는데 이렇게 된 이상 제 손으로 정리를 하는 게 옳았다.

"들어가. 시간 다 됐다."

강욱을 안으로 떠미는 이 회장의 휠체어를 홍나희가 낚아채듯 데려가 구석으로 몰고 갔다. 그나마 사람들의 눈을 의식한 듯 웃는 얼굴을 한 아내는 잇새로 중얼거렸다.

"지금 뭐 하는 거예요?"

"결자해지하는 걸세."

"미쳤어요? 그걸 왜 하필 지금…….."

언성을 높이려다 이내 정신을 차리는 걸 보면 남의 눈 꽤나 의식하는 여자다. 그런 여자가 제 자식이랍시고 호적에 올린 아이에겐 왜 그렇게 모질게 굴었던 걸까.

잘못은 태욱이 했는데 강욱에게 매질을 했다는 얘기를 듣고서도, 뭐든 태욱의 뒷전이었던 강욱이를 보면서도 모른 체했던 제 잘못이 가장 크다. 그래도 어른이 되면 좀 나을까 했더니 여전히 변함이 없다. 아니, 더했다.

강욱이 인사시키지도 않는 여자를 찾아가 모함을 하고 둘 사이에 아이가 생겼던 걸 태욱이 방해하는 바람에 죽었다는 얘길 아무렇지 않게 떠들어 대는 걸 보면서 인생 헛살았구나 싶었다.

"태욱이도 자네도 회사에서 손 떼."

홍나희의 눈이 튀어나올 듯 커졌다. 부들부들 떨리는 손으로 금방이라도 한 대 칠 기세였다.

하지만 곧 들려오는 남자들의 말에 그럴 수가 없었다.

"이태욱 씨?"

주위를 둘러싼 사람들 사이로 남자 몇이 다가오며 태욱을 부르는 게 보였다. 태욱이 영문을 모르겠는 듯 남자들을 아래위로 훑으며 대답했다.

"제가 이태욱입니다만."

"경찰입니다. 당신을 분식회계 혐의 및 원산지 위반, 폭력 사주 등의 혐의로 긴급체포합니다. 당신은 묵비권을 행사할 수 있고…….”

영장을 내밀며 미란다원칙을 고지하는 남자의 손에 수갑이 들려 있는 걸 본 태욱이 허옇게 질린 얼굴로 뒷걸음을 쳤다. 그 옆에 있던 태욱의 와이프가 꺅 하고 비명을 질렀다.

"나 아냐.”

"좋게 가시죠.”

"씨발. 나 잘못한 거 없다고!"

도망치려던 태욱이 경찰에 붙들려 수갑이 채워졌다. 홍나희가 막아서며 울고불고 난리를 치는 동안 다들 아무도 나서지 않은 채 그 모습을 지켜보았다.

"여보, 강욱아. 어떻게 좀 해 봐요. 왜 보고만 있어!"

홍나희의 발악에도 강욱은 무심한 눈으로 보기만 하더니 발길을 돌렸다.

"야, 이강욱!"

태욱이 끌려가지 않기 위해 발버둥을 치며 강욱을 불렀다.

"네 짓이지! 야 이 개새끼야!"

태욱의 목소리가 점점 멀어졌다. 그러자 사람들이 일제히 강욱을 보며 웅성거렸다. 지금 이 순간은 두고두고 사람들의 입에 오르내릴지도 모른다. 권력 앞에 가족도 팔아먹은 나쁜 놈이 될지도 모른다. 그저 보이는 대로 보고 믿을 테니까.

하지만 이건 시작일 뿐이다.

"몇 시입니까?"

강욱의 물음에 김 실장이 시계를 봤다.

"10분 전입니다."

"들어가죠."

강당으로 들어서며 강욱은 제게 인사하는 사람들을 둘러보았다. 그중 많은 이들이 그가 내건 조건을 받아들인 사람들이다.

"모두 착석해 주십시오."

이젠 그들의 바람대로 대표가 되고 하나씩 하나씩 해결해야 할 시간 이었다.

─먼저 K그룹 새 대표로 이강욱 본부장이 선출되었다는 소식입니 다. 23일 새 대표 선출을 위해 주주총회가 열렸었는데 전 대표인 이 찬국 회장이 나머지 지분 12.8%를 모두 차남인 이강욱 본부장에게 넘기면서 형제의 난이 막을 내리게 되었습니다. 한편 이날 이태욱 부사장은 지난해 분식회계를 지시한 혐의로 문제가 불거지면서 경찰 조사를 받게 되었는데요. 관계자에 의하면 분식회계 의혹 외에도 원 산지 조작, 폭력 사주 등 다양한 혐의를 받고 있는 것으로 알려졌습 니다. 이에 이태욱 부사장 측은 입장 발표를 할 것으로 보이는데 워 낙 많은 증거가 있어 무혐의로 결론 나긴 쉽지 않아 보입니다.

그날 밤 뉴스가 흘러나왔다. 잠시 화면에 비친 태욱의 모습에 강욱은 전원을 껐다.

병실은 이내 조용해졌다.

온종일 회사 게시판이며 인터넷, 뉴스들이 이 소식으로 시끄러웠다. 그가 가는 곳마다 취재하려는 기자들이 따라붙었다.

하긴. 막장 드라마에서나 나올 법한 경영권을 둘러싼 형제의 대결은 사람들의 이목을 끌 만했을 것이다. 말초신경을 자극하는 내용으로 가득 했으니까.

더구나 주주총회에서 이 회장이 강욱에게 주식 전부를 넘겼음이 드러나자 홍나희가 이 회장을 상대로 이혼소송이라도 불사하겠다며 난리를 피우는 바람에 더 시끄러워졌다.

혼외자. 사고. 식물인간.

앞으로는 더 드러날 것들도 자극적인 기사로 쓰여 사람들의 입에 오르내릴 것이다.

"보내길 잘한 거예요."

이런 진흙탕에 윤을 끌어들였으면 어땠을까를 생각하니 끔찍하다. 보내 놓고 매 순간이 힘들었는데, 잡지 않은 걸 후회했는데 지금 보니 다행이다 싶었다. 감당하기 힘들었을 테니까.

그러다 강욱은 혹시나 이 뉴스를 접하고 윤이 달려오면 어쩌나 싶어졌다.

사람들의 눈에 띄는 순간 하이에나 떼처럼 달려들어 물고 뜯을 텐데.

생각에 잠겨 있던 강욱은 핸드폰을 꺼냈다. 헤어졌지만 차마 지울 수 없는 이름을 찾아 놓고도 한참을 망설이다 메시지를 보냈다.

[이번엔 반드시 내가 찾으러 갈게. 꼭꼭 숨어 있어.]

무슨 일이 있어도 윤은 여기로 오지 말았으면 싶었다. 지켜 줘야 하니까. 지켜 주고 싶으니까.

"잘 지내고 있어."

손끝으로 화면에 뜬 윤의 이름을 쓰다듬었다. 눈가가 시큰해졌다.

산속의 밤은 서늘했다.

평상에 앉아 하늘을 올려다보는데 별똥별 하나가 떨어졌다.

옥수수를 삶아 내오던 경임이 별똥별을 발견하고는 재빨리 쟁반을 내려놓고 손을 모았다. 그러자 동희가 똑같이 따라 했다.

"윤이 넌 소원 안 빌어?"

"그래 이모도 소원 빌어."

동희의 말에 하는 수 없이 손을 모았다. 무슨 소원을 빌어야 할까.

고민은 짧았다. 종일 똑같은 생각을 하고 있었으니까. 그의 소식을 궁금해하지 않으려 해도 소식이 계속 들려오고 있었다.

눈을 감으며 강욱을 떠올렸다.

그가 너무 아프지 않기를. 잘 버텨 주기를.

"이모 먹어 봐."

고사리손으로 건네는 따뜻한 옥수수를 받아 한입 깨무니 달큼한 향이 올라온다. 강욱이 있는 곳은 딛는 곳마다 가시밭길일 텐데 이곳은 그저 평온했고 따듯할 뿐이다.

"맛있어?"

동희가 기대에 찬 눈으로 윤을 올려다보며 물었다.

때마침 메시지 수신음이 울렸다.

[이번엔 반드시 내가 찾으러 갈게. 꼭꼭 숨어 있어.]

화면에 뜬 글자를 멍하니 내려다보는 윤에게 동희가 물었다.

"이모…… 울어?"

"아니. 옥수수가 너무 맛있어서 그래."

시간이 빠르게 흘렀으면 좋겠다. 그래서 아프지 않은 때가 왔으면 좋겠다.

강욱 씨도, 나도.

그래야 강욱이 찾아올 테니까.

어느덧 헤어진 지도 한 달이 훌쩍 지났다.

─이번엔 갑질 의혹에 관한 얘기입니다. 얼마 전 이태욱 부사장의 분식회계 의혹으로 곤욕을 치르고 있는 K그룹에 악재가 계속되고 있는데요. 기흠재단 이사장인 홍나희 씨가 정원사인 박 씨를 향해 무언가를 던지며 폭언하는 동영상이 공개되면서 공분을 사고 있습니다. 이 소식을 박진영 기자가 보도합니다.

터미널에 앉아 버스를 기다리던 윤은 흘러나오는 뉴스에서 텔레비전을 쳐다보았다. 요즘 들어 며칠이 멀다고 K그룹 일가에 대해 뉴스가 흘러나오고 있었다.

그들 가족에 관한 이야기는 마치 사생활을 보호해 주지 않아도 된다는 듯 만천하에 드러났다.

그런 뉴스가 나올 때마다 윤은 눈도 깜박이지 못한 채 화면을 바라보곤 했다. 다른 이들처럼 이야기가 궁금해서가 아니라 혹시라도 강욱이 한 번쯤 비치지 않을까 싶어서였다.

"세상에 저렇게 못돼 먹은 년이 있나."

누군가가 홍나희를 향해 욕을 하자 옆에 있던 사람들이 동조했다. 사람들의 따가운 시선을 보고 있노라니 강욱이 떠올랐다.

강욱은 잘 지내고 있을까.

언제 그랬냐는 듯 일상이 평온해진 저와 달리 강욱은 여전히 전쟁터 같은 곳에 살고 있다. 그곳에 강욱을 버려두고 온 것만 같아 마음이 편치 않지만 기다리는 중이다.

달려가 봤자 또 다른 가십거리만 될 게 뻔하다. 가뜩이나 힘든 상황을 더 악화시키지 않기 위해 하루에도 몇 번씩 마음을 억누르며 지내는 중이다.

요즘도 가끔 철수 꿈을 꿀 때가 있다. 그럴 때면 여전히 그가 원망스럽기도 하지만 그것도 잠시, 강욱이 아프지 않고 잘 지냈으면 싶었다.

"윤아. 가자 버스 왔어."

형도가 선뜻 혼자서 아이를 돌보겠다며 이번 여행에 경임이 동행하는 걸 허락해 주었다. 덕분에 윤은 짝이 생겼고, 경임은 해방감을 즐기는 중이다.

"뭘 그렇게 봐?"

궁금해하는 경임에게 웃어 보인 윤이 앞장섰다.

"얼른 가. 버스 놓치겠다."

버스에 앉아 창밖을 본다.

입추가 지난 지가 언젠데 아직은 늦여름의 열기가 희미하게 남았다. 오는 가을을 막고 싶은 건지 여름이 떠나기가 싫은 건지. 그래도 시간은 흘러갈 거다.

시간이 좀 더 흐르면 뒤척이지 않고 푹 잘 수 있는 날이 오겠지.

고만한 또래의 어린아이를 봐도 마음이 아프지 않은 날이 오겠지.

"먹을래?"

경임이 건네는 고구마에 오래전 산장에서 나눈 키스가 떠올랐다. 고구마의 달콤함이 묻은 입술이 금방이라도 와 닿을 것만 같았다.

"나중에."

윤은 거절하며 차창에 기대었다. 태연하게 굴고 싶은데 아직은 그게 잘 안 되었다. 아무래도 강욱을 조금씩 지워 보겠다는 말은 지키지 못할 듯했다.

집주인에게 전화가 걸려온 건 저녁 무렵이었다.

– 곧 만기잖아. 그래서 이번에 월세로 돌릴까 하는데 저번에 보증금 빼 줬으면 하지 않았어?

월세로 돌릴 거라는 말에 윤은 망설이지 않고 집을 내놓겠다고 했다. 어차피 이사해야겠다는 생각을 하고 있던 참이었다.

"이참에 여기나 내려와 살아야겠다."

옆에 발라당 드러누워 장난을 치는 꼬미를 어루만지며 윤이 낮은 천장을 올려다보았다.

할머니가 사시던 집을 몇 년째 계속 정리하려다가 지금껏 하지 못했다.

서울을 떠나 이곳으로 온 게 벌써 한 달.

이곳에서 지내는 게 불편할 줄 알았는데 살던 곳이라 그런지 생각보다 괜찮다. 그래서 차라리 이 집을 수리해 살면 어떨까 고민하고 있었다.

"눌러살려면 손 많이 봐야겠네."

한 50년쯤 되었나. 할머니가 젊어서 마련한 집은 오래되어 낡았다. 그만큼 쌓인 추억도 많다. 그걸 다 허물고 싶진 않으니 시간 날 때마다 하나씩 고쳐 볼까? 싹 허물어 버리면 할머니가 서운해할지도 모를 테니까 말이다.

어디서 그런 용감한 생각이 솟아났는지 모르겠다.

"꼬미야, 누나가 고쳐 볼까?"

현장을 다니며 일을 배우곤 했었지만 직접 작업을 하는 건 아니라 제대로 할 수 있을지 어떨지는 모르겠다. 그만큼 힘도 들 테고.

"겨울 되기 전엔 끝나려나."

윤은 손볼 곳투성이인 집을 둘러보며 중얼거렸다.

단풍놀이 삼아 산장에 갔을 때였다.

"윤아. 이거 봤어?"

바깥 평상에 앉아 한창 동영상 강의를 듣고 있는데 경임이 놀란 얼굴로 헐레벌떡 다가오더니 핸드폰을 내밀었다.

"이강욱 씨 말이야."

497

또 무슨 일이 생긴 걸까.

정지 버튼을 누르고 이어폰을 뺀 윤이 핸드폰 화면을 들여다보았다. 인터넷 기사엔 강욱의 사진이 함께 실려 있었다.

"호적 정정 소송이라니? 그럼 그 여자가 이강욱 씨 친엄마가 아니었던 거야?"

"……응."

"뭐야. 넌 알고 있었어?"

윤이 기사를 읽는 사이 경임이 놀란 마음을 진정시키며 중얼거렸다.

"어쩐지 이상하더라. 진짜 쌍둥이였으면 하나만 그렇게 티 나게 감싸고돌진 않았겠지. 어떻게 밖에서 낳아 온 자식을 제 자식으로, 그것도 쌍둥이로 둔갑시켜서 키울 수가 있지?"

기사가 나오고 사람들의 반응은 반반이었다. 키워 준 공도 모르고 뒤통수를 친다는 이도 있었고, 오죽했으면 저러겠냐는 얘기도 많았다.

그 사정도 제대로 알지 못한 채 왈가왈부하는 사람들을 보면서 강욱은 얼마나 괴로울까. 문득 전에 병원에 데려갔을 때 하던 말이 떠올랐다.

'어머니 아들로 살고 싶어.'

누워 있는 어머니를 바라보던 간절한 눈빛이 잊혀지지 않는다.

"강욱 씨는 잘 해낼 거예요."

할 수 있는 거라고는 이렇게 멀리서나마 응원하는 것뿐이다. 제 할 일을 하면서.

"근데 참 둘 다 독하다. 한순간에 끊어 내고 어떻게 연락 한 번 안 하니. 보고 싶지도 않아?"

"……."

"어휴, 묻는 내가 바보지. 그나저나 집수리는 잘 되고 있어?"

"조금씩 고치는 중이에요."

"사람 사서 하라니까. 아주 고행의 길로 들어서시게?"

윤은 슬쩍 웃으며 대답을 피했다.

몸이 힘들어서일까. 요즘 들어 밤에 깨지 않고 자는 날이 많아졌다. 덕분에 악몽을 꾸는 일도 사라져 간다.

"바람이 차다."

성큼 와 버린 가을이 확연하게 피부에 와 닿고 있었다.

고단했던 서울의 하루도 끝나 가는 중이다.

아침부터 저녁까지 쉴 새 없이 이어지는 회사 일과 진행 중인 소송들로 숨 돌릴 틈도 없이 시간이 흘러간다.

저녁이 되어서야 겨우 여유가 생기자 강욱은 차를 몰고 한강으로 향했다.

일주일에 한두 번쯤은 이곳에 온다. 늘 앉던 자리에 앉아 시간을 보내곤 했다.

오늘은 철수에게 주고 싶은 게 있어 오는 길이다.

강욱은 조수석에 놓아두었던 봉투를 꺼내 벤치로 향했다.

"철수야."

다정하게 이름을 부르며 벤치에 앉는데 대답이라도 하듯 부드러운 바람이 그를 스쳐 지나갔다.

이제 이곳은 그의 유일한 안식처가 되어 버렸다. 한 번도 본 적 없는 얼굴이지만 이름을 부르는 게 어색하지가 않다. 강욱은 봉투 안에 들어 있던 신발을 꺼냈다.

요즘 애들이 좋아한다는 캐릭터가 그려진 운동화를 벤치에 놓아 주며 중얼거렸다.

"생각해 보니까 뛰어놀려면 신발이 필요하겠더라."

아이에게 신기듯 끈을 조절한 다음 물었다.

"마음에 들어? 참, 우유 마실래?"

가지고 온 딸기우유에 빨대를 꽂아 하나는 놔두고 하나는 제가 마셨다. 올 때마다 딸기우유는 잊지 않는다.

불어오는 바람에 몸을 맡긴 채 강욱은 멀리 강 너머를 바라보았다.

"아빠는 요즘 네 엄마한테 가려고 노력 중이야."

회사는 전문 경영인에게 맡기려고 준비 중이다. 이미 그를 포함한 대부분의 주주가 만족할 만한 적임자를 찾았으니 승계는 어렵지 않을 것이다.

태욱은 불구속 기소가 된 채 열심히 재판을 준비 중이다. 이미 회사 지분의 절반 이상이 강욱에게 넘어온 후라 싸울 의지를 잃었는지 회사도 나오지 않고 있었다. 김 실장은 이번 사건을 최대한 축소해 주는 조건이라면 태욱이 회사에서 손을 뗄 거라 예상했다.

그리고 가족 관계도 정리 중이다.

그가 태욱과 쌍둥이가 아니라는 것을, 홍나희의 친자가 아님을 밝히고 호적 정정을 신청했다. 남은 시간이 얼마나 될지 모르겠지만 어머니의 아들이 되고 싶었다.

"전부 털고 나면 네 엄마한테 가려고."

그런 다음 윤을 데리고 작은 요트를 하나 빌려 동해에서 서해까지 갈 수 있는 곳은 전부 가 보고 싶었다. 세상 사람들에게 잊힐 때까지 그렇게 바다를 떠돌고 싶었다.

그렇게 사람들에게 잊힐 즈음 적당한 곳에 정착해 각자 하고 싶은 일을 하며 살고 싶었다. 윤은 원하는 집을 지을 테고 저는 뭘 하면 좋을까.

소소한 꿈을 꾸며 강욱은 오랫동안 그 벤치에 앉아 있었다.

이사를 위해 서울에 올라온 윤은 짐을 정리하다 말고 바닥에 앉았다.

그녀의 손엔 작은 상자 하나가 들려 있었다.

전에 버리려다가 차마 버리지 못하고 서랍 깊숙이 넣어 두었던 철수 사진 몇 장이 상자 안에 남아 있었다.

조그만 점에 불과했던 초음파 사진부터 제법 꼬물이 티를 갖춘 사진 까지 찬찬히 바라보았다.

참 이상도 하지. 철수를 잃던 날의 꿈을 꾸고 나면 그렇게 서러운데 막상 이렇게 사진을 보니 반가운 마음이 앞선다. 예전 같았으면 부둥켜 안고 울었을 텐데 이젠 너를 생각하는 내 마음이 달라졌나 보다.

"잘 지내니?"

내려가기 전에 한 번 다녀와야 할 것 같아 대충 짐을 정리한 다음 집 을 나왔다. 가는 길에 철수를 가졌을 때 자주 먹었던 딸기우유를 샀다.

참 신기하기도 하지. 어려서부터 딸기우유를 좋아한 적이 없었는데 철수가 생겼을 땐 이상하게도 딸기우유가 당겼다. 밥을 먹을 수 없을 정 도로 입덧이 심해 괴로운 날에도 유일하게 먹을 수 있는 것이었다.

공원으로 간 윤은 앉으려다 말고 벤치를 물끄러미 내려다보았다.

그곳엔 아이 것으로 보이는 새 운동화와 빨대가 꽂힌 딸기우유가 놓 여 있었다.

"……."

순간 심장이 빠르게 뛰기 시작했다. 혹시나 해 재빨리 주변을 둘러보 았지만 아무도 보이지 않는다.

가지런하게 놓여 있는 운동화를 살펴보니 딱 그만한 아이 또래가 신 을 사이즈의 새 신발이다. 그제야 강욱이 다녀간 것에 확신이 섰다.

"아빠가 사다 준 모양이구나."

문득 저걸 사겠다고 점원에게 이것저것 물었을 강욱이 떠올라 눈물이 핑 돈다. 그가 철수를 잊지 않고 찾아 주고 있어 다행이면서도 안쓰럽 다.

윤은 빨대가 꽂힌 딸기우유를 애틋한 눈길로 내려다보았다.

"네가, 아빠를 닮았었구나."

왜 좋아하지도 않던 딸기우유가 그렇게 먹고 싶었을까. 풀리지 않던 의혹이 신기하게도 단번에 해결되고야 만다.

윤은 어젯밤 강욱이 앉았던 자리에 앉았다.

"철수야."

이곳에 앉으면 늘 아이 생각만 났는데 이젠 강욱의 생각이 더 많아진다.

"그만 아빠 용서해 줄까?"

따로따로 찾아오는 엄마 아빠를 보는 철수도 속상하겠다.

"아빠가 빨리 엄마 찾으러 왔으면 좋겠어."

혼자 이곳에 앉아 있었을 강욱이 보고 싶었다.

온천지에 단풍이 들었다.

혼자 하는 일이라 집 공사는 여전히 더디기만 했다. 하지만 윤은 조급증을 내지 않는다.

낮엔 조금씩 집을 손보고 밤이 되면 방 안에 이불을 뒤집어쓰고 앉아 시험 준비를 했다.

매일매일이 같은 날의 연속인 듯하지만 집이 하루하루 달라져 가는 걸 볼 때마다 시간이 쉬지 않고 흐르고 있음을 깨닫는다.

그러는 동안에도 여전히 강욱에게선 소식이 없다.

대신 가끔 사람들을 통해 인터넷 뉴스를 통해 강욱의 소식을 들을 뿐이다.

강욱이 친생자 관계 부존재 확인 소송을 건 것에 대한 보복으로 홍나희가 강욱에게 맞소송을 건 일이 단연 화제가 되었다. 30년 키워 줬으니 모자 관계가 끊어지더라도 그만한 보상을 해야 한다는 내용이었다. 그야말로 진흙탕 싸움이었다.

또다시 시간이 흘러 울긋불긋 물들었던 단풍이 떨어지고 가지가 앙상해질 무렵 밤 기온은 벌써 영하로 떨어졌다.

"올겨울은 유난히 눈도 많이 내리고 추울 거야."

도저히 혼자 할 엄두가 나지 않아 데려온 읍내 미장공 김 씨가 대문 앞에 앉아 담배 한 대를 피우며 말했다. 윤은 따뜻하게 탄 믹스커피를 가져다주며 집 앞의 은행나무를 바라보았다.

엊그제만 해도 노랗게 물들었던 나무는 이제 휑하다. 화려했던 시절을 말하듯 아래에 깔린 낙엽만 가득하다.

"참. 우리 다니는 건축 사무실 아가씨 결혼한다고 그만둔다는데 거기서 일해 볼 생각 없어?"

"사무실이요?"

"인부들 알아서 내보내고 서류 정리만 잘 하면 된다는데. 월급도 시골 치고는 괜찮고."

이곳에 내려와 있으니 요즘 이런 제안들을 부쩍 많이 받는다. 어디서 일해 보지 않겠느냐. 괜찮은 자리가 있다더라. 그러다 결국은 괜찮은 남자 있는데 결혼 생각 없느냐.

"어쨌든 생각해 보고 알려 주드라고."

커피까지 다 마시고 일어선 김 씨는 작업을 마저 하기 위해 집 안으로 들어갔다. 오늘은 안방과 창고 미장을 하고 있으니 당분간은 작은방에서 지내야 할 것 같았다.

"날이 흐리네."

금방이라도 뭐가 한바탕 쏟아질 것 같은 흐린 하늘을 올려다본 윤은 일을 돕기 위해 따라 들어갔다. 공기가 차가워진 걸 보니 이제 슬슬 겨울이 오는 모양이었다.

"세상에……. 이게 뭐야?"

산에서 내려올 때마다 집에 들르던 경임이 대문을 들어서며 놀란 표정을 지었다.

그도 그럴 것이 집을 고치기 시작한 지 한 달이 지나자 예전 모습은 찾을 수 없을 만큼 완전히 바뀌어 가고 있었다.

특히나 지붕을 만들어 작은 마당을 화원처럼 꾸민 게 놀라운 모양이다.

"손끝 야무진 건 알았지만 대단하네."

지은 지 50년도 훌쩍 지난 허름한 집은 꽤 근사한 집으로 탈바꿈 중이다. 정리를 할까 말까 고민했을 때 놔두길 잘했다는 생각이 들었다.

"이모. 이건 뭐야? 가시 꽃이야?"

화분 앞에 쪼그리고 앉아 구경 중이던 동희가 물었다.

"그건 꽃기린이라는 거야. 겨울에도 예쁜 꽃이 펴."

"겨울에도? 와, 엄청 착한 꽃이네."

착한 꽃이라는 말에 윤은 싱긋 웃으며 동희 옆에 쪼그려 앉았다.

"그거 말고도 겨울에 피는 꽃 더 가져올 건데 나중에 보러 올래?"

"응. 엄마가 우리도 겨울엔 내려와서 살 거랬어."

"그럼 우리 이웃사촌 되겠네?"

"이모보다 이웃사촌이 더 좋은 거야?"

고개를 갸웃거리더니 동그랗게 눈을 뜨며 묻는 동희의 머리를 쓰다듬었다.

"둘 다 좋은 거야. 그래도 난 동희 이모 할래."

아이들이 크는 속도는 나무와 같다. 정성을 들이고 사랑을 주면 1년 사이에도 쑥쑥 자란다.

"곧 크리스마스인데 동희는 산타 할아버지한테 받고 싶은 선물 없어?"

"난 벌써 엄마한테 말했는데?"

"이모도 가르쳐 주면 안 돼?"

동희가 슬쩍 엄마 눈치를 살피더니 귓속말을 중얼거렸다.

"동생. 산타 할아버지한테 동희 동생 갖고 싶다고 했어."

천진한 아이의 말에 윤은 웃으며 대답해 주었다.

"그 선물 꼭 받았으면 좋겠다. 다른 선물은? 이모한테 받고 싶은 건 없어?"

"음…… 엄마가 이모한테는 조르면 안 된댔는데."

고민하는 아이가 너무 귀여워 입꼬리가 자꾸만 올라간다. 이러니 뭔가를 부탁하면 안 사 줄 수가 없다.

"나 그거 엘사 인형 갖고 싶어."

여자아이들에게 가장 인기가 많다는 캐릭터 인형을 갖고 싶어 조용히 소곤거리는 동희에게 손가락으로 입을 막아 보였다.

"쉿, 엄마한테는 비밀."

"응. 비밀."

초롱초롱한 눈을 보고 있으면 마냥 행복했다.

연말 분위기로 떠들썩한 도시와 달리 동네는 한적하기만 했다. 그 흔한 캐럴도 들리지 않는다.

며칠 무리를 한 탓인지 감기 몸살에 걸린 모양이다. 아침부터 으슬으슬 춥고 코맹맹이 소리가 나는 게 영 컨디션이 좋지 않다.

일어나기가 귀찮아 이불 속에 누워 있는데 경임에게서 영상 통화가 걸려왔다. 동희는 요즘 택배가 왔는지 확인하기 위해 매일 그녀에게 전화를 거는 중이다. 며칠 전 이미 엘사 인형이 무사히 도착했지만 놀래 주려고 일부러 숨겨 두었다.

- 이모!

일어나자마자 전화를 했는지 눈도 제대로 못 뜬 얼굴이다.

"동희 잘 잤어?"

ㅡ 응. 근데 이모 목소리가 왜 그래? 할아버지 같아.

"감기 걸렸나 봐. 동희가 호 해 주면 괜찮아질 것 같은데."

ㅡ 호오. 이제 됐지?

걱정 가득한 얼굴을 보니 얼른 털고 일어나야겠다.

ㅡ 근데 엘사는 왔어?

"이런. 넌 그게 더 걱정인 거구나."

인형에게 밀린 게 아쉽지만 그래도 괜찮다.

"어쩌지. 오늘도 못 올 것 같은데."

시무룩해지는 동희를 곧 만나러 가야겠다. 크리스마스가 코앞이다.

오전에 병원에 들러 감기약을 지어 온 윤은 멍하니 천장을 올려다보았다.

오늘은 셀프 도배를 마친 집 안에 전등을 교체하기로 한 날이다. 이따 읍내 조명 가게 아들 철웅이도 오기로 약속이 되어 있는데 몸이 이래서 큰일이다.

주방으로 가 누룽지를 끓인 다음 대충 늦은 아침을 때웠다. 그런 다음 약을 먹고 이불 속에 드러누웠다.

야옹.

꼬미가 안절부절못하며 주변을 서성거리는 게 느껴졌다.

"누나 조금만 잘게."

약에 취해 스르륵 눈이 감겼다.

몸이 물먹은 솜처럼 무거웠다.

점심 무렵이 지나자 몸살 기운은 다행히 나아졌지만 목소리가 점점 더 엉망이다.

"누나. 많이 아파요?"

트럭에 조명을 싣고 온 철웅이 윤의 상태를 보더니 걱정스럽게 물었다. 이제 갓 스물두 살의 철웅은 아버지의 가게를 물려받겠다며 제대하자마자 일을 돕고 있었다.

"목소리가 좀 이상하지?"

"이상한 정도가 아니라 아주 영감 소린데."

"그건 좀 너무했다. 할머니도 아니고."

"어쨌든 상태가 영 안 좋아 보인다는 뜻이에요. 약은 먹었어요?"

"응."

"이럴 줄 알았으면 엄마가 먹으라고 끓여 놓은 쌍화탕이라도 가져오는 건데. 우리 엄마가 전에 한약방에서 일했는데 그때 약재에 대해 이것저것 배우더니 쌍화탕을 아주 기막히게 끓이거든요. 손님들이 더 좋아해요."

철웅이 떠들어 대며 트럭에 실려 있던 조명을 집 안으로 옮겼다. 주변에 같이 어울릴 젊은 애가 없다며 갈 때마다 투덜거리더니 윤을 만나기만 하면 저렇게 떠들어 댄다.

"참 올해는 화이트 크리스마스가 될 거래요. 누난 뭐 할 거예요? 난 여자 친구랑 스키장 가기로 했는데."

"글쎄."

"아, 맞다. 서울에 있다던 애인 오겠구나."

철웅의 말에 윤이 소리 없이 웃었다.

"동네 아줌마들이 아깝대요. 누나 며느리 삼고 싶어 하는 사람들 많던데."

왜 이렇게 장가 안 간 아들들은 많은지 하도 귀찮게 굴기에 서울에 애인이 있다고 했다. 뭐 거짓말을 한 건 아니다. 사랑하는 사람이니까 애인인 거지.

"이건 주방에 달 거죠?"

상자를 뜯어 조명을 꺼낸 철웅이 이리저리 살피며 물었다.

조명을 달고 오늘이나 내일쯤 택배로 커튼이 도착하면 겨울 준비도 끝이다. 가을에 일손을 좀 도와주고 얻어 온 작물들이 창고에 그득그득 쌓여 있으니 당분간은 장을 보지 않아도 되고 곧 있을 시험 준비에 매진해도 되겠다.

"아버지가 누나 눈썰미가 좋대요."

철웅의 말에 정신을 차린 윤은 고개를 끄덕였다.

"그런 소리 많이 들어."

"와, 저 겸손함 없는 자세. 역시 맘에 들어."

엄지를 추켜세운 철웅이 사다리를 가져왔다. 공고를 졸업하고 아버지 일손을 쭉 도운 덕에 전등을 다는 솜씨가 제법 능숙하다.

"누나 나중에 좋은 회사 차리면 나 스카우트해 가요."

"아버지 가게 물려받을 거라며."

"생각해 보니까 아버지도 아직 젊으셔서 나중에 받아도 될 것 같아요."

이런저런 얘기를 나누며 작업을 계속했다. 새로 단 전등이 예쁘다.

한참 그렇게 작업을 이어 가던 철웅이 뭔가를 찾느라 두리번거렸다.

"아, 하나 빼먹고 온 것 같네."

"뭐 놔두고 왔어?"

"네. 등이랑 부품 하나를 빼놓고 왔나 봐요. 얼른 갔다 와야겠다."

철웅이 가게에 다녀오겠다며 밖으로 나가자 윤은 잠시 앉아 휴식을 취했다. 아직 약 기운이 남아 괜찮지만 저녁이 되면 더 심해지겠구나 싶어졌다.

"얼른 마무리하고 쉬어야겠다."

한참 그렇게 벽에 기대어 앉아 있는데 문득 커튼 달 자리에 고리를 달지 않은 게 떠올랐다. 사다리가 있을 때 일을 해 두는 게 나을 것 같아 윤은 몸을 일으켰다.

사다리를 창가로 옮긴 다음 고리를 챙겨 전동 드라이버를 가지고 올라갔다. 고개를 뒤로 젖히고 거리를 가늠한 다음 고리와 피스를 댔다. 몇 번 실패를 반복하며 겨우 하나를 끼우고 다시 자리를 옮겼다.

창마다 이걸 하려면 시간이 꽤 걸릴 듯했다.

안방 창문에 달 봉을 설치하고 있을 때였다.

밖에서 차 소리가 들리는 듯하더니 잠시 후 대문 열리는 소리가 들렸다. 철웅이 돌아온 모양이다.

인기척이 느껴졌다. 사다리 위의 윤은 돌아보지 않은 채 중얼거렸다.

"일찍 왔네. 미안한데 나 피스 몇 개만 더 집어 줄래? 서툴러서 자꾸 도망을 가네."

집중해 피스를 박은 윤이 다른 쪽을 박기 위해 움직이는데 손이 내밀어졌다. 손엔 그녀가 달라고 한 피스 몇 개가 놓여 있었다.

"고마⋯⋯."

말을 끝까지 하지 못한 채 윤이 입을 다물었다.

아래에 선 채 올려다보는 사람을 보는 그녀의 눈에 순식간에 눈물이 차올랐다.

"안녕."

그가 서 있었다.

"내가 좀 늦었지."

하루에도 몇 번씩 혹시나 올까 싶어 뒤돌아보게 하던 강욱이 손을 내민 채 거기에 있었다.

✳

하루에도 몇 번씩 달려가고픈 마음을 추스르며 모든 게 정리되기를 기다렸다.

대표로 취임한 후 곧장 전문 경영인에게 회사 운영을 맡기는 준비에 착수했다. 새로 대표에 앉혀질 박건일은 사업 수완을 타고난 데다 몇 년 전 다들 포기한 기업을 맡아 재기에 성공시킨 인물이다. 그것뿐 아니라 K그룹에서 특히 약세를 보이는 유럽 쪽 판로를 개척할 충분한 루트가 있어 단번에 주주들의 호감을 얻었다.

그에게 대표직을 위임하는 사이 몇 달을 끌어오던 소송이 드디어 끝났다.

「원고와 피고 홍나희 사이에 친생자 관계가 존재하지 아니함을 확인한다.」

불과 어제 판결이 내려졌다.

아직 다른 재판이 더 남았지만 이제 나머지는 변호사가 알아서 할 것이다. 그가 직접 해야 할 일은 모두 끝났으니까.

어제는 판결문을 가지고 병원을 찾았다.

여전히 잠들어 있는 어머니의 손에 그 판결문을 쥐여 주었다.

강욱은 오랫동안의 마음고생을 털어 낸 듯 후련한 목소리로 말했다.

"이제, 진짜 어머니 아들이에요."

진즉 이랬으면 좋으련만. 그랬더라면 기뻐했을 어머니의 모습을 봤을 텐데.

"너무 늦어서 죄송해요."

어머니를 만나고 병원을 나온 강욱은 자양동 집으로 향했다.

몇 달이 흘렀지만 아직 집은 텅 빈 상태였다.

눈길이 닿는 곳마다 윤이 보이는 듯했다. 집 안 어디에도 윤의 손길이 닿지 않은 곳이 없는데 이런 집에서 혼자 살 자신이 없다.

"윤아."

그의 입술에서 흘러나온 이름이 텅 빈 집 안을 울렸다. 하루에도 몇 번씩 부르고 싶은 걸 겨우 참았던 이름이었다. 그 이름을 입 밖으로 꺼내 자 그리움이 밀물처럼 밀려들었다. 생각하면 마음이 약해질까 봐, 이름 을 부르면 멈출 수 없어질까 봐 애써 억눌렀는데 이젠 그럴 필요가 없어 졌다. 전부 다 끝났으니까.

새벽까지 그곳에 앉아 있던 강욱은 집으로 가 짐을 꾸리기 시작했다.

드디어 윤을 만나러 갈 때가 되었다.

이제 주변 정리도 얼추 되었고 남은 건 윤과의 일뿐이다. 이대로 헤어 질 마음은 추호도 없으니 어떻게든 윤의 마음을 다시 얻어 볼 생각이다. 윤이 싫다고 해도 물러설 마음은 없다. 더 못 보다간 제가 죽을 것 같으 니까. 윤의 모든 것이 그리워 점점 말라 가는 중이니까.

짐을 꾸려 차에 실은 강욱은 철수에게로 향했다. 늘 앉던 의자에 앉았 을 땐 날이 밝아 오고 있었다. 날이 추워져서인지 강엔 물안개가 피어올 랐다.

그 모습을 바라보던 강욱이 입을 열자 허연 입김이 쏟아졌다.

"철수야."

이젠 익숙해진 이름이 흘러나온다.

"오늘 엄마 만나러 갈 거야."

그새 좀 친해졌다고 아이의 웃는 소리가 들리는 것도 같았다.

"잘되게 도와줄 거지?"

오늘도 그가 일어선 자리엔 딸기우유가 덩그러니 남아 있었다.

그리고 지금.

그의 눈앞엔 그토록 보고 싶던 윤이 있다.

눈물이 그렁그렁한 눈으로 내려다보는 윤을 향해 인사를 건넸다.

"안녕."

이 얼굴을 얼마나 보고 싶었는지 모른다. 얼마나 안고 싶었는지 모른다. 눈을 감아도 떠오르던 그리운 얼굴을 향해 손을 내밀며 강욱이 떨리는 목소리로 중얼거렸다.

"내가 좀 늦었지."

여름의 끝자락에서 헤어져 놓고 가을을 지나 겨울이 되어서야 찾아왔다. 금방 끝날 줄 알았는데 어느덧 시간이 이렇게나 흘러 버렸다.

"봄이 되면, 꽃이 피면 오려고 했는데 그때까지 기다리다간 내가 얼어 죽을 것 같아서 왔어."

"……."

"윤아."

너무 늦게 와서 화가 난 걸까. 아무런 말도 없는 윤을 올려다보며 강욱은 다시 간절하게 이름을 불렀다.

"윤아."

그의 손을 잡고 사다리에서 한 칸 내려온 윤이 몸을 던지듯 그에게 안겨 왔다. 강욱은 그런 윤을 세게 껴안으며 숨을 들이마셨다. 오랜만에 맡아 보는 윤의 체취에 가슴이 벅차올라 눈가가 저절로 시큰해졌다.

목덜미가 축축해지는 걸 보니 윤이 우는 모양이다.

"미안."

목이 꽉 막혀 쇳소리가 흘러나왔다. 해야 할 말이 산더미처럼 쌓여 있는데 무슨 말부터 해야 하는 건지 모르겠다.

"진즉 오고 싶었는데 네 얼굴 보면 발길이 안 떨어질 것 같아 못 오겠더라."

변명처럼 들리겠지만 진심이다. 멀리서라도 보고 갈까, 몇 번을 망설였는지 모른다. 하지만 먼발치에서라도 한번 보고 나면 못 돌아설 것만 같아 그럴 수도 없었다. 안고 있던 윤을 바닥에 내려놓은 강욱은 눈물범벅인 얼굴을 손으로 감싸며 바라보았다. 안 본 사이 머리카락이 제법 자랐다.

"왜 이렇게 말랐어요?"

감기에 걸렸는지 잔뜩 쉰 목소리가 들려왔다.

"너 때문에. 너 보고 싶어서."

"……."

"얼굴이 왜 그래. 아팠니?"

윤이 고개를 저었다. 그러면서도 눈을 떼지 못하는 걸 보니 감정이 끓어올랐다.

뺨을 감싼 손을 끌어당겨 입술을 대자 윤이 그의 가슴팍을 밀었다.

"감기 걸렸어."

"상관없어. 내가 옮아 갈게."

"안 돼요."

"감기가 아니라 죽을병이 걸린대도 상관없어."

벌어진 입술 사이로 뜨거운 숨결이 전해져 온다. 오랜만에 탐하는 입술에 가슴이 먹먹해져 숨이 멎을 것만 같았다. 꽁꽁 얼어붙은 가슴이 녹아내리기 시작했다.

"……."

짠맛이 느껴져 눈을 뜨니 윤이 울고 있었다. 그동안 느꼈을 슬픔과 고통이 느껴지는 것만 같아 강욱은 볼을 타고 흘러내리는 눈물을 손가락으로 닦아 주며 몇 번이나 입을 맞추었다.

"늦게 와서 미안해. 미안해."

얼마나 그렇게 눈과 입술에 윤을 담았을까.

뒤에서 헛기침 소리가 들렸다.

"흠흠."

언제 돌아왔는지 철웅이 이리저리 시선을 굴리며 서 있었다.

당황한 얼굴로 강욱을 밀쳐내며 고개를 수그리는 윤의 뺨이 사과처럼 붉다. 다른 사람에게 키스하는 걸 들킨 민망함에 어쩔 줄 몰라 하는 윤을 내려다보며 강욱이 젖은 입술을 손으로 닦아 주었다.

"괜찮아."

"난 안 괜찮아요."

부끄러움을 이기지 못하고 화장실로 도망치듯 숨는 윤을 아쉬운 듯 바라보던 강욱이 밖으로 나갔다. 마당엔 앳된 남자가 짐을 든 채 서 있었다. 강욱이 경계심 어린 눈으로 철웅을 바라보았다. 그런 강욱과 달리 철웅은 호기심이 가득한 얼굴이다.

"형이 누나 애인이에요?"

"그런데?"

"진짜였구나. 다들 누나가 귀찮아서 거짓말한 거라고 하던데."

"귀찮아서라니."

"자꾸 아줌마들이 아들 만나 보라고 하니까 없는 애인 있다고 한 줄 알았어요. 봤다는 사람이 없으니까."

윤을 혼자 두면서 그게 가장 신경 쓰였는데 역시나 예상이 맞았다. 어딜 가나 윤을 탐내는 사람들뿐인 모양이다.

"이제 봤지?"

"네."

강욱은 힐끗 윤이 도망친 쪽을 바라보더니 중얼거렸다.

"봤으면 가서 본 대로 전해. 애인이 찾아왔으니까 넘볼 생각 하지 말라고."

"흐흐. 알았어요. 앞니가 쏙 빠지게 키스하더라고 소문내고 다닐게요."

철웅은 싱글벙글 웃으며 집 안으로 들어오더니 빠르게 작업을 마무리했다. 쫓아 보내려는 심산인지 강욱이 거들어 주는 바람에 일은 금세 끝이 났다.

"그럼 전 가 볼게요. 누나. 저 갑니다!"

키스하는 걸 들킨 게 부끄러운 듯 방에서 나오지 않는 윤에게 소리친 뒤 철웅은 남은 짐을 챙겨 밖으로 나갔다. 휘파람을 불며 경쾌한 발걸음으로 철웅이 떠나고 나자 집 안엔 조금 어색한 침묵이 흘렀다.

"그만 나오지?"

강욱이 툇마루에 앉아 마당을 둘러보는데 윤이 옆으로 와 앉았다. 세수라도 했는지 윤의 머리카락이 젖어 있다.

강욱은 무슨 말부터 할까 잠시 고민하다 물었다.

"내가 너무 늦었지?"

"……아니. 아직 한참 더 걸릴 줄 알았어요."

"잠도 줄여 가며 일했어. 하루라도 더 빨리 오려고."

"기사 봤어요. 고생 많았겠어요."

"넌 어떻게 지냈어?"

"보시다시피 집 고쳐 가며 바쁘게 살았어요. 이것저것 공부도 좀 하고."

"내 생각은?"

강욱의 물음에 윤이 천천히 돌아보았다. 아직도 강욱이 눈앞에 앉아 있는 게 실감 나지 않는 표정이다.

"다 지워 버렸어?"

확인하듯 묻는 강욱에게 윤은 고개를 저었다.

"아니."

"그럼?"

"지금도 한 뼘씩 지우는 중이에요. 생각했던 것보다 내가 강욱 씨를 많이 사랑했던 것 같더라고요."

"다행이네. 깔끔하게 다 지워 버렸을까 걱정했는데."

손을 뻗어 윤의 손을 가만히 쥐었다. 이 손을 잡기까지 얼마나 힘들었
는지를 아는 강욱은 놓고 싶지 않은 마음에 손가락 사이사이에 제 손가
락을 밀어 넣고 꽉 쥐었다.

"아직 다 지운 거 아니면 나한테 기회가 남은 거 맞지?"

윤은 잠시 생각하더니 보일락 말락 고개를 끄덕였다.

"……천천히 다시 시작해 보고 싶어요."

"천천히?"

"그때도 그렇고 이번에도 그렇고 우린 너무 속절없이 빠졌었나 봐요.
생각해 보니까 늘 그랬던 것 같아."

속절없이. 그래. 그 말이 맞다. 산에서도 그렇고 윤을 볼 때마다 정신
없이 빠져들었던 거.

"그러니까 처음 만난 사람들처럼 다시 시작해 보고 싶어."

"좋아. 그러자. 연애든 뭐든 너랑 할 수 있으면 그걸로 된 거니까."

"근데 회사는 어떡하고 왔어요? 오늘은 쉬어요?"

"……"

"아, 토요일이구나."

"관뒀어."

담담한 강욱의 대답에 윤이 휘둥그레진 눈으로 그를 돌아봤다. 하긴,
그렇게 힘들게 올라가 놓고 관뒀다니 기가 막히기도 할 것이다. 하지만
윤은 이해한다는 듯 이유를 묻지 않았다.

"당분간 백수 신세인데 여기서 좀 지내도 돼? 보아하니 집수리하나
본데 힘쓸 일 있으면 나 부려 먹어."

"진심이에요?"

"응."

"같이 지내는 건 곤란해요."

"곤란해? 원하지 않으면 절대 손가락 하나 안 건드려."

516

"강욱 씨랑 잘해 볼 생각이 없는 건 아니지만 그래도 만에 하나…….

어쨌든 여긴 시골이고 함께 지내는 거 금방 소문날 거예요. 혼삿길 막히

고 싶지는 않아."

윤의 말에 강욱이 슬쩍 표정을 찡그렸다. 그러더니 나직한 한숨을 내

쉬더니 마루에 벌렁 드러누워 버렸다.

"그럼 하루만 재워 줘."

서까래가 드러난 마루 위 오래된 천장을 올려다보던 그가 피곤한 듯

눈을 감으며 중얼거렸다.

"설마 여기까지 온 사람한테 지금 가라고 할 건 아니지?"

"……딱 하루만이에요."

윤의 허락이 떨어지자 마루에 누운 강욱의 얼굴 위로 옅은 미소가 번

졌다.

"근데 저 짐들은 뭐예요?"

"장을 좀 보다 보니 이것저것 많아졌어."

대문 앞에 놓인 짐 꾸러미를 바라보며 윤이 고개를 갸웃거렸다.

"누가 보면 이사라도 온 줄 알겠네."

강욱이 눈을 감은 채로 손을 뻗어 윤의 손을 잡았다. 손을 잡는 것 말

고는 아무것도 하지 않은 채 앉아 있는 이 순간이 그저 꿈만 같았다.

"좋다."

나직한 중얼거림에 꼼지락거리던 윤의 손가락이 얌전해졌다.

몇 가구 살지 않는 시골 동네는 조용했다. 조용하다는 말보다는 적막

하다는 표현이 더 어울렸다. 멀리서 들려오는 개 짖는 소리를 제외하면

아무 소리도 들리지 않았으니까.

소화를 시킬 겸 잠시 집 주변을 살피던 강욱은 대문을 잠그고 문단속

을 했다. 마루 미닫이문을 닫고 방으로 들어가려는데 끙끙 앓는 소리가

들려왔다.

"윤아."

똑똑 문을 두드리며 이름을 부르는데 대답이 들리지 않는다.

문을 열어 보니 윤이 이불을 뒤집어쓴 채 누워 끙끙거리고 있었다. 아무래도 몸살이 심하게 난 모양이다.

놀란 강욱이 재빨리 다가가 윤을 일으켰다. 이마를 만져 보니 식은땀이 흐르고 있다.

"일어나. 병원에라도 가야겠어."

그의 말에 윤이 눈을 떴다. 몸이 으슬으슬 춥더니 까무룩 잠이 들었던 모양이다. 흐릿한 시선으로 강욱을 올려다보던 윤이 손을 뻗어 그의 얼굴을 만져 보았다. 걱정스러운 눈으로 저를 보고 있는 강욱을 보니 왈칵 눈물이 솟구쳤다.

"왜 울어."

"강욱 씨가 미워서."

"미운 거면 울지 말고 차라리 때려."

강욱의 말에 윤은 힘없이 주먹을 말아 쥐고는 그의 가슴을 툭 때렸다.

"내가 아픈 건 강욱 씨 때문이야."

"알아."

"알긴 뭘 알아. 내가 얼마나 기다렸는데."

"……."

"밤마다 강욱 씨가 오는 꿈을 꿨어. 근데 눈을 떠 보면 나 혼자라 그게 그렇게 슬플 수가 없었어."

"이제 다시는 안 떠날게."

"누가 가게 놔둔대?"

"혼삿길 막힌다며."

"응. 그러니까 가."

"일단 병원에 가자."

"싫어. 그냥 이대로 아플래. 그러고 싶어."

자꾸 말도 안 되는 소리를 하며 그를 밀어내자 강욱이 짙은 한숨을 쉬며 옆에 놓인 약봉지를 확인했다.

"그럼 약이라도 먹어. 자, 아."

낮에 병원에서 지어 온 약봉지를 뜯어 내미는 강욱을 향해 고개를 저었다.

"안 먹을래."

"먹어야 해. 열나."

"안 먹을 거야."

"윤아."

저 때문에 안절부절못하는 강욱을 보고 있으니 묘한 희열이 느껴졌다. 아프다는 핑계로 어린아이처럼 투정이 부리고 싶어졌다.

윤이 도리질을 하며 기어이 약을 먹지 않자 강욱이 한숨을 내쉬며 이름을 불렀다.

"하아, 윤아."

이젠 어쩔 건데. 그런 심정으로 강욱을 올려다보던 윤의 눈이 커졌다.

무슨 생각에서인지 강욱이 가루약을 제 입에 털어 넣더니 물 한 모금을 머금었다. 아픈 건 난데. 생각도 잠시 윤의 눈이 휘둥그레졌다.

"!"

강욱의 입술이 입술에 와 닿더니 다물린 입술 사이로 교묘히 파고든다. 길을 트며 들어온 혀가 입을 벌리게 하더니 쓴맛이 나는 약물이 울컥 넘어왔다.

"으읍!"

가슴팍을 밀쳐내려 했지만 강욱은 꿈쩍도 하지 않고 약을 다 먹인 다음 물 한 모금까지 입으로 머금어 넘겨주었다. 윤이 입술을 손등으로 훔치며 강욱을 흘겨보았다.

"뭐 하는 거예요."

"약 먹기 싫어하는 애인 약 먹여 주고 있잖아."

"윽, 써."

투정을 부리는 윤을 가만히 끌어안은 강욱이 등을 토닥였다. 그 다정한 손짓에 울컥해진 윤이 안긴 채로 지그시 눈을 감았다.

오랜 기다림 끝에 만난 날인데 몸 상태가 말썽이다. 내일이면 서울로 올라갈 텐데. 진득한 아쉬움이 밀려왔다.

그동안 밀린 이야기를 나누려면 밤을 새워도 모자랄 판에 약 기운 때문인지 자꾸만 잠이 쏟아진다.

"졸리면 참지 말고 자."

강욱의 목소리가 차츰 멀어진다. 윤은 그의 손가락에 제 손가락을 얽으며 졸린 목소리로 물었다.

"안 갈 거죠?"

"응. 가라고 해도 안 갈 거야."

"너무 졸려. 조금만 자고 일어날게."

점점 힘을 잃어 가는 목소리로 중얼거리던 윤이 강욱에게 안긴 채 잠이 들었다. 강욱은 그런 윤이 깰까 싶어 가만히 벽에 몸을 기대었다.

윤은 금세 곤한 숨소리를 냈다.

"……."

문득 오늘 내려오지 않았으면 혼자 아팠을 윤을 떠올리자 가슴이 먹먹해진다. 제가 힘들었던 것만큼 혼자서 힘들었을 윤을 향한 미안함에 안은 팔에 힘을 실었다. 강욱은 두 사람의 손가락이 얽힌 손을 내려다보며 중얼거렸다.

"가라고 등 떠밀어도 못 가. 이 손 이제 못 놔."

이곳으로 내려오며 윤이 화가 났으면 어쩌나, 저를 다 잊기로 했으면 어쩌나 걱정했다. 만에 하나 그런 일이 생긴다 해도 물러설 생각은 없었다. 여기까지 그들을 데려온 건 분명 운명이었지만 이젠 제 선택이다.

사랑을 선택하고 지키는 건 제 몫이다.

"잘 자. 아프지 말고."

반쯤 열린 커튼 사이로 하나둘 흩날리는 눈발이 보였다.

사방이 고요해진 늦은 밤.

눈이 내리는 모양이다.

처음 윤을 만나던 그날처럼.

오도 가도 못 하는 신세가 되어 결국은 서로만 보게 했던 그날처럼.

윤을 안은 채 눈을 감았다.

잠든 윤의 꿈속에도 하얀 눈이 내렸으면 싶었다.

새벽 무렵 몸을 뒤척이다 눈을 뜬 윤은 벽에 기댄 채 잠들어 있는 강욱을 멍하니 바라보았다. 그 곁으로 대야와 수건이 놓여 있는 걸 보니 약을 먹이고 간호해 주던 게 꿈이 아니었나 보다.

"강욱 씨."

입을 열자 잔뜩 쉰 목소리가 흘러나왔다. 여전히 목 상태는 안 좋지만 다행히 몸살은 사라진 듯했다.

편하게 누워서 자지…….

불편하게 잠든 강욱을 보고 있으니 기분이 이상하다. 누군가에게 보살핌을 받는 게 이런 느낌일까.

잠들어 있는 강욱을 한참 바라보다 손을 뻗었다.

"강욱 씨."

잔뜩 잠긴 목소리로 이름을 부르며 몸을 흔들자 강욱이 흠칫하며 눈을 떴다. 그러더니 이내 윤의 머리를 손으로 짚었다.

"아직도 아파?"

힘없이 고개를 저은 윤이 옆자리를 툭툭 두드렸다.

"잠깐 눈 좀 붙여요. 나 때문에 병나겠다."

"이불 속은 위험해."

"안 덮칠 테니까 믿고 들어와요."

윤이 힘없이 웃으며 농담을 건네자 강욱이 마지못해 이불 속으로 들어왔다. 팔베개를 해 주며 강욱은 윤의 흘러내린 머리카락에 입술을 대며 중얼거렸다.

"더 자."

"응."

새벽의 고요함 사이로 서로의 숨소리만 들려온다. 윤은 이내 다시 잠이 들었고 강욱은 그런 윤을 꼭 안은 채 어두컴컴한 천장을 올려다보았다.

지난 몇 달 동안 말할 수 없이 허전했던 가슴이 비로소 채워지는 느낌이다. 비록 좁고 허름한 집이지만 이렇게 윤을 안고 누워 있으니 제가 버린 것들이 하나도 아깝지 않다.

야옹.

바구니 안에서 잠들어 있던 고양이가 작게 울며 이불 위로 옮겨 왔다.

강욱은 동그랗게 몸을 말고 잠을 청하는 고양이를 내려다보며 중얼거렸다.

"너도 반갑다."

등에 닿는 따뜻한 온기와 윤의 곤한 숨소리에 졸음이 밀려왔다. 이내 강욱의 눈꺼풀이 무거워졌다.

다시 눈을 떴을 땐 맛있는 냄새가 풍기고 있었다. 이런 느낌을 받아 본 게 얼마 만일까.

문득 할머니가 살아 계셨을 때가 떠올랐다. 가끔 집에 내려와 늦잠을 잘 때면 맛있는 생선구이와 함께 아침상이 차려져 있곤 했는데 지금이 꼭 그때인 것만 같다. 닫힌 문을 향해 '할머니' 하고 부르면 금방이라도 벌컥 문이 열릴 것 같은 생각에 윤은 느리게 눈을 껌벅였다.

한참 자리에서 꼼지락거리던 윤은 이불을 빠져나왔다. 갑자기 날이 추워져서인지 한기가 느껴져 카디건을 걸쳤다.

방을 나오자 맛있는 냄새는 더 짙어졌다.

마루를 지나 주방으로 들어가자 가스레인지 앞에 서 있는 강욱의 뒷모습이 보였다. 골똘한 얼굴로 간을 보던 강욱이 돌아서다 윤을 발견했다.

"몸은 좀 어때?"

"보다시피 거뜬해요."

뚫어지게 바라보는 눈빛에 윤은 떨리는 손끝으로 머리를 쓸어넘겼다. 어젯밤 저를 꼭 안고 있던 강욱이 자꾸만 떠올라 몸에 열이 오르는 느낌이 든다.

"근데 이게 무슨 냄새예요?"

"생선도 좀 굽고 이것저것 만들어 봤어. 음식 만드는 게 서툴러서 맛은 장담 못 하겠지만."

작은 식탁에 놓인 음식을 바라보는 윤의 눈빛이 그윽해졌다. 누군가에게 보살핌을 받는 게 어떤 느낌인지를 확연하게 깨닫는 아침이다.

"씻고 올게요."

욕실로 향하던 윤은 뭔가가 이상한 느낌에 미닫이창 너머로 보이는 대문을 응시했다.

"……눈이 왔나?"

아귀가 잘 맞지 않는 대문 사이로 보이는 건 하얀 눈이 분명했다. 당분간 눈 소식은 없던 것 같은데 밤에 눈이 내린 모양이었다.

"이상하다. 눈 온다는 얘기는 없었는데."

고개를 갸웃거리며 중얼거린 윤이 따뜻한 물로 씻은 다음 식탁으로 돌아오자 강욱이 밥을 푸고 있었다.

 윤의 앞으로 김이 모락모락 나는 밥이 놓였다. 흐르는 윤기에 감탄할 새도 없이 소고기를 넣고 끓인 뭇국을 옆에 놓아 주며 강욱이 멋쩍게 웃었다.

 "입맛에 맞아야 할 텐데."

 "……."

 "왜? 무슨 문제 있어?"

 윤이 대답하지 않자 강욱이 걱정스러운 목소리로 물었다.

 "아니. 눈으로만 먹어도 맛있어서 감동하는 중이에요."

 "따뜻할 때 먹어 봐."

 맞은편에 앉은 강욱이 접시에 놓인 생선살을 발라 윤의 밥 위에 얹어 주었다. 언젠가 함께 밥을 먹으러 갔던 날 윤이 그랬던 것처럼.

 "……위로해 주고 보듬어 줄 수는 있지만 사랑은 못 해 줄 거라고 했었지. 아직도 그 생각엔 변함없어?"

 그날을 떠올린 듯 강욱이 조용히 웃으며 물었다. 윤은 곰곰이 생각하다 대답했다.

 "하는 거 봐서."

 "잘 보여야겠네."

 "당연하죠."

 잘 바른 생선살을 얹은 따뜻한 밥을 입에 넣고 우물거리자 윤의 얼굴에 저절로 미소가 그려진다.

 "참, 밖에 눈 왔나 봐요."

 윤의 말에 강욱이 문을 바라보았다.

 "눈?"

 "올라가려면 길 미끄럽겠다."

"일어나자마자 가라고 쫓아내는 거야?"

"처음 만난 사이에 한집에 오래 머무는 건 곤란하니까요."

"밤새 병간호도 해 줬는데 너무하네."

투덜거리면서도 강욱의 손은 쉬지 않고 생선 살을 바르고 있었다. 그런 그의 모습에 자연스럽게 숟가락을 내밀며 윤은 그가 돌아와 곁에 있음을 만끽했다. 날도 춥고 컨디션도 엉망이지만 이런 날이 왔음이 싫지 않다.

"나 설거지도 잘해. 그러니까 옆에 두고 써."

강욱의 말에 윤은 웃고 말았다.

"밥하고 설거지하기엔 얼굴이 아깝네요."

자꾸만 웃음이 나는 아침이었다.

아침을 먹고 방으로 돌아오자 강욱은 귤 한 바구니를 안겨 주더니 설거지를 하겠다며 나갔다. 달그락거리는 소리를 듣고 있으니 어쩐지 기분이 묘하다. 저 남자가 여기서 설거지나 하고 있을 그럴 사람이 아닌데.

뉴스를 좀 볼까 싶어 텔레비전을 틀었는데 어제까지도 멀쩡하던 텔레비전이 나오지 않는다.

리모컨을 꾹꾹 누르던 윤이 고개를 갸웃거리며 중얼거렸다.

"이상하다. 왜 이러지."

코드가 빠졌나 싶어 확인해 봤지만 이상이 없다. 대체 뭐가 문제인 걸까.

방을 나간 윤은 담벼락 위에 설치한 안테나를 확인하기 위해 대문으로 향했다.

"어?"

밤새 내린 눈이 얼마나 쌓였는지 대문이 꼼짝을 하지 않는다. 몇 번 문을 열어 보려 안간힘을 쓰던 윤은 난감한 얼굴로 문틈 사이의 눈을 바라보았다.

"왜 그래?"

뒤에서 들려오는 물음에 윤은 헛웃음을 터트리며 어깨를 으쓱였다.

"맙소사. 문이 안 열려요."

"문이?"

"눈이 엄청 내렸나 봐요."

신발을 신고 내려온 강욱이 문을 열어 보려 애를 쓰지만 소용없다. 꽁꽁 얼어붙은 모양이다. 담벼락을 타고 지붕 가득 쌓인 눈을 보니 기가 막혔다. 어떻게 하룻밤 사이 이런 일이 벌어졌을까.

"출입구는 여기뿐인가?"

강욱의 물음에 윤은 고개를 끄덕이며 마루에 털썩 주저앉았다.

"이 동네는 제설 작업이 늦어서 오후에나 길이 날 거예요. 그 안엔 꼼짝 못 해."

"어차피 백수라 딱히 할 일이 있는 것도 아니니까 난 신경 쓰지 마."

슬쩍 눈치를 살피던 강욱이 윤의 멍한 표정에 피식 웃었다.

"어쩔 수 없이 같이 있어야 할 것 같은데 괜찮겠어?"

"별수 없잖아요. 이렇게 많은 눈이 내릴 거라고는 생각도 못 했는데."

"난 엄청 고마워해야 할 날씨 같은데."

마루에 나란히 앉아 꽁꽁 얼어붙은 대문을 바라보는데 윤이 중얼거렸다.

"꼭 그때 같다."

"그때?"

"우리 산장에서 갇혔던 날. 난 분명 혼자였는데 그 외진 곳으로 강욱 씨가 찾아왔잖아요."

어느 날 운명처럼 산장에서 만나 함께 갇혔던 두 사람이 또다시 집 안에 고립되었다. 이건 피할 수 없는 운명일까, 아니면 우연일까.

"우린 운명으로 이어진 사람들이니까 어떻게든 다시 만날 수밖에 없었을 거야."

강욱의 말에 수긍하듯 고개를 끄덕일 수밖에 없었다. 그의 말처럼 운명이 아니라면 한 번도 아니고 두 번씩이나 이러긴 쉽지 않을 테니까. 우연도 겹치면 운명이라고 하지 않았던가.

"춥다. 들어가자."

손을 잡아끄는 강욱을 뒤따르며 윤은 밖을 돌아보았다. 믿을 수 없을 만큼 많이 내린 눈이 지붕을 가득 덮고 있었다.

"강욱 씨. 강욱 씨."

아무리 찾아도 핸드폰이 보이지 않아 윤이 애타게 강욱을 불렀다. 그러자 건너편 방에 있던 강욱이 나오는 소리가 들렸다.

"미안한데 나한테 전화 한 번만 해 줄래요? 분명 집에 있는데 못 찾겠네."

직접 해 보라는 듯 강욱이 핸드폰을 내밀었다. 전화를 걸자 신호는 가지만 울리지 않는다. 몇 번이나 다시 걸어도 마찬가지였다.

대체 어디 있는 걸까. 난감해진 윤이 짧은 한숨을 쉬며 작은방 안을 둘러보았다.

"어제 병원에서 놓고 온 걸까?"

읍내에 다녀올 때만 해도 분명 있던 것 같은데…….

"잃어버렸으면 하나 사 줄게."

"중요한 연락처 다 그 안에 있는데."

"그나저나 나도 배터리가 얼마 안 남았는데 큰일이네. 방전 직전이야."

"충전기는요? 내 거랑은 안 맞는 것 같은데."

"차에 두고 왔나 봐."

"걱정하지 말아요. 보통 오후쯤이면 제설 작업 완료되니까. 거기 서 있으면 안 추워요? 여기로 들어와요."

문 앞에 서 있는 강욱을 올려다보던 윤이 한쪽 이불을 걷으며 따듯한 바닥을 툭툭 손으로 두드렸다.

"왜 자꾸 이불 속으로 들어오래. 사람 설레게."

볼멘소리로 중얼거리며 옆에 앉는 강욱의 입에 바구니의 귤을 까 넣어 주었다.

"자꾸 이상한 소리 하지 말고 이거나 먹어 봐요. 귤이 엄청 달아요."

나란히 앉은 강욱을 보고 있으니 괜히 피식 웃음이 흘러나왔다. 자꾸만 산장에서의 일들이 떠올랐다.

"왜 웃어?"

"그땐 무슨 정신에 이강욱 씨한테 반했나 싶어서요."

"지금이 더 잘생기지 않았어?"

"응. 인정."

"그럼 한 번 더 반해 보든가."

장난스러운 눈빛으로 거들먹거리듯 고개를 추켜올렸던 강욱이 이내 진지한 표정으로 윤을 바라보았다.

"근데 미안해서 어쩌지. 나한테 반할 기회는 못 주겠는데."

"왜요?"

"내가 이미 반해 버렸거든. 못질하는 여자가 그렇게 멋있는 거 처음이었어."

강욱의 속삭임에 윤이 작게 한숨을 내쉬며 어깨를 으쓱였다. 그러곤 그가 그랬던 것처럼 귀찮은 투로 말했다.

"반하지 마요. 골치 아픈 일 생기는 거 딱 질색이니까."

"내가 그렇게 재수 없는 말을 했었나?"

"눈빛은 더 재수 없었어요."

528

이젠 추억이 된 것들을 하나하나 꺼내 보며 둘은 도란도란 얘기를 나누었다. 둘뿐인 이 집에서 할 수 있는 거라고는 서로를 바라보는 일뿐이었다.

그러다 문득 시선이 마주치면 묘한 기류가 흐르곤 했다.

"나도 참 병이다."

강욱이 탄식하듯 말하면 윤이 물었다.

"뭐가요?"

"처음 보는 여자랑 자꾸 키스가 하고 싶어져서."

밖으로 나갈 수 없는 집에 남은 건 단둘뿐. 온 신경은 서로를 향해 있고 맞닿은 손끝은 따뜻하기만 하다. 어느 순간 시선이 얽히고 서로의 거리가 점점 가까워지면 스르륵 눈이 감겼다.

"미안. 천천히 가겠다는 약속은 못 지키겠다."

입술이 닿았다. 좀 더 깊숙이 파고드는 혀에 입술을 내주며 윤은 고개를 기울였다. 호흡이 뒤엉키자 조금 전 나눠 먹은 귤 맛이 진해졌다.

"오늘은 여기까지. 더 나가면 못 참아."

한참 동안 계속되던 키스를 멈추며 강욱이 속삭였을 때 윤은 하마터면 괜찮다고, 더 해 달라고 할 뻔했다. 하지만 태연한 척 고개를 끄덕일 뿐이었다. 가슴이 미친 듯이 뛰고 있었다.

하루가 흐르고 다시 아침이 되었을 때도 여전히 눈은 문을 열 수 없을 만큼 쌓여 있었다.

"이상하다……."

왜 제설 작업이 되지 않은 거지? 마루에 선 채 의아한 눈으로 바깥을 내다보고 있던 윤의 허리에 팔이 감겼다. 목덜미에 와 닿는 입술이 뜨겁다.

"뭘 그렇게 봐?"

"제설 작업을 안 했나 봐요."

"좀 늦나 보지 뭐. 들어가서 영화나 볼까?"

"영화?"

"뭘 좋아할지 몰라서 장르별로 다 선별해서 가져왔는데."

이틀 전 작은방에 둥지를 튼 강욱의 가방에선 별의별 물건이 다 나왔
는데 그 안에 프로젝터도 있는 모양이다.

"한서주 나오는 영화도 있어요?"

"당연하지."

어제는 그가 풀어 놓은 건축 잡지를 보며 종일 이불 속에서 뒹굴거렸
다. 함께 집에 대해 열띤 토론을 벌이다 뭔가 불리하다 싶으면 상대의 입
술에 입을 맞추었다. 그러면 논쟁은 대번에 사라졌다.

그랬는데 오늘은 영화라…….

"팝콘이 있어야 제맛인데."

"내가 보기보다 준비성 철저해."

"설마 팝콘도 가져왔어요?"

"응. 전자레인지에 돌리기만 하면 돼."

"뭐야. 누가 보면 이러고 지낼 거 미리 알았던 사람 같겠네."

놀라는 윤의 허리를 꽉 껴안으며 강욱이 몸을 밀착해 왔다. 순간 아찔
해져 더 할 말이 떠오르지 않는다.

"춥다. 들어가자."

"무슨 장르 좋아해요?"

"에로 영화."

"윽, 그건 좀 곤란해."

"왜?"

"몰라서 물어요? 우리 이제 막 사귀기 시작했는데 어떻게 그런 걸 봐."

"그럼 공포 영화 볼까? 무서우면 안아 줄게."

곱게 눈을 흘기는 윤의 등을 떠밀어 방으로 향하며 강욱은 힐끗 바깥을 쳐다보았다.

단둘뿐인 이곳엔 오늘도 종일 눈이 내릴 듯했다.

나흘째가 되었다.

창고에서 저녁에 쓸 배추 한 포기를 꺼내 오던 윤은 문득 이상한 생각이 들어 지붕을 올려다보았다. 온실을 겸하느라 지붕은 폴리카보네이트로 만들었는데 해가 잘 들어오라고 밝은색을 썼다. 한데 며칠째 눈이 내렸음에도 불구하고 안쪽 지붕이 휑하니 드러나 있다. 바깥은 쌓인 눈으로 가득한데 가운데 쪽만 비어 있다니…….

"뭐지."

눈이 한 곳만 빼고 왔을 리도 없는데 이상했다. 눈이 안 내린 지붕도 그렇고 예고에도 없던 눈이 매일매일 내리는 것도 그렇고, 요즘 온통 이상한 것투성이다.

"강욱 씨."

이름을 부르자 대답 대신 욕실에서 물소리가 들려왔다.

주방에 배추를 내려놓고 작은방으로 들어간 윤은 한쪽에 놓인 강욱의 캐리어를 물끄러미 바라보았다.

고작 하룻밤 지내다 가기엔 턱없이 큰 캐리어에 그제야 의아함이 눈덩이처럼 부풀어 올랐다.

며칠 동안 자꾸 뭔가가 안 맞는다는 생각이 들었던 게 저 커다란 캐리어에서부터 시작된 건지도 모르겠다.

"너무 예민한 건가."

그 순간 어디선가 약한 진동이 느껴졌다. 이불을 들치자 배터리가 없어 꺼졌다던 강욱의 핸드폰이 울리고 있었다.

윤은 저장된 상대의 이름에 저도 모르게 전화기를 집어 들었다.

[제설기 업체]

"제설기?"

윤은 홀린 듯 통화 버튼을 누르고 전화기를 귀에 가져다 댔다.

– 사장님. 오늘 작업까지는 다 끝났는데요. 내일은 진짜 눈이 올 거랍니다. 그러니까 저희는 철수했다가 눈 녹기 시작하면 다시 오겠습니다.

상대방 남자의 말에 그제야 며칠 동안 이상하다는 생각이 들던 것들이 하나둘 그림이 맞춰진다. 예고도 없이 갑자기 내린 폭설이 강욱의 계획이었던 건가. 스키장에나 있을 법한 그 제설기로?

– 사장님?

아! 이 동네에 눈 덮인 집은 이 집뿐이겠구나. 덩그러니 눈의 왕국이 되어 있을 모습을 떠올리자 짜릿하면서 묘한 감정이 온몸으로 빠르게 번졌다.

– 듣고 계시죠?

대답 없이 전화를 끊은 윤은 욕실 앞에 섰다. 안에서 들려오는 콧노래를 들으며 윤은 길다면 길었을 그들의 이야기를 떠올렸다.

어쩌면 벗어날 수 없는 운명인지도 모르겠다.

만나자마자 사랑에 빠져 버렸던 그때도, 다시 만날 수밖에 없던 일도 그저 운명이었을 거다.

그리고 지금……

모든 걸 버리고 제 곁에 와 스스로 갇혀 있는 이 남자는 운명을 제 손으로 만든 것이다.

그러니 어떻게 사랑하지 않을 수가 있을까. 이제 그가 없는 삶은 상상하기조차 싫은데. 그가 제 곁에 있기를 선택했듯이 그녀 역시 그와 함께하기를 간절히 바라고 있지 않은가.

욕실 문은 잠겨 있지 않았다.

입고 있던 스웨터와 바지를 벗은 다음 안으로 들어가자 샤워 중이던 강욱이 놀란 얼굴로 돌아보았다.

"같이 씻어도 돼요?"

그때처럼 사랑에 빠지고 싶다.

사랑하지 않을 수 없었던 그 산장에서의 날들처럼.

"난 그만 참고 싶은데."

"……"

"아무래도 독수공방은 체질이 아닌가 봐요. 꺅!"

말이 끝나기도 전에 강욱의 품에 안겨 있었다. 쏟아지는 뜨거운 물줄기 아래에서 강욱이 윤을 번쩍 안아 들었다.

"난 쉬운 놈 아닌데 건드렸으니까 죽을 때까지 책임져."

"아직 안 건드렸는데."

"그럼 지금부터 건드려."

윤은 환하게 웃으며 강욱의 얼굴을 양손으로 쥐었다. 입술을 맞대며 속삭였다.

"나한테 와요. 늙어 죽을 때까지 책임져 줄게."

앞으로도 오랫동안 이 집을 나가지 못할 것 같지만 상관없다. 서로를 머리부터 발끝까지 알아보려면 꽤 오래 걸릴 것 같으니까.

"사랑해."

강욱의 고백에 윤이 화답했다.

"나도 사랑해요."

그들이 사랑을 속삭이는 그 순간, 밖엔 진짜 눈이 내리고 있었다.

에필로그

– 1 –

바람이 살랑살랑 불고 있었다.

어느 한적한 해변에 세워진 캠핑카 안에서 달콤한 낮잠을 즐기던 강욱은 어디선가 부르는 소리에 천천히 눈을 떴다.

"강욱 씨!"

멀리서 들려오는 들뜬 윤의 목소리에 저절로 입가에 미소가 그려졌다. 어제는 미역을 한 움큼 주워 와 좋아하더니 오늘은 또 무슨 일일까.

몸을 일으킨 강욱이 밖으로 나오자 저 멀리 해변에서 달려오는 윤이 보였다.

"이거 봐."

손에 든 뭔가를 번쩍 들어 올린다. 저게 뭘까. 가늘어지던 강욱의 눈이 이내 휘둥그레졌다.

"설마 그걸 잡은 거야?"

윤이 손에 든 건 분명 문어다. 그것도 제법 큰 문어.

"아니. 포구까지 갔더니 마침 배가 들어오더라고요. 아주머니들 일손을 좀 거들어 드렸더니 오늘 문어가 제법 잡혔다면서 한 마리 주셨어."

몇 달 함께 지내면서 느끼는 거지만 윤은 참 넉살도 좋다. 어디를 가나 사람들하고도 잘 어울린다.

"나 잘했지?"

"응. 잘했어."

"그럼 상 줘야지."

신기한 듯 가져온 문어를 살피던 강욱은 상을 달라며 입술을 쑥 내미는 윤의 모습에 몸을 기울여 쪽 입을 맞췄다. 그러자 윤이 빙그레 웃으며 콧노래를 흥얼거렸다.

"오늘은 이걸로 해물탕 끓여야겠다."

강욱은 그런 윤의 콧노래에 귀를 기울이며 타프 아래에 놓인 의자에 앉아 느긋하게 바다를 바라보았다.

어제저녁 무렵 이곳에 도착했는데 풍경도 그렇고 제법 마음에 드는 곳이다.

겨울이 끝날 무렵부터 벌써 몇 달째, 두 사람은 내킬 때마다 캠핑카를 끌고 나와 목적지도 없는 여행을 하곤 한다.

원래는 요트를 타고 바다를 누비고 싶었는데 윤이 멀미를 심하게 하는 통에 그럴 수가 없어 불가피하게 계획을 수정해야 했다.

몇 달쯤 이렇게 살아 보기로 했다.

쫓기는 삶에서 벗어나 유유자적 떠돌며 서로만 바라보는 이 생활이 나쁘지 않다. 가끔 갑작스레 날씨가 나빠져 곤란할 때도 있지만 그것도 함께 헤쳐 나가야 하는 일이다 보니 꼭 힘들다고만 할 수도 없었다. 지나고 보면 다 추억이 될 테니까.

"어제 잡은 조개가 해감이 다 됐으려나……."

즉석에서 공수한 재료들로 만든 음식이 뭔가 부족한 맛을 낼 때면 자주 다니던 단골집이 그리울 때도 가끔 있지만 덕분에 두 사람의 요리 실력도 날로 늘어간다.

"저 아래에 가니까 포장마차 있던데 이따 가 볼래요?"

"응. 그러자."

"나중에 남해에 가면, 으악. 강욱 씨 이거 봐."

윤의 비명에 벌떡 일어나 다가가 보니 개수대 안에서 기어 나오는 문어와 씨름 중이다. 빨판이 손에 들러붙어 꿈틀거리자 윤이 잔뜩 겁먹은 얼굴로 그를 본다.

"징그러워."

문득 장난기가 발동했다.

"구해 주면 뭘 해 주시려나?"

"빨리. 빨리 떼 줘 강욱 씨."

"대답부터 해야지."

마지막 발악을 하는 문어 다리를 움켜쥐며 강욱이 윤에게 가까이 얼굴을 가져다 댔다.

"어제 못 한 거 마저 하게 해 줄 거야?"

"알았으니까 얼른 얘부터 어떻게 좀 해 봐. 응?"

어젯밤 윤은 피곤했던지 잔뜩 달아오른 강욱을 버려두고 혼자 잠들어 버렸다. 곤하게 잠든 윤을 깨우지도 못한 채 열을 식히느라 누워 있는데 창밖의 달만 휘영청 밝은 날이었다.

"분명히 대답했다."

확인까지 한 강욱은 문어를 떼어 낸 다음 기절까지 시켜 박스 안에 넣어 두고 손을 씻었다. 자국이 났나 싶어 살피는 윤의 손목을 가볍게 쥐자 의아해하는 시선이 와 닿았다.

"들어가자."

"……지금?"

설마 당장 하자고 할 줄은 몰랐는지 윤이 당황한 눈길로 그를 본다.

"어. 지금."

"이 대낮에?"

슬쩍 주변을 살피며 뒷걸음을 치는 윤을 놓칠세라 당겨 왔다. 대낮이라곤 하지만 어차피 주변엔 방해할 사람도 없다. 드넓은 해변엔 그들뿐이었으니까.

"그래도 지금은 좀……. 꺅."

그가 번쩍 안아 올리자 윤이 작게 비명을 지르며 강욱의 목에 매달렸다.

"내가 좀 급해서 그래."

윤을 안은 채 캠핑카 안으로 들어간 강욱은 침대로 가 그대로 쓰러뜨렸다.

"……."

창문으로 들어온 햇빛이 윤의 몸 위로 쏟아져 내렸다. 뽀얀 살결 위로 번지는 빛을 따라 촘촘히 입을 맞추자 윤이 신음하며 몸을 비틀었다.

강욱은 그런 윤을 빠짐없이 눈에 담으며 느긋하게 단추를 풀었다. 벌써 몇 달을 이렇게 붙어 있는데도 여전히 윤을 안을 때의 느낌이 좋다.

강욱은 윤에게 몸을 묻으며 내려다보았다.

"사랑해."

그의 눈동자엔 사랑이 그득 담겨 있었다.

"나도."

얼굴을 어루만지는 윤의 손끝에 열기가 서려 있었다.

"아, 좋다."

포장마차에 들러 사이좋게 소주 한 병을 나눠 마셨다. 적당히 기분 좋은 상태가 된 윤이 까르르 웃음을 터트리며 강욱의 어깨에 기대었다.

어느덧 초여름이 시작되었지만 바닷가라 그런지 저녁 바람이 제법 차다. 강욱은 윤이 추울세라 폭 껴안으며 천천히 보폭을 맞춰 걸었다.

"내일 올라갈 거죠?"

"그래야겠지. 왜? 며칠 더 있다가 갈까?"

"아니. 나도 잠깐 가 봐야 할 데가 있고 강욱 씨도 슬슬 오픈 준비를 해야지."

강욱은 윤을 돌아보며 조용히 웃었다.

대표 자리에서 물러난 정도가 아니라 회사에서 완전히 손을 떼던 날의 윤이 떠올랐다.

'이제 내가 더 열심히 벌어 볼 테니까 걱정하지 말고 살림이나 해요. 안 굶길 테니까.'

'평생 살림만 하고 있어도 돼?'

'당연하지. 강욱 씨는 나만 믿어.'

그래 놓고는 얼마 전 강욱이 제법 유명한 김진영 셰프와 함께 레스토랑을 오픈하겠다고 하자 그렇게 반가워할 수가 없었다.

'꺅! 나 그 셰프 진짜 좋아하는데!'

김진영이란 이름에 눈이 빛나던 윤을 보는 순간 갑자기 정리하고 싶어지던 건 왜였을까.

두 사람을 소개하던 날은 정말이지 하고 싶지 않았던 최악의 일을 저지르고 말았다.

'완전 팬이에요.'

그를 볼 때와는 또 다른 반짝이는 눈빛으로 김진영에게 손을 내밀던 윤의 모습에 더는 참지 못하고 물었다.

'김진영 셰프야, 나야?'

비교 대상이 아니라는 걸 뻔히 알면서도 묻지 않을 수가 없었다. 윤이 다른 남자를 향해 그렇게 환하게 웃는 건 정말이지 용납이 되지 않았으니까.

'설마 지금 질투해요?'
'어. 그러니까 빨리 말해.'
'……'
'말하라니까?'

윤은 따지듯 묻는 그의 손을 잡더니 사람들 눈에 띄지 않는 계단으로 데려갔다. 그를 벽에 휙 밀치더니 다짜고짜 키스를 해 댔다. 그녀가 얼마나 저를 사랑하는지 대번에 깨닫게 하는 진득한 키스에 강욱은 할 말을 잃은 채 숨만 몰아쉬었다.

'대답이 더 필요해요?'

윤의 대담한 행동에 더 이상의 대답은 필요치 않았다.
"무슨 생각을 그렇게 해요?"
딴생각에 잠겨 있던 강욱은 옆에서 들려오는 물음에 피식 웃으며 안은 팔에 힘을 주었다.

"채윤 양께서 얼마나 날 사랑하는지에 대해서 생각 중이야."

"뭘 생각하고 그래요. 직접 물어보면 되지."

"……나 사랑해?"

"당연하지."

"얼마만큼?"

"이 해변의 모래알 개수만큼."

캄캄한 해변을 걸어 캠핑카가 세워진 곳으로 향하며 둘은 두런두런 얘기를 나누었다. 들려오는 건 온통 파도 소리뿐.

"좋다."

그저 좋다는 생각만 드는 그런 밤이다.

점심 무렵 차가 멈춘 건 어느 건물 앞에서였다.

입구에서부터 쭉 산책로가 조성된 건물로 사람들이 드나드는 걸 보니 식당인 모양이다.

"와아……."

아니나 다를까. 윤이 차에서 내리면서부터 감탄하느라 바빴다.

"맘에 들어?"

강욱의 물음에 고개를 끄덕이며 윤은 카메라로 건물 사진을 찍었다.

"여긴 어떻게 찾은 거예요?"

"노력과 정성."

"그 정성에 어떻게 보답하죠?"

"잘 생각해 봐. 보답할 길이 있을 거야."

강욱의 대답에 윤이 활짝 웃으며 손키스를 날렸다. 그러면서도 그녀의 눈은 건물을 향해 있었다.

"굉장히 독특한 외관이네요."

새로운 건물을 접할 때마다 윤이 얼마나 기뻐하는지 모른다. 처음에 우연히 발견한 건물을 보고 기뻐하는 윤의 모습에 강욱은 요즘 틈만 나면 전국에 있는 예쁜 건물을 검색하며 지내고 있다. 그런 건물을 찾아 보여 주는 건 일종의 선물인 셈이었다.

"들어가자."

계속해서 셔터를 누르던 윤이 고개를 끄덕이며 카메라를 내리다 말고 멍하니 뭔가를 본다. 뒤따른 강욱의 시선이 한곳에 멈췄다.

"……."

식사를 마친 한 가족이 밖으로 나오고 있었는데 거기엔 엄마 손을 잡고 나오는 다섯 살쯤 되어 보이는 남자아이가 있었다.

윤이 무슨 생각을 하는지 알 것 같아 강욱은 조심스럽게 손을 잡았다. 시간이 흐르면서 조금씩 상처는 옅어졌지만 그렇다고 완전히 잊은 건 아니다. 혹시나 윤의 마음이 아플까 싶어 손을 잡자 윤이 옅게 웃었다.

"괜찮아 강욱 씨."

곁을 스쳐 가는 가족들을 돌아보며 윤이 중얼거렸다.

"우리도 저런 날이 오겠죠?"

감출 수 없는 쓸쓸함이 깃든 윤의 목소리에 강욱은 조용히 손을 꼭 쥐었다.

조용하던 병실에 두런두런 말소리가 울렸다.

사진 몇 장을 인화해 가져온 윤이 정 여사의 곁에 앉아 다정한 목소리로 말을 건네고 있었다.

"여긴 사람들이 잘 다니지 않는 곳인데 저희가 이번에 발견했어요. 거기서 뭘 잡았는지 아세요?"

마치 정 여사와 대화를 나누는 것처럼 말을 건네는 윤을 지켜보던 강욱은 쓸쓸한 얼굴로 창밖을 바라보았다.

몇 해 전 윤을 만났더라면 어머니와 좋은 관계가 되었을 텐데. 자꾸만 아쉬움이 남는다. 그러면서도 어머니가 이렇게나마 잘 견디고 있는 게 감사하다는 생각도 들었다.

강욱은 윤의 옆으로 앉으며 정 여사에게 말을 건넸다.

"저희 서울로 돌아올 거예요. 앞으로는 자주 올게요."

어느덧 계절은 한 바퀴를 다 돌아 다시 윤을 만나던 초여름으로 접어들었다. 신기하게도 이 계절이면 뭔가를 새롭게 시작해야 하는 때인 모양이다.

한참이 지나 병원을 나온 강욱은 윤을 데리고 어딘가로 향했다. 저녁 무렵이라 서쪽 하늘엔 노을이 물들고 있었다.

"어디 가는 건데요?"

"너랑 살고 싶은 곳."

빙그레 웃은 강욱이 윤을 데려온 건 자양동 집이었다. 담벼락 아래에 차를 세운 강욱이 몸을 틀어 윤을 바라보았다. 작년에 이곳에서 두 사람이 헤어진 후 처음 함께 오는 것이어서인지 괜히 긴장됐다.

"윤아."

그를 생각하며, 철수를 생각하며 지었다는 이 집에 다른 사람을 들이고 싶진 않아 비워 두었다. 괜찮다면 윤과 함께 이곳에서 새로운 삶을 시작하고 싶었다.

"나랑 여기서 살자."

"……."

"너랑 살고 싶어."

하나부터 열까지 윤의 손길이 닿은 이곳에서 진짜 그녀의 가족이 되고 싶다. 윤이 꿈꾸던 많은 가족을 안겨 줄 수는 없겠지만 그녀에게 전부가 되어 주고 싶다.

"좋은 남자, 좋은 남편, 좋은 아빠가 되어 줄게. 그러니까 나랑 같이 살자."

감정이 북받치는지 눈물이 그렁그렁해진 윤에게 입을 맞추며 대답을
강요했다.

"나랑 살아 줄 거지?"

"……응."

울음을 터트리며 웃는 윤의 모습에 강욱이 따라 웃었다. 행복했다.

- 2 -

십자가 모양으로 생긴 하얀 산딸나무 꽃이 피었다.

며칠 전 주문한 가구가 도착한다는 연락에 먼저 와 있던 윤은 정원을
둘러보고 있었다. 나뭇잎이 무성하게 자란 정원수들이 딱 윤이 상상하던
모습을 하고 있다.

그동안 몇 번 와 보고 싶었지만 이상하게도 선뜻 와 볼 수가 없었다.
아마도 이 집을 지으면서 들었던 많은 생각들 때문인 듯했다. 며칠 전 강
욱을 따라 이곳에 왔던 날 현관을 들어서며 묘한 감정에 사로잡혔었다.

결국은 둘의 관계가 시작되었던 이 집에서 살아 보기로 했다.

집은 꽤 오랫동안 비어 있었지만 가끔 사람을 보내 관리를 한 덕분에
깨끗하게 유지가 되어 있었다.

"……"

현관문을 열고 들어간 윤은 천천히 집 안을 둘러보았다.

2층 높이의 긴 창에 베이지색 커튼을 달면 주문한 산뜻한 색상의 소파
와 어울릴 것이다. 식탁은 일부러 원목으로 골랐는데 전체적으로 따뜻한
분위기가 났으면 싶었다.

이런저런 생각을 하며 집 안을 돌아다니던 윤은 아이 방 앞에서 잠시
망설이다 조심스럽게 문을 열어 보았다.

철수를 생각하며 만들었던 방은 텅 빈 채였다.

"……."

아직은 이 방을 어떻게 해야 할지 잘 모르겠다. 또다시 선물처럼 아이가 찾아온다면 그때나 이 방을 쓸 수 있지 않을까.

여기저기를 둘러본 다음 거실 바닥에 앉아 있는데 강욱에게서 전화가 걸려 왔다.

"미팅은 잘 했어요?"

― 응. 김 셰프가 안부 전해 달래. 어디야?

"자양동. 소파랑 거실 가구가 들어온대서 기다리는 중이에요. 강욱 씨는요?"

― 나는 잠깐 처리할 일이 있어서 박 변 좀 만나고 가려고. 끝나면 데리러 갈까?

"아니. 원하우징에도 잠깐 들를 거예요. 여기 올라오면 다시 나와 달라고 부탁하던데 어떻게 해야 하나 얘기도 좀 해 보고 그러려고."

― 사무실 차려 준다니까.

몇 달 전 건축사 시험에 합격한 이후 강욱은 원하는 집을 마음껏 지어 보라며 계속 사무실을 차려 주겠다고 하는 중이다.

"마음은 고마운데 아직 실력 미달이야. 곰곰이 생각 좀 해 볼게요."

― 그럼 나도 오랜만에 얼굴 좀 볼 겸 이따 사무실로 데리러 갈게.

"사무실 식구들이랑 저녁 먹을지도 모르는데."

― 그래? 그럼 더더욱 가 봐야겠네. 눈도장은 확실히 찍어 두고 와야지.

"그럼 상황 보고 전화할게."

― 알았어.

"이따 봐요."

통화를 마치고 윤은 유리창 너머 그네를 물끄러미 바라보았다. 강욱이 조금이나마 고통스럽기를 바라며 일부러 놔두었던 일이 떠올랐다. 그네를 볼 때마다 철수가 떠오르길 빌었었는데…….

"철수야."

몇 달 만에 아이를 불러 보았다.

"우리 또 만나자."

바람이 살랑살랑 부는지 그네가 조금씩 흔들렸다.

유난히 따뜻한 햇살이 쏟아지고 있었다.

그날 밤.

옆자리에 앉아 술잔을 기울이던 성훈이 기분 좋은 얼굴로 건배를 제안했다.

"자, 우리 채 대리가, 아니지 우리 병아리 건축사님께서 다시 원하우징으로 돌아오길 기원하며 건배!"

"건배."

가득 채운 잔을 단숨에 비워 내고 윤의 접시에 잘 익은 고기를 놓아주며 성훈이 물었다.

"그래서 이강욱 씨는 요식업에 뛰어들 거래?"

"우선은 레스토랑으로 시작을 하는 거지만 점점 분점을 늘릴 거래요. 그러면서 유통 쪽에 손을 대려는 것 같던데 확실히는 잘 모르겠어요."

"사업 수완이 워낙 좋은 사람이라 뭘 해도 잘 하겠지."

"선배는 요즘 어때요? 집안일 좀 많이 도와주지."

"말도 마. 퇴근해서 집에 가면 다시 출근하는 기분이야. 청소하랴 애들 씻기랴. 몸이 두 개라도 모자랄 지경이야."

"그래도 애들 보면 좋죠?"

"그렇지. 또 그 맛에 사는 거고."

이런저런 이야기를 나누는데 강욱이 출입구로 들어오는 게 보였다. 강욱을 발견한 성훈이 번쩍 손을 들며 외쳤다.

"여깁니다!"

다가오는 강욱을 보며 성훈이 중얼거렸다.

"돈 많은 백수라 그런가. 여전히 멋있네."

"원래 멋있어요."

"그거 콩깍지다. 금방 벗겨져."

"콩깍지 벗겨지면 미우려나?"

"혹시라도 미운 짓 하면 나한테 일러. 아주 혼쭐을 내줄 테니까."

말로는 그러면서도 성훈은 다가온 강욱에게 환하게 웃으며 손을 내밀었다.

"오랜만이네요. 다시 돌아오기로 하셨다면서요. 환영합니다."

"감사합니다."

"사무실 식구들은 뭐 달라진 사람 없으니까 서로들 아실 테고."

가볍게 인사를 나눈 다음 강욱은 윤의 옆에 앉았다. 강욱의 잔을 채워 주던 성훈이 문득 예전 처음 회식 자리에서의 일이 떠오른 듯 두 사람을 번갈아 쳐다봤다.

"하, 둘이 이렇게 앉아 있는 거 보니까 기분이 묘하네."

"뭐가요?"

"처음에 여기서 회식하던 날 기억나? 그날 이강욱 씨가 쳐들어왔을 때만 해도 둘이 이렇게 될 거라고는 진짜 상상도 못 했었는데. 그때 근태 씨랑 나랑 얼마나 당황했는지 알아?"

성훈의 말에 윤이 멋쩍게 웃으며 강욱을 바라보았다. 잔뜩 찌푸린 표정으로 재촉하듯 앉아 있던 그때의 모습과 지금은 완전히 상반된 모습이다.

"험난한 길이었지만 끝까지 잘 달려온 거 축하해요. 앞으로는 윤이랑 꽃길만 걷길 빕니다."

"그럴 겁니다."

몇 번 잔이 돌고 분위기가 무르익었다. 도란도란 얘기를 나누며 서로의 접시에 잘 익은 고기를 챙겨 주는 두 사람을 지켜보던 성훈이 벌게진 얼굴로 강욱을 불렀다.

"이강욱 씨. 우리 윤이한테 잘해 줘요."

"......"

"이건 윤이 오빠로서 부탁하는 겁니다. 혹시라도 윤이 눈에서 눈물 나게 하면 가만히 안 있을 겁니다. 윤이 너도 무슨 일 있으면 꼭 오빠한테 말해. 내가 달려가서 아주 혼쭐을 내줄 테니까."

성훈의 말에 윤은 괜히 마음이 뭉클해져 고개를 끄덕였다. 비록 피가 섞인 가족은 아니지만, 이런저런 일들을 겪어 오며 가족보다 더 가족 같은 사이가 되어 버렸다.

"자, 그럼 두 사람의 앞날을 위하여 건배 한번 할까. 다들 잔 들어."

여러 개의 술잔이 부딪쳤다. 강욱과 윤의 시선이 서로를 향했다. 넘칠 듯 가득한 술처럼 두 사람의 시선엔 애정이 넘칠 듯 담겨 있었다.

밤이 깊어 가고 있었다.

함께 호텔로 돌아가는 길.

차 뒷좌석에 앉아 도시의 야경을 바라보던 강욱은 어깨에 지그시 기댄 윤을 돌아보았다. 졸음이 쏟아지는지 눈을 감고 있는 윤이 보였다.

"왜 그렇게 봐요?"

"보여?"

"아니. 강욱 씨가 날 보고 있으면 신기하게도 그게 느껴져."

졸린 목소리로 중얼거리는 윤의 이마에 입술을 꾹 눌렀다. 맞잡은 손을 허벅지 위로 끌어와 다정하게 어루만졌다.

"무슨 생각을 그렇게 해요?"

"앞으로 큰일이구나 하는 생각."

강욱의 말에 윤이 놀랐는지 눈을 동그랗게 뜨더니 몸을 세웠다.

"큰일? 무슨 일 있어요?"

이 예쁜 여자에게 오빠가 둘이나 생겼다. 얼마 전엔 형도가 그에게 으름장을 놓더니 오늘은 성훈이다. 팔자에도 없는 처남이 둘이나 생기게 되었지만 그런 게 싫지 않다. 가족이란 게 어떤 의미인 건지 누구보다 더 그가 잘 알고 있으니까 말이다.

"우리 열심히 살자."

"……"

"치열하게 사랑하면서."

빙그레 웃으며 고개를 끄덕이는 윤에게 속삭였다.

"사랑해. 아주 많이."

두 사람을 태운 차는 빠르게 도심을 가로지르고 있었다.

그로부터 보름 후.

두 사람이 자양동 집으로 이사를 하는 날이었다.

이사라고 해 봐야 개인적으로 쓸 물건들만 챙겨 오면 되었다. 가구와 필요한 물건들은 이미 대부분 채워져 있었다.

분주하게 움직이는 인부들을 지켜보던 윤은 2층으로 올라가 썬룸으로 향했다.

창마다 설치한 선바이저를 걷자 햇살이 쏟아져 들어왔다.

"……"

푸른 정원 사이로 바람이 쓸며 지나갔다. 나무들이 흔들리듯 춤을 추었다. 어디선가 날아온 이름 모를 새가 그네에 앉아 있다가 푸드덕 날아올랐다.

이제 여기가 집이라는 생각에 묘한 기분이 든다. 설계부터 참여해 곳곳에 손길이 닿은 집에서 살게 될 거라고는 생각 못 했었는데 인연이라는 게 참 신기하다.

그렇게 서 있는데 주차장에서 이어진 계단으로 올라오는 강욱이 보였다. 윤을 발견했는지 그가 손을 흔들었다.

"윤아."

언젠가 이 자리에서 상상했던 모습이었기에 뭉클한 마음이 든다. 상상과 다른 게 있다면 정원에서 뛰어놀고 있을 아이들이 아직 없다는 거지만 몇 년쯤 지나면 그것도 이뤄지지 않을까.

간절한 바람을 마음에 품은 채 그에게 손을 흔들어 주었다.

그날 밤.

집 안은 조용했다.

강욱의 품에 안긴 채 잠들어 있던 윤이 흠칫 몸을 떨며 눈을 떴다.

"……."

참 이상한 꿈을 꾸었다.

드넓은 바닷가를 걷고 있던 그녀에게 커다란 돌고래 한 마리가 다가와 손바닥에 얼굴을 비비는 꿈이었다. 하는 짓이 너무 예뻐 팔을 벌렸더니 그 커다란 몸으로 덥석 안겨 오는 게 아닌가.

그 차갑고 매끄러운 감촉이 아직도 손바닥에 선명해 윤은 저도 모르게 손을 꼭 움켜쥐었다.

다시 잠을 청하려 눈을 감아 보지만 잠이 오질 않는다. 곁에서 들려오는 강욱의 숨소리를 들으며 윤은 달빛이 스며드는 창문을 바라보았다.

첫날이라 그런지 자꾸만 몸이 뒤척여졌다. 한참을 그러다 물 한 잔을 마시려고 몸을 일으키던 윤은 배에서 느껴지는 뭉근한 느낌에 잠시 침대에 걸터앉아 숨을 골랐다. 늦은 점심으로 먹은 음식이 얹혔는지 속이 좋지 않아 저녁도 건너뛰었는데 여전히 더부룩한 느낌이다.

조용히 방을 나와 주방으로 향했다. 정수기의 물을 마시려는데 인상이 찡그려졌다. 물비린내가 훅 맡아졌다.

컵을 잘못 씻었나 싶어 다른 컵을 가져와 물을 받았다. 하지만 여전한 물비린내에 결국 한 모금도 마시지 못하고 말았다.

"왜 이러지."

다시 방으로 돌아가려던 윤의 걸음이 거실 한복판에서 우뚝 멈추었다. 뭔가를 떠올리다 혼란스러운 표정으로 잠시 주방을 돌아보던 윤은 돌아가 냉장고 문을 열었다.

그 안엔 먹을 것들이 가득했지만 아무것도 눈에 들어오지 않았다. 먹고 싶은 게 생각났지만, 거기에 없었다.

갑자기 눈물이 핑 돌았다. 감정이 북받쳐 올랐다.

윤은 서둘러 방으로 돌아가 침대에 기어올랐다. 무릎걸음으로 강욱에게 다가가며 그를 불렀다.

"강욱 씨. 강욱 씨 일어나 봐."

윤의 떨리는 목소리에 잠들어 있던 강욱이 벌떡 몸을 일으켰다.

"왜 그래. 어디 아파?"

어느새 윤의 얼굴엔 눈물 자국으로 가득했다.

"나, 딸기우유 먹고 싶어."

"지금?"

한밤중에 사람을 깨워 딸기우유가 먹고 싶다니 황당했을 거다. 하지만 윤은 꿋꿋하게 고개를 끄덕였다.

"응. 지금. 딸기우유가 먹고 싶어. 그러니까 사다 줘."

"근데 왜 울어."

"몰라. 그냥 자꾸 눈물이 나."

윤은 떼쓰는 아이처럼 눈물을 훔치며 강욱의 등을 떠밀었다.

"얼른 사 와 얼른. 나 지금 먹어야겠어."

"너 혹시……."

달빛이 스며든 방 안은 환했다. 서서히 변해 가는 강욱의 표정에 윤은 울음을 터트렸다. 아무래도 가족 하나가 더 늘어날 모양이다. 강욱을 닮았을, 혹은 저를 닮았을 아이가 찾아온 듯했다.

　믿기지 않는 듯 멍한 얼굴로 바라보던 강욱이 윤을 와락 껴안았다. 온몸으로 전해져 오는 그의 떨림에 윤은 지그시 눈을 감았다.

　"커다란 돌고래가 나한테 안겼어. 너무 커서 겁이 났는데 내가 꼭 안았어."

　윤의 말에 강욱이 젖은 목소리로 속삭였다.

　"잘했어. 잘했어 윤아."

　"우리 철수 방도 꾸며 줘야겠다."

　"그러자."

　윤은 연거푸 눈물을 훔치면서도 말을 멈추지 못했다.

　"커튼은 하늘색으로 달 거야. 침대는 자동차 모양으로 생긴 걸 사서……."

　밤은 길었다. 하지만 하고 싶은 말들을 다 쏟아 내도 모자랄 밤이었다.

그 후 이야기

번쩍 눈이 떠졌다. 사방이 캄캄한 거로 보아 아직 한밤중이었는데 '어떤 방해'에 윤은 잠이 깨고 말았다.

멍하니 천장을 올려다보던 윤은 천천히 손을 뻗어 배를 어루만졌다. 아니나 다를까 아무런 움직임도 느껴지지 않는다.

분명 꿈틀거렸던 것 같은데 착각이었던 걸까.

의사가 배 속의 아이는 건강하다고 했는데, 태동이 시작될 시기가 되었는데도 별다른 신호를 보내오지 않아 요즘 부부의 속을 태우는 중이다. 거짓말처럼 이 집에 이사 들어오던 날 찾아온 아이에게 몇 번의 고민 끝에 다시 철수라는 태명을 지어 주었다. 그땐 혼자여서, 몰라서 잃어버렸지만 지금은 둘이니까 함께 잘 지켜보자며 그때 그 아이가 다시 찾아온 거라 믿기로 했다.

그래서였을까. 태명 때문인지 아이는 서운한 게 많은 모양이다. 무럭무럭 잘 자라고 있다는 데도 새침하게 돌아앉은 채 애를 태우곤 한다. 완전히 잠이 달아난 윤은 봉긋하게 부푼 배를 만지며 중얼거렸다.

"철수야. 아직도 화가 안 풀린 거야?"

다정한 목소리로 달래며 쓰다듬는데 옆구리를 뭔가가 툭 찼다.

"아⋯⋯."

저도 모르게 상체를 벌떡 일으키며 윤은 작게 소리를 내고 말았다. 그 소리에 옆에서 자고 있던 강욱이 반사적으로 일어나며 눈을 비볐다.

"왜 그래? 어디 불편해?"

"강욱 씨."

윤이 손으로 배를 감싸고 있는 모습에 눈이 커진 강욱이 조명을 켰다.

"배가 아파? 병원에 갈까?"

"그게 아니라⋯⋯."

그녀가 아이를 가진 이후 가장 바빠진 사람이 강욱이다.

그때 못 해 준 것들을 다 해 주기라도 하겠다는 듯 그녀와 배 속의 아이에게 정성을 다했지만 배가 불러오면서 걱정도 커졌다.

"움직였어."

"뭐?"

다른 태아들에 비해 유난히 태동이 적다는 말에 내심 걱정하던 두 사람이었기에 몹시도 반가운 움직임이었다. 윤이 금방이라도 울음을 터트릴 듯한 얼굴로 웃으며 강욱의 손을 끌어가더니 배 위에 손을 놓아 주었다.

"방금 철수가 움직였어."

"!"

"우리 철수가 나한테 잘 있다고 신호를 보냈어, 강욱 씨."

그렇게 잘 움직이던 아이를 하루아침에 잃어버린 게 여태 죄책감으로 남아 있었기에 태동 없는 아이가 신경 쓰이지 않을 리가 없었다. 그런 윤의 모습에 강욱이 긴장한 표정으로 물었다.

"괜찮아?"

"괜찮고말고! 철수가 나한테 처음으로 말을 걸었어."

윤이 환하게 웃으며 배를 어루만지자 조마조마했던 강욱의 표정이 사르르 녹아내렸다.

"하나님, 감사합니다."

딱히 종교를 믿지 않는 강욱이었지만 저도 모르게 하나님을 찾으며 윤을 꽉 껴안았다. 감정이 북받치는지 한참 그러고 있던 강욱이 고개를 숙여 부푼 배에 살며시 입을 맞추었다.

"잘했어."

언제나처럼 다정한 목소리로 중얼거린 그는 다시 한번 칭찬했다.

"잘했어 철수야."

사람들은 딸이면 어쩌려고 철수라고 부르냐고 했다. 하지만 그럴 때면 윤도, 강욱도 빙그레 웃고 말았다. 이상하게도 아들일 것만 같은 확신 아닌 확신이 들었기 때문이다.

한 번 더 신호를 보내올까 싶어 한참을 기다려 봤지만 그 후론 감감무소식이다.

이리저리 배를 만져 보던 강욱이 아쉬운 눈빛으로 윤을 침대에 눕히더니 눈을 감게 했다.

"그만 자. 아침에 일어나기 힘들어."

"기분이 이상해."

윤의 등 뒤로 나란히 누운 강욱이 토닥이며 물었다.

"기분이 어떤데?"

생각에 잠긴 듯 한참 말이 없던 윤이 조심스럽게 입을 열었다.

"그때 생각이 나. 처음 철수가 움직이던 날."

뜻밖의 말에 강욱의 손놀림이 느려졌다. 지난 일이긴 해도 큰 상처였기에 윤은 그때의 일을 입에 올리지 않았고 강욱도 묻지 않았다.

"그때도 한밤중이었나 봐. 자고 있었는데 여기를 계속 찼어."

강욱의 손을 끌어간 윤이 옆구리를 만지게 했다.

"사내아이라 그런지 기운이 넘치더라. 한번 발길질을 시작하니까 그 후론 시도 때도 없이 차 댔어."

"그랬었구나."

"그때 신기하면서도 좀 무서웠나 봐."

"……."

"예뻐만 해 줬어야 하는 건데 철없는 엄마가 걱정이 너무 많았었나 봐."

강욱이 어두워진 눈길로 윤의 옆모습을 바라보았다. 그 모든 게 제 탓인 것만 같아서였다.

"근데 있지. 이번엔 어떤 일이 있어도 잘 지킬 수 있을 것 같아. 우리 철수는 행복한 엄마를 뒀고 그런 엄마를 죽을 만큼 사랑하는 아빠도 뒀고 좋은 사람들도 곁에 많이 있으니까."

그때와 지금은 다르다. 다시 만나지 않았더라면 하룻밤 불장난으로 끝나 버렸을 그날과 부부의 연을 맺고 사랑의 결실인 두 사람의 아이가 태어나길 기다리고 있는 지금은 비교할 수조차 없을 만큼 다른 삶이다.

둘이어도 말할 수 없을 만큼 행복하지만 작은 이가 빠진 동그라미처럼 어딘지 조금 어색한 건 드러나지 않는 작은 빈자리가 있어서라는 걸 안다. 그 빈자리가 철수의 것이라는 걸 두 사람은 잘 안다.

"내가 더 잘할게."

강욱의 속삭임에 윤은 가만히 그의 손을 쥐었다.

"지금도 충분히 잘하고 있어요."

"이 녀석도 날 많이 좋아해야 할 텐데 걱정이네."

"응? 아빠가 무슨 그런 걱정을 해?"

철수가 건강하게 태어나 그 이 빠진 자리를 얼른 메워 줬으면 싶었다. 그래서 완벽한 동그라미가 되어 부딪히는 곳 없이 세상을 굴러다니며 살았으면 싶었다.

"우린 완벽한 가족이 될 거예요."

윤이 장담하듯 말했다. 할머니가 떠나시며 남긴 선물이니 분명 그렇게 될 거였다.

✳

"음, 이건 아무래도 다시 생각해 보시는 게 좋겠어요. 사모님께서 원하시는 대로 이쪽에 조리대를 설치하게 되면 식사 준비를 하는 동안 바깥 풍경은 눈에 들어오겠지만 가족들을 등지고 있게 되실 거예요. 제 생각으로는 이쪽 장을 반대편으로 옮기고 이걸 여기로 옮긴 다음에….'

주택 모형을 만들어 의뢰인에게 브리핑 중이던 성훈은 문이 열리는 소리에 고개를 들더니 저도 모르게 벌떡 자리에서 일어섰다.

"잠시만요."

출입문을 열고 들어서는 윤의 손에 짐 꾸러미가 들려 있음을 발견한 성훈은 후다닥 달려가 재빨리 받아 들었다. 그 모습에 앉아 있던 의뢰인 부부가 무슨 일인가 싶어 호기심 어린 눈으로 그들을 바라보았다.

"채 팀장. 이런 건 제발 다른 사람들 시키라니까."

성훈이 이를 꽉 문 채 부르더니 억지웃음을 띠며 말했다.

"올라오는 길에 가져온 건데요 뭐."

"잊었나 본데 그냥 올라와도 무거운 몸이야."

"너무 조심만 하는 것도 곤란하댔어요. 적당히 움직여 주는 게 산모나 태아에게 좋대요."

"하……. 나도 애 둘 있다. 설마 내가 그걸 몰라서 그래? 주변에 눈총 맞아 죽게 생긴 사람 여럿이니까 적당히 쉬엄쉬엄하라고. 물론 눈치 보는 게 아니라 배 속의 조카 걱정돼서 하는 말이야."

오늘도 어김없이 들려오는 앓는 소리에 윤이 빙그레 웃으며 고개를 끄덕이자 성훈이 깊은 한숨을 푹 내쉬며 어깨를 축 늘어뜨렸다.

"제발 일은 좀 줄이고 남편 단속이나 좀 하라고. 언제 저 문을 박차고 들어올지 몰라 아주 조마조마해 죽겠어."

"그러잖아도 오늘 병원 가는 날이라 일찍 들어가려고 했어요."

"그래? 사무실은 우리끼리 알아서 할 테니까 신경 쓰지 말고 얼른 들어가."

"그래도 정리는 좀 해 놓고……."

"아냐 아냐. 내가 말끔히 정리해 놓을 테니까 채 팀장은 신경 쓰지 말고 가 봐. 그런 거 하나 못 해 줄까."

혹시나 강욱이 데리러 사무실로 올까 싶어 기어이 가방까지 챙겨 윤의 등을 떠민 성훈이 안도의 한숨을 내쉬며 자리로 돌아왔다. 무슨 일인가 싶어 지켜보던 의뢰인 부부가 윤이 빠져나간 출입문을 보며 물었다.

"배가 제법 부른 걸 보니 사모님인가 봐요?"

그러자 성훈이 눈을 크게 뜨며 손을 내저었다.

"사모님이요? 어휴, 큰일 날 소리를……. 동생인데 일찌감치 출산휴가 줄 테니 쉬라고 해도 저러네요. 남의 속도 모르고 매제는 내가 못 부려 먹어 안달인 줄 아는데."

강욱이 못 봤으니 망정이지 윤이 가방을 들고 다니는 걸 봤으면 난리였을 거다. 누가 임산부 일을 내보내 달랬나. 천하의 이강욱도 못 말리는 걸 어찌 말리라고 툭하면 사무실에 나타나 무언의 압박을 해 대는지 생각만 해도 골치가 아프다.

"몸이 무거워 힘들 텐데 동생이 대견하네요. 성실한 게 오빠를 닮았나."

여자의 말에 성훈은 저도 모르게 고개를 끄덕이며 팔불출처럼 웃고 말았다.

"그러잖아도 닮았다는 소리 종종 들어요."

이강욱이 좀 귀찮기는 하지만 절대 싫은 건 아니다. 윤을 끔찍하게 아껴 주고 사랑해 주니 세상 누구보다 듬직했다. 다만 그 정도가 지나치니 가끔 부담스러울 뿐이지.

"제가 어디까지 설명해 드렸죠?"

언제 그랬냐는 듯 진지한 표정으로 본업에 복귀한 성훈이 의뢰인을 상대하는 동안 창밖의 은행잎이 바람에 하나둘 떨어져 가고 있었다. 어느덧 가을도 막바지였다.

젤을 바른 배 위에 기계를 가져다 대자 빠르고 힘찬 박동이 들렸다.

"들리시죠?"

올 때마다 잔뜩 긴장한 부부를 향해 안심하라는 듯 빙그레 웃은 의사가 화면을 손으로 가리키며 말했다.

"팔다리도 길쭉하고 척추도 좋고……. 코가 오뚝한 게 아빠를 쏙 빼닮았네요."

진료 의자에 누운 윤이 꼼지락거리는 아이에게서 눈을 떼지 못하는 강욱의 손을 잡으며 말했다.

"다행이다. 코는 강욱 씨 닮았으면 했는데."

"두 분 다 워낙 인물이 훤칠하셔서 어떤 녀석이 태어날지 저희도 기대 중이에요. 이렇게 초음파로만 봐도 벌써 한인물 하잖아요."

의사의 너스레에 화기애애한 분위기가 이어졌다. 진료를 마치고 밖으로 나갔던 강욱이 뭔가 할 말이 있는 듯 돌아오더니 의사를 불렀다.

"저, 선생님."

"네?"

"……."

"무슨 하실 말씀이라도 있으세요?"

곤란한 표정으로 문 앞에 서 있던 강욱이 잠시 망설이더니 물었다.

"아이도 감정을 느낄까요?"

"당연하죠. 인간이 느낄 수 있는 모든 감정을 태아도 느낀답니다."

"그럼 화가 나거나 서운해하는 아이는 어떻게 달래 줘야 하죠?"

"네?"

"이 녀석이 그래서 저한테는 한 번도 알은척을 안 하는데 어찌해야 좋은지를 모르겠어요."

"알은척이라면…… 혹시 태동 말씀이세요?"

강욱이 침울한 표정으로 고개를 끄덕이며 대답했다.

"아내는 요즘 부쩍 태동이 심하다고 하는데 이상하게 제가 손만 낼라치면 거짓말처럼 움직임을 멈춰 버려요."

"음, 하필 타이밍이 안 좋았던 것 아닐까요?"

의사의 물음에 강욱은 아침의 일을 떠올리며 고개를 저었다. 옷을 갈아입고 나온 사이 태동이 활발했는지 아주머니까지 신기해하며 윤의 배를 만지고 있었다. 장차 축구 선수를 시켜도 되겠다면서 말이다. 하지만 그것도 잠시 그가 다급하게 다가가 손을 대자 거짓말처럼 움직임이 멈췄다. 언제 그랬냐는 듯 미동도 없어 아주머니가 당황한 얼굴로 어쩔 줄을 몰라 했다.

"아뇨. 일하는 도우미 아주머니가 만질 때도 괜찮더니 제가 만지려고만 하면 딱 멈춰 버려요."

내내 웃으며 대답하던 의사였지만 이번엔 진심으로 당황한 듯했다. 그도 그럴 것이, 이렇게 다정한 남자에게 아이가 화가 나고 서운해할 일이 뭐가 있을까 싶어서였다.

"정말 그렇게 생각하신다면 방법은 하나밖에 없어요. 끊임없이 다정한 목소리를 들려 주세요. 사랑한다고 말해 주시고 아내분을 안아 주세요. 부모가 자식을 사랑하겠다는데 이 녀석이 뭘 어쩌겠어요. 안 그래요?"

의사의 말에 강욱은 마지못한 표정으로 고개를 끄덕이며 돌아섰다. 그가 진료실 밖으로 나가자 의사는 흐음, 하고 콧소리를 내더니 조금 전

진료 기록을 다시 확인했다. 혹시나 제가 뭔가 놓친 게 있나 싶어 꼼꼼히 살펴봤지만 별다른 문제를 찾을 수는 없었다.

"아빠가 예민한 건가······."

다음 환자가 들어오는 바람에 예민한 아빠는 의사에게서 곧 잊혔다. 아이도 산모도 건강하니 걱정할 건 없었다.

그날 저녁. 다른 날 같았으면 곧장 집으로 향했을 강욱은 윤에게 조금 늦을 거라는 연락을 한 뒤 한강공원에 앉아 있었다.

밤공기가 차다. 어느덧 가을도 끝 무렵이었다.

벤치에 놓여 있던 딸기우유를 집어 한 모금을 마시던 강욱이 무슨 생각에서인지 물끄러미 내려다보았다.

"하긴, 이제 물릴 때도 됐겠다."

매번 이곳에 올 때마다 버릇처럼 딸기우유를 사 오곤 했는데 생각해보니 그새 몇 해가 흘러 버렸다. 살아 있다면 제법 자랐을 테고 그새 식성도 변했을 텐데······. 오늘따라 괜히 더 미안해진 강욱은 멋쩍은 미소를 지으며 중얼거렸다.

"아빠가 눈치가 없어서 네 엄마도 가끔 답답할 거야."

꽤 오래 앉아 있었더니 코가 시렸다.

"철수야. 그거 알아?"

강욱은 일부러 아무렇지 않은 목소리로 말을 건넸다.

"네 엄마는 가끔 자면서 배를 만지더라. 자면서도 네가 잘 있나 걱정인 모양이야."

그런 윤을 볼 때면 얼마나 힘들었으면 저럴까 싶어 비록 찰나의 순간이었지만 아이를 갖게 한 게 미안할 때도 있었다. 그런 마음을 철수에게 들켜 버린 건 아니었을까.

"혹시 들었어? 그래서 그래?"

유난히 제 손길에만 반응하지 않는 아이에게 투정하듯 묻고 말았다. 그래 놓곤 제 물음이 유치한지 픽 웃고 말았다.

"미안. 못 들은 거로 해 줘."

시간이 늦었으니 이제 집으로 가야 했다. 윤이 기다릴 거다. 강욱은 자리에서 일어서며 지난봄 공원에 기증해 세운 커다란 바람개비 모형들을 바라보았다.

"서운해 안 할 테니까, 아빠가 더 열심히 노력할 테니까 넌 건강하게만 태어나. 알았지?"

그거면 됐다. 태어나면 아주 많이 사랑해 줄 테니까. 싫다고 해도 안아 주고 뽀뽀해 주고 쫓아다니며 사랑해 줄 테니까.

생각만으로 흐뭇해진 강욱이 빙그레 웃으며 손을 흔들었다.

"엄마가 기다려서 아빠 그만 가 봐야겠다. 나중에 또 올게."

주차장으로 가기 위해 걷는데 무슨 소리가 들렸다. 돌아보니 아까까지만 해도 조용하던 색색의 바람개비들이 신나게 돌아가고 있었다.

그 소리가 꼭 아이가 까르르 웃는 소리처럼 들리는 것만 같았다.

며칠 후.

퇴근하고 집으로 들어서는 강욱의 손엔 동화책 몇 권이 들려 있었다. 책이 조금 큰 아이들이 읽을 법한 것임을 본 윤이 고개를 갸웃하며 물었다.

"웬 책이에요?"

"아버지가 주셨어."

"아버님 만났어요? 양평 갔었어요?"

"응."

강욱은 한 달에 몇 번 어머니를 만나러 양평에 다녀오곤 했다. 어머니는 몇 달 전 병원을 나와 양평으로 거처를 옮기셨다. 의식이 돌아온 건 아니지만 자가 호흡도 가능했고 무엇보다 병원에서 계속 지내시다 돌아가시면 후회를 할 것 같았다. 어머니는 어떤 삶을 살고 싶으셨을까. 계속 고민하다 두 분이 함께 사시는 것에 동의했다. 제가 결혼을 하고 사랑하는 사람과 함께 살아 보니 어머니가 뭘 원하는지 조금은 알 것도 같았다.

어머니는 여전히 아버지를 사랑했으니 아들보다는 남편이 곁에 있어 주기를 바랄 것이다. 갈 때마다 표정이 그렇게 편안해 보이는 걸 보니 말이다.

"주말에 같이 가지."

"몸도 무거운데 뭐 하러. 오늘은 뭐 하고 지냈어?"

"잠깐 사무실에 나갔다가 일찍 들어와서 우리 철수랑 늘어지게 낮잠을 잤어. 자고 일어났는데 배가 고파서 냉장고도 털어 먹었는데 하필이면 텔레비전 방송에서 매콤한 주꾸미가 나오네? 강욱 씨 오면 그거 먹자고 조르려던 참이었어."

"주꾸미? 나가서 사다 줄까?"

"아니. 배달 시켜 먹으면 되지. 얼른 씻기나 해요. 피곤하겠다."

욕실로 등을 떠미는 윤의 손을 붙잡은 강욱이 문득 생각난 듯 인상을 썼다.

"근데 사무실은 언제까지 나갈 건데?"

"그러잖아도 다음 주까지만 나가고 쉰다고 말해 뒀어요. 다들 이강욱 씨 눈치 보여서 제발 그만 나와 달라고 울어서 더는 못 나가."

곱게 눈을 흘기는 윤을 살며시 껴안은 강욱이 이마에 입술을 꾹 누르며 다정한 목소리로 속삭였다.

"좀 참았다가 나중에 채윤 씨 하고 싶은 거 다 해."

등을 토닥이던 손을 아래로 내려 부푼 배를 어루만지며 중얼거렸다.

"지금은 이 녀석한테 집중하자고."

가만히 듣고 있는지 철수는 조용했다.

늦은 밤. 두 사람은 침대에 나란히 하루의 일과를 마무리하는 중이었다.

종일 있었던 일들을 재잘거리던 목소리가 들리지 않아 돌아보니 윤이 잠들어 있었다. 자세가 불편할까 싶어 베개를 똑바로 받쳐 준 뒤 등을 꺼 주려던 강욱은 뭔가가 생각난 듯 조심스럽게 몸을 일으켰다.

서재로 가 낮에 아버지가 어색한 표정으로 건네주었던 동화책을 집어 들었다.

'요즘 아빠들은 이런 것도 읽어 준다며. 너 주려고 샀다.'

대강 훑어보니 태교에 쓸 만한 책도 아닌, 말귀를 제법 알아먹을 만한 아이에게 읽어 줄 만한 동화책이었다. 한 번도 제게 좋은 아버지였다고 생각해 본 적이 없는데 뜻밖의 선물에 기분이 조금 이상했다.

강욱은 그중 한 권을 골라 침대로 돌아온 뒤 잠든 윤의 배 근처에 웅 크리고 누웠다.

잠든 윤이 숨을 쉴 때마다 부푼 배가 눈앞에서 오르내렸다.

"오늘부턴 아빠가 자기 전에 꼭 책 한 권씩을 읽어 줄게."

강욱은 책장을 넘기며 한 손으로는 윤의 배를 살며시 어루만졌다.

"옛날 어느 작은 마을에 여우 한 마리가 살았습니다. 겨울이 다가오자 겨울잠을 잘 곳이 필요해진 여우는……."

조금 어색하던 목소리는 이내 자연스러워졌고 책을 읽어 주는 동안 밤이 깊어 가고 있었다.

윤은 좋은 꿈을 꾸는지 빙그레 웃고 있었다.

그렇게 보름쯤 지났을 무렵이었다.

그날은 꼭 참석해야 하는 모임이 있어 몇 달 만에 늦은 귀가였다.

기분 좋게 취한 강욱은 곧장 욕실로 가 씻은 뒤 곤하게 잠든 윤을 깨 우지 않기 위해 조용히 침실로 들어왔다.

요즘 부쩍 피곤해하는 윤이 안쓰러워 가만히 잠든 얼굴을 바라보던 강욱은 옆자리에 누우려다 말고 벌떡 몸을 일으켰다.

"맞다. 깜박할 뻔했네."

자기 전에 해야 할 게 있는데 잊어버렸다. 속옷 차림으로 벌떡 일어난 강욱은 아예 침실로 옮겨다 놓은 책 중 한 권을 꺼내 언제나 그렇듯 윤의 배 근처에 얼굴을 대고 누웠다.

책을 펼치는데 취기 때문인지 하품이 쏟아졌다. 하지만 아이와 약속한 일을 미룰 수는 없다.

"어느 햇볕이 좋은 날이었어요. 연못엔 오리 부부가 정성을 다해 알이 부화하기를 기다리고 있었습니다. 잠시 자리를 비운 사이 막 알을 깨고 나온 오리 세 마리의 눈앞에 지나가던 염소 아주머니가 보였습니다. 저희 엄마인가요? 오리가 물었습니다. 염소 아주머니가 깜짝 놀라 말했습니다. 이거 봐, 난 너희와 하나도 닮지 않았단다. 나는 날개도 없고 부리도 없고……."

책을 읽던 강욱의 목소리가 점점 흐려지더니 마침내 손에 있던 책이 덮였다. 언제나처럼 윤의 배에 한 손을 올린 채 동화를 읽어 주던 강욱은 그대로 잠이 들어 버렸다.

그 순간, 창밖에 다른 해보다 한참이나 이른 첫눈이 소리 없이 내리기 시작했다.

그리고 강욱의 손바닥 아래에서 뭔가가 툭, 하고 움직였다.

모두가 잠든 깊은 밤. 그건 아이가 아빠에게 수줍게 건네는 첫인사였다.

그로부터 몇 달 후. 집 안엔 아이의 울음소리가 종종 들렸다. 배가 고파서 울 때도 있었고 졸려서 울 때도 있었지만 지금처럼 누군가를 부르는 듯한 가짜 울음도 있었다.

그러면 으쓱한 표정으로 자리에서 일어서는 건 강욱이었다.

"참 신기해."

달콤한 디저트를 먹는 중이던 윤이 포크를 입에 넣으며 웅얼거렸다.

"왜 저 녀석이 당신만 찾지?"

"날 더 사랑하나 보지."

배 속에 있을 땐 그렇게 애를 태우더니 아이는 태어난 후론 강욱밖에 몰랐다. 그렇게 울다가도 강욱의 목소리를 들으면 금세 뚝 그치곤 했다. 그런 아이에게 빠진 강욱은 추종자가 되었고 요즘은 숫제 육아를 핑계로 가게 일은 매니저에게 맡긴 채 뒷전이다.

방으로 들어간 강욱이 요람에 누워 있던 아이를 안고 나오는 걸 윤은 행복한 얼굴로 지켜보았다. 포동포동하게 살이 오른 아들과 그런 아이가 사랑스러워 어쩔 줄 모르는 남편을 보고 있으면 세상 모든 걸 다 가진 것만 같았다.

"당신이 정말 할머니 선물이었어."

그날 산에서 강욱을 만나지 않았더라면 어땠을까. 지금쯤 어떤 인생을 살고 있었을까.

"만날 운명이었다면 어디서든 만났겠지."

아이를 안은 채 다가온 강욱이 몸을 숙여 쪽 입을 맞췄다. 입술에 묻어 있던 케이크의 단맛에 눈꼬리를 들썩인 그가 아들을 보며 중얼거렸다.

"네 엄마 왜 이렇게 맛있냐."

"애한테 못 하는 말이 없어."

빈 접시를 치우기 위해 일어서던 윤이 곱게 눈을 흘겼다. 커튼을 전부 걷어 둔 덕에 거실 전체엔 오후의 햇살이 가득 차 있었다.

눈이 부셔 표정을 찡그리는 아이의 모습에 재빨리 손 그늘을 만들어 주는 강욱의 모습에 윤은 핸드폰을 들어 사진을 찍었다. 사진은 하루에도 몇 번씩 수시로 찍었는데 아이에게 되도록 많은 것들을 추억으로 남겨 주고 싶었다.

깬 지 얼마 되지 않았는데 그새 또 졸린 것인지 하품을 하는 아이의 등을 토닥이며 부부는 나란히 집 안 여기저기를 거닐었다.

직접 설계에 참여하고 지어서일까. 살면 살수록 정이 드는 집이다.

"뭘 그렇게 봐?"

강욱의 물음에 윤이 대답했다.

"우리 여기서 오래오래 살아요."

"얼마나?"

"음……. 할머니 할아버지 될 때까지?"

"까짓 거, 그러지 뭐."

어쩐지 좀 거만한 말투에 윤이 팩 토라진 얼굴로 돌아보자 강욱이 빙그레 웃으며 어깨를 감싸 왔다.

"우리 처음부터 그러려고 들어온 거 아니었어?"

강욱의 품에 안긴 아이에게선 달콤한 냄새가 났다.

"이 녀석한테 좋은 추억 많이 만들어 주자."

"응."

그렇게 다시 철수가 생겼다. 철수는 그들을 부모로 만들어 주었고 하루가 다르게 무럭무럭 자라 주었다.

그렇게 몇 년이 흘렀고 어느 여름날이었다.

윤은 이 집을 지을 때 꿈꾸던 그 장면을 보았다.

그날은 설계를 의뢰받은 일이 있어 썬룸에 앉아 한참 집중하고 있을 때였다. 아래에서 소란스러운 소리가 들려 내려다보니 아이들이 물 호스를 쥔 채 이리저리 뛰고 있었다. 정원의 나무에 집안일을 도와주는 아주머니가 물을 주려고 했던 걸 돕겠다며 나선 모양이었다.

"오빠. 오빠 나도 할래."

다섯 살이 된 듬직한 아들과 달리 이제 막 세 살이 된 딸아이는 누굴 닮았는지 참 짓궂다. 기껏 목욕시키고 예쁘게 치장해 놨더니 그새를 못참고 젖은 잔디밭 위를 이리저리 뛰고 있다.

마당에서 키우는 강아지까지 합세해 아이들과 뛰는 모습을 보고 있으니 저도 모르게 미소가 지어졌다. 누가 저 아이들을 말릴 수 있겠나 싶었다.

"넘어지겠다. 조심해."

엄마 목소리에 번쩍 고개를 든 아이들이 윤을 발견하고는 양손을 흔들며 외쳐 댔다.

"엄마도 이리 내려와요!"

"그래 엄마. 얼른 와."

천사 같은 두 아이의 손짓에 항복하지 않을 수가 없었다. 하던 일을 멈추고 내려가려는데 주차장과 이어진 길로 누군가 올라오는 게 보였다. 일찍 온다는 말이 없던 것 같은데 강욱이었다.

"강욱 씨!"

반가운 마음에 윤이 번쩍 손을 흔들며 그를 부르자 아이들이 일제히 '아빠'를 외치며 그에게 달려갔다. 그 뒤를 강아지가 뒤따랐고 앞다투어 달려가 안기는 그 모습을 보고 있노라니 문득 몇 해 전 그 자리에서 이 순간을 상상했던 일이 생각났다.

그땐 제가 아닌 다른 여자가 이 행복을 누릴 거라 생각했는데 그 상상은 현실이 되어 눈앞에 펼쳐져 있었다. 벅찬 가슴이 터질 듯 부풀어 올랐다.

"엄마도 얼른 와요!"

까르르 웃음을 터트리며 부르는 소리에 달려가는 윤의 걸음이 빨라졌다.

"금방 갈게."

마침내 삶이 완성된 순간인 것만 같았다.

- fin